ÜBER DEN AUTOR

Tony Park wurde 1964 geboren und wuchs in den westlichen Vorstädten von Sydney, Australien, auf. Er arbeitete in Australien und England als Zeitungsreporter, als Pressesprecher der australischen Regierung, als Berater für Öffentlichkeitsarbeit und als freiberuflicher Schriftsteller. Er diente 34 Jahre lang in der australischen Armeereserve, davon im Jahr 2002 sechs Monate in Afghanistan. Er und seine Frau Nicola teilen ihre Zeit zwischen Australien und Südafrika auf, wo sie ein Haus am Rande des Krüger-Nationalparks besitzen. Er ist der Autor von 20 weiteren Romanen, die in Afrika spielen, sowie von mehreren Sachbüchern.

www.tonypark.net

BÜCHER VON TONY PARK

Auf Deutsch:

Geister der Vergangenheit, 2023

Rote Erde, 2023

Lautloser Jäger, 2023

Ein einsamer Tod/Afrikanischer Himmel 2023

OKAVANGO

TONY PARK

Übersetzt von
MAYA VON DACH

Ingwe
PUBLISHING

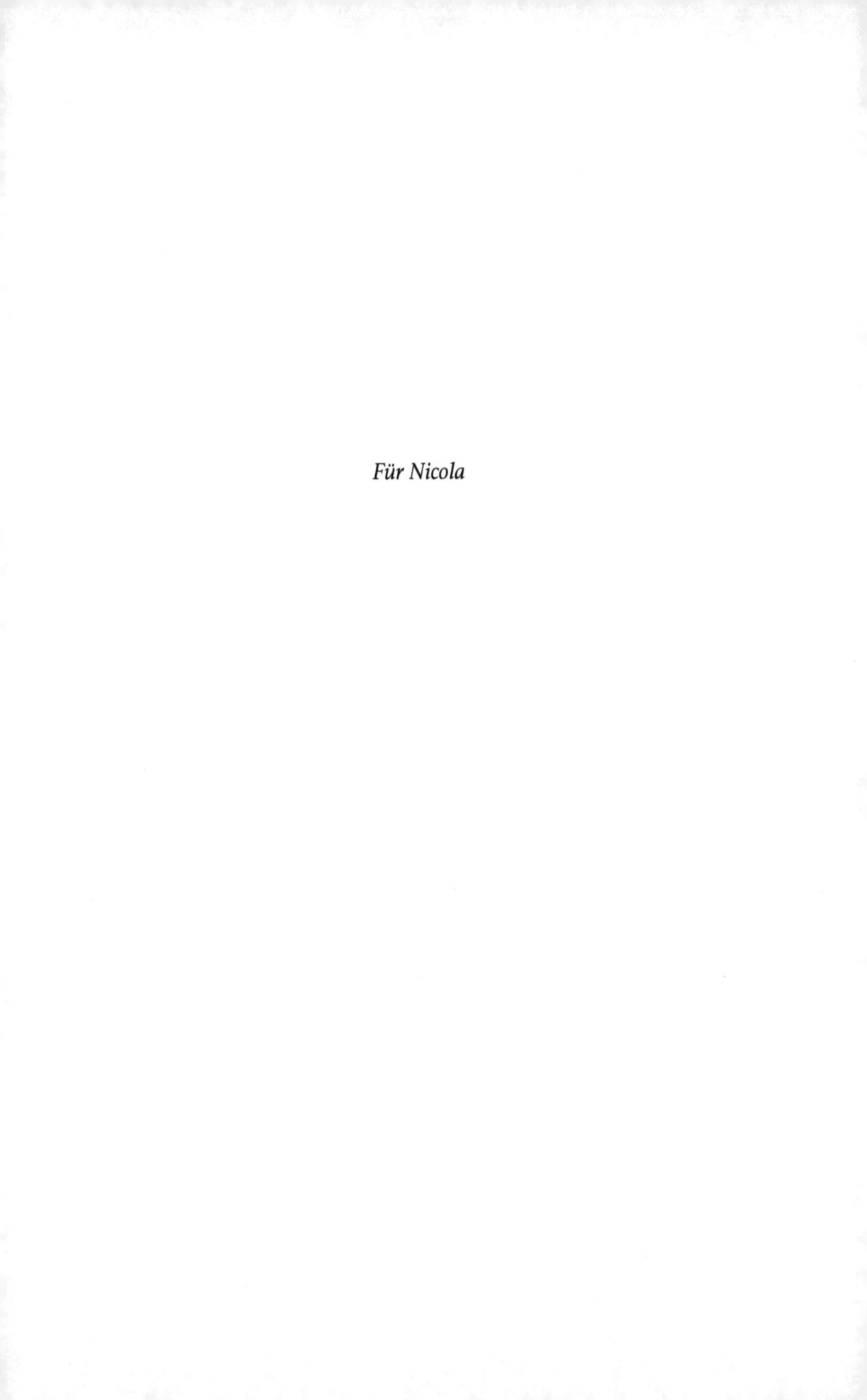

Für Nicola

1

––––––––––

Afrika verdurstete vor ihren Augen. Um wach und aufmerksam zu bleiben, betrachtete sie die Bäume durch das Fernrohr und beobachtete die Vögel, doch der Anblick war deprimierend.

Die Platanenfeige am Ufer des Flusses, *Ficus sycamorus*, trotzte der Dürre und war noch grün – aber wie lange noch? Der Fluss war nur noch dem Namen nach ein Wasserlauf, denn mittlerweile sah er wie eine sandige rote Narbe auf Afrikas gebräunter, trockener Haut aus.

Ziziphus ... Ziziphus was? Sie konnte sich nicht an den zweiten Teil des lateinischen Namens erinnern. Auf Deutsch heisst er Büffeldorn, aber sie kannte ihn besser unter seinem Afrikaans-Spitznamen ›Wag-n-bietje‹. Er wurde ›Wart-ein-Bisschen‹ genannt, weil man genau das tun musste, wenn man im Vorbeigehen an ihm hängen blieb: Stehen bleiben und sich Zeit nehmen, um seine bösen kleinen Stacheln zu lösen. Sie gehen unter die Haut und vergiften einen – wie Afrika. *Ziziphus mucronata*, das war's. Stirling wäre stolz auf sie, er hatte immer versucht, ihr die lateinischen Namen beizubringen.

Sie blinzelte einen Schweisstropfen weg. Sie riskierte nicht einmal eine Bewegung der Hand, um diesen wegzuwischen. Die

Sonne stand hoch am Himmel und das Netz, das ihr Versteck überspannte, spendete ihr zwar etwas Schatten und Schutz, hielt aber die Hitze nicht ab. Sie war so gut getarnt, dass nicht einmal der Gepard sie gesehen hatte.

Die Sichtung hatte ihr Herz klopfen lassen. Im Moremi-Wildreservat oder in einem Nationalpark einen Gepard zu sehen, war selten. Wer hätte gedacht, dass sie um fünf Uhr morgens im kargen Ackerland von Simbabwe einen dem Rand der Hauptstrasse entlang schleichen sehen würde? Sie hatte den Gepard durch ihr Fernglas studiert. Das Fell der Katze glänzte in den ersten Strahlen der aufgehenden Sonne wie mit schillernden schwarzen Punkten durchsetztes gesponnenes Gold. Später, als die Sonne ganz erschienen war, entdeckte sie ein Paar der kleinen afrikanischen Steinböcke und fragte sich, ob der Gepard ihnen auf der Spur gewesen war. *Warum sollte es hier keine Geparden geben?* fragte sie sich, als sie darüber nachdachte. Soweit sie auf beiden Seiten und bis zum fernen Horizont sehen konnte, war das Land früher für Ackerbau und Viehzucht genutzt worden und verwandelte sich jetzt wieder in Busch. Büffeldornbäume eroberten sich die Erde zurück und boten Nahrung und Schatten für die Zwergantilopen, die ihren Namen, Steinbock, wegen der ziegelroten Farbe ihres Fells erhalten hatten.

Geparden hätten es in Nationalparks und Wildreservaten schwer, hatte Stirling ihr vor langer Zeit erklärt, als sie während der Schulferien eine Stunde damit verbracht hatten, ein Muttertier mit vier Jungen auf einem Termitenhügel am anderen Ende der Xakanaxa-Flugpiste zu beobachten.

»Ironischerweise«, hatte er begonnen und war dabei in den David-Attenborough-Akzent verfallen, der sie immer zum Lächeln brachte, »ist der Gepard im Schutz eines Reservats am meisten gefährdet. Hier ist er auf Schritt und Tritt in Gefahr: Sein Leben und das seiner Jungen ist täglich von Hyänen, Löwen und Wildhunden bedroht.«

Es lag also auf der Hand, dass es Geparden an einem Ort wie Zimbabwe gut gehen konnte. Die Natur eroberte die kommerziellen Farmen zurück, die die so genannten ›Veteranen des Befreiungskrieges‹ den weissen Farmern vor Jahren abgenommen und später aufgegeben hatten und damit kehrte die Tierwelt langsam ins Buschland zurück. Dass es in der Gegend Löwen gab, war unwahrscheinlich, eher die eine oder andere Hyäne und wenn ein Gepard vier Junge aufzog, standen die Überlebenschancen für alle gut. *Wie seltsam,* dachte sie, *dass aus einer so tragischen Kette von Ereignissen etwas Gutes entsteht.*

Obwohl sie kaum mehr als zweihundert Meter vom Strassenrand entfernt war, hatte der Gepard sie nicht bemerkt. Das war gut so. Die Katze hatte den Körperbau eines Sprinters mit langen, dünnen Beinen, schmalen Hüften und einer gewölbten Brust, in der das Herz eines Jägers schlug. Ihr langer Schwanz schwang und zuckte, als sie den Schotterrand der Strasse entlanglief. Hier und da blieb der Gepard stehen und markierte sein Revier, indem er einen Spritzer Urin gegen einen Baum oder einen Kilometerpfahl spritzte. Sie beobachtete ihn eine halbe Stunde lang, bis er die Brücke überquerte und über eine Anhöhe verschwand.

»Viel Glück«, flüsterte sie, ein guter Wunsch von einem Raubtier ans andere.

Sonja liess das Fernglas sinken und rollte langsam die Schultern, womit sie das Blut mit sparsamen Bewegungen am Laufen hielt. Sie drehte ihre Füsse, einen nach dem anderen, spannte erst die Waden, dann die Oberschenkel an und lockerte sie wieder. Sie hatte das Versteck erst nach Einbruch der Dunkelheit, um neun Uhr am vorigen Abend, vorbereitet und bezogen. Nachdem sie ihren Platz einnahm, hatte sie sich nur zweimal von der Stelle, an der sie lag, entfernt, um zu pinkeln. Sie schaute auf die Uhr und sah, dass sie bereits vierzehn Stunden hier war. Sie würde so lange wie nötig warten.

Drei Tage waren das Längste, das sie in einem Versteck gelegen hatte, aber das war während der Ausbildung. Es war kalt gewesen. Nein, eiskalt. Und nass. Der neblige Regen hatte sich auf den Plastikblättern des Tarnnetzes gesammelt und war zuerst auf ihren Kopf getropft und ihr dann in den Nacken gelaufen. Drei Tage lang hatte sie auf denselben Fleck Erde gepinkelt und in eine Plastiktüte gekackt, die sie dann in Alufolie wickelte. Sie hatten ihnen nie erlaubt, es richtig zu tun, im Feld, was sie und die beiden anderen Mädchen des Kurses verärgerte.

Kigelia Africana. Leberwurstbaum. Stirling würde sagen, sie suche sich die leichten Arten aus, was auch stimmte. Sie hörte ein Summen.

Sie schwenkte das Fernglas langsam in Richtung Westen. Sie hatte sich an der Hauptstrasse zwischen Bulawayo und Victoria Falls positioniert und lag auf der Nordseite einer Kurve. Ihr Blick war nach Süden gerichtet, so dass die Sonne auf ihrer bogenförmigen Reise von der Morgendämmerung bis zu ihrem Untergang hinter ihr vorbeizog. Das bedeutete, dass sie nicht in die Sonne starren musste und weniger Gefahr bestand, dass das Licht von ihrem leistungsstarken Steiner-Fernglas oder dem Zielfernrohr reflektiert wurde.

Sie sah das Auto von Westen kommen und atmete tief durch, um sich zu beruhigen. Es war erst das vierte Fahrzeug, das sie an diesem Morgen sah. Die lähmende Treibstoffknappheit wirkte Wunder bei der Verringerung des Verkehrs. Es fuhr schnell und mitten auf der Strasse, die Räder beidseits der unterbrochenen weissen Mittellinie. Das war ein gutes Zeichen.

Als sie genauer hinsah, erkannte sie, dass es ein weisser Mercedes mit blauen, goldenen und gelben Streifen vom Bug bis zum Heck war. Polizei der Republik Zimbabwe. Die Lichter blinkten und nach den Sekunden, die sie vom ersten bis zum zweiten Kilometerpfosten abzählte, schätzte sie, dass er mit etwa hundertfünfzig Stundenkilometern unterwegs war.

Er kam.

»Der Konvoi«, hatte Martin beim Informationstreffen gesagt, »wird immer von zwei schnell fahrenden Polizeiautos angeführt, die in Sichtdistanz fahren. Ihre Aufgabe ist, entgegenkommende Autofahrer zu warnen und von der Strasse wegzuweisen. Jeder, der in Simbabwe lebt, weiss, dass er sofort anhalten muss, wenn er einen Streifenwagen in der Mitte der Autobahn fahren sieht.«

»Was ist mit Touristen oder Leuten, die nicht wissen, was vor sich geht?«, hatte Sonja ihn gefragt.

Martin hatte genickt, schnell an seiner Benson und Hedges

gezogen und den Rauch ausgestossen. Sonjas Mund war vor Verlangen wässrig geworden. »Wenn der zweite Wagen ein entgegenkommendes Fahrzeug sieht, das noch auf der Strasse ist, gibt er Lichthupe, fährt darauf zu und drängt es von der Strasse weg. Wenn alles in Ordnung ist und alle Fahrzeuge angehalten haben, gibt er dem nächsten Auto im Konvoi Bescheid, dass sicher weitergefahren werden kann.«

Das Polizeiauto brauste an ihr vorbei und sie blickte wieder nach Westen. Das zweite Polizeifahrzeug fuhr mit der gleichen Geschwindigkeit und sie blickte durch die Windschutzscheibe. Sie erhaschte einen Blick auf die Insassen, von denen einer lächelte und zu etwas nickte, was der andere gesagt hatte.

Ihre Hand wanderte zum Sender und sie entfernte die Sicherheitsabdeckung vom Schalter. Das zweite Auto fuhr über die niedrige Betonbrücke die über das trockene Flussbett führte und sie stellte sich die Geschichten vor, die die Beamten im Inneren des Fahrzeugs – beider Fahrzeuge – für den Rest ihres Lebens darüber erzählen würden, wie knapp sie dem Tod entronnen waren.

Sie wusste, dass sie nicht in die Gesichter der Männer hätte schauen sollen. Es brachte nichts, die Ziele als Personen zu sehen und ihnen eine imaginäre Identität zu geben. Es war einfacher, wenn sie weiter weg waren, aber dieser Job beinhaltete, dass sie nahe genug herankommen musste, um die Gesichter der Männer zu sehen und sie zu lesen.

Sonja hörte das Dröhnen weiterer Motoren und das Wimmern von Gummi auf heissem Teer. Das Geräusch erinnerte sie an einen Schwarm herannahender afrikanischer Bienen. Sie zählte die Fahrzeuge mit blossem Auge, als sie in Sichtweite kamen: Ein weiteres Fahrzeug der Polizei, dann drei Limousinen – zwei schwarze Mercedes und ein gleichfarbiger BMW, laut Martin alle gepanzert. Hinter den Limousinen fuhr ein weiteres Polizeiauto, gefolgt von einem *Bakkie*, einem Pick-up der Armee, mit einer Abteilung von zehn Fallschirmjägern auf der Ladefläche. Sie verfügten, das wusste sie bereits, über eine Mischung aus AK-47, zwei RPD-Gürtelmaschinengewehren und mindestens einer RPG-7-Anti-

Panzer-Waffe. Das hinterste Fahrzeug im Konvoi war ein Militärkrankenwagen.

Sonja drückte einen Knopf und die Betonbrücke brach in einer Rauch- und Trümmerwolke auseinander. Einen Sekundenbruchteil später hörte sie den Knall und spürte dann die Schockwelle über sich hereinbrechen. Das trockene gelbe Gras um sie herum legte sich für einen Augenblick im heissen Wind zu Boden.

Aus dem Tal quietschte ihr Gummi entgegen, aber bei der Geschwindigkeit, mit der er fuhr, hatte der Polizist im dritten Mercedes keine Chance, rechtzeitig zu stoppen. Der Wagen schoss in die rauchende Leere, wo die Brücke zuvor gestanden hatte, und tauchte Nase voran hinunter in den Sand.

In Sonjas Ohren kreischte Metall, das verbogen wurde, aber sie blendete den Anblick und die Geräusche aus, während sie ihren verkrampften Körper in eine sitzende Position brachte. Sie hievte sich den Javelin-Panzerabwehrraketenwerfer auf die Schulter und presste ihre Augen auf die Gummischalen, starrte auf den Bildschirm der Waffensteuerung, der Command Launch Unit oder kurz CLU. Die Fahrer der drei Limousinen hatten es allesamt geschafft, weder dem Polizeiauto ins Flussbett zu folgen noch sich gegenseitig aufzufahren. Sie waren in ungewöhnlichen Winkeln und am Ende von schwarzen Schlangenlinien aus verbranntem Gummi auf der Strasse zum Stehen gekommen. Getriebe heulten und eine Hupe lärmte, als die Fahrer versuchten, nach vorn zu fahren oder zurückzusetzen. Sonja schob sich so weit vor, dass der Armee-Pick-up auf dem Bildschirm von den Zielmarkierungen erfasst und präzise eingestellt wurde. Der Fahrer des Fahrzeugs war nach links ausgewichen, um nicht ins Heck des vorausfahrenden Polizeiautos zu prallen. Es kam jetzt zum Stehen und die verblüfften Polizisten auf dem Rücksitz erhoben sich. Ein paar waren bereits aufgesprungen, hatten sich auf den Bauch fallen lassen und sich in Schussposition gelegt. Die Männer schienen besser trainiert zu sein, als sie nach der Beschreibung erwartete. Sonja betätigte mit dem Daumen den Schalter, bis ›Top Attack‹ aufleuchtete, machte sich auf den Abschuss gefasst und drückte ab.

Sie hörte ein lautes Klicken, als der erste der beiden Motoren des Geschosses zündete. Die Rakete verliess das Rohr wie ein Vollblutpferd, das aus seinem Tor rennt. Sonjas Körper wurde durchgeschüttelt und sie kniff die Augen zusammen, um nicht durch die Zündung des Motors der zweiten Stufe geblendet zu werden. Sie wusste, dass das Heck der Rakete etwa fünf Meter vor ihr langsam sinken würde, aber das Zischen, das sie hörte, sagte ihr, dass der Hauptmotor soeben gezündet worden war. Als sie die Augen wieder öffnete, sah sie einen fliegenden Kometen mit einem zischend brennenden Schweif aus Abgasen. Die Rakete schoss hoch in den Himmel und trat dann den Weg nach unten an.

Die Javelin ist eine ›Feure-und-Vergiss-Waffe‹ von der sie wusste, dass die Rakete den Armee-Pick-up selbst dann verfolgte, wenn der Fahrer den Motor anliess und sich wieder in Bewegung setzte. Sie wartete nicht, um den Einschlag zu beobachten, dafür war keine Zeit. Sie entfernte das verbrauchte Raketenrohr sofort und befestigte ein frisches an der CLU. Als es einrastete, hörte sie die Detonation des Sprengkopfes. Sie betrachtete die Szene auf dem schwarzweissen Bildschirm. Ihr war bewusst, wie es hilfreich war, das Blut nicht sehen zu können und sie wählte ein weiteres Ziel.

Sie hatte nur drei Raketen. Ihr Plan war, den Pick-up auszuschalten, damit sein brennendes Wrack die Limousinen, die zwischen ihm und der zerstörten Brücke standen, anzünden würde. Die Strasse führte an dieser Stelle durch einen Einschnitt im Gelände und sie hatte diesen Punkt gewählt, weil hier keines der Autos abbiegen und ins mit Dornenbüschen übersäte Wiesland entkommen konnte. Aber der Fahrer des Pick-ups hatte durch Übung, Instinkt oder aus Versehen auf den Grünstreifen gezogen und liess den vorausfahrenden Fahrzeugen damit genug Platz, um rückwärts an ihm vorbei wegzufahren.

Der Bakkie stand in Flammen. Sie richtete den Blick auf den Krankenwagen, der einige hundert Meter hinter dem Konvoi zurückgeblieben war. Sie hatte ihn verschonen wollen, um den Soldaten und Polizisten, die sie bereits verletzt hatte, wenigstens eine Überlebenschance zu lassen. Doch nun sah es so aus, als müsste sie ihn ausschalten.

Auf dem Bildschirm sah sie, dass sich ein weiteres Fahrzeug bewegte. Der Polizeiwagen, der vor dem Bakkie gestanden hatte, setzte mit hoher Geschwindigkeit zurück. Es gab ein kreischendes Geräusch, als der Fahrer die Handbremse anzog und das Steuer herumriss. Diese Bewegung gehörte zu einem klassischen und gut ausgeführten Gegenangriff. Das Polizeifahrzeug machte sich aus dem Staub. Das war merkwürdig.

Der Polizist trat aufs Gaspedal und wandte sich nach Westen, doch der Rauch des brennenden Pick-ups zog über die Strasse. Als er dem Wrack auswich, raste er frontal in den Krankenwagen. Sonja zuckte beim Lärm des Aufpralls zusammen. Die Eile des Polizisten, zu fliehen, hatte ihre Aufgabe erledigt.

Sie lenkte den CLU nach links und überblickte die drei Limousinen.

Plopp, plopp, plopp, hörte sie die blechernen Einschläge von AK-47-Schüssen, spürte aber keinen Luftzug in ihrer Nähe. Zu ihrer Linken stand eine hohe Dornakazie, *Acacia nigrescens* und rechts von ihr sah sie bröckelnde Überreste einer Lehmhütte. Sie stellte sich vor, dass sie einst von Parteitreuen oder Kriegsveteranen bewohnt worden war, die auf der überwucherten Farm, auf der sie sich versteckte, eigenes Land abgesteckt hatten. Sie hatte ihr Versteck auf freiem Feld gegraben und verbarg sich im langen, goldenen Gras vor Blicken von der Strasse. Für den unwahrscheinlichen Fall, dass ein Hubschrauber den Konvoi begleitete, diente ihr ein Tarnnetz als Dach. Sonja rechnete damit, dass Fallschirmjäger ihr Feuer auf den Baum oder die Ruinen richten würden, da dies die offensichtlichsten Feuerstellungen waren.

Als jedoch eines der Maschinengewehre das Feuer eröffnete, pflügte der Schütze wahllos über das offene Gelände, anstatt auf bestimmte Orientierungspunkte zu zielen.

Aus Geysiren spritze rote Erde vor ihr auf, aber sie behielt die Limousinen im Auge. Die Fahrertür des vorderen Mercedes öffnete sich und ein Mann in schwarzem Anzug stieg aus. Er rannte vom

Auto und von ihr weg, kletterte über den Erdwall am Strassenrand und verschwand im Gras und den dahinterliegenden, dornenbesetzten Bäumen. Nichts konnte ihn aufhalten.

Der zweite Mercedes setzte zum Rückwärtsfahren an und rammte den Wagen dahinter, obwohl der Fahrer des BMW anhaltend hupte. Beide Fahrer stiegen aus, folgten nach kurzem Geschrei dem Beispiel des ersten Mannes und verliessen ihre Fahrzeuge.

»Scheisse«, sagte Sonja.

Sie richtete ihre Aufmerksamkeit wieder nach rechts. Ein Offizier stand mit unvernünftigem Mut im Freien und brüllte seinen Männern Befehle zu. Einer der RPD-Schützen kletterte die Böschung hinauf und bewegte sich in ihre Richtung. Ein dreiköpfiger Trupp rannte die Strasse hinunter, weg von dem Gemetzel und überquerte sie. Sie wollten versuchen, sie von der Seite anzugreifen.

Bei den drei Limousinen war keine weitere Bewegung auszumachen. Sonja setzte den Javelin ab und griff nach dem Fernglas. Die Fahrertüren aller drei Autos, deren Scheiben stark getönt waren, standen offen. Sie nahm sich den Bruchteil einer Sekunde Zeit, um jedes von ihnen abzusuchen.

»Scheisskerle.«

Sonja nahm eine M26 Splittergranate aus einer der Taschen an der Vorderseite ihrer Kampfweste und zog deren Stift. Sie hob das verbliebene Javelin-Rohr an und legte die Granate darunter. Das Gewicht der Rakete hielt den Hebel des Sprengkörpers unten. Es war eine plumpe Falle, aber sie hoffte, dass ein unerfahrener Soldat der Versuchung nicht widerstehen könnte, die ehemals teure Panzerabwehrwaffe zu heben. Umständlich warf sie sich die dritte Rakete und die CLU über die Schulter und schnappte sich ihr M4-Sturmgewehr. Sie kroch durch das lange Gras, während Maschinengewehrkugeln über ihrem Kopf durch die Luft zischten und hämmerten.

Ihr Versteck lag knapp unterhalb eines Hügels und sobald sie dessen andere Seite erreicht hatte, bewegte sie sich, halb rennend, halb stolpernd, den grasbewachsenen Abhang hinunter. Am Ende des flachen Tals, auf der anderen Seite desselben trockenen Flussbetts, über das die Brücke führte, bevor sie sie in die Luft gesprengt hatte, stand ihr Land Rover unter einem Leberwurstbaum. Das Fahrzeug, ein alter sandfarbener 110er, der Vorläufer des Defender, galt als einer der besten Geländewagen der Welt. Sie betete, dass er seinem Ruf gerecht wurde.

Sonja öffnete die Fahrertür, stieg ein und startete den Motor.

MAJOR KENNETH SIBANDA griff nach vorne und klopfte dem Piloten des russischen Hind-Hubschraubers auf die Schulter. »Da unten, der Land Rover!«,

Der Rauch des brennenden Bakkies war ein Leuchtsignal für sie gewesen und Sibanda hatte dem führenden der drei Alouettes über Funk mitgeteilt, dass er hinfliege, um die Sache zu untersuchen.

Nach einer Pause funkte der Pilot der Alouette zurück: »Der Genosse Präsident wünscht Ihnen viel Glück und gute Jagd.«

Sibanda lächelte vor sich hin. Es war eine Ehre, dem Präsidenten, dem Helden des Revolutionskrieges, zu dienen, auch wenn sein Anführer nichts von Sibandas kühnem Plan wusste. Sein Herz schlug schneller, als er hörte, dass dieser in Sicherheit und auf dem Weg zum ›Zimbabwe House‹ in Harare war. Der Tag war perfekt verlaufen und das Attentat vereitelt worden.

Am Nachmittag würde der Genosse Präsident vor den staatlichen Medien erklären, dass die ›Bewegung für Demokratischen Wandel‹, MDC, versucht habe, ihn zu töten, um die Macht in Simbabwe widerrechtlich an sich zu reissen.

In der Erwartung, dass der letzte Teil des ausgeklügelten Plans, den Sibanda ausgeheckt hatte, auch einen erfolgreichen Abschluss fände, würde der Präsident am Nachmittag eine Erklärung verlesen. Darin würde er erklären, dass der Attentäter von Sicherheitskräften verletzt worden sei und auf dem Sterbebett gestanden habe, dass er von einem MDC-Mittelsmann dafür bezahlt worden sei, die Wagenkolonne des Präsidenten zu überfallen. Der Präsident würde bekannt geben, dass die ›Criminal Intelligence Organisation‹, CIO, der Sibanda angehörte, das Komplott aufgedeckt und dem Präsidenten geraten habe, von Victoria Falls nach Harare zu fliegen, statt zu

fahren. Damit konnte der Präsident sowohl seine Position als recht-
mässiger Anführer der Nation wie auch die seiner ZANU-PF-Partei
festigen, während er die MDC, die in Wirklichkeit Lakaien der britischen Neokolonialisten waren, unterminierte. Der CIO und Sibanda
würden als Helden gefeiert werden.

Der Präsident war ein alter Mann am Ende seines Lebens und
Sibanda und eine kleine Gruppe anderer Veteranen des Befreiungskrieges, die dem Militär und dem Politbüro angehörten, machten
sich Sorgen darüber, was es für die Zukunft der Partei und sie selbst
bedeutete, wenn das Unvorstellbare geschah und der grosse Mann
starb. Ihr Plan, der jetzt so tadellos ausgeführt wurde, würde die
Opposition auf Jahre hinaus zu internationalen Geächteten
stempeln.

»Wie lauten die Befehle, Major?«

»Zerstören Sie das Fahrzeug.«

Der Pilot zögerte. »Sie wollen doch sicher versuchen, den Attentäter lebendig zu fassen, Sir? Vielleicht ein paar Warnschüsse oder
...«

»Zerstören Sie das Fahrzeug!« Die Geschichte mit dem
Geständnis des Attentäters und dass es sich dabei um einen Mann,
nicht um eine Frau handelte, war Teil von Sibandas Plan.

»Ja, Sir.«

Die Avionik und die Waffensysteme an Bord des Helikopters
waren nicht gerade hoch entwickelt – sie stammten aus den frühen
1980er Jahren –, aber tödlich waren sie dennoch. In dem schwenk-
baren Turm unter dem Richtgeschütz, das sich vor und unter dem
Piloten befand, gab es ein rotierendes 12,7-Millimeter-Maschinenge-
wehr mit mehreren Läufen, und unter den Stummelflügeln auf
beiden Seiten des Kampfhubschraubers waren Hülsen mit Luft-
Boden-Raketen angebracht.

»Pilot an Bordschütze, wählen Sie die Geschütze und zerstören
Sie den Land Rover«, sagte der Pilot.

»Roger«, antwortete der Bordschütze. »Geschütze werden
gewählt.«

Der Richtschütze feuert auf den Land Rover und Sibandas Herz schlug bis zum Hals, als er sah, wie die fetten Geschosse einschlugen und das Aluminiumdach des Geländewagens wie von einem Dosenöffner aufgeschlitzt wurde.

»Es ist ein starkes Fahrzeug, Major«, sagte der Pilot, als ihr Schatten über den Lastwagen hinweg zog. Der Land Rover rumpelte, obwohl aus einem Loch in der Motorhaube eine Dampfwolke quoll, immer noch langsam, aber stetig über die offene Grasebene.

»Benutzen Sie die Raketen. Vernichten Sie ihn.«

»Ja, Sir. Geschützführer, Sie haben den Befehl gehört«, sagte der Pilot.

»Ich nehme Raketen.«

Der Pilot lenkte die Hind in eine weite Kurve und flog wieder hinter dem Land Rover her. Da keine Boden-Luft-Bedrohung in Sicht war, verringerte er die Fluggeschwindigkeit und brachte den Hubschrauber auf eine Höhe von höchstens 30 Metern über dem Boden. Bei dieser Höhe und Geschwindigkeit und einer Entfernung von nicht mehr als zweihundert Metern zum Ziel, bestand kaum eine Chance, dass der Schütze sein Ziel verfehlte.

»Jetzt abfeuern.«

Die ersten beiden Raketen verliessen ihre Hülsen und zogen weisse Rauchfahnen in den Himmel. Eine landete links neben dem Fahrzeug, die andere detonierte direkt hinter dem sich bewegenden Ziel. Einen Moment lang verschwand der Wagen in einer Wolke aus Erde, Steinen und Rauch.

»Er ist getroffen«, sagte der Pilot, »aber er bewegt sich noch. Kanonier, noch eine Salve abfeuern.«

Das Fahrzeug war schwer angeschlagen und sein rechter Hinterreifen durch die Explosion zerfetzt.

Sibanda musste sich eingestehen, dass er dem Attentäter zähneknirschend Respekt zollte. Wenn er dort unten gewesen wäre, hätte er versucht, zu Fuss zu entkommen.

Zwei weitere Raketen sausten vom Hind weg und dieses Mal traf der Schütze genau. Eines der Geschosse durchschlug die Heckscheibe des Land Rovers und detonierte im Innern. Das Fahrzeug kam brennend und rauchend zum Stehen.

»Setzen Sie mich ab«, sagte Sibanda zu dem Polizisten. »Ich muss nachsehen, was von der Leiche übrig ist.«

DIE JAVELIN WAR eine Panzerabwehrwaffe und nicht dafür gedacht, ein Flugzeug auszuschalten, aber Sonja sah keinen Grund, es nicht zu versuchen, insbesondere weil der Pilot den Kampfhubschrauber gerade zur Landung ansetzte.

Der Laserentfernungsmesser auf dem Bildschirm zeigte an, dass der Hubschrauber zwölfhundertdreiundvierzig Meter von ihr entfernt war, also innerhalb der Reichweite der Rakete.

Ihre Planung hatte eine Reihe verschiedener Eventualitäten umfasst, aber nicht das Auftauchen eines Kampfhubschraubers. Sie benötigte ein grosses, überzeugendes und bewegtes Ziel, um die Aufmerksamkeit des Hubschraubers von sich abzulenken, also hatte sie das Handgas des Land Rovers auf etwa vier Stundenkilometer eingestellt, das Lenkrad festgebunden und war dann aus dem fahrenden Fahrzeug gesprungen.

Wären der Richtschütze und der Pilot nicht so sehr auf den Geländewagen konzentriert gewesen, hätten sie vielleicht die einsame Gestalt oder die flachgetretene Spur, die sie im Gras hinterlassen hatte, bemerkt. Aber wie typische Männer, waren sie zu sehr damit beschäftigt, etwas zu finden, das sie in die Luft jagen konnten.

Durch den brennenden Treibstoff des Fahrzeugs hatte das Gras Feuer gefangen. Das Gemisch aus Rauch, Staub und dem Gras, das durch den Abwind des Hubschraubers aufgewirbelt wurde, verdeckte die Sicht vorübergehend, was aber kein Problem war, denn der Javelin verfügte über eine Infrarot-Erkennungsfunktion, die buchstäblich durch den Nebel des Krieges hindurchsehen konnte. Sonja wählte auf dem Bildschirm die Taste ›IR‹ und vor ihren Augen tauchte das schimmernde Bild des Hubschraubers aus der Dunkelheit auf, der von der Hitze seiner Abgase erhellt wurde. Sie wählte ›Top-Attack‹. Selbst wenn der Sprengkopf den Körper der Maschine verfehlte, würde er den Helikopter durch seine sich drehenden Rotoren zu Fall bringen.

»Fambai Zvakanaka, ihr Bastarde«, flüsterte sie, verabschiedete sich auf Shona von der Besatzung und drückte den Abzug.

KENNETH SIBANDA HATTE die Tür des kleinen Frachtraums im Heck des Hind aufgeschoben und sass mit herausbaumelnden Beinen in der Luke, bereit, zu Boden zu springen, sobald die Räder den Boden berührten. Der Hubschrauber ruckte.

Er hatte immer noch seine Kopfhörer auf und hörte den Piloten rufen: »Rakete im Anflug!«

Sibanda blickte über die Schulter und sah die rauchige Spur der Waffe, die sich in einem Bogen in den Himmel erhob. Das Gras war nicht mehr als vier Meter unter ihm. Er riss das Headset ab und stürzte sich hinaus in die Leere.

Der Hubschrauber stieg über ihm hoch. Sibanda schlug auf dem Boden auf und vollzog eine Fallschirmlandung, bei der er die Füsse und Knie aneinanderlegte und die Ellbogen neben dem Körper aufsetzte. Er rollte sich bei der Landung ab, verteilte die Wucht des Aufpralls auf der einen Seite seines Körpers und entfernte sich aus dem Schatten des Hubschraubers. In diesem Augenblick sauste die Rakete vom Himmel herab und bahnte sich ihren Weg durch ein Rotorblatt, dann durch die Metallverkleidung und schliesslich in den kreischenden Turbinenmotor.

Sibanda schenkte der sterbenden Maschine keinen Blick mehr. Er rappelte sich auf und rannte.

Teile der Rotorblätter, Verkleidungsstücke und ein menschliches Glied segelten an ihm vorbei, als der Hubschrauber explodierte und abstürzte.

Durch die Sohlen seiner Schuhe spürte er den heissen Boden. Das Gras war hier schwarz, bereits vom Feuer, das der Raketenangriff auf den Pick-up ausgelöst hatte, verbrannt. Er stolperte zum verkohlten Wrack des Land Rovers, dessen Fahrertür die Wucht der Explosion aufgesprengt hatte. Sibanda zog die Tokarev-Pistole aus dem Leinenholster an seinem Gürtel, denn er wollte das Magazin in den Körper des Möchtegern-Attentäters leeren. Danach wollte er nachladen und sich auf die Suche nach demjenigen machen, der die Flugabwehrrakete abgefeuert hatte.

Sibanda hob im Gehen die rechte Hand und krümmte den Finger um den Abzug. Sein Blick folgte dem Lauf seiner Waffe und suchte das Innere des ausgebrannten Fahrzeugs ab.

»Leer«, sagte er laut. Als er näherkam sah er vom Lenkrad den Strang eines teilweise verbrannten und geschmolzenen Nylonseils baumeln, dessen anderes Ende vom Bremspedal herabhing. Es war zum Festzurren verwendet worden. Er fluchte in Shona und sah sich um, denn plötzlich fühlte er sich sehr ausgesetzt.

SONJA HATTE SICH, schon bevor die Rakete ihr Ziel getroffen hatte, auf und davon gemacht. Egal, ob der Hubschrauber abgestürzt war oder nicht, sie musste sich beeilen.

»Welch verfluchte Situation«, seufzte sie und richtete ihre Aufmerksamkeit wieder auf den unebenen Boden vor sich.

Die Javelin war jetzt viel leichter, da ihr letztes verbliebenes Projektil verbraucht war, aber sie konnte die CLU und das leere Rohr noch nicht abwerfen. Bei jedem der ruckartigen Schritte grub es sich schmerzhaft in ihren Rücken und die Nieren, aber sie ignorierte das Unbehagen, so wie es ihr viele Jahre zuvor von den SAS-Ausbildern beigebracht worden war.

Sie hielt die M4 entsichert und auf Halbautomatik eingestellt vor sich, dann hob sie den Gewehrkolben an ihre Schulter und näherte sich vorsichtig dem Asthaufen, der das Yamaha Sportmotorrad verdeckte. Langsam umkreiste sie das Versteck, erkannte aber keine Anzeichen dafür, dass jemand hier gewesen oder weggefahren war.

Sonja hängte sich das Gewehr quer über die Brust, räumte die Äste beiseite, kletterte auf das Motorrad und startete es. Sie liess die Kupplung los, fuhr durch das Gras und genoss den Fahrtwind, wobei sie sich auf die aktuelle Situation konzentrierte. Sie hielt Ausschau nach den Löchern von Ameisenbären und anderen Gefahren vor ihr.

Soweit sie sich erinnern konnte, verfügte die simbabwische Luftwaffe über bloss zwei diensttaugliche Hind-Hubschrauber, von denen nur einer regelmässig im Einsatz war. Beide waren auf dem Luftwaffenstützpunkt in Harare stationiert, der an den internationalen Flughafen angrenzte. Da im Land ein massiver Mangel an Benzin, Diesel und Kerosin herrschte, fuhr oder flog in diesen Tagen nichts mehr ohne guten Grund. Während ihres Briefings über Simbabwe, hatte sie erfahren, dass die alternden MiG-21-Kampfjets der Luftwaffe am Boden geblieben waren, weil nicht genug Treibstoff vorhanden war, um vom Luftwaffenstützpunkt Thornhill in Gweru, im Zentrum des Landes, nach Beitbridge, an der südafrikanischen Grenze und zurückzufliegen. Wie konnte dieser Hubschrauber dann wundersamerweise nur wenige Minuten nach dem Angriff auf den Konvoi hier auftauchen?

Sonja war sich sicher, dass sich der Präsident in keiner der drei gepanzerten Limousinen befand. Auch dass das Militärkommando die Fahrzeuge nicht beachtet hatte und niemand anderes als die Fahrer aus den Wagen geflüchtet war, bestätigte ihre Theorie: Auch wenn jeder der Männer, oder zumindest die Fahrer in diesem Konvoi den Präsidenten in einem der anderen Wagen vermuten mochten, waren sie sich bewusst, dass sie Lockvögel waren. Jeder hatte offensichtlich ausschliesslich sich selbst zu retten versucht – ohne an Passagiere zu denken. Sie, Sonja, war es, die an diesem Tag mit einem Hinterhalt angegriffen worden war, nicht der Präsident.

Sie fuhr über den Kamm eines Hügels, wobei beide Räder eine Sekunde lang abhoben. Auf halbem Weg den Hang hinunter trat sie auf die Bremse und hielt neben einem Hügel aus grauer Erde, der fast doppelt so hoch war, wie sie selbst. Es war ein Termitenhügel, dem Loch in der Seite nach zu urteilen ein stillgelegter. In verlassenen Termitenhügeln hausen Tiere wie Geparden, Hyänen und Ameisenbären. Sie stieg ab und stellte das Motorrad auf den Ständer. Ohne sich die Mühe zu machen, zu schauen, ob etwas darin lebte, nahm Sonja den Javelin vom Rücken und warf ihn in die natürliche Höhle. *Wäre zu schade*, dachte sie, *wenn die simbabwische Polizei oder Armee den Werfer entdecken würde.* Falls ihr Verdacht stimmte, wussten sie wahrscheinlich bereits alles über sie und ihre Waffen. Sie stieg den Hügel wieder hinauf und bückte sich, als sie sich der Kante näherte, dann liess sie sich auf die Knie nieder und kroch durch das Gras.

Sie nahm das Fernglas aus der Tasche in ihrer Weste und suchte den Horizont ab. Die beiden Brandhaufen, die die Gräber des Land Rovers und des Hubschraubers markierten, schienen weit entfernt, aber Sonja wusste, dass die Distanz in Sekunden überwunden werden konnte, wenn ihre Verfolger Zugang zu einem weiteren Hubschrauber hatten.

Überlege! befahl sie sich selbst.

Selbst wenn alles nach Plan verlaufen wäre, würde der schwierigste Teil der ganzen Mission, aus diesem gottverlassenen Land zu verschwinden. Die Nachricht des Mordversuchs an einem Präsidenten verbreitete sich schnell. Die Grenzen würden innerhalb von Stunden, wenn nicht Minuten, abgeriegelt und alle Westler ganz besonders im Visier von Polizei, Armee, Zoll und Einwanderungsbehörden stehen, auch Frauen.

Eine Frau zu sein war ein Vorteil und für Martin Steele eindeutig ein Grund, sie für diese Mission auszuwählen. Ein einsamer westlicher Mann zog die Aufmerksamkeit der Polizei auf sich, aber sie hatte in Simbabwe mehrere Strassensperren passiert und dabei problemlos die Rolle einer deutschen Krankenpflegerin gespielt. Nur einmal musste sie ihr gefälschtes Empfehlungsschreiben eines deutschen Hilfswerks vorzeigen.

Sonja zog das Satellitentelefon aus einer Tasche ihrer Kampfweste und wählte Martins Nummer. Er erwartete sie ein paar hundert Kilometer vom Ort entfernt, an dem sie im Gras kauerte: am Flughafen von Francistown in Botswana.

»Geschafft?«, fragte er.

»Nein. Hier ist alles am Arsch. Sie haben uns übertölpelt. Es gab kein Paket und es wartete eine Überraschung auf mich.«

»Eine Überraschung?«

»Ein verdammter Kampfhubschrauber.«

»Oh.«

»Ja, wirklich oh.«

»Wo bist du? Soll ich dich abholen?«

Der Graslandeplatz, ihr vereinbarter Treffpunkt, befand sich auf einer verlassenen Farm etwa fünfzig Kilometer Luftlinie von ihrem jetzigen Standort entfernt. Sie könnte in weniger als einer Stunde dort sein, selbst wenn sie querfeldein fuhr, anstatt die Nebenstrasse zu nehmen, die von der Hauptstrasse nach Bulawayo weg und zum Areal führte. Sie wollte mit jeder Faser ihres Wesens antworten: *Ja, bitte hol mich ab.* Sie blickte auf ihre linke Hand hinunter. Nun da das Adrenalin nachzulassen begann, zitterte sie.

»Nein. Weiss dein Kontakt über den Treffpunkt Bescheid?« Am anderen Ende der Leitung folgte Stille. »Scheisse!«, gab sie zurück. »Das war's dann wohl. Ich komme auf dem Landweg.« »Welche Kreuzung?« Sonja überlegt einen Moment. »Nicht über das Telefon. Ich rufe dich an, wenn ich da bin. Ich muss los!«

Sie stopfte das Telefon an seinen Platz und hob den Sitz des Motorrads an. Aus der Vertiefung, die für den Helm vorgesehen war, zog sie einen zusammengerollten Wanderrucksack aus Nylon. Sie schob die M4 in den Rucksack und schnallte ihn auf den Rücken. Sie griff nach den zwei weiteren Handgranaten, die sich im Helmfach befanden und steckte sie in die Taschen ihrer Weste.

Sonja klappte den Sitz wieder herunter, stieg auf und schmiss das Motorrad an. Sie gab kräftig Gas, fuhr den Hügel hinunter, um diesen herum und auf die Hauptstrasse. Geschwindigkeit war jetzt das A und O.

Der Fahrwind peitschte den Pferdeschwanz hinter ihr her. Sie beobachtete, wie die Nadel des Tachometers auf Hundertzwanzig Stundenkilometer kletterte. Es war gut, wieder unterwegs zu sein.

Ausserhalb von Victoria Falls befanden sich eine Polizeiüberwachung und ein Veterinärkontrollposten. Ihre Weste sah ähnlich aus wie die eines Fotografen und sie rechnete damit, dass eine weisse Frau auf einem Motorrad etwas Neues war und ausreichen würde, um die diensthabenden Polizisten abzulenken. Sollte aber jemand in ihren Rucksack schauen wollen, gäbe es ein Blutvergiessen.

»Wohin wollen Sie?«, fragte sie der Beamte, der sie anhielt.

»Zu den Wasserfällen.«

»Es ist heiss heute, nicht wahr?«

»Oh, ja, sehr heiss.«

»Sie kommen aus Südafrika?«, fragte er sie.

»Ich bin aus Deutschland.«

»Aha, das ist sehr weit weg. Was haben Sie mir aus Deutschland mitgebracht?«, Er neigte theatralisch den Kopf, um auf ihren Rucksack zu schauen.

»Wohlwollen und ein sonniges Gemüt.«

Der Polizist lachte und winkte sie durch.

Sie hatte befürchtet, die Strassensperre sei über das Ereignis, das keine achtzig Kilometer entfernt stattgefunden hatte, informiert worden, aber sie war in Simbabwe und hier funktionierten nur wenige Dinge – die Kommunikation am allerwenigsten.

Sie raste an der Werbetafel ›Zambezi Lager‹ vorbei, die sie in Victoria Falls willkommen hiess, bog aber vor der Einfahrt in die Touristenstadt nach links ab und folgte dem Schild in Richtung Kazungula und zum Grenzübergang nach Botswana. Es waren etwa siebzig Kilometer und der grösste Teil davon führte durch den Sambesi-Nationalpark, der entlang des gleichnamigen Flusses, oberhalb der grossartigen Wasserfälle, verläuft. Auf der Strasse herrschte wenig Verkehr und sie überholte nur ein einziges Fahrzeug, einen umgebauten Lastwagen voller Rucksacktouristen. Die Reisebusse mieden Simbabwe mittlerweile wegen der Lebensmittel- und Treibstoffknappheit, aber die vielen Attraktionen im Land lockten immer noch die eine oder andere Gruppe hartgesottener Touristen an. Von der simbabwischen Seite aus genoss man einen besseren Blick auf die Wasserfälle und in den Abgrund hinunter als von dessen Kante auf der sambischen Seite her.

Sie fuhr schnell und verlangsamte nicht einmal, um einen Elefantenbullen zu beobachten, der am Strassenrand frass. Ein Schild gab zwanzig Kilometer Entfernung nach Kazungula an. Sonja wagte zu hoffen. Sie schaute über ihre Schulter auf den verschwindenden, blauen Fleck des Lastwagens. Die Luft schien rein zu sein. Als sie sich dem Kamm eines Hügels näherte, sog die Mittagssonne vor ihr Wellen von Hitzeschleiern aus dem schwarzen Teer. Durch den Vorhang aus heisser Luft sah sie einen dunkeln Umriss.

Instinktiv trat sie auf die Bremse und drosselte ihre Geschwindigkeit auf achtzig. Sie wollte keinen Frontalzusammenstoss mit einem Lastwagen riskieren, der ein langsameres Fahrzeug überholte. Immer klarer wurde ein knapp über der Strasse schwebender Hubschrauber vor ihr erkennbar. Es war eine Alouette, die offensichtlich auf der anderen Seite des Hügels auf sie gewartet hatte. Wie lange man sie wohl schon beobachtet hatte?

Die Strasse verlief durch einen schmalen Einschnitt mit steilen Böschungen auf beiden Seiten, also ironischerweise dieselbe Art von Terrain, das sie für den Überfall auf den Konvoi gewählt hatte. Ihr Feind hatte ihre eigene Strategie gegen sie gerichtet. Hinter ihr holte der Touristenlastwagen langsam auf. Wenn sie umdrehte, würde sie ihn gefährden.

Ein Mann lehnte sich aus der offenen Ladeluke und als sie den Lauf einer AK-47 sah, gab Sonja Gas.

Sie fuhr direkt auf den schwebenden Hubschrauber zu. Links und rechts von ihr schlugen Kugeln in den Asphalt ein und prallten ab. Sie konnte die M4 in ihrem Rucksack nicht erreichen und die Glock 17 Neun-Millimeter-Pistole steckte in der Weste. Während sie mit der rechten Hand das Gas bediente, öffnete sie mit der linken eine der Westentaschen und zog eine Granate heraus. Sie hob sie an den Mund und zog den Stift mit den Zähnen heraus. Das war viel schwieriger, als es in den alten Kriegsfilmen mit Lee Marvin aussah, vor allem, wenn man gleichzeitig ein Motorrad fuhr. Sie spuckte den Stift aus und murmelte »geht doch.« Die Alouette senkte sich hinunter und es sah aus, als würde der Pilot auf der Strasse landen.

Sonja lockerte ihren Griff um die Granate und liess sie in ihrer Handfläche rollen, um den federbelasteten Sicherungshebel zu lösen. Ihr blieben zwischen fünf und sieben Sekunden Zeit, bevor sie detonierte, aber Sonja behielt sie in der Hand. Als der Hubschrauber herunterkam, drehte er sich mit der Breitseite nach vorne, um eine bessere Strassensperre zu bilden und dem uniformierten Bordschützen im hinteren Teil eine bessere Sicht auf sie zu ermöglichen. Er eröffnete erneut das Feuer und Sonja kam von der Strasse ab. Das Motorrad kam im Dreck ins Schleudern und kippte um. Sie schlitterte, dicht hinter dem Motorrad her, über den Kies. Über das Abschürfen ihrer Haut auf dem unnachgiebigen Boden hinaus spürte sie den stechenden Aufprall einer Kugel, die ihren rechten Oberschenkel traf und wie eine brennende Lanze in ihren Körper fuhr.

Der Pilot wendete den Hubschrauber, um eine bessere Sicht zu bekommen.

Sonjas Schlittern endete in der Nähe des Motorrads. Ihre khaki-farbene Hose und ihr langärmliges Hemd waren zerrissen und aus ihrem Bein strömte Blut. Sie löste die Finger ihrer linken Hand so unauffällig wie sie konnte und schnippte die Granate von sich weg. Sie rollte durch den Dreck zum Motorrad, dessen Metall sie bremste und wo sie liegenblieb.

»Was ist das?«, schrie der Pilot in seine Sprechanlage.

»Granate!«, Sibanda zog den Abzug der AK durch und leerte sein Magazin in das Motorrad, während der Pilot an den Kontrollinstrumenten zerrte und darum kämpfte, die Alouette wieder in den Himmel zu bringen.

Das Geschoss explodierte und die Maschine begann zu schaukeln und zu ruckeln.

»Runter mit ihr! Landen Sie dieses verdammte Ding!«, befahl Sibanda.

»Auf keinen Fall.«

Der Pilot war vom Flug des Präsidenten abgezogen worden, um Sibanda abzuholen, aber ihm fehlten die Aggressivität und der Mut des getöteten Kampfpiloten. Der junge Mann hatte sich zunächst ›aus Sicherheitsgründen‹ geweigert, auf der Strasse zu landen, bis Sibanda den Lauf seiner AK-47 in die Richtung des Mannes gedreht hatte. Wenn dies alles vorbei war, würde er dafür sorgen, dass der Pilot vor ein Kriegsgericht käme.

Die Maschine war zu hoch, um auf die Strasse zu springen und er schlug frustriert gegen den Rahmen der Luke. »Tun Sie, was ich Ihnen sage!«, bellte er in die Sprechanlage.

»Major, ich habe die Kontrolle über dieses Flugzeug«, antwortete der Pilot. »Wir haben Schrapnellschäden erlitten und auf der Strasse unter uns steht ein ziviles Fahrzeug. Ich lande nicht.«

»Dann verrecke, verdammt noch mal. Ich will sehen, ob sie noch am Leben ist.«

Der Pilot flog noch ein paar Sekunden lang geradeaus, weg vom Ort der Explosion, tat, als studierte er seine Instrumente und experimentierte mit den Kontrollen, um sich zu vergewissern, dass keine ernsthaften Schäden vorlagen. Sibanda wusste, dass dieses Getue nur die Tünche über der Feigheit war. »Sofort, Leutnant!«

Der Pilot blickte auf das auf ihn gerichtete Gewehr und drehte den Steuerknüppel herum. Sibanda warf die leergeschossene AK-47 auf den Boden des Hubschraubers. Er hatte es beim Truppentransporter versäumt, ein Ersatzmagazin von der Leiche eines toten Soldaten zu schnappen. Immerhin hatte er noch seine Tokarev und zog die Pistole nun. Es war die passende Waffe, um ihr den Gnadenstoss zu geben. Während der Pilot das abgestürzte Motorrad vorsichtig umkreiste, lehnte er sich aus der Luke.

Unter ihnen fuhr ein grosser blauer Reisebus auf die Grenze zu. Sibanda hatte gesehen, wie er langsamer wurde, aber klugerweise fuhr der Fahrer am Motorrad vorbei weiter.

»Wo ist sie?«, fragte Sibanda laut. Er konnte das umgestürzte Fahrrad sehen, aber keine Spur von der Frau.

»Sie?«, wiederholte der Pilot.

Sibanda ignorierte die Frage. »Folgen Sie dem Lastwagen. Sie muss an Bord gesprungen sein. Können Sie den Grenzposten in Kazungula anfunken?«

»Ich werde es versuchen.« Der Pilot fummelte an einem Knopf herum und sprach in sein Helm-Mikrofon. »Nein, es funktioniert nicht, Major.«

Sibanda hätte den Mann am liebsten erschossen, aber da er nicht fliegen konnte, kam das nicht in Frage. »Fliegen Sie mich zur Grenze, Sie Idiot, sofort!«

»Sir.«

Sie kreisten noch einmal über der Stelle, an der das Motorrad lag, aber vom Attentäter war keine Spur auszumachen. Der Pilot senkte die Nase des Hubschraubers und flog weiter entlang des schwarzen Teerbandes, das sich durch das trockene Mopane-Buschland des Nationalparks zog. Eine Herde mit einem Dutzend Kudus erschrak wegen des niedrigen Überflugs. Sie schossen, um der unsichtbaren Bedrohung zu entgehen, in hohen Sprüngen über die Strasse, die weissen Schwänze schützend an den Rumpf gelegt.

Die Alouette begann zu vibrieren und innerhalb von Sekunden steigerte sich das brummende Zittern zu einem dröhnenden Rütteln. »Was ist das?«, fragte Sibanda.

»Der Öldruck fällt ab.« Der Pilot tippte auf ein Messgerät. »Ich schalte die Maschine ab, bevor der Motor abstirbt.«

»Heilige Mutter Gottes!«

Sibanda war bereits aus dem Flugzeug, als die Räder den Boden berührten. Wenn er nicht von diesem verdammten Piloten wegkam, würde er ihn umbringen und er hatte an diesem Tag schon genug Ärger gehabt. Seine Träume vom Ruhm verwandelten sich in einen lebendigen Alptraum. Es würde keine Beförderung geben, kein zusätzliches Land, keinen Platz im Politbüro und kein Geld, wenn diese Frau entkam und ihn blamierte. Zu allem Überfluss hatte er weder die Polizei noch die Grenzbehörden über das fingierte Attentatskomplott informiert.

Ein Fahrzeug kam auf sie zu, ein alternder roter Bakkie, der eine Wolke aus schwarzem Dieselrauch ausstiess. Als sich das Fahrzeug näherte, stellte sich Sibanda mitten auf die Strasse und zog seine Pistole. Der Fahrer machte grosse Augen, als Sibanda bellte: »Aussteigen!«

Sprachlos vor Angst tat der dünne Mann in der blauen Arbeitskleidung, wie ihm befohlen wurde. Sibanda sah vier leere Zweihundert-Liter-Fässer auf der Ladebrücke. Der Mann war auf einer Treibstofffahrt nach Botswana, um Diesel oder Benzin für den Schwarzmarkt zurückzubringen. »Ich beschlagnahme dieses Fahrzeug.«

Der Bürger nickte stumm. Der Anblick der uniformierten Männer und des Hubschraubers mitten auf der Strasse, liess jeden

Protest verstummen. Sibanda stieg ein, legte den ersten Gang ein und raste los. Obwohl er in den höchsten Gang hochschaltete und das Gaspedal durchdrückte, konnte er aus dem verschlissenen Dieselmotor höchstens die Geschwindigkeit von fünfundsiebzig herausholen.

DIE TOURISTEN STANDEN IMMER NOCH unter Schock, als ihr Führer und Fahrer, Mike Williams, am Zoll und beim Büro der Einwanderungsbehörde in Kazungula anhielt. Er kletterte aus der Führerkabine des Touristenlastwagens und schüttelte den Kopf. »Ich werde langsam zu alt für diesen Mist.« Er atmete tief durch, um sich zu beruhigen. »Die Pässe aller. Sofort!«

Es war seltsam, überlegte er, wie leicht er wieder in den Offiziersmodus schlüpfte, wenn es nötig war. Direkt vor ihnen hatte jemand eine Granate abgefeuert und ein Hubschrauber der simbabwischen Luftwaffe wäre beinahe über ihnen abgestürzt. Er hatte geglaubt, die Gefahren der Strasse genügten ihm. Mit ausgestreckten Händen reichten ihm die Leute der Gruppe ihre Reisedokumente. Sie schienen genauso darauf erpicht wie er, Simbabwe nur noch im Rückspiegel zu sehen.

»Kanjane shamwari«, sagte Mike zu dem Mann von der Einwanderungsbehörde, den er vom Sehen her kannte. Sie schüttelten sich die Hand und er reichte den Stapel Pässe unter dem Gitter hindurch.

»Kanjane. Haben Sie es heute eilig?«

Mike hustete. »In der Safari-Lodge wartet das erste Bier auf mich.«

Der Mann lächelte und begann, jeden der Pässe zu kontrollieren, bevor er ihn mit seinem Stempel versah. »Ich wünsche Ihnen eine gute Reise.«

»Das hoffe ich aufrichtig.«

Auf der botswanischen Seite des Grenzübergangs liessen die Zoll- und Einwanderungsbeamten jeden der Passagiere vortreten, damit sie ihre Pässe kontrollieren konnten. In der Gruppe von Australiern kannten sich alle: Lehrer, Eltern und ältere Schüler einer Schule in

Coffs Harbour. Er hatte sie den ganzen Weg von Kawalazi in Malawi hierhergebracht, um eine Schule zu besuchen, die sie unterstützten. Mike fuhr sich mit der Hand durch sein kurzgeschnittenes, graues Haar und zündete sich eine Zigarette an, während er draussen am Heck des Lastwagens wartete. Die letzten Lehrer stiegen aus und Mike drückte seine Zigarette aus, bevor er sie auch nur halbwegs geraucht hatte. Hinter dem Fahrzeug sah er frische, nasse Flecken auf dem Boden und sagte sich, dass er, wenn sie ankamen, nach einem Ölleck suchen sollte. Aber das Getriebe des Lastwagens war im Moment seine geringste Sorge. »Gut! Machen wir uns auf den Weg.«

»Halt!«

Mike drehte sich um. Ein Schwarzer in Armeeuniform duckte sich unter dem rot-weiss gestreiften Absperrgitter auf der simbabwischen Seite des schmalen Stücks Niemandslands – nicht mehr als hundert Meter – zwischen den beiden Grenzposten durch. Einige der Lehrer standen dicht gedrängt neben dem Lastwagen und beobachteten den Mann.

»Maggie, Lisa, Claudia, einsteigen, schnell.« Die drei Frauen begannen einzusteigen.

»Was will dieser Mann mit ...«, begann eine andere.

»Kümmert euch nicht um ihn aber steigt verdammt nochmal in den Laster. Sofort!«

Mike startete den Motor, während die letzten beiden Lehrer an der Kette zogen, um die Treppe hochzuziehen. Er gab bereits Gas, als sich die Tür schloss. Ein Mädchen aus dem Passagierraum schrie, weil es das Gleichgewicht verlor, im Gang gegen einen anderen Schüler taumelte und zwischen die Sitze fiel.

Er hörte Schüsse und sah im Aussenspiegel, wie die botswanischen Zoll- und Einwanderungsbeamten aus ihrem Büro gerannt kamen, dann aber sofort wieder in deren Schutz zurückkehrten. Er hatte gar nicht gewusst, dass sich Bürokraten so schnell bewegen können. Ein Soldat der botswanischen Verteidigungskräfte in Tarnkleidung schloss den Reissverschluss seiner Hose, als er aus dem blau gestrichenen Toilettenblock hinter dem Grenzposten stolperte.

Mike schaltete in den zweiten Gang, fuhr um eine Kurve und war dankbar, dass er das diplomatische Geplänkel hinter sich lassen konnte. Als er den Schaltknüppel betätigte ruckelte der grosse Lastwagen und wurde langsamer, wie es sich Sonja Kurtz erhofft hatte. Es ermöglichte ihr, die Hände vom Fahrgestell zu lösen und sich auf den heissen Teer der Strasse fallen zu lassen. Nachdem das Fahrzeug über sie hinweggefahren war, rollte sie sich in den weissen Pudersand am Strassenrand, stand auf, bürstete sich den Staub ab und wurde ohnmächtig.

2

———————

Sam wischte sich über die Stirn und setzte sich den breitkrempigen Buschhut mit dem Band aus Leopardenfellimitat auf den Kopf.

»Hier draussen, im afrikanischen Busch, gibt es einiges, das einen umbringen kann und obwohl sie nicht annähernd so viele Todesfälle verursachen, wie der einfache Moskito oder das schwerfällige Flusspferd, sind diese dreihundert Pfund schweren Miezekatzen ... «

»Kilogramm«, berichtigte Stirling.

»Schnitt!«, zeterte Cheryl-Ann schrill. »Stirling, bitte unterbrechen Sie uns nicht, wenn wir filmen. Sie wissen, dass das Sam aus dem Konzept bringt.«

»Tja, ein erwachsener männlicher Löwe wiegt nun Mal bis zu dreihundert Kilogramm, nicht Pfund.«

»Aber bei uns in den Staaten verwenden wir Pfund, Stirling.« Cheryl-Ann stemmte die Hände in die Hüften.

»Dann müsste er, wenn man mit zwei Komma zwei umrechnet, sechshundertsechzig Pfund wiegen. Das ist mehr als das Doppelte.«

»Stirling, wir alle wissen Ihre fachkundige Beratung zu schätzen, aber kann das bitte hinter der Kamera passieren? Sam ist der Star in dieser Dokumentation ...«

Sam hielt eine Hand hoch. »Schon gut, Cheryl-Ann. Danke, Stirling. Ich finde es wirklich wichtig, dass Sie uns auf den Fehler hingewiesen haben. Lasst es uns noch einmal aufnehmen.«

Sam hörte, wie Stirling, der Safari-Führer, etwas vor sich hinmurmelte, einen gelben Grashalm ausriss und darauf herum zu kauen begann. Er war sich sicher, dass Stirling ihn nicht mochte, obwohl er sich an den letzten beiden Abenden am Lagerfeuer bemüht hatte, mit ihm zu plaudern und sich mit ihm anzufreunden. Sam wusste, dass Stirling der Meinung war, er habe weder das Recht noch die Qualifikation, eine Fernsehdokumentation über das Okavango-Delta zu machen. Warum, musste sich Stirling gefragt haben, war *Kojoten-Sam* Chapman in Afrika? Wenn Sam sich die gleiche Frage stellte, kam er zur selben Antwort: Wegen des Geldes. Er seufzte, nahm seinen läppischen Hut ab, wischte sich noch einmal über die Stirn, warf einen weiteren Blick auf das falsche Fellband und warf es weg.

»Sam, was soll das?«, meckerte Cheryl-Ann. »Gerry, hol den Hut.«

Gerry, der Tontechniker, stand auf und hob den Hut aus dem hohen Gras auf, wobei er äusserst vorsichtig auftrat. Alle ausser Stirling waren beim Anblick der Kobra, die am Morgen unter Rays Kameratasche hervorgekrochen war, erschrocken. Es war nicht Gerrys Aufgabe, sich um einen bockigen Star zu kümmern, aber Cheryl-Ann war die verantwortliche Produzentin und wenn sie so missmutig war wie heute, brauchte es einen mutigeren Mann, um Nein zu ihr zu sagen.

»Ich will den Hut nicht«, sagte Sam zu Gerry, als dieser ihn zurückgeben wollte.

»Sam«, sagte Cheryl-Ann mit der Stimme einer strengen Lehrerin, »setz den Hut auf. Er ist wichtig für die Kontinuität und für dein Image.«

Sam schaute zu Stirling und sah, wie der Safariführer mit den Augen rollte. »Ich würde in Wyoming keinen Stetson mit einem Kojotenfell darauf tragen, Cheryl-Ann, warum sollte ich also in Afrika einen grossen Bwana-Hut mit einer toten Katze aufsetzen?«

»Aaach!« Cheryl-Ann warf ihre Produktionsnotizen auf den Boden und pirschte sich an dem Kamerateam vorbei zu Sam, bis ihre

Nase nur noch Zentimeter von dessen kantigem Kinn entfernt war. »Hör zu!«, flüsterte sie heiser, »du magst die *nächste grosse Berühmtheit* im Bereich der Tierdokumentationen sein, Mister Kojoten-Sam Chapman, aber dies ist *mein* Film und *ich* habe hier das Sagen. Der Sender hat mich geschickt, weil ich mich auf meine Sache verstehe, und ich brauche weder dich noch irgendeinen Kupferarmreif tragenden ›Out of Africa‹-Safari-Führer, der mir sagt, wie ich diese Dokumentation machen soll. Wenn ich dir sage, du sollst den verdammten Hut aufsetzen, dann setzt du den verdammten Hut auf. Verstanden?«

Er schaute auf den Boden und auf den idiotischen Hut. Es war sowieso alles nur ein Schwindel, was machte es also für einen Unterschied, wenn sie ihn als jemanden verkleideten? Auch wenn er der Star einer Serie von sechs Dokumentarfilmen für den ›Wildlife World Channel‹ war hatte Cheryl-Ann recht. Er war der Sprecher, das Talent, ein einigermassen bekanntes Gesicht – mehr nicht. »Okay.«

»Wie bitte?«

»Okay«, wiederholte er lauter und hob den Hut auf.

»In Ordnung, Leute, wir müssen einen Dokumentarfilm aufnehmen und einen Zeitplan einhalten. Das gilt auch für Sie, Mister.« Sie erhob ihre Stimme, um Stirling Smiths Aufmerksamkeit zu erregen.

»Ja, Ma'am«, sagte Stirling in einer schlechten Imitation amerikanischer Aussprache. »Was kann ich für Sie tun?«

»Löwen.«

Sie waren zu Fuss unterwegs. Der offene Land Rover für die Wildbeobachtung war ausserhalb des Aufnahmeorts geparkt und obwohl Sam im Drehbuch von Löwen gesprochen und theatralisch in die Ferne gezeigt hatte, gab es keine Grosskatzen in der Nähe – zumindest hatten sie keine gesehen. Die Idee war, Sam zu Fuss zu filmen und dann zwischen die Aufnahmen eines männlichen Löwen zu schneiden, sobald sie einen gesehen hatten.

»Ich werde einen Löwen für Sie finden. Ganz sicher, machen Sie sich keine Sorgen darüber.«

»Das haben Sie gestern schon gesagt und wir haben immer noch nichts gesehen, das grösser ist als ein Scherbal.«

»Serval.«

»Wie auch immer.«

Stirling zuckte mit den Schultern. »Löwen haben Füsse. Sie laufen. Ich kann Ihnen nicht jede Minute des Tages sagen, wo sie sich aufhalten, aber es gibt drei Rudel in unserem Gebiet und wir haben eine ungefähre Vorstellung davon, wo sie sich aufhalten. Metsi, einer unserer anderen Führer, ist bereits auf der Suche nach einem der Rudel.«

Der Mann hatte etwas Arrogantes an sich, dachte Sam und es war deutlich zu erkennen, dass er wenig Sympathien für die Amerikaner hegte, was Sam bedauerte. Stirlings Einschätzung mochte von Vorurteilen belastet sein, aber zu seiner Verteidigung musste man sagen, dass Cheryl-Ann ihm keinen Anlass gab, diese zu berichtigen. Ausserdem, dachte Sam, sollte Stirling dankbar sein, dass sie eine Dokumentation über den Okavango-Fluss und das gleichnamige Delta drehten. ›Wildlife World‹, ein US-amerikanischer Kabelfernsehsender, der Dokumentarfilme über die Natur und die Umwelt drehte und zeigte, hatte dazu beigetragen, auf der ganzen Welt das Bewusstsein für bedrohte Arten und Ökosysteme zu erhöhen. Ausserdem würde die von Stirling geführte Lodge mehrfach erwähnt, so dass die Sendung beste Werbung bot.

»Stirling, wir brauchen Wasser«, verlangte Cheryl-Ann.

»In der Kühlbox hinten im Land Rover haben wir Trinkwasser«, sagte der Führer und spuckte seinen Grashalm aus. »Soll ich es für Sie holen?«

»Nein, Stirling, ich spreche von Wasser in Aufnahmen – für den Dokumentarfilm.« Sie verschluckte einen Teil des Wortes, obwohl Sam deutlich hören konnte, dass es angedeutet war. Er war froh, dass Cheryl-Ann im Moment auf jemand anderem herumhackte. Das gab ihm Gelegenheit zum Durchatmen. »Dies soll schliesslich ein Film über den Fluss Okavango und das Feuchtgebiet seines Deltas sein.«

»Ich fürchte, bei uns ist Wasser im Moment ein wenig rar. Die verantwortlichen Phänomene nennt man Klimawandel und Politik.

Vielleicht möchten Sie das in Ihre Dokumentation einbauen. Oder ist das für die Leute Ihres Publikums zu schwere Kost, wenn sie in der Werbepause das Essen aus der Mikrowelle vor den Fernseher holen und eine solche Information schlucken müssen?«

Cheryl-Ann keifte: »Bei uns gibt es keine Werbepausen während der Sendungen und niemand isst mehr das Abendessen vor dem Fernseher. Und zu Ihrer Information: In dieser Dokumentation werden wir auch über den Bau eines Staudamms am Okavango-Fluss berichten.«

»Tatsächlich?« Sein Tonfall wurde sanfter. »Das ist grossartig, Cheryl-Ann. Wenn Sie dazu beitragen können, die Welt über die Auswirkungen zu informieren, die der Damm haben wird – und bereits hat – dann könnte das unserer Sache helfen. Die Regierung von Botswana hat weiss Gott nichts erreicht.« Stirling schnippte mit den Fingern. »Hey, mir fällt gerade etwas ein. In ein paar Tagen haben wir ein Treffen des ›Okavango Delta Defence Committee‹, einer Gruppe lokaler Safariveranstalter, Landbesitzer und Naturschützer, die sich gegen den Damm aussprechen. Sie kommen nach Xakanaxa, während Sam seine ›Überlebenstage‹ im Busch aufnimmt. Sie könnten sie hier treffen und wir könnten Ihnen berichten, welche Lobbyarbeit wir gegenüber der UNO und den Politikern in Angola und Namibia leisten.«

»Wir mischen uns bei Wildlife World nicht in die Politik ein«, legte Cheryl-Ann die Firmenpolitik dar, »und an diese Regeln halten wir uns strikt. Es gab bereits eine Menge Aufregung auf der ganzen Welt über die angebliche Bedrohung des Okavango-Deltas. Aber wir werden den Wasserbedarf in Teilen Namibias aufzeigen.«

»Was? *Sogenannte* Bedrohung? Verstehen Sie denn nicht, wie ernsthaft der Damm dieses Ökosystem bedroht?«

»Wie ich schon sagte, wir werden ausgewogen berichten. Experten der namibischen Regierung werden mit uns eine Führung beim Damm und durch die von der Dürre betroffenen Gebiete ihres Landes machen.«

Stirling schüttelte den Kopf, wandte sich ab und ging zurück zum Land Rover. »Reine Propaganda.«

Sam sah, dass die Situation ausser Kontrolle geriet. Cheryl-Ann Daffen hatte bei Wildlife World den Ruf, fürchterlich beharrlich zu sein, nie einen Rückzieher zu machen und immer mit dem, was sie wollte, nach Hause zu kommen. Sie hatte zwei ›Emmys‹ für beste Dokumentarfilme und einen als beste Produzentin gewonnen und ihr Film über den afrikanischen Fischadler war für einen Oscar nominiert worden. Sam wusste, dass er sich glücklich schätzen sollte, mit einem solchen Profi zusammenzuarbeiten, aber die Frau hatte ein unheimliches Talent, jeden, den sie traf, zu verärgern.

»Ähm, Leute. Wir verlieren das Morgenlicht und es gibt noch viel zu tun.«

Sowohl Cheryl-Ann als auch Stirling sahen ihn ärgerlich an. Sam seufzte.

»Ich sorge dafür, dass ihr euren Löwen und euer Wasser zu sehen bekommt«, sagte Stirling.

STIRLING SMITHS FINGERKNÖCHEL SCHIMMERTEN WEISS, als er das warme Lenkrad des Land Rovers umklammerte. Er schaltete in einen niedrigeren Gang, legte die Differentialsperre ein und liess den Motor aufheulen, um einen Fleck tiefen, weissen Kalahari-Sandes zu durchfahren. Er spürte, wie das Heck des offenen Wildbeobachtungsfahrzeugs schlitterte und erlaubte sich ein kleines Grinsen, als Cheryl-Ann auf dem Rücksitz alarmiert quietschte. Diese Frau war unerträglich und der Mann, ›Kojoten-Sam‹, die lächerliche Parodie eines Wildtierforschers. Er hatte angeblich einen Doktortitel, aber hier im Delta wirkte er wie ein Fisch auf dem Trockenen. Die Analogie war gut. Er stellte sich den hochgewachsenen, äusserst attraktiven Amerikaner vor, wie er hoffnungslos im Schlamm herumkroch und wie ein gestrandeter Wels langsam unter der afrikanischen Sonne kochte.

Die Zentrale in Südafrika hatte ihm das Filmteam von Wildlife World aufgedrängt. Die Marketing-Abteilung bezahlte den Aufenthalt der TV-Leute – kostenlose Unterkunft, Mahlzeiten und Getränken eingeschlossen – in der Hoffnung, der Film, den sie über den Okavango drehten, kurble die Buchungen an. Die Safari-Branche versuchte immer noch, sich von der globalen Finanzkrise zu erholen, doch eine steigende Zahl von Medienberichten über die abnehmende Wasserzufuhr zum Okavango-Delta veranlasste leider viele potenzielle Besucher aus Übersee, für ihren Afrikaurlaub anstelle von Botswana Kenia oder Tansania zu wählen. Die Staumauer flussaufwärts in Namibia war vor kurzem fertig gestellt worden und bedeutete nach Stirlings Einschätzung zusammen mit den Auswirkungen einer anhaltenden Dürre, das Todesurteil für das Delta und das wertvolle Moremi-Wildreservat.

»Dieses Gebiet, durch das wir fahren«, rief er über die Schulter zurück, während der Land Rover lärmend durch den tiefen Sand pflügte, »müsste eigentlich unter Wasser stehen. Selbst in den vergangenen Dürrejahren war es hier nie so trocken.«

»Sie meinen, das liegt am Damm?«, fragte Sam.

Kojoten-Sam. Fernsehstar, Frauenmagnet und männliches Genie, dachte Stirling. »Wer weiss!«, antwortete er ehrlich. »Die Regierung von Namibia behauptete, die Wassermenge im Delta werde um nicht mehr als 1,5 Prozent sinken, aber das bezog sich auf sogenannte normale Regenperioden. Zweifellos hat der Damm das Dürreproblem verschlimmert und in diesem Gebiet fehlen weit mehr als 1,5 % der üblichen Wassermenge.«

Stirling fuhr weiter durch den trockenen Sand und den Busch. Als wären die Amerikaner nicht schon lästig genug, nervte sich Stirling auch darüber, dass Kojoten-Sam beim Abendessen mit seiner Freundin Tracey Hawthorne geflirtet zu haben schien.

Tracey war siebzehn Jahre jünger als Stirling und allein der Gedanke an ihren straffen, schlanken, jungen Körper reichte aus, um ihn zu erregen. Chapman hatte sich den ganzen Abend mit ihr unterhalten und Tracey hatte sich um ihn gekümmert, ihm Kaffee gebracht und darauf bestanden, dass er nach dem Dessert einen Likör aus Amarula-Früchten probierte. Tracey war zum ersten Mal als Gast mit ihren Eltern in die Lodge gekommen und in der dritten Nacht ihres Aufenthalts war Stirling ihren immer aufdringlicheren Avancen erlegen. Er hatte in den verschiedenen Lodges, in denen er in Moremi gearbeitet hatte, mit vielen weiblichen Gästen geschlafen, aber seit er als Manager nach Xakanaxa zurückgekehrt war, hatte er sich bemüht, den Annäherungsversuchen amouröser Kundinnen aus dem Weg zu gehen. Das *afrikanische Khaki-Fieber* ist eine gut dokumentierte Krankheit, bei der sich Gäste in ihre attraktiven Safari-Führer verlieben. In einigen Lodges war es verboten, in anderen wurde es einfach ignoriert und als Manager wusste Stirling, dass er mit gutem Beispiel vorangehen musste.

So war es, bis Tracey kam. Unter ihrem pfirsichfarbenen Teint verbarg sich ein raubtierhafter, unersättlicher sexueller Appetit. Was Tracey wollte, bekam sie auch und als sie es auf Stirling abgesehen hatte, schaffte sie es, seinen Widerstand zu brechen. Am Ende ihres ersten Aufenthalts versprach sie, wiederzukommen und er erwiderte darauf, er würde sich freuen, wenn sie ihn besuchte. Er hatte angenommen, es sei nur eine Affäre, aber drei Monate später war Tracey zurück. Nach einem weiteren Monat war es ihm gelungen, ihr eine Stelle als Assistentin des Food and Beverage Managers zu verschaffen und sie war in sein Zelt gezogen.

»Stirling!«, rief ihn Cheryl-Ann.

»Tut mir leid, ich konnte Sie bei dem Lärm nicht hören. Was ist?«

»Ich fragte, ob wir heute Wasser sehen.«

»Kommt sofort, Ma'am.«

Im Camp, vor den luxuriösen Safarizelten, in denen die Filmcrew untergebracht war, gab es noch Wasser, aber selbst im Hauptkanal war der Pegel so niedrig, wie Stirling ihn noch nie gesehen hatte. Cheryl-Ann hatte angeordnet, dass sie Tiere filmen sollten, die aus einem Fluss trinken. Im Camp war das schwierig zu filmen, denn die Ufer und Flussinseln waren mit mannshohem Papyrusgras zugewachsen.

»Hier, bitte sehr.« Stirling schaltete den Motor ab und griff nach seinem Fernglas.

»Ich sehe kein Wasser«, bemerkte Cheryl-Ann.

Vor ihnen lag ein scheinbar ausgetrocknetes Wasserloch, etwa so lang wie ein Fussballfeld und halb so breit. »Sehen Sie mal da.«

»Wo, Stirling?«, fragte Sam und suchte die graue Oberfläche ab. »Für mich sieht das nur wie Schlamm aus.«

»Das meiste ist Schlamm, doch darunter sickert noch ein wenig Grundwasser durch. Um diese Jahreszeit sollte das Wasser mindestens knietief sein. Sehen Sie sich die Bewegung in der Mitte an.«

»Ja, ich sehe es«, sagte Sam.

»Wo?«, fragte Gerry.

»Es sieht aus wie eine sich bewegende Insel. Was ist das?«, fragte Sam.

»Ein Flusspferd. Es hat sich im Schlamm eingegraben, um sich vor der Sonne zu schützen. Es bleibt den ganzen Tag dort, bis es in der Kühle und der Dunkelheit der Nacht zum Grasen herauskommt. Dieses Flusspferd ist vom zehn Kilometer entfernten kleinen See, in dem es normalerweise lebt, hierhergezogen. Vielleicht schafft es dieses Hippo bis zum Fluss, aber Flusspferde sind sehr territoriale Tiere und die im Hauptkanal ansässigen Gruppen mögen wahrscheinlich nicht, wenn es in ihr Revier eindringt. Höchstwahrscheinlich wird es vor der nächsten Regenzeit sterben.«

»Waa-hoo«, hörte man in der Nähe.

»Was war das?«, erkundigte sich Cheryl-Ann.

»Ein Pavian«, erläuterte Stirling, ohne sich umzuschauen. Wenige Augenblicke später überquerte eine Gruppe von etwa vierzig der Affen die offene Sandfläche, auf der Elefanten das Gras und die andere Vegetation, die einst das Wasser säumte, zertrampelt oder weggefressen hatten.

Stirling hob sein Fernglas. »Sie wollen hier unbedingt trinken und das ist gefährlich.«

»Ich sehe keine Raubtiere in der Nähe«, sagte Ray, der Kameramann, vom hinteren Teil des Wagens aus.

»Holen Sie die Kamera raus und fangen Sie an zu filmen, Ray«, sagte Stirling.

»Hey«, sagte Cheryl-Ann, »Ray filmt, wenn ich es ihm sage und nicht ...«

»Schnell!«, forderte Sam und beobachtete die Paviane aufmerksam. »Da draussen hat sich gerade noch etwas anderes bewegt.«

Gerry kletterte bereits aus dem Land Rover und half Ray beim Aufstellen des Stativs. Er schloss das Mikrofonkabel an und Ray begann mit der Aufnahme.

Ein grosses Männchen führte die Paviantruppe an und ging am schlammigen Rand der Pfanne auf und ab, um die sauberste Stelle zum Trinken zu finden. Das Wasser sah durch die Ferngläser der Beobachtenden selbst für Tiere ungeniessbar aus, aber der Primat senkte seine hundeähnliche Schnauze zum Schlamm und begann zu lecken. Schon bald hatte sich der Rest seiner Truppe zu beiden Seiten von ihm verteilt und saugte zaghaft auf, was sie an Feuchtigkeit finden konnten.

»Schaut!«, flüsterte Stirling.

»Hey«, sagte Sam, »das ist ein …«

Ein durchdringender Schrei liess Cheryl-Ann aus ihrem Sitz hochspringen und Stirling spürte, wie das Fahrzeug wankte. Das Krokodil war, genau wie das Flusspferd, fast unsichtbar in den Schlamm des Wasserlochs eingesunken. Es kannte die Stelle, die andere Tiere noch für sauber genug hielten, um daraus zu trinken und wartete dort geduldig. Das Krokodil war aus dem Schlamm aufgetaucht und schloss seine Schnauze um das Bein eines jungen Pavians. Das Affenkind quietschte panisch und versuchte, mit seinen winzigen Händen im Schlamm und Dreck Halt zu kriegen, als es vom Krokodil, das sich langsam in den Schlamm zurückzog, mitgerissen wurde. Das Pavianmännchen bellte erneut warnend und der Rest der Truppe floh schreiend vom Wasserloch weg, aber der Anführer blieb. Er watete durch den klebrigen Matsch zu der Stelle, an der das Jungtier immer noch kläffte und um sich schlug.

»Bitte sag mir, dass er es schafft«, flüsterte Cheryl-Ann.

Ray hatte sein Auge auf die Gummischale des Kamerasuchers gedrückt. Er hob einen Daumen über seinen Kopf, als der männliche Pavian die Hand des Jungen packte und zu zerren begann.

»Sam, fang an zu reden. Bring mich zum Weinen«, forderte Cheryl-Ann.

Sam kletterte aus dem Land Rover und hockte sich neben Ray und Gerry, das Gesicht nahe am Mikrofon. Er holte tief Luft, schloss die Augen und dachte ein paar Sekunden lang nach. Stirling sah die Mannschaft an und schüttelte den Kopf.

»Hier, im Okavango-Delta, spielt sich jeden Tag das Drama von Leben und Tod ab. Manchmal ist es nicht schön anzuschauen, aber so sieht der Lebenskreis aus. In einer Pavian-Truppe sind die Familienbande stark und dieses dominante Männchen riskiert sein Leben, um seinen Nachwuchs zu retten ...«

Sam hielt inne, weil die Schreie des jungen Pavians seinen Monolog unterbrachen. Ein halbes Dutzend anderer Mitglieder der Truppe hatte die Flucht angehalten und kehrte um. Sie scharten sich um ihren Anführer und versuchten grunzend und bellend wie dieser, das unglückliche Junge zu packen.

»Wenn Paviane eine der Katzen in ihrem Revier entdecken«, fuhr Sam fort, »verjagen sie Leoparden oder Geparden. Aber kann die furchtlose Verteidigung ihres Nachwuchses vor einem Raubtier gelingen, das sich seit prähistorischen Zeiten kaum weiterentwickeln musste?«

Einer der Paviane war auf den Rücken des Krokodils gesprungen, aber das Reptil, von dessen Körperlänge nun zwei Meter freigelegt und der Rest im Schlamm versteckt waren, schüttelte den Primaten mit einem Schlag des Schwanzes ab. Der dominante männliche Pavian stiess einen Schrei aus, in dem Trauer und Frustration mitzuklingen schien, als das Krokodil das Baby aus seinem Griff riss.

»Was wir hier erlebt haben«, fuhr Sam fort, »ist vielleicht mehr als nur der Tod eines einzelnen Lebewesens. Es könnte der Anfang vom Ende dieses einst grünen Paradieses für Wildtiere sein, das zu dieser Jahreszeit von klaren Wasserkanälen und Rinnsalen durchzogen sein sollte, in denen Tiere, wie dieser winzige Pavian, sicher trinken können.«

Stirling runzelte die Stirn. Die Frau war ein echtes Miststück, aber der Moderator, Kojoten-Sam, schien klug genug zu sein, einen Rat anzunehmen.

»Sam, nimm das Ende der Dokumentation nicht vorweg, bevor wir mit den Dreharbeiten begonnen haben«, sagte Cheryl-Ann. »Wir wissen nicht genau, ob der Fluss austrocknen wird.«

»Wunderschönes Material«, bemerkte Ray leise.

»Wie war Ihre Pirschfahrt, Sam? Konntet ihr viele schöne Aufnahmen machen?«,

Tracey Hawthornes khakifarbene Shorts waren so kurz, dass sie eher die Bezeichnung Badehose oder Unterwäsche verdienten, dachte Sam, als er seinen verschwitzten Körper vom Safarifahrzeug hievte.

»Gut.«

Tracey kicherte. »Der Brunch wird bald serviert, aber Sie müssen mir alles über Ihren Vormittag erzählen, bevor ich Ihnen erlaube, sich frisch zu machen.«

»Ich könnte zuerst eine Dusche gebrauchen.«

»Ich empfehle Ihnen einen Sprung in den Pool. Ich war gerade drin. Es ist göttlich.« Tracey blickte nach unten und verschränkte die Arme vor der Brust, als hätte sie gerade erst bemerkt, dass sich ihr nasser Bikini durch das knappe weisse Oberteil abzeichnete.

Sam hatte die nassen Flecken und ihre sich abzeichnenden Brustwarzen bemerkt, obwohl er sich bemüht hatte, weder dorthin zu starren, noch auf das winzige, glitzernde Juwel in ihrem Bauchnabel, das er bemerkte, als ihr Oberteil hochrutschte.

»Ich habe keine Badehose dabei.«

»Unsinn, Sie sind in Afrika. Springen Sie mit Ihrer kurzen Hose rein.«

Stirling stapfte die hölzerne Rampe hinauf, die zum strohgedeckten Empfangsbereich des Xakanaxa Camps führte. »Sam sagt, er braucht eine Dusche, Tracey. Lass den armen Mann in Ruhe.«

Sam drehte sich um. Er hatte sich schon den ganzen Morgen über den Camp-Manager und Chef-Führer aufgeregt. »Wissen Sie, Tracey, vielleicht komme ich auf Ihre Idee mit dem Schwimmen zurück. Unter einer Bedingung.«

»Welcher, Mr. Chapman?«

»Dass Sie ein kurzes Bad mit mir nehmen, Miss Hawthorne.«

Tracey sah auf ihre Uhr. »Nun, ich bin im Dienst, aber der Brunch beginnt erst in fünfzehn Minuten. Wenn Sie dabei sind, bin ich es ebenfalls.«

Ein Wildbeobachtungsfahrzeug mit zwei weiteren Touristen an Bord hielt an und das deutsche Paar, mit dem Sam am Vorabend für Fotos posiert und dem er Autogramme gegeben hatte, ging zur Rezeption. Sam sah, wie Stirling ihn anstarrte, sich dann umdrehte und zum neu eingetroffenen Land Rover hinüberging. Jemand musste die zurückkehrenden Gäste begrüssen und Sam nahm an, dass dies eigentlich Traceys Aufgabe war. Während er Traceys hypnotischem Hüftschwung über den sandigen Hof folgte, der die Rezeption vom Gemeinschaftsbereich der Lodge trennte, begann er, sein Buschhemd aufzuknöpfen.

Der Essbereich mit einem langen, schweren Holztisch, an dem alle Mahlzeiten gemeinsam eingenommen wurden, ein Aufenthaltsbereich mit Couchtischen und tiefen, abgenutzten Ledersesseln, eine Selbstbedienungsbar und ganz rechts ein kleines Schwimmbecken, das nicht grösser aussah als ein rundes Wasserbett, befanden sich entlang des Ufers des Hauptkanals des Khwai-Flusses.

Sam öffnete die Schnürsenkel und zog seine Wanderschuhe und Socken aus, während Tracey auf der gegenüberliegenden Seite des Pools aus ihren Gummi-Flipflops schlüpfte und sich das feuchte Top über den Kopf zerrte. Während er sein Hemd auszog, öffnete sie den Reissverschluss ihrer Shorts und liess sie auf den Boden fallen. Sie trat sie mit der Zehenspitze weg und lächelte ihn an. Sie trug einen weissen Bikini, der sich von der sanften, goldenen Bräune ihrer Haut abhob. »Ich war fast trocken und jetzt machen Sie mich wieder ganz nass, Kojoten-Sam.«

3

Sonja erwachte und fühlte sich, als hätte sie eine Woche lang im Kickboxing gestanden. Sogar die Augenlider zu öffnen, tat weh, also schloss sie sie vorsichtig wieder.

Sie griff nach oben und ertastete weniger als einen Meter über ihrem Kopf eine Decke aus Plastik oder Glasfaser. Als sie ihre Füsse ausstreckte, stiess sie mit dem Zeh gegen etwas. Sie blinzelte ein paar Mal. Obwohl sie über sich schwaches Licht wahrnahm, war es düster. Sie legte den Kopf zurück und sah hinter einem durchsichtigen, blauen Fenster einen dumpfen Schein. Ihr rechter Arm schmerzte in der Ellbogenbeuge und als sie ihn mit der linken Hand berührte, spürte sie einen Schlauch. Sie griff danach, riss die lange Nadel aus ihrem Arm und keuchte vor Schreck und Schmerz. Sie befand sich im Inneren von etwas – in einem Fahrzeug, wie ihr Gehirn ihr langsam übermittelte. Sie musste entkommen. Sie rollte sich schmerzgequält auf die Seite, aber als sie sich aufsetzen wollte, wurde ihr übel und sie schlug den Kopf am Dach an. Fluchend schwang sie ihre Beine über die Bettkante und versuchte aufzustehen, aber ihr rechtes Bein knickte unter ihr ein.

Hereinströmendes Licht blendete sie. Unter Schmerzen sank sie auf ein Knie, sackte in sich zusammen und spürte schliesslich, wie sie von starken Armen aufgefangen wurde.

»Ruhig, ganz ruhig, Mädchen.«

Sonja schluckte mühsam und zwang die Galle zurück.

»Zurück ins Bett mit Ihnen, junge ...«

»Raus«, würgte sie, »ich brauche frische Luft.«

»Ist schon gut, lassen Sie mich Ihnen helfen. Ich bin nicht hier, um Ihnen weh zu tun.«

Sie versteifte sich in seinen Armen. Der Akzent kam aus einer anderen Welt, aus einer anderen Zeit ihres Lebens und machte ihr Angst. So beruhigend der Ton auch war, die schiefen Vokale mit ihren gezackten Kanten stammten aus Irland. Nordirland. Ulster.

»Was ... was wollen Sie von mir?«

»Setzen Sie sich hin.«

Sonja schüttelte den Kopf, tat aber, was ihr gesagt wurde. Sie senkte sich hinunter und stellte schliesslich fest, dass sie, die Beine auf einer ausklappbaren Treppe ausgestreckt, vor der geteilten Hecktür eines Land Cruisers auf dem Boden sass. Die Sonne verstärkte ihre Schmerzen und sie hielt sich eine Hand vor die Augen.

»Ich war nur kurz auf der Toilette. Sie waren die ganze Nacht und den grössten Teil des gestrigen Nachmittags ohnmächtig. Sie haben eine Menge Blut verloren.«

Sonja blickte zu dem Mann auf. Er stand mit dem Rücken zur Morgensonne, deren Strahlen wie ein Heiligenschein durch sein wildes, ungekämmtes, graues Haar schienen und dadurch verhinderten, dass sie sein Gesicht sehen konnte.

»Sie sollten sich wieder hinlegen.«

Sie schüttelte den Kopf.

»Dann kommen Sie hier rüber.« Er nahm ihren Arm, legte ihn sich über die Schulter und um den Hals und stützte sie beim Aufstehen.

Sie war zu zittrig, um sich zu wehren. Als sie den ärgsten Alptraum jedes Soldaten durchlitt, plötzlich festzustellen, dass sie unbewaffnet war, stieg Panik in ihrer Brust auf. »Wo sind meine ... meine Sachen?«

Er hielt prustend ein Lachen zurück. »Sie meinen Ihre M4 und die Glock, nehme ich an? Die sind, zusammen mit der Ersatzmunition und der Splittergranate, sicher versteckt. Sie sind wirklich der am schwersten bewaffnete Rucksacktourist, der mir je begegnet ist.«

Sie liess sich von ihm zu einer gepolsterten, tiefen und mit grünem Segeltuch überzogenen Safariliege führen, auf der er sie vorsichtig absetzte. Sie sah sich in dem dichten Gewirr von Büschen und Lianen um, das diesen Lagerplatz von den anderen in der Umgebung trennte. Durch die Lücken in der natürlichen Grenzhecke konnte sie andere Zelte und offene Tourenfahrzeuge erkennen. Ein Fischadler rief in der Nähe und verriet ihr, dass es in der Nähe Wasser gab.

»Tee?«

Sie nickte. Er hockte sich vor sie und blies in einen Haufen weisser Kohle, um die Flammen wieder zu erwecken. Auf einem Grillrost über dem Feuer stand ein verbeulter schwarzer Kessel. »Wo sind wir? In Botswana?«

Er nickte. »In Kasane. Dieser Ort nennt sich Chobe Safari Lodge. Wir sind nicht weit von der Stelle entfernt, an der Sie am Strassenrand zusammengebrochen sind. Ich habe Sie in der Nähe der Grenze gefunden. Kommen Sie aus Simbabwe?«

Ihr Mund war trocken. Sie leckte sich über die Lippen und begann zu sprechen, aber als sich der Nebel in ihrem Kopf langsam lichtete, schloss sie den Mund.

»Ich brauche es gar nicht zu wissen«, lächelte er.

Er war etwa zwanzig Jahre älter als sie, fast sechzig, schätzte sie. Sein Körper war unter dem engen T-Shirt schlank und seine Arme sehnig und muskulös. Er hatte blaue Augen, die glitzerten, wenn er sie ansah. Aber selbst wenn er lächelte, hatte sein Mund diesen harten Zug, den sie bei so vielen Männern gesehen hatte. Es war, als könnten sie sich nie dazu durchringen, wahre Freude zu zeigen, weil jedes Mal, wenn sie es versuchten, unaufgefordert und unwillkürlich irgendeine Erinnerung zurückkehrte.

Sie berührte den Verband um ihren rechten Oberschenkel und sah die roten Flecken. »Mein Bein ... Was ist damit passiert?«

»Durchschossen. Wenn ich mich nicht irre, eine 7,62er. In diesem Teil der Welt ist die AK-47 die bevorzugte Waffe der meisten Schützen. Ich habe schon schlimmere Wunden gesehen, aber wie ich schon sagte, haben Sie ziemlich viel Blut verloren. Ausserdem sind Sie auf einer Seite mit Schürfwunden übersät.«

»Das Motorrad ...«

»Aha, ja, das macht Sinn. Solche Schürfwunden habe ich auch schon gesehen.« Er stocherte im Feuer, dessen Flammen nun an der alten Teekanne leckten. »Als ich noch ein bisschen jünger war, fuhr ich eine 1969er Triumph Bonneville und bin mehr als einmal von dem Ding runtergekommen. Ich habe auch ein paar Metallsplitter aus Ihrer Seite gezupft. Sie waren in Ihrem Urlaub nicht zufällig in der Nähe einer Granatenexplosion, oder?«

Sie ignorierte die hochgezogenen Augenbrauen. »Meine Sachen ...«

»Aye, dazu kommen wir noch früh genug. Aber vielleicht sollten Sie sich erst einmal bedanken. Ich habe den Infusionstropf mit Kochsalzlösung für Notfälle aufbewahrt. Dafür scheinen Sie sich zu qualifizieren.«

»Danke.«

Er nickte. Dampf zischte aus dem Kessel und er goss dunkeln Tee in zwei emaillierte Metalltassen. »NATO-Standard?«

Sie nickte. »Ja, bitte.«

»Aha?«

Sonja runzelte theatralisch die Stirn. »Oh je. Sie haben mich erwischt. Oder waren es das Sturmgewehr und die Granate, die mich verraten haben?«

»Nun, bevor ich in den Ruhestand ging, war ich einige Jahre beim Geheimdienst. Die taktische Befragung von Gefangenen war eine meiner Stärken, wenn ich das mal so sagen darf.«

»Sehr intelligent.«

Er ignorierte den Sarkasmus, schüttete je zwei Teelöffel Zucker in die Becher und goss grosszügig Dosenmilch hinein. Er reichte ihr einen. Zwei Stück Zucker und Milch – im britischen Armeejargon NATO-Standard genannt – hatten ihm verraten, dass sie einen militärischen Hintergrund hatte, aber nicht viel mehr.

Er pustete auf seinen Tee und nahm einen zaghaften Schluck. »Der BBC World Service berichtet heute Morgen von einem gescheiterten Attentat auf den Präsidenten von Simbabwe. Anscheinend geschah es nicht weit von hier, gleich hinter der Grenze in der Nähe der Viktoriafälle. »Der grosse Mann behauptet immer, die Amerikaner und Briten hätten es auf ihn abgesehen. Der sogenannte Attentäter hat offenbar eine Panzerabwehrwaffe des US-Militärs benutzt, um den Präsidentenkonvoi anzugreifen. Das kommt mir vor, als würde man eine Walnuss mit einem Vorschlaghammer knacken.«

Sie sagte nichts.

»Natürlich«, fuhr der grauhaarige Mann fort, »wurde im Radio nicht gesagt, dass die Polizei und die Armee von Simbabwe nach einer Frau suchen.«

Er wartete auf ihre Antwort, aber es kam keine. »Wenn ich mich nicht irre ist es Kurtz, nicht wahr?«

Sie trank noch einen Schluck Tee.

»Susi, Susanne ... etwas ebenso Deutsches, wenn ich mich richtig erinnere. Ich war in Aldershot, als man Sie aus Ulster zum Untersuchungsausschuss zurückgeflogen hat. Sie erinnern sich aber bestimmt nicht mehr an mich.«

Sonja war dankbar, dass er sie aus dem Dreck geholt hatte, aber seine Neugier und die Tatsache, dass er aus Nordirland stammte, weckten ihr Misstrauen und sie musste wirklich etwas Abstand zwischen sie beide bringen. Er verarschte sie und sie war nicht in der Stimmung für Spielchen.

»Sonja! Ja, jetzt hab ich's. Ich dachte mir schon bevor Sie aufgewacht sind, dass Sie es sind. Sie sind in den letzten achtzehn Jahren nicht viel gealtert.« Das brachte sie zum Lächeln. »So ähnlich.« Sie schloss die Augen und trank einen weiteren Schluck. Es war ein ganzes Leben her, im Leben von jemand anderem.

Ein Senegalliest rief in der Nähe. Sie kannte diesen Ort, obwohl der Campingplatz gepflegter war als beim letzten Mal, als sie und

Stirling hier übernachtet hatten. Nur schon wieder in Botswana zu sein, liess sie an ihn denken.

»STIRLING, ich liebe dich auch, aber ich will die Welt sehen. Ich möchte etwas aus meinem Leben machen.« Er hatte versucht, cool zu bleiben und beschäftigte sich damit, einen weiteren Wurm auf das Ende des Hakens zu spiessen und die Angel dann mit einer geübten Armbewegung in den Khwai-Fluss zu werfen.

»Bitte, bleib hier«, hatte er leise gefleht, die Leine eingeholt und die Oberfläche des Flusses beobachtet, ohne ihr in die Augen schauen zu können.

Er hatte ihr vorgeschlagen, Safariführerin zu werden, aber obwohl sie den Busch, abgesehen von den Bäumen, die sie langweilig fand, fast so gut kannte, wie er, hasste sie es, sich nach den Bedürfnissen der Touristen zu richten.

Ihr Vater, Hans, war der Manager des Xakanaxa Camps gewesen, bis sein Alkoholkonsum den Besitzern zu viel geworden war. Ihrer Mutter ging die Geduld schon früher aus und sie war nach England zurückgekehrt, während Hans sich weiter abmühte. Sonja war geblieben, weil sie weder den alten Mann noch Afrika im Stich lassen wollte. Doch mit der Zeit wollte sie doch von beidem weg. Nachdem er seine Arbeit im Lager verlor, war ihr Vater in Maun geblieben, doch für seine Frau und seine Tochter war er genauso verloren, als wäre er gestorben. Vielleicht war er das ja mittlerweile auch.

»Du weisst, dass ich mit den Ausländern nicht umgehen kann.«

Wenn sie in den Busch ging, dann am liebsten allein oder mit Stirling. Weshalb war schwierig zu beschreiben. In den Busch zu gehen war für sie wie für ihre Mutter der Gang in die Kirche. Manchmal verfiel sie in eine Art Trance und fühlte sich dem Glauben so nahe wie nie sonst – nicht dem an die Existenz eines höheren Wesens, sondern an ein Gefühl von Ordnung und Vollständigkeit in dieser ansonsten zerstückelten Welt.

»Wie wäre es, wenn du auf die Universität gingest?«, war Stirling hartnäckig geblieben. »Deine Noten waren gut genug. Du könntest

Zoologin werden und hier im Delta als Forscherin arbeiten. Wir könnten für immer zusammen sein.«

»Sicher nicht, ich könnte keine weiteren vier Jahre Schule ertragen, ohne verrückt zu werden. Ich muss etwas tun, nicht nur darüber lesen.«

Sie hatte das echte Flehen in seinen Augen gesehen. Warum konnte sie ihn nicht ebenso sehr lieben, wie er sie liebte? Doch wenn er sie wirklich liebte, musste er doch einsehen, dass sie dies tun musste, um mehr von der Welt zu sehen. Sie liebte Botswana, die Okavango-Sümpfe, den Busch und die Tierwelt, aber wenn sie keine Forscherin, keine Safariführerin, keine Lodge-Managerin und keine Köchin sein konnte – Kochen war eine Sache, in der sie völlig unbrauchbar war – was sollte sie dann in Afrika mit ihrem Leben anfangen? Die Frau eines der Obgenannten werden? Das war für Sonja nicht genug.

»Du verdammte Schlampe!«, hatte ihr Vater sie angeschrien, als sie ihm sagte, dass sie weggehen würde. »Genau wie deine verfluchte Mutter. Diese hochnäsige, betrügerische englische Hure hat dich vergiftet!«

»Papa, nein!« Er hatte sie in den letzten Monaten in betrunkenem Zustand ein paar Mal beschimpft und obwohl er ihr nie körperlich wehgetan hatte, schlugen seine Worte wie die Schläge einer Panga, einer Machete, ein.

»Fick sie und fick dich!« Er hatte die leere Jägermeisterflasche nach ihr geworfen, aber sie war nüchtern und schaffte es leicht, ihr auszuweichen.

Mit ihren achtzehn Jahren war sie genauso gross wie er. Sie hatte den Körperbau einer Schwimmerin, geschmeidig, mit einem kräftigen Oberkörper und einem von zahllosen Bauchpressen straffen Bauch. Da sie in der Enge eines Safaricamps lebte, hatte sie gelernt, sich zu bewegen, wann und wie sie Gelegenheit dazu fand. Klappmesser sowie das Training mit Gewichten gehörten zu ihrem Tagesablauf. Um der Langeweile im Internat in Kapstadt zu entkommen, das so weit von Botswana und dem Delta entfernt war, war sie fünf

Kilometer am Tag geschwommen und hatte schulinterne Meisterschaften gewonnen.

»Hör auf, Papa, du bist betrunken.« Sie hatte den Arm gepackt, den er erhoben hatte, ihn hinter seinen Rücken gedreht und dort festgehalten. Stirling hatte ihr die Bewegung zur Selbstverteidigung beigebracht.

»Okay, okay, lass mich los!«, protestierte ihr Vater.

Als sie ihn losliess, drehte er sich mit zornrotem Gesicht um und schlug ihr mit dem Handrücken ins Gesicht. Sie taumelte von dem Hieb, der sie gegen die Zeltwand des permanenten Safarizeltes, in dem sie lebten, warf. Sie stand da, starrte ihn an, rieb sich den Kiefer und verliess ihn. Endgültig.

»Sonja! Warte! ...«

Aber es war zu spät. Er hatte eine Grenze überschritten und obwohl sie bei einigen Auseinandersetzungen zwischen ihm und ihrer Mutter eher auf der Seite ihres Vaters gestanden hatte, würde sie ihm jetzt nichts mehr verzeihen. Ihre Mutter hatte ihre britische Staatsbürgerschaft behalten und für Sonja bereits den Antrag auf eine Aufenthaltsgenehmigung im Vereinigten Königreich gestellt, der genehmigt worden war.

Sie kritzelte einen schnellen Abschiedsbrief an Stirling, der gerade auf einer Pirschfahrt war, um seine Qualifikation als Reiseleiter zu erwerben, stieg in den alten Land Rover ihres Vaters und fuhr damit nach Maun. *Der alte Bastard kann ihn selbst hier holen,* dachte sie. Sie nahm den Bus nach Gaborone und ihre Mutter überwies ihr das Geld für einen Flug nach London. England war für alle ihre Sinne ein Schock, aber selbst in der messerscharfen Kälte des tiefsten Winters bevorzugte sie die freie Natur immer noch gegenüber dem Job im Mief eines überheizten Hauses. Zum Entsetzen ihrer Mutter meldete sich Sonja bei der britischen Armee.

Die britischen Mädchen, die sich in der Rekrutierungskaserne des ›Women's Royal Army Corps‹ im Queen Elizabeth Park in Guildford, Surrey, meldeten, waren ein gemischter Haufen und viele von ihnen kamen Sonja grob und unanständig vor. Sonja war zwar im afrikanischen Busch wild aufgewachsen, ein barfüssiges Kind, das mehr über Elefanten als über Menschen wusste, aber erst in der Grundausbildung wurde ihr bewusst, wie gut ihre Manieren waren und wie behütet ihr Leben bis dahin verlaufen war.

Im Gegensatz zu den meisten anderen Rekruten war die körperliche Ausbildung für sie ein Kinderspiel und im Umgang mit Waffen war sie hervorragend.

»Schade, dass sie dich nicht in die Infanterie lassen«, sagte der Sergeant, ein ehemaliger ›Special Air Service‹-Mann namens Jones, der ihr und den anderen Mädchen ihrer Abteilung Waffenunterricht erteilte.

Einige der Ausbilder waren sogar noch chauvinistischer als die Jäger und Safari-Führer, in deren Umgebung sie aufgewachsen war, aber Sergeant Jones war geduldig und ermutigend gegenüber den Frauen, von denen einige noch nie eine Waffe in der Hand gehalten, geschweige denn abgefeuert hatten.

Während einige der anderen Mädchen auf der Strecke blieben, meisterte Sonja die Grundausbildung ausgezeichnet und wurde am Ende ihres Kurses zur ›Student of Merit‹ erkoren, der besten Rekrutin. Unter den begrenzten Möglichkeiten, die Frauen damals zur Verfügung standen, bewarb sie sich um eine Versetzung zum ›Royal Corps of Signals‹, den Königlichen Fernmeldetruppen, deren Einheiten, egal wo auf der Welt, die gesamte Telekommunikationsinfrastruktur für die Armee bereitstellten. Sie hatte kurzzeitig den militärischen Nachrichtendienst in Erwägung gezogen – auch wenn alle darüber scherzten, dass dies ein Widerspruch in sich sei –, aber als sie sich näher damit befasste, stellte sie fest, dass sie dort ihre Tage wohl damit verbringen würde, in geschlossenen Räumen Luftaufnahmen durch eine Lupe zu betrachten.

Im Gegensatz zu den meisten Mädchen in ihrem Kurs hatte sie von klein auf gelernt, mit Funkgeräten zu kommunizieren. In einem Kriegsgebiet gelebt zu haben und im afrikanischen Busch aufgewachsen zu sein, gab ihr Zuversicht und Selbstvertrauen und sie bedauerte nur, dass sie als angehende Soldatin zu viel Zeit im Klassenzimmer und zu wenig mit praktischem Lernen draussen im Feld verbrachte. Sie bestand den Kurs mit Bravour und wurde zu einer

Nachrichteneinheit in Aldershot, der Heimat des Fallschirmjägerregiments, versetzt.

Mit der Wiederaufnahme von Friedensgesprächen schien sich der Konflikt zwischen der Irisch-Republikanischen Armee IRA und den der britischen Krone treuen Protestanten in Nordirland zu entspannen. Vorbei zu sein schien er jedoch noch nicht, denn die Fallschirmjäger, die Sonja kennenlernte, sollten demnächst in die unruhige Provinz Ulster verlegt werden.

Das Leben in der Kaserne langweilte Sonja im Laufe der Monate immer mehr. Es gab kaum Reisen, abgesehen von einer Übung in Deutschland, bei der sie dachte, sie würde erfrieren. Sie verbrachte einen Grossteil ihrer Zeit damit, auf einem Fernschreiber Nachrichten zu tippen und Tee für ältere Unteroffiziere und Offiziere zu kochen. Ihr erster kompletter Winter in England war deprimierend und ihre Stimmung entsprach dem tristen Grau des Himmels. Sie vermisste Stirling und schrieb ihm jede Woche. Als sie ihn in Botswana anrief, flehte er sie an, zurückzukommen. Das gehe nicht, erklärte sie, sie könne hier nicht einfach mit einer Frist von zwei Wochen kündigen und obwohl sie für einen kurzen Moment versucht war, ihre Sachen zu packen und zu verschwinden, zwang sie sich, stark zu sein.

»Kurtz«, sagte der weibliche Leutnant und blickte von ihrem Schreibtisch auf.

Sonja salutierte. »Ma'am.« Sie hatte sich gefragt, was sie falsch gemacht hatte, als der Hauptfeldwebel sie aufgefordert hatte, sich im Büro des Truppenkommandanten zu melden.

»Rühren. Wie haben Sie sich eingewöhnt, Sonja?«

»Gut, Ma'am.«

»Sie sind Südafrikanerin?«

Dies war ein häufiger Fehler. »In Südwestafrika geboren, man nennt es jetzt Namibia, Ma'am und aufgewachsen in Botswana. Aber jetzt bin ich britische Staatsbürgerin, Ma'am.«

»Ich verstehe. Ihre Unteroffiziere berichten mir, dass Sie ein guter Soldat sind, Kurtz, mit dem Potenzial, es weit zu bringen.«

»Vielen Dank, Ma'am.« Sonja hatte keine Ahnung, worauf das

hinauslaufen sollte. »Stimmt etwas nicht, Ma'am?« Die Beamtin sah auf und lächelte. »Nein, ganz und gar nicht, Sonja. Es ist eine Nachricht gekommen, dass Frauen gesucht werden, die sich für besondere Aufgaben zur Verfügung stellen. Alles sehr geheimnisvoll, aber die Anforderungen an die körperliche Fitness sind sehr hoch. Wenn ich mir nicht letzten Monat beim Squashspielen das Knie kaputt gemacht hätte, wäre ich vielleicht versucht, mich freiwillig zu melden. Ich habe auch eine Mitteilung von Captain Steele vom ›Special Air Service Regiment‹ erhalten, der mich im Zusammenhang mit dieser Anfrage auf Sie aufmerksam gemacht hat. Anscheinend hat ein Sergeant ...« sie warf einen prüfenden Blick auf das ausgedruckte Dokument vor sich, »Jones hat sich nach Ihrem Rekrutenlehrgang sehr positiv über Sie geäussert.«

Sonja war gleichzeitig stolz, aufgeregt und nervös. Ihre Truppenführerin forderte sie auf, gut darüber nachzudenken und keine voreilige Entscheidung zu treffen. Sie sagte Sonja unverblümt, dass sie sie nicht verlieren wolle, aber die geheimnisvolle Nachricht bot Sonja den Sonnenstrahl, auf den sie in der unendlichen Tristesse des britischen Winters gehofft hatte.

»HIER SIND die Koordinaten für den nächsten Kontrollpunkt«, sagte Sergeant Jones, der unter der schützenden Plane, auf die der Regen prasselte, seine Hände um die kleine blaue Flamme eines tragbaren Gaskochers schlang. Wie sich herausstellte, war Jones zu seinem geliebten SAS, dem ›Special Air Service‹, zurückversetzt worden, wo er eine neue Aufgabe in der Ausbildung von Spezialeinheiten erhalten hatte.

Sonja schaute sich das durchnässte Stück Papier an und prägte sich die Koordinaten ein, bevor sie es an Jones zurückgab. Aus einem durchsichtigen Plastikumschlag zog sie die Karte des ›Brecon Beacons-Gebirges‹, dieses kalten und regenreichen Teils von Wales, hervor und suchte den nächsten Kontrollpunkt. Der Geruch der Instantsuppe, die in einem Blechtopf über dem Herd köchelte, liess ihren Magen knurren. Jones hörte es und verdrehte die Augen. Sonja war bis auf die Haut nass, ihre Zähne klapperten und die Füsse waren voller Blasen, nachdem sie mehr als zwanzig Kilometer in nassen Socken und Stiefeln gelaufen war. Die Haut auf ihrem Rücken fühlte sich wund an, aufgescheuert vom mit Ziegelsteinen und einem Sandsack beladenen Rucksack.

»Genau. Verschwinden Sie, Kurtz«, sagte Sergeant Jones und rührte in seiner Suppe.

Zwei Wochen lang waren Sonjas Geist, ihr Körper und ihre Seele bei einer Reihe von zunehmend zermürbenden Tests ihrer Ausdauer und ihrer grundlegenden militärischen Fähigkeiten in der kahlen Berglandschaft bis zum Äussersten gequält worden. Es gab Unterricht an unbekannten Waffen, Navigationstests – wie diesen hier – und kilometerlange Fussmärsche und Läufe durch die Wildnis. Die Rekruten wurden ohne Rücksicht auf ihren Rang nur mit ihrem Nachnamen angesprochen. In der Ausbildung waren alle gleichermassen gefordert und drei Viertel der hundert Männer und Frauen, die sich freiwillig zum Sonderdienst gemeldet hatten, waren bereits zu ihrer Einheit zurückgekehrt.

Sonja schaute auf das leuchtende Zifferblatt ihrer Uhr. Es war drei Uhr morgens und sie hatte seit mehr als vierundzwanzig Stunden nicht mehr geschlafen. Sie verliess das Zelt und ging zurück in den Regen, wo sie den Kompass von der Schlaufe um ihren Hals löste und eine Peilung vornahm.

»Kurtz?«, rief Jones aus dem vergleichsweise luxuriösen Zelt, dessen Stoffwände im unbarmherzigen Wind flatterten.

Sonja blickte zu ihm zurück und blinzelte den Regen weg. Der Mann zwinkerte ihr zu.

Nordirland spiegelte ihre bisherigen Erfahrungen in der Armee wider: Das aufregende und manchmal beängstigende Hineinstürzen in eine nicht enden wollende Langeweile. Sonja hatte den Selektionskurs bestanden und war zur ›16 Intelligence Company‹ versetzt worden, einem Nachrichtendienstkommando, das in Ulster angefangen hatte und seither einfach und wenig aussagekräftig als ›Det‹ bekannt war.

Die Hauptaufgabe des Det war die Überwachung von IRA-Mitarbeitenden und -Standorten. In den späten Achtziger- und Neunzigerjahren leistete das Det mit dem Einsatz von Frauen in Sondereinsätzen für diese Zeit wegweisende Pionierarbeit. In stark republikanisch geprägten Dörfern und Stadtvierteln war die Anwesenheit unbekannter, massiger, alleinstehender Männer bei der Überwachung unübersehbar. So waren weibliche Soldaten und Offiziere in Überwachung und Fotografie ausgebildet worden. Als Ehefrauen oder Freundinnen von Agenten getarnt, unterstützten sie diese dabei, sich auf den Strassen von Londonderry und in den Dörfern des ländlichen South Armagh unauffällig zu verhalten oder fuhren Fahrzeuge, die die Männer bei getarnten Verstecken auf den grünen Wiesen der Grafschaft und in den Stadthäusern der republikanischen Hochburgen absetzten.

Wieder einmal war Sonja frustriert. Frauen im Det waren von den gefährlicheren Missionen ausgeschlossen und durften bestenfalls darauf hoffen, als ›Handtaschen‹ für männliche Überwachungsbeamte zu dienen. Frauen durften sich nicht in den verborgenen Beobachtungsposten oder Verstecken aufhalten, mit der bizarren Begründung, dass Spürhunde ihre Position erschnüffeln könnten, wenn sie ihre Periode hätten. Sonja hatte keinerlei Beweise dafür gesehen oder davon gehört, dass die IRA zu diesem Zweck Spürhunde benutzte. Das Det segelte ohnehin hart am Wind, denn obwohl Frauen eine nützliche zusätzliche Tarnung für die Männer sein konnten, war es Frauen technisch gesehen immer noch verboten, sich an Kampfhandlungen zu beteiligen. Sonja trug zwar eine Neun-Millimeter-Pistole bei sich und hatte eine Heckler und Koch-Maschinenpistole unter dem Sitz des Autos, das sie fuhr, wenn sie männliche Agenten absetzte oder abholte, aber die Waffen waren ausschliesslich als letztes Mittel zur Selbstverteidigung vorgesehen, falls sie jemals gefährdet sein sollte.

Die Dinge änderten sich an dem Tag, an dem zwei befreundete Lehrer, die auf verschiedenen Seiten der religiösen Kluft lebten, beschlossen, ein Projekt ins Leben zu rufen, bei dem Kinder aus ihren jeweiligen Dörfern zu gemeinsamen Ausflügen zusammenkommen sollten. Einige wenige Eltern – katholische und protestantische – machten ein Spektakel daraus, ihre Achtjährigen von der Schule fernzuhalten, aber die Mehrheit der Mütter und Väter war froh, dass die Kinder miteinander zu tun hatten. Zu dieser Zeit fanden, auf Vermittlung der Amerikaner hin, Friedensgespräche statt und die Schulausflüge wurden in der Presse als Zeichen dafür gewertet, dass sich der Konflikt in der unruhigen Provinz langsam entschärfen könnte.

Sowohl die IRA der Provinz wie auch Sinn Fein bestritten sofort jede Beteiligung an der Anbringung der zweihundert Kilogramm schweren Bombe, die explodierte, als der Bus mit vierzig Jungen und Mädchen aus Kriegsregionen und ihren wohlmeinenden Lehrern darüber hinwegfuhr. Achtzehn kleine Leichen wurden aus dem zertrümmerten Wrack geborgen und der Anblick des Geschehens rührte selbst die durch jahrelange Kriegseinsätze abgehärteten Rettungssanitäter und Feuerwehrleute zu Tränen.

»Also, Leute, Handschuhe ausziehen«, sagte Hauptmann Martin Steele im vollbesetzten Besprechungsraum, in dem grimmig dreinblickende Soldaten in Zivilkleidung sassen. Wie viele der Männer rauchte Sonja während der Besprechung. Das Rauchen war ein Zeitvertreib und auch wenn sie es nur ungern zugab, ein Mittel, um mit einigen der neandertalerischen Männer eine gemeinsame Basis zu schaffen, die immer noch nicht davon überzeugt waren, dass Frauen in der verdeckten Arbeit wertvollen Einsatz leisteten. Sie, wie auch die beiden anderen Mädchen im Det, June und Mary, ein Hauptmann und ein Stabsgefreiter, hielten Captain Steele für äusserst attraktiv. June und Sonja waren auf demselben Kurs gewesen und erinnerten sich an den SAS-Offizier als den leitenden Ausbilder. Er war kurz nach ihnen nach Irland zurückgekehrt und fungierte als Verbindungsmann zwischen dem Eliteregiment und den Geheimdienstleuten des Det.

»Dieser Mann«, Steele drückte auf eine Fernbedienung, die über ein Kabel mit einem Diaprojektor verbunden war, »Daniel Byrne, ist vermutlich der Quartiermeister der sogenannten ›True IRA‹. Wir glauben, dass er der Bastard ist, der das Semtex besorgt hat, mit dem diese unschuldigen kleinen Kinder und einer der Lehrer getötet wurden. Wir wissen nur sehr wenig über die Splittergruppe, aber wir wissen, dass Byrne von der ›Provisional IRA‹ und ihrer Rolle bei den Friedensgesprächen enttäuscht war. Wir – das heisst, Sie – werden Byrne von nun an, während jeder Sekunde seines elenden Lebens verfolgen und im Auge behalten. Er wird uns zum Rest dieser Bestien führen, einschliesslich ihres Anführers. Was wir über Byrne wissen, ist, dass er, wie viele von ihnen, gerne trinkt und feiert, also stellen Sie sich auf viele Kneipenbesuche ein.« Steeles letzte Bemerkung löste ein paar halbherzige Lacher aus, aber es gab keinen Zweifel an der Ernsthaftigkeit der Aufgabe. Als Steele innehielt und sich im Raum umsah, spürte Sonja, dass der Blick des blauäugigen Mannes mit dem gewellten, tiefschwarzen Haar auf ihr ruhte. »Seien Sie vorsichtig. Sehr vorsichtig. Byrne ist in der Gegenüberwachung geschult und wird genauso nach Ihnen suchen, wie Sie nach ihm suchen. Byrne und seinesgleichen sind von den Provos, der IRA, gemieden worden. Sie sind verrückte Hunde, die am äussersten Rand operieren, isoliert und ohne Rücksicht auf Leben und Menschlichkeit.«

SONJA WURDE mit Sergeant Bruce Jones in ein Team eingeteilt. Der SAS-Mann war, angeblich um die Zahl der Soldaten zu erhöhen, zur Verstärkung der Einheit abkommandiert worden. Sonja fragte sich, ob es beim Einbezug des zusätzlichen Soldaten der Spezialeinheit in die Überwachungsteams nicht eher darum ging, bei Gelegenheit einen tödlichen Schlag ausführen zu können.

Die Welt war empört über das erschreckend beiläufige Eingeständnis der ›True IRA‹ von ihren Taten und sowohl die Öffentlichkeit als auch die Medien auf der anderen Seite des Meeres, im übrigen Grossbritannien, schrien nach Vergeltung.

»Augapfel verloren«, sagte Bruce ins Mikrofon, das im Ärmel

seiner Bomberjacke steckte. »Er ist ins Pub gegangen. Ich folge ihm hinein.«

Sonja lenkte den Ford Escort auf den Parkplatz des Pubs und hielt am Ende einer Reihe von Autos, weit weg von Byrnes verbeultem Lieferwagen. Er war von Beruf Klempner und auf einem Schild stand ›Zufriedenheitsgarantie‹. *Erzählen Sie das mal den Hinterbliebenen der Kinder und ihrer lebensfreudigen, jungen, katholischen Lehrerin*, dachte Sonja, als sie den Motor abstellte.

»Gut, lass uns was trinken gehen, ja?« Bruce liess es so klingen, als wären sie auf einem Date und sie bewunderte seine Lässigkeit.

Sonjas Herz klopfte wie wild, als sie ihm in die verrauchte Kneipe folgte und sie hatte das Gefühl, alle Augen seien auf sie gerichtet. Es war keines der bekannten republikanischen Pubs – Byrne war zu schlau, um ein solches aufzusuchen – trotzdem hatte Sonja das Gefühl, sofort als britische Soldatin erkennbar zu sein, als hätte sie sich einen Union Jack auf die Stirn tätowieren lassen.

Byrne war direkt zur Bar gegangen. Als sie an ihm vorbeigingen schaute er zu Sonjas Entsetzen an Bruce vorbei zu ihr und lächelte ihr zu. Sonja wandte den Blick ab. Jones schien den Iren zu ignorieren und steuerte einen Tisch am anderen Ende des prallgefüllten Pubs an. *Das war nichts*, sagte sie sich. In der Bar sassen hauptsächlich Männer, nur an einem Tisch plauderte ein Trio junger, weiblicher Büroangestellter. Vielleicht hielt Byrne einfach ein Auge auf alles mit engen Jeans. Sonja trug eine Sweatjacke mit Kapuze, die weit genug war, um die neun Millimeterpistole zu verbergen, die hoch oben an ihrer Hüfte steckte. Als sie sich setzte, spürte sie, wie sie sich in ihren Rücken bohrte und fragte sich, ob Byrne jede Person, die er sah, haargenau auf Anzeichen einer Waffe absuchte.

»Wir warten, bis er die Bar verlässt und ich hole uns etwas zu trinken«, sagte Bruce leise, als sie sich zur gegenüberliegenden Seite des Raums schoben. »Dann ... verdammte Scheisse.«

»Was ist los?« Sonjas Augen weiteten sich beim Stöhnen des Unteroffiziers, der plötzlich sehr blass aussah.

»Du hast keinen Döner zu Mittag gegessen, oder?«

Sie schüttelte den Kopf. »Ich hatte die scharfen Kartoffeln, erinnerst du dich?«

Er nickte und zuckte zusammen. »Meine verdammten Eingeweide fühlen sich an, als ob sie explodieren würden. Mein Gott. Wir haben Augapfel direkt vor uns und ich bin kurz davor, mich vollzuscheissen.« Bruce legte die Hand auf seinen Bauch.

»Geh. Ich komme schon zurecht. Während du auf der Toilette bist, hole ich die Getränke«, beschwichtigte sie.

Er begann zu protestieren, aber dann klappte sein Kiefer zu, weil ein weiterer Krampf ihn dazu zwang, sich vom Tisch wegzudrehen. »Okay. Ich bin nur eine Minute weg.«

Sonja rutschte auf ihrem Sitz hin und her und zwang sich dazu, sich zu entspannen, als sie Jones in der Herrentoilette verschwinden sah. Sie fuhr sich mit der Hand durch die Haare, stand auf und ging zur Bar.

»Sodawasser und ...« überlegte sie, was sie Bruce bringen sollte. Sie waren zwar verdeckt unterwegs, aber war es eine gute Idee, wenn er Bier oder Spirituosen trank, wenn er krank war?

»Entscheiden Sie sich, Liebes«, sagte der ältere Barmann.

»Genau. Und in einem feinen Etablissement wie dem ›Hen‹ kann man doch nicht Sodawasser trinken.«

Sonja drehte sich um, lächelte und versuchte zu verbergen, dass ihr ein Schauer über den Rücken lief, wie sie, seit sie zum ersten Mal in ihrem Leben einer Mosambikanischen Speikobra gegenübergestanden hatte, keinen mehr spürte. Byrne stand hinter ihr und trank ein Pint Guinness. »Sodawasser und eine Coca-Cola, bitte«, sagte sie zum Barkeeper.

»Coca-Cola?«, sagte Byrne, ihren Akzent schlecht nachahmend. »Sie klingen, als wären Sie weit weg von zu Hause. Ich habe euch für ein Paar von der anderen Seite des Wassers gehalten, aber nicht allzu viel Wasser.«

Sonja kramte in ihrer Brieftasche nach Geld und überlegte krampfhaft, was sie sagen sollte. Wenn er dachte, dass sie ›von jenseits des Wassers‹ waren, bedeutete dies, dass Byrne die Fremden in der Bar bereits als britische Agenten verdächtigt hatte? »Ja, ich bin weit weg von zu Hause«, gab sie mit starkem Afrikaans-Akzent zurück.

»Südafrika?«, drängte Byrne.

»Namibia. Bei meiner Geburt hiess es noch Südwestafrika.«

»Genau. Und es ist eine Schande, wenn jemand dein Land übernimmt, nicht wahr?«

Sonja lächelte. »Ja. Die verdammten Briten und die Südafrikaner haben es meinem Grossvater und seinen Leuten 1915 weggenommen. Davor waren wir Deutsche. Wo ich aufgewachsen bin, haben wir Afrikaans und Deutsch gesprochen. Es war verwirrend.«

»Was Sie nicht sagen. Und was führt Sie nach Irland? Dieser Teil des Landes wird in den Reiseführern normalerweise nicht empfohlen. Die meisten Ausländer fürchten sich zu sehr, um Ulster zu besuchen.«

Sonja zuckte mit den Schultern. »Ich bin in einem Kriegsgebiet aufgewachsen. Ich habe für meinen Vater das Gewehr geladen und meine Mutter trug immer ihre Uzi, wenn sie uns Kinder zur Schule brachte.«

»Sie sind nicht nur schön, sondern obendrein eine Mörderin, was?«

Sonja versuchte, über Byrnes Schulter nach Sergeant Jones zu schauen und fragte sich, wie sie sich aus diesem Schlamassel befreien sollte. »Darüber sollten Sie keine Witze machen. Als ich vierzehn war habe ich auf einen Mann geschossen.«

Byrne zog die Augenbrauen hoch.

»Ich habe ihn nicht umgebracht – glaube ich zumindest. Die Zeitungen machten damals eine grosse Sache daraus. Es war zumindest ein schöner Propagandasieg gegen die SWAPO-Terroristen, obwohl wir nicht hoffen konnten, den bewaffneten Krieg zu gewinnen.«

»SWAPO?«, Byrne nippte an seinem Getränk. »Südwestafrikanische Volksorganisation, wenn ich mich an meine begrenzten afrikanischen Geschichtskenntnisse erinnere. Ich hätte eher Freiheitskämpfer als Terroristen gesagt.«

Sonja zuckte mit den Schultern. »Wenn sie auf dich schiessen:

Terroristen. Ausserdem, wenn ein Feuerwehrmann das Feuer bekämpft, was bekämpft dann ein Freiheitskämpfer?«

Byrne lachte. »Da ist was dran, aber im Grunde genommen haben die Deutschen als Kolonialmacht die Einheimischen unterjocht und danach haben die Südafrikaner die Macht übernommen. Es ist verständlich, dass die Menschen in Afrika dafür kämpfen, die Kontrolle über ihr Heimatland zu übernehmen.«

»Ich bin auch dort geboren, aber wir waren die Minderheit und die Minderheit kann nie gewinnen, nicht wahr?« Sonja hob die Augenbrauen.

Byrne sah sich in der Bar um, ohne seinen Kopf zu bewegen. »Das heisst nicht, dass wir es nicht versuchen können.«

»Sie reden von Nordirland?« Sie senkte ihre Stimme. »Von der IRA?«

»Wie kommen Sie denn darauf?«

»Minderheit, Mehrheit. Ich habe genug über diesen Ort gelesen, um zu wissen, dass die Briten hier nichts zu suchen haben, wenn sie versuchen, ein System durchzusetzen, das die Katholiken jahrelang benachteiligt hat.«

»Und was hat eine Namibierin mit den Briten zu tun?«

»Mütterlicherseits sind wir Buren, väterlicherseits Deutsche. Meine Urgrossmutter mütterlicherseits starb während des Anglo-Buren-Krieges in einem britischen Konzentrationslager in Südafrika an Cholera und hinterliess vier Kinder, von denen zwei später an Unterernährung starben. Die Familie meines Vaters wurde während beider Weltkriege interniert, während sich einer meiner Onkel der Internierung entziehen konnte und an der Atlantikküste Vorräte für U-Boote versteckte.«

»Skelette im Schrank an der Skelettküste, was?«

Sie lächelte und nippte an ihrem Getränk. »Für einen Iren wissen Sie eine Menge über Afrika.«

»Für eine Afrikanerin wissen Sie viel über die Probleme hier. Ich glaube, Ihr Freund kommt. Er ist schon eine Weile im Sumpf und sieht nicht gerade grossartig aus, oder? Wer ist er?«

»Das ist aber eine direkte Frage.«

»Wenn es um hübsche Mädchen geht, bin ich ein Mann der Tat.«

Sonja warf einen Blick auf Bruce, der sich auf sie zubewegte. »Er ist nichts. Ich bin per Anhalter gekommen und er hat mir angeboten, mich mitzunehmen.«

»Klar und das ist doch ein bisschen gefährlich, oder? Mit einem Fremden, der einen mitgenommen hat, in eine Kneipe zu gehen?«

Sonja rührte ihr Getränk mit dem Finger um, so dass die Eiswürfel im Glas klirrten, und leckte sich dann die Fingerspitze ab. »Ein bisschen Risiko ab und zu muss doch sein, oder?«

»WIE BITTE?«, sagte sie, im Wissen, dass der ältere Mann, der am Lagerfeuer sass, irgendetwas anderes gesagt hatte. Ein Flusspferd grunzte draussen im Chobe-Fluss.

»Ich sagte, ich bin Chipchase, Sydney Chipchase. Während Sie für ein paar Sekunden, in Ihren Tee starrten, sahen Sie aus, als wären Sie in einer anderen Welt. Waren Sie das?«,»Interessanter Name«, sagte Sonja und versuchte, das Thema zu wechseln.

»Mein Vater war Matrose bei der Royal Navy. Er diente im Pazifik, war in Sydney auf Urlaub und mochte es.«

»Ich meinte Chipchase.«

Er lächelte und zuckte mit den Schultern, als hätte er das alles schon einmal gehört.

»Sie waren abgelenkt. Woran dachten Sie gerade? Simbabwe – oder vielleicht Nordirland!«,»Sie scheinen alles über mich zu wissen, Sydney. Was immer Sie in Ulster über mich gehört haben, ist wahr und wahrscheinlich haben Sie nicht einmal die Hälfte von dem gehört, was schiefgelaufen ist. Sie umklammerte den Zinnbecher fest und spürte die brennende Hitze. Sie wollte weder an den Schmerz noch an Daniel Byrne erinnert werden. »Was werden Sie tun? Mich bei der Polizei anzeigen?«

Chipchase schüttelte den Kopf. »Ich lebe nicht mehr in der Vergangenheit. Ich habe die Armee verlassen, betrank mich noch eine Weile, aber dann fand ich zur Nüchternheit und zum Herrn, ungefähr zur gleichen Zeit. Ich bin als reisender Missionar hier in

Afrika tätig und verteile Bibeln und religiöse Lehrbücher an Schulen und Missionen in anderen Ländern. Ich bin nicht mit dem Weg einverstanden, den Sie zu gehen scheinen, aber ich werde Sie nicht dem Elend eines afrikanischen Gefängnisses ausliefern. Sie werden den richtigen Weg für sich finden müssen, aber Sie werden für eine kleine Weile sicherer sein, wenn Sie mir erlauben, mich um Ihr Bein zu kümmern.«

Sie leerte ihren Tee aus. »Denken Sie nicht, dass ich nicht dankbar bin. Wenn die Polizei mich vor Ihnen gefunden hätte, wäre ich in Schwierigkeiten.

»In dem Fall wären Sie wahrscheinlich am Blutverlust gestorben.«

Sie zuckte mit den Schultern. »Ich hatte ein Satellitentelefon dabei.«

Chipchase nickte. »Unter dem Bett im Wohnmobil gibt es einen Stauraum. Dort habe ich Ihre ganze Ausrüstung verstaut. Ihr Gewehr und die Pistole sind da drin. Am besten lassen Sie sie erst mal hier, wenn Sie auf dem Campingplatz nicht unnötig auffallen wollen.«

Sonja stellte den leeren Becher auf dem Klapptisch ab und kletterte behutsam zurück in den Land Cruiser. Sie öffnete den Schrank und fand ihre Tasche und ihre Weste. Sie überprüfte die M4 – es waren noch Patronen im Magazin – und steckte die Neun-Millimeter in den Bund ihrer Hose, die Chipchase in Shorts verwandelt hatte, um die Schusswunde in ihrem Bein versorgen zu können. Die Batterieabdeckung des Telefons hatte sich gelöst, das Gehäuse einen Riss und Drähte hingen heraus. Als sie nach draussen ging, hielt sie es dem Iren vor die Nase.

Er hob die Handflächen. »Das war ich nicht. Hier«, sagte er und griff in seine Hemdtasche, »Sie können mein Mobiltelefon benutzen. Auch fürs Ausland, wenn Sie wollen.«

»Danke.« Mit einem Nicken bedankte sie sich für seine Grosszügigkeit, verliess den Campingplatz und wanderte hinunter zum Wasser, zur strohgedeckten Sedudu Bar. Sie blieb bei einem Schild mit der Aufschrift ›Vorsicht Krokodile‹ stehen und wählte eine britische Handynummer.

»Hallo?«

»Emma?«

»Oh. Du bist es«, sagte ihre Tochter.

»Hallo, mein Mädchen. Es ist schön, deine Stimme zu hören.« Und nach dem, was sie in Simbabwe durchgemacht hatte, war es das tatsächlich. Sonja tat, was sie tat, für Emma – sie sorgte dafür, dass es ihrem einzigen Kind im Leben an nichts fehlte. Sie wusste, dass sie im Gegenzug zu viel von Emmas Leben verpasst hatte, aber wenigstens war Emma bis vor kurzem in der Obhut ihrer Grossmutter sicher und glücklich gewesen, wenn Sonja weg gewesen war. Es gab Dinge, die Sonja an ihrer Arbeit mochte – liebte –, aber sie bemühte sich, sich nicht damit zu befassen.

»Wie auch immer.«

Sonja holte tief Luft und versuchte, wieder positiv zu denken. »Wie läuft es in der Schule?«

»Was denkst du denn? Ich hasse sie und kann es nicht erwarten, dass sie vorbei ist. Situation normal, alles am Arsch. SNAFU. Sagt man das bei der Armee nicht so?«

»Nicht in meiner Armee.« Sonja wusste, dass Emma mit ihrem Fluchen nur eine Reaktion provozieren wollte. »Die Universität wird viel mehr Spass machen und es sind nur noch ein paar Monate bis dahin. Du bist zu schlau für deine Lehrer. Wie kommst du mit deinen Vorstudienfächern voran?« Sonja betete, dass die Pause am Ende der Leitung bedeutete, dass Emma weiterhin gut abschnitt und dass sie, wenn auch vielleicht widerwillig, etwas Stolz auf ihre akademischen Leistungen zeigen würde. Es gefiel ihr, dass ihre Tochter so intelligent war – laut ihren Lehrern äusserst begabt – und sie tröstete sich mit der Tatsache, dass die Dinge, die sie tat, um ihren Lebensunterhalt zu verdienen, Emma die Ausbildung zur Anwältin ermöglichten. Sonja redete sich ein, die disziplinarischen Vorfälle in der Schule seien ein natürlicher Teil von Emmas Intellekt und ihrer starken Persönlichkeit – eine Tendenz, Konventionen in Frage zu stellen, aber keine Warnzeichen für Kriminalität. Sie war ein Teenager. Es würde also vorbeigehen.

»Wir beschäftigten uns mit Menschenrechtsfragen. Wir diskutierten über Irak und Afghanistan und Folter, Gefangenenaustausch und solche Sachen. Ich habe mich geschämt, als ich daran dachte, dass du daran beteiligt warst.«

Sonja biss die Zähne zusammen. »Wie geht's deiner Freundin ... Gemma, nicht wahr? Sie schien nett zu sein, als ich sie beim letzten Elterntag getroffen habe.«

»Sie heisst Jemima und sie ist eine Schlampe. Ich hasse sie. Hör mal, Mama, tu nicht so, als würdest du meine Freunde kennen oder dich für sie interessieren. Das tust du nicht. Du gehörst nicht mehr zu meinem Leben.«

Sonja drückte ihre Finger gegen ihre Schläfe. Sie war fast umgebracht worden und obwohl sie kein Mitleid von ihrer Tochter erwartete, fand sie es frustrierend, dass sie ihr nicht einmal sagen konnte, was sie vorhatte. Selbst, wenn sie es könnte, würde Emma es missbilligen.

»Wo bist du eigentlich?« Emma gähnte.

»In Botswana.«

»Das klingt nicht so schlecht. Hier ist es verdammt scheusslich. Kalt und regnerisch.«

Sonja sah die Chance. Vielleicht konnte sie sich mit etwas Smalltalk über das Wetter trösten. »Es ist herrlich hier. Der Himmel ist klar und es ist ein schöner, warmer Tag. Vielleicht können wir Irgendwann ...«

»Ich muss gehen. Vielleicht gibst du deinen verdammten Personenschutz oder was auch immer du tust, wenn du weg bist, eines Tages auf und interessierst dich zur Abwechslung mal wirklich für mein Leben. Wenigstens wusste Oma früher, wer meine Freunde waren, weil sie mich an den Wochenenden in diesem Gefängnis besuchte.«

»Emma, ich ...«

»Oder vielleicht wäre es wie bei Oma. Ich könnte sterben und du würdest die Beerdigung verpassen. Wäre das nicht traurig?«

»Emma ...«

Die Leitung war tot.

Sonja starrte hinaus auf die Weite des Chobe-Flusses, der in der

Mittagssonne blendend glitzerte. Es war die Spiegelung, sagte sie sich und dass sie so lange in der erdrückenden Dunkelheit des Wohnmobils eingesperrt gewesen war, die sie dazu brachte, die Augen zu reiben und ihre Handfläche abwechselnd gegen sie zu drücken.

4

———

Sam spürte Zehen, die an der Innenseite seiner rechten Wade hinaufglitten und war sich ziemlich sicher, dass es nicht die von Stirling waren. Seit er in den Staaten zu einem bekannten Gesicht geworden war, hatten zwei Männer versucht, ihn auf Partys anzubaggern, aber meistens waren es Frauen, von denen eine unangenehme Anzahl, wie Tracey Hawthorne, bereits in einer Beziehung waren.

In der Hoffnung, Tracey würde den Wink beherzigen und sich zurückhalten, hustete er. Stattdessen spürte er, wie sich ihr Zehennagel einen Weg zu seinem Knie und entlang seines Oberschenkels bahnte. Sie hatte lange Beine, diese Tracey, das hatte er im Schwimmbad registriert.

Von einer früheren Abkühlung wusste Sam, dass das Schwimmbecken überchloriert war und hielt deshalb beim Eintauchen die Augen geschlossen und die Hände ausgestreckt, um die Wand zu ertasten. Doch Tracey hatte sich ins Wasser gleiten lassen und sich so positioniert, dass er in sie hineinschwamm. Seine Handfläche berührte ihre Hüften und als er auftauchte, liess sie sich rückwärts ins Wasser fallen.

»Nun halten Sie mich sicher für schwach, Sam«, hatte sie gekichert.

Stirling und Sam sassen sich in der Mitte des langen Esstisches schräg gegenüber, die anderen Gäste und die Mitglieder des Filmteams waren auf beiden Seiten der Tafel aufgereiht. Ab und zu beugte sich Stirling zu Tracey hinüber, die neben ihm, direkt gegenüber von Sam, sass und bezog sie in sein Gespräch ein. Genau in dem Moment, in dem Traceys zierliche, manikürte Zehen Sams Schritt berührten, legte Stirling ihr beschützend eine Hand auf die Schulter, während er eine Geschichte über sie und eine Python erzählte. Sam schnitt eine Grimasse, Tracey blinzelte und Stirling erzählte weiter.

Verdammt, dachte Sam. Da machte sich eine schöne, sexy junge Frau an ihn heran und er konnte nichts dagegen tun. Sam wusste aus Erfahrung, dass niemand von dem Dutzend Leute am Tisch, einige Rentner und gut betuchte Gäste aus New York, Texas, Florida und London, zögern würde, ein Klatschmagazin oder die Fleet Street per E-Mail zu informieren, wenn sie auch nur den Hauch eines Skandals erhaschten, in die eine Berühmtheit im Ausland verwickelt war. Seine Hin- und Wieder-Beziehung zu Rebecca Lloyd, einem Hollywood-Sternchen, das in Teilzeit bei Wildlife World moderierte, zerbrach, als Aufnahmen davon ausgestrahlt wurden, wie sie an einem Strand in Bermuda einen Glatzkopf küsste. Zu diesem Zeitpunkt war die Beziehung in Wirklichkeit bereits tot, denn trotz ihrer Beteuerungen, sie habe damit aufgehört, fand Sam zum dritten Mal eine Spur von weissem Pulver in Rebeccas Hotelzimmer in Denver. Er bot ihr an, ihr zu helfen, von den Drogen wegzukommen, aber sie sagte ihm, sie brauche ihn nicht. Was offenbar die Wahrheit war.

Aber ein Glatzkopf? Das schmerzte immer noch.

»Cheryl-Ann«, sagte Stirling, »haben Sie über mein Angebot nachgedacht, sich mit dem Delta-Schutzkomitee bekannt zu machen, wenn die Leute hier sind? Wir haben einen Werbemann aus Johannesburg beauftragt und von ihm könnten Sie bestimmt gutes Material für ein Interview über die negativen Auswirkungen des Staudamms bekommen.«

Cheryl-Ann tupfte sich den Mund mit einer Serviette ab. »Ich glaube nicht, dass ein PR-Fanatiker der beste Sprecher für uns ist, und ausserdem können wir so etwas in unserem Programm kaum gebrauchen ... Aber ich denke darüber nach.«

Stirling schien es noch einmal versuchen zu wollen, aber einer der afrikanischen Safari-Führer kam an den Tisch und flüsterte ihm etwas ins Ohr. Stirling erhob sich vom Tisch und schob seinen Stuhl zurück. »Ich muss nur kurz den Generator überprüfen, meine Damen und Herren und bin bald zurück.« Er ging, vom Reiseführer gefolgt, in die Nacht hinaus.

»Wir müssen morgen früh raus, nicht wahr, Ray?«, fragte Sam.

Der Kameramann hatte sich auf die Worte und die Brüste einer geschiedenen Frau aus Houston am anderen Ende des Tisches konzentriert. »Müssen wir das? Ich meine, klar, aber, hey Sam, jetzt ist es doch noch zu früh.«

»Na ja, ich will nur nicht, dass dir im Hubschrauber schlecht wird wie beim letzten Mal«, sagte Sam.

Ray seufzte. »Du kannst ja gehen, wenn du willst.«

»Oh, Sam, bitte bleiben Sie und erzählen Sie uns noch eine Geschichte über das Fangen von Kojoten«, sagte die Geschiedene. Sam überlegte, dass sie vielleicht genauso von Rays Mundgeruch befreit werden wollte, wie er von Traceys wanderndem Fuss.

»Sie brauchen jemanden, der Sie zu Ihrem Zelt zurückbegleitet, für den Fall, dass gefährliche Tiere auftauchen«, sagte Tracey über den Tisch hinweg. »Stimmt«, bestätigte Sam und spürte erleichtert, wie Traceys Fuss aus seinem Schoss glitt. »Lass uns gehen, Ray.«

»Aber ...«

»Nein, ist schon gut, Ray«, sagte Tracey und lächelte strahlend. »Sie bleiben hier, essen Ihr Dessert und trinken einen Amarula. Ich begleite Sam mit Vergnügen zurück zu seinem Zelt.«

Sam blickte über seine Schulter in die Dunkelheit hinter der Terrasse, aber von Stirling, der vermutlich immer noch unterwegs war, um den Generator zu überprüfen, war nichts zu sehen.

Tracey griff nach der Taschenlampe und der schweren, wieder-aufladbaren Batterie, die darunter aufgehängt war, schaltete sie ein und leuchtete in die Dunkelheit hinaus. Sie war nicht auf der Suche nach Löwen oder Leoparden, sondern nach Stirling. Noch immer war nichts von ihm zu entdecken. Adrenalin und ihr Verlangen verbrannten sie von innen her.

»OK, Sam?«

Sie sah den Widerwillen auf seinem Gesicht, als er noch einmal zum Kameramann blickte. Der schmierige Ray mit seinem Mundgeruch, der Tracey schon am Abend zuvor angemacht und ihr vorgeschlagen hatte, auf einen Champagner in sein Zelt zu kommen, war darin versunken, auf das Dekolleté der Amerikanerin zu starren.

Tracey fragte sich, ob Sam schüchtern war oder ob er wirklich an Prinzipien festhielt und sie von sich weghielt, weil er dachte, sie gehöre zu Stirling. Tracey mochte Stirling – liebte ihn vielleicht sogar – aber sie gehörte keinem Mann. Je schüchterner oder abweisender Sam ihr zu widerstehen versuchte, desto mehr erregte es sie. Sowohl Stirling als auch Sam waren gutaussehende Männer, aber der Fernsehstar hatte dem Safariführer etwas voraus: Beide waren grosse Männer auf ihrem Gebiet – Alphamänner – aber Sams Geschichte erreichte die ganze Welt. Frauen beteten ihn an und Männer wollten so sein wie er. Tracey wollte ihn einfach. Sie hoffte bei Gott, er sei nicht schwul.

»Hier entlang«, sagte sie. »Kommen Sie schon«, fügte sie flüsternd hinzu, als sie sich von der hölzernen Uferterrasse entfernt hatten, »ich beisse nicht. Es sei denn, Sie möchten es.«

»Tracey ...«

»Pssst.«

»Nein, wirklich, ich will nur ...«

»Pssst, seien Sie still, Sam. Im Ernst. Ich habe da draussen etwas gehört.« Sie leuchtete mit dem hellen Strahl weg vom Fluss in den Busch. »Da, sehen Sie?«

Er war hinter ihr gewesen, doch jetzt, als er sich zur Seite bewegte und ein wenig in die Knie ging, war er endlich in ihrer Reichweite. »Da ...«

»Ich sehe nichts.«

Mit einer Hand hielt sie die Taschenlampe, die andere legte sie ihm auf die Schulter, als wolle sie seinen Blick auf den Punkt lenken, den sie betrachtete. Als er den Kopf senkte, schaute sie in seine wunderschönen braunen Augen und während er konzentriert ins Leere starrte, schob sie ihre Zungenspitze in sein Ohr.

»Tracey!«

»Was ist los? Bist du schwul, Sam?«

»Nein, bin ich nicht. War da draussen wirklich etwas Gefährliches?«

Sie lächelte, liess ihre Hand aber auf seiner Schulter liegen. »Hier draussen ist nichts ausser mir, Sam, aber ich bin eine grosse Gefahr.«

»Das bist du.« Er strich ihre Hand von der Schulter, aber sie ging zum Angriff über und presste ihren Körper gegen seinen. Trotz seiner Proteste spürte sie die Ausbuchtung seiner Erektion an ihrem Bauch. Ihre Hand suchte sie und sie fuhr mit ihr über seine Khakihose.

»Tracey ...«

Sie hörte das Schwanken in seiner Stimme. Das war es, worauf sie gewartet hatte. Männer. Sie waren alle gleich. Schlecht. Sogar die guten. Das war es, was sie am meisten an ihnen liebte. Sie schaltete die Taschenlampe aus und führte ihn hinter den dicken Stamm eines massiven Mopane-Baumes.

»Tracey, nein ...«

Sie brachte ihn mit ihrer Zunge zum Schweigen und erforschte seinen Mund, der noch immer nach Rotwein schmeckte. Ihre Finger fanden seinen Reissverschluss und bevor er seine Hüften in einem letzten Anflug von Widerstand wegbewegen konnte, schlang sie ihre Hand um seinen Penis, überrascht und noch stärker erregt, weil sie entdeckte, dass er keine Unterhose trug. Er stöhnte auf und sie wusste, dass sie gewonnen hatte.

Tracey warf ihren Kopf zurück und spürte zuerst die Hitze seines Atems an ihrem Hals, dann seine Lippen. Die Spitze seines Gliedes war bereits feucht und sie massierte die glitschige Flüssigkeit in seine dicker werdende Härte. Sie konnte ihre Hand nicht mehr um ihn schliessen.

Sie spürte, wie er unter ihrem Trägerleibchen eine Hand um eine ihrer Brüste legte, die Brustwarze zwischen die beiden ersten Finger nahm und mit dem Daumen über die eingeklemmte Spitze rieb. Sie erschauderte, drückte sich noch enger an ihn und spürte, wie seine Hitze an ihrem Bauch brannte.

Dann liess er ihre Brust los und legte eine Handfläche sanft, aber fest auf ihre Schulter. »Nein.« Er atmete tief aus.

»Es reicht, Sam«, zischte sie. »Ich weiss, dass du ein guter Kerl bist, ja. Genau deshalb will ich dich ja.«

»Tracey, nein ...«

Sie stellte sich auf die Zehenspitzen, schlang ihre Arme um seinen Hals, stemmte sich mit aller Kraft hoch und hängte sich an ihn. Reflexartig lege er seine muskulösen Armen um sie, damit sie nicht stürzte. Sie schlang ihre Beine um ihn, stemmte sich gegen ihn und spürte, wie sein harter, feuchter Penis in sie eindrang. »Jetzt, Sam. Nimm mich, Kojoten-Sam.«

STIRLING HÖRTE das Rascheln im Busch, sah aber keinen Schein einer Taschenlampe.

»Scheisse«, sagte er zu sich selbst. Er hätte den Tisch nie verlassen dürfen. Aber was für einen Sinn hatte eine Beziehung, wenn er die Frau, die er liebte, nicht in Gesellschaft eines anderen Mannes lassen konnte, egal wie berühmt und angeblich gutaussehend er war? Er fand, dass der Amerikaner mit seiner falschen Bräune, den schneeweissen, makellosen Zähnen und seinem Bodybuilder-Körper wie ein Homosexueller aussah. Er hatte gehört, dass viele Schwule in Fitnessstudios trainierten. Die Art und Weise, wie Chapman mit Tracey umging – und sie mit ihm – liess ihm jedoch wenig Hoffnung, dass Kojoten-Sam Männer bevorzugte.

Der Lichtstrahl von Stirlings Taschenlampe erreichte den grossen Mopanebaum zwischen Zelt drei und vier, aber was auch immer da draussen im Busch war, befand sich auf der hinteren Seite des Stammes. Den Geräuschen nach zu urteilen, die es verursachte, war es wahrscheinlich ein Stachelschwein oder ein Honigdachs, der im Teppich aus toten Blättern herumschnüffelte.

»Nein?«

Stirling blieb stehen und spitzte sein Ohr. Das war Tracey.

»Nein, Sam«, bekräftigte Tracey, »ich werde nicht…«

Das war alles, was Stirling zu hören brauchte. Er umrundete den alten Baum, die schwere Taschenlampe bereits in der rechten Hand. Er liess den Anblick – Sam Chapman mit offenem Hosenstall, seinen erigierten Penis in der Hand und Tracey mit entblösster Brust, den Rücken gegen den Baumstamm gelehnt – auf sich wirken. Dann schlug er die Taschenlampe kräftig in die rechte Schläfe des Amerikaners und Kojoten-Sam fiel bewusstlos zu Boden.

Tracey fing an zu schluchzen. Stirling nahm sie in die Arme und sie vergrub ihr Gesicht in seinem Safarihemd. »Es ist alles in Ordnung, Baby. Dieser Bastard. Ich sollte mein Gewehr holen und ihn erschiessen.«

Sam legte seinen schmerzenden Kopf gegen das warme Glas des Hubschrauberfensters und sah dankbar zu, wie das Xakanaxa Camp unter ihm verschwand. Am liebsten würde er diesen Ort nie wieder sehen, vor allem nicht den verrückten Stirling und seine psychotische, nymphomanische Freundin.

»Mach dir keine Sorgen.« Cheryl-Anns nasale Stimme sandte eine neue Ladung stereophoner Schmerzen durch die Kopfhörer des Headsets, das er trug. »Das Make-up deckt den Bluterguss ab und man wird ihn auf den Aufnahmen bestimmt nicht sehen. Wir müssen bevor wir filmen nur die Grundierung neu auftragen, vor allem, wenn du geschwitzt hast.«

Mach dir keine Sorgen? War das ihr Ernst? Und glaubte sie, dass ein lila Bluterguss in seinem Gesicht alles war, worüber er sich Sorgen machte? Tracey war schon weg, als Sam wieder zu sich kam und den Safari-Führer mit geballten Fäusten über ihm stehen sah. Sam hatte sich den Kopf gerieben und sich erschöpft auf die Beine gestemmt.

»Ich kann es erklären…«

»Einen Scheiss kannst du, Schönling.« Stirlings nächster Schlag traf Sams Kinn und liess ihn erneut herumschleudern. Immer noch benommen und nicht in der Stimmung, seine persönlichen Qualen zu verlängern, wehrte Sam sich nicht. »Steh auf, du verdammte Schlange.«

Cheryl-Ann war inzwischen bei den Männern eingetroffen und ausnahmsweise war Sam froh, sie zu sehen. In ihrem kurzen Schlafanzug hatte sie sich mutig zwischen die beiden Männer gestellt und Stirling weggeschoben. »Regen Sie sich ab, Freundchen!«

Zurück in Cheryl-Anns luxuriös ausgestattetem Safarizelt, hatte Sam ihr alles erzählt.

»Ich wusste es«, kommentierte Cheryl-Ann. »Dieses kleine Flittchen war schon seit unserer Ankunft hinter dir her. Ich konnte es sehen. Aber du konntest es auch sehen, also hättest du dich nicht von ihr einwickeln lassen sollen.«

Sam hatte vor Schmerz und Selbstmitleid gestöhnt.

»Aber es hat keinen Sinn, darüber zu jammern. Wir werden morgen mit ihm über eine Entschädigung reden. Der Sender wird sich aussergerichtlich einigen.«

»Was?« Sam war entrüstet. »Sie hat mich angemacht, Cheryl-Ann. Du hast es gerade selbst gesagt...«

»Ich weiss, was ich gesagt habe, aber was wird Tracey tun? Wird sie ihrem grossen Bwana-Freund erzählen, dass sie versucht hat, dich zu bespringen? Oder wird sie sagen, dass Mister Hollywoodberühmtheit versucht hat, sie im Dunkeln zu belästigen, während sie ihn nach Hause begleitet hat? Wenn sie nur halbwegs bei Verstand ist, wird sie bereits darüber nachdenken, ihre Geschichte an die Boulevardpresse zu verkaufen und diese Art von PR können wir definitiv nicht gebrauchen.«

»Du redest, als wäre es eine ausgemachte Sache, dass jeder ihr glauben würde.«

Sie starrte ihn an wie eine Lehrerin, die am dümmsten Kind in der Klasse verzweifelt.

»Entspann dich«, sagte Cheryl-Ann in den Funkkopfhörer des Hubschraubers. »Ich setze mich mit beiden einzeln zusammen, wenn wir wieder im Camp sind, und wir reden über die Sache. Ich werde herausfinden, was Tracey will, und dann werden wir verhandeln. Zerbrich dir deinen hübschen Kopf nicht darüber, Kojoten-Sam.«

»Nenn mich nicht so.« Er starrte aus dem Fenster. Auf dem Flug nach Xakanaxa hatte ihn das Spinnennetz aus Kanälen und Trampelpfaden von Wildtieren, das sich zwischen staubtrockenem Busch und smaragdgrünen Inseln aus Schilf und Gräsern abwechselte, in seinen Bann gezogen. Jetzt wollte er am liebsten nach Hause in die Staaten. Das unter ihm vorbeiziehende Paradies der Wildnis trug nicht dazu bei, seine Stimmung zu heben.

Eine Herde von hundert oder mehr Büffeln stürmte unter dem Geräusch des herabsinkenden Hubschraubers davon. Ray war damit beschäftigt, durch die Öffnung zu filmen, die dadurch entstanden war, dass der Pilot die Tür des Kopiloten entfernt hatte. Die massigen schwarzen Tiere warfen silbrige Wasserspritzer in die Luft. Wenigstens hier gab es Wasser, registrierte Sam. Von oben sahen die Büffel wie übergrosse Kühe aus, aber er wusste aus seinen Recherchen, dass die Jäger sie ›Schwarzer Tod‹ nannten. Kap-Büffel gehörten zu den gefährlichsten Tieren, denen ein Mensch, der zu Fuss im afrikanischen Busch unterwegs war, begegnen konnte. Sie und eifersüchtige Safariführer, dachte er reumütig. Er drückte einen Finger auf den Nasenrücken und dachte, dass er es lieber mit einem dieser Büffel aufnehmen würde, als Stirling wiederzusehen.

»Ich bin bereit, ihr auch?«, fragte Gerry.

Cheryl-Ann stupste Sam in die Rippen und er blickte ins Innere des Hubschraubers zurück. Gerry zeichnete das Audio direkt über die Sprechanlage des Hubschraubers auf und Ray hatte sich in seinem Sitz herumgedreht und filmte jetzt Sams Gesicht.

Sam zwang sich zu einem Lächeln, schaute noch einmal aus dem Fenster und dann wieder in die Kamera.

»Unter mir liegt die ungezähmte Wildnis des Okavango-Deltas, ein Garten Eden für die Tierwelt. Doch es ist ein Paradies, in dem der Tod den ahnungslosen Besucher auf Schritt und Tritt erwartet.«

Er hielt inne und holte tief Luft. Ihm war übel vom Scotch, den er in seinem Zelt getrunken hatte, um den Schmerz über Stirlings Schläge und die Scham über das, was passiert war, zu lindern. Dafür musste er jetzt bezahlen.

»Bist du okay?«, Erkundigte sich Cheryl-Ann, der die Ungeduld ins Gesicht geschrieben stand. »Du siehst ein bisschen grün aus.«

»Ja, mir geht's gut.«

»Weiterfahren, Ray.«

Sams Adamsapfel hüpfte, als er heftig schluckte. »Ich werde die nächsten drei Tage dort unten im afrikanischen Busch verbringen. Ganz allein, mit genug Essen und Wasser für einen Tag. Ich werde die Überlebenstechniken anwenden, die mir die ursprünglichen Bewohner dieses Teils von Botswana, das Volk der Khoisan, auch als Buschmänner bekannt, beigebracht haben. Wenn ich nicht gut genug aufgepasst habe, heisst es jetzt wohl endgültig Gute Nacht von mir, Kojoten-Sam.«

»Gute Arbeit«, sagte Cheryl-Ann in seine Kopfhörer.

»Ja, klar. Blödsinn und das weisst du.«

»Wir können es jederzeit auf dem Boden neu drehen. Bist du sicher, dass du für die nächsten drei Tage bereit bist?«

»Nein.« Er war sich keineswegs sicher. Damals, in den Staaten, als sein Agent und er die Idee für eine Sendung entwickelten, in welcher sie eine Dokumentation über die Tierwelt mit einer Reality-Show verschmelzen wollten, hatte es nach Spass geklungen. Sam hatte auf der Suche nach Kojoten viel Zeit allein in den Rockies und in den windgepeitschten Prärien von Utah und Wyoming verbracht. Er war fähig, einen Schneesturm zu überleben, aber ob er dies in den Sümpfen von Botswana schaffen würde, wo die Raubtiere viel zahlreicher und grösser waren als selbst der Berglöwe, dem er einmal zu Fuss begegnet war, davon war er mittlerweile alles andere als überzeugt.

Nachdem sie von Südafrika nach Botswana geflogen waren, hatten sie sich einen Tag lang in der Stadt Maun akklimatisiert. Dort absolvierte er mit einem San-Führer einen vierstündigen Kurs zur Nahrungssuche im afrikanischen Busch. Nach der Ankunft in Xakanaxa war gefilmt worden, wie Stirling Sam die Sicherheitsvorkehrungen erläuterte, die für ein Umfeld, in dem Löwen, Leoparden, Büffeln und Elefanten lebten, galten. Im Wesentlichen darüber, sich ruhig zu verhalten, sich nicht zu weit von seinem Lager zu entfernen, am Abend ein Feuer zu machen und nachts immer das Zelt zu schliessen. Wenn er zu Fuss einem gefährlichen Tier begegnete, lautete die Grundregel, stehen zu bleiben – entgegen dem natürlichen Drang, wegzulaufen. Stirling hatte ihn in gewisser Weise beruhigt, indem er ihm erzählte, dass im und am Rande des Moremi-Wildreservats Touristen auf nicht eingezäunten Plätzen kampierten und Zwischenfälle mit gefährlichem Wild sehr selten seien. Cheryl-Ann, Stirling und der Rest der Crew standen in Bereitschaft, falls doch etwas schief gehen sollte – Stirling, um die Situation zu entschärfen, Ray und Gerry, um das Geschehen zu filmen. Der gecharterte Hubschrauber wartete in der Nähe von Xakanaxa und der Pilot hatte ihm zugesichert, dass sie nach einem Anruf innerhalb von fünfzehn Minuten bei ihm wären. Sam fragte sich, wie lange ein Löwe benötigte, um einen Menschen zu fressen. Und wie lange Stirling dafür brauchte, sich anzuziehen, das Gewehr zu laden und zum Hubschrauber zu schlendern – nachdem was mit Tracey geschehen war?

»Du schaffst das schon«, zwitscherte Cheryl-Ann. »Vergiss nicht, du bist Kojoten-Sam. Du hast das australische Outback gezähmt, also wird Afrika ein Kinderspiel für dich.«

»Stimmt.«

Er beobachtete, wie die Elefanten einer Herde ihren Schritt verlangsamten, um ihre Köpfe zu drehen und zu ihnen aufzuschauen. Die Risiken waren hier viel grösser als im Outback und ein grosser Star hätte niemals zugestimmt, allein mitten in Afrika zu campen, selbst wenn ein Hubschrauber bereitstünde, um ihn zu retten. Aber Sam war kein genügend grosser Star. Er schüttelte den Kopf.

»Denk einfach daran, die Videokamera am Laufen zu halten, Sam«, lachte Ray. »Mach ein paar Aufnahmen davon, wie der Hubschrauber dich, umgeben von Löwen, Leoparden und Hyänen, ganz allein da draussen lässt.«

»Hör auf zu sticheln, Ray.« Cheryl-Ann legte in einer ungewöhnlichen Geste des Mitgefühls eine Hand auf Sams Arm. »Entspann dich, es wird schon gut gehen. Aber wie Ray sagt, wenn du denkst, dass du in ernsthafte Schwierigkeiten gerätst, drückst du einfach die Aufnahmetaste.«

Sam sah sie an, um zu sehen, ob sie scherzte, aber alles, was er in ihren Augen entdeckte, war Kälte. Der Hubschrauber setzte in kniehohem, trockenem, gelbem Gras auf. Ray schnallte sich ab und sprang heraus, um sich mit seiner Kamera auf der Schulter in einiger Entfernung aufzustellen. Als Ray den Daumen hob, kletterte Sam aus dem Flugzeug. Gerry reichte ihm sein Zelt, den Schlafsack, seinen Rucksack, eine Fünf-Liter-Plastikflasche mit Trinkwasser, die Kameratasche, seine Machete, ein Handfunkgerät und das Satellitentelefon. »Viel Glück, Sam!« Zumindest der Tontechniker schien es aufrichtig zu meinen.

Vom Stapel seiner Ausrüstung ging er in gebückter Haltung zu Cheryl-Anns Fenster hinüber, von wo aus sie ihm zuwinkte.

»Es wird ein paar Überraschungen für dich geben. Lass dich einfach treiben und halt die Kamera am Laufen, okay?«

Er nickte, fühlte sich aber immer noch niedergeschlagen. Seine Stimmung sank noch mehr, als er die handliche Kamera aus dem Rucksack fischte und zu filmen begann, wie Ray zurück in den Hubschrauber kletterte, der Pilot abhob und die Maschine im klaren, blauen Himmel kleiner wurde.

Sobald der Hubschrauber ausser Sichtweite war, schaltete er die Kamera aus, um den Akku zu schonen. Wenn sich seine Laune besserte, würde er irgendeine abgedroschene Phrase aufnehmen, wie etwa »Wir sehen uns ..., hoffe ich«. Im Moment wollte er aber nur den Alkohol und die Ereignisse der letzten Nacht ausschlafen.

Sam stapfte fünfzig Meter durch das Gras zu einem ziegelroten Termitenhügel und kletterte auf die Spitze der tönernen Insektenstadt, die höher war als er selbst. Von dort aus suchte er die Umgebung ab. Eine Herde Impalas, die in einer weit entfernten Baumreihe graste, entdeckte ihn. Das Männchen mit seinen leierförmigen Hörnern bellte seinem Harem aus zierlichen Weibchen einen Warnruf zu und sie sprangen davon. Da nichts Tödliches in Sicht war, kletterte er hinunter. Jeder Schritt in der Mittagssonne liess den Schweiss von seiner Stirn rinnen. Sicherheit war wie immer sein oberstes Gebot, also fing er damit an, sein Zelt aufzustellen.

In der ersten Folge von Kojoten-Sam's Serie zum Überleben in der weltweiten Natur, ›Gefahr in Australien‹, hatte er sein provisorisches Zuhause aus Stöcken und Rinde bauen müssen, so wie es ihm ein Aborigine-Ranger des Nationalparks gezeigt hatte. In Australiens Outback ging die grösste Gefahr von Schlangen aus, aber selbst vor denen war er relativ sicher, wenn er sein Moskitonetz aufspannte und unter dem Schlafsack feststeckte. Hier in Afrika, wo die Gefahr bestand, dass Löwen, Hyänen und Leoparden um seinen Lagerplatz streiften, hatte die hartherzige Cheryl-Ann nachgegeben und ihm ein Zelt erlaubt. Sam rollte die einfache, kuppelförmige Konstruktion aus robustem grünem Segeltuch aus und steckte die beiden Metallstangen zusammen, die es tragen sollten.

Er fragte sich, was die ›enthaltenen Überraschungen‹ dieses Mal sein würden. In Australien war die Schachtel mit den Streichhölzern, die er mitbringen durfte, in letzter Minute durch eine Packung ersetzt worden, in der alle Zündköpfe sorgfältig abgeschnitten waren. Er musste mit einem spitzen Stock, den er mit Zunder auf einem weichen Stück Holz rieb, Feuer machen. Zu seiner Überraschung – und der seiner Zuschauer – war ihm das nach zwei Tagen gelungen. Er hatte sich die Hände wund gerieben, bis sie bluteten und Cheryl-Ann urteilte, das sei grossartig gewesen.

Natürlich waren die Überraschungen nicht immer nur schlecht.

An seinem dritten und letzten Tag im Outback hatte er ungeduldig darauf gewartet, ins Luxusresort am Uluru zurückgebracht zu werden, wo der Rest der Mannschaft untergebracht war. Statt des Geräuschs eines Hubschraubers hörte er das Hupen eines Autos irgendwo in der Ferne. Widerwillig nahm er die Kamera in die Hand und machte sich auf den Weg in die Richtung des unaufhörlichen Lärms. Durch den dicken roten Sand zu stapfen hatte ihm den letzten Rest an Kraft geraubt. Drei Tage lang hatte er nichts als Larven und Eidechsen gegessen und sein Körper hatte sich lautstark gegen die körperliche Anstrengung gewehrt. Als er in Sichtweite des Fahrzeugs kam, sank sein Herz.

Es war ein in die Jahre gekommenes, verrostetes Wohnmobil mit Allradantrieb. Ein junger Mann mit langen blonden Dreadlocks hupte abwechselnd und kehrte zum Heck des Fahrzeugs zurück, das bis zu den Achsen im Sand versunken war. Ohne Schaufel versuchte der Mann krampfhaft, den losen Sand von den festgefahrenen Reifen zu entfernen.

»Ich habe mich festgefahren!«, rief ihm der Mann mit deutschem Akzent zu.

Sam begann pflichtbewusst zu filmen, dann drehte er die Kamera zu sich selbst. »Eine der wichtigsten Regeln für das Überleben in der Wildnis ist, nie ohne die richtige Ausrüstung zu fahren.«

Als er sich dem gestrandeten Autofahrer näherte, fiel der Mann auf die Knie. »Danke, danke«, rief er. »Ich habe kein Wasser und ich glaubte, hier draussen im Outback umzukommen.«

»Eine weitere Regel«, erklärte Sam der Kamera, »ist, dass man immer, wenn man einen anderen Reisenden in Schwierigkeiten sieht, anhält und schaut, ob man helfen kann.«

In diesem Moment schwang die Hecktür des Wohnmobils auf. Eine hübsche, grossgewachsene, rothaarige Australierin in Jeans-Shorts, weissem T-Shirt und einer Kochmütze auf dem Kopf, kletterte aus dem Wagen. Er erinnerte sich sofort an sie – eine der Köchinnen des Resorts, die ihn um eine Autogrammkarte gebeten hatte, nachdem er seine Komplimente an die Küche geschickt hatte. Sie trug ein gedecktes Silbertablett. Weiter oben auf der sandigen Strasse, hinter einem roten Ameisenhaufen, der dem, den er gerade erklommen hatte, nicht unähnlich war, tauchte die Mannschaft auf. Die Überlebensübung war vorbei und der Rotschopf hob den Deckel von einem köstlichen Abendessen mit leckeren Süsswasserkrebsen. Der deutsche Schauspieler schüttelte ihm die Hand und holte eiskaltes Bier aus dem Inneren.

Sam fragte sich, ob es auch bei diesem Überlebensprogramm ein Happy End gäbe oder ob Stirling im Xakanaxa-Camp mit einer Waffe auf ihn wartete. Unwillkürlich kam ihm das Bild der milchweissen Haut des australischen Mädchens unterhalb der Bräunungslinie und auf beiden Seiten eines Streifens gestutzter roter Haare in den Sinn. »Hör auf damit!«, sagte er laut zu sich selbst.

Beim Befestigen der Zeltkuppel an der zweiten Zeltstange fluchte er. Er warf die Stange auf den Boden und löste den anderen Haken. Verdammte Idee mit Kojoten Sam's Überlebenssendung. Wenn er die drei Tage überstand, ohne eine Ahnung davon zu haben, wie er sein Zelt aufstellen musste, würde Cheryl-Ann ihn dazu zwingen, alles noch einmal zu machen.

Er hatte vergessen, die Kamera auf dem Stativ zu befestigen und holte dies nach.

»Ooooh-chooh, Ooooh-chooh.«

»Hören Sie das?«, fragte Sam so laut, wie er sich traute und blickte in die Linse der Kamera auf dem Stativ. »Das ist der König der Tiere, der afrikanische Löwe. Er fordert in der Dämmerung die Tiere seines Rudels auf, sich für die Jagd zu versammeln. Ich hoffe nur, dass ich es bin, der auf der Speisekarte steht ... Ach, Scheisse!«

Er begann seinen Monolog noch einmal und lehnte sich näher an die Kamera, als er die letzte Zeile noch einmal sagte. »Ich hoffe nur, ich stehe heute Abend nicht auf der Speisekarte.«

Glücklicherweise war die Streichholzschachtel in seinem Rucksack unversehrt und er konnte in einem bescheidenen Haufen toten Holzes, das er in der Nähe seines Zeltes fand, ein Feuer entzünden.

Für diesen Teil des Dokumentarfilms befand er sich in einer privat verwalteten Konzession ausserhalb des Moremi-Wildreservats, an dessen südlichem Rand. »Auf der anderen Seite des Flusses, im Wildreservat, wäre es mir nicht erlaubt, mich nachts allein aufzuhalten oder mitten im Nirgendwo ein Feuer zu machen, wie ich es gerade getan habe. Doch diese Flammen sind nötig, weil sie die Löwen fernhalten – zumindest gemäss der Theorie.«

»DER ARME KERL. Er sah nicht sehr glücklich aus«, sagte John Little, der neuseeländische Pilot des Hubschraubers, als sie von dem einsamen Mann am Boden abhoben. Little war das Gegenteil seines Namens: gross, breitschultrig und sehr attraktiv, fand Cheryl-Ann.

»Er wird es schaffen«, sagte sie. »Er hat so etwas schon einmal gemacht.«

»Lieber er als ich«, erwiderte John. »Wenn die Löwen ihn nicht kriegen, werden es die Krokodile tun. Hast du Lust, die landschaftlich reizvollere Route zurück nach Xakanaxa zu nehmen?«

»Klar«, sagte Cheryl-Ann. Sie musste den harten Kerl spielen, bis die Tücher im Trockenen waren. Um in der halsbrecherischen Welt des Fernsehens zurechtzukommen, musste sie hart sein, aber in Wirklichkeit fürchtete sie sich vor der Begegnung mit Stirling und Tracey. Die Situation hatte alles, was zu einer erstklassigen Verarschung gehörte. Die meisten Stars, die sie kannte, vögelten während einer Tournee herum, aber sie hatte Sam bisher geglaubt, als er gesagt hatte, dass er nur auf Mädchen abfuhr, die nicht in einer Beziehung steckten. Was hatte er sich nur dabei gedacht, mit Tracey in die Dunkelheit zu gehen?

»Schöne Giraffen da unten«, sagte John und deutete nach rechts.

»Wirklich?«, Sie hatten in den nächsten drei Tagen eine kilometerlange Jagdliste abzuarbeiten. Sie, Ray und Gerry würden nicht untätig auf dem Hintern sitzen, während Kojoten Sam auf seinem Campingplatz faulenzte und verhungerte. »Das Licht ist jetzt ziemlich gut, also lass uns ein paar Giraffenaufnahmen machen, Ray.«

»Ja, Ma'am«, antwortete der Kameramann.

»Können Sie tiefer fliegen?«

»Kein Problem. Ihr seid die Leute mit den grünen Scheinen«, grinste John.

Cheryl-Ann spürte, wie sich ihr der Magen hob, als der Kiwi – sie mochte den Klang dieses Wortes – den Hubschrauber in einem weiten Bogen um die Giraffen herumführte und dabei senkte, um alles für Aufnahmen vorzubereiten, sobald die Sonne hinter ihnen stand. Er war professionell, zuvorkommend und hatte offensichtlich schon mit Filmteams und Profimedienleuten zusammengearbeitet. Ausserdem zeichneten seine Shorts einen knackigen Hintern ab.

»Schön«, sagte sie in ihr Mikrofon.

»Danke«, sagte John und warf wieder einen Blick über die Schulter zu ihr. »Scheisse!«

Eine Warnsirene übertönte das laute Brummen der Motoren und weckte eiskalte Angst in den Passagieren des Hubschraubers.

»Was ist das?«, fragte Cheryl-Ann.

Little ignorierte sie und fuhr mit seinen Fingern über das Bedienfeld vor ihm. »Mayday, Mayday, Mayday!«

SAM SAH zum vierten Mal innerhalb von zwölf Minuten auf seine Uhr. Es waren noch drei Minuten bis sieben Uhr. Er fürchtete sich nicht sehr vor dem Löwen, der immer noch weit weg klang, die Hyäne schien viel näher zu sein.

»Wuuuu-uup«, rief sie wieder und eine andere antwortete. Sam schürte das Feuer und warf ein weiteres viel zu kleines Stück Holz nach. Das Bündel, das er gesammelt hatte, war schnell geschrumpft, denn vieles davon war verrottet oder von Termiten auf das Gewicht von Pappe reduziert worden. Er bezweifelte, dass es reichte, um das Feuer die ganze Nacht am Brennen zu halten. Morgen würde er sich nach grösseren Holzstücken umsehen und dabei daran denken müssen, nach Schlangen Ausschau zu halten. Am ersten Tag hatte Stirling den Land Rover neben einem umgestürzten Baum angehalten und alle hatten sich gewundert, was er da sah, bis eine Felsenpython ihren riesigen Kopf hob und mit ihrer Zunge die Luft prüfte. »Wir halten hier oft für einen Drink zum Sonnenuntergang an und immer wieder setzen sich Touristen auf diesen Baum«, hatte er berichtet und dabei die Herablassung in seinem Ton nicht zu verbergen versucht.

Sam öffnete den Reissverschluss des Zeltes, das er seit dem Aufbau geschlossen gehalten hatte, um zu verhindern, dass etwas hineinkriechen konnte. Er wusste, dass er in der Nacht, egal wie heiss es war oder was er draussen hörte, die Klappe geschlossen halten musste. Er schaute noch einmal auf die Uhr, seufzte und drückte dann auf die Aufnahmetaste der Kamera.

»Solange ich heute Nacht den Reissverschluss meines Zeltes geschlossen halte, sollte alles in Ordnung sein.« Er konnte sein Gesicht auf dem ausklappbaren und drehbaren LED-Bildschirm sehen und das Bild überprüfen, während die Kamera aufnahm. Sie hatte eine Nachtsichtfunktion und seine Gesichtszüge wurden in stimmungsvollem, aber leicht verschwommenem, lindengrünem Licht eingefangen. »Das, was man in der Ferne hört, ist eine Hyäne und die sind dafür bekannt, dass sie Zelte zerreissen, wenn sie darin Futter wittern. Zum Glück«, lachte er, »hat mir meine Mannschaft nichts zu essen dagelassen, also sollte ich vor Hyänen sicher sein. Was die Löwen angeht, die man vorhin gehört hat: Sie jagen auf Sicht und Ton, ähnlich wie Ihre Hauskatze. Wenn sie etwas entdecken, das sich bewegt, schleichen sie sich an und stürzen sich darauf. Allerdings haben sie keine gute Tiefenwahrnehmung. Wenn sie also mein Zelt sehen, halten sie es für ein festes Objekt, wie einen Ameisenhaufen oder einen Stein. Wenn ich aber den Reissverschluss aufmache und meinen Kopf herausstrecke, um einen Blick auf sie zu werfen, könnten sie sich auf mich stürzen, wie eine Katze auf eine Maus springt. Der Unterschied ist, dass diese Katzen um die sechshundert Pfund wiegen können. Jetzt weiss ich, wie sich eine Maus fühlt.«

Er schaltete die Kamera aus und sah auf seine Uhr. Er fragte sich, ob seine Monologe im Fernsehen genauso lahm wirkten, wie sie sich jetzt für ihn anhörten. Aber Cheryl-Ann hatte ein gutes Auge für Schnitt und Timing und würde ihn gut aussehen lassen, selbst wenn er sich für den Rest der Reise beschissen fühlte.

Endlich war es sieben Uhr. Er kramte in seinem Rucksack nach dem Satellitentelefon und holte es aus seiner schwarzen Nylonhülle. Cheryl-Anns Nummer war voreingestellt, also scrollte er nach unten und drückte auf ›Anrufen‹. Das Telefon klingelte.

Draussen brüllte ein Löwe und ein zweiter antwortete. *Toll,* dachte Sam, *der Tod in Stereo.*

Das Telefon schellte weiter.

»Komm schon«, sagte er und schaute auf seine Uhr.

»Die von Ihnen gewünschte Nummer ist nicht erreichbar. Bitte versuchen Sie es später noch einmal«, ertönte eine weibliche Stimme am anderen Ende der Leitung.

Bestimmt bei einem Drink am Fluss, vermutete er und fragte sich, wie die Stimmung zwischen Cheryl-Ann, Stirling und Tracey war. Vielleicht waren sie gerade in eine hitzige Debatte darüber verwickelt, ob sie ihn hängen, rädern oder vierteilen sollten. Sam wählte die Nummer erneut.

Er trommelte mit den Fingern auf dem kunststoffbeschichteten Boden des Zeltes und wartete darauf, dass Cheryl-Ann abnahm. Aber das geschah nicht.

5

S onja klatschte in die Hände. »Weg, husch!«, befahl sie dem
Trio brauner, räudiger Streunerhunde. Das hochträchtige
Warzenschwein hielt nicht einmal inne, um sich für ihre
Unterstützung zu bedanken, sondern schnüffelte weiter in den
Abfällen der umgestürzten Mülltonne, wie zuvor, als die Hunde an
seinem Hinterteil knabberten. »Natürlich, mein Mädchen, du musst
für vier oder fünf essen«, sagte Sonja zu dem grunzenden, furzenden
Tier und ging an ihm vorbei.

Sonja überquerte den staubigen Parkplatz des kleinen Einkaufs-
zentrums in der Nähe des Eingangs zur Chobe Safari Lodge. Chipchase hatte bei der Reinigung und dem Nähen der Wunde in ihrem
Oberschenkel gute Arbeit geleistet. Die Haut war zartrosa, es blutete
nicht mehr und obwohl ihr Bein noch schmerzte, konnte sie am
zweiten Tag schon wieder laufen. Sie hatte ihm gegenüber immer
noch nicht zugegeben, dass sie es gewesen war, die versucht hatte,
den Präsidenten von Simbabwe zu ermorden. Aber auch nicht
geleugnet. Und er hatte aufgehört, sie weiter auszufragen.

Sie wollte Lebensmittel für unterwegs kaufen, um ihm als Dank
für seine Hilfsbereitschaft ein gutes Essen zu kochen. Ausserdem
beabsichtigte sie, ihre E-Mails in aller Ruhe an einem anonymen

Computer abzurufen. Das war ihr lieber, obwohl er ihr angeboten hatte, seinen Laptop und sein Mobiltelefon dafür zu benutzen.

In der Nähe des Choppies-Supermarktes gab es eine Wechselstube mit einem halben Dutzend Computern und Internet. »Fünfzehn Pula für fünfzehn Minuten«, sagte die gelangweilte Schwarze hinter dem Schalter zu ihr. Sonja setzte sich auf einen der gepolsterten Plastikstühle und öffnete den Browser. Sie ging zu ihrem Hotmail-Konto und meldete sich als ›reisesally‹ an. Neben dem üblichen Spam gab es eine Nachricht von steeleman1043@yahoo.

Wo bist du? Lautete die Betreffzeile der E-Mail. Sie klickte darauf und sah die vollständige Nachricht, die ebenso kurz und bündig war. *Nicht über das Satellitentelefon antworten. Informiere so schnell wie möglich über locstat. Schade um den Job, aber ich habe einen anderen. M.*

»Schade?«, sagte sie laut. Ein afrikanischer Mann zwei Terminals weiter sah sie an und sie lächelte entschuldigend. Sie war sich nicht sicher, ob sie wollte, dass ihr *locstat*, der Aufenthaltsort, irgendwo im Internet übertragen wurde. Sie bezweifelte, dass der simbabwische CIO über moderne Cyber-Überwachungsgeräte verfügte, aber wer wusste schon, ob diese Aufgabe vielleicht Freunde in Nordkorea oder China für ihn übernahmen. Sie drückte die Antworttaste und tippte: *Satphone defekt. Bin auf dem Weg nach Hause. Du weisst, wo du mich findest.*

Ihr Satellitentelefon war wirklich unbrauchbar, da es irgendwann während ihrer Flucht zerquetscht worden war. Am Vortag hatte sie auf ihrem Spaziergang in einem indischen Geschäft in Kasane ein billiges Telefon und eine Prepaid-SIM-Karte gekauft, aber sie konnte nicht riskieren, Martin dessen Nummer zu geben, da es leicht zurückverfolgt werden konnte.

Sonja warf einen Blick über die Schulter, um sich zu vergewissern, dass sie allein in der Wechselstube war und loggte sich in ihr Konto einer Bank auf den Kanalinseln ein. Getreu seinem Wort – und sie hatte keinen Grund, an ihm zu zweifeln – hatte Martin ihren Anteil der ersten Zahlung für den Auftrag in Simbabwe überwiesen. Es war ein kleiner Trost, dass sie für den Beinahe-Verlust ihres Lebens eine angemessene Bezahlung erhalten hatte. Egal, was ihre

Tochter von ihr als Mutter dachte, Emma würde genug erben, um ihr Studium zu finanzieren und zusätzlich einen ordentlichen Notgroschen erhalten. Sonja nickte zufrieden, als sie den Kontostand noch einmal überprüfte, sich aus ihrem Konto ausloggte und abmeldete. Wenn sie jede Sekunde von Emmas Kindheit in England gelebt hätte, wären sie gerade so über die Runden gekommen. Sie stand auf, streckte unter Schmerzen ihr verletztes Bein und bezahlte dann die Frau hinter dem Stahlgitter. Natürlich war ihre Arbeit nicht ungefährlich, überlegte sie, als sie zurück in die Sonne und auf den Supermarkt zuging, aber wenn sie sich nach der Armee nicht mit Martin eingelassen hätte, wäre sie vielleicht von innen heraus gestorben.

Als sie das letzte Mal mit Stirling in der Safari-Lodge gewesen war, hatte es den Choppies-Supermarkt noch nicht gegeben. Er war ein Zeichen des Fortschritts, ein Indikator dafür, dass es Botswana wirklich gut ging. Wenn man es sich leisten konnte, in klimatisiertem Komfort einzukaufen und Obst vom Kap und Meeresfrüchte aus Mosambik angeboten wurden, machte die Regierung einiges richtig. Sie bestellte an der Fleischtheke ein Kilogramm Rindsfilet und wählte für den Nachtisch ein Eis. Sie bezahlte das Essen in bar, da sie keine Kreditkartenspuren hinterlassen wollte und kaufte im Spirituosengeschäft eine Flasche schönen, südafrikanischen Alto Rouge-Rotwein, ein Sechserpack St. Louis-Bier und eine Ausgabe der Daily News.

Sonja ging zurück in die Safari Lodge, schlenderte durch die Rezeption und spazierte am Rande der Veranda entlang, die einen spektakulären Blick auf den Chobe bot. Die glänzende, ruhige Oberfläche des Flusses wurde hier und da von grasbewachsenen, smaragdgrünen Inseln unterbrochen, die wiederum von den dunklen Punkten grasender Büffel und Elefanten gesprenkelt waren. Kellner kümmerten sich um Touristen, die am Swimmingpool faulenzten und Kinder planschten im klaren Wasser. Keine hundert Kilometer entfernt lag ein Land, in dem Menschen verhungerten und an der Cholera starben. Das ist Afrika, dachte Sonja.

Als sie zum Campingplatz zurückkam, verscheuchte sie ein paar Grüne Meerkatzen von Chipchase's Campingtisch. Sie hörte aus dem

Inneren des Wohnmobils Schnarchen und fragte sich, wie der Mann in der Hitze des Tages in seinem engen, mobilen Sarg schlafen könne. Sie hatte es sich am Abend in seiner Hängematte bequem gemacht, ein Moskitonetz an einem Baum über sich aufgehängt und sich mit dem Grunzen der Flusspferde im Chobe und dem Blick durch das Blätterdach des Busches hinauf zu den Sternen, in den Schlaf wiegen lassen.

Nun liess sie sich in die Safariliege fallen, dankbar, dass sie ihr Bein entlasten konnte, denn sie spürte vom Gehen ein Brennen. Es war nicht allzu schlimm und sie brauchte die Bewegung, denn sie konnte es sich nicht leisten, ihre Muskeln zu verlieren, auch wenn es während der Erholungsphase ein wenig weh tat. Sonja nahm noch einen grossen Schluck von ihrem schnell warm werdenden Bier und schlug die Zeitung auf.

›bdf, Polizei hilft bei der Suche nach Simbabwe-Attentäter‹, lautete die Schlagzeile. Sie runzelte die Stirn, während sie las.

Der botswanische Präsident sagte, er sei zwar nicht immer mit der Politik seines simbabwischen Amtskollegen einverstanden, aber das sei keine Entschuldigung dafür, dass jemand versuche, ein Staatsoberhaupt zu töten.

Sonja schnaubte. Jahrelang hatte man sich bei Dinnerpartys auf der ganzen Welt gefragt: »Warum hat ihn nicht einfach jemand umgebracht?«

Aus Polizeikreisen verlautete, dass eine Beschreibung des mutmasslichen Attentäters an die Polizei und die botswanischen Streitkräfte weitergeleitet worden sei, doch das Phantombild werde nicht an die Medien weitergegeben.

»Kein Wunder«, sagte Sonja leise. Doch die Tatsache, dass eine Frau den Präsidenten beinahe ermordet hätte, war zu interessant, um lange verschwiegen zu werden. Es würde ihr das Reisen erschweren, aber nicht verunmöglichen.

Auf Seite drei der Daily News gab es eine Meldung, die vom Sprecher des botswanischen Präsidenten stammte, der einräumte, es gäbe keine Fortschritte bei den Gesprächen mit der namibischen und der angolanischen Regierung über die Erhöhung der Abflussmenge aus dem kürzlich fertiggestellten Staudamm am Okavango-Fluss. Diplomatische Bemühungen, den Bau des Staudamms zu verhindern, waren gescheitert und die Regierungen, die das Projekt mitfinanziert hatten, verwiesen auf die schwere Dürre als Grund dafür, dass die Auswirkungen auf das Okavango-Delta weitaus dramatischer waren als vorhergesagt. Die letzte Phase des Projekts, so hiess es in der Zeitung, wäre bald abgeschlossen und das mit dem Projekt verbundene Wasserkraftwerk werde in Betrieb genommen.

Sonja wandte den Kopf, als sie das Knarren der hinteren Federn des Land Cruisers hörte. Die Tür öffnete sich und Sydney Chipchase steckte seinen Kopf heraus.

»Guten Tag. Oder ist es noch Morgen?«, sagte er und blinzelte.

»Zuviel *Bushmills* letzte Nacht?«, Sie waren beide lange aufgeblieben und Sonja hatte es genossen, die Ereignisse der jüngeren und ferneren Vergangenheit für ein paar Stunden auszublenden. Sie hatten sich lustige Geschichten aus ihrer Armeezeit erzählt und sie hatte ihm ein wenig, nur sehr wenig, von ihrer Zeit erzählt, als sie in Botswana aufwuchs.

Sydney schaute über Sonjas Schulter auf den Zeitungsartikel über den Damm. »Was hältst du davon?«

Sonja zuckte mit den Schultern. »Ich weiss, dass die Menschen Strom brauchen, aber ich denke, da steckt mehr dahinter, als man auf den ersten Blick sieht. Für Minen braucht es viel Wasser. Dieser Damm könnte das Okavango-Delta zerstören und wofür? Damit noch mehr Menschen Satellitenfernsehen bekommen und einige Politiker sich die Taschen mit Schmiergeldern von den Unternehmen füllen können, die wirklich von der Aufstauung des Flusses profitieren.«

Chipchase nickte. »Ich besuche die Baustelle oft, um mich um die Arbeiter und ihre Familien zu kümmern. In diesen finanziell schwierigen Zeiten schafft das Projekt viele Arbeitsplätze in einer armen Region.« Er bediente sich mit einem Bier aus der Plastiktüte, die noch auf dem Tisch stand. »Ich muss morgen abreisen, Sonja. Ich fahre in den Süden nach Francistown. Kann ich dich mitnehmen?«

»Du weisst doch, dass die Bullen an den Strassensperren nach mir suchen werden.«

Chipchase nickte. »Sie werden nach einer alleinreisenden Frau suchen, nicht nach einem Missionars-Paar.«

Sie lachte. »Ich weiss nicht, ob ich die Rolle der Frau eines Gottesanbeters spielen kann.«

»Obwohl du die Rolle einer IRA-Sympathisantin spielen konntest?«

Sie wusste, dass sie nicht auf seinen Köder eingehen sollte, konnte sich aber nicht zurückhalten. Es hatte zu viele Gerüchte gegeben, zu viel spekulatives Geschwätz, nachdem sie aus Nordirland zurückgekehrt war. »Mein Befehl lautete, nahe an den Quartiermeister, der den Sprengstoff für den Schulbusanschlag geliefert hatte, heranzukommen. Das habe ich getan.«

Sydney liess sich in seinen Campingstuhl sinken und nahm einen Schluck von seinem Bier. »Und Martin Steele hat dich hineingeritten.«

Es gefiel ihr nicht, dass er Vermutungen über Martin anstellte. Chipchase war ein Geheimdienstoffizier, der seinen Krieg hinter dem Schreibtisch ausgefochten hatte. »Wir haben die Grenzen überschritten, ja ... sogar für das Det.«

»Es hiess, du hättest mit Byrne geschlafen. Stimmt das?«

»Das geht dich einen Scheissdreck an, Sydney.«

Er nickte. »Aye. Du hast Recht. Es interessiert mich aber aus beruflicher und historischer Sicht. Du warst wahrscheinlich näher an den Kämpfen in Nordirland dran als jeder andere Soldat. Hattest du nicht das Gefühl, dass Steele dich als Frau ausgenutzt hat?«

Sonja schüttelte den Kopf. »Warum müssen Männer uns als Opfer oder, noch schlimmer, als hilflose Spielfiguren darstellen? Ich bin Byrne sehr nahegekommen, ja, und ich habe herausgefunden, dass sein Bruder der Kopf hinter dem Bombenanschlag auf den Bus war.«

»Der Zweck heiligte die Mittel?«

»Nimm deinen Verstand aus der Gosse, Sydney. Es war Krieg, und ich habe ihn so geführt, wie ich dachte, dass er geführt werden muss.«

»Er war ein Mörder, Sonja – genauso schuldig wie sein Bruder. Er hat den Sprengstoff geliefert und muss gewusst haben, wofür man ihn benutzen würde.«

Chipchase würde nie verstehen können, was zwischen ihr und Danny Byrne oder zwischen Danny und seinem Bruder vorgefallen war. »Ich konnte mich Danny annähern, weil ich wusste, woher er kam. Er war ein Mann, der in einem Krieg aufgewachsen war, als Teil einer Minderheit, die wusste, dass sie niemals gewinnen könne. Er wuchs in einem Umfeld auf, in der das Töten einen Mann ausmachte und in der diejenigen, die Waffen trugen, als Friedensstifter und Patrioten galten. Ich bin in derselben Welt aufgewachsen. Dadurch bin ich an ihn herangekommen.«

»Und so«, bemerkte Sidney und legte eine Pause ein, um noch etwas Bier zu trinken, »hast du ihm eine Falle gestellt, die der SAS nutzen konnte, um ihn umzubringen.«

6

———

Die Strasse von Kazungula nach Francistown gehört zu den langweiligsten in ganz Afrika und nur die Schlaglöcher lenkten vom stumpfen, braunen Busch und dem trockenen, gelben Gras ab, das den sich endlos in die Ferne ziehenden, grauschimmernden Fluss aus Teer flankiert.

Chipchase spielte auf seinem iPod, der über die Radiolautsprecher des Land Cruiser lief, AC/DC. Bei ›Highway to Hell‹ kommentierte Sonja, dass sie es für eine seltsame Wahl für einen Missionar hielt.

»Es erinnert mich an meine guten alten Tage als Sünder und gibt mir einen Anhaltspunkt dafür, wie weit ich gekommen bin.«

Sie lächelte, aber sie hatte zu viel auf dem Herzen und Smalltalk war nicht ihre Stärke. Ihr stand eine Konfrontation bevor. Der sicherste Ort, an dem sie sich verstecken konnte, war Xakanaxa, was aber bedeutete, Stirling zu treffen. Chipchases sanfte, aber beharrliche Fragen über ihre Zeit in der Armee hatten Erinnerungen wachgerufen, die sie lange Zeit verdrängt hatte. Sie wusste, dass diese besondere Wunde, je mehr sie über die Ereignisse in Nordirland nachdachte, desto heftiger aufbrach. Würde das Wiedersehen mit

Stirling sie heilen oder das, was sie in ihrer Seele noch für ihn übrighatte, für immer abtöten? Einen Monat zuvor, als sie noch im Vereinigten Königreich war, hatte sie nach ein paar Gläsern Wein dem Drang nachgegeben, Stirling auf Facebook zu suchen. Sie hatte ihn gefunden und war geradezu euphorisch, als sie sah, dass er seinen Status mit ›Single‹ angegeben hatte. Es hatte sie all ihre Selbstbeherrschung gekostet, ihm weder eine Nachricht zu schicken noch zu versuchen, ihn als Freund hinzuzufügen. Sie würde bald nach Afrika reisen und wollte ihn lieber überraschen, statt ihm die Möglichkeit zu geben, sie einfach über das Internet abzuweisen. Sie konnte sich nicht recht entscheiden, ob diese Strategie mutig oder idiotisch war.

»Sydney, halt an!«

Chipchase trat auf die Bremse und bog auf einen Feldweg. Seit der Abzweigung zum Elephant Springs Camp in Richtung Nata, dem nächsten Tankstopp, hatte sich der Strassenbelag verbessert. »Hier gibt's nichts. Musst du auf die Toilette?«

Sonja schüttelte den Kopf und deutete auf eine Gestalt vor ihnen, die im flirrenden Hitzedunst auftauchte, wobei sich horizontal verlaufende Bänder langsam zu einem Umriss verdichteten. Es war, wie sie schon lange vor dem älteren Chipchase erkannt hatte, ein Mann auf einem Pferd.

Sie stieg aus, öffnete den hinteren Teil des Fahrzeugs und griff nach ihrem Rucksack, der Lebensmittel, Wasser und einen kompakten Camping-Gaskocher enthielt, den sie in Kasane gekauft hatte. Darin befanden sich auch ihre in Einzelteile zerlegte M4 und Ersatzmagazine. Sie schob die Neun-Millimeter-Waffe von der Vorderseite ihrer Shorts in den hinteren Teil ihres Hosenbundes und zog das Trägerleibchen über den Pistolengriff hinunter.

Sonja hievte sich ihren Rucksack auf die Schultern und ging zum Fenster auf der Fahrerseite. »Sydney, ich kann dir nicht genug danken, aber bitte nimm das.« Als sie ihm die Hand schüttelte, drückte sie ihm einige grüne Scheine in die Hand.

»Ich nehme kein Geld von dir, Sonja.« Er gab ihr das Geld zurück.

»Wenn du es nicht willst, dann tue etwas Gutes damit. Du bist doch Missionar, verdammt noch mal, du musst doch irgendwo ein Hilfsprojekt kennen.«

Er lächelte sie aus dem Fahrzeug an und streckte seine Hand aus, um ihre erneut zu schütteln. Stattdessen stellte sie sich auf die Zehenspitzen und küsste ihn auf die Wange. Sie wurde damit belohnt, dass sanfte Röte in sein alterndes Gesicht stieg.

»Es tut mir leid, Sonja, wenn es so aussah, als ob ich neugierig wäre auf ... nun, du weisst schon, auf die alten Zeiten.«

Sie schüttelte den Kopf. »Ich wollte nicht darüber reden oder auch nur darüber nachdenken und habe es, ausser in meinen Albträumen, seit Jahren nicht getan. Ich weiss nicht, ob es geholfen hat, aber ich weiss, dass ich von der Vergangenheit genug habe. Schliesslich warten einige Herausforderungen in der nahen Zukunft, die mich auf Trab halten.«

»Ja, aber wenn du das Bedürfnis hast, andere afrikanische Despoten zu verfolgen, dann ist mein Rat...«

»Die Bibel zu lesen?«

»Bessere Recherche und ein Scharfschützengewehr Kaliber .50 mit einem guten Zielfernrohr.« Sie lächelte und winkte, bis der Land Cruiser vom Hitzedunst verschluckt wurde.

Das Klappern der Hufe war jetzt ganz in der Nähe zu hören. Sie stellte sich mitten auf die Strasse und wartete auf die Ankunft des Reiters. Sie musste mit dem Rest ihrer Energie sorgfältig haushalten.

Der Mann war in weit besserer Verfassung als das Pferd, auf dem er ritt. Er trug einen Cowboyhut mit Zebradruck und einen alten, ausgefransten, aber sauberen und gebügelten einreihigen, kohlegrauen Anzug. Dasselbe galt für das blaue Hemd mit weissen Manschetten und Kragen. Das Obermaterial seiner schwarzen Lederschuhe war zwar so sauber, wie es der Sand der Kalahari zuliess, aber an den Sohlen lösten sich die Nähte. Als er vor ihr stehen blieb, sah sie unter dem tiefen Schatten des Hutes dicht gekräuselte, graue Haarsträhnen. Wäre sie eine Touristin, würde sie sich fragen, was ein alter, afrikanischer Mann im Anzug und mit Cowboyhut mitten am Tag, bei zweiundvierzig Grad Hitze, auf der Strasse von Nata nach Kasane zu suchen hatte, aber sie war keine Touristin.

»Dumela«, sagte sie auf Tswana, wobei sie die mittlere Silbe etwas in die Länge zog. »Le kae?«

»Ke teng, wena o kae?«

»Auch mir geht es gut, danke«, antwortet Sonja auf Tswana. Neben Englisch von ihrer Mutter und Deutsch von ihrem Vater, sprach sie Ovambo vom Dienstmädchen, das sie bis zu ihrem zehnten Lebensjahr betreut hatte und Tswana von Stirling und den Kindern des Personals in Xakanaxa. Falls der alte Mann neugierig war, was eine weisse Frau allein auf dem leeren Highway zu suchen hatte, wusste er, dass er nicht so unhöflich sein durfte, zu fragen. »Ich würde gerne Ihr Pferd kaufen«, sagte sie zu dem Mann.

Er schüttelte den Kopf. »Wenn ich Ihnen dieses Pferd verkaufe, muss ich zu Fuss gehen, und ich möchte nicht zu Fuss gehen, um dorthin zu kommen, wo ich hin will. Danke, aber nein danke.«

»Mit dem Geld, das ich Ihnen gebe, können Sie sich ein Auto kaufen.«

»Ich brauche keins. Ausserdem«, er sah sich von seinem Sattel aus um, »wo soll ich das Benzin kaufen?«

»Ich gebe Ihnen dreitausend Pula«, sagte sie und griff in die Tasche ihrer Shorts. Pula, die Währung von Botswana, bedeutet auf Deutsch ›Regen‹. Sie hatte ihm fast fünfhundert US-Dollar angeboten, aber der Mann schüttelte den Kopf. »Viertausend?«

»Nicht für zehn. Dieses Pferd ist nicht zu verkaufen. Es ist mein wertvollster Besitz.«

Unter dem rissigen Sattel standen die Rippen hervor und das struppige Fell zeugte von Unterernährung und Krankheit. Das Pferd schüttelte in einem vergeblichen Versuch, die Fliegen zu verscheuchen, den Kopf und sah sie aus trüben Augen an.

»Zwölf.«

Der Cowboy schüttelte den Kopf und schnalzte mit der Zunge. Es war ihm ernst damit, nicht zu verkaufen.

Sonja seufzte. Sie hatte gehofft, dass es nicht so weit kommen würde. Sie griff hinter sich und zog ihre Pistole heraus. Sie richtete sie auf sein erschrockenes Gesicht und sagte auf Englisch. »Runter von dem verdammten Pferd.«

Der alte Mann befeuchtete die Lippen mit der Zunge und schaute hinter sich. Da war niemand. Sie konnte in seinem Gesicht lesen, dass er seine Möglichkeiten abwog und sich fragte, ob er sie über den Haufen reiten solle. Sie wussten beide, dass das Pferd im Galopp nicht weit kommen würde, aber er rührte sich trotzdem nicht.

Sonja schoss. Das müde Pferd versuchte, sich aufzubäumen, aber mit dem Gewicht des Reiters auf seinem Rücken, schaffte es kaum, beide Beine gleichzeitig zu heben. Der Mann sprang zu Boden und bevor sie Zeit hatte, ihr Ziel neu zu justieren wirbelten seine Füsse Staub auf. Er wischte sich imaginäre Flecken von seiner Jacke und liess die Zügel fallen. »Ich rufe die Polizei!«

»Da bin ich mir sicher. Und sagen Sie denen, dass ich Ihnen das hier gegeben habe. Sie warf ihm das zusammengerollte Bünde mit zwölftausend Pula vor die Füsse, »das ist mehr, als Sie für die Art und Weise, wie Sie dieses arme Tier behandelt haben, verdient haben.«

Sonja drehte das Pferd und ritt nach Osten, in Richtung Simbabwe.

Fark, fark, faaaark!

Das Kreischen des Vogels weckte Sam aus seinem Schlummer. Er setzte sich aufrecht hin und schaute sich im düsteren grünen Inneren des Zelts um. Zu seiner Enttäuschung musste er feststellen, dass das, was während der letzten achtzehn Stunden passiert war, kein Albtraum gewesen war.

Er hatte schlecht geschlafen. Nicht nur wegen des Duells von Brüllen und Grunzen der Hyänen und Löwen und des Schnüffelns von etwas, das im Gras um sein Lagerfeuer und um sein Zelt herumschnupperte, sondern vor allem, weil er sich Sorgen um Cheryl-Ann und das Kamerateam machte.

Cheryl-Ann hatte ihm gesagt, er solle mit Überraschungen rechnen und die Kamera laufen lassen, aber die Gewohnheit der morgendlichen und abendlichen Anrufe über das Satellitentelefon hatte sie noch nie gebrochen. Dies war eine strikte Sicherheitsvorkehrung.

Er schaute auf die Uhr. Er hatte den Wecker auf sechs Uhr morgens gestellt, war aber schon eine halbe Stunde früher aufgewacht. Er drückte trotzdem auf den Anrufknopf. »Mist!«,Da war wieder die automatische Nachricht, dass niemand erreichbar war. »Das kann doch nicht wahr sein.«

Er verfluchte sich dafür, dass er sich die Nummer der Xakanaxa Lodge nicht aufgeschrieben hatte und dass er nicht mehr Zeit damit verbracht hatte, sich über das Satellitentelefon und den von ihnen genutzten Anbieter zu informieren. Hätte er das getan, wüsste er vielleicht die Nummer für die Auskunft.

»Das Büro!«, Er war nicht gut darin, sich Telefonnummern zu merken, – das war er noch nie – aber die Nummer des Produktionsbüros des Wildlife World Channel in Los Angeles kannte er auswendig. Er berechnete die Zeitdifferenz und tippte die Ziffern ein. In L.A. war es kurz nach halb neun Uhr abends, aber die Zentrale war bis spät in die Nacht besetzt, da fast immer jemand bis spät in die Nacht Nachbearbeitungen erledigte. Das Telefon begann zu klingeln. »Komm schon, komm schon, bitte arbeite noch ...« Wer auch immer antwortete, er würde diese Person darum bitten, Cheryl-Anns persönlichen Assistenten, Tom, zu kontaktieren und diesen zu beauftragen, ihm die Nummer von Xakanaxa mitzuteilen. So konnte er dort anrufen und herausfinden, was los war. Zweifellos hatte es irgendwo ein Missverständnis gegeben, das sich leicht erklären liess.

Im Nachhinein beugte er sich vor und drückte auf die Aufnahmetaste der auf dem Stativ befestigten Kamera. Mit einer Hand umklammerte er das Mikrofon am Revers, in der anderen hielt er das Telefon. Endlich hörte er eine Frauenstimme.

»Guten Abend, hier ist Wildlife World, Stacey am Apparat, was kann ich für Sie tun?«, Es war eine der Empfangsdamen.

Sam setzte sich aufrecht hin, riss dabei am Mikrofonkabel und die Kamera krachte ihm in den Schoss. »Scheisse! Hallo ...halloo!«

»Wie bitte?«, erkundigte sich die Empfangsdame.

»Stacey, hier ist ...«

In der Leitung gab es ein Echo, dann meldete sich Stacey erneut. »Hallo ..., ja, hier ist Stacey. Wer ist am Apparat, bitte?«

»Stacey, hören Sie mir zu, hier ist Sam Chapman ...«

»Nein, Sir, es tut mir leid, die Verbindung ist schlecht, aber Sam Chapman ist nicht da. Wenn Sie sich mit ihm in Verbindung setzen wollen, kann ich Ihnen die Adresse seiner offiziellen Website geben, und Sie können dort auf die Kontaktoptionen klicken, um ...«

»Nein, nein, nein! HIER ist Sam Chapman! Stacey, ich möchte, dass Sie ...«

»Entschuldigung, wer, sagten Sie, sind Sie?«

»Aaaach.« Sam hörte eine Reihe warnender Pieptöne und warf einen schnellen Blick auf das Display des Telefons. »Stacey, hören Sie«, rief er. »Hier ist Sam Chapman. Ich bin in Afrika. Es ist etwas passiert. Sie müssen Tom Cartman so schnell wie möglich eine Nachricht zukommen lassen!«

»Mr. Chapman, sind Sie das wirklich?«

Sam atmete kurz ein. »Ja, Stacey.«

»Oh mein Gott! Ich stelle Sie sofort durch. Bleiben Sie einfach dran, Sir.«

Sam wünschte sich, er wäre nicht in die Warteschleife gestellt worden und fragte sich, warum Tom so spät noch arbeitete. Jetzt, wo seine arbeitswütige Chefin Cheryl-Ann in Afrika war, hätte er zur Abwechslung mal geregelte Arbeitszeiten haben sollen.

»Piep, piep, piep, ...«

»Nein!«

In der Vergangenheit war es üblich, das Satellitentelefon auszuschalten, um die Batterien für den Einsatz zu schonen. Doch diesmal hatte Sam es für den Fall, dass Cheryl-Ann ihn anzurufen versuchte, die ganze Nacht über angelassen. Wenn sie aus irgendeinem Grund zu den festgelegten Zeiten, in der Regel um sieben Uhr abends und morgens, keinen Kontakt herstellen konnten, schalteten sie das Gerät danach aus und immer zur halben Stunde für fünf Minuten wieder ein. Sam hatte das bis Mitternacht getan, dann entschied er sich, zu versuchen, etwas zu schlafen. Er hatte das Telefon angelassen und gedacht, der Akku würde die Nacht überstehen. Der Anruf verbrauchte aber offensichtlich viel Akkuleistung.

Das Warnsignal für einen niedrigen Batteriestand ertönte erneut. »Komm schon!«

Während er wartete, richtete er die heruntergefallene Kamera auf und schloss sein Mikrofon wieder an. »Das ist wirklich nicht lustig. Ich bin im afrikanischen Busch gestrandet, habe keinen Kontakt zu meiner Produzentin und bald ist auch noch der Akku meines Satellitentelefons leer, weil ich mir die Computerversion eines Barry-Manilow-Songs anhören muss.«

»Sam!«

»Tom. Was zum Teufel ist hier los, Mann? Ich habe versucht, Cheryl-Ann anzurufen, aber sie nimmt nicht ab. Ich brauche die Nummer von ...«

»Sam, bist du okay?«

»Ich? Ich sitze umgeben von menschenfressenden Tieren und giftigen Schlangen im afrikanischen Busch fest, aber sonst geht's mir prima. Weisst du, warum Cheryl-Ann nicht an ihr verdammtes Telefon geht, Tom?«

»Sam ... oh mein Gott«, schniefte Tom. »Cheryl-Ann ist ...«

»Biiiiep.«

»Cheryl-Ann ist was?«

Sam schaute auf den nun dunklen Bildschirm des Telefons und schrie voller Frust. Er kramte in der schwarzen Nylontasche, konnte aber keine Ersatzbatterie finden. Er konnte sich auch nicht erinnern, jemals einen gesehen – oder gebraucht – zu haben.

Er fuhr sich mit der Hand durch die Haare und über sein stoppeliges Kinn und dachte nach. Wahrscheinlich war das alles ein abgekartetes Spiel, sagte er sich. Wenn sie pure Emotionen wollten – gutes Fernsehen – würden sie sie bekommen. Hatte der schniefende Tom in New York seine Finger auch im Spiel? Konnte Cheryl-Ann so hinterhältig und manipulativ sein, dass Stacey am Empfang, die Anrufe normalerweise so effizient und schnell entgegennahm, ihn in die Warteschleife leitete? Und Tom so aus der Fassung bringen, dass er weinte?

Ja.

Sam beruhigte sich und betrachtete sein Bild auf dem kleinen

LED-Bildschirm rechts neben dem Objektiv. »In Momenten wie diesen – wenn man merkt, dass man in der Klemme steckt und weder eine Verbindung zur Aussenwelt noch etwas zu essen hat, wünscht man sich, man hätte Fernsehsendungen wie Kojoten-Sams ›Überleben in der Welt‹ mehr Aufmerksamkeit geschenkt. Nach der Pause sind wir, mit ein paar Tipps, wie man sich helfen kann, wenn der Akku des Telefons leer ist, wieder da...«

Er schaltete die Kamera aus und seufzte. Wenigstens würden Cheryl-Ann und die Jungs über seine Pausenansage lachen, auch wenn sie sie nicht nutzten. Er holte tief Luft. Er würde es ihnen beweisen. Egal wie verwirrt und verängstigt er im Moment war, er würde vor der Kamera keine Angst oder Panik zeigen.

Sam öffnete den Reissverschluss des Zelts und kroch hinaus und streckte sich, um die Verspannung vom Schlafen auf der Schaumstoffmatratze zu lösen. Mit seinen zweiundvierzig Jahren wurde er auch nicht jünger. Er erinnerte sich an die Zeit, in welcher er als College-Student an seiner Dissertation arbeitete und in der Prärie schlief. Damals lag auf dem Boden seines kleinen Zeltes nichts als eine dünne Schaumstoffmatte und er konnte sich nicht einmal einen anständigen Schlafsack leisten. Jetzt verdiente er sechsstellige Summen damit, einer Firma, die teure Campingausrüstung herstellte, sein Gesicht zu leihen. Vieles davon würde nicht einmal ein Wochenende in Yosemite überstehen, geschweige denn in den Okavango-Sümpfen Botswanas. Er dachte an früher, an die guten und die schlechten Tage im Jugendknast. Er hatte sich vorgestellt, später ein ruhiges, einsames Leben in den Bergen und der Prärie zu führen und sich dem Studium seiner geliebten Kojoten zu widmen. Er hatte den Spass in seinen ersten Jahren beim Fernsehen geliebt, aber jetzt fragte er sich, ob irgendetwas davon wirklich von Bedeutung gewesen sei. Seine Einschaltquoten waren rückläufig und die Überlebens-Serie ein letzter Versuch, das Blatt zu wenden. Vielleicht war er die ganze Zeit auf den Absturz zugesteuert.

Das Feuer war tot und sein Holzvorrat aufgebraucht. Sam hockte sich hin, legte seine Hand auf die Asche und spürte eine schwache Wärme. Er sah sich um und schnappte sich ein paar trockene, gelbe

Grashalme. Er legte sie auf die Kohlen, blies auf sie und erweckte die Flammen damit zum Leben. »Alles klar!«, sagte er laut, als das Gras in Flammen aufging. Er sah sich um, sah aber nichts anderes, was er in die Flammen hätte werfen können, die schnell wieder erloschen.

»Mist!«

Er hatte noch ein paar Streichhölzer, also war es keine totale Katastrophe. Er würde den Trick mit dem Anblasen von Grashalmen vor der Kamera wiederholen, auch wenn er es morgen noch einmal filmen musste.

Morgen. Das schien in weiter Ferne zu liegen. In der Hoffnung, einen schwebenden Hubschrauber zu entdecken, suchte er den Himmel ab und stellte sich kurz vor, dass er von einem militärischen Fernbildverstärker gefilmt und jedes seiner Worte von versteckten Mikrofonen aufgezeichnet wurde. Stattdessen sah er eine Sonne, deren glutrote Farbe sich bald zu glühendem Gold entzünden würde. Sein Magen knurrte und er musste pinkeln.

Sam ging zehn Meter vom Zelt weg, so weit, wie er sich im Moment traute und öffnete den Reissverschluss. Während er urinierte, schaute er sich um, aber ein Rascheln in den toten Blättern und dem langen Gras vor ihm liess ihn zusammenzucken.

»Heilige Scheisse!« Der Schwanz einer dunklen Schlange glitt von ihm weg. Er sprang rückwärts. Aus seiner Blase löste sich erneut Wasser und spritzte auf sein Bein. »Verdammt noch mal!«

Er war froh, dass die Kamera jetzt nicht lief und ihn dabei erwischte, wie er auf seine Hose pisste. Sam schnappte sich einen toten Ast und brach die Enden ab, um eine kurze Gabel zu formen. Als Kind hatte er Schlangen gefangen und obwohl diese hier ihn erschreckt hatte, wollte er sich nicht von einem Reptil vergrämen lassen. In Malaysia hatte er eine Schlange gegessen und obwohl er nicht der Meinung war, dass sie wie Huhn schmeckte, wie man dies immer wieder hörte, war sie essbar. Am liebsten wollte er diese ganze Episode überstehen, ohne irgendetwas zu töten, aber sein Magen sagte ihm, dass Beeren und Insekten vielleicht nicht ausreichen würden.

Sam schlich vorwärts und achtete darauf, wo er seine Stiefel platzierte, damit keine Zweige knackten. Er hielt inne und lauschte. Zuerst hörte, dann sah er die Bewegung im Gras. Es war unmöglich, die Jagd zu filmen, aber er würde sie später nachstellen und dann eine schöne Aufnahme der gehäuteten Schlange machen, die auf den Kohlen brutzelte. Unwillkürlich lief ihm das Wasser im Mund zusammen.

Er stürzte sich auf die Schlange und steckte die Zacken des Stocks in den Boden. »Erwischt!« Es war jedoch keine Schlange, die er gefangen hatte, sondern eine Echse, die so lang wie sein Arm und an der breitesten Stelle ihres Bauches so dick wie seine Wade war. »Aha, ein Leguan«, sagte er und betrachtete die sandfarbene Grundfarbe und die graugrünen Tarnstreifen des Tieres, das sich auf der Suche nach den Eiern von Bodenbrütern und Aas nur langsam bewegt hatte. Nun wand es sich unter dem Stock, der es gefangen hielt. Sam blickte auf das arme, gequälte, strampelnde Reptil herab und obwohl er sich vorstellen konnte, dass es essbar wäre, brachte er es nicht über sich, die Echse zu töten. Er hob den Stock und trat einen Schritt zurück. Der Leguan huschte davon.

»Aufnehmen«, sagte er. Er wusste, dass ein wichtiger Bestandteil der Überlebens-Serie darin bestand, dass er etwas tötete und es ass. Bei den Dreharbeiten zur ersten Sendung hatte ihm dies einige ethische Probleme bereitet, aber Cheryl-Ann hatte ihm ganz offen gesagt – in der einzigen Art der Kommunikation, die sie kannte – dass die Leute da draussen im Fernsehland, egal wie zimperlich manche von ihnen zu sein vorgaben, Blut sehen wollten.

»Es ist dasselbe wie in den Nachrichten«, hatte sie gesagt. »Blut zieht. Bei den Quoten gilt das auch für uns.«

Sam stöberte im Gebüsch nach weiterem Feuerholz, wobei er jeden heruntergefallenen Ast vorsichtig mit der Stiefelspitze abtastete, bevor er ihn aufhob, für den Fall, dass sich darunter eins von Stirlings Haustieren, eine Pythonschlange, versteckte.

Irgendwo in der Nähe knackte ein Ast.

Sam blieb stehen und legte den Kopf schief. »Halleluja«, hauchte er und blickte zum Himmel. Wahrscheinlich waren seine Retter auf dem Weg und hackten sich durch den Busch, um ihn zu holen –

hoffentlich mit einer attraktiven Köchin, die ihm das Frühstück brachte. Er liess den von Termiten befallenen Ast, den er aufgehoben hatte, fallen und wischte sich die Hände an der Hose ab, dann ging er auf das Geräusch zu. Er spähte voraus und versuchte, wie Stirling ihm geraten hatte, *durch* die Bäume zu schauen, nicht auf sie.

Das Splittern von Holz war jetzt fast so laut wie Gewehrschüsse, aber er konnte immer noch nichts von seinen Rettern sehen. War dies eine seiner Überraschungen? Er hoffte es. Wenn Cheryl-Ann versucht hatte, ihn aus dem Gleichgewicht zu bringen, dann war ihr das in höchstem Masse gelungen.

»Hey!«, rief er. »Hier drüben.«

Das Geräusch verstummte und Sam wurde klar, dass er wahrscheinlich gerade eine Riesendummheit begangen hatte. Er hörte ein Rumpeln, wie das Knurren seines Magens, allerdings hundertfach stärker.

Jetzt sah er die Bewegung. Ein graues Segel flatterte langsam in der nicht vorhandenen Brise und eine dunkle Masse warf seinen Schatten im Sonnenlicht, das durch die Bäume fiel. Sam ging ganz langsam rückwärts. Wie hatte er sie nicht sehen können? Ein Rüssel hob sich wie ein Periskop und suchte nach ihm. Ob der Wind seinen Geruch zu ihnen oder von ihnen wegwehte? Er konnte keinen Lufthauch spüren, aber die Elefanten hatten ihn gehört und waren nun darauf aus, ihn zu finden.

Er erinnerte sich, dass Stirling gesagt hatte, der grosse Elefant mit dem kantigen Vorderkopf an der Spitze einer Herde sei das Leittier, ein Weibchen und stelle die grösste Gefahr dar. Die Matriarchin schüttelte den Kopf. Staub umgab sie wie eine schwammige Regenwolke. Er bewegte sich weiter, jetzt schneller, aber immer noch, ohne zu schauen, wohin er ging. Sie beobachtete ihn mit wachen Knopfaugen und schwang den linken Fuss vor und zurück, was eine Geste der Irritation war. Er stürzte.

Sam fluchte leise und schlitterte, auf Fersen und Ellbogen gestützt, rückwärts. Er war über die Abspannleine seines Zeltes gestolpert. Er rollte zur Seite und durch den offenen Eingang ins Innere. Als er den Reissverschluss zuzog, fragte er sich, was er noch falsch machen konnte. So, wie der heutige Tag verlief, musste er froh sein, wenn keine Kobra unter seinem Schlafsack lag.

Der Elefant näherte sich. Sam lag auf dem Boden seines Zeltes, irgendwo im Nirgendwo. »Wennschon kann ich genauso gut als Emmy-Gewinner sterben«, murmelte er, schaltete die Kamera ein und wartete auf den Tod.

7

Stirling nahm das vibrierende Mobiltelefon in die Hand und erstickte gleichzeitig den Klingelton. Der fröhliche Ruf des Vogels, eines Senegalliests, erschien ihm angesichts des Ausmasses der Katastrophe, die sich um ihn herum abspielte, absolut fehl am Platz.

»Stirling, hier ist Wayne von Mack Air, wie geht's?«

Was glaubte er, wie es ging? Stirling hatte eine schlaflose Nacht damit verbracht, wegen der vermissten Produktionscrew Anrufe aus den Vereinigten Staaten entgegenzunehmen oder dorthin zu tätigen. Schliesslich wurde am Morgen bei einer Luftsuche im Gebiet südlich des Moremi-Wildschutzgebiets das verkohlte und zertrümmerte Wrack des Hubschraubers gefunden, der die Amerikaner transportiert hatte. Die erste Meldung stammte vom Piloten eines Kleinflugzeugs, der das rauchende Wrack und jemanden, der mit einem Hemd winkte, um seine Aufmerksamkeit zu erregen, entdeckte. Da es in der Nähe der Absturzstelle keine Landemöglichkeit für das Flugzeug gab, rief man einen weiteren Hubschrauber vom Flughafen Maun.

»Was gibt es Neues, Wayne?«

»Der Rettungshubschrauber ist vor fünfzehn Minuten gelandet. John Little, dem Piloten, geht es schlecht – er liegt im Koma und hat schwere Verbrennungen. Einer der Amerikaner, Ray, der Kameramann, hat einen gebrochenen Arm und der andere ...«

»Gerry.«

»Richtig, Gerry, ein paar Prellungen und wahrscheinlich eine Gehirnerschütterung. Die Frau ... oh je, diese Frau. Sie droht, jeden in Maun zu verklagen und will, dass wir sie heute Nachmittag zurück in den Busch fliegen. Sie hat sich bereits einen Ersatzkameramann gesucht. Mann, die hat's in sich.«

»Wem sagst du das. Was ist mit ihrem Star, Sam Chapman?«

»Nicht an Bord. Sie haben ihn irgendwo im Busch abgesetzt und drei Flugzeuge suchen immer noch nach ihm.«

»Warum?«, fragte Stirling. »Haben sie keine GPS-Koordinaten von dort, wo sie ihn abgesetzt haben?«

»Sie liessen das GPS im Hubschrauber zurück, als sie herausflohen und der ist völlig verbrannt. Cheryl-Ann hat uns eine Beschreibung des Gebiets gegeben und wir wissen, dass es in der Jagdkonzession am Rande des Wildreservats liegt. Die Forscher dort kennen das Gebiet, in dem er abgesetzt wurde und schicken Fahrzeuge aus, um nach ihm zu suchen. Sam hat ein Satellitentelefon, aber das von Cheryl-Ann wurde beim Absturz ebenfalls zerstört.«

Stirling schüttelte den Kopf. Der Pilot tat ihm leid und jetzt hatte er noch etwas anderes, worüber er sich Sorgen machen musste, wenn es um Sam Chapman ging: Schuldgefühle plagten ihn, wenn er daran dachte, dass er gehofft hatte, dass dem Fernsehstar während seiner Dreharbeiten für die Überlebens-Serie etwas zustosse. »Wo sind sie jetzt alle?«

»Im Krankenhaus von Maun. Wir haben angeboten, die Hubschrauberrettung in Maun anzurufen und die ganze Mannschaft nach Johannesburg zu evakuieren, aber Cheryl-Ann hat darauf bestanden, dass sie alle vor Ort bleiben, damit sie so schnell wie möglich wieder an die Arbeit gehen können.

»Danke Wayne. Tun Sie mir einen Gefallen: Rufen Sie mich an und sagen Sie mir Bescheid, wenn dieser Taifun namens Cheryl-Ann in meine Richtung zieht!«

»Mach ich. Bye.«

Stirling steckte das Telefon in seine Tasche und drehte sich um, als er Schritte auf den Holzdielen vor dem Büro des Camps hörte. Tracey stand da und kaute auf dem Fingernagel ihres rechten Zeigefingers.

»Gibt es etwas Neues?«

Er wiederholte Waynes Bericht für sie. »Chapman ist irgendwo da draussen im Busch, ganz allein. Laut den Werbespots auf DSTV ist er ein Überlebensexperte, also sollte er es für eine oder zwei Nächte schaffen, bis sie ihn finden.«

Traceys Unterlippe begann zu zittern. »Oh, Stirling, ich fühle mich einfach schrecklich wegen all dem. Was zwischen dir und Sam passiert ist, ich ... Ich bin einfach ...«

So wütend er auf den Amerikaner war, Stirling wurde den nagenden Verdacht nicht los, dass Tracey nicht ganz unschuldig war. Wenn sich herausstellte, dass Chapman versucht hatte, sich an Tracey zu vergreifen, würde der Mann sich wünschen, er wäre an Bord des Hubschraubers gewesen und gestorben. Aber Tracey war jung und vielleicht einfach nur ein wenig vernarrt in den Kojoten-Mann und seinen Status der Berühmtheit. Die Frage war, ob Chapman ihre naive Schwärmerei ausgenutzt hatte oder ob Tracey hinter ihm her gewesen war.

Sie begann zu weinen und er schob seinen Verdacht beiseite. Er schloss die Lücke zwischen ihnen und legte seine Arme um sie. »Ruhig, mein Schatz. Alles wird wieder gut. Du hattest ein paar harte Tage.« Er küsste ihr die salzigen Tränen aus den Augen.

Tracey vergrub ihren Kopf in den drahtigen Haaren über dem Ausschnitt seines Hemdes und sprach mit gedämpftem Schluchzen in seine Brust: »Ich fühle mich schrecklich. Vielleicht habe ich ihn auch ein kleines bisschen verführt...«

»Nein, Liebes. Wenn dieser Bastard nicht zwischen deiner freundlichen Art und einer Anmache unterscheiden kann, werde ich es ihm schon beibringen, wenn ich ihn sehe.«

»Tue ihm bitte nicht weh, Stirling.«

Er hob ihr Kinn mit seinem Finger an. »Tracey, oder möchtest du mir etwas erklären?«

Sie biss sich auf die Lippe und schüttelte den Kopf. »Können wir nicht einfach alles vergessen? Ich liebe *dich*, Stirling und nur dich.«

»Ich möchte ihm immer noch alle Knochen brechen. Ganz langsam.«

Tracey lächelte durch ihre Tränen hindurch. »Es war einfach so eine Sache. Vielleicht hatten wir beide ein bisschen zu viel getrunken, aber ich muss wissen, dass du mich noch liebst, Stirling.«

»Das tue ich, Schätzchen. Natürlich tue ich das.«

»Ich bin so froh, Stirling.« Sie legte ihren Kopf wieder an seine Brust. »Die Lodge braucht diese Kunden, richtig?«

Er nickte zögernd. Es stimmte, dass der Dokumentarfilm in einer Zeit, in der die Geschäfte schlecht liefen, gute Werbung für das Camp brachte. Wenn es einen Weg gab, um den Vorfall mit Chapman zu überwinden – und das lag an Tracey –, konnten sie vielleicht etwas aus dem Chaos der letzten Tage retten. Er konnte nicht länger wütend auf die schöne, junge Frau in seinen Armen sein. Vielleicht trug er eine Mitschuld an Traceys Verhalten in der Nähe des attraktiven Mannes mit den leuchtenden Augen. »Schenke ich dir genug Aufmerksamkeit, Tracey?«

»Natürlich tust du das, mein grosser, starker Safariführer. Aber manchmal ist es schwierig für mich, hier draussen im Busch zu sein, so weit weg von allem.«

»Das verstehe ich, mein Schatz. Vielleicht können wir in den Süden, nach Jozi oder ans Kap fahren, wenn wir die Yankees losgeworden sind.«

»Das wäre *lekker*, Stirling, wunderbar«, sagte sie an seiner Brust. »Und vielleicht willst du ja mal einen Blick auf den Computer werfen. Ich habe gerade das göttlichste Goldarmband auf eBay gefunden. Komm, sieh es dir an!«

Einen Moment lang dachte Sonja, sie hätte sich verlaufen.

Sie überprüfte ihr GPS und stellte fest, dass sie sich südöstlich von Xakanaxa befand, einunddreissig Kilometer Luftlinie entfernt.

Also genau dort, wo sie zu sein glaubte – doch die Landschaft kam ihr fremd vor.

Wo eigentlich ein Kanal mit kühlem, klarem Wasser hätte sein sollen, befand sich nur ein Bett aus schwarzem, eingetrocknetem Schlamm mit kraterhaften Löchern. Elefanten hatten die letzte Feuchtigkeit aufgesaugt und die Umgebung zertrampelt. Sie hinterliessen nichts als die tiefen Abdrücke ihrer kreisförmigen Füsse, die sich wie die Fussspuren von Dinosauriern abzeichneten. In den vergangenen Jahren war dieser entfernte Ausläufer des Okavango gelegentlich bei sehr schwerer Dürre auf kaum mehr als einen Meter Breite geschrumpft. Dennoch, er war immer geflossen und hatte dem Wild, das hier gewöhnlich umherstreifte, auch in der Trockenzeit eine Lebensgrundlage geboten, bis der Regen kam und der Wasserstand wieder stieg. Sie schaute sich um. Kein einziges Tier war in Sicht. Zu dieser Jahreszeit, Anfang Oktober, hätten Zebras, Wasserböcke, Impalas, Kudus und Warzenschweine, die vorsichtig die Luft prüften und sich nach Anzeichen von Raubtieren umsahen, am Wasserloch darauf warten müssen, ihre Ration trinken zu können.

Sonja suchte die Baumgrenze ab. Es waren nicht die Löwen, die das andere Wild von dieser schlecht verheilten Narbe auf der Erdoberfläche fernhielten, es waren die Menschen. »Der Damm«, sagte sie. Zwischen ihren Einsätzen informierte sie sich im Internet über die neuesten Nachrichten. Sie hatte sowohl die Schwarzmalerei verschiedener Umweltgruppen über den Staudamm am Okavango gelesen und über die Auswirkungen, die er bereits jetzt verursachte, obwohl er erst vor kurzem fertiggestellt worden war. Das Wasser des Deltas floss in ihrem Blut und dieser Ort war die Heimat ihrer Seele, dennoch war sie anfangs skeptisch gewesen, was die Auswirkungen des Staudamms anging.

Vielleicht hatte sie zu lange auf der Seite gieriger und korrupter Regierungen gekämpft und Schwarzgeld von Öl- und Bergbauunternehmen angenommen, um deren heimliche Kriege zu führen. Sie hatte den Werbeberatern der Regierungen von Namibia und Angola geglaubt, die der Welt versicherten, dass der Damm keine dauerhaften Auswirkungen auf die Wasserläufe in den Wildschutzgebieten des Deltas haben würde und keine schädlichen Folgen für Mensch und Tier. Sonja war schliesslich gebürtige Namibierin und gönnte den armen Menschen des Landes ihr Recht auf sauberes Wasser und Strom.

Sie schüttelte den Kopf. Vielleicht war ja dieser jahreszeitlich bedingte Wassermangel nur eine Ausnahme, die durch ein anderes Naturereignis verursacht wurde. Das Okavango-Delta lag zwischen zwei tektonischen Platten, auf einer grossen, geologischen Verwerfung, die tief darunter verlief. Kleinere Erdbeben waren keine Seltenheit, auch wenn das dicke Sandpolster der Kalahari ausser die stärksten Erschütterungen alle verschluckte. Sonja erinnerte sich an einen ihrer Lieblingsorte für Wildbeobachtungen mit ihrem Vater: ein Wasserloch, das eines Tages über Nacht austrocknete. Als sie gefragt hatte, wo das Wasser geblieben sei, hatte ihr Vater ihr erklärt: »Das war ein Erdbeben, mein Mädchen.«

»Hat sich der Boden aufgetan und es verschluckt, Pa?«

»Es hat nur ein wenig gezittert, etwa so«, er hielt seine Hand mit der Handfläche nach unten und schüttelte sie leicht, »und das Wasser ist abgeflossen, irgendwo hin.«

»Ach, schade«, hatte sie gesagt. »Die armen Tiere, wo sollen sie jetzt trinken?«

»Gott gibt und nimmt, Sonja. Irgendwo in der Nähe trinken jetzt andere Tiere Wasser, wo gestern noch keines war. Wenn schon nicht im Leben der Menschen, so kann immerhin in der Natur aus Schlechtem Gutes entstehen.« Damals hatte sie sich über seine letzte Bemerkung gewundert. Als Erwachsene konnte sie diese kleine Feinheit noch einmal durchspielen und die darin verborgenen Hinweise und Zeichen erkennen, die sie als Kind nicht hatte begreifen können. Wenn ihr Vater den Blick von ihr abwandte und über die Weite der Fläche blickte, die von Wasser bedeckt war, ignorierte er sie nicht oder wich ihren Fragen aus, sondern er erinnerte sich an etwas, das er getan hatte. Wahrscheinlich an jemanden, dem er Unrecht zugefügt hatte. Die Amerikaner hatten in Vietnam einen Begriff dafür geprägt, den ›Tausend-Yard-Blick‹. Die Augen eines Mannes, der nichts sieht, nur Dinge in seinem Inneren, die zu schrecklich sind, um darüber zu sprechen. Sie hatte ihn in den Augen pickeliger, kaum aus dem Teenageralter herausgewachsener Soldaten auf den Strassen von Bagdad gesehen und in den Augen der Piloten von Flugzeugen, die über das staubige Nichts und die erbarmungslosen Berge Afghanistans flogen.

Sonja und ihr müdes altes Pferd, das sie ›Black Beauty‹ taufte, obwohl die Stute räudig und kastanienbraun war, hatten bereits die Betten vieler Kanäle durchquert, die nur nach den Sommerregenfällen Wasser führten und sich nichts dabei gedacht, sie trocken vorzufinden. Aber was sie hier sah, war nicht normal. »Hier müsste es Wasser geben, altes Mädchen«, sagte sie zu dem Pferd. »Tut mir leid. Du musst noch ein Stückchen weitergehen.« Sonja besänftigte den schnaubenden Protest und streichelte die Flanke des Pferdes.

Sie hatte das Pferd so gut es ging geschont. Nachdem sie die Hauptstrasse und den alten Mann mit seinem Cowboyhut aus Zebrafell hinter sich gelassen hatte, war sie absichtlich in die falsche Richtung geritten: nach Osten, in Richtung Simbabwe. Als sie ausser Sichtweite des Mannes und tief im Busch war, lenkte sie das Pferd nach rechts und ritt einen Kilometer weiter nach Süden, bevor sie die Strasse wieder kreuzte und in Richtung Delta, nach Westen bog.

Es war ein Glücksfall, dass sie den Reiter an dieser Stelle angetroffen hatte, denn sie befand sich nicht weit von der Verbindung entfernt, die von der Hauptstrasse zwischen Kasane und Nata nach Westen und ins Delta führte. Entlang der südlichen Grenze des Moremi-Wildreservats gab es eine Erweiterung des gerodeten Gebiets, wo ein Veterinärzaun wilde Tiere von Hausrindern trennte.

Die Veterinärzäune waren umstrittene Merkmale des heutigen Botswana. Sie waren quer durch das Land errichtet worden, um Teile des Landes gegen Büffel zu schützen, die die Maul- und Klauenseuche übertragen können und um die strengen Vorschriften der Europäischen Union für Fleischexporte zu erfüllen. Sonja wusste aus ihrer Jugend, dass einige der Zäune nützlich waren, etwa der beim Moremi-Schutzgebiet, da sie Rinder und Menschen davon abhielten, in die den Wildtieren vorbehaltenen Zonen einzudringen und sich dort anzustecken. Andere, wie der Kuke-Zaun, der Zentralbotswana durchzog und entlang der Nordgrenze des Zentral-Kalahari-Schutz-gebietes verlief, waren eine ökologische Katastrophe. Der Kuke-Zaun hatte die saisonalen Wanderungen von Tieren aus dem Süden in den Norden unterbrochen. In Jahren mit besonders grosser Trockenheit, wie in den 1980er Jahren, starben schätzungsweise 300'000 Gnus, 260'000 Kuhantilopen und 60'000 Zebras, weil sie wegen des Zauns kein Wasser erreichen konnten.

Das Pferd hatte sofort auf Sonjas zärtliche Berührung reagiert. Zecken und Flöhe im Fell der Stute sowie ein Stein unter einem schlechtsitzenden Hufeisen bestätigten ihre Vermutung, dass es von seinem Vorbesitzer nicht gut gepflegt worden war. Sonja zog mit der Zange ihres Taschenwerkzeugs die Nägel heraus und entfernte alle vier Hufeisen. Sie feilte die Hufe ab und liess sie unbeschlagen, da sie wusste, dass das Pferd im Busch auch ohne Hufeisen zurecht-kommen würde. In einer ruhigen Ecke einer Rinderfarm fand sie eine Senke, in der noch Wasser stand und lockte Black Beauty hinein. Einmal im Wasser, genoss die Stute die Abkühlung. Später riskierte Sonja bei ein paar Häusern von Viehbauern einen Zwischenhalt und konnte im Dorfladen – einer Hütte, in der Kleinig-keiten und Alltagswaren verkauft wurden – etwas Seife, ein paar Karotten und gemahlenen Mais kaufen. Black Beauty liess sich die Leckereien schmecken und mit Hilfe des Teenagers, der den Laden führte, fand Sonja den Weg zu einem nahe gelegenen Wasserloch.

Das Wasser war bei weitem nicht sauber, aber immerhin frei von den Chemikalien, in denen das Vieh gebadet wurde und Sonja konnte mit dem Pferd planschen. Sie vergewisserte sich, dass der Verband an ihrem Bein die Wunde gut verschloss, dann zog sie sich aus. Als Sonja die Seife in die Flanken des Pferdes massierte, warf es vor Freude den Kopf hin und her. Sonja lachte, als die Stute sie bespritzte und anstupste, bis sie umfiel. Es war fast so, als wäre sie wieder ein Kind, aber der Schmerz in ihrem Bein erinnerte sie daran, dass sie noch einen langen Weg vor sich hatten, bis sie ausser Gefahr waren.

Ihr Weg führte sie durch leeres, trockenes Land nördlich der Nxai-Pfannen und südlich des Chobe Nationalparks mit seinen riesigen Elefantenherden und den grossen Löwenrudeln, die diesen nachstellten. Sie befand sich ausserhalb der Parks, wusste aber, dass es auch in dieser Gegend Löwen gab und so erstellte sie jeden Abend einen Zaun aus Ästen des ›Wag-n-Bietje‹, Büffeldornbaums, um Black Beauty beim Grasen zu schützen.

Schon vor dem Morgengrauen waren sie auf den Beinen. Sonja badete die gut heilende Schusswunde, wechselte den Verband und Black Beauty protestierte wiehernd gegen den Sattel, doch Sonja wusste, dass das nur Show war. Das Pferd hatte sich schnell erholt und sie schafften zwischen fünfzig und sechzig Kilometer am Tag. Sonja ging immer wieder eine Stunde lang neben dem Pferd, um es zu schonen und die Muskeln in ihrem verletzten Bein zu trainieren. Es war eine heisse, oft mühsame Reise, aber sie kamen voran. Gelegentlich sah sie Wild: Eine einsame Oryxantilope, eine kleine Zebraherde oder einen weit entfernten Springbock. Sonja hatte längst das letzte Wasser aus ihrem Rucksack ausgetrunken. Wenn sie ein Wasserloch erreichten, betrachtete Sonja es eine Weile und ging dann am schlammigen Ufer entlang, um nach Schleifspuren von Krokodilen zu suchen. Wenn sie sich vergewissert hatte, dass das Wasser sicher war, liess sie Black Beauty trinken und schöpfte dann Wasser in eine Filtertüte aus Segeltuch in der Form einer spitzen Socke. Die Nähte am Boden des Beutels fingen die groben Schlammpartikel und anderen Dreck aus dem Wasser auf, das Sonja später in einer Blechkanne über dem Feuer abkochte, um es zu säubern.

Sonja verdrängte den Gedanken an eiskalte Cola-Dosen und gekühlte Gläser mit Sauvignon Blanc vom Kap aus ihrem Kopf. Sie ritt im Damensitz, das verletzte Bein über das gesunde gekreuzt und entfernte den Verband, damit Sonne und Luft die Heilung unterstützen konnten. Zum Glück gab es keine Infektion, dennoch nahm sie die Antibiotikatabletten, die Chipchase ihr gegeben hatte, weiter.

Sonja dachte über ihr Telefongespräch mit Emma nach. Sie hoffte, ihre Tochter lerne in der Schule trotz ihrer pubertären Ängste weiterhin fleissig und erziele gute Leistungen. Emma war das einzig Gute in ihrem Leben, auch wenn das freche, kleine Scheusal sie hasste. Sonja fühlte sich wie immer schuldig, weil sie nicht genug

Zeit mit Emma verbrachte. Gleichzeitig war sie sich darüber bewusst, dass sie eigentlich am zufriedensten war, wenn sie, so wie jetzt, allein war. Dies war kein Urlaub, aber der lange Ritt gab ihr Ruhe. Sonja dachte an die drei Männer in ihrem Leben, denen sie am nächsten gestanden hatte. Wahrscheinlich war es gut, dass Martin gern ein Auge auf andere Frauen warf und gelegentlich Probleme mit Glücksspielen hatte. Sonja konnte nicht verhindern, dass ihr seine Fähigkeiten als Liebhaber in den Sinn kamen. Seit ihrer gemeinsamen Zeit hatte sie keinen besseren gehabt. Ausserdem dachte sie, Martin wäre ein guter Vater für Emma gewesen. Die beiden verstanden sich immer noch gut, wann immer sie sich trafen. Durch Chipchases Fragerei war Danny Byrnes hübsches, jungenhaftes Gesicht aus den Schatten am Rande ihrer Erinnerungen aufgetaucht, wohin sie es verbannt hatte. Aber sie verdrängte es nun mit Gedanken an die Zukunft aus ihrem Geist. Sie fragte sich, wie Stirling jetzt, nach so langer Zeit, aussah und spürte, wie ihr Angst und Aufregung in die Brust stiegen, als sie sich erlaubte, an ihr baldiges Zusammentreffen zu denken.

Sonja ging auf die untergehende Sonne zu und Black Beauty folgte ihren Schritten zufrieden. Hinter ihr ging der Mond auf, dessen Kürbisorange ein blasses, aber verblüffendes Spiegelbild des Karminrots der Sonne war. Die Landschaft hier war geprägt von flachem, offenem Grasland, das knochentrocken und dürstend auf das Wasser wartete, welches nun vielleicht nie kommen würde.

Ihre Arme und Beine waren ziegelrot von der Sonne und als die Abendkühle endlich kam, fühlte es sich an wie das Wiedersehen mit einem lang vermissten Freund. Sonja schonte die Batterie im GPS und navigierte nach den Sternen, die in der hereinbrechenden Dunkelheit immer heller am Himmel glitzerten. Es war einfach, sich vorzustellen, dass sie und ihr Pferd die einzigen beiden Lebewesen auf diesem Planeten waren. Als sie schliesslich müde war, band sie das Pferd an einen Baum und rollte ihren Schlafsack aus. Sie war fast zu erschöpft, um ein Feuer zu machen, doch sie zwang sich, das Wasser, das sie an diesem Tag gesammelt hatte, abzukochen. Sonst hätte sie nichts zu trinken, wenn die Sonne am Morgen wieder auf sie hinunterzubrennen begann.

Gewohnheit, dachte sie. Bett ausrollen, Feuer machen, Wasser kochen und einfüllen, essen – nicht, weil sie hungrig war, sondern weil sie es musste. Gewehr reinigen und ölen, Pistole reinigen und ölen. Es war, als wäre sie wieder in der Armee. Routine, Routine, Routine. Die Ordnung und Alltäglichkeit des Ganzen gaben ihr ein Gefühl von persönlicher Kontrolle und Disziplin in einem Leben, in dem sonst reines Chaos herrschte.

Sonja kaute ein Stück Biltong und spülte es mit lauwarmem Wasser herunter, während sie ins Feuer schaute – hier nannte man es afrikanisches Fernsehen – und darauf wartete, dass das Wasser kochte.

Die Flammen faszinierten sie und versetzten sie zurück ins Wohnzimmer von Danny Byrnes Cottage in Nordirland, wo sie, beide nackt und in eine Decke gehüllt, gesessen und auf die tanzenden Flammen in seinem Kamin gestarrt hatten. Was hatte sie nur getan und warum, hatte sie sich immer wieder gefragt. Es war unmöglich, die Erinnerung daran auszulöschen oder die Schuldgefühle zu unterdrücken, die in ihr aufwallten.

Nach dem ersten Treffen im Pub war sie überrascht gewesen, dass Martin ihr befahl, sich Byrne zu nähern. Sie hatte schon fast mit einer Standpauke gerechnet, weil sie sich auf ein Gespräch mit dem Terroristen eingelassen hatte, anstatt ihn einfach im Auge zu behalten. Sie war zu begeistert von der zusätzlichen Verantwortung, die ihr übertragen wurde, um darüber nachzudenken, welche Folgen Martins Strategie für sie haben könnte. Die Beschattungsteams blieben an Byrne dran und ein ›zufälliges‹ Treffen auf einem Fussweg wurde inszeniert. Byrne hatte sie zu einem Drink eingeladen. Es war alles so einfach gewesen. Am nächsten Abend folgte ein Abendessen. Martin warnte sie eindringlich davor, sich durch Byrnes Charme verführen zu lassen, doch gleichzeitig lobte er sie, weil er und Jones Fotos davon machen konnten, wie Danny sie vor dem Bistro küsste.

Je mehr sie Danny kennen und seine Überzeugungen und Politik verstehen lernte, desto überzeugter war sie, dass er zwar ein Mittelsmann für den Vertrieb von Sprengstoff gewesen sein mochte, sich aber niemals wissentlich am Tod von Frauen und Kindern beteiligt hätte. Doch sie spürte, dass Danny etwas belastete und dass er diese Bürde loswerden musste. Es war nur eine Frage der Zeit.

Die Wärme des Kamins hatte die Tränen auf Dannys Wangen fast so schnell getrocknet, wie sie geströmt waren, als er ihr schliesslich von seiner Beteiligung am Bombenanschlag auf den Schulbus erzählte und von den Gewissensbissen und der Furcht, die er empfand, wenn er an den Mann dachte, der die Aktion geplant und die Bombe gelegt hatte. Er hatte tatsächlich Sprengstoff beschafft, kannte aber das vorgesehene Ziel nicht.

Sonja hatte ihn in die Arme genommen und das getrocknete Salz weggeküsst.

»Ich habe es satt, Sonja, es macht mich krank. Ich will raus. Ich will weglaufen, weit weg, für immer fort von diesem Ort. Aber ich habe Angst. Kommst du mit mir?«

Sie nickte und küsste sein Haar, während sie seinen Kopf wiegte. »Angst vor wem, Danny?«

»Vor meinem Bruder.«

»War er es?«

»Ja.« Er hatte ihr in die Augen geschaut und sie sah die flackernden Flammen in seinen. Sie fragte sich, ob er für immer verdammt wäre, wie sein Bruder. Einen Moment lang wünschte sie sich, dass es die Hölle wirklich gab – um Patrick Byrnes willen. Aber Danny konnte sie nicht hassen.

Denn sie glaubte, ihn möglicherweise zu lieben.

8

Vic-torrrrrr, vic-torrrrr, rief der kleine hellbraune Vogel.

Er machte Sam wahnsinnig. »Halt die Klappe!«, Er warf einen grünen Zweig, den er von einem nahen Baum abgerissen hatte, auf das armselige Feuer vor seinem Zelt und es begann zu rauchen. Er war zu niedergeschlagen, um sich auf die Suche nach mehr Totholz zu machen. Zwei Tage und immer noch kein Kontakt. Er hatte den letzten der beiden Energieriegel vertilgt, die Cheryl-Ann ihm mitzunehmen erlaubt hatte und sein Magen knurrte nicht mehr, sondern er schrie.

Vic-Torrrrrr, Vic- Torrrrr.

Früher am Morgen, als er auf seinem Schlafsack gesessen und eine Bestandsaufnahme seiner spärlichen Vorräte gemacht hatte, umzingelten Elefanten sein Zelt. Als er ein Kratzen auf dem Stoff gehört hatte, dachte er zuerst, dass sie versuchten, mit ihren Stosszähnen die Zeltplane zu durchbrechen. Dann erkannte er, dass sie die Samen von den Ästen über seinem Zelt pflückten und die Schoten auf das Zelt herabregneten, wenn sie an den Ästen rüttelten. Es waren nervenaufreibende vierzig Minuten, in denen sich die grossen Biester behutsam um sein Zelt herumbewegten. Irgendwann hörte er, wie der ganzen Baum knackte. Ihr unaufhörliches Scharren und Schlurfen hüllte das Zelt in eine kleine Staubwolke und er musste sich die Hand vor den Mund halten, um nicht zu niesen. Durch das Moskitonetz hindurch roch er ihren starken, schimmelartigen Geruch und hörte das tiefe, rumpelnde Magenknurren, mit dem sie sich verständigten. Seine eigenen hohlen Eingeweide gaben ihr Echo dazu.

Er riskierte, die Zeltklappe gerade so weit zu öffnen, dass er das Kameraobjektiv hindurchschieben konnte, und wurde mit erstaunlichen Ansichten belohnt. Er blickte geradewegs auf die rosafarbenen Mäuler der Riesen, in die sie sorgfältig ihre Schoten steckten. Als sich ein Rüssel herunterschlängelte, um das glänzende Objektiv zu inspizieren, zog er es hastig wieder ein. Aber er wusste, dass es das Risiko wert gewesen war, denn Cheryl-Ann würde sich freuen. Wenn er sie jemals wiedersähe.

Sams sehnsuchtsbeflügelte Fantasien fanden immer abwegigere Gründe für den fehlenden Kontakt mit dem Filmteam. Entweder war es ein ausgeklügelter Plan, sein Überleben in der Wildnis möglichst echt aussehen zu lassen und auf seine Kosten grossartiges Fernsehen zu produzieren, oder irgendetwas war furchtbar schiefgelaufen.

Wann, fragte er sich, sollte er sich auf die Suche nach Hilfe machen? In Australien hatten ihm die Aborigines, mit denen er zusammengearbeitet hatte, Geschichten von deutschen Touristen erzählt, die in der Wüste gestorben waren, weil sie ihre angeschlagenen Geländewagen verlassen und zu Fuss Hilfe gesucht hatten. Suchtrupps fanden später die gestrandeten Fahrzeuge und ein paar Kilometer davon entfernt die ausgetrockneten Überreste der Passagiere.

Wie lange, fragte er sich, konnte er zu Fuss im afrikanischen Busch durchhalten? Er wusste, dass es trotz der Hitze besser war, tagsüber zu wandern und nachts zu schlafen und die Löwen, Leoparden und Hyänen mit einem Feuer fernzuhalten. Allerdings war der grösste Stolperstein, dass er keine Ahnung hatte, in welche Richtung er gehen musste. Er verfluchte sich selbst, Cheryl-Ann und Stirling, weil er keine Karte dabeihatte. Welchen Abbruch hätte eine gottverdammte Karte dem Film getan? Er wusste, dass die Jagdkonzession an der südlichen Grenze des Moremi-Wildreservats lag. Irgendwo südlich und östlich seines Standorts würde er auf die Strasse stossen, die von der Stadt Maun zum südlichen Tor des Reservats führte. Aber er hatte keine Ahnung, wie weit diese Strasse entfernt war oder wie weit nördlich das Xakanaxa Camp lag.

Er hatte gehofft, das Geräusch der Gewehrschüsse einer Jagdgesellschaft zu hören, um sich dorthin auf den Weg machen zu können, aber der Busch war unheimlich still geblieben. Bis auf diesen verdammten Vogel.

Vic-torrrrrr, vic-torrrrrr, gurrte er wie auf Kommando.

Er sah zum Baum hinauf. Warum blieb dieser kleine Vogel mit dem weisslichen Bauch und den Flecken auf den Wangen bei ihm? Gelegentlich flatterte er von Ast zu Ast, als ob er ihn verhöhnen oder absichtlich seine Aufmerksamkeit erregen wollte.

Meine Aufmerksamkeit?

Der Hunger verlangsamte ihn nicht nur körperlich, sondern auch geistig, aber jetzt erinnerte er sich plötzlich an etwas, das ihm der alte Buschmannführer erzählt hatte. Sam war kein Ornithologe und als der Mann die Namen von Vögeln aufzählte, denen er begegnen konnte, fiel es ihm schwer, diese einzuordnen. Aber die Geschichte über einen hatte ihn überrascht.

Er verrenkte sich den Hals. »Du bist ein Honiganzeiger, nicht wahr?«

Vic-torrrrrr, vic-torrrrr.

»Victor!« Es war der unverwechselbare Ruf des grossen Honiganzeigers. »Warte kurz, kleiner Kerl, ich komme!«

Sam holte die Kamera und das Stativ aus dem Zelt sowie seinen Rucksack mit der halb leeren Wasserflasche, seiner letzten Ration, seinem Poncho, Streichhölzern und dem Erste-Hilfe-Set, hängte sich das Fernglas um und setzte seinen Buschhut auf. Das Taschenmesser der US Air Force, das von Sylvester Stallone im ersten Rambo-Film verewigt wurde, hatte er an einen entasteten Baumstamm gebunden und so einen behelfsmässigen Speer gebaut. Er schaltete die Kamera ein, schwenkte das Objektiv nach oben und fokussierte auf den Vogel. Er drückte den Aufnahmeknopf.

»Eine afrikanische Legende besagt, dass dieser kleine Vogel, der ›Grosse Honiganzeiger‹, absichtlich die Aufmerksamkeit von Honigdachsen und sogar von Menschen auf sich zieht, um an den Honig aus wilden Bienenstöcken heranzukommen. Dieser kleine Kerl belästigt mich schon den ganzen Morgen, aber ich habe erst jetzt herausgefunden, dass er mich dazu bringen will, ihm bei der Suche nach einem Frühstück zu helfen. Wir werden nun also herausfinden, ob diese Buschgeschichte stimmt, denn hungrig scheinen wir beide zu sein.«

Sam schaltete die Kamera aus und legte das Stativ über seine linke Schulter. Als der Vogel wegflog, hob er seinen Speer auf und folgte ihm. Es war gar nicht so einfach, ihn im Auge zu behalten.

Eine Herde Impalas ergriff die Flucht, als sie ihn sahen. Die Antilopen sprangen mit waagerecht ausgestreckten Hinterbeinen hoch in die Luft.

Er hielt nach gefährlichen Wildtieren Ausschau, während er dem Vogel folgte. Ab und zu verlor er ihn aus den Augen, doch sein lockender Ruf half ihm, ihn schnell wieder zu finden.

Hinter einer Reihe von Dornenbäumen spähte ein Trio von Giraffen, das die langen Gesichter im Einklang bewegte, auf ihn herab. Sie studierten das seltsame Wesen neugierig, das stolpernd hinter einem Vogel herlief.

Der Ausflug begeisterte Sam. Das Laufen war aufregend und obwohl er ein wenig besorgt war, genoss er es, etwas zu tun, anstatt vor seinem Zelt zu hocken und sich in der Spirale verzweifelter Hilflosigkeit zu fragen, was schiefgelaufen war. Cheryl-Ann hatte ihm gesagt, er solle sich auf eine Überraschung gefasst machen. Er würde es ihr zeigen ... Er würde es Stirling zeigen ... er würde es der ganzen gottverdammten Welt zeigen. Er war Kojoten-Sam, Überlebensexperte und Naturbursche.

Sam fühlte sich schwindlig und sein Mund war trocken, als er den Vogel schliesslich einholte. Der Honiganzeiger setzte sich auf den Ast eines Baums und als er dort zur Ruhe kam, herrschte zum ersten Mal an diesem Morgen Stille. Sam blieb stehen, legte die Kamera hin und stellte seinen Rucksack ab. Er nahm sich einen

Moment Zeit, um das Naturparadies zu bewundern, zu dem ihn der Vogel geführt hatte.

Er hatte gespürt, dass sie sich dem Wasser näherten, denn der Busch war immer dichter und grüner geworden. Um seinen Lagerplatz herum hatten die Farben Khaki und Gold vorgeherrscht, aber jetzt erstreckte sich von seinem Aussichtspunkt am Rande der Baumgrenze aus eine weite, vielleicht einen Kilometer breite, satte, mit Smaragdgrün überzogene Aue. Durch die Mitte der offenen Fläche schlängelte sich eine glitzernde Wasserschlange. Am liebsten wäre er zu ihr geeilt und hätte seinen schweiss- und staubbedeckten, stinkenden Körper hineinsinken lassen. Er stellte sich vor, zu trinken, bis er zu voll war, um sich noch bewegen zu können. Aber er musste warten. Er war vor Hunger benommen. Die Ebene war mit Hunderten von Tieren übersät. Er zählte fünfzig oder mehr Zebras in losen Herden von acht bis zehn Tieren, die darauf warteten, dass sie an der Reihe waren zu trinken. Auf der anderen Seite der Ebene mampfte eine Elefantenherde im Schatten der Bäume, die winzigen Babys in der Mitte. Er wusste, dass man einen grossen Bogen um sie machen musste. Das Gleiche galt für die vier alten Büffelbullen, die sich im Schilf am Ufer des Flusses in einem Schlammbad suhlten.

Sam blickte wieder hinauf und sah, dass der Honiganzeiger immer noch schweigend auf demselben Ast sass. Vorsichtig näherte er sich dem hochaufragenden Mopane-Baum. Er neigte den Kopf und hörte den Bienenstock, bevor er ihn sah. Die Bienen schwirrten emsig bei einer Vertiefung im Stamm ein und aus. Die Höhle schien gross genug für seinen Oberkörper und befand sich fast vier Meter über dem Boden, was für ihn kein Hindernis darstellte, da er schon seit er ein sechsjähriger Knirps war, auf Bäume kletterte.

Der Khoisan-Buschmann hatte erklärt, sein Volk verbrenne Elefantenmist, um die Wildbienen mit Rauch aus ihren Bienenstöcken zu treiben. Sam brauchte nicht lange nach Elefantendung zu suchen. Der Stamm des Baumes mit dem Bienenstock war glatt, weil sich die Elefanten daran rieben und überall lagen Haufen ihres getrockneten, gelbbraunen Kots. Er untersuchte ein paar der Kugeln und entschied sich für einen Dunghaufen, der zwar nicht frisch, aber auch nicht völlig ausgetrocknet schien. *Je rauchiger, desto besser*, sagte er zu sich selbst.

Er positionierte die Kamera und hielt einen Klumpen von der Grösse eines Tennisballs vor die Linse. »Für dieses Zeug gibt es zahlreiche Verwendungszwecke. Zündet man es an«, er legte den Klumpen hin und entzündete ein Streichholz, »kann man mit dem Rauch die Mücken fernhalten.« Er beugte sich vor und pustete in die Flamme, bis der aromatische Rauch um sein Gesicht waberte. »Wenn man ihn einatmet, soll er Kopfschmerzen oder einen Kater heilen. Da mein Produzent und mein Kamerateam mir nichts zu essen, geschweige denn etwas zu trinken gelassen haben, kann ich Ihnen versichern, dass ich keinen Kater habe. Aber ich bin *hungrig*, also werde ich dieses Zeug benutzen, um die Bienen da oben wegzuschicken.«

Er schürte das Dungfeuer am Fuss des Baumes und die Bienen über ihm erhöhten die Lautstärke und Tonhöhe ihres Gesummes. Es gefiel ihnen nicht. Sam suchte ein Stück Dung, das gross genug war, um es mit einer Hand zu halten, ohne sich zu verbrennen. Er neigte die Kamera ein wenig mehr nach oben und begann, mit der rauchenden Masse in der einen Hand auf den Baum zu klettern.

Die Bienen schienen sich zu beruhigen und er bemerkte, dass viele von ihnen bereits aus dem Loch im Baum wegflogen. Er hielt sich mit der freien Hand an einem Ast fest und zog sich höher. Nun zahlten sich all die frühen Morgen im Fitnessstudio aus und seine Muskeln dienten für einmal nicht nur dazu, vor der Kamera das Schönheitsideal zu verkörpern. Schliesslich fanden seine Füsse auf einem dicken Ast Halt, von dem aus er den Eingang des Bienenstocks erreichte. Er hielt den rauchenden Mist vor sich und weitere Bienen ergriffen die Flucht. Er schluckte und hoffte, dass nichts anderes in dem Hohlraum lebte. Dann griff er in die Baumhöhle. Er richtete sich ein wenig auf, stellte sich auf die Zehenspitzen und konnte seine Beute sehen – fussballgrosse Waben voll süssem, goldenem Honig. Das Wasser lief ihm im Mund zusammen. Er griff hinein, brach ein paar Brocken des Schatzes ab und liess sie auf den Boden hinunterfallen. »Ein bisschen Dreck bringt mich nicht um und ich bin so hungrig, dass ich auch Honig mit Sand esse«, erläuterte er zur Kamera hin.

Er leckte sich die von schimmerndem Honig klebrigen Finger und begann den Abstieg. Die letzten paar Meter liess er sich hinunterfallen und landete dramatisch vor der Kamera. Er präsentierte ein Stück Honigwabe vor der Linse und biss hinein. »Mmmmm. Oh, Mann, das schmeckt ... grossartig.« Er leckte sich die Lippen. »Dieser wilde Honig hat einen herben, Geschmack und riecht wie die Blätter des grossen alten Mopane-Baums, von dem er stammt. Ganz anders der Honig aus dem Supermarkt. Er ist stärker, wilder, aber mmmmh, gut!«

Er hörte auf zu sprechen und kaute genüsslich, sowohl für die Zuschauer wie auch für sich.

»Nun«, sagte er, während er zwei der grösseren verbleibenden Stücke der Honigwabe in zwei Hälften teilte, »überlasse ich meinem Vogelfreund da oben etwas. Wir haben soeben eine Legende bestätigt: Dass der Honiganzeiger nicht nur Tiere wie den Honigdachs zu Bienenstöcken führt, sondern auch Menschen. Die zweite Geschichte zum Honiganzeiger wollen wir nicht beweisen. Sie besagt, dass wenn der Vogel seinen Anteil nicht erhält, er den nächsten Menschen anstatt zu einem Bienenstock in eine Falle führt, beispielsweise zu einem Löwen, einem Leoparden oder einer Mosambik-Speikobra. »Bitte sehr, kleiner Kerl.« Sam legte die Opfergabe auf den Stamm eines umgestürzten Baums und trat einen Schritt zurück. Mit der Handfläche – seine Finger waren klebrig und schmutzig – schwenkte er die Kamera herum, bis er den Baumstamm und die Brocken triefender Honigwaben im Bild hatte. Innerhalb von Sekunden verliess der Honiganzeiger seinen Beobachtungsast, landete auf dem behelfsmässigen Altar und begann, den Honig aus seiner Belohnung zu picken.

»Mann.« Sam stand da und beobachtete den Vogel. Er fühlte einen unglaublichen Rausch, zum einen wegen des Honigs in seinem leeren Magen, zum anderen, weil er soeben Teil einer symbiotischen Beziehung zwischen Mensch und wildem Tier geworden war. Ausserdem war er sehr stolz auf sich selbst, weil er den ersten Schritt geschafft hatte, um aus eigener Kraft im afrikanischen Busch zu überleben. Während die Kamera noch lief, hob er seinen behelfsmässigen Speer in einer klebrigen Hand hoch über seinen Kopf und schrie: »Yeah!«

Dann hörte er das Brummen. Er schaute auf. »Oh, nein!«

Sonja sah den Rauch und stieg ab. »Ruhig, Mädchen«, flüsterte sie dem wiehernden Pferd zu. Ich lasse dich nur kurz hier.« Sie band Black Beauty an einem Baum fest, tätschelte ihr beruhigend den Hals und schnallte den Rucksack ab, der am Sattel befestigt war. Sie nahm ihr M4 Sturmgewehr heraus, schob ein Magazin mit dreissig Schüssen ein und zog den Spannhebel zurück.

Sie befand sich verbotenerweise in diesem Gebiet und sofern es keine Änderung der Eigentumsverhältnisse gegeben hatte, war das Land, das sie durchquerte, immer noch eine Jagdkonzession. Rauch wies auf ein Feuer hin und die schmale, graue Säule, die in den blauen Himmel ragte, musste von einem Lager stammen, denn der Busch selbst brannte nicht. Es konnte sich um Jäger, Wildtierforscher, offizielle Parkwächter oder sogar Wilderer handeln. Bestimmt wäre niemand von ihnen besonders erfreut, eine einzelne Frau auf einem Pferd in ihrem Revier zu sehen.

Der ausziehbare Metallkolben des Gewehrs lag an ihrer Schulter und ihr Finger ruhte neben dem Abzugsbügel. Sie suchte den Busch von rechts nach links ab. In der Armee hatte sie gelernt, dass Menschen der westlichen Kulturen von links nach rechts zu lesen lernen und ihre Umgebung normalerweise genau auf die so antrainierte Weise absuchen. Sie zwang sich deshalb, es umgekehrt zu tun, so dass ihre Augen langsamer arbeiten mussten und sie weniger übersah.

Sonja bewegte sich in einem Bogen nach rechts, so dass der Wind ihr den Rauch zutrug. Sie roch den Menschen. Schweiss, Urin, Zahnpasta. Kein Essen.

Sie hielt inne, um einen Dorn aus ihrem Buschhemd zu lösen. Sie setzte jeden Schritt vorsichtig und langsam, um trockene Zweige und

Laub zu vermeiden. Eine Herde Perlhühner gackerte in der Nähe, liess sich aber durch ihre Anwesenheit nicht beunruhigen. Ein grauer Lori forderte sie mit seinem Ruf *Go away!* auf, wegzugehen. Die Neugierde, die sie gepackt hatte, liess sie nicht los.

Der Rauch stieg ihr in die Nase. Sie liess sich auf den Bauch fallen und schlich wie ein Leopard vorwärts. Da war ein grünes Kuppelzelt. Es sah neu aus und konnte jedem gehören, aber Wilderer waren selten so gut ausgerüstet. Sonja blieb ruhig liegen und beobachtete den Lagerplatz zehn Minuten lang. Sie lauschte auf Schnarchen oder andere Geräusche, die darauf hindeuten, dass sich jemand im Zelt befand. Sie hörte nichts. Langsam erhob sie sich und ging näher heran.

Der Zeltplatz war leer. Im Inneren des Zeltes fand sie ein Satellitentelefon – das gehörte definitiv nicht Wilderern – und einen teuren Schlafsack. Die Marke war nicht südafrikanisch, sondern ausländisch. Es roch nach ungewaschenem Mann, ein Hauch von Rasierwasser oder Eau de Cologne hing in der Luft. Nicht einheimisch. Sie umrundete das Zelt und suchte nach Spuren. Sie fand seine Fussabdrücke – teure Wanderschuhe mit tiefem, neuem Profil, aber keine Reifenspuren eines Fahrzeugs. Seltsam. Wenn es im Zelt etwas zu essen gegeben hätte, hätte sie es mitgenommen, aber sie fand nichts. Sonja kniete nieder und sah sich die Spur des Mannes genauer an. Sie war frisch. Bei seinen Tritten waren die Grashalme noch geknickt, weil sie keine Zeit gehabt hatten, sich aufzurichten. Sie fragte sich, wie er hierhergekommen war.

Sie beschloss, das Pferd stehen zu lassen und dem geheimnisvollen Mann zu folgen. Der Spur, die er hinterlassen hatte, hätte selbst eine Blinde folgen können, was es ihr leichtmachte, das Gebüsch vor sich genau im Auge zu behalten. Er trug ein Stativ bei sich – die Eindrücke des Dreibeins waren deutlich im Staub zu erkennen, wenn er es abgestellt und eine Pause eingelegt hatte. Ein Vogelbeobachter? In diesem Teil des Deltas gab es keine besonders seltene Arten. Ein Wildtierfotograf? Wenn ja, wie war er hierhergekommen? Mit dem Fallschirm?

Sie folgte den Spuren des Mannes und kurze Zeit später roch sie wieder kalten Rauch. Sonja erkannte das süsse, erdige Aroma darin – Elefantenmist. Sie und Stirling hatten sich im Teenageralter oft auf diese Weise von Saufnächten erholt und der Geruch war ihr sofort vertraut. Kurz vor einem grossen Mopane-Baum blieb sie stehen, weil sie das Summen wütender Wildbienen hörte. Sie war einmal in die Wange gestochen worden und es hatte sich zwei Tage lang angefühlt, als wäre sie von einem Esel getreten worden.

»Aah!«

Sonja hob instinktiv ihr Gewehr, als sie den Ursprung des Schreis entdeckte. Es war ein Mensch. Sie bewegte sich schnell vorwärts, alle ihre Sinne geschärft. Die Bäume öffneten sich zu einer grünen, von einem Fluss durchzogenen Ebene. Der Gomoti. Sie erkannte ihn an seiner Lage, aber nicht an seiner Breite, denn er war ein Rinnsal im Vergleich zu dem Fluss, an den sie sich aus ihrer Jugend erinnerte. Sie hörte wieder ein gequältes Stöhnen voller Schmerz oder Verzweiflung und schaute durch das Visier ihres Gewehrs um zu vergrössern, was sie sah. Am Ufer des Flusses bewegte sich etwas. Es passte zum Geräusch, sah aber kaum menschlich aus. Wenn der Mann im Fluss war, steckte er in Schwierigkeiten. Sie rannte, den Lauf des Gewehrs nach oben gerichtet, vorwärts und durchquerte das offene Gelände.

Ein Zebrahengst schnaubte, worauf sein Harem von Weibchen sich umdrehte und mit stampfenden, Staubwolken aufwirbelnden Hufen vom Fluss weggaloppierte. Die Matriarchin einer Elefantenfamilie am anderen Ufer hob ihren Rüssel angesichts der Mischung unbekannter Gerüche. Ein Nilgänse-Paar schnatterte panisch und flüchtete, als Sonjas Füsse durch den Schlamm stapften.

Die Gestalt blickte zu ihr auf und das Weiss ihrer Augen blitzte aus schwarzem Morast. »Hilfe!«, krächzte sie.

Sonja hielt inne und warf sich, da sie keinerlei Anzeichen einer Waffe sah, das Gewehr über die Schulter. Der glänzende, dunkle Morast reichte ihr bis über die Stiefelspitzen und sie kam nur langsam voran. Sie sah die ausgestreckte Hand. Der Mann hustete und spuckte und versuchte, sich auf Hände und Knie zu stemmen, rutschte aber aus.

Die Brühe war faulig, voller Algen und stank nach Tierkot. Das Wasser sah stellenweise giftig hellgrün aus und roter Schleim säumt den Rand. Wie sie es als Kind gelernt hatte, suchte sie den Fluss auf beiden Seiten ab.

»Helfen Sie mir.« Er streckte die Hand nach ihr aus. »Bienen ...«

Sie rutschte näher, nahm seine Hand und zog ihn zu sich.

»Danke.« Er hustete erneut und stützte sich mit seiner freien Hand im Morast ab, um sich zu stabilisieren. »Sind Sie ...«

Ganz plötzlich liess sie seine Hand los und er fiel erneut kopfvoran hin.

Er hustete und stotterte. »Heiliger Bimbam, warum haben Sie das getan?«

Der Knall von vier Schüssen brachte seine Proteste zum Schweigen. Sonja sah, wie mindestens zwei das Ziel trafen und das Wasser einen Meter hinter dem rechten Stiefel des fluchenden Mannes zu sprudeln begann.

»Verdammt, verdammt, verdammt, verdammt!« Er krabbelte auf allen Vieren durch den Schlamm vorwärts, an der Stelle vorbei, wo sie breitbeinig stand. Aus der Mündung des Gewehrs kräuselte sich Rauch und Sonja hielt den Blick immer noch auf die langsam flacher werdenden Wellen gerichtet. »Warum zum Teufel haben sie geschossen?«

»Krokodil.« Sie liess das Gewehr vom Riemen an ihrer Seite baumeln, so dass der Lauf angenehm warm auf der nackten Haut ihres Oberschenkels lag. Wenn ihr der Tod eines Viechs nichts ausmachte, dann der eines dieser prähistorischen Biester. Ein Mensch war Freiwild für ein Krokodil und umgekehrt.

Sie griff wieder nach unten und zerrte ihn auf die Beine.

Dann wischte sie ihre Hand an der kurzen Hose ab. Sie war nicht nur schlammig, sondern ausserdem klebrig. Sie schnüffelte an ihren Fingern. »Sie holten sich Honig aus dem Bienenstock?«

»Wie haben Sie das herausgefunden?«

»Der Rauch von Elefantenmist, das Summen, als ich am Baum vorbeikam und wie Sie sich in Sumpf und Tierscheisse eingegraben haben, um ihnen zu entkommen.«

Er unternahm einen vergeblichen Versuch, den schlimmsten Dreck von seinen Kleidern und der Haut zu wischen. Als er sich über die Augen wischte und dabei noch mehr Schlamm in sie rieb, zuckte er zusammen.

»Hier.« Sie reichte ihm ihre Wasserflasche. »Nur wenig. Für Ihre Augen.«

Er folgte ihr zurück auf trockenes Land, ins Gras, und wischte sich das Gesicht ab. Er blieb stehen und als sie die Tritte seiner Füsse im trockenen Gras nicht mehr hörte, wandte sie sich um.

»Warten Sie einen Moment ...«

Sie sah ihn an. Sein Mund verzog sich zu einem breiten, fast idiotischen Grinsen und das Weiss seiner Zähne leuchtete im schwarzverkrusteten Gesicht.

»Warten Sie nur eine Minute! Ha, ha!« Er brach in Gelächter aus und begann auf der Stelle zu tanzen. »Juhu! Ja, ja, ja, ja, ja!«

Sonja war irritiert. Sie bewegte langsam eine Hand zum Plastikgriff der M4 und machte einen Schritt zurück.

»Sie haben mich die ganze Zeit beobachtet, nicht wahr?«

Sie schüttelte den Kopf. »Ich bin gerade erst gekommen. Zum Glück. Wer sind Sie?«

»Wer ich bin?«, Er fing wieder an zu lachen. »Oh, Lady, der ist gut. Aber warten Sie. Das ist grossartig. Wir müssen es unbedingt aufnehmen. Warten Sie. Die Kamera läuft, oder?«

Sonja leckte sich die Lippen. Dieser Mann musste verrückt sein.

»Ray? Gerry? Cheryl-Ann? Kommt raus, Leute«, brüllte er. Er begann sich zu drehen und suchte die Bäume auf beiden Seiten des Flusses ab. Er hielt sich die schmutzigen Hände vor den Mund. »Wo seid ihr? Ihr könnt rauskommen, ihr habt mich erwischt, Leute. Lasst uns reden.«

»Worüber reden?«, fragte sie.

»Oh, kommen Sie schon. Ich hab's kapiert. Das ist die Überraschung. Gottverdammt, Sie haben mich für eine Weile getäuscht. Geben Sie doch einfach zu, dass Sie mich dazu gebracht haben, in den Fluss zu laufen. Ich wurde drei Mal gestochen, aber ich bin nicht wütend auf euch. Ich habe mir Sorgen um euch gemacht, aber ...«

Sie hielt ihm ihre freie Hand mit der Handfläche nach oben hin. »Hallo, beruhigen Sie sich. Ich weiss nicht, wovon Sie reden. Ich glaube, wir müssen noch etwas Wasser für Sie holen.« Sie drehte sich um, ging mit langen Schritten zur Baumgrenze zurück und wahrte dabei den Abstand zwischen ihnen sorgfältig. Verdammt. Sie hätte seinen Spuren gar nicht erst folgen sollen. Sie hätte einen grossen Bogen um ihn machen können. Was sollte sie jetzt tun? Sie konnte einen Verrückten nicht zum Sterben im Busch zurücklassen.

»Okay«, sagte er und fuhr sich mit einer klebrigen Hand durch das von Schlamm und Honig strotzende Haar. »Ich habe verstanden. Sie müssen trotzdem mitspielen. Aber verraten Sie mir bitte, ob wir jetzt gefilmt werden. Nur damit ich weiss, ob ich die Handykamera wieder einschalten soll oder nicht.«

Sie blieb stehen und sah ihn prüfend an. Seine Augen waren gross und aufmerksam. Er glaubte ernsthaft, die Fragen, die er stellte, seien vernünftig. Tatsächlich wahnsinnig. »Nein, Mister, wir werden nicht gefilmt. Ganz bestimmt nicht.« Er begann auf sie zuzugehen. »Halten Sie Abstand.«

»Abstand halten? Für wen halten Sie sich eigentlich? Für Jane aus dem verdammten afrikanischen Dschungel oder so?«, Er senkte seine Stimme, »okay, das ist nicht wichtig. Es ist Ihr Auftritt – Ihre Rolle. Bleiben Sie dort stehen, ich hole die Kamera.«

Als er an ihr vorbeiging, machte sie einen Schritt zurück. Neben dem Baum, auf der Seite, stand eine auf einem Stativ montierte Videokamera. Er löste die Kamera aus der Halterung und hob sie auf.

»Nein!«

»Was soll das heissen, nein? Sie sind der Überraschungsstar. Sagen Sie etwas zu den Leuten zu Hause.«

»Nein!«,In der Armee, wo sie mit Spezialkräften zusammengearbeitet hatte, gab es ein generelles Verbot, Soldaten im Einsatz zu fotografieren oder von den Medien gefilmt zu werden. Als Söldnerin hütete sie ihre Privatsphäre und Anonymität genauso streng. Sie hob ihre Handfläche und legte sie, als er bei ihr war, auf die Linse.

»Okay. Sehr gut für die erste Aufnahme, aber jetzt wird es ernst.« Er räusperte sich. »Also, wer sind Sie, geheimnisvolle Buschlady?«

»Ich sagte, nicht filmen.« Sie ergriff das Objektiv und stiess die Kamera nach hinten gegen seine Brust.

»Hey, immer mit der Ruhe. Es gibt Reality-Sendungen und es gibt die Wirklichkeit, okay?«, Er hob die Kamera wieder an. »Also, wer sind ...?«

Sonja schlug so fest gegen die Kamera, dass er ins Straucheln geriet und sie beinahe fallen liess. Er fluchte und sie schwang das Gewehr hoch und quer vor den Körper. Sie richtete sie nicht auf ihn, aber er schien die Botschaft zu verstehen.

»Hey, hey ... okay, keine Kamera, bis Sie sich geschminkt haben. Ich hab's kapiert. Ich muss allerdings sagen, dass Sie es vielleicht mit Ihrem Spiel ein bisschen übertrieben haben, Lara Croft.«

Sie trat einen Schritt von ihm zurück, die Waffe immer noch erhoben und bereit. »Wer sind Sie?«

Er sah sich wieder um. »Ja, klar. Ich verstehe, ich verstehe.« Er räusperte sich erneut und lachte laut.

»Trinken Sie den Rest des Wassers. Ich glaube, Sie haben einen Hitzschlag. Sie reden wirres Zeug, Herr ...«

»Chapman. Für meine Freunde und bewaffneten Retter Kojoten-Sam.« Er blinzelte.

Dehydrierung und Sonnenstich – da war sie sich sicher. »Ich habe Ihr Zelt gefunden.«

Er trank den Rest des warmen Wassers in der Flasche in einem langen Schluck aus und wischte sich dann über die Lippen. »Aha. Und erzählen Sie mir nicht, Sie hätten Ihre ausgezeichneten Fährten-kenntnisse genutzt, um mich hier zu finden und vor dem *Krokodil* zu retten. Das war übrigens eine nette Geste. Sind Platzpatronen im Gewehr?«

»Ich glaube, ich muss Sie zurück zu Ihrem Zelt bringen. Werfen Sie mir die leere Wasserflasche zu und warten Sie hier.«

Er salutierte und warf ihr die Flasche zu. »Ja, Ma'am.«

SAM SETZTE sich in den Schatten eines Baumes – nicht dem mit den Bienen – und beobachtete die Frau, die zum Fluss zurückging. In der rechten Hand hielt sie ihr Sturmgewehr, in der linken die leere Wasserflasche aus Plastik. Sie watete durch den Schlamm in den nur knietiefen Fluss. Als sie die Mitte des Flusses erreicht hatte, schaute sie den Flusslauf auf und ab und beugte sich dann vor, um die Flasche zu füllen.

Sam richtete die Kamera auf dem Stativ aus und startete die Aufnahme. Er hielt das Gerät auf Armeslänge von sich, damit sie, wenn sie sich zu ihm umdrehte, nicht sah, wie er in den Sucher starrte. Dennoch konnte er den LED-Bildschirm sehen und als sie mit dem Rücken zu ihm stand, vergrösserte er ihr Bild.

Sie war sogar ungeschminkt ein echter Hingucker und als sie sich vorbeugte, konnte er nicht anders als zu bemerken, dass sie nicht nur wohlgeformte Beine, sondern einen ebenso perfekten Hintern hatte. Er suchte das umliegende Gebüsch, die entfernte Baumgrenze und sogar die Luft ab, um das Kamerateam zu finden. Wenn sie hier waren, waren sie gut verborgen. Vielleicht hatten sie eine versteckte Kamera bei sich und filmten ihn.

Das musste er Cheryl-Ann lassen, diese Überraschung war bisher fast die beste. Bis jetzt hatte die rothaarige Köchin den Vogel abgeschossen. Er erinnerte sich sogar an den Geschmack von Schokolade in der Vertiefung ihres Bauchnabels. Aber diese Frau hier war anders – sie hatte einen kräftigen Körper und war nicht wie das australische Mädchen ein schmächtiges Weichei. Sie richtete sich auf und watete wieder auf ihn zu. Sie war fit, mit breiten Schultern und einer schmalen Taille, aber ihre Hüften waren breit genug, um einen Ansatz von Sanduhr zu zeigen. Sie hatte ihr kastanienbraunes Haar zu einem Pferdeschwanz hochgebunden. Das war sicher praktisch, aber er wettete, dass sie auch mit offenem Haar toll aussah. Wie ihre Beine waren auch ihre Arme wohlgeformt. Dieses Mädchen trainierte bestimmt viel. Als sie näherkam, sah er, dass ihre Augen grün waren. Ihre Art, sich zu bewegen und diese Augen erinnerten ihn an eine Katze. Er hatte Löwinnen bisher nur im Film gesehen, noch keine in freier Wildbahn, aber genau daran erinnerte sie ihn. Kraftvoll, räuberisch, erbarmungslos. Sie könnte ihn bei lebendigem Leib fressen – wenn sie ihre Karten richtig ausspielte.

Er drückte auf die Stopptaste der Kamera und rief: »Ich gehöre Ihnen. Bringen Sie mich zu Ihrem Boss.« Er zuckte zusammen und griff nach hinten zwischen seine Schulterblätter. »Aua.«

»Bienenstich?«

Er nickte. »Ich glaube schon. Ich kann ihn nicht erreichen.«

Sie zog ein kurzes Messer aus einer Tasche an ihrem Gürtel.

»Moment, Cowgirl.«

»Entspannen Sie sich. Bleiben Sie ruhig sitzen.«

Sie stellte sich hinter ihn und er tat, wie geheissen. Er spürte ihre Fingerspitzen auf seinem Nacken und der Kragen seines T-Shirts drückte gegen seinen Adamsapfel, als sie daran zog, um ihn abzusuchen. Er erschauderte. Ihre Berührung war fest und kühl wie Metall. Er schauderte erneut, als die Messerklinge seine Haut berührte.

»Ich sagte, sie sollen stillhalten.«

»Okay. Sie werden ihn doch nicht herausschneiden, oder?«

Sie ignorierte ihn und er spürte, wie die Klinge über seine Haut glitt, als sie über den Stachel strich und stellte sich vor, wie sie alle Haare abrasierte, die seit seiner letzten Enthaarung gesprossen waren.

Sie drückte seinen Kopf mit der freien Hand nach vorne und ihre Finger vergruben sich in seinem Haar. Mann, dachte er, das ist verrückt. Er hoffte wirklich, dass jemand das alles aus der Ferne aufnahm. Er konnte sie riechen und spürte, wie er hart wurde. Von der Seite erhaschte er einen Blick auf den bräunlichen Verband, der an ihrem Oberschenkel klebte. »Haben Sie sich verletzt? Aua!«

»Still!«, befahl sie erneut. »Ja. So, jetzt ist der Stachel raus. Es wird noch einen Tag oder so wehtun.«

Er lockerte seine Nacken- und Schultermuskeln. »Das sagen Sie mir?« Als sein Kopf wieder frei war, sah er die Blutflecken auf dem Pflaster an ihrem Bein. »Was haben Sie gemacht?«

»Ich habe mich beim Rasieren geschnitten.«

»Was haben Sie benutzt, Ihr Jagdmesser?«

»Kommen Sie, Sie verrückter Mann.«

Beinahe hätte er gesagt: »Wann immer sie es sagen«, aber ihre Waffe liess ihn zweimal überlegen. Sie machte ihn nervös. Er hatte noch nie auf etwas – irgendetwas – geschossen, ausser einen Betäubungspfeil in den Hintern eines Kojoten. »Können Sie das Ding weglegen?«

»Nein. Stehen Sie auf!«

Er seufzte und stand mühsam auf, wobei er seine klebrigen Hände am Gras abwischte, was nur dazu führte, dass feiner Sand an ihnen haften blieb. »Kann ich mich im Fluss waschen?«

»Das Blut von dem Krokodil, das ich erlegt habe, wird weitere anlocken – und vielleicht Löwen und Hyänen. Wir sollten jetzt gehen. Ich habe Wasser bei meinem Pferd.«

»Ihr Pferd?«,Das wurde immer wilder. Ein Cowgirl in Afrika. »Hü«, sagte er mit seiner besten John Wayne-Stimme. Sie ging schweigend weg und er folgte ihr.

»Also«, rief er ihr hinterher, »wie soll ich Sie nennen? Dschungel-Jane?«

Sie ignorierte ihn.

»Okay, okay. Dann lassen Sie uns also gehen. Aber wir haben doch was zu essen, oder? Cheryl-Ann hat sicher ...«

Sie hielt inne und drehte sich um, ihre rechte Hand hielt noch immer den Griff des Gewehrs. Sie hob den Lauf ein wenig an. Das reichte, um ihn zum Stehen zu bringen. »Ich sagte, ich würde Ihnen mehr Wasser geben, wenn wir zu meinem Pferd kommen.«

Er kaute auf seiner Lippe. Das machte nicht viel Sinn. Wenn diese Schauspielerin einen Oscar anstrebte, verschwendete sie ihre Zeit bei Wildlife World. Er kannte sie nicht, vermutete aber, sie könne in Südafrika ziemlich bekannt sein.

»Ich habe Ihr Zelt gefunden«, fuhr sie fort, »aber keine Spur von einem Fahrzeug. Es gibt auch keine Spuren von Ihnen – ausser die zum Bienenstock. Sind Sie etwa mit dem Hubschrauber gekommen?«

»Das wissen Sie doch, Schätzchen.«

»Nennen Sie mich nicht Schätzchen. Sind Sie eine Art Filmemacher?«

Sam versuchte, sich mit der Hand die Haare zu kämmen, aber sie waren zusammengeklebt. »Hören Sie, Dschungel-Jane, fürs Protokoll und für wen auch immer das hier gefilmt wird«, er räusperte sich erneut, »ich bin froh, dass Sie aufgetaucht sind. Machen wir weiter, ich bin bereit für die nächste Szene und ein anständiges Essen.«

Sie blieb stumm und starrte ihn über den Lauf ihres Gewehrs an.

»Ach, kommen Sie. Es reicht jetzt. Scheisse, ich bin verdammt dreckig, ich bin verdammt hungrig, ich wurde von Bienen gestochen und ich wurde *angeblich* fast von einem verdammten Krokodil gefressen.« Er hob die Fäuste in die Höhe, warf den Kopf zurück und schrie: »Was willst du noch mehr, Cheryl-Ann?«

Er kniff die Augen fest zu, hoffte, dass Cheryl-Ann und die Crew mit einem Eiskübel voll Perrier und Budweiser hinter dem grossen alten Eisenholzbaum hervortreten würden. Was wollten sie tun, ihn umbringen? Ihn um der Einschaltquoten willen verrückt machen?

»Um Himmels willen, das hier ist ›Wildlife World‹, nicht der Militärsender, und ...«

Er spürte, wie er am rechten Handgelenk gepackt und weggezogen wurde. »Hey!«, Er drehte sich um und versuchte, sie anzuschauen, aber sie wich schneller zur Seite als eine Klapperschlange. »Autsch!«, Sie drehte seinen Arm wieder hinter seinen Rücken und zwang ihn, sich nach vorne zu drehen. Als er mit der freien Hand nach ihr griff, packte sie sie. Er hörte einen Verschluss und spürte, wie seine Handgelenke zusammengezogen wurden. »Was zum Teufel tun Sie?«

»Kabelbinder. Ich muss Sie fesseln, bis Sie anfangen, vernünftig zu reden.«

»Okay, das reicht! Sie sind so was von gefeuert, Lady. Dieser Streich ist weit genug gegangen und ...«

Das letzte, was er spürte, war, wie sich ihre Finger an der Basis seines Halses in die Haut hinter seinem Schlüsselbein gruben.

ER WAR weder schwer noch fett, im Gegenteil. Aber er hatte eine kräftige Statur und als sein Hemd hochrutschte, sah sie die sorgfältig geformten Bauchmuskeln, die man nur in einem Fitnessstudio antrainieren konnte. Und kein Brusthaar. Sie schüttelte den Kopf.

Dankbar liess sie sich im Schatten der Nachmittagssonne, den sein Kuppelzelt warf, ins Gras sinken.

Seine Atmung war gleichmässig. Die Wirkung, die sie mit dem Druck ausgeübt hatte, würde bald nachlassen. Sie hatte ihn in einer Art Feuerwehrtrage die etwa zweihundert Meter bis zu seinem Lagerplatz über der Schulter getragen, wobei ihre rechte Hand noch immer ihre Waffe umklammerte. Es erinnerte sie an die Ausbildung bei den Special Forces, aber sie verdrängte die Erinnerung daran. Mit dem Messer schnitt sie die Fesseln durch, mit denen seine Handgelenke hinter dem Rücken gefesselt waren. Sie hatte es ein wenig übertrieben, denn die Haut war rot und seine Hände kühl. Sie massierte das Leben in sie zurück, band sie dann aber mit einer neuen Fessel vor seinem Körper zusammen, wenn auch lockerer als beim ersten Mal.

Sie holte ein schmutziges, stinkendes T-Shirt aus seinem Zelt, feuchtete es mit Wasser an und säuberte sein Gesicht damit. Er war ein attraktiver Verrückter, das musste sie ihm lassen. Er hatte dickes, gewelltes, schwarzes Haar, das sie an einen Schauspieler erinnerte – einen der beiden Typen aus dem Pearl-Harbour-Film, an dessen Namen sie sich nicht erinnern konnte. In ihrem Job hatte sie nicht viel Zeit für Fernsehen und beschränkte sich vor allem auf die Nachrichtensendungen, die rund um die Uhr über irgendeinen Krieg berichteten.

Als sie das weisse T-Shirt betrachtete, fiel ihr ein hautfarbener Fleck zwischen schwarzem, schlammigem Okavango-Schlamm und bernsteinfarbenem Wildhonig auf. Sie schnupperte daran und strich danach mit einem Finger über seine Stirn, um ihre Vermutung zu prüfen. Make-up?

Er blinzelte, dann stöhnte er. Er versuchte, sich aufzusetzen und sie kauerte auf ihren Fersen vor ihm.

»Was? Wo ... Sie!«

Sie hob eine Handfläche, berührte ihn aber nicht. Als er sah, dass seine Handgelenke wieder gefesselt waren, liess er sich zurückfallen, schloss die Augen und schrie.

»Seien Sie still und hören Sie mir zu. Ich weiss nicht, für wen Sie mich halten oder ob Sie überhaupt wissen, wer Sie sind. Ich habe jedenfalls keine Ahnung, wer Sie sind oder was Sie hier tun, und das gehört weder zu einem Drehbuch oder einem Film noch zu einer Fernsehsendung. Sagen Sie mir jetzt, wer Sie wirklich sind und wie Sie hierhergekommen sind.«

Er sah ihr in die Augen und sie erkannte, dass er nicht verrückt, sondern nur durcheinander war. Als er ihr seine Geschichte erzählte, schüttelte sie den Kopf über die Absurdität des Ganzen, aber es erklärte, was er voll von Schlamm und Make-up, dafür mit einer Videokamera in der Hand, allein hier draussen im Busch machte.

»Fok!«, war alles, was sie sagen konnte.

»Bedeutet das, was ich vermute?«, fragte er.

Sie beugte sich vor und zerschnitt den Plastikkabelbinder zwischen seinen Handgelenken. »Ja, auf Afrikaans.«

»Nun wissen Sie also, wer ich bin. Wer sind Sie?«

Die Lüge kam ihr schnell über die Lippen und lag nahe bei der Wahrheit, wie Steele es ihr eingebläut hatte. »Ich bin Berufsjägerin.«

Er starrte sie ein paar Sekunden lang an, bewegte sich nicht und legte sich zurück ins Gras. »Ich habe Ihnen gerade die Wahrheit gesagt, also seien Sie bitte so nett und tun Sie mir denselben Gefallen.«

»Es ist die Wahrheit. Ich komme in meiner Freizeit hierher ins Jagdgebiet, um zu reiten, Wild zu beobachten und etwas für den Topf zu schiessen. Sie wissen, dass Sie sich in einer Jagdkonzession befinden, oder? Hier gibt es Leute mit Gewehren. Es ist kein guter Ort, um zu filmen.« Steele hat ihr auch beigebracht, dass man, wenn die Tarnung in Frage gestellt wird, zum Angriff übergeht, den Spiess umdreht und ihn gegen den Fragesteller richtet.

Er schüttelte den Kopf. »Wenn Sie in diesem Jagdareal arbeiten würden, wüssten Sie, dass wir diesen Filmdreh seit drei Monaten planen. Ausserdem wäre ihnen klar, dass während dieser Woche keine Jagd möglich ist. Wir haben das gesamte Camp gebucht und viel dafür bezahlt, das zu schiessen, was wir zum Essen brauchen und diesen Dokumentarfilm aufzunehmen. Sie sind nicht, wer Sie zu sein vorgeben. Wie ist Ihr Name?«

Sie biss sich auf die Innenseite der Unterlippe. *Bleib in der Offensive*, sagte sie sich. »Sam, Ihnen geht's nicht gut. Glauben Sie, dass dem Rest Ihres Filmteams etwas zugestossen ist? Sie sagen, Sie haben versucht, sie per Satellitentelefon zu erreichen, dass sie aber nicht geantwortet haben. Ich kann mir nicht vorstellen, dass sie den Notruf abgestellt haben, Sie etwa?«, Sonja sah die Aufregung in seinen Augen.

»Ja, ich mache mir Sorgen.«

»Möchten Sie zurück zum Xakanaxa-Camp, um nach Ihren Leuten zu sehen und herauszufinden, was passiert ist? Die wollen doch sicher nicht, dass Sie hier draussen wegen einer Fernsehsendung durchdrehen.«

Er verzog sein Gesicht. »Cheryl-Ann als Produzentin würde sagen, dass das nicht schlecht wäre, wenn es die Einschaltquote erhöhe.«

Sie schüttelte den Kopf. »Sie entscheiden. Ich kann Ihnen etwas Biltong und Trinkwasser dalassen, wenn Sie Ihr Überlebensprogramm fortsetzen wollen, oder Sie können mit mir kommen. Ich gehe nach Xakanaxa.« Sie stand auf und hängte sich ihr Gewehr über die Schulter.

»Wirklich? Sie sagten doch, Sie seien von der Jagdkonzession.«

Sie zuckte mit den Schultern. »Ich habe einen alten Freund in Xakanaxa, den ich schon seit einiger Zeit besuchen wollte. Das werde ich nun tun. Kommen Sie mit oder nicht?«

Er sah sich auf seinem kargen Campingplatz um und blickte auf das nutzlose Satellitentelefon. »Ich schreibe eine Nachricht für den Fall, dass hier jemand nach mir suchen sollte. Das Zelt und die Sachen lasse ich hier.«

»Gute Idee. Ich will mein Pferd nicht überladen.«

Während sie weitergingen, kaute er Biltong und sprach mit vollem Mund. Wie die meisten Amerikaner, die sie kennengelernt hatte, hörte er sich selbst gern reden und sprach in vollständigen Sätzen. Sie dagegen benutzte Wörter wie Munition: sparsam und wirkungsvoll.

Als sie zum Pferd kamen, fragte sie ihn, ob er eine Weile reiten wolle. Er war immer noch hungrig und sie wusste nicht, wie fit er war. Ihrer Erfahrung nach hatten muskulöse Soldaten manchmal die geringste Ausdauer. »Ich laufe«, sagte er. »Wie geht es Ihrem Bein? Vielleicht sollten Sie eine Weile reiten.«

Sie schüttelte den Kopf, schnallte ihre beiden Wanderrucksäcke am Sattel fest und sie gingen los, Black Beauty voran. Ihr Schritt war ausgreifend und schnell und er musste ein Stück fast rennen, um sie einzuholen, bevor er in ihren Rhythmus kam und Schritt halten konnte.

»Was denken Sie, wie lange wir nach Xakanaxa brauchen?«

»Einen Tag. Wenn Sie immer wieder anhalten, anderthalb Tage.«

Er sah mürrisch aus, aber wenigstens war er für ein paar Minuten ruhig.

»Warum braucht jemand ein automatisches Sturmgewehr, um auf die Jagd zu gehen?«, fragte er und musterte ihre militärische Waffe.

Er wollte die Klappe einfach nicht halten. Sie wusste, dass die meisten Leute gerne über sich selbst reden. Als Mitglied der Vorhut bei einem Staatsstreich in einem westafrikanischen Land hatte sie die Rolle einer Journalistin gespielt und war überrascht gewesen, wie leicht es war, die Leute dazu zu bringen, sich ihr zu öffnen. In der Regel waren es diejenigen, die anfangs dagegen protestierten, fotografiert oder interviewt zu werden, die am Ende am meisten erzählten.

»Erzählen Sie mir mehr von sich«, sagte sie, ohne über ihre Schulter zu schauen.

»Ach, Sie wollen gar nicht alles über mich wissen.«

Sie wusste, dass die Bescheidenheit falsch war, also hielt sie den Mund. Ein Trio Glanzsichelhopf-Vögel lachte, schnatterte und klopfte an die Rinde eines Mopane-Baumes. Sie erinnerten Sonja an das unaufhörliche Geplapper von Touristen in einem Wildbeobachtungsfahrzeug. Er würde reden. Amerikaner liebten es zu reden.

»Sie haben wirklich noch nie von mir gehört, nicht wahr?«

Die Arroganz des Mannes passte genau ins Bild, das sie sich von ihm gemacht hatte.

»Es tut mir leid, das klang sehr hochnäsig, nicht wahr? Sagen Sie nichts. Nun, was mich betrifft: Vor gefühlten hundert Jahren habe ich im Rahmen meiner Doktorarbeit in Montana Kojoten studiert. Im Gebiet, in dem ich forschte, waren die Kojoten dafür bekannt, auf Schaffarmen Lämmer zu töten. Wir fanden heraus, dass dies nur geschah, wenn das dominante, territoriale Kojotenpaar während der Lammzeit Junge hatte. Wir kamen zum Schluss, dass wir das Problem verringern könnten, wenn es uns gelänge, ihre Fortpflanzungszyklen anders zu steuern, indem sie Verhütungsmittel fressen würden oder wir ihnen solche verabreichten. Im Rahmen meiner Forschungen begann ich, eine Methode zu entwickeln, mit dem ich die Kojotenweibchen zur Einnahme der Pille bewegen konnte.«

Sonja war überhaupt nicht interessiert, liess ihn aber bereitwillig reden, solange er dafür aufhörte, ihr Fragen zu stellen.

»Kojoten sind unglaublich schlaue Tiere und lassen sich nicht so leicht täuschen oder in eine Falle locken. Wussten Sie, dass die amerikanischen Ureinwohner den Kojoten ›Trickster‹ nennen? Kaum. Eine Freundin von mir, ebenfalls Forscherin, hat einmal einen gefangen. Als sie das Tier aus der unterirdischen Falle barg, schaute sie sich um und sah, dass sie von einem halben Dutzend anderer Kojoten beobachtet wurde. Am nächsten Tag kam sie zurück, um ihre Fallen zu überprüfen. Sie bemerkte, dass die Kojoten, die sie beobachtet hatten, alles freigelegt und ausgegraben hatten, ohne dass ein einziges Tier hinunterfiel. Erstaunlich, nicht wahr?«

Sonja liess ihre Augen während des Gehens unablässig nach links und rechts schweifen, denn im langen, dürren, goldenen Gras konnte sich leicht ein Raubtier verbergen. Die M4 hing lose über ihrer rechten Schulter und in der linken Hand hielt sie Black Beautys Zügel.

»Erstaunlich«, wiederholte er. »Ich fing an, Fleisch auszulegen und schliesslich merkten die Kojoten, dass keine Gefahr für sie bestand und sie kamen und frassen regelmässig. Schliesslich verabreichten wir ihnen ein Trazeptivum und das Problem der Schafsattacken war gelöst. Ein anderer Teil meiner Forschung bestand darin, Kojoten zu fangen – ich warf vom Hubschrauber aus ein Netz über sie. Alles ziemlich aufregend. Ein lokaler Fernsehsender erfuhr durch die PR-Abteilung der Universität von meiner Arbeit und brachte einen Bericht darüber. Ich konnte in der Sendung viel erklären und einige falsche Vorstellungen darüber korrigieren, dass Kojoten Aasfresser oder kaltherzige Killer seien. ›Wildlife World‹ hat die Sendung gesehen und der Rest ist, wie man so schön sagt, Geschichte.«

Sonja blieb stehen. Obwohl kein Hauch von Wind zu spüren war, hatten sich hundert Meter vor ihnen die Spitzen des Grases gerade bewegt. Etwa doppelt so weit entfernt graste auf offener Fläche eine Herde von etwa zwanzig Impalas. Sam blieb hinter ihr stehen und spülte das Biltong mit einem Schluck ihres Wassers hinunter.

»Das ist die Geschichte, die mich jetzt in diese Scheisse gebracht hat«, fuhr er mit einem halben Glucksen fort.

Sonja hob eine Hand und bedeutete ihm zu schweigen. Sie deutete auf das lange Gras, wo sie die Bewegung gesehen hatte. »Gepard«, flüsterte sie.

Der Impalabock bellte einen kurzen, scharfen Warnruf und der Rest der Herde rannte los. Der Gepard zeigte sich, dann schoss er über das *Vlei*, den ausgetrockneten See. Die Katze benutzte ihren langen Schwanz wie ein Ruder, wenn sie herumdrehte, um der Herde zu folgen. Sie sah das Ausweichmanöver des Bocks voraus und holte die Impalas ein.

Sam hielt sich eine Hand vor die Stirn und schützte seine Augen vor dem grellen Licht der Nachmittagssonne.

»Die Antilopen sahen den Gepard schon von Weitem kommen.«

Sonja nickte. »Das ist seine Strategie. Sehen Sie nur. Eines der Impalas hinkt hinter den anderen her. Darauf hat er es abgesehen.«

Die Katze peilte das langsamste Tier der Herde an und nutzte all seine Energiereserven. In gestrecktem Lauf flog sie durch die Luft. Ihre nicht einziehbaren Krallen gruben sich wie die Spikes eines Sprinters in den lockeren Boden zwischen dem Gras und trieben das flirrende Geschoss aus goldenem und schwarzem Fell vorwärts. Seine Tatze traf das Hinterteil des schwächelnden Impalas und eine sichelartig gebogenen Kralle grub sich tief ein. Das Impala stolperte und beide, das Raubtier und seine Beute, verschwanden in einer Wolke aus Grashalmen und Staub.

Sonja reichte ihm die Zügel des Pferdes und entsicherte ihr Gewehr. »Bleiben Sie hier und passen Sie auf sie auf.«

»Wie bitte? Sie gehen doch nicht da rüber, oder?«

Sie ging in die Richtung von Gepard und Impala.

»He! Sind Sie verrückt? Sonja, kommen Sie zurück!«

Sie stapfte durch das kniehohe Gras in Richtung der Tiere. Das klagende Geschrei hörte auf, als der Gepard seine Kiefer um den Hals des Impalas schloss. Sie wusste, dass er, wie ein Leopard, das Impala durch Ersticken tötete, so dass es möglichst geräuschlos starb und keine Löwen oder Hyänen angezogen wurden. Der Gepard ist für Geschwindigkeit gebaut, nicht für den Kampf und hat keine Chance, seine Beute vor einem grösseren Raubtier zu verteidigen.

»Hah!«, Sonja richtete sich auf und schwenkte ihren Arm mit dem Gewehr hoch über dem Kopf. »Hah!«,»Sonja! Kommen Sie zurück!«

Der Gepard sah über den rotbraunen Hals des Impalas hinweg zu ihr und fixierte sie mit wütenden, roten Augen.

»*Voetsek*!«, Sie schlug mit der Handfläche ihrer freien Hand seitlich auf das gewölbte Magazin des Gewehrs. »Yaa!«

Der Gepard schlug ärgerlich mit dem Schwanz und löste seine Kiefer aus dem Hals des Impalas. Es war tot. Die Katze gab ihre Beute nur widerwillig auf. Sie fletschte die Zähne und zwitscherte wütend ihren vogelähnlichen, für einen solchen Jäger unpassenden Ruf.

Sonja zeigte keine Angst. Sie hatte noch nie davon gehört, dass ein Gepard einen erwachsenen Menschen tötete, wusste aber auch, dass es immer ein erstes Mal gab. Es war ein Kampf der Willensstärke und ihre Chancen waren grösser. Trotzdem hämmerte ihr Herz und sie schrie wieder, als sie nur noch zehn Meter von der Katze entfernt war. »Kämpfen oder fliehen, du hast die Wahl.« Ihr Finger glitt durch den Abzugsbügel des Gewehrs und mit dem Daumen klappte sie die Sicherung hinunter. Sie wollte nicht schiessen, nicht einmal, um den Geparden zu verscheuchen, denn sie hatte keine Lust, Fährtenleser, die nach Sam suchten, auf sich aufmerksam zu machen. Es wäre einfacher für sie, ihn in Xakanaxa abzuliefern, als einem Fremden ihre unerlaubte Anwesenheit in der Konzession zu erklären. »Hah!«

Mit deutlichem Ärger in den glühenden Augen erhob sich der Gepard und wich mit wütendem Knurren von seiner Beute zurück.

»Danke.« Sonja liess sich auf ein Knie fallen und zog ihr Messer hervor. Sie behielt den Geparden genau im Auge, legte ihr Gewehr griffbereit neben sich ins Gras und begann, ein noch warmes Hinterbein abzuschneiden.

Das Pferd wieherte hinter ihr und als sie sich umdrehte, sah sie Sam, der im Sattel sass und auf sie herabblickte. »Sie sind verrückt.«

»Behalten Sie ihn im Auge«, ordnete sie an und wies mit dem Kopf zum Geparden, bevor sie weiter durch Sehnen und Knorpel sägte. »So, das sollte für unser Abendessen reichen.« Sie wischte das Messer am Fell des toten Tieres ab, stand mit roten, verschmierten Händen auf und trat zurück. Von der abgetrennten Keule tropfte Blut ins Gras. »Jetzt gehört sie dir, mein Freund«, sagte sie zum Geparden.

»Ich habe noch nie etwas so Tollkühnes gesehen«, sagte er von seinem hohen Sitzplatz aus. »Sie hätten getötet werden können.«

Sie überlegte, wie oft in ihrem Leben sie hätte getötet werden können – oder sollen – und konnte ein Lächeln nicht unterdrücken.

9

»Mode und Einkauf überlassen wir am besten der Dame, denke ich. Sabrina, was hältst du davon, die Farben und den Schriftzug für unsere ›Zerstört den Damm!‹- T-Shirts auszuwählen?«, fragte Bernard Trench am Kopfende des Tisches.

Stirling sah zu Sabrina Frost herüber und bemerkte selbst im Kerzenlicht den verärgerten Ausdruck, der sich auf ihrem Gesicht ausbreitete. Trench hatte berechtigterweise den Ruf, ein lüsterner, sexistischer, chauvinistischer Langweiler zu sein. Nach dem letzten Treffen hatte er Stirling erzählt, er halte Sabrina, eine überzeugte Umweltschützerin und Präsidentin des südafrikanischen Zweigs der internationalen Organisation ›Grüne Aktion‹ für lesbisch. Stirling vermutete, dass dies darauf zurückzuführen war, dass sie nicht auf Trenchs plumpe Annäherungsversuche einging und verlangte, dass Frauen in den Protokollen der Ausschusssitzungen nicht mit ›Fräulein‹ betitelt wurden.

»Bernard, ich bin diesem Ausschuss nicht beigetreten, um typische Hilfsarbeiten, die man Frauen überträgt, wie Kuchenbacken oder T-Shirts zu kaufen, auszuführen. Aber selbstverständlich kann ich jemanden meiner Freiwilligen bitten, sich darum zu kümmern.«

Die Besprechung des Okavango-Delta-Verteidigungskomitees dauerte schon mehr als zwei Stunden. Das Tempo und die Tagesordnung der Sitzung widerspiegelten die Kampagne gegen den Damm weiter flussaufwärts perfekt und Stirling wusste, dass nicht nur Sabrina darüber frustriert war. Sie hatten zu lange gezögert und jetzt diskutierten sie über T-Shirts, obwohl der Damm bereits gebaut war. In gewisser Weise war er froh, dass Cheryl-Ann nicht hier war und sah, wie uneinig und unfähig das Komitee war.

Das Restaurantpersonal von Xakanaxa war weggeschickt worden und die achtzehn Lodge-Besitzer, Manager, Berater und Aktivisten des Komitees schoben die Reste ihrer Desserts beiseite oder stellten ihre Getränke ab, als Trench sich räusperte. Vielleicht mochten ihn nicht alle – einige, wie Sabrina, verabscheuten ihn wahrscheinlich sogar –, aber allein seine schiere physische Masse, die von einem massiven, bärtigen Kopf mit einer Kanonenkugelglatze gekrönt wurde, gebot Aufmerksamkeit, wenn nicht gar Respekt. Trench war ein blasierter Engländer, der die Hälfte des Jahres auf seinen im südlichen Afrika verstreuten Wildtiergebieten und die andere auf den Cayman-Inseln verbrachte, wo er sich um seine Offshore-Investitionen kümmerte. Seine Leidenschaft für junge afrikanische Frauen wurde nur von der für die Erhaltung der afrikanischen Tierwelt übertroffen. Es gab Gerüchte, dass er nicht weniger als vier seiner weiblichen Angestellten auf Hippo Island, seiner Luxuslodge im Moremi-Wildreservat, dafür bezahlt hatte, Anzeigen wegen sexueller Belästigung fallen zu lassen.

»Wir gehen zu Punkt dreizehn.« Trench legte sein Papier beiseite und hob eine Hand zum Mund, um ein Rülpsen zu unterdrücken, »Öffentlichkeitsarbeit und Lobbying. Ich übergebe an Sheldon, unseren PR-*Experten* aus Johannesburg. Sheldon?«

Stirling hatte Mitleid mit dem jungen Mann mit der stahlumrandeten Brille und dem blassen Teint. Er hatte dem Berater am Nachmittag angeboten, ihn auf eine Pirschfahrt mitzunehmen – er wollte ein wenig Zeit im Busch verbringen, um vor dem Treffen seinen Kopf zu lüften. Sheldon hatte über Kopfschmerzen geklagt, die, wie er sagte, von der Hitze herrührten. Stirling liess ihn einen Liter Wasser trinken, doch dennoch verbrachte Sheldon den Nachmittag in seinem Zelt.

»Danke, Bernard«. Sheldon öffnete die Mappe vor sich, hielt aber inne, um mit seiner Leinenserviette einen Falter zu verscheuchen. »Wir haben noch eine Reihe von Möglichkeiten, um bei der Lobbyarbeit mit der namibischen Regierung und den Vereinten Nationen ...«

Trench schlug mit einer offenen Handfläche auf den Tisch. »Genug Palaver, Sheldon. Nennen Sie uns Fakten. Was hat das Treffen bei der UNO ergeben?«

Trench kannte die Antwort, wie alle anderen auch, aber er wollte Sheldon nicht von der Angel lassen.

»Wie Sie vielleicht letzte Woche in den Nachrichten gesehen haben, hat die namibische Regierung vor der UN-Umweltkommission eine sehr gefühlsbetonte und glatte Präsentation abgeliefert ...«

»Deren PR-Firma hat bessere Arbeit geleistet als unsere«, sagte Jan Nel, der Manager einer anderen Lodge. Sein sonnengebräuntes Gesicht zeigte kein Mitleid mit dem jungen Städter. »Himba-Babys mit aufgeblähten Bäuchen ... pah! Es ist ihre eigene verdammte Schuld, dass die Hälfte ihres Volkes verhungert, nicht die des Klimas.«

Sheldon griff nach einem Rettungsring. »Wir wissen, dass die namibische Regierung ein kleines Vermögen ausgegeben hat, um eine der besten PR-Firmen New Yorks zu engagieren.«

»Fordern Sie mehr Geld, Sheldon?«, unterbrach ihn Trench. »Wohl kaum.«

Sheldon öffnete den Mund, um etwas zu sagen, aber Trench brachte ihn mit einer Bewegung seiner dicken Finger zum Schweigen. »Danke. Es gibt kein Geld mehr für PowerPoint-Präsentationen und Abendessen mit Politikern in New York, Sheldon.« Er blickte in die Gesichter am Tisch. »Die Welt sieht diese Angelegenheit – dank der redegewandten Werbefritzen der Namibier – als Kampf der Menschen gegen Tiere. Wir wissen«, er schaute am Tisch auf und ab, »dass Lodges wie unsere und die lokalen Unternehmen, die uns beliefern, Tausende von Einheimischen beschäftigen, die sonst verhungern würden. Aber wir kämpfen einen aussichtslosen Kampf, wenn wir versuchen, die Menschen auf der anderen Seite der Welt davon zu überzeugen, dass Arten- und Umweltschutz mit der Unterstützung der lokalen Bevölkerung einhergehen muss.«

Stirling nickte, aber wie alle anderen wusste er das alles längst. Er hätte sich lieber um anderes gekümmert, wie den immer noch vermissten amerikanischen Fernsehstar und das verunfallte und ungeduldige Filmteam, das morgen mit einem Ersatzkameramann nach Xakanaxa zurückkehren sollte. Ein Suchflugzeug hatte das Zelt von Sam Chapman entdeckt, aber der Bodentrupp, den der Pilot hingeschickt hatte, fand nur einen Zettel, des Amerikaners *Es geht mir gut, ich bin mit einem ortskundigen Führer zum Xakanaxa Camp unterwegs, voraussichtliche Ankunft heute Abend oder morgen früh.* Die Nachricht wurde Stirling per Satellitentelefon vom Suchtrupp weitergeleitet. Dieser verfluchte die Dummheit des Amerikaners. Als so genannter ›Überlebens-Experte‹ hätte er wissen müssen, dass es das Beste war, im Lager zu warten.

Stirling wollte dieses Treffen schnellstmöglich hinter sich bringen. Als Sekretär des Komitees musste er dafür sorgen, dass sie sich an die Tagesordnung hielten. Bernard wollte später noch einen weiteren Berater vorstellen, einen Engländer namens Martin Steele, der ruhig am anderen Ende des Tisches sass.

»Bernard, entschuldigen Sie«, sagte Stirling und tippte auf seinen Ausdruck der Tagesordnung. »Können wir jetzt Sabrinas Bericht hören?«

Trench atmete aus und Stirling konnte den Wein in seinem Atem riechen. »Gute Idee.«

Sabrina Frost war ein paar Jahre älter als Stirling, etwa Mitte vierzig, mit stahlgrauem, kurz geschnittenem Haar. Sie war ungeschminkt, trug Jeans mit einem schwarzen T-Shirt und abgesehen von drei Piercings in ihrem rechten Ohr keinen Schmuck. Sie war fast zwei Meter gross, womit sie den korpulenten Trench überragte. Er konnte nachvollziehen, warum manche Männer sie für lesbisch hielten, aber Sabrina sass bei den Treffen immer neben ihm und irgendwie schien ihr linkes Bein immer sein rechtes zu berühren. Vielleicht war sie sich nicht bewusst, dass sie in seinen Raum eindrang oder er interpretierte zu viel hinein, jedenfalls glaubte Stirling nicht, dass sie lesbisch war.

»Wir haben den Bericht unserer Umweltberater bekommen und er enthält einige interessante Punkte«, erläuterte Sabrina. Trench unterdrückte ein Gähnen, aber sie ignorierte ihn. »Der Agronom – das ist ein Bodendoktor, Bernard«, am Tisch ertönte Gelächter, »zeigt überzeugende Zusammenhänge bezüglich der Verschlammung auf.«

»Interessant«, sagte Trench.

»Sehr. Der Damm entzieht dem Ökosystem des Deltas nicht nur Wasser, sondern verhindert gleichzeitig den Transport von Schlamm aus dem Oberlauf des Kabango in Angola nach Botswana. Der vom Fluss mitgeführte fruchtbare Schlamm ist nicht nur für die einheimischen Pflanzen und Gräser wichtig, sondern auch für die Landwirtschaft auf der botswanischen Seite der Grenze. Der Bericht kommt weiter zum Schluss, dass der Fluss so viel Schlamm mitführt, dass der Damm irgendwann damit gefüllt und nutzlos sein wird.«

»Wie lange würde dies dauern?«, fragte Stirling.

Sabrina sah zuerst ihn, dann ihre Notizen an und zuckte mit den Schultern. »Dreissig Jahre? Fünfzig? Bis dahin werden Moremi und der Rest des Okavango-Deltas nur noch Kalahari-Sand und Tierknochen sein.«

»Das gibt uns allerdings neue Munition«, unterbrach Sheldon.

Trench brachte ihn mit einem finsteren Blick zum Schweigen. »Wir werden diesen Kampf weder mit Papiertigern noch mit Geldbündeln gewinnen, die wir PR-Firmen in den Rachen werfen. Sabrina, wir sollten den Bericht alle vollständig lesen und bei unserer nächsten Zusammenkunft darüber diskutieren. Jetzt muss ich Sie leider bitten, uns zu verlassen, Sheldon«, wandte er sich mit einem aggressiven Nicken an den jungen Mann. »Wir brauchen Sie für den letzten Teil der heutigen Sitzung nicht mehr.«

Mit gerötetem Gesicht stand der junge Mann auf und nickte. Sein

Stuhl knirschte auf dem Holzboden, als er ihn zurückschob. Sheldon tat Stirling leid, aber er konnte nicht leugnen, dass mit den hunderttausend Dollar, die die Lodge-Eigentümer für die Kampagne zusammengelegt hatten, nichts erreicht worden war. Die Staumauer war fertiggestellt und die namibische Regierung nahm den Wasserkraftgenerator bald in Betrieb. Eine Regierung oder Weltorganisation bräuchte viel Mut, um den armen afrikanischen Dorfbewohnern Wasser und den Strom abzudrehen, die auf beides angewiesen waren. Besonders mitten in einer verheerenden Dürre. Stirling schaute sich im Ausschuss um. Der übergewichtige, tyrannische Trench war keineswegs repräsentativ für die anderen Hotelbesitzer. Allerdings waren sie alle wohlhabende Weisse, die sich – traurig, aber wahr – mehr um Profite und Tiere kümmerten als um Mütter und Babys.

Die Gruppe verfiel in eine erwartungsvolle Stille, die nur durch das dumpfe Geräusch von Sheldons Turnschuhen auf dem Gehweg und das Quaken eines Frosches aus dem flachen Wasser unterhalb der Aussichtsplattform unterbrochen wurde. In der Ferne heulte eine Hyäne ihren unheimlichen Ruf.

»Meine Damen und Herren, Sie fragen sich sicher alle, wer der Fremde am anderen Ende des Tisches ist.« Alle Köpfe drehten sich dem Mann zu. »Martin Steele ist ein Berater anderer Art als Sheldon. Vielleicht haben Sie schon von seiner Firma ›Corporate Solutions‹ gehört und ich bitte ihn, sich zunächst vorzustellen und ein wenig über das von ihm gegründete Unternehmen zu erzählen, bevor er uns erklärt, welche Fähigkeiten er an unseren Tisch bringt.«

Jan Nel pfiff leise. Stirling spürte Sabrinas linke Hand auf seinem Oberschenkel. Er blickte sie an und sah die Ungläubigkeit, die sich in ihren grossen Augen nicht verbergen liess. Sie berührte ihn nicht, weil sie etwas von ihm wollte. Sie hatte Angst.

Martin Steele stand auf und der Frosch hörte auf zu quaken. Steele schwieg einen Moment und seine Augen tasteten das Publikum ab. »Söldner, Auftragskiller, Revolverhelden, Mörder, Kriegsverbrecher, Aasgeier, Attentäter. Alle diese und weitere Begriffe habe ich schon gehört, um meine Leute und mich selbst zu beschreiben. Aber ich versichere Ihnen, dass wir Leute von Corporate Solutions nichts von alledem sind ...«

Steele hielt inne und Stirling starrte ihn an. Er erinnerte sich, dass dieser Name mit Konflikten und einem halben Dutzend gescheiterter und erfolgreicher Putsche, die in den letzten zwei Jahrzehnten auf dem Kontinent stattgefunden hatten, in Verbindung gebracht wurde. Das Unternehmen war mit Anschuldigungen über Gräueltaten in Nigeria, Verbindungen zum Diamantenschmuggel in Sierra Leone und dem Tod von Zivilisten in Angola konfrontiert. Corporate Solutions bräuchte eine PR-Firma dringender als das Okavango Delta Defence Committee, dachte Stirling.

»... es sei denn, Sie verlangen, dass wir es sind.«

Einige der Männer am Tisch lachten über den Witz. Sabrina nahm ihre Hand von Stirlings Bein und murmelte: »Oh mein Gott.«

Steele hob seine Hände und gebot Schweigen. »Im Ernst, Leute, es mag sein oder auch nicht, dass Sie Ihre diplomatischen Möglichkeiten ausgeschöpft haben, damit dieser Damm nicht in Betrieb genommen wird. Das kann ich nicht beurteilen.«

Am Tisch herrschte Schweigen.

»Jedenfalls gibt es flussaufwärts, im namibischen Caprivi-Streifen, eine Betonmauer durch den Okavango. Ihre juristischen Anfechtungen und Proteste können noch jahrelang andauern, aber der Damm füllt sich, und Ihre Zeit – und damit die Zeit des Okavango-Deltas – läuft ab. Verzeihen Sie einem alten Soldaten, wenn er an den Gewohnheiten eines ganzen Lebens festhält. Ich möchte mein Briefing mit einem Überblick über die Situation beginnen, wie ich sie beurteile und dann die Einzelheiten meines Angebots und Vorschlags an Sie erläutern. Ich bitte Sie, Fragen erst am Ende zu stellen.«

Sabrina rutschte auf ihrem Stuhl herum und einen Moment lang dachte Stirling, sie würde ihn zurückschieben und hinausgehen. Sie sah ihn an und er zuckte mit den Schultern. Er wollte hören, was Steele zu sagen hatte. Der Engländer starrte sie an, und sie hielt seinem Blick so lange wie möglich stand – vielleicht zehn Sekunden – dann griff sie nach ihrem Wasserglas.

»Nun gut. Die Situation. Trotz Ihrer Bemühungen, denen anderer Naturschützer und der Regierung von Botswana, ist der Damm praktisch fertiggestellt. Angesichts der anhaltenden Dürre in diesem Teil Afrikas wird es länger als erwartet dauern, bis der neue Damm gefüllt ist und die schwachen Regenfälle, die für die nächste Regenzeit vorhergesagt sind, werden die Auswirkungen auf die Nutzer, die, wie Sie selbst, flussabwärts liegen, noch verstärken. Die Auswirkungen des Staudamms betreffen nur Botswana und seine Regierung hat sich diplomatisch, friedlich und nicht konfrontativ verhalten. Die Tierwelt in Botswana wird leiden, die Migrationsmuster werden sich ändern und die Menschen werden ihre Arbeit verlieren.

Es gibt eine dritte politische Kraft in dieser Debatte – die ›Kaprivi-Befreiungsarmee‹, kurz CLA. Diese hat, um die Arbeiten am Staudamm zu stören, bereits einen erfolglosen bewaffneten Angriff auf den Damm verübt.

Stirling und die anderen am Tisch nickten.

»Der Okavango fliesst durch die Region des Kaprivi-Streifens in Namibia. Der Staudamm wurde oberhalb der Popa-Fälle errichtet, in der Nähe der Stadt Divundu, am westlichen Ende des umkämpften Gebiets. Der Kaprivi-Streifen ist ein historischer Irrtum: Ein schmaler, vierhundertvierzig Kilometer langer Korridor, den die Briten im Zuge der Aufteilung des kolonialen Afrikas an Deutschland abtraten. Seine Ausrufung beruhte auf einer Mischung aus Täuschung und Unwissenheit. Deutschland hatte Anspruch auf Südwestafrika erhoben, wollte aber zu Handelszwecken Zugang zum Indischen Ozean an der Ostküste. Die Briten ›schenkten‹ Deutschland den in Namibia liegenden Landstreifen, der bis zum Sambesi-Fluss reicht, der wiederum in den Indischen Ozean mündet. Allerdings wussten die Briten noch nicht oder verschwiegen den Deutschen, dass der Sambesi nicht weit von der Stelle, an der der Kaprivi-Streifen endet, von den mächtigen Viktoriafällen unterbrochen wird. Damit bot der Sambesi keine Möglichkeit für eine Handelsverbindung mit Flussschiffen von Deutsch Südwestafrika, dem heutigen Namibia, zum Indischen Ozean.

Kaprivi, dieser schmale Korridor aus saisonal überschwemmtem

Land, der an die Flüsse Kavango, Chobe, Linyanti und Sambesi grenzt, hat kaum Ähnlichkeit mit dem übrigen Namibia, einem grösstenteils unfruchtbaren Land mit sengend heisser, öder Wüste und wilder Sandküste, die von kühlem, atlantischem Nebel umhüllt wird.

Ethnisch gesehen gehören die Bewohner des Kaprivi-Streifens hauptsächlich zum Volk der Lozi, deren Verbindungen zu den Stämmen im Osten, in Sambia, enger sind als die zu den Ovambo, Himba, Nama, Damara und Herero, die den Rest Namibias bevölkern. Die Kaprivier sind sehr unabhängig und betrachteten sich noch nie als Teil Namibias. Sie halten den Staudamm am Okavango für ein Beispiel, wie die namibische Regierung Ressourcen, die ihrer Meinung nach den Einheimischen gehören, an sich reisst und sie zum Nutzen anderer einsetzt. Profitieren würden weit entfernte Stämme und geplante, vom Wasser abhängige Diamantenminen, an deren Gewinnen sie niemals teilhaben würden.

Vor einem Jahr stürmten zweihundert Mitglieder der CLA die Baustelle des Okavango-Staudamms. Sie beabsichtigten, die Wände des provisorischen Staudamms, der das Wasser umleitete, damit die Arbeiten an der Hauptmauer beginnen konnten, zu sprengen«, erläuterte Steele und zeigte ihnen Fakten auf, die sie längst kannten. »Neben den erwarteten einheimischen Arbeitern und einigen deutschen und namibischen Ingenieuren, fand der CLA etwa fünfhundert Mann eines Infanteriebataillons der namibischen Verteidigungskräfte vor, die in Hinterhalten warteten. Der Angriff musste aus den eigenen Reihen verraten worden sein. Er kostete zweiundsiebzig Mitgliedern der CLA das Leben und weitere dreissig wurden gefangen genommen. Die Gefangenen sitzen immer noch im Gefängnis und warten auf ihren Prozess. Soweit ich weiss, haben die Überreste der Lokaltruppe nach dem Angriff eine interne Säuberung durchgeführt und vier ihrer Mitglieder wurden in aller Stille beseitigt.«

»Beseitigt?«, flüsterte Sabrina zu Stirling. »Ist der Typ echt?«

»Sehr echt, Madam«, sagte Steele vom anderen Ende des Tisches. Sabrina schluckte.

»Aber zurück zum Überblick. Bis heute haben die Ureinwohner

des Kaprivi-Streifens den starken Wunsch, sich selbst zu regieren. Trotz des Rückschlags am Staudamm unterhält die CLA eine kleine Truppe gut ausgebildeter Soldaten, die bereit sind, für ihre Sache zu kämpfen und wenn nötig zu sterben. Unser neuer Damm besteht aus einer beträchtlichen Menge Beton und ist nicht so leicht zu zerstören wie ein Kofferdamm, aber es ist auch nicht unmöglich.«

Einer der Hoteliers hob die Hand.

»Wie besprochen, Fragen erst zum Schluss, bitte.« Der Mann nickte.

»Nun zur Mission.«

Steele nahm sein Wasserglas und trank einen Schluck. Er stellte es ab und stützte sich auf den Tisch, den muskulösen Oberkörper auf die Fäuste gestützte, um seinem Publikum näher zu kommen.

»Der Auftrag lautet: Zerstörung des Staudamms am Okavango und gleichzeitige Herbeiführung eines Regimewechsel im Kaprivi-Streifen, indem eine neue, selbstverwaltete Verwaltung eingesetzt wird, die sich auf Dauer gegen jeden weiteren Staudamm am Fluss wehren wird. Ich wiederhole ...«

Sabrina stand auf. »Das ist verrückt. Ich will kein Wort mehr hören.«

Steele ignorierte den Ausbruch. »Damit, Frau Frost, meine Herren, sind wir am Ende meines Vortrags. Es hat keinen Sinn, dass ich auf die Planung der Ausführung und die Logistik sowie die Kommando- und Kommunikationsaspekte des von mir entwickelten Plans eingehe, wenn Sie nicht alle mit an Bord sind. Ich übergebe somit wieder an den Vorsitzenden.«

Sabrina setzte sich wieder auf ihren Platz und Trench studierte die Gesichter aller Anwesenden. »Fragen?«

Fragen? sagte Stirling zu sich selbst. *Verdammt noch mal*, dachte er, *es ist schwierig, zu wissen, wo man beginnen soll.* »Ich habe eine. Sie haben uns alle daran erinnert, dass die Kaprivi-Befreiungsarmee bereits einen gescheiterten Versuch unternommen hat, den Damm zu zerstören. Die Sicherheitsvorkehrungen am Damm sind nach wie vor streng. Wie wollen Sie da erneut hereinkommen?«

Trench schaute Steele an, nickte und erklärte: »Wie ich gerade sagte, werde ich nicht ins Detail gehen, bis ich Ihre Unterstützung habe – und, offen gesagt, Ihr Geld.«

Das gemurmelte Lachen und Schnauben war eher dem Abklingen der Spannung geschuldet als echter Heiterkeit. Steele fuhr fort. »Die Strategie der CLA beim letzten Mal war zu wenig durchdacht. Sie glaubten, dass sie nach der Sprengung des Staudamms das Volk des gesamten Kaprivi-Streifens zu einem spontanen Putsch aufrufen könnten. Damit haben sie auf die falsche Karte gesetzt. Mir schwebt dagegen eine andere Strategie vor.«

Sabrina hob ihre Hand und Steele nickte ihr zu. »Ich war vor kurzem im Rahmen einer Protestblockade beim Staudamm. Stirling hat recht. Die Sicherheitsvorkehrungen sind knallhart. Wir kamen nicht näher als fünf Kilometer an die Mauer heran und wurden an Kontrollpunkten von Polizei und Armee aufgehalten.«

»Ich habe einen Plan im Kopf, wie wir an den Sicherheitskräften vorbeikommen«, antwortete Steele. »Aber ich betone nochmals, dass es bei der von mir vorgeschlagenen Strategie nicht nur um den Damm geht. Falls die namibische Regierung immer noch die Herrschaft über die Region ausübt, wenn wir die Mauer sprengen, wird sie sie einfach reparieren oder wieder aufbauen. Wir wollen nicht nur ein Loch in einer Mauer.«

»Nein, ihr wollt einen Krieg«, gab Sabrina zurück.

Steele schüttelte den Kopf und blickte sie an. »Ich will Gerechtigkeit für ein Volk, dem sie verweigert wird.«

»Blödsinn! Sie wollen Blut und Geld.«

Trench hob eine Hand. »Hör Martin zu, Sabrina. Die Kaprivier haben einen legitimen Anspruch auf ihr Land, der ihnen von ihrer Regierung seit Jahrzehnten verweigert wird.«

Steele stand wieder auf. »1964 schloss die ›Kaprivian African National Union – CANU‹, eine im Kaprivi-Streifen ansässige Unabhängigkeitsgruppe aus Lozi sprechenden Völkern, ein Bündnis mit der SWAPO, der von den Ovambo dominierten ›South-West African People's Organisation‹, um die Kräfte im Kampf gegen die Weissen in Südwestafrika zu bündeln. Es war eine damals militärisch sinnvolle Vernunftehe, die das südafrikanische Militär dazu zwang, an zwei

Fronten zu kämpfen – einerseits gegen die Guerillas der SWAPO, die in Angola stationiert waren und von dort aus versorgt wurden, andererseits gegen die verbündeten Truppen von CANU und SWAPO, die im Osten, in Sambia, einen sicheren Unterschlupf hatten. Die CANU und ihre Nachfolger behaupteten immer, dass gemäss dem Abkommen nach Erlangung der Unabhängigkeit von den Weissen eine Volksabstimmung über die Selbstbestimmung und -verwaltung im Kaprivi durchgeführt werde. Laut CANU hielt sich die SWAPO später nicht an diese Vereinbarung.«

»Ja«, warf Sabrina ein, »aber die SWAPO sagt, die CANU habe diese Absicht mit der Unterzeichnung des Abkommens 1964 aufgegeben.«

Steele zuckte mit den Schultern. »Das sind alles Theorien. Doch es gibt Menschen, die bereit sind, zu den Waffen zu greifen und für die Errichtung eines kaprivischen Heimatlandes zu kämpfen. Sprachlich, ethnisch und kulturell war dies schon immer ein eigener Teil Afrikas. Selbst die deutschen Kolonialverwalter Südwestafrikas verloren das Interesse am Kaprivi-Streifen, nachdem sie merkten, dass sich der Sambesi nicht für den Warentransport bis zum Indischen Ozean eignet. Während eines Grossteils seiner Geschichte verwalteten die Briten das Gebiet von Botswana aus. Erst Mitte des zwanzigsten Jahrhunderts machten sich die Südafrikaner die Mühe, eine Strasse zu bauen, die den Kaprivi mit dem übrigen Südwestafrika verbindet. Die Menschen hier wünschen sich nichts sehnlicher, als ihre Zukunft selbst bestimmen zu können. Es sind Menschen des Flusses, Menschen, denen das Wasser des Okavango, des Chobe und des Sambesi heilig ist. Die Kaprivier würden euren Fluss niemals stauen.«

»Er gehört eigentlich nicht uns«, berichtigte Stirling, »sondern allen Ländern, durch die er fliesst.«

Steele klopfte auf den Tisch. »Genau! Aber warum sollten Angola und Namibia den Menschen und der Tierwelt Botswanas das Wasser wegnehmen können? Die Regierung Botswanas wird weiterhin protestieren, aber niemals wegen Wasser in den Krieg ziehen.«

»Dafür sind sie zu vernünftig«, sagte Sabrina.

Nel zündete sich eine weitere Zigarette an und hustete. »Ich kenne einige Lozi. Es sind gute, ehrliche, hart arbeitende Menschen. Sie kommen sich beraubt vor und sind desillusioniert. Sie glauben, dass die Welt sie ignoriert und im Stich lässt und ich glaube, da ist etwas Wahres dran. Wäre die Lage in Simbabwe in den letzten Jahren nicht so schlimm gewesen, hätte die UNO den Kapriviern vielleicht mehr Aufmerksamkeit geschenkt.«

Steele nahm den Faden wieder auf. »In Botswana leben mehr als achttausend Kaprivier als politische Flüchtlinge. Viele von ihnen möchten in ihre Heimat zurückkehren und sind bereit, für ihre Rechte zu kämpfen.«

»Ja«, räumte Sabrina ein, »das ist alles wahr. Aber einen Krieg beginnen, um einen Fluss zu retten? Ist es das wert?«

Steele zuckte mit den Schultern und setzte sich. »Diese Entscheidung liegt nicht bei mir, sondern bei Ihnen. Die Kaprivier sind bereit, zu kämpfen, um ihre Heimat zurückzuerobern, aber sie brauchen Waffen und Munition – vor allem schweres Zeug, wie Panzerfäuste, Mörser und Sprengstoff. Und sie brauchen Geld.«

Sabrina schüttelte den Kopf und schaute zu Trench. »Ich verstehe eigentlich nicht, Bernard, warum ich überhaupt hier bin. Ich habe kein Geld, um eine solche Operation zu unterstützen. Ich vertrete eine Umweltorganisation und hoffe nicht, dass Sie ernsthaft erwarten, dass ich in die Zentrale zurückkehre und um Spenden bitte. Die Leute in Sydney, Ontario, San Francisco und Kapstadt, die uns unterstützen, würden einen kollektiven Herzinfarkt erleiden, wenn sie wüssten, dass mit ihren Spenden ein von Söldnern organisierter Staatsstreich finanziert werden soll.

Steele nahm einen Schluck Wasser. »Frau Frost, Ihre Organisation jagt und entert japanische Walfangschiffe – eigentlich ein Akt der Piraterie. Ihre Mitglieder ketten sich an Transporte mit ausgebrannten Kernbrennstäben und sabotieren Bulldozer, die den Regenwald im Amazonasgebiet abholzen.«

»Das ist etwas anderes als Kriegsführung, bei der auch Unschuldige getötet werden.«

»Ich will damit sagen, Frau Frost, dass die Leute hier und die Lozi,

die in Botswana im Exil leben, bereit sind, ihr Leben für ihr Heimatland zu riskieren und um den Fluss zu retten, der ihnen genauso viel,
wenn nicht sogar mehr bedeutet als Ihnen. Wollen Sie ihnen das
verwehren?«

»Was genau wollen Sie von mir, von meiner Organisation?«

Trench räusperte sich. »Legitimität. Dass Sie dahinterstehen.«

10

Sonja schnitt mit ihrem Messer gebratenes Fleisch von der Impala-Keule und reichte Sam einen Streifen. Er fühlte sich in ihrer Nähe hilflos. Umso wichtiger war es ihm, seine Manieren zu wahren und trotz seines Hungers mit dem Essen auf sie zu warten. Sein Magen knurrte und das Wasser lief ihm im Mund zusammen.

»Guten Appetit«, wünschte sie.

Das Fleisch war trockener, als er erwartet hatte und schmeckte ziemlich fade, dennoch verschlang er sein Stück, während sich Sonja viel Zeit für ihre Portion nahm. Er betrachtete die Antilopenkeule, die auf einem flachen Stein lag, den Sonja als eine Art Wärme- und Tranchierunterlage auf die Kohlen gelegt hatte. Er wollte nicht gierig erscheinen, war sich aber auch nicht sicher, was sich gehörte, wenn man ein Stück Fleisch ass, das man einem Geparden gestohlen und über offener Glut gebraten hatte.

»Darf ich?«, fragte er und deutete auf ihr Messer.

Sie kaute, sah ihn an und sagte nichts. Behutsam griff er nach dem Messer. Seine Klinge war mattschwarz beschichtet, so dass sich das Glühen der Kohlen nicht spiegelte und nur an der äussersten Kante, wo sie es geschliffen hatte, war silbriger Stahl zu sehen. So, wie das Messer durch das Fleisch glitt, meinte er, dass er sich damit rasieren könnte. Doch als er sich eine Scheibe Fleisch abschnitt, stellte er fest, dass sich das Messer trotz seiner Schärfe schwer führen liess. Sein T-förmiger Griff sollte in der Handfläche liegen, der zweite und dritte Finger auf beiden Seiten des geformten Schafts. Es war kein Messer, mit dem man einen Bock häutete oder Stöcke schnitzte, mit denen man am Lagerfeuer Marshmallows röstete, sondern eine Stichwaffe. Zum Töten. Er legte das Messer vorsichtig zurück auf den Stein neben dem Fleischstück und setzte sich wieder auf seine Seite des Feuers, das glitschige Fleisch in den Fingern wie ein Wilder.

Sonja warf ihm beim Essen gelegentlich einen Blick zu, als wollte sie sich vergewissern, dass er an seinem Platz war. Ansonsten starrte sie in die Nacht hinaus.

Von einem nahen Baum hörte er in regelmässigen Abständen ein hohes *Brrrr brrr.* »Ist das eine Eule?«

Sie kaute ihren Bissen zu Ende und schluckte. »Zwergohreule.«

Er nickte. Ein zweiter Vogel rief von einem vielleicht fünfzig Meter entfernten Baum. Immerhin schienen sie etwas zu haben, worüber sie reden konnten.

Sein Gefühl, überfordert zu sein und tief in der Tinte zu sitzen, war mit jeder Stunde gewachsen. Nach dem Vorfall mit dem Geparden hatte er den ganzen Nachmittag nicht mehr als ein paar Worte mit der Frau wechseln können. Seit er gemerkt hatte, dass er nicht von Cheryl-Ann reingelegt worden war, sondern irgendwo etwas schiefgelaufen war, wusste er, dass er keine andere Wahl hatte, als Sonja zu vertrauen. Trotzdem spürte er, dass das Wenige, was sie ihm über sich selbst erzählt hatte und weshalb sie hier draussen im Nirgendwo sei, nur wenig mit der Wahrheit zu tun hatte. Er fragte sich, wie er so dumm sein konnte, einen Dokumentarfilm über eine Umgebung zu drehen, über die er kaum etwas wusste. Wenn diese grüblerische, schwer bewaffnete Fremde nicht aufgetaucht wäre, wäre er wohl gestorben und man hätte seine Leiche vielleicht nie gefunden.

»Verzeihen Sie mir«, sagte er.

Sie warf ihm über das Feuer hinweg einen Blick zu und hob die Augenbrauen.

»Ich schätze, ich sollte mich bei Ihnen bedanken. Dafür, dass Sie mir das Leben gerettet haben, meine ich. Wenn Sie nicht gekommen wären, hätte ich nur im Schlamm gelegen und darauf gewartet, dass die Bienen abziehen und bis dahin hätte mich das Krokodil erwischt und gefressen. Was für eine Art zu sterben, hm? Der Überlebensexperte, der gefressen wird.« Er lachte über seinen eigenen Witz. Lahm. Mit dieser Frau zu reden war wie auf heissen Kohlen zu laufen – theoretisch möglich, aber äusserst schmerzhaft.

Sie schnitt sich eine weitere Scheibe Fleisch ab und biss hinein.

»Was bedeutet Ihre Tätowierung? Ich habe während des Gehens all diese Buchstaben und Zahlen studiert. Ist es ein Code oder so?«, Er griff wieder nach dem Messer.

Sonja schluckte den Bissen hinunter. »Es ist ein Ort.«

»Oh, okay. Ja, klar, wie ein GPS-Punkt. Das hochgestellte, kleine o ist ein Grad-Symbol, richtig?«, Sie sah ihn an, als wäre er ein Schwachkopf.

»Und wo liegt sie, die Stelle auf Ihrem Arm?« Ihr Blick ging wieder in die Dunkelheit hinaus.

»Ist es zu Hause?«

MANN, hielt der Kerl denn nie die Klappe? Wenn sie seine trivialen Fragen beantwortete, ermutigte sie ihn, noch mehr zu fragen. Wenn sie schwieg, redete er so lange auf sie ein, bis sie antwortete. Das war schlimmer als der Kurs über ›Widerstand bei Vernehmungen‹, zu dessen Besuch die SAS sie vor ihrem Einsatz in Nordirland gezwungen hatte.

»Ich wünschte, ich wüsste, wo mein Zuhause ist«, sagte er leise und zupfte an den knorpeligen Resten, die noch am weissen Knochen klebten. »Früher glaubte ich, ich sei ziemlich geerdet. Ich dachte, ich würde in Montana alt werden und vielleicht zwanzig oder dreissig Jahre lang für den Staat im Tiermanagement, Naturschutz oder in den Nationalparks arbeiten. Ich stellte mir vor, vielleicht zurück aufs College zu gehen und zu unterrichten. Eine Familie zu haben mit einer Frau und ein paar Kindern und ein Stück Land ausserhalb der Stadt mit einem schönen Haus. Der amerikanische Traum eben, ja?«

Sie schraubte den Deckel der Plastikwasserflasche ab und nahm einen Schluck. Der amerikanische Traum? Bei ihrer Arbeit als Auftragnehmerin für das Militär hatte sie ihn in den Gesichtern von zu vielen idealistischen jungen Soldaten im Irak und in Afghanistan sterben sehen. Ihr eigener Traum war in Nordirland umgebracht worden, vom Blitzen und Donnern der Granaten, den geschrienen Befehlen, dem Tränengas und dem Knall der Neun-Millimeter-Kugeln, die sich in Holz, Putz und Fleisch bohrten.

Sie hielt eine Hand über die Kohlen, um zu sehen, ob sie heiss genug waren, um etwas Wasser zu kochen. Es war nicht annähernd warm genug.

»Haben Sie sich jemals zur falschen Zeit am falschen Ort befunden?«, fragte Sam.

Sie schaute den Amerikaner an. »Ja«, sagte sie, bevor sie sich daran erinnerte, dass sie schweigen wollte. Sie stand auf und zuckte zusammen. Die Schusswunde heilte gut und schmerzte tagsüber nicht allzu sehr, aber wenn sie lange sass oder schlief, wurde ihr Bein steif.

»Sie sehen aus, als hätten Sie Schmerzen. Geht es Ihnen gut?«, erkundigte er sich.

»Schmerz ist nur Schwäche, die den Körper verlässt.«

Er lachte laut auf und der Klang hallte von den Bäumen wider. Er wischte sich über die Augen. »Ist das Ihr Ernst? Wo haben Sie das gelernt, im militärischen Lexikon für ganzheitliche Heilung und alternative Medizin?«

Sie spürte, wie sich ihre Wangen röteten. Sie hatte zu lange unter Soldaten gelebt. Aber wie konnte sich dieser verwöhnte TV-Wichser über sie lustig machen?

»Schmerz ist keine Schwäche, die den Körper verlässt, es ist einfach nur Schmerz. Es ist die Art und Weise, wie dein Körper dir sagt, dass du dich schonen und ausruhen sollst.«

Wann und wo genau sollte sie sich ›ausruhen‹? fragte sie sich. Bis Xakanaxa hatten sie fast ohne Nahrung und Wasser noch zwölf Stunden zu Fuss und Pferd vor sich. Sie hoffte, so schnell wie möglich dort anzukommen. Aber ihm das zu erklären, schien ihr weder Zeit noch Mühe wert. Sie zog ihren Schlafsack aus dem Rucksack, rollte ihn auf dem Boden aus und legte ihr Gewehr auf das daunengefüllte Nylon. Aus einer kleinen Hülle zerrte sie ein Moskitonetz und steckte dessen kurze, dreiteilige Spreizstange in die Schlaufen an der Spitze. Sie band es an einem niedrigen Ast des Mopanebaums fest, unter dem sie das Kochfeuer gemacht hatte und stopfte das weisse Netz unter ihren Schlafsack. Sie schleppte zwei weitere Holzscheite zum Feuer und schaute zu, wie sie Feuer fingen und Funken zu den Sternen über ihr stoben. Sie schaute nach oben – der Himmel war klar und kein Regen in Sicht, obwohl Botswanas Unabhängigkeitstag, der 30. September, bereits zwei Wochen zurück lag. Als sie in den Okavangosümpfen gelebt hatte, regnete es immer entweder am Unabhängigkeitstag oder einen, zwei Tage danach. Nun war jedoch kein einziger Tropfen gefallen und bereits während der letzten drei Regenzeiten war es furchtbar trocken geblieben.

»Wo soll ich schlafen?«

Sonja machte sich nicht die Mühe, ihm zu antworten. Sie kniete nieder, hob den Saum ihres Moskitonetzes an und schlüpfte darunter. Sie legte sich, den Kopf auf ihrem Rucksack, auf den Rücken. Sie wünschte, sie hätte eine Zigarette. Auf der anderen Seite des Feuers stolperte Sam über eine Baumwurzel und fluchte. Sie versuchte, sein Gefasel und Geplapper zu verdrängen, indem sie an Stirling dachte.

Wie sah er nach den vielen Jahren aus? War er mit jemandem zusammen und hatte noch keine Zeit gehabt, sein Facebook-Profil zu aktualisieren? War er immer noch glücklich damit, das Camp zu leiten und sein Leben in zufriedener Abgeschiedenheit vom Rest der Welt zu leben? Ob er sie zurückwollte? Jetzt, im Nachhinein sah sie ein, dass die Art und Weise, wie sie Stirling behandelt hatte, ein Fehler gewesen war. Ob sie ihn wieder gutmachen konnte?

Sie lauschte dem Rascheln und Murmeln des Amerikaners, der sich unter seinem Moskitonetz niederliess und sinnierte darüber, wie es wäre, wieder mit Stirling in Xakanaxa zu leben, aber diesmal als Paar, vielleicht sogar als Mann und Frau. Sie wünschte, diese Reise schon vor Jahren und unter anderen Umständen unternommen zu haben. Sie war sich bewusst, dass es nach so langer Zeit noch schwieriger wäre, wieder mit Stirling zusammenzukommen und dass er vielleicht nichts mehr mit ihr zu tun haben wollte. Ausserdem musste sie an Emma denken. Sie fragte sich, ob Stirling von ihr erfahren hatte, oder ob es ihn überhaupt interessierte, dass sie ein Kind hatte. Sie fing an, sich dumm zu fühlen und es war ihr peinlich, überhaupt von einem Mann zu träumen, mit dem sie vor so langer Zeit zusammen gewesen war. Doch irgendetwas zog sie zurück ins Delta. Obwohl es das Klügste gewesen wäre, zu einem Flughafen zu fahren und aus Afrika herauszufliegen, war sie nun auf dem Weg zum einzigen Ort und der einzigen Person, die sie mit einem Leben in Unschuld und Ehrlichkeit in Verbindung bringen konnte.

Sie betrachtete die Sterne durch das engmaschige Moskitonetz und hörte die Fledermäuse im Vorbeifliegen quieken. Sie wünschte, sie könnte die Zeit zurückdrehen. Ihr Kind hätte das von Stirling sein sollen und können, wenn sie nicht so eigensinnig, stur und rastlos gewesen wäre. Nun kehrte sie wie ein territoriales Tier ins Delta zurück, weil sie wusste, dass sie hierhergehörte. Sie hatte schon vor neunzehn Jahren, als sie sich das Tattoo auf den Arm hatte stechen lassen, gewusst, dass hier ihr Zuhause war. Warum war sie dann so entschlossen gewesen, es zu verlassen? Was war mit ihr los?

Ehrgeiz? Das war ein Teil davon. Sicherlich erschien ihr keine der Stellen, die ihr zum Zeitpunkt vor ihrer Abreise angeboten wurden, attraktiv. Aber was hatte sie aus sich gemacht? Sie war weder Ärztin oder Tierärztin noch Krankenpflegerin geworden und auch keine Sekretärin. Ihr Antrieb, ihr *Ehrgeiz*, ihre Vergangenheit und ihr Stolz hatten sie in den Krieg geführt und sie das Töten gelehrt.

War sie süchtig nach Aufregung? *Fang nicht damit an*, warnte sie sich, *bleib beim Üblen und denk nicht an das Faszinierende*. Schlechtes war leichter zu verstehen und besser zu ertragen als Höhenflüge. Wie konnte sie sich selbst, geschweige denn jemandem, der es noch nie erlebt hatte, den Rausch erklären, der einen vom Herz über das

Gehirn bis zu den Fingerspitzen und Zehen durchflutete, wenn man unter Beschuss stand und zurückschoss, überlebte und gewann? Ein erschreckend intensives Gefühl und dennoch konnte es das Bedauern nicht verdrängen. Denn tief im Dunkel der Nächte erdrückte einen die Erkenntnis, dass auch eine getötete Person, die auf der anderen Seite stand, eine Mutter, einen Vater, eine Schwester oder einen Bruder, eine Frau oder Freundin, einen Ehemann oder einen Freund hinterliess. Oder alles davon.

Zudem hatte sie Angst um Emma und davor, dass sie allein zurückbleiben würde. In den letzten Jahren hatte Sonja wenigstens die Gewissheit, dass ihre Mutter, Emmas Grossmutter, da war, falls etwas passierte. Meistens nahm sie bei Elternabenden, Aufführungen, Sportveranstaltungen und Preisverleihungen Sonjas Platz ein. Doch vor sechs Monaten kam ihre Mutter bei einem Unfall mit Fahrerflucht ums Leben. Sonja arbeitete in Dubai. Sie hatte einen zweimonatigen Vertrag als Personenschützerin der Frau eines Ölscheichs, dem gedroht worden war, dass seine Kinder entführt würden. Sonjas gebuchter Flug wurde wegen technischer Probleme verschoben und sie musste eine zusätzliche Nacht in Dubai verbringen. Die Beerdigung fand ohne sie statt und zurück in England erwarteten sie Emmas wütende Beschimpfungen und die abschätzige, stirnrunzelnde Missbilligung der Freunde ihrer Mutter. So trauerte sie auf die einzige Weise um ihre Mutter, die sie kannte: Allein mit sich und ein paar Flaschen Wein.

Bei diesem Aufenthalt entdeckte Sonja die Frau, zu der ihre Tochter sich entwickelte. Emma war akademisch sehr begabt – die Klassenbeste, wenn sie sich anstrengte. Sie hatte einen starken Drang zur Unabhängigkeit, durch den sie bereits mehr als einmal in Schwierigkeiten geraten war, weil sie ihren Lehrern widersprach. Es gab auch Vorfälle mit Alkoholkonsum im Internat, was verschärft wurde, weil Emma eine Rädelsführerin war.

So schlimm der Tod ihrer Grossmutter für sie sein musste, Emma verschloss ihren Kummer vor Sonja und behandelte sie mit erdrückender Verachtung.

Emma kannte einen Teil von Sonjas Beruf, den Personenschutz.

Bewachungsaufgaben waren leicht zu erklären und waren die sicherste, wenn auch am wenigsten lohnende Aufgabe, die sie in Martin Steeles Auftrag übernommen hatte. Sonja wusste, dass sie den Job in Simbabwe nicht hätte annehmen sollen, aber sie verdiente gutes Geld damit und der Job selbst stellte die grösste Herausforderung ihres Berufslebens dar. Attentate waren eine schmutzige Angelegenheit, doch wenn es geklappt hätte und der Präsident umgekommen wäre, dann ... Schade, dass es schief gegangen war, dachte sie.

Vor ihrer Abreise nach Afrika hatte sie ihr Testament geändert. Martin hatte zugestimmt, Emmas gesetzliche Vormundschaft zu übernehmen, bis sie achtzehn war, falls Sonja etwas zustiess. Ob er nun ihr richtiger Vater war oder nicht, Emma mochte und respektierte Martin und er war das, was einem Vater am nächsten kam. Emma war fast erwachsen und äusserst selbständig, aber noch sehr jung und Sonja befürchtete, dass sie auf die schiefe Bahn geraten könnte, wenn niemand da war, der sie noch ein paar Jahre lang begleitete.

Sonja hatte nie Angst vor dem Alleinsein gehabt und war auch lange Zeit ohne einen Mann in ihrem Leben recht glücklich gewesen. Sie konnte vieles besser als die meisten Männer, denen sie in der Armee und als Söldnerin begegnet war, beispielsweise schiessen, fluchen, trinken und fahren. Sie hatte ein Kind praktisch allein aufgezogen und war finanziell unabhängig. Sie brauchte weder materiell noch körperlich einen Mann. Es war für sie lachhaft einfach, zu Sex zu kommen, wenn ihre Hormone ihr sagten, dass sie ihn brauchte. Gelegentlich war es schön, wenn auch nicht immer befriedigend. Warum also, fragte sie sich, war es ihr plötzlich so wichtig, wieder mit Stirling zusammenzukommen?

War es ihre Version von dem, was Sam ›den amerikanischen Traum‹ genannt hatte? Wollte sie tief in ihrem Innersten Teil einer Familie im traditionellen Sinne sein, mit Mann, Frau und Kind und vielleicht noch einem weiteren Kind, bevor es zu spät für sie war? Sie sinnierte darüber. Vielleicht.

Liebte sie Stirling immer noch? Hatte sie ihn jemals geliebt? Als sie beide siebzehn und achtzehn Jahre alt waren, war sie in ihn *verliebt* gewesen, wenn auch nicht genug, um bei ihm zu bleiben und ihn zu heiraten. Würde sie immer noch dieselbe oder auch nur einen Bruchteil der körperlichen und emotionalen Anziehung empfinden, wenn sie ihn wiedersah?

Oder liebte sie vielleicht eher den Ort als die Person? Möglicherweise. Ihre Version des Traums beinhaltete weder eine Villa in London noch ein Cottage irgendwo oder gar eine Wildfarm in Namibia. Sie rieb die Tätowierung auf ihrem Arm. Sie wollte nur noch nach Hause.

11

———————

S am schlug sich ins Gesicht. Eine Mücke hatte einen Weg in sein Netz gefunden und schwirrte ihm schon seit einer gefühlten Stunde surrend um die Ohren. Ihm war heiss, aber er hatte sich trotzdem tief in seinen Schlafsack vergraben. Einerseits, um seinen Körper vor dem Insekt zu schützen, andererseits weil ihn der Gedanke an die Python verfolgte, die in den hohlen Baumstamm gekrochen war. Seine linke Seite schmerzte von einem Stein, den er nicht vom Boden entfernt hatte. Er wälzte sich herum. In seinem Zelt hatte er auf einer dicken, weichen, mit grünem Stoff überzogenen Schaumstoffmatratze geschlafen. In den ersten beiden Nächten hatte er sie nicht für allzu luxuriös gehalten, aber jetzt bekam sie in seiner Erinnerung einen Platz neben den fünf besten Luxus-Hotelbetten, auf denen er je geschlafen hatte. Sonja hatte ihm nicht erlaubt, sie mitzunehmen, weil sie zu sperrig war, um sie an ihren alten Gaul zu schnallen.

Die Mähre mit dem lächerlichen Namen Black Beauty wieherte nervös im Schatten hinter dem Feuer. Sam hustete, als der Wind Rauch durch sein Netz wehte. Vielleicht hätte er bei seinem Zelt bleiben sollen, dachte er, und darauf warten, dass ihn jemand fand. Vielleicht hatte ihm das seltsame, drahtige Wesen, das jenseits der

164

niedrigen Flammen still vor sich hinschlummerte, nach dem Vorfall mit den Bienen das Leben gerettet. Doch nun brachte ihn Sonja hier draussen im Busch möglicherweise um, liess sie ihn doch mit nichts als einem Nylonnetz zwischen ihm und Afrikas Super-Raubtieren schlafen.

Indem sie am Rand seines linken Ohrs landete und surrte, liess die Mücke ihn wissen, dass er sie verfehlt hatte. Er schlug erneut zu.

Dann hörte er das Knurren.

Es war tief, leise und ununterbrochen und klang fast wie ein Schnurren. Beinahe als hätte jemand seine Hauskatze vor einen Lautsprecher gesetzt und einen riesigen Verstärker angeschlossen, bei dem die Höhen auf null und die Bässe auf der höchsten Stufe eingestellt waren. Er spürte es in der Brust. Er schluckte heftig und hob langsam den Kopf.

Sam sah sich um, sah aber nichts. Das Pferd gab ein weiteres, höheres Geräusch von sich, und er hörte, wie seine Hufe durch das trockene Gras scharrten. Dann nahm er eine Bewegung wahr. Er drehte sich nach links und sah den Schatten eines Schwanzes, der sich kurz auf der blassen Baumrinde bewegte. Das Geräusch war immer noch zu hören.

»Sonja!«, rief er leise.

»Ruhig.«

»Aber ...«

»Löwe. Beweg dich nicht, sei still und bleib unter deinem Netz.«

Stillhalten? Er zog den Schlafsack bis zum Kinn hoch, holte tief Luft und hielt den Atem an, bis ihm schwindelig wurde und er sich daran erinnerte, wieder zu atmen. Ganz leise. Er dachte, es sei vielleicht weg, aber dann hörte er ein galoppierendes Geräusch. Hatte das Pferd sein Seil zerrissen? Dann hörte er gequältes Wiehern. Sam setzte sich auf und sah sich um. Das Pferd riss so heftig am Seil, dass Blätter und Samenschoten von den Ästen des Baumes herabregneten, an dem es angebunden war. Dann hörte man ein reissendes Geräusch und ein tiefes, kehliges Knurren.

Sonjas Moskitonetz schwankte, als sie darunter hervorkroch. Dann stand sie mit nackten Armen und Beinen, in denen sich der glühende Feuerschein bronzefarben spiegelte, da. Sie hielt das hässliche, gedrungene Sturmgewehr in den Händen, griff nach dem Sicherungshebel und zog ihn wütend zurück.

»Voetsek!«, brüllte sie in die Schwärze, aber Löwen liessen sich nicht annähernd so leicht erschrecken wie der hechelnde Gepard.

Sam beobachtete, wie Sonja, das Gewehr im Anschlag, vom Feuer weg in die Dunkelheit schritt. »Sonja?«

Sie ignorierte ihn und richtete den Gewehrlauf zum Himmel.

Peng, peng. Sam zuckte bei jedem Schuss zusammen. Er sah sie jeweils kurz, wenn sie von den Blitzen aus der Gewehrmündung in Licht getaucht wurde. Das Knurren und Reissen verstummte und ging in eine knurrende Herausforderung über.

Sonja feuerte erneut.

»Oh, nein«, sagte Sam. Er hob den Saum seines Moskitonetzes an, überlegte es sich aber anders und liess ihn wieder fallen. Er spähte in die Dunkelheit, sah aber nichts. Das Pferd wieherte, aber seine Geräusche wurden leiser und er hörte, wie Sonja beruhigende Worte sprach. Wenigstens war sie noch am Leben. Er hob das Netz wieder an, holte tief Luft und stand, nur mit seinen Boxershorts bekleidet, auf. Er sah sich nach einer Waffe um und griff nach dem Ende eines toten Astes, dessen Spitze im Feuer lag. Er hob die improvisierte Fackel hoch und ging ins Nichts.

Er fand sie in der Dunkelheit kniend. Das Pferd lag zusammengekrümmt im Gras. Er führte das Licht der Flamme entlang von Black Beautys Körper und sah durch einen Riss am rechten Hinterbein weisse Knochen. Aber viel schlimmer waren die grässlichen Wunden an der Kehle, aus denen Blut blubberte und schäumte.

Sonja stand auf, richtete das Gewehr auf den Kopf, den das Pferd hin und her warf und drückte ab.

Sam zuckte erneut zusammen.

Sie stand nur da und starrte auf das jetzt friedliche Pferd hinunter.

»Löwen?«

»Eine Löwin«, sagte sie. »Nur eine. Sie war ...«

Sam hielt das brennende Ende des Holzscheits hoch. Sonja hielt ihr Gewehr jetzt locker in der einen Hand, mit der anderen wischte sie sich über die Augen.

»Bist du in Ordnung?«

Sie drehte sich um und starrte ihn an. »Natürlich.«

Er sagte nichts und sah, um ihrem Blick auszuweichen, auf das Pferd hinunter. »Ähm ... tut mir leid.«

Sie sah auf ihre Hände hinunter und schien erst jetzt das Blut darauf zu bemerken. »Mir geht's gut. Es war nur ein Pferd.« Sie rieb ihre Hände ein paar Mal an ihren Shorts ab. »Die Löwin war allein, was wohl bedeutet, dass irgendwo in der Nähe Junge auf sie warten. Die Weibchen verlassen das Rudel, um zu gebären und kehren zurück, sobald die Jungen auf sich selbst aufpassen können. Sie ist gefährlich. Bitte schüre das Feuer, wir sollten zu ihm zurück gehen.«

Er nickte und sie gingen zurück in die relative Sicherheit der Flammen. Sam warf weitere Holzscheite auf das Feuer, bis die Flammen wieder loderten und die Funken hoch in den klaren Nachthimmel schossen.

Sonja holte ihren Schlafsack und legte ihn zwischen das Feuer und sein Moskitonetz. Sie sicherte ihre Waffe und legte sie auf ihren Schlafsack, dann setzte sie sich hin. »Sie wird zurückkommen und ihre Arbeit am Pferd beenden. Erst wenn sie satt ist, wird sie uns in Ruhe lassen, aber Weibchen mit Jungen sind unberechenbar und aggressiv. Ich werde Wache halten.«

»Lass mich ...«

Sie brachte ihn mit einem Blick aus ihren katzenhaften, grünen Augen zum Schweigen. »Schlaf ein paar Stunden.«

»Glaubst du wirklich, dass ich nach all dem schlafen kann? Nachdem ich entdeckt habe, dass ein unberechenbares, aggressives, einsames Weibchen in der Nähe ist?«

Wider Willen lächelte sie und er grinste sie an.

»Adrenalin ist eine komische Droge. Jetzt fühlst du dich aufgepumpt und aufgeregt, aber in zwanzig Minuten fällst du in Bewusstlosigkeit. Dann ist das Tief genauso unglaublich wie jetzt das Hoch.«

»Du klingst, als hättest du Erfahrung damit.« Er wusste nicht, wohin er sich setzen sollte. Egal was sie sagte, er konnte sich jetzt nicht in sein Bett legen, also stellte er sich mit dem Rücken zu den Flammen und schaute in die Nacht hinaus.

Ihr Schweigen war für ihn eine Herausforderung, aber er wusste nicht, warum. Vielleicht, weil er wollte, dass sie aufhörte, ihn wie eine Last oder ein dummes Kind zu behandeln. Sie starrte in die Flammen. Er glaubte, jenseits des Lichtrings, den das Feuer warf, Bewegungen im Gebüsch zu hören.

»Du hast vorhin geweint.«

Sie riss ihren Kopf herum und sah ihn an, als hätte er sie gerade geschlagen.

»Weisst du, das ist in Ordnung. Mir hat man beigebracht, dass es nicht schlimm ist, seine Gefühle zu zeigen. Vermutlich ist es für einen Mann schwieriger, aber es ist therapeutisch. Ich habe eine Weile gebraucht, um es zu lernen.«

»Zu lernen?«, Sie schüttelte den Kopf.

»Ja. Es war nie etwas Natürliches für mich. Als Kind habe ich nie geweint, ausser als ich mir das Bein brach. Ich habe nicht einmal geweint, als ... als ein guter Freund von mir starb. Aber ich habe es gelernt.«

Sie nahm einen Stock in die Hand und stocherte im Feuer herum. »Ihr Amerikaner. Ihr lebt in einer Gesellschaft, in der Männern das Weinen beigebracht wird.« Sie schüttelte den Kopf über die Absurdität des Ganzen. »In Afrika gibt es so viel Kummer, dass die Menschen das Weinen längst aufgegeben haben. In Simbabwe, gleich hinter der Grenze, verhungern Kinder und bei euch predigt ihr einer ganzen Generation, sie solle weniger essen, damit sie nicht an Fettleibigkeit stirbt.«

Endlich hatte er sie zum Reden gebracht und sie entpuppte sich als eine weitere Amerikahasserin. Er wünschte, er hätte sich nicht die Mühe gemacht.

»Ihr Afrikaner ...«

Sie sah ihn wieder an.

»Ob weiss, schwarz oder braun, ihr könnt nicht anders, als einen der schönsten Kontinente der Welt zu versauen. Glaubt ihr, ihr hättet ein Monopol auf Kummer? Wenn das so wäre, dann nur deshalb, weil ihr es jedes Mal kaum erwarten könnt, ein Messer in den Ball zu stecken, wenn er von einer Mannschaft zur anderen wechselt.«

»Eine seltsame Analogie.«

Er ballte die Fäuste. »Scheiss drauf. Entschuldige meine Ausdrucksweise.«

Sie lachte. »Du bist entschuldigt, aber mach bitte weiter.«

»Ob du es glaubst oder nicht, wir haben auch in Amerika mit genug Scheisse zu kämpfen. Aber immerhin ist unsere Regierung ihrem Volk gegenüber rechenschaftspflichtig. Hier, in Afrika, tut jeder Stamm, der an der Macht ist, sein Bestes, um den Rest des Landes auszuplündern und, wenn er damit durchkommt, vielleicht auch noch ein paar Tausend Oppositionelle zu töten.«

»Botswana ist nicht so«, sagte sie.

»Sicher, vielleicht nicht so schlimm wie die Buren, als sie Südafrika regierten, oder die Shona in Simbabwe oder die Hutus und Tutsis in Ruanda, aber sie haben die Khoisan aus ihrer Heimat vertrieben, um neue Diamantenminen zu eröffnen.

»Für jemanden, der erst seit einer Woche hier ist, weisst du eine Menge über Afrika.«

Er vermutete, dass sie sarkastisch war, gönnte ihr aber die Genugtuung nicht, darauf einzugehen.

»Ich habe gelesen. Und du, was weisst du über Amerika? Über Amerikaner?«

Sie öffnete den Mund, als wolle sie etwas sagen, schloss ihn dann aber wieder. Es schien, als wolle sie mit dem Argumentieren fortfahren, dann liess sie aber ein anderes Gefühl oder ein anderer Gedanke verstummen. Sie atmete tief durch die Nase ein und als sie sprach, war ihre Stimme ruhig und leise. »Es ist spät. Schlaf ein wenig.«

Er schritt hinaus in die Dunkelheit und dann zurück zum Feuer. »Ich habe dir gesagt, dass ich nicht schlafen kann. Ausserdem waren wir zum ersten Mal verdammt nah dran, so etwas wie ein Gespräch zu führen. Es wurde zu einem Streit, aber der begann, weil wir über das Weinen gesprochen haben.«

Sie starrte ihn an, sagte aber nichts.

Früher hatte er gerne in der Prärie oder in Verstecken gesessen und beobachtet, zugehört und Notizen gemacht. Wenn er seine Kojoten in der Wildnis beobachtete, nur sie und er und der grosse Himmel und die weiten Ebenen, fühlte er sich wirklich wie der glücklichste Mensch der Welt. Er war der Meinung, dies sei der Grund, warum er auf die Erde gebracht worden war, um eine Verbindung zwischen den Menschen und diesem missverstandenen, geschmähten, aber erstaunlichen Säugetier herzustellen. Jetzt war alles, was er für seinen Lebensunterhalt tat, reden. Scheisse erzählen.

Sie starrten sich an. Er wusste, dass sie vielleicht nie wieder mit ihm sprechen würde, wenn er jetzt auch nur ein Wort sagte. Und das wollte er nicht.

Sie schaute weg, zurück zum Feuer. »Ich hasse es, Tiere sterben zu sehen.«

Er lachte.

Sie sah zu ihm hin und Zorn flammte in ihren Augen auf. »Was? Ich erzähle dir etwas über mich – zugegebenermassen, um dich zum Schweigen zu bringen und deine unaufhörlichen Fragen zu beenden – und du lachst mich aus?«

»Du musst müde sein.«

Er ging in die Hocke und legte alle zehn Fingerspitzen auf den Boden, um sich zu beruhigen. »Entweder das oder du bist eine schlechte Lügnerin. Gestern hast du mir noch erzählt, du seist eine professionelle Jägerin und jetzt sagst du mir, dass du traurig bist, wenn du ein Tier sterben siehst?«

Sie öffnete den Reissverschluss ihres Schlafsacks und schlüpfte mitsamt den Schuhen hinein. »Du hast recht, ich bin müde. Wenn du nicht schlafen willst, kannst du die erste Wache übernehmen. Fass mein Gewehr nicht an und weck mich, wenn du dich zu sehr erschreckst.«

DAS GERÄUSCH eines Fahrzeugmotors weckte sie. Sie setzte sich aufrecht hin und alle Sinne waren sofort wach. Die Sonne brach über die dunkle Grenze der Bäume, ihre rote Sichel begann die morgendliche Aufgabe, die Landschaft neu zu schmücken. Sie schaute auf ihre Uhr. Sie hatte vier, vielleicht sogar fünf Stunden geschlafen, das war ein langer Schlaf für sie.

Sam stand auf und blickte auf den Lärm hinaus. »Guten Morgen. Ich habe es gerade erst gehört.« Er machte drei Schritte in die Richtung des Geräusches.

Sie schnappte sich das Gewehr und stand auf. Sam, blieb stehen und sah sie wieder an. »Die Löwin, erinnerst du dich? Sie ist in dieser Richtung. Bleib da. Der Rauch wird sie anlocken.«

Das Brummen des Dieselmotors wurde lauter und sie hörten das Knacken kleiner Bäume und das Knirschen heruntergefallener Äste und vertrockneter Blätter unter den Reifen des Geländefahrzeugs.

Sam hielt sich die Hand vor die Augen, um sie vor der Helligkeit eines Scheinwerfers abzuschirmen.

»Coo-eee?«, hörte sie eine Stimme über den Lärm hinweg.

Sonja lächelte, liess ihre Waffe sinken und hielt sich eine Hand vor den Mund. »John Lemon, der Australier?«

Der weisse Land Cruiser kam ins Blickfeld, drehte ein wenig ab und überrollte ein paar weitere Äste, als er auf dem unebenen Boden auf sie zu tuckerte. Auf dem Dach sass ein dunkelhäutiger Mann. Er lächelte breit und winkte.

»Nimm dich vor der Löwin in Acht!«

Der Schwarze deutete über seine Schulter in die Richtung, aus der sie gerade gekommen waren. »Der Mafazi ist jetzt weg, Miss Sonja.«

Sie warf einen weiteren Blick auf den Fährtensucher. »Elliott!«, Sie rannte zum Fahrzeug, das vor ihr anhielt. »Oh mein Gott! Wie geht es dir?«

»Mir geht es gut.«

John öffnete die Tür und kletterte hinaus. Er war vier Zentimeter kleiner als Sonja und früher hätte sie ihn wegen des schweissnassen Schaumgummikissens auf dem Fahrersitz gehänselt, liess dies aber heute sein.

»So was Verrücktes, bist du die, für die ich dich halte? Diese verdammte Sonja Kurtz? Das gibt's doch gar nicht.« Er hob sich auf die Zehenspitzen und küsste sie auf die Wange.

»John Lemon. Ich hätte nie gedacht, dass ich je einmal so froh wäre, dich zu sehen. Ich kann gar nicht glauben, dass du nach all der Zeit noch hier bist.«

Er hielt sie auf Armeslänge vor sich. »Die Zeit, die Gezeiten und der gemalte Hund warten auf niemanden. Aber ich weiss, was du meinst, die Zeit ist wie im Flug vergangen. Wie alt warst du, als du weggingst? Achtzehn?«

Sie nickte.

Der Australier pfiff. »Stirling war verrückt, dich gehen zu lassen, du bist sogar noch schöner als damals.«

Sie schlug ihm in Herzhöhe auf die Brust und er fasste sich theatralisch hin. »Und du bist immer noch ein lüsternes, sexistisches Schwein. Ich habe dich vermisst, John.«

Hinter ihr ertönte ein Husten.

»Aha, unter all dem Schlamm und Dreck sieht das aus wie der vermisste, fast verstorbene Mr. Sam Chapman. Stimmt das?«

Sam nickte.

»Erfreut, Sie kennenzulernen.« John ging um sie herum und schüttelte Sams Hand. Der Amerikaner war locker dreissig Zentimeter grösser.

»Gleichfalls. Sie müssen die Kavallerie sein?«

John lachte. »Genau. Wir haben Sie gesucht, Sam. Guten Tag, ich bin John Lemon.«

»John, schön, Sie zu sehen. Wenn Sie mich suchen, wissen Sie hoffentlich, was hier los ist und was mit dem Rest meiner Crew passiert ist!«

John blieb neben dem Land Cruiser stehen. »Der Hubschrauber, Sam ... Er ist abgestürzt.«

»Was?«

»Ja. Der Pilot hat schwere Verbrennungen, aber der arme Kerl wird es überleben. Little ist ein guter Typ für einen Kiwi. Ihrer Truppe geht es gut, obwohl ich gehört habe, dass einer von ihnen einen Arm oder ein Bein oder so etwas gebrochen hat. Die anderen sind wahrscheinlich schon wieder in Xakanaxa.«

»Nein.« Sam lehnte sich gegen den Wagen und versuchte, sich zu beruhigen. »Trotzdem danke, dass Sie gekommen sind. Sie sind Australier?«

»Ja. Ich hatte irgendwie gehofft, dass ich es wäre, der Sie findet. Ich bin ein Fan Ihrer Arbeit, Sam. Falls Sie nicht zu beschäftigt sind, wäre es mir eine Ehre, Sie auf ein Bier einzuladen, wenn wir wieder in der Zivilisation sind.«

»Danke, aber das Bier geht auf mich.«

»Können wir mit den Schmeicheleien aufhören und weitermachen?«, sagte Sonja.

Sie packten ihre Sachen zusammen und beluden mit Hilfe des alten Elliott, des grauhaarigen Fährtensuchers, der schon ebenso lang wie John im Wildhunde-Forschungsteam arbeitete, den Land Cruiser. Sam fragte John währenddessen, was ein Australier in Afrika zu suchen habe. »Ich erforsche, seit Sonja noch zur Schule ging, ›Painted Dogs‹ – das ist der neue Begriff für den alten afrikanischen Wildhund. Waren Sie schon mal in Afrika, Sam?«

»Nein.«

»Habe ich auch nicht angenommen. Ich habe alle Ihre Sendungen im Satellitenfernsehen gesehen und kann mich nicht erinnern, dass Sie hier eine gemacht haben. Wie auch immer, hüten Sie sich vor Afrika. Es geht unter die Haut, man wird es nicht mehr los und kommt immer wieder hierher zurück. Ich könnte mir nicht vorstellen, zurück nach Australien zu gehen. Und ausserdem würde es mich langweilen, Kängurus oder Wombats zu erforschen.«

»Wie lange, sagten Sie, sind Sie schon hier?«

»Ich? Ungefähr zwanzig Jahre. Ich habe gehört, dass Ihre Bande hier in der Gegend filmt, und hoffte, Sie zu treffen. Aber uns wurde gesagt, Sie würden, sobald Sie Ihren Überlebensfilm beendet hätten, nach Namibia gehen. Stimmt das?«

Sam nickte. »Das war der Plan, aber ich habe keine Ahnung, was jetzt passiert.«

»Elliott, kannst du unseren Gästen bitte etwas Wasser aus dem Kühlschrank holen?«

Der Fährtenleser nickte und öffnete die Seitentür des stark an die afrikanischen Erfordernisse angepassten Land Cruisers. Er griff in einen brummenden Engel-Autokühlschrank, der hinter dem Fahrersitz montiert war und holte zwei Flaschen kaltes Wasser heraus.

Sonja schraubte den Deckel ab und trank das kristallklare Wasser in wenigen grossen Schlucken. Nach dem gereinigten, aber schlammig schmeckenden Sumpfwasser, von dem sie bisher gelebt hatte, schmeckte es süsser als Nektar. Sie wischte sich den Mund mit dem Handrücken ab. »Wie habt ihr uns gefunden?«

»Wir haben den Busch ein paar Tage lang nach Sam abgesucht. Der Hubschrauber hat sein Zelt aus der Luft gesichtet und Elliott und ich haben seine Notiz gefunden und euch gestern am späten Nachmittag eine Weile verfolgt. Wir waren aber spät dran und haben unser Lager bei Einbruch der Dunkelheit aufgeschlagen. Ich hatte keine Lust, mitten in der Nacht durch den Busch zu fahren, es war mir zu gefährlich und ich wollte weder einen Baumstumpf in der Ölwanne noch einen Ast im Kühler. Auf dem Zettel stand, dass Sam mit einem Führer unterwegs war, aber Elliott sagte mir, ein Mann, eine Frau und ein Pferd liefen durch den Busch, was mich ziemlich überraschte. Wer hätte aber gedacht, dass es sich bei der mysteriösen Frau um unsere Sonja handelt?«

»Ich bin froh, dass du gerade jetzt aufgetaucht bist! Von hier aus zum Camp wäre es immer noch ein langer Weg gewesen.« Sonja erzählte John von ihrem Pferd und sie standen ein paar Augenblicke lang da. Sam und sie sahen sich an und in beiden spielte sich derselbe Film des Erlebten ab.

»Dein Vater ...« begann John.

Sie schüttelte den Kopf. »Das interessiert mich nicht, John.«

»Na gut. Wie auch immer, steigt ein, ihr zwei und wir bringen euch zurück zur Basis. Was ist mit Ihrer Ausrüstung, Sam? Wollen Sie Ihr Zelt und Ihre Sachen holen, oder möchten Sie lieber eine heisse Dusche und ein kaltes Bier?«

»Ein Bier klingt besser, John. Ausserdem möchte ich mich mit dem Rest des Teams treffen und sehen, wie es den andern geht.«

John stieg hinauf, um seinen Platz hinter dem Lenkrad einzunehmen. Bevor er es auf den Sitz schaffte, schnappte sich Sonja das Kissen und tat, als würde sie es für ihn aufschütteln. Er warf ihr einen bösen Blick zu, der sich aber schnell in ein Grinsen verwandelte. Sonja setzte sich auf den Beifahrersitz des Land Cruisers, dessen grösster Teil des Daches herausgeschnitten worden war, um eine Sichtluke zu schaffen, deren Innenkanten gut mit leinwandbezogenem Gummi gepolstert waren. Sam stand im offenen Beobachtungsraum hinter Sonja und John. Elliott kletterte wieder auf seine gepolsterte Sitzbank, die der Vorderkante des Dachträgers entlang verlief.

Sonja schaute aus dem Fenster des Land Cruisers und sah die Geier im Baum über den Überresten des Pferdes. Sie kniff die Augen zusammen und kämpfte, bevor sie sichtbar wurden, gegen die aufsteigenden Tränen an. *Reiss dich zusammen*, sagte sie sich.

Wie viele Männer hatte sie getötet? Den SWAPO-Terroristen im Südwesten, als sie noch ein Kind war, möglicherweise– vielleicht aber auch nicht. Das Koevoet-Team, das die Nachuntersuchung durchführte, sagte, es habe eine Blutspur gegeben und er könne, der Menge nach zu urteilen, nicht überlebt haben, aber wer wusste das schon? Beim nächsten Fall gab es keinen Zweifel. Sie verdrängte ihn aus ihren Gedanken. Ausserdem waren da die beiden RUF-Männer im Dschungel von Sierra Leone, der Afghane, sowie der Selbstmordattentäter in Bagdad. Die Amerikaner hatten ihr dafür einen Orden verleihen wollen. Egal, ob es eine Frau oder ein Mann war, es berührte sie nie. Sie weinte nicht, hatte aber gelegentlich Albträume. Vor ein paar Jahren war sie zwischen zwei Jobs zu einem Psychiater gegangen und der hatte ihr gesagt, dass sie wahrscheinlich unter einer posttraumatischen Belastungsstörung litt und dass sich deren Ausmass je nachdem, wie sie ihre zukünftige Karriere gestalten würde, im Laufe der Jahre verstärken oder abschwächen könne. Als sie in Kasane auf dem Rücksitz von Chipchases Fahrzeug aufgewacht war, hatte sie die Entscheidung getroffen. Das war's. Das Söldnerdasein war für sie ein für alle Mal zu Ende.

Als sie sah, wie der riesige, kahlgesichtige Ohrengeier den Baum verliess und wie ein grotesker Todesengel mit weit ausgebreiteten Flügeln im Gras landete, hätte sie wieder am liebsten geweint. Warum um alles in der Welt sollte der Tod eines halbverhungerten

Tieres, das seine besten Jahre längst hinter sich hatte, sie zum Heulen bringen, während der Tod eines Menschen sie kaum berührte? Wie verdorben, wie böse und kalt war sie geworden, seit sie Stirling verlassen hatte? Sie schüttelte den Kopf.

»Ich fragte, wie es im Irak war?«

»Was?«, Sie sah John an, der seinen Blick wieder auf den Busch vor sich gerichtet hatte. Er riss das Lenkrad herum, um einem Erdferkelloch auszuweichen.

»Irak? Ich habe gehört, dass du da seist.«

Sie blickte hinter sich und sah Sams sonnengebräunte Beine, bei denen sie sich unwillkürlich fragte, ob die Bräune aufgesprüht war. Sein Kopf und seine Schultern ragten aus der Luke, während er nach Wildtieren Ausschau hielt. Sonja schaute zum Amerikaner, nickte dann zu John und zwinkerte ihm verschwörerisch und mit einem leisen ›pssst‹ zu.

»Aha, ein Geheimnis. Also, was machst du nun eigentlich ... offiziell?«, fragte John.

»Ich habe Sam erzählt, ich sei Berufsjägerin«, antwortete sie leise.

John lachte. »Eine Jägerin mit einem 5,56-Millimeter-Sturmgewehr? Das ist grossartig. Dabei weiss ich noch, wie du geweint hast, als dein Vater eine Hyäne erschiessen musste, die im Camp zu einem Problem geworden war. Okay, dann eben Berufsjägerin.«

»Den Rest erzähle ich dir später.«

John steuerte sie zurück in die tiefen, parallelen Spurrillen im Sand, die als Strasse durch die Konzession dienten. Der Australier musste den Land Cruiser fast kriechen lassen und an manchen Stellen den Allradantrieb einlegen, aber es war immer noch schneller, als durch den Busch zu rasen und auf alle Fälle schneller als zu Fuss.

Sonja blickte über die offene Savanne. Es war ein schönes Land, auch wenn es zu trocken war. Sie fuhren an der grossen, trockenen Pfanne vorbei, wo vier Kuduweibchen vor dem Motorengeräusch die Flucht ergriffen. Sie mochte es, wie sich deren kurze, weisse, flauschige Schwänze bei Sprüngen über das Hinterteil kräuselte. Ein frecher Affe, grüne Meerkatze genannt, spähte zu ihr hinüber und blinzelte, als sie die Augenbrauen hochzog.

»Ich glaube, meine grossartige Rettungsaktion muss mit einem Glas Wein gefeiert werden«, sagte John und deutete nach hinten.

Sonja griff hinter den Fahrersitz und öffnete den Verschluss des Kühlschranks. »Bier?«

»Was könnte besser sein?«

Sie schnappte sich lächelnd zwei Flaschen Windhoek Lager und reichte eine dem Fahrer, dann streckte sie den Kopf aus dem Beifahrerfenster. »Elliott?«

»Cola, bitte, Sonja.« Sie reichte eine Dose über Sam an den Tracker weiter. »Und Sie?«

»Ähm, für Bier ist es ein bisschen früh. Haben Sie eine Cola Light, John?«

Der Australier lachte und schüttelte den Kopf. »Sie sind in Afrika, mein Freund, nicht in New York. Gib ihm ein Bier, Sonja und lass die Limette weg.«

Sie reichte Sam, der dankend nickte, ein Windhoek.

»Stirling wird sich freuen, dich zu sehen, denke ich. Er wird sich freuen, aber überrascht sein.«

»Was meinst du damit?«, fragte Sonja.

»Am besten wartest du einfach ab.«

DURCH DIE WILLKOMMENE Brise in seinem Gesicht war es für Sam schwierig, zu hören, worüber John und Sonja unter ihm sprachen. Obwohl es ihn nichts anging, spitzte er die Ohren, als er das Wort ›Irak‹ hörte.

Er fragte sich immer noch, was genau Sonja tat und warum sie mit einem Militärgewehr in der Hand und einer Schusswunde im Bein durch den afrikanischen Busch ritt. An der Pause im Gespräch konnte er erkennen, dass Sonja John gesagt hatte, er solle still sein.

Trotzdem war es für ihn erstaunlich, zu sehen, wie anders Sonja in der Nähe von Menschen war, die sie kannte. Sie war temperamentvoll und gesprächig und scherzte mit dem Australier. Vielleicht würde er mehr von dieser anderen Seite an ihr sehen, wenn sie in Xakanaxa ankamen, wo sie scheinbar einen Freund hatte.

Das kalte Bier war schnell leer, dafür fühlte er sich jetzt, da er wieder wusste, wohin er ging und was er tat, euphorisch. Die Aussicht aus dem offenen Verdeck des Fahrzeugs war grossartig. John hatte angehalten, um eine Elefantenherde, die die Strasse vor dem Land Cruiser langsam überquerte, vorbeizulassen und er genoss den Anblick. Er wünschte, seine Kamera dabei zu haben und fragte sich, wie es mit dem Dokumentarfilm überhaupt weiterging. Wie es wohl Cheryl-Ann und den Jungs nach ihrem Absturz ging? Seine Zeit im Busch war nicht einfach gewesen, war aber ungleich weniger schlimm, als in einen Hubschrauberabsturz verwickelt zu sein.

Dass der Australier Stirlings Namen erwähnte, verschaffte ihm jedoch neues Kopfzerbrechen.

12

S tirling stand vor der Rezeption des Xakanaxa Camps, als er das bemalte Fahrzeug der Wildhundeforschung die Sandstrasse heraufkommen sah. Elliott winkte vom Dach aus mit einem breiten Grinsen. Zweifellos dachten er und John Lemon, dass Stirling erleichtert sei, doch dieser hatte sehr gemischte Gefühle bezüglich der Rückkehr des vermissten Sam Chapman. Im Moment wimmelte es im Lager nur so von Menschen, was seinen Stresspegel noch erhöhte. Wenn alles nach Plan verlaufen wäre, hätte sich das amerikanische Fernsehteam heute Morgen verabschiedet, aber stattdessen kamen sie nach ihrer ungeplanten Abwesenheit alle zurück.

Stirling ballte seine Hände immer wieder. Es waren für ihn ein paar schwierige Tage gewesen: die Umsetzung des Such- und Rettungsplans, die Bombe, die der Söldner Steele am Vorabend beim Komitee-Abendessen platzen liess und Traceys tränenreiches Geständnis, dass sie Chapman möglicherweise verführt habe.

Er und Tracey hatten sich gestern Abend wieder versöhnt, sie hatte ihm ihre Liebe geschworen und ihn bis in die frühen Morgenstunden um Vergebung gebeten. Als er nach elf Uhr zum Zelt zurückkehrte, hatte sie geschmollt. Es war spät für einen Mann, der jeden Morgen vor Sonnenaufgang aufstehen musste – und hatte ihn gefragt, was an der Ausschusssitzung so geheim gewesen sei, dass sie nicht habe teilnehmen können.

»Das war nur Politik, Liebes«, hatte er geantwortet.

Stirling hatte zunächst ein schlechtes Gewissen gehabt, weil er Bernards Bitte, nur Ausschussmitglieder zum Abendessen einzuladen, nur widerwillig nachkam. Er sah keinen Grund, seine Freundin auszuschliessen. Aber nachdem er gehört hatte, was Steele vorschlug und das Echo der Unterstützung durch die Mitglieder ein Crescendo erreichte, als der Portwein und die Zigarren herauskamen, war er froh, dass sie nicht dabei war. Sogar Sabrina Frost war am Ende zur Vernunft gekommen.

Es war irgendwie unwirklich. Was als Lobby- und Werbe-Kampagne begonnen hatte, entwickelte sich zu einem regelrechten Militärputsch. Falls dieser erfolgreich war, konnte er die Gründung eines neuen Landes zur Folge haben oder zumindest mehr Souveränität für die Menschen im Kaprivi-Streifen bedeuten. Er schüttelte den Kopf. Wahnsinn.

John hatte Xakanaxa zwei Stunden zuvor über Funk mitgeteilt, dass er Chapman gefunden hatte und dass der Amerikaner von jemandem gerettet worden war, der im Lager untergebracht werden musste.

»Ich bin voll, John, Ende«, hatte Stirling geantwortet.

»Du wirst bestimmt Platz schaffen für diese Person, vertrau mir, over«, hatte der Australier gesagt.

»John, ich wiederhole, ich habe keinen Schlafplatz mehr, Ende.«

»Es wird einen geben, John, Ende.«

Stirling sah, dass neben Elliott, John und Chapman, der auf dem Rücksitz des Land Cruisers sass und den Kopf aus der Luke streckte, noch eine vierte Person im Fahrzeug sass. Sie hatte den Buschhut tief über die Augen gezogen. Stirling seufzte. Er hatte keine Ahnung, wo er diesen Fremden unterbringen sollte. Als das Auto zum Stehen kam, ging er die hölzerne Rampe hinunter.

»Guten Tag«, sagte John und kletterte vom Fahrersitz herunter. »Sonderlieferung. Zwei Gäste, aber kein Trinkgeld erforderlich. Alles an einem Tag.«

Stirling nickte Sam zu, der die Hand zum Gruss hob, als er die Seitentür des Allradfahrzeugs öffnete. Sobald der Fremde vorne die Beifahrertür öffnete, sah er, dass es sich um eine Frau mit wohlgeformten Beinen handelte, die von zerlumpten, abgeschnittenen Shorts bedeckt waren. Er umrundete die vorstehende vordere Stossstange des Land Cruisers.

»Hallo, ich bin ...«

Sie klappte die Krempe ihres Hutes hoch und lächelte. »Danke, ich weiss, wer du bist.«

Ihm fiel die Kinnlade herunter und er hatte keine Worte. Am Rande seines Blickfeldes glitzerten Lichtblitze.

»Erkennst du mich nach all dieser Zeit nicht mehr?«

Er schaffte es, die Hände zu heben und die Arme zu öffnen. Er war so überrumpelt, dass er keine Zeit hatte, auf die verschiedenen Emotionen zu reagieren, die sich in ihm überschlugen.

Sonja schloss die Lücke zwischen ihnen, schlang ihre Arme um seine Taille und umarmte ihn fest. »Oh, Stirling«, sagte sie, die Stimme von seiner Brust gedämpft, »es ist so schön, dich wiederzusehen.«

»Ich ... «, Er umarmte sie, legte dann sanft seine Hände auf ihre Schultern und schob sie auf Armeslänge weg, damit er sie ansehen konnte. Sie blickte zu ihm auf. »Sonja.«

Sie nickte. »Ja. Ich bin's.«

Er überlegte, was er sagen sollte. Hinter sich hörte er das Klatschen von Sandalen auf der Holzterrasse. »Hallo John und Elliott. Sam.«

Tracey stand neben ihm im Sand. »Hallo«, sagte sie zu Sonja. »Ich bin Tracey Hawthorne. Sieht aus, als würdet ihr euch kennen.«

Stirling liess Sonja los. Sam stand neben dem Land Cruiser und Stirling würde sich später mit ihm befassen. Aber wie sollte er mit diesem Treffen umgehen? »Ähm ..., Tracey, das ist ...«

»Sonja Kurtz. Ich habe früher hier gewohnt, als ich noch ein Kind war. Als Stirling und ich noch jünger waren.«

Die beiden Frauen gaben sich die Hand.

Stirlings Mund fühlte sich trocken an: »Tracey ist ...«

»Stirlings Lebensgefährtin. Ich nehme an, du würdest mich so nennen«, sagte sie und legte beide Hände um die Muskeln seines linken Arms. Sie müssen mir alles darüber erzählen, wie er als Junge war. Ich wette, er war ungezogen!« Tracey erhob sich auf ihre Zehenspitzen und küsste ihn auf die Wange.

Er spürte, wie sich sein Gesicht rötete. »Sonja, ich hatte ja keine Ahnung ... Ich bin ...«

Sonja trat einen Schritt von ihnen zurück und zwang sich zu einem Lächeln. »Stirling, ich will mich nicht aufdrängen, aber ich hatte gehofft, ich könnte vielleicht im Personalzelt oder an einem anderen Ort ein paar Tage pennen.«

Er fuhr sich mit der freien Hand durch die Haare. »Natürlich. Das ist kein Problem. John hat mir gesagt, dass jemand kommt, der einen Platz zum Übernachten braucht.«

Tracey sah zu ihm auf. »Wir sind furchtbar voll, Stirling. Vielleicht in den Unterkünften für das Personal?«

»Das ist mir recht«, sagte Sonja.

Sam räusperte sich. »Entschuldigen Sie. Stirling?«

Stirling sah ihn an und die Erinnerungen an die Situation, in der er den Amerikaner und Tracey erwischt hatte, stieg wie Galle in ihm hoch. »Sam?«

»Ich nehme an, Sie haben ein Safarizelt für mich?«

Er hatte es vermutet. Immer dieser Mann. Stirling schluckte seine Wut für den Moment hinunter, obwohl er durchaus die Absicht hatte, ihr später Luft zu machen. »Ja, natürlich. Ich schicke Ihnen gleich jemanden, der Sie zu Ihrer Suite bringt, wenn ...«

»Nein.«

»Nein?«

»Nein. Sonja wird in meinem Safarizelt schlafen – allein – und zwar für die gesamte Dauer meines Aufenthalts.«

»Das ist nicht nötig, Sam, für Sie wurde bereits alles arrangiert. Sie, Cheryl-Ann, Gerry und euer Ersatzkameramann haben jeweils ihre eigenen Suiten.«

»Gerry wird nichts dagegen haben, wenn ich bei ihm schlafe und Sonja kann mein Zelt haben. Ich bestehe darauf.«

»Sam, für mich ist es okay«, sagte Sonja.

Er schüttelte den Kopf. »Nein, das kommt nicht in Frage. Du wohnst in meiner Suite und Wildlife World kommt für alle Mahlzeiten, Getränke und sonstigen Nebenkosten auf.«

Sonja sah Stirling an, der nur mit den Schultern zuckte.

»Das ist das Mindeste, was ich tun kann, nachdem diese Freundin von Ihnen mein Leben gerettet hat, Stirling«, sagte Sam.

Stirling mochte es nicht, wenn jemand die Kontrolle über sein Camp übernahm, aber immerhin löste das Angebot des Amerikaners ein Problem. Das Personallager war eigentlich schon voll und er hatte kein anderes Zelt für Sonja. Der Ersatzpilot des Kamerateams brauchte ebenfalls eine Unterkunft und belegte das letzte Bett, so dass Sonja auf einer Pritsche irgendwo sonst hätte schlafen müssen. »Sehr gut. Tracey, würdest du Sonja bitte zu Zelt acht bringen?«

»Natürlich, Darling.«

Als seine neue Freundin die erste Liebe seines Lebens wegführte, fragte sich Stirling, was er gerade in Gang setzte. Er räusperte sich. »Sam, haben Sie einen Moment Zeit?«

»Sicher.« Chapman straffte die Schultern, als wolle er sich für einen Kampf rüsten.

»Vielen Dank, John und Elliott. Im Essbereich wird ein Brunch serviert, geht doch hin und bedient euch.« John klopfte Elliott mit einer Hand auf die Schulter. »Komm schon, Kumpel, dieses Angebot nehmen wir gern an, hier ist das Essen besser als bei uns im Forschungscamp.«

Als die beiden anderen ausser Hörweite waren, ging Stirling zum Land Cruiser hinüber, aus dem Sam gerade seinen Rucksack holte.

»Cheryl-Ann, Gerry und der neue Mann, Jim, werden in ein paar Minuten zum Brunch kommen. Ray liegt mit einem gebrochenen Arm im Krankenhaus in Maun und wird wegen des Verdachts auf eine Gehirnerschütterung beobachtet. Offenbar hat Cheryl-Ann versucht, ihn herauszuholen, aber die Ärzte haben es nicht erlaubt.«

Sam nickte. »Klingt ganz nach Cheryl-Ann.« Er stellte seinen Rucksack auf dem Boden ab. »Hören Sie zu, Stirling, ich will Ihnen nur erklären ...«

Stirling trat einen Schritt vor, so dass er auf derselben Höhe stand wie Sam. Sie waren gleich gross und ähnlich gebaut. Der Amerikaner wich nicht zurück, als sich ihre Blicke trafen und sie wie zwei Impalaböcke dastanden, die ihre Hörner ineinander rammen, um ihre Vorherrschaft auszumachen. Stirling sagte leise: »Sparen Sie sich Ihre Erklärungen. Tracey war, nachdem Sie gegangen waren, in Tränen aufgelöst. Sie scheint zu glauben, dass sie Sie verführt hat, aber ich bin mir da nicht so sicher. Wenn Sie zu der Sorte Mann gehören, die glaubt, dass man sich einfach jedes Mädchen nehmen kann, wenn es sich auf eine bestimmte Art und Weise kleidet oder freundlich zu Ihnen ist, will ich Sie nicht in meinem Lager haben. Es ist mir egal wie reich oder berühmt Sie sind. Verstehen wir uns, Mister Chapman? Sehen wir das gleiche Programm, Kojoten-Sam?«

Stirling wartete auf eine Reaktion. Er hoffte fast, Sam würde die Hand gegen ihn erheben oder versuchen, Tracey schlecht zu machen. Er hätte so gerne zu Ende gebracht, was er begonnen hatte und seine Faust mitten in Sams grosses, perfektes, typisch amerikanisches Schönlingsgesicht schlagen. Chapman öffnete seinen Mund und Stirlings Finger kringelten sich.

Sam befeuchtete seine Lippen mit der Zungenspitze. »Ja, das sehen wir gleich.«

Stirling fühlte sich betrogen und ohnmächtig. Er überlegte, ob er Chapman eine Ohrfeige geben sollte, einfach nur so, damit seine Botschaft ankam. Dann lichtete sich der rote Nebel und er erinnerte sich an etwas anderes aus dem Gespräch mit Cheryl-Ann. Die Erwähnung des Namens des Xakanaxa-Camps, die im Programm garantiert war und die begeisterte Kritik auf der Website von Wildlife World, was beides beste Werbung versprach. Auch seine Wut auf Cheryl-Ann war verraucht, denn er konnte nicht verdrängen, was die Produzentin am Ende ihres kurzen Treffens am Morgen zu ihm gesagt hatte: »Übrigens, Stirling. Als Frau, die schon einiges erlebt und mit ein paar ziemlich bekannten Berühmtheiten gearbeitet hat, empfehle ich Ihnen, Ihre Freundin im Auge zu behalten. Sie steht auf Berühmtheiten, ist ein Groupie und wird alles daransetzen, Sam zu kriegen.«

Stirling wandte sich von Chapman ab und damit hoffentlich auch von dem ganzen verdammten Chaos. Dann drehte er sich um und ging die Rampe zum Empfang hinauf. Jetzt, da Sonja nach Xakanaxa zurückgekehrt war, hatte er noch mehr zu bedenken.

»Übrigens, Sie kennen Sonja doch«, sagte Sam.

Stirling blieb stehen und drehte sich zurück.

»Sie ist eine grossartige Frau. Ich habe nicht übertrieben, als ich sagte, dass sie mir das Leben gerettet hat.«

Stirling hob seinen rechten Zeigefinger und zeigte auf Chapman. »Wenn Sie sie anrühren, bringe ich Sie um.«

»Wen, Sonja?«

»Ja.« Stirling ging zurück zur Rezeption.

»Sagen Sie mal, Tracey, wie lange sind Sie und Stirling schon zusammen?«, Sonja bemühte sich, bei der Plauderei höflich zu klingen.

»Warten Sie ... Drei Monate, dreizehn Tage und«, sie schaute auf ihre Uhr, »und einundvierzig Minuten. Ich bin mit meiner Mutter aus Johannesburg hierhergekommen, als Gast. Und den Rest ... na ja ... den Rest können Sie sich selbst ausrechnen.«

Sie war dünn und jung. Zu dünn und zu jung. Von den lackierten Zehennägeln bis zu den gefärbten blonden Haaren ein bunter Johannesburger Käfer. Sonja folgte ihrem kecken jungen Hintern die Treppe hinauf. Wasser spritzte neben dem Zelt auf den Boden und Sonja schaute auf, um zu sehen, woher es kam. Auf dem Dach war eine Sprinkleranlage installiert worden, die ein ständiges Rinnsal über die wasserdichte Überdachung des grünen Safari-Zeltes laufen liess.

»Stirling nennt das Busch-Klimaanlage«, erklärte Tracey.

»Es ist neu. Alles sieht neu aus.« Am Fuss der Treppe, die zur Plattform führte, auf der das Zelt stand, befand sich die geschweisste Stahlskulptur eines Leoparden. Der Künstler hatte es geschafft, das Wesen der schleichenden Katze einzufangen – das Gleichgewicht zwischen lässiger Kraft und Heimlichkeit. Tracey nickte. »Ja, Stirling hat viel Arbeit in die Renovierung und Verbesserung von Dingen im und rund um das Lager gesteckt. Der Ort war unter der vorherigen Leitung völlig heruntergekommen, denn der Manager war offensichtlich ein Alkoholiker.«

»Er war mein Vater.«

»Oh, Sie sind *die* Sonja. Tut mir leid.«

Dumme Kuh, dachte Sonja. Tracey wusste offensichtlich genau, wer sie war. »Ja, genau die.«

Die kleine Terrasse vor dem Safarizelt lag im Schatten des Dachüberstandes und eines Mopane-Baumes. Der Blick ging über einen Kanal des Khwai-Flusses, der an dieser Stelle etwa vier Meter breit war und zur Xakanaxa-Lagune führte. Er war viel schmaler, als Sonja ihn in Erinnerung hatte. Auf der anderen Seite des Kanals wuchsen hohes Papyrusgras und Schilf. Irgendwo in der Nähe grunzte ein Flusspferd. Tracey öffnete die Tür aus grünem Moskitonetz und führte Sonja in die Suite, die, wie sie zugeben musste, wunderschön aussah.

Sonja liess ihre Tasche auf die feine Bettdecke fallen. Am Fussende des grossen Doppelbetts lag eine Decke im Leopardenmuster. Als sie sich umschaute, sah sie, dass das ganze Zimmer mit demselben Stoff ausgelegt war. Die Leopardengarnitur strahlte etwas Sexuelles, Raubtierhaftes aus, was ihr gefiel. Das Mädchen allerdings gefiel ihr überhaupt nicht. »Und was machen Sie hier ...?«

»Tracey.« Sie strich sich eine Strähne ihres blonden Haares aus dem Gesicht. »Ich bin die Catering-Managerin.«

»Sie sagen den afrikanischen Köchen, welches Gericht sie jeden Abend kochen sollen?«

Tracey schürzte die Lippen. »Sie scherzen, oder? Es ist ein anspruchsvoller Job.«

Sonja lächelte und zuckte mit den Schultern. »Ich habe einige Jahre hier gelebt und kenne alle Jobs, denn die meisten habe ich schon als Teenager gemacht.«

»So lange ist das her? Nun, der Brunch wartet auf Sie. Vielleicht sollten Sie sich frisch machen, ja?«, schlug Tracey vor und rümpfte die Nase.

Sonja verkniff sich die Erwiderung, als das schmächtige Wesen auf die Terrasse und danach die Treppe hinunterging, wobei ihr Schritt so leicht wie der einer Ratte war. Sie setzte sich auf das grosse, weiche Bett und zog ihre Wanderschuhe und Socken aus. Die selbstgefällige kleine Schlampe hatte leider recht. Den Rest ihrer Kleider zog sie, während sie zum hinteren Teil des Zeltes ging, aus. Sie öffnete die Holztür, die zur Freiluftdusche führte, warf ihre stinkenden Klamotten auf einen Haufen und drehte den Warmwasserhahn voll auf. Mit einem *Wumms* setzte der Durchlauferhitzer ein und schickte Sonjas Gedanken sofort zum explodierenden Hubschrauber. Würden sie sie hier finden? Sie bezweifelte es.

Sie war schmutzig. Sie betrachtete ihre Fingernägel, unter denen braune Ränder vom Blut des Pferdes lagen. Sie spürte einen Kloss im Hals und schluckte schwer. »Genug«, sagte sie laut. Sie schaute hinauf in die Bäume, um zu sehen, ob sie einen hübschen Vogel, ein Eichhörnchen oder sogar eine Echse entdecke. Irgendetwas Lebendiges.

Es nützte nichts, die Tränen traten ihr in die Augen und ihr Körper wurde von Schluchzen geschüttelt, weil etwas in ihrem kaputten Gehirn die Szene mit dem blutend daliegenden Pferd wiederholte. Sie fühlte das Gewehr in ihren Händen und sah den Kopf des Tieres. Sie spürte den Rückschlag der einzelnen Patrone in ihrer Schulter, sah das Einschussloch und hörte den letzten Seufzer des Pferdes. Dann war es vorbei.

Sie hielt ihr Gesicht unter das kochend heisse Wasser, spülte die Tränen weg und fragte sich, ob sie jemals wieder normal werde. Sie wickelte ein Stück Seife aus durchsichtigem Plastik und kratzte daran. Damit ihre Nägel auch sauber wurden, massierte sie das duftende Shampoo in ihre Kopfhaut und schäumte es in ihr Haar. Jammernd zog sie den Verband von ihrem Oberschenkel ab. Die Wunde war immer noch offen, aber es sickerte nur wenig Blut heraus und die Haut sah gesund rosa aus. »Arschloch.« Sie wünschte, sie hätte den Mann, der auf sie geschossen hatte, töten können.

Im Kasernenleben gab es nur kurze Duschen und in weniger als drei Minuten war sie fertig.

Sie trocknete sich mit dem flauschigen Badetuch ab, schaltete den bereitliegenden Haartrockner ein, und fuhr sich mit den Fingern durchs Haar. Sie blickte auf den Haufen ihrer schmutzigen Kleider und bedauerte, sie wieder anziehen zu müssen. Plötzlich glaubte sie, jemanden rufen zu hören. Sie schaltete den Trockner aus.

»Housekeeping! Madam!«,

»Ja, bitte?«

Sonja nahm einen Baumwollkimono, der an einem Kleiderbügel bereithing und legte ihn sich um. Im Hauptteil des Zeltes stand ein afrikanisches Dienstmädchen mit einem kleinen Stapel Kleider in der Hand. »Madam, die sind für Sie.«

Sonja schüttelte den Kopf. Sie kannte die Frau, die Ende zwanzig oder Anfang dreissig war, nicht. »Nein, die sind nicht für mich, sie müssen für Herrn Chapman sein. Vielleicht seine gewaschene Wäsche?«

Die Frau hielt sich eine Hand vor den Mund, um sich ein Kichern zu verkneifen. »Nein, Madam, nicht für Mr. Chapman. Von Mr. Chapman. Er sagt, dies sei ein Geschenk für Sie, Madam.«

»Ein Geschenk?«

Das Dienstmädchen lächelte, legte die Kleider auf das Bett und drehte sich zur Tür, um hinauszugehen. »Ähm ... danke.« Sonja ging zum Bett. Oben auf den Kleidern lag ein gefaltetes Stück Papier. Auf Xakanaxa-Briefpapier stand handgeschrieben: *Hallo Sonja, bitte halte mich nicht für anmassend, aber mir ist aufgefallen, dass du nicht viel Gepäck dabei hast. Du kannst gerne alles zurückgeben oder umtauschen, was dir nicht gefällt. Ich wollte mich nur für die letzten paar Tage bedanken. Sam C.*

Sie las es noch einmal und stolperte über die Langatmigkeit. Sie sortierte den Kleiderstapel und fand zwei Safari-Hemden in zwei verschiedenen Grössen, die beide passten, ein kurzärmliges in Grün und ein langärmeliges in Khaki. Sie lächelte. Es gab auch zwei Hosen: Die Art mit den abnehmbaren Unterschenkeln, die sich mit einem Reissverschluss öffnen lassen. Das waren reine Touristenkleider und normalerweise würde sie sich darin nicht blicken lassen, aber sie hatte ja nichts anderes, das sauber war. Sie probierte beide

Hosen an, aber die zweite passte besser, also liess sie sie an. Die kurzärmlige Bluse war in Ordnung. Ihr Sport-BH war zu gross und sie liess ihn weg. Ihre Brüste waren nicht riesig und sie war stolz darauf, mit ihren achtunddreissig Jahren ausser fürs Training immer noch ohne auszukommen.

Während sie mit der Bürste durch ihr feuchtes Haar fuhr und es zurückband, dachte sie über das Geschenk nach. Noch nie hatte ihr ein Mann Kleider gekauft. Die Auswahl im Geschenkeladen von Xakanaxa war begrenzt und sie hätte wahrscheinlich genau die gleichen Artikel gekauft. Er hatte ihr ja nicht Dessous oder ein Cocktailkleid gekauft, sondern etwas Praktisches. Aber die Tatsache, dass er überhaupt an sie und ihr Dilemma, was sie zum Brunch anziehen sollte, gedacht hatte, war ... wie sagt man noch gleich? Süss? Dieses Wort gehörte eigentlich nicht in ihre Welt. »Seltsam«, sagte sie laut und kicherte – etwas, das sie schon lange nicht mehr getan hatte.

Widerwillig griff sie nach ihren schmutzigen Socken und Stiefeln, liess sie dann aber mit einem dumpfen Knall auf den Boden fallen. »Scheiss drauf.«

Sie zog den Reissverschluss am unteren Teil ihrer neuen Hose, verwandelte sie in Shorts und ging barfuss aus dem Zelt.

Sie stapfte den sandigen Weg zum Essbereich hinunter und fühlte sich wieder wie ein Kind.

13

Sam versuchte, sich an seine Manieren zu erinnern und nicht mit vollem Mund zu reden, aber es fiel ihm schwer. Das Essen war gut und der Tisch, auf dem das einladende Buffet angerichtet war, bog sich immer noch vor lauter Speisen, aber es schien, als wollten alle die Geschichten der anderen gleichzeitig hören.

Er hatte sich an Speck, Lamm- und Schweinewürstchen, gebratenen Tomaten, Toast und Pilzen bedient und bei der fröhlichen Einheimischen, die auf Wunsch Eier zubereitete, zwei Spiegeleier bestellt. Sein Teller war schon fast leer, aber er wusste, dass er noch Platz für mehr hatte.

John Lemon sass am langen hölzernen Esstisch neben ihm und trank Kaffee. Cheryl-Ann befand sich ihm gegenüber, auf ihrer einen Seite war ein sonnengebräunter Engländer mit kantigem Gesicht namens Steele, der sagte, er arbeite im Sicherheitsdienst. Auf der anderen Seite sass ein weiterer Australier, ein dünner Mann in den Dreissigern namens Jim Rickards, mit einem aus der Mode geratenen Pferdeschwanz und einer grossen Klappe.

»Hast du schon viel in der Natur gefilmt, Jim?«, fragte Sam zwischen zwei Bissen leckerem Ei.

»Aber sicher. Ich war letzten Monat in Chobe und Savuti, um Löwen zu filmen.«

Sam lächelte höflich. »Ein Glück, dass Cheryl-Ann dich gefunden hat.«

»Das glaube ich auch. Ich sass in Maun in der Mack-Air-Lounge und wartete auf mein Flugzeug zurück nach Johannesburg. Ein Monat ohne Arbeit stand bevor, als dieser Sturm hier namens Cheryl-Ann«, er nickte zur Produzentin hin, »über mich hereinbrach.«

Cheryl-Ann kaute auf ihrem Essen herum und Sam ahnte, dass sie dem eingebildeten Kameramann gern eine Ohrfeige verpasst hätte, sich aber zwang, tolerant zu sein. Sie brauchte ihn und wollte nicht, dass er zu schnell herausfand, wie sie wirklich war und beschloss, in Maun ins nächste Flugzeug zu steigen. Als sie gehört hatte, dass Ray ausser Gefecht gesetzt war, hatte sie sich gefragt, ob das ganze Projekt auf Eis gelegt oder, schlimmer noch, abgesagt werden müsse. Sie schluckte. »Es war eine stressige Zeit. Ich dachte, Ray hätte sich den Arm nur leicht verletzt, aber es hat sich als schlimmer Bruch herausgestellt. Wir hatten Glück, dass Jim zur richtigen Zeit am richtigen Ort war.«

»Um ehrlich zu sein«, sagte Rickards, während Toastbrotkrümel auf den Tisch prasselten, »habe ich in der Vergangenheit hauptsächlich Nachrichten gemacht. Aber ich liebe Tierfilme und möchte unbedingt mehr davon machen. Ich freue mich darauf, mit euch zu arbeiten, Sam, und werde dir nicht in die Tasche pissen.«

»Wie bitte?«

»Ich werde mich nicht einschleimen und nicht arschlecken ... entschuldige meine Ausdrucksweise.«

Sam nickte.

Stirling sass mit einem ständigen Stirnrunzeln am Kopfende des Tisches. Sam fragte sich, ob das Kriegsbeil wirklich begraben worden war, oder ob Stirling es immer noch hinter seinem Rücken bereithielt. Tracey sass rechts neben ihm, zwei Schritte von Sam entfernt. Sie hatte ihn nicht mehr beachtet, seit er zum Brunch gekommen war, was für Sam in Ordnung war. Als er einen Blick zu den beiden warf, sah er, dass Tracey ihre Hand auf die von Stirling gelegt hatte. War es eine Geste der Loyalität oder von Besitzergreifen? Als Sonja »Guten Morgen«, Sagte, blickten alle auf. Als sie Sam damals gefunden hatte, sah sie mit dem Muster aus Staub und getrocknetem Schweiss im Gesicht wie eine Guerillakämpferin aus dem Amazonasgebiet aus. Die abgeschnittenen, vom stundenlangen Reiten schmutzigen Shorts und das verschwitzte und verdreckte Trägerleibchen waren zusammen mit dem Gewehr über der Schulter und dem blutverschmierten Verband am Oberschenkel die perfekten Accessoires und passten zu ihrem harten Gesichtsausdruck.

Jetzt, frisch geduscht, barfuss und unbewaffnet, war sie ein anderer Mensch. Sie lächelte selbstbewusst und, wie Sam feststellte, eindeutig für Stirling.

Sam schob seinen Stuhl zurück. »Nochmals hallo.« Er stand auf und alle anderen Männer, die am Tisch sassen, folgten seiner Geste verlegen. *Höflichkeit kostet nichts*, dachte Sam, *und diese Frau ist es wert.*

Er hatte die Namen des anderen halben Dutzends Leute, die entweder noch am Tisch sassen oder ihren Kaffee weiter unten, auf der Aussichtsplattform, tranken, bereits vergessen. Als Stirling sie vorstellte, hatte er erklärt, dass es sich grösstenteils um andere Lodge-Besitzer handle, die am vorigen Abend für eine Strategiesitzung über Tourismus und Landnutzungsfragen nach Xakanaxa gekommen seien. Das erklärte, warum an diesem Morgen niemand auf der Wildbeobachtungsfahrt gewesen war, denn diese Männer und die eine Frau unter ihnen hatten schon alles gesehen. An ihren Namen erinnerte er sich, Sabrina. Sie war Umweltschützerin und er wollte mit ihr reden, bevor sie ging.

»Martin, was für eine Überraschung, schön, dich hier zu sehen«, sagte Sonja, als Steele erneut aufstand, nachdem sich die anderen wieder hingesetzt hatten.

»Das geht mir auch so«, sagte der Engländer, »aber ich war mir ziemlich sicher, dass du nach Hause kommen würdest, um deine Wunden zu lecken.«

»Sie beide kennen sich?«, fragte Stirling.

Sam war genauso neugierig wie Stirling, die Verbindung zwischen Steele und Sonja herauszufinden.

»Ja, das ist eine lange Geschichte«, sagte Sonja. »Ich bin sicher, Martin wird sie Ihnen erzählen, nachdem er mir eröffnet hat, was er hier mitten im Okavango-Delta macht.«

Die Vormittagssonne liess Sonjas kastanienbraunes Haar wie poliertes Kupfer glänzen. Es war noch ein wenig feucht, was den metallischen Glanz nur noch verstärkte. Sam fragte sich, wie es wohl wäre, mit den Fingern durch diese kühle, feuchte Weichheit zu fahren. Er schaute zu Stirling und sah, dass auch dieser ihr mit den Augen folgte, als sie zum Buffet ging und eine Schale mit Obstsalat füllte.

»Oh, ich sehe, du warst schon früh im Laden«, sagte Stirling.

Sonja fand auf der anderen Seite von Jim Rickards einen freien Platz.

»Nein, ich ... «, Sie sah über den Tisch hinweg zu Sam, der heftig den Kopf schüttelte, bevor Stirling es registrierte. »Ich habe eines der Dienstmädchen gefragt, ob es später ein paar Kleider für mich waschen könne, weil ich nur hatte, was ich trug. Es ist weggegangen und kam mit diesen hier zurück. Süss, was?«

»Nette Klamotten«, sagte Rickards und nutzte die Neuigkeit, um ihre Brüste zu inspizieren. »Ich bin James und meine Freunde nennen mich Jim oder Jimbob.«

»Sonja. Meine nennen mich Sonja.«

»Und wie passt du in diese lustige kleine Menagerie hier in Kaka-was-auch-immer?«

»Ich bin nur auf der Durchreise«, sagte sie.

»Vielleicht, oder auch nicht«, kommentierte Martin Steele und die anderen am Tisch sahen ihn an.

Cheryl-Ann wischte sich den Mund mit ihrer Leinenserviette ab. »Martin hat mir gerade gesagt, Sam, dass wir ernsthaft in Betracht ziehen sollten, auf unserer Reise in den Kaprivi-Streifen ein paar Sicherheitsleute mitzunehmen.«

Sam kaute auf seinem Speck herum und schluckte dann. »Sicherheitsleute?«

»Ja«, sagte Steele. »Seit dem fehlgeschlagenen Anschlag auf den Okavango-Damm sind die namibische Armee und Polizei in höchster Alarmbereitschaft. Meine Organisation hat die Lage im Kaprivi beobachtet und wir glauben, dass immer noch irreguläre Kräfte der Kaprivi-Befreiungsarmee in der Region aktiv sind.«

»Entschuldigen Sie, Martin. Was heisst ›Ihre Organisation?‹«

»Corporate Solutions.«

»Ach was.« Jim Rickards verschluckte sich fast an einem Stück Wurst. Er trank schnell einen Schluck Orangensaft und krächzte: »Die Söldnerbande?«

Steele lächelte und schüttelte den Kopf. »Berater für Sicherheitsrisikobewertung.«

»Richtig«, sagte Rickards. »Kriegshunde. Cool.«

»Denken Sie, was Sie wollen, aber ich würde sagen, ein gut betuchtes, gut ausgerüstetes Filmteam mit Ausrüstung im Wert von Zehntausenden von Dollar ...«

»Versuchen Sie's mal mit Hunderttausenden«, gab Rickards zurück.

»Nun gut, eine Ausrüstung im Wert von Hunderttausenden von Dollar könnte genau das Ziel sein, hinter dem die Guerillas in der Kaprivi-Region her sind. Sie sind knapp bei Kasse und müssen sich nach ihrer jüngsten Niederlage neu ausrüsten. Sie haben noch nicht auf E und L umgestellt, aber ... wer weiss.«

»E und L?«, fragte Gerry, der sich bisher damit begnügt hatte, schweigend zu essen.

»Entführung und Lösegeld«, lieferte Steele.

»Was denken Sie, Stirling? Sie kennen doch die Gegend«, sagte Cheryl-Ann.

Sam hatte den Lodgemanager während des Gesprächs beobachtet. Zuerst dachte er, Stirling würde Steeles Bedenken abtun. Er hatte bemerkt, wie Stirling die Augen schloss und fast unmerklich den Kopf schüttelte, als Steele von der möglichen Gefahr sprach. War Steele nur ein gewiefter Geschäftsmann, der eine Möglichkeit sah, aus einem Haufen naiver Amerikaner schnelles Geld herauszuholen?

»Ich glaube, ich verstehe, worauf Martin hinauswill.«

Cheryl-Ann runzelte die Stirn. »Was soll das heissen?«

»Es stellt sich auch die Frage nach einem Führer, jemandem, der sich mit den Gegebenheiten des Landes auskennt, notfalls auch mit den lokalen Sprachen. Cheryl-Ann, Sie haben mir vorhin gesagt, Ihr Hubschrauberpilot sei gleichzeitig Ihr Führer für die Reise nach Namibia, ja?«

Sie nickte. »Das stimmt. Wir müssen so schnell wie möglich einen anderen finden. Stirling, ich nehme nicht an, dass Sie Interesse haben?«

»Oh, tut mir leid, Cheryl-Ann, aber sobald ihr alle abreist, habe ich für die nächsten zwei Wochen zwei weitere Buchungen.«

Interessant, dachte Sam, denn noch vor ein paar Tagen hatte Stirling geklagt, das Geschäft laufe schlecht. Sam war jedoch erleichtert, denn er hatte keine Lust, mehr Zeit als nötig mit dem Mann zu verbringen.

»Zeit ist doch sicher auch ein Faktor, Cheryl-Ann?«, gurrte Steele.

Sie runzelte wieder die Stirn und nickte. Ja, wir sind mit den Dreharbeiten für die Überlebensszenen schon weit im Rückstand und das müssen wir irgendwo unterwegs aufholen. In den nächsten zwei Tagen müssen wir nach Maun zurückfliegen, unser Fahrzeug abholen und versuchen, einen Safari-Führer zu finden.

Steele trank einen Schluck Kaffee und stellte seine Tasse auf die Untertasse. »Mir scheint, die Antwort auf all Ihre Sorgen liegt genau hier, vor Ihrer Nase.«

Sam schaute den Tisch auf und ab und sein Blick blieb, wie auch der von Steele, an Sonja hängen, die den Engländer mit einer Andeutung ansah, die ihn bat, nichts zu sagen ...

»Sonja ist genau die richtige Person für Sie und Ihr Team, Cheryl-Ann.«

»Hey! Tolle Idee. Ich wusste gar nicht, dass du eine Reiseführerin bist, Sonja«, sagte Sam.

Bevor sie etwas sagen konnte, setzte Steele zum Angriff an. »Ist sie aber, und zwar eine erstklassige. Sie kennt den afrikanischen Busch wie ihre Westentasche. In Namibia geboren und in Botswana aufgewachsen, spricht sie Deutsch, Ovambo, Afrikaans, Tswana und ein bisschen Lozi, wenn ich mich recht erinnere.«

»Nur ein Bisschen«, sagte Sonja. »Und Martin, nein, ich weiss nicht ...«

»Sonja will damit sagen, dass es ihr überhaupt nichts ausmacht. Sie haben ja von Sam gehört, wie gut sie ihn aus der Hölle gerettet hat. Sie wird Ihnen eine Fülle von Ideen für Ihr Überlebenssegment geben können und Sie durch Namibias Wildnis führen. Ausserdem ist sie eine ausgebildete und erfahrene Personenschützerin. Bodyguard, heisst das wohl.«

Sam hatte sein Essen vergessen. Er lehnte sich, die Ellbogen auf den Tisch gestützt, vor. »Ich dachte, Sie wären Berufsjägerin?«

Sonja starrte Steele an. »Martin. Bitte ...«

»Für wen arbeiten Sie, Sonja?«, wollte Sam wissen.

»Sonja«, sagte Steele, »arbeitet für mich.«

VERDAMMT, dachte Sonja und blickte über den Fluss und das sanft wogende Pampagras. Sie schlug gegen das hölzerne Geländer des Decks. »Scheisse.«

»Das Mädchen, das uns damals hier zurückgelassen hat, hat dieses Wort nie benutzt«, bemerkte Stirling.

Sie drehte sich um und sah ihn an. Nachdem Steele ihre Dienste mit so viel Feingefühl und Bedacht auf ihre Reaktion wie ein Zuhälter angeboten hatte, entfernte sie sich mit den Worten »Können wir das später besprechen, Martin?«,vom Tisch und ging über das Deck in die Nähe des Aufenthaltsraums. Auf eine platonische Art und Weise liebte sie Martin immer noch. Manchmal machte er sie aber wütend mit der Arroganz, die er an den Tag legte und seiner unerschütterlichen Annahme, sie tue, was er befehle. Am meisten ärgerte sie jedoch, dass er meistens Recht hatte.

»Ich habe mich verändert, Stirling und es gibt vieles, was du nicht über mich weisst. Deshalb bin ich hierher zurückgekommen, um mit dir zu reden.«

«Wirklich?«

»Stirling, ich... «, ihr fehlten die Worte. Wie sollte sie ihm sagen, warum sie hier war, wenn sie sich selbst nicht hundertprozentig sicher war? Erst recht nicht, nachdem sie bei ihrer Ankunft erfahren hatte, dass er mit einem Mädchen zusammen war, das fast seine Tochter sein könnte. *Was sollte sie sagen? Stirling, ich bin hierhergekommen, um dir zu sagen, dass du um meine Hand anhalten sollst. Und dass wir hier in den Sümpfen mit meiner siebzehnjährigen Tochter, von der ich dir noch nie etwas erzählt habe, bis ans Ende unserer Tage glücklich leben sollen?*

»... ich hatte gehofft, wir könnten etwas Zeit miteinander verbringen.«

Stirling hatte ein Brötchen vom Brunch-Tisch mitgebracht, riss ein Stück ab und warf es über die Reling ins Wasser unter dem Deck. Einige Brassen tauchten auf und begannen, davon zu fressen. Er starrte auf das Wasser hinaus. »Ich habe geweint, als du gegangen bist, Sonja. Nicht sehr männlich und nicht gerade wie ein Safari-Führer. Erst viel später gab es Frauen, einige vor Tracey, aber keine von ihnen hielt lange durch. Ich schätze, ich habe immer darauf gewartet, dass du zurückkommst. Aber es war eine verdammt lange Zeit des Wartens.«

Sonja blickte am Ebenholzbaum vorbei, um den herum das neue Deck gebaut worden war, zurück, zum dahinterliegenden Essbereich. Ein paar der Gäste hielten sich dort auf und sie sah, wie Tracey zu ihr und Stirling hinsah. »Ist es etwas Ernstes?«

»Mit Tracey? Ich denke schon. Wir sind seit drei Monaten zusammen und sie wohnt hier bei mir.« *Er denkt es.*

»Sie ist sehr hübsch.«

»Und jung. Ich weiss, was du denkst.«

»Das geht mich nichts an«, sagte Sonja.

»Ich weiss, warum Steele dich den Amerikanern als Leibwächter angeboten hat«, sagte er, das Thema wechselnd.

»Wirklich? Dann kannst du es mir vielleicht erklären.«

Er sah sich um. »Du bist eine Närrin.«

»Sagt wer?«

Stirling zuckte mit den Schultern. »Das spricht sich herum. Jeder weiss, dass du zur Armee gegangen bist. Aber auch, dass du sie schon nach ein oder zwei Jahren wieder verlassen hast. Du weisst ja, wie sehr Maun von Klatsch und Tratsch lebt. Erinnerst du dich an Heyn, den südafrikanischen Führer, der seinen Land Rover in der Nacht, als wir uns eingeschlichen haben, durch die Wand der Sports Bar gefahren hat?«

Sie nickte und wusste, was Stirling als nächstes sagen würde. Sie erinnerte sich an diese Nacht – in welcher sie beide noch minderjährig waren – und daran, wie sie Heyn, den Afrikaner, Jahre später in Kabul traf. Jemand aus der staubigen Safaristadt Maun war das Allerletzte, das sie erwartet hatte, doch Heyn arbeitete als Sicherheitsbeauftragter dort.

»Er hat erzählt, er habe dich in Afghanistan gesehen und du habest ein Sturmgewehr und eine Schutzweste getragen.«

»Ich mache manchmal Personenschutz.«

Stirling schüttelte den Kopf. »Ich glaube, es ist mehr als das. Nachdem du dich wie ein Wilderer durch die Konzession und ins Wildreservat geschlichen hast, tauchst du hier mit einem Gewehr, einer Pistole und mit einem bandagierten Bein auf. Ich glaube nicht, dass du eine Leibwächterin bist, Sonja.«

Sie blickte auf das Wasser hinunter. Die Schnauze und die Augen eines Krokodils brachen an die Oberfläche. »He! Das ist doch nicht etwa Popcorn, oder?«

»Wechsle nicht das Thema«, sagte Stirling.

»Warum nicht? Das war doch für dich auch in Ordnung, als ich nach Tracey gefragt habe.«

Das Krokodil war etwa zwei Meter lang. Es bewegte sich geschickt durch das seichte Wasser und nahm ein Stück Brot in sein Maul.

»Ja, das ist Popcorn. Er war noch ein Baby, als du weggegangen bist.«

»Ja. Als er noch klein war, war ich immer wütend, wenn mein Vater ihn mit Popcorn fütterte. Und jetzt tust du dasselbe.«

»Nein, das tue ich nicht. Ich werfe zwar das Brot hinein und er nimmt sich etwas davon, aber nicht, um es zu essen, sondern um es als Köder zu benutzen. Beobachte ihn. Er ist schlau.«

Sonja schaute Popcorn aufmerksam zu, wie er bis knapp unter die Wasseroberfläche eingetaucht dalag, wobei ein Stück Brot aus seiner Schnauze ragte. Er verhielt sich ganz ruhig und nach einer Weile bewegten sich die mutigeren Fische, die den Köder witterten, aber den Angler nicht bemerkten, auf ihn zu. Als eine Brasse zu knabbern begann, schlug Popcorn mit dem Schwanz, um sich wie ein Torpedo vorwärts zu katapultieren. Sein Maul schnappte zu, Wasser spritzte und er verschwand mit dem sterbenden Fisch im Maul in den Tiefen des Flusses.

»Er ist tatsächlich schlau«, stimmte sie zu. »Aber trotzdem verhilfst du ihm zu einem unfairen Vorteil.«

»Das stimmt. Sonja, ich mache mir Sorgen wegen Steele und seinem verrückten Plan.«

Da Sonja nicht wusste, wovon Stirling sprach, bat sie ihn, es ihr zu erklären. Unentschlossenheit zeichnete sich auf Stirlings Gesicht ab. Er holte tief Luft und stützte sich mit beiden Händen auf das Geländer. Er atmete aus und rückte näher an Sonja heran, dann sagte er leise: »Er will den Damm des Okavango-Flusses in die Luft jagen.«

»Was?«

»Und das ist noch nicht alles.«

Als er ihr Martins Plan erklärte, den Staudamm zu zerstören und im Kaprivi-Streifen einen Aufstand anzuzetteln, musste Sonja sich sehr konzentrieren. Der Geruch seines Rasierwassers konkurrierte mit seinen Worten und erinnerte sie an den Tag, als sie zum ersten Mal miteinander schliefen. Es war wohl überhaupt das erste Mal, dass er ein Rasierwasser benutzt hatte, Old Spice. Später sagte er ihr, er denke, es wäre das Richtige für einen Mann und offensichtlich war er bei derselben Marke geblieben. Es war ein altmodischer Duft, den der Held in einem Wilbur-Smith-Roman benutzt hätte, aber sie würde es für immer mit dem ersten Mal assoziieren, mit Sex und mit Liebe. Und es hatte seine Wirkung noch nicht verloren.

»Danke, dass du es mir gesagt hast«, sagte sie ehrlich zu ihm. »Martin hat ein Gespür für Dramatik, wenn es darum geht, Aufträge zu verteilen und er lässt seine Mitarbeiter nicht gerne lange überlegen, bevor sie einen Auftrag annehmen.«

»Aber er will dich doch sicher nicht dazu bringen, den Damm in die Luft zu sprengen, während du mit den Amerikanern dort bist?«

Sie blickte zum Esstisch zurück. Martin unterhielt sich mit Cheryl-Ann und Sam, der enthusiastisch mit dem Kopf nickte. Tracey machte keine Anstalten, zu verbergen, dass sie Stirling und sie beobachtete. »Nein. Es wird eine CTR sein.«

»Sonja, hör auf, wie ein Soldat zu reden.«

»Entschuldigung. Eine Nahzielaufklärung. Das muss ich ihm lassen, mit dem Fernsehteam hineinzugehen, ist eine gute Tarnung für mich. Die werden erwartet und bekommen ungehinderten Zutritt zur Baustelle.« Sehr schlau, dachte sie und blickte wieder auf das Wasser hinunter. Martin Steele war auch ein gerissener Räuber. Aufkläraktionen waren eine ihrer Spezialitäten. Eine Frau kann dort hingehen, wo ein Mann nicht hinkommt und sich an den Beamten vorbeischleichen. In der Vergangenheit hatte sie die Rolle einer Krankenpflegerin, einer Wildtierforscherin und einer Lehrerin gespielt, um potenzielle Zielpersonen auszuspähen.

Sie sah Traceys orangefarbenes T-Shirt in ihrem Blickfeld aufblitzen, dann hörte sie ihre Sandalen auf den Dielen. »Können wir später irgendwo unter vier Augen reden, Stirling? Es ist wichtig.«

Er sah sich um und erblickte Tracey. »Ich weiss nicht. Es könnte schwierig werden.«

Scheisse, dachte sie. *Nach all den Jahren schenkt er mir nicht einmal die Zeit für ein Gespräch.*

Tracey ergriff Stirlings Arm. »Babe, Bernard und die anderen machen sich auf den Weg zu ihrem Flug. Ich dachte, du würdest sie gerne begleiten.«

Babe? Stirling warf ihr einen Blick zu und lächelte entschuldigend, als seine Partnerin – oder wie auch immer Tracey sich nennen wollte – ihn wegführte. Martin überliess es den Amerikanern und ihrem neuen Kameramann, die Dinge untereinander zu besprechen und ging zu ihr an die Reling.

»Ein Krokodil«, sagte er und blickte auf Popcorn hinunter. »Das sind hässliche Dinger, aber rücksichtslos, effizient und teuflisch gerissen.«

»Wie du.«

»Ich begleite dich zurück zu deinem Zelt, wir haben einiges zu besprechen«, wies Steele an.

»Das habe ich gehört.« Sie verliessen das Deck und nahmen den sandigen Weg. Ein Buschbockweibchen schaute zu ihnen auf, spürte aber, dass sie keine Bedrohung darstellten und knabberte weiter an etwas Gras. Sein Fell war räudig und Sonja fragte sich, ob dies auf die Trockenheit zurückzuführen sei.

»Ich sollte dir sagen, was wir vorhaben«, sagte Steele.

»Ich soll den Damm am Okavango sprengen und einen Bürgerkrieg in Namibia auslösen.«

Steele räusperte sich. »Ich hoffe, Stirling erzählt nicht all seinen alten Freunden von unseren Plänen, sonst muss ich ihn möglicherweise töten.«

»Ich bin nicht interessiert an diesem Auftrag«, sagte sie.

Steele lachte. »Warum musst du immer diese Nummer der Widerspenstigkeit abziehen, Sonja? Das Beste, was du für deine Tochter tun kannst, ist, mehr Geld zu verdienen und ich bin der Einzige, der dir dabei helfen kann. Das wissen wir doch beide.«

Es ärgerte sie, dass er wusste, dass sie an Emma dachte. Sie schüttelte den Kopf, während sie weitergingen.

»Der Job in Simbabwe war für mich ein Schuss vor den Bug, Martin. Diesmal hätte ich es fast nicht geschafft.«

»Du stehst noch unter Schock. Du warst schon einmal kurz davor. Ausserdem glaube ich, dass ich jetzt weiss, was schiefgelaufen ist. Wir haben uns doppelt gekreuzt.«

»Martin, es ist doch verdammt offensichtlich: da war gar niemand in den Limousinen. Sie wussten, dass ich auf sie wartete. Ich war der Köder.« Sie hatte das Bild des Krokodils vor ihren Augen, das seine Beute mit dem Stück Brot anlockt.

Er griff in die Hosentasche und zog ein Foto heraus. »Erkennst du diesen Mann?»

Sie nahm es in die Hand und betrachtete es aufmerksam. Das

Bild stammte von einer verdeckten Überwachung und zeigte einen dunkelhäutigen Mann im Geschäftsanzug. Er beugte sich wohl über einen Restauranttisch, stützte die Ellbogen auf die weisse Tischdecke und hielt die Hände verschränkt. Er unterhielt sich mit einem anderen Mann und Sonja erkannte an der Frisur und den vertraut breiten Schultern, dass es Martin war, der mit dem Rücken zur Kamera stand. Der Kopf des Afrikaners war rasiert und er hatte einen dünnen Schnurrbart, der dem oberen Rand seiner Oberlippe entlangkroch und in seinem hageren Gesicht fehl am Platz wirkte. »Er war im Hubschrauber – in beiden Hubschraubern. Im Hind, den ich abgeschossen habe und später in der Alouette. Er ist der Mistkerl, der auf mich geschossen hat. Aber er trug eine Uniform.«

»Verdammt. Diesmal ist es keine Genugtuung, Recht zu haben.«

»Wer ist er und was zum Teufel hast du mit ihm zu tun gehabt?«

»Sein Name ist Major Kenneth Sibanda von der Zentralen Geheimdienstorganisation Simbabwes.«

»Was zum Teufel hast du mit dem CIO zu tun? Hat er dir gesagt, dass er ein Verräter ist?«

»Nein, er sagte, er vertrete eine Splittergruppe der wichtigsten Oppositionspartei. Nachdem ich deine Nachricht gehört hatte, schickte ich einen Scan dieses Bildes an einen meiner Kontakte in der britischen Botschaft in Harare und fragte, ob sie wüssten, wer er sei. Das taten sie.«

Sie blieb stehen und stemmte die Hände in die Hüften. »Es wäre vielleicht hilfreich gewesen, wenn du ihn vor Ort überprüft hättest.«

Er wischte ihre Aussage mit einer Handbewegung beiseite. »Wie das? Ich hätte wohl kaum zur Botschaft gehen und sagen können: ›Entschuldigen Sie, kennen Sie diesen Mann? Er zahlt mir zwei Millionen Dollar für die Ermordung des Präsidenten‹, nicht wahr? Es tut mir leid, Sonja – und du weisst, dass ich mich nie entschuldige. Niemals.«

Sie kaute auf ihrer Unterlippe und setzte sich wieder in Bewegung. »Willst du damit sagen, der simbabwische CIO habe dir zwei Millionen Dollar versprochen, um einen fingierten Anschlag auf den Präsidenten zu organisieren, um damit die Opposition zu diskreditieren und die Sympathien für den Präsidenten, diesen alten Mann, zu erhöhen?«

Steele nickte. »Ja, und ich fürchte, der Plan ist aufgegangen. Die amerikanische Regierung hat eine Erklärung abgegeben, in der sie politische Attentate verurteilt, egal, wie schwerwiegend die Vorwürfe gegen einen Führer sind. Die britische Regierung hat energisch bestritten, dass sie etwas mit dem, ›Komplott‹ zu tun hatte. Zimbabwes Präsident ist auf allen Kanälen von CNN und BBC World zu sehen und beansprucht zum ersten Mal seit Jahrzehnten die moralische Überlegenheit.«

»Diese Männer ...« Sie dachte an die Leichen der Uniformierten, die sie auf der Strasse neben dem Bakkie gesehen hatte und an den Fahrer des Polizeiwagens, der in den Abgrund gestürzt war, den die explodierte Brücke hinterlassen hatte.

Martin legte ihr eine Hand auf die Schulter. »Ihre eigene Regierungsbehörde hat sie geopfert, sie getötet. Nicht du, Sonja. Sieh es positiv – wenigstens haben wir beide uns die Million-Dollar-Anzahlung geteilt. Der Präsident hat sich vielleicht ein paar Wochen gute Publicity verschafft, aber du und ich sind dabei auch nicht schlecht weggekommen.«

»Herrgott, Martin, mach keine Witze darüber. Ich habe genug vom Töten.«

Sie blieben auf dem Weg zu ihrem Zelt stehen und Martin legte seine Hand auf ihre Schulter. »Aufklärung, Sonja. Das ist alles, was ich will.«

»Ja, richtig. Für den Moment.«

Er lächelte. »Vorläufig. Du warst immer die Klügste im Team. Ich will, dass du mit den Yankees nach Namibia gehst. Sie werden dich für ihren Leibwächter halten, aber Cheryl-Ann wird den Behörden am Staudamm sagen, dass du ihr Ersatz-Safari-Guide bist. Ich habe ihr gesagt, die namibische Regierung sei misstrauisch, wenn sie sage, du seist ihre Leibwächterin, da sie die Gefahr für Ausländer im Streifen herunterzuspielen versucht.«

»Für Ausländer besteht überhaupt keine Gefahr«, sagte Sonja.

»Das wissen wir beide und die namibische Regierung, aber

Cheryl-Ann und ihr Kojoten-Boy wissen es nicht. Sie liebt Intrigen, kennt aber deine wahre Mission natürlich nicht. Du weisst, was ich brauche: Truppenzahlen, Dispositionen, Angaben über den Stand der Bauarbeiten ..., einfach einen vollständigen Bericht.«

»Ich sagte doch, ich bin nicht interessiert. Ich habe genug und höre auf. Ich kündige.«

»Lass mich in dein Zelt kommen, damit wir das unter vier Augen besprechen können.«

Sie schüttelte seine Hand von ihrer Schulter, aber die Geste war keineswegs kämpferisch. Sie wusste ganz genau, was er von ihr wollte. Es hatte eine Zeit gegeben, in der sie Trost gesucht hatte und seinen sanften Worten und der Berührung seiner starken Hände erlegen war. Das Leben wäre für sie möglicherweise einfacher gewesen, wenn sie ihm seine Untreue und das Glücksspiel verziehen und ihn zurück in ihr Bett geholt hätte. Emma hätte einen Vater gehabt und sie hätte zu Hause bleiben und ihre Tochter grossziehen können. Sie machte sich auf den Weg zu ihrem Zelt und wusste, dass es mit ihnen nie funktioniert hätte. Sie wäre als Hausfrau und Stubenhockerin niemals glücklich geworden und Martin wusste das genau.

»Was willst du dann machen, Sonja? Hierbleiben und mit Stirling glückliche Familie spielen?«

Sie blieb stehen und unterdrückte, den Drang, sich umzudrehen.

»Tracey wäre darüber vielleicht nicht sehr glücklich. Stirling ist derjenige, den du zurückgelassen hast, als du zur Armee gegangen bist, nicht wahr?«

Sie liess sich weder von ihm ködern noch reagierte sie auf seine Sticheleien.

»Du bist eine schöne Frau, Sonja, hast aber deine Jugendliebe damals verlassen. Tracey ist hinreissend und sie hat sich in ihn verguckt. Selbst ich, ein einfacher Soldat, kann das sehen. Hast du geglaubt, du könntest einfach unangemeldet hier auftauchen und Stirling dazu bringen, da weiterzumachen, wo ihr vor zwanzig Jahren aufgehört habt und wo du ihm davongelaufen bist?« Er hatte seinen Speer in ihr versenkt und hätte ihn nicht so fest herumdrehen müssen. »Bastard.«

Er lachte und sie zog eine Grimasse, als sie über die Schulter zurückschaute. Er zog die Zigaretten aus der Tasche, klappte den Deckel um und zog mit seinen langen Fingern eine heraus. Das Feuerzeug klickte und sie roch den Rauch, der über die Kluft zwischen ihnen zog. Sie ballte die Fäuste und wünschte sich die Kraft, gegen die Sucht anzukämpfen.

»Weiss er von Emma, Sonja?«

Sie blickte wieder nach vorn, auf den Weg zum Fluss hinunter, der vor all den Jahren Teil ihres Lebens mit Stirling gewesen war. Ein Teil von ihr hätte die Zeit gern zurückgedreht, aber gleichzeitig wusste sie, dass es damals richtig war, diesen Ort zu verlassen und sie es hatte tun müssen. Sie ging von Martin weg und zu ihrem Zelt.

14

Aus der Luft fielen ihr noch mehr Beweise dafür auf, dass der Fluss stranguliert wurde und das Ökosystem eines langsamen Todes starb. Gleichzeitig tröstete es sie ein wenig, zu wissen, dass die Mission, auf die sie sich einliess, auch etwas Gutes haben könnte. Ihr Leben und ihre Zukunft waren so karg wie die ausgedörrte Sandebene der Kalahari, über die sie hinwegflogen.

Sie lehnte ihren Kopf an die Frontscheibe des Mack Air Gippsland Airvan, der den Charme eines fliegenden Wohnwagens ausstrahlte. Der Lärm und die Vibrationen des Motors konnten das Geräusch von Cheryl-Ann, die sich hinter ihr in eine Papiertüte übergab, beinahe, jedoch nicht ganz, übertönen, den Geruch konnten sie dagegen nicht vertreiben. Sonja starrte auf das unter ihr liegende Afrika, das vom Rauch ferner, aber allgegenwärtiger Feuer verdunkelt wurde. Die afrikanischen Bauern brannten ihr Land traditionellerweise ab, um es zu roden, bevor die Regenzeit kam. Aber was, wenn der Regen ausblieb? Asche und Staub bedeckten die Landschaft, die ersten Anzeichen des langsamen, schmerzhaften Ablebens.

Schatten wie Strichmännchen verrieten die aus der Höhe winzig scheinenden Giraffen auf dem Boden und die Elefanten sahen wie dunkle Tintenkleckse auf schmutzigem Pergament aus. Nach dem Überfliegen der Trennlinie, die die südliche Grenze von Moremi markierte, wurden immer mehr Anzeichen für menschliche Besiedlung sichtbar. Lange Mokoros, traditionelle Kanus aus ausgehöhlten Leberwurstbäumen, lagen im ausgetrockneten Schlamm und warteten darauf, von Regen und Wasser, das vielleicht nie kommen würde, in den Fluss geschwemmt zu werden. Auch die geflochtenen Schilfwände, mit denen die Dorfbewohner Fische fingen, die sich die Arme des Deltas hinunterbewegten, sahen jetzt wie Viehzäune auf einer kargen, graslosen Farm aus.

Martin hatte getan, was seine abfällige Bemerkung ihr gegenüber angedeutet hatte. Er hatte Stirling, bevor sie zu ihm vordringen konnte, von Emma erzählt. In gewisser Weise machte es ihr nicht allzu viel aus, denn so musste sie das Thema nicht mit Stirling ansprechen.

»Warum hast du nichts von deiner Tochter gesagt?«, hatte Stirling sie am Vortag gefragt, als sie ihn bei den Aluminiumbooten, die mit ihrem geringen Tiefgang auch bei wenig Wasser genutzt werden konnten, gefunden hatte. Er überwachte das Verladen von Treibstoff und einer Kühlbox mit Getränken auf die Boote. »Danke, Paul«, sagte er zum einheimischen Führer, der das Boot verliess und sich auf das Deck zurückzog, wo eine grosse schwarze Metallkanne mit Tee auf einem Kohlenfeuer kochte. Paul servierte den Gästen – in diesem Fall Cheryl-Ann und ihrer Crew – Tee, Kaffee und Kekse, bevor sie am Nachmittag auf dem Fluss und in der Lagune von Xakanaxa unterwegs waren.

»Ich hatte keine Gelegenheit dazu. Tracey hat dich weggezaubert, bevor ich es dir sagen konnte. Aber ich habe dich gefragt, ob wir unter vier Augen miteinander sprechen könnten.«

»Tracey? Zieh sie da nicht mit rein, Sonja.«

Sie fackelte nicht lange, denn ihr begrenzter Vorrat an Geduld war aufgebraucht. »Ich ziehe da niemanden mit rein, Stirling. Wer hat es dir gesagt – Steele?«

»Und wenn er es war?«

Sie wollte ihm die Wahrheit sagen, nämlich dass Steele versuchte, einen Keil zwischen sie und Stirling zu treiben, weil er nicht wollte, dass sie in Xakanaxa blieb. Aber wie konnte sie ihm das alles erklären, ohne paranoid zu wirken?

»Stirling, bitte. Emma, meine Tochter, war ... «, Sie stoppte, bevor sie ›Unfall‹ sagen konnte. »Ungeplant. Ich wollte dir schon seit ihrer Geburt von ihr erzählen. Sie war aber auch einer der Gründe, warum ich nicht früher zurückgekommen bin.«

»Und wer ist ihr Vater?«

Sie atmete tief ein. Es ging ihn eigentlich nichts an. »Es ist verjährt.«

»Mein Gott, Sonja, was hast du denn bei der Armee gemacht?«

Sie nahm ihm diese Frage übel, denn es war eine Art Unterstellung, sie sei eine Art Schlampe. In der Armee bezeichneten viele Soldaten Frauen entweder als Schlampen oder als Huren. Huren schliefen mit jedem, während Schlampen mit jedem schliefen, nur nicht mit dir. Sonja hatte immer gewusst, dass es schwierig werde, es Stirling zu sagen, aber diese Szene hier lief aus dem Ruder. Sie ignorierte seine Bemerkung.

»Ich habe Steele gesagt, dass ich nicht mit den Amerikanern nach Namibia gehen werde. Sie können sich ihren eigenen Führer und ihre eigene Leibwache suchen.«

»Darüber bin ich froh«, sagte er, zog das Boot ein Stück näher ans Ufer und wischte sich die Hände an seiner Hose ab.

»Ich kann immer noch nicht glauben, dass die überwältigende Mehrheit der Mitglieder des Verteidigungsausschusses dafür gestimmt hat, einen Haufen Söldner zu beschäftigen, Sonja. Sogar Sabrina Frost, die Umweltschützerin, hat sich am Ende auf Steeles blödsinnigen Plan eingelassen. Einen Krieg anzuzetteln, ist kein Weg, den Okavango zu retten. Ich werde versuchen, einige der anderen Lodge-Besitzer umzustimmen, damit sie ihre Meinung ändern. Das ist zu verrückt.«

In diesem Moment waren ihr der Staudamm, die Befreiung des Kaprivi-Streifens und das viele Geld, das ein Haufen reicher ausländischer Investoren verlieren würde, wenn der Fluss endgültig austrocknete, völlig egal. Sie wollte nur über sich und Stirling sprechen, fand aber keine Worte. Es war einfacher, zu kämpfen, als zu reden.

»Was wirst du tun? Wohin willst du gehen?«, Er stand, die Hände in die Hüften gestemmt, vor ihr, doch der Abstand zwischen ihnen war weiter als jeder Ozean.

»Ähm ... Ich dachte, wir könnten es vielleicht langsam angehen lassen, alte Zeiten auffrischen. Darüber reden, was wir in letzter Zeit gemacht haben und ...«

»Ich weiss, was du gemacht hast, Sonja. Du bist eine Söldnerin und eine alleinerziehende Mutter. Ich, ich bin immer noch derselbe alte Stirling, der hier draussen mitten im Busch festsitzt. Du hast deine Abenteuer und noch einiges mehr erlebt.«

Sie biss die Zähne zusammen und schluckte die Erwiderung herunter. Er benahm sich wie ein verwöhntes Kind. Sie atmete aus. Hinter sich hörte sie die schnarrende Stimme des australischen Kameramanns, gefolgt von lautem Gelächter. Zeit. Sie brauchte mehr Zeit. »Ich hatte gehofft, ich könnte ein paar Tage hierbleiben.«

Der klagende Schrei eines Fischadlers gab Stirling den Anlass, den Blick von ihr abzuwenden und den Blick über den Gräserwald schweifen zu lassen, der den Fluss fast erstickte. »Es tut mir leid, Sonja, wir haben keinen Platz. Ausserdem kennst du die Lagerregeln. Wenn du nicht zum Personal gehörst, müssen wir die Zahlung der Parkgebühren und so weiter organisieren.«

»Na, dann stell mich eben ein. Wenn du willst, putze ich die verdammten Zelte für dich, Stirling.«

Er sah sie jetzt ermutigt an. »So hast du nicht geredet, als du jünger warst und damals wolltest du nicht hier arbeiten. Was hat dich verändert, Sonja?«

»Stirling!«, Sie drehten sich beide um und sahen Tracey, die über das Deck schritt und winkte. »Ein Anruf für dich, an der Rezeption. Es ist Bernard, wegen deines Treffens.«

»Ich komme«, antwortete er, sah wieder zu Sonja, sagte: »Es tut mir leid«,und ging.

Sonja hätte schwören können, dass Tracey sie anlächelte, aber einen Moment später war sie von der Filmcrew umringt, die damit begann, Kameras, Stative, Ersatzbatterien und Koffer auf das Boot zu laden.

Sam hatte sie eingeladen, sie auf der Schifffahrt zu begleiten, aber sie war der Meinung, sie würde in der kommenden Woche genug Zeit mit den Fernsehleuten verbringen, also lehnte sie ab. Stirling hatte sie abgewiesen und Tracey dafür gesorgt, dass Sonja keine Gelegenheit mehr bekam, seine Zuneigung zurückzugewinnen. Sonja hatte Emma aus dem Camp angerufen und die einsilbigen Antworten, die sie erwartungsgemäss von ihrer Tochter erhalten hatte, erinnerten sie daran, dass sie im Moment zu ihrer Schande nirgendwo anders auf der Welt hingehen konnte als dorthin, wo Martin Steele sie hinschicken wollte. Sie hatte Steele aufgesucht und ihm gesagt, dass sie den Job als Aufklärerin annehme. Wenigstens war er so freundlich gewesen, ihr nicht zu sagen, dass er längst gewusst hatte, dass sie es sich anders überlegen würde.

Sie war unglücklich und fühlte sich dumm. Welches Recht hatte sie, zu erwarten, dass Stirling seine Arme und sein Safari-Camp für sie öffnete? Sie war an den einzigen Ort auf der Welt zurückgekehrt, an dem sie sich vorstellen konnte, auf Dauer zu leben und hatte sich selbst ausgesperrt – war ein unerwünschter Gast. Sie ging zurück in ihr Zelt und fing an zu packen. Danach suchte sie den alten Amos auf, der in ihrer Kindheit der Küchenchef gewesen war und immer noch in der Küche arbeitete. Er umarmte sie und machte ihr Buschhemd mit seinem Schweiss nass, was ihr aber nichts ausmachte. Es war schön, von jemandem gehalten zu werden. Er machte ihr früh Abendessen und sie ass es mit ihm und seiner Frau Hope. Sie ertrug weder Traceys Schadenfreude noch Stirlings Distanziertheit beim Essen.

Sam drehte sich in seinem Sitz im Flugzeug um. »Alles okay?«

»Sicher«, sagte sie. »Warum sollte es mir nicht gut gehen?«, Sonja hörte, wie Cheryl-Ann hinter ihr ihre Papiertüte füllte.

Sam brüllte fast über das Brummen und Dröhnen des kleinen Flugzeugs hinweg. »Du sagtest, du hättest gestern Abend das Abendessen ausgelassen, weil es dir nicht gut ging. Ich erkundigte mich, wie es dir geht, das ist alles.«

Sie nickte und erinnerte sich an ihre Lüge. »Wahrscheinlich war es Dehydrierung. Ich habe danach viel Wasser getrunken. Dein Gesicht ist rot und es sieht aus, als könnte es sich vom Sonnenbrand schälen.«

Er grinste. »Ich kann es immer noch mit Make-up abdecken.«

Trotz ihres Elends und des Selbstmitleids lächelte sie. Er schaute wieder nach vorn. Er war ein harmloser Narr, dachte sie. Ein Produkt einer Gesellschaft, in der die Menschen glaubten, etwas für die Umwelt zu tun, wenn sie ihre monatlichen Fernsehgebühren bezahlten und gutaussehenden Plappermäulern dabei zusahen, wie sie über bedrohte Arten schwafelten. Sie zwang ihre Gedanken weg von ihrer Umgebung. Obwohl sie Martin gesagt hatte, sie fahre nur zum Auskundschaften mit, konnte Sonja nicht anders, als sich fragen, wie sie einen Damm sprengen würde und sich die Explosion und das austretende Wasser vorstellen.

Der Ton des Motors änderte sich und sie spürte und hörte, dass sie den Landeanflug auf Maun begannen. Der Dunst wurde dichter, als sie in die Staub- und Rauchwolke eindrangen, die die Safaristadt immer ein wenig heisser und unangenehmer machte als andere Orte in Botswana.

Sprödes, gelbes Gras säumte das dunkle Teerband unter ihnen. Die Turbulenzen nahmen zu, als sie auf letzte heisse Aufwinde trafen, die von der glühenden Landebahn hochstiegen. Cheryl-Ann stöhnte. Sonja hatte fast Mitleid mit ihr. Eine halbe Stunde Flug genügte, um die Frau aussehen zu lassen, als würde sie sterben.

Die Räder der Airvan küssten die Rollbahn, dann hüpfte sie einmal, als wäre die Oberfläche zu heiss, um sie zu berühren, bevor sie zur Ruhe kam. Der Pilot schlug auf der Rollbahn einen Haken und schwenkte zackig in Richtung des Flughafengebäudes. Drei Kleinflugzeuge standen für den Abflug in der Warteschlange. Im Flughafen von Maun starteten und landeten nur ein paar Düsenflugzeuge pro Tag, die Air Botswana-Flüge von und nach Gaborone. Mit seinem ständigen

Strom von kleinen Charterflugzeugen, die Touristen ins Delta hinein- und wieder herausbrachten, konnte er aber auf seine eigene, schäbige Art so geschäftig wirken wie London Heathrow oder JFK New York.

Am Boden und ohne den Luftzug aus den kleinen Lüftungsöffnungen über ihren Köpfen, begannen die Passagiere zu schwitzen, denn die Temperatur schoss in der Kabine während des kurzen Rollens in die Höhe.

»Oh, mein Gott, lasst mich hier raus!«, jammerte Cheryl-Ann.

Sonja atmete durch den Mund, um dem Gestank zu entgehen.

»Willkommen in Maun«, sagte der Pilot, nun endlich hörbar, nachdem er die Maschine ausschaltete. »Gehen Sie bitte nach draussen und warten Sie auf mich, bevor Sie die Landebahn überqueren.«

»Danke«, sagte Sonja und ignorierte die Hand, die ihr der Pilot reichte, um ihr über die Stufen der Heckklappe zu helfen. Auf der Rollbahn angekommen, rückte sie die Glock-Pistole, die sie unter ihrem Hemd versteckt hatte, im Hosenbund zurecht. Ihr M4-Gewehr hatte sie bei Martin gelassen, da es zu schwierig gewesen wäre, es zu verstecken und sie nicht damit rechnete, es bei ihrer Aufklärungsmission zu brauchen.

Der Geruch der Abgase und die Silhouette der herabhängenden Tragflächen des Air Botswana-Jets weckten Erinnerungen an die auf der Landebahn in Sierra Leone geparkte russische IL76. Einmal mehr tauchten die Bilder davon auf, wie die Leichen für den Transport nach Südafrika verladen wurden. Es gab keine Ehrenwache, keine Staatstrauer für die toten Söldner und keine Willkommens-Parade für die Lebenden. Nur Geld, und immer wieder ein neuer Krieg.

»Sonja, holst du bitte unser Mietfahrzeug?«

Cheryl-Ann hatte sich jetzt, wo sie wieder festen Boden unter den Füssen hatte, schnell von ihrer Luftkrankheit erholt, war aber noch immer blass und ein fauliger Geruch begleitete ihre Worte. Sonja wusste, dass sie wegen Stirlings Worten und Steeles Hinterhältigkeit angespannt war, weshalb sie den Drang, Cheryl-Ann zu sagen, dass sie sich verpissen solle und sie nicht ihre Sklavin sei, unterdrückte.

Im Moment war sie es nämlich noch. »Natürlich. Auf der anderen Strassenseite des Flughafeneingangs gibt es ein Café, das ›Bon Arrivée‹. Ich treffe Sie dort. Bestellen Sie mir doch bitte einen doppelten Espresso.« Sie würde alles, was nötig war tun, um die Rolle des Reiseführers und Bodyguards zu spielen. Gleichzeitig wollte sie Cheryl-Ann aber auch spüren lassen, dass sie sich während dieser Zeit nichts gefallen liess.

»Abgemacht. Jim, Gerry, ladet die Kisten auf einen Wagen«, bellte sie die Männer an. »Und du lässt die Finger davon, das ist wertvoll.« Sonja lächelte, als sie sah, wie der angesprochene Gepäckträger den Kopf schüttelte und den Amerikanern den Rücken zuwandte.

Um einer vorbeirasenden Cessna auszuweichen, die ihren Abflugplatz erreichen wollte, führte der Pilot sie im Trab über die Landebahn. Am Rand der Rollbahn schob ein weisshäutiger Pilot sein Flugzeug mühsam von Hand zu einem Treibstofftank und Sonja fragte sich, wie viele Menschen hier jedes Jahr von Propellern zerfetzt würden.

Die Flughafengebäude waren in ihrer Abwesenheit gewachsen, genau wie die Stadt selbst, deren Ausdehnung sie auf dem Anflug aus der Luft staunend betrachtet hatte. Das Gebäude bestand jetzt aus zwei Stockwerken, war aus Backsteinen gebaut und von Menschen mit Schlapphüten und khakifarbenen Kleidern belebt. In dem stickigen Raum herrschte ein buntes Durcheinander von Schals mit Tiermustern und Sonnenhüten sowie einem Kauderwelsch von Sprachen. Die Touristen erinnerten sie an eine Gnuherde und sie war froh, wenn auch nur für ein paar Minuten von den Filmleuten wegzukommen.

Sie ging vom Eingangstor des Flughafens über die Strasse zum blau-weiss gestrichenen ›Natlee‹ Einkaufs- und Bürokomplex. Als Reiseführerin des Fernsehteams fungierte sie auch als deren Fahrerin und Cheryl-Ann hatte ihr gesagt, der Schlüssel für das gemietete Fahrzeug liege im Büro von Mack Air bereit.

Sonja öffnete die Bürotür, hielt einen Moment inne und genoss mit geschlossenen Augen die kühle Luft. Als sie sie öffnete, blickte sie in ein wettergegerbtes Gesicht, an das sie sich gut erinnerte. Die blauen Augen waren von weissen Flecken, die die Sonnenbrille hinterlassen hatte, umrahmt.

Er starrte sie über die Schulter einer Frau, die an einem Schreibtisch sass, hinweg, an.

»Laurens?«

»Sonja? Bist du es wirklich?«

Sie nickte. Er ging um den Schreibtisch herum, griff nach ihrer ausgestreckten Hand und küsste sie auf die Wange. Er hielt ihre Hand ein paar Sekunden lang fest. »Mein Gott, als ich dich das letzte Mal gesehen habe, warst du noch ein Mädchen.«

»Ich war achtzehn, Oom Laurens.«

Er lachte. »Du musst mich nicht mehr Onkel nennen.«

»Warum nicht, du bist immer noch alt genug dafür.«

»Du warst schon immer frech. Aber, ja, wir werden alle älter. Hey, ich habe deinen Vater vor etwa einem Monat gesehen. Weit oben im Land, in der Nähe von Linyanti, in der Hölle. Ich war mit ein paar Bergleuten dort – zumindest sagten sie, sie seien Bergleute.«

Laurens war Holländer und lebte schon seit dreissig Jahren oder sogar länger in Maun. Wie so viele junge Europäer, Australier, Neuseeländer und Südafrikaner war er gekommen, um als Buschpilot Stunden zu sammeln, aber schliesslich hiergeblieben. Er sah immer noch so fit und gut aus, wie sie ihn in Erinnerung hatte. Bevor sie und Stirling einander entdeckten, war sie ein wenig in Oom Laurens verknallt gewesen. »Wir stehen uns nicht nahe, Laurens.«

Er nickte. »Ich weiss, aber er hat sich verändert, Sonja.«

»Das ist mir egal. Hast du ein Fahrzeug für mich?«

Sie hatte damit gerechnet, dass es so sein würde, gerade in Maun, wo jeder alles über die Angelegenheiten des anderen wusste. Die Leute kannten die Geschichte ihrer Familie genauso, wie sie wussten, wer mit wessen Partner schlief. Ihre Mutter pflegte zu sagen, dass es pro Kopf der weissen Gemeinschaft zu viele testosterongeladene Alphamännchen unter den Jägern und Safariführern gebe, aber auch zu viele gutaussehende Frauen, zu viel Hitze und zu viel Alkohol.

»Er ist vom Alkohol weg und hat sich eine gute Frau geangelt.«

»Es ist, glaube ich, ein Land Rover, Laurens, auf den Namen

Cheryl-Ann Daffen von Wildlife World gebucht. Und mit meiner Mutter war alles in Ordnung.«

Er hob entschuldigend die Handflächen. »Mein Englisch ... du weisst, dass ich das nicht meine. Deine Mutter war zu gut für ihn, das wussten alle ausser Hans. Er versucht, das und viele weitere Dinge wiedergutzumachen.«

»Das ist mir egal.« Sie war so frostig wie die Klimaanlage im Büro und das wurde ihr schliesslich bewusst.

»Nun gut. Aber es ist trotzdem lekker, dich wiederzusehen, Sonja. Hannelie, hast du die Schlüssel für den Land Rover?«

Die Frau war hübsch, schlank und rothaarig und Sonja schätzte sie auf drei oder vier Jahre jünger als sie selbst. Hannelie öffnete die Schublade ihres Schreibtischs und Laurens legte ihr die Hand auf die Schulter.

»Danke, mein Mädchen«. Er reichte Sonja die Schlüssel.

Sonja zog die Augenbrauen hoch. Laurens lächelte über Hannelies Kopf hinweg und zwinkerte ihr zu. Der alte Teufel.

»Viel Glück mit den Fernsehleuten«, sagte Laurens.

Sie öffnete die Tür und ein heftiger Luftzug empfing sie. »Danke, Glück kann ich bestimmt ganz viel gebrauchen.«

Bevor sie hinausging, warf ihr Hannelie einen Blick zu und hielt ihr ein südafrikanisches Tratsch-Magazin hin. »Dieser Typ, Sam Chapman, sieht heiss aus und laut dem hier ist er auch noch gefährlich.«

Sonja schloss die Tür wieder und ging zum Schreibtisch zurück. »Darf ich mal sehen?«, Auf der Titelseite war ein Bild von Sam Chapman zu sehen, der seine rechte Hand hochhielt, als wolle er sich vor dem Blitzlicht des Fotografen schützen. Mühsam übersetzte Sonja das Afrikaans ins Englische. *Chapmans Schande: ›Star musste wegen des Todes eines Freundes ins Gefängnis‹.*

»Ich habe den Artikel noch nicht zu Ende gelesen, aber es scheint, als ob er in seiner Jugend ein ziemlicher Pöbler war.«

Sonja hatte keine Ahnung, wovon die Frau sprach. »Kann ich es mitnehmen?«

»Ich habe es noch nicht zu Ende gelesen.« Hannelie blickte mit ihren grünen Augen zu Laurens auf.

»Ach, gib es ihr, Puppe, ich kaufe dir ein neues.«

DAS CAFÉ ›BON ARRIVÉE‹ bewirtete Touristen auf der Durchreise und Buschpiloten, die sich zwischen zwei Flügen oder von einem Hangover erholten. Sowohl seine Einrichtung wie auch alle Erinnerungsstücke stammten aus der Luftfahrt. Die Wände waren himmelblau und wolkenweiss gestrichen, was einen kühlen Kontrast zum dunstigen, grauen Himmel und dem düsteren Staub in der Luft draussen ergab. An den Wänden hingen Bilder von alten und neuen Flugzeugen sowie sepiafarbige Zeitungsausschnitte über Charles Lindbergh und die Hindenburg-Katastrophe. Über der braunen Holztheke hingen die Flügel und Tragflächen einer Cessna und ein Ventilator, der die heisse Luft von einem Ende des Cafés zum anderen jagte, wirbelte die Modelle von Düsen- und Militärflugzeugen umher.

Die Raucher sassen draussen im Schatten von Sonnenschirmen, die für eine Mobiltelefonfirma warben.

Sonja blieb stehen und plauderte mit einem grauhaarigen Mann in Shorts und weissem Hemd, der gerade seine Rechnung bezahlte. Sam war auf dem Weg nach draussen, als sie kam. Er beobachtete sie und ihm fiel auf, wie sie den Kopf zurückwarf, wenn sie lachte. Sie trug das Safarihemd und die Shorts, die er für sie gekauft hatte und sah gut darin aus. Verdammt gut.

Als Sonja sich zu ihnen an den Tisch setzte, fragte eine hübsche Kellnerin in einem afrikanisch bedruckten Minikleid mit Piloten-Epauletten auf den schmalen Schultern sie, ob sie etwas zu trinken möchte.

»Ich habe schon für sie bestellt«, sagte Cheryl-Ann zu dem Mädchen. »Werden wir heute noch bedient, Miss?«

Die Kellnerin hob die Nase, senkte sie dann in einer Art Nicken und schlenderte langsam davon.

»Afrikanische Zeit«, sagte Sonja, »Sie sollten sich besser daran gewöhnen.«

»Die Leute in diesem Land sind faul«, sagte Cheryl-Ann. »Alles dauert zehnmal so lange, wie es sollte.«

Sonja zuckte mit den Schultern. »Für afrikanische Verhältnisse ist Botswana eine vorbildliche Demokratie mit niedriger Arbeitslosigkeit. Den Menschen geht es im Allgemeinen gut und das Land hat das beste öffentliche Gesundheitssystem des Kontinents. Doch die Menschen hier machen die Dinge in ihrem eigenen Tempo.«

»Wenn Sie das sagen, klingt das wie eine Tugend.«

»Es ist, was es ist. Bei dieser Hitze kann man nicht mit hundert Meilen pro Stunde durch die Gegend rasen«, sagte Sonja.

Ihre Kaffees kamen und Sam pustete auf seinen Milchkaffee. »Nimmst du Afrika immer in Schutz, Sonja?«

»Auf keinen Fall. Ich will damit nur sagen, dass man nicht davon ausgehen kann, dass dasselbe in Maun, Gaborone oder Johannesburg gilt, wie in L.A. oder New York. Der Westen hat jahrhundertelang versucht, Afrika seine Sitten, seine Werte, seine Religion und seine Zeitpläne aufzuzwingen, doch es ist ihm kaum gelungen, jemanden zu bekehren.«

»Was ist mit der Religion?«

Sonja nickte. »Die meisten Menschen im südlichen Afrika würden sich wohl als Christen bezeichnen. Aber viele von ihnen suchen immer noch den örtlichen Sangoma – das, was man einen Hexendoktor nennt – auf, wenn sie jemanden verfluchen oder sich von einem Fluch befreien wollen.«

»Und wie sieht es mit der Kriminalität und der Korruption aus?«, interessierte sich Sam. »Ich glaube, ich habe irgendwo gelesen, dass in Johannesburg jedes Jahr mehr Menschen bei Waffenverbrechen sterben als im Irak.«

»Das stimmt wahrscheinlich. Aber du hast gerade deutlich gemacht, was mit der Wahrnehmung Afrikas durch die Industrieländer nicht stimmt.«

Er zog die Augenbrauen hoch.

»Du denkst an Afrika als einen Ort, eine gesamte Einheit«, fuhr sie fort, nachdem sie an ihrem Kaffee genippt hatte. »Sogar einer eurer Vizepräsidentschaftskandidaten dachte, der ganze Kontinent Afrika sei ein einziges Land.«

»Peinlich, aber wahr«, sagte Cheryl-Ann.

»Südafrika und die Südafrikaner haben mit Kenia und den dort lebenden Stämmen nicht mehr gemeinsam als, sagen wir, Nordamerikaner und Kolumbianer oder Portugiesen und Schweden. Südafrikas Problem ist die Kriminalität; das von Botswana vielleicht, dass die Menschen dort nicht den nötigen Elan haben, um aus ihrem Reichtum Kapital zu schlagen. Eine Reihe von kenianischen Regierungen dagegen hat in den Jahrzehnten seit der Unabhängigkeit den natürlichen Reichtum des Landes durch Korruption und Misswirtschaft vergeudet. Simbabwe hat gezeigt, was überall auf der Welt schief gehen kann, wenn ein Mann und eine Partei ein Land zu lange regieren und dann alles daransetzen, um sich an der Macht zu halten. Daneben ist überall auf dem Kontinent Stammesdenken anzutreffen – man denke nur an den Völkermord in Ruanda.«

»Das sind viele Probleme«, sagte Sam, überrascht, Sonja so ausführlich reden zu hören. Er hatte offensichtlich einen wunden Punkt berührt.

»Ja, sicher, aber auch im Westen waren Themen wie Rechenschaftspflicht der Regierung, wirksame Verbrechensbekämpfung oder sogar die Akzeptanz der Notwendigkeit freier und fairer Medien, nicht immer selbstverständlich.«

»Im Grunde ist also die ganze Welt am Arsch«, fasste Jim, der Australier, zusammen und grinste über seinem Cappuccino.

Sonja ignorierte seine Bemerkung. »Südafrika hat eine erstklassige Infrastruktur, in Botswana herrscht Frieden und es hat eine stabile Regierung, Simbabwe ist das fruchtbarste Land Afrikas und Kenia und Tansania haben Wildtierparadiese, für die Ausländer ein Vermögen zahlen. Es gibt Hoffnung für Afrika, aber der Kontinent braucht noch Zeit, um sich zu entwickeln. Nicht nur bezüglich Strassen und Kraftwerken, sondern auch in Bezug auf Ideale wie Gerechtigkeit, Integrität, Ehrlichkeit und Gleichheit. Ihr Amerikaner habt eine Revolution, einen Bürgerkrieg und die Menschenrechtsbewegung gebraucht, um so weit zu kommen, dass ein Farbiger im Oval Office sitzen kann.«

Sam lehnte sich in seinem Barhocker zurück und musterte sie. Sie wandte den Blick ab und seufzte, als bedaure sie, den Atem und die Zeit verschwendet zu haben, die es brauchte, um einem Haufen verwöhnter Ausländer etwas zu erklären. Als sie ihn wieder anschaute, sah er, dass ihre grünen Augen wie die einer Katze glitzerten, als wolle sie ihn herausfordern, ihr zu widersprechen. Aber was sie gesagt hatte, machte absolut Sinn.

Sonja legte die aufgerollte Zeitschrift, die sie bei sich trug, ab und nickte zum Berg von Kameraausrüstung und persönlichem Gepäck, der eine ganze Ecke des Cafés einnahm. »Wir sollten einladen. Wir haben eine lange Fahrt vor uns.«

Sam leerte seinen Milchkaffee und wollte aufstehen, als er das Titelblatt des Magazins sah. Er verstand das Geschriebene nicht, erkannte aber das Foto von sich selbst. Er hatte sich nicht vor dem Fotografen versteckt, wie es die Pose vermuten liess, sondern sich bei der Aufnahme eine Fliege aus dem Gesicht geputzt. Es hatte aber so gut zu der Geschichte gepasst, dass es mit dem neueste Klatsch, den es über ihn gab, weltweit verbreitet worden war. Er war sich sicher, dass es in der Geschichte um ihn und David ging und sackte in seinem Sitz zusammen.

Sonja sah seine Reaktion und stellte ihre Tasse ab. »Ich wusste nicht, wie berühmt du bist, Sam. Ich habe es nicht gelesen«, sie nahm die Zeitschrift in die Hand und reichte sie ihm über den Tisch, »und brauche es auch nicht zu lesen.«

Er schüttelte den Kopf. »Behalt es. Vielleicht kannst du darüber lachen. Wenn dasselbe darinsteht, wie in der englischsprachigen Ausgabe dieses Magazins«, sagte er, nachdem er das Impressum erkannte, »dann ist genug davon wahr, dass ich froh bin, gerade hier in Afrika zu drehen und nicht in London oder L.A. Dort hätten die Paparazzi Hochbetrieb.«

Sie nickte. »Ich werde es lesen. Weisst du, sogar in Afrika gibt es findige Journalisten.«

»Vermutlich. Aber hoffentlich nicht dort, wo wir hinfahren.«

»Wir sind auf dem Weg nach Namibia, ins gleiche Land, in dem Brad und Angelina dachten, sie könnten unter vier Augen ihr Baby bekommen.« Sonja stand auf, griff nach dem nächstgelegenen schwarzen Koffer und hob ihn an.

»Den nehme ich«, sagte Rickards.

»Ich kann ihn heben, auch wenn ich eine Frau bin.«

Er ging auf sie zu, legte seine riesigen Pranken um ihre Hände und nahm ihr das Gewicht des Koffers mit Gewalt ab. Sie war kurz davor, ihm mit dem Ellbogen einen Stoss in den Solarplexus zu versetzen, als er erklärte: »Ich bin sicher, dass du das schaffst, aber das ist meine Kamera und die fasst niemand an. Okay?«, Er starrte sie an. Sie liess den Koffer los, hielt aber seinem Blick trotzig stand.

Sie beluden den Land Rover und stiegen ein. Die verlängerte Version des altehrwürdigen Defenders mit hundertdreissig Zoll Radstand und einer verlängerten Fahrerkabine bot eine dritte Sitzreihe. Cheryl-Ann nahm den Beifahrersitz ein, Sam und Jim setzten sich auf die mittlere Reihe und Gerry auf die dritte Sitzbank, die er allerdings mit den Koffern für die Filmausrüstung teilen musste, die aus dem Laderaum auf den Sitz neben ihm quollen. Ihre Zelte und die Campingausrüstung sowie ihre persönlichen Rucksäcke waren auf einem Dachgepäckträger verstaut und Sonja sicherte es mit einem Ladungsnetz aus robustem Nylongurtband.

Sonja schwitzte schon, als sie den Turbodieselmotor startete. Cheryl-Ann fummelte an den Reglern der Klimaanlage herum, aber Sonja wusste aus Erfahrung, dass es die Zeit der Frau nicht wert war, weil kaum mehr als lauwarmer Atem aus den Lüftungsschlitzen zu locken waren. »Öffnen Sie besser das Fenster.«

Cheryl-Ann ignorierte sie zunächst, änderte aber ihre Meinung, bevor sie die weniger als einen Kilometer lange Strecke bis zum Spar-Supermarkt gefahren waren. »Okay«, sagte Sonja und drehte sich in ihrem Sitz so, dass die anderen sie hören konnten, »ich habe gehört, ihr wollt im Restaurant des Camps, in dem wir heute Nacht übernachten, essen. Falls ihr aber für unterwegs etwas zu essen oder zu trinken wollt, ist jetzt der richtige Zeitpunkt dafür. Wir haben noch etwa vierhundert Kilometer vor uns und ausser bei einem Notfall, habe ich nicht vor, anzuhalten.«

»Jawoll!«, Rickards brauchte keine weitere Aufforderung. Er kletterte aus dem Auto und die anderen folgten ihm.

Als sie weg waren, stieg auch Sonja aus dem Land Rover. Um sicherzugehen, dass sie niemand beobachtete, schaute sie sich um, nahm die Pistole aus dem Fach zwischen den beiden Vordersitzen und steckte sie am Rücken in den Bund ihrer Shorts. Sie zog ihr Buschhemd über die Glock hinunter, ging zu einem kleinen Baum, stellte sich in dessen Schatten und behielt das Fahrzeug im Auge. Sie wollte gar nicht daran denken, wie viel die Kameraausrüstung wert war, geschweige denn, was in den Rucksäcken verstaut war.

Ein Staubteufel wirbelte die Strasse hinunter und sandete ein halbes Dutzend junger Rucksacktouristen ein, die gerade aus einem Tour-Lastwagen stiegen. Sonja lächelte, als sie sich ihre T-Shirts über die Gesichter zogen und Dreck spuckten. *Willkommen in Maun*, dachte sie. Ein räudiger Esel lief vorbei und schien vor Lachen zu brüllen.

»Guten Tag, Madam«, sagte eine Stimme hinter ihr.

Sie drehte sich um und schaute gleichzeitig auf ihre Uhr, die fünf nach zwölf zeigte. Der Schwarze trug keine Uhr. Er mochte vierzig oder auch sechzig Jahre alt sein, sein Atem stank nach Bier und das Weiss seiner Augen war gelblich.

»Ich suche Arbeit, Madam. Ich könnte ihren Garten pflegen.«

Sonja begrüsste ihn auf Tswana und fügte hinzu: »Tut mir leid, ich habe keinen Garten.« Sie schaute von ihm weg und zurück zum Land Rover, für den Fall, dass er sie davon ablenken wollte.

Zwei neue Land Cruiser Prados mit blau-weissen Nummernschildern der südafrikanischen Provinz Gauteng fuhren neben den Land Rover. Die beiden Fahrzeuge schienen mit jeglichen Campingartikeln aus dem letztjährigen Weihnachtskatalog eines Camping-Warenhauses ausgestattet zu sein. Sonja war froh, dass sie den Dieben in der Gegend etwas Konkurrenz machten.

»Ich spreche kein Tswana«, sagte der Mann auf Englisch, obwohl sie aufgehört hatte, ihn anzuschauen. »Südafrikaner haben Schwierigkeiten, den Unterschied zwischen unseren Völkern zu erkennen, aber danke, dass Sie es versuchten.«

Da die Gefahr gebannt war und keine Verdächtigen in Sicht waren, drehte sich Sonja um und setzte ihre Sonnenbrille ab. Beim ersten Mal hatte sie ihm nicht genug Aufmerksamkeit geschenkt. Er war zu dunkel, zu schwarz, um ein Tswana zu sein. Er sah aus, als käme er aus den heissen Flusstälern im Norden, nicht aus den sonnenverbrannten Weiten der Kalahari. Er war ein paar Zentimeter kleiner als sie und von kräftiger Statur. »Ich bin keine Südafrikanerin. Sind Sie ein Lozi?«

»Entschuldigung, Madam. Wir ziehen beide voreilige Schlüsse. Wir sind Menschen. Ja, ich bin ein Lozi. Ich spreche Lozi oder Englisch, aber mein Deutsch ist sehr schlecht. Woher kommen Sie?«

Es war eine gute Frage, aber Sonja wusste, dass sie sich nicht auf ein Gespräch mit einem Betrunkenen einlassen sollte. Aber wenn er ein Lozi war, kam er wahrscheinlich aus dem Kaprivi-Streifen und angesichts der Aufgabe, die sie übernehmen sollte, weckte dies ihr Interesse. Sie formulierte ihre Antwort sorgfältig. »Ich bin in Südwestafrika geboren, aber meine Familie musste weg, als wir dort nicht mehr willkommen waren.«

Der Mann befeuchtete seine Lippen mit der Zunge und zwang sich, sich durch den Nebel des Rausches auf seine Gedanken zu konzentrieren. »Dann sind wir beide weit weg von zu Hause, Madam. Auch ich stamme aus Namibia und wurde von den Ovambo aus meiner Heimat vertrieben.« Er hüstelte und spuckte in den Staub. »Also haben wir etwas gemeinsam.«

»Sie sind Kaprivier.«

»Sie wissen von unserem Kampf? Es gibt achttausend von uns Flüchtlingen hier in Botswana, Madam. Die Welt hat uns vergessen. Sie interessiert sich nur für Simbabwe, aber nicht für mein Volk. Brauchen Sie einen Gärtner, Madam?«

»Ich habe keinen Garten.«

»Ich habe kein Land. Aber wenn Sie Geld haben, Madam, ich habe seit zwei Tagen nichts mehr gegessen.«

Nein, dachte sie, *aber du hast gestern Abend mehr als ein halbes Bier getrunken und jetzt brauchst du noch mehr Haare von dem Hund, der dich gebissen hat. Ich bezahle für Informationen und wofür du dein Geld ausgibst, ist deine Sache.*

»Die CLA – die Caprivi Liberation Army oder Kaprivi Befreiungsarmee, kennen Sie sie?«, fragte Sonja, denn sie wollte selbst herausfinden, wie sehr der durchschnittliche Kaprivier für die Unabhängigkeit kämpfen wollte, vor allem angesichts des katastrophalen Rückschlags auf der Staudamm-Baustelle. Bei einer Erkundung ging es nicht nur darum, Truppen und Waffen zu zählen, sondern auch die Moral des Feindes – und die der Freunde – zu beurteilen.

»Ich bin UDP.«

Die United Democratic Party, das wusste Sonja, war das politische Gesicht der Unabhängigkeitsbestrebungen der Kaprivier und stand angeblich nicht in direkter Verbindungen zur militärischen Organisation CLA. Der Mann wandte seinen rheumatischen Blick von ihr ab, was ihr sagte, dass er gelogen hatte. »Informationen über die UDP kann ich im Internet finden, alter Mann.«

Der Mann schaute der staubverwehten Strasse entlang nach links und rechts. Es war niemand in Hörweite. »Ich kenne die CLA.«

»Sie sind mit ihrem Angriff auf den Staudamm stromaufwärts von Popa Falls gescheitert. Warum?«

Er suchte erneut die Strasse ab. »Wir ..., äh, die CLA wurde verraten.«

Der Alkohol war schuld am Versprecher. »Waren Sie dabei?«

Er beugte sich vor und hob das rechte Hosenbein seiner Jeans an. Darunter verborgen war eine hässliche Narbe auf seiner Wade zu sehen – eine aufgerissene Naht, die schlecht verheilt war. Nachdem sie einen Blick darauf geworfen hatte, senkte er den Saum wieder. Sie betrachtete seine weissen Turnschuhe, die makellos aussahen, die Jeans, die zwar alt und an den Knien löchrig, aber sauber war und sein gebügeltes Hemd. Er war arbeitslos und betrunken, kümmerte sich aber um sein Aussehen. »Ja, ich war dort. Die Namibier haben auf uns gewartet. Viele. Wir machten keinen Lärm, aber sie benutzten ihre Mörser, um alles hell zu machen ...«

»Beleuchtungsgeschosse, meinen Sie?«

Er nickte. »Sie kannten das Datum, die Zeit und den Ort unseres Angriffs. Viele unserer Männer starben.«

»War dies das Ende der CLA?«

Er schüttelte den Kopf und schaute ihr wieder in die Augen, wobei der Trotz die Glasur durchbrach. Wir sind geschwächt, aber wir sind nicht tot. Es gibt jüngere Männer, die ... die eines Tages bereit sein werden.«

»Und jetzt in der Ausbildung sind?«

»Wer sind Sie, Madam?«

»Ich bin eine Safari-Führerin, die sich für das aktuelle Geschehen in der Region interessiert.«

Der Mann lächelte breit. »Die erste Safari-Führerin, die ich je gesehen habe, die eine Glock hinten in ihrer Hose versteckt und die erste Frau, die ich getroffen habe, die weiss, was eine Illuminationspatrone ist.«

Sie wandte sich wieder an ihn. »Und Sie sind der bestaussehende betrunkene arbeitslose Gärtner, den ich je gesehen habe.«

Er rülpste und hielt sich die Hand vor den Mund. »Ich bin nicht betrunken. Jedenfalls noch nicht. Und um ehrlich zu sein: Ich hasse Gartenarbeit.«

»Sie waren Soldat.«

»Ich war Offizier in der namibischen Armee und ich bin immer noch Soldat.«

Sie wusste es. »Warum sind Sie zu Namibias Militär gegangen?«

»Um zu lernen, wie man sie tötet.«

Sonja griff in ihre Tasche und zählte diskret dreihundert Pula heraus. Er leckte sich wieder über die Lippen und es schien, als könne er den Schnaps fast schmecken. »Wie heissen Sie?«

»Gideon, Madam. Stabsfeldwebel Gideon Sitali.« Er stellte sich steif hin, als wolle er zeigen, dass er wichtig sei.

Sie hielt das Geld locker in ihrer rechten Hand, um ihn zu ködern. »Wer hat Sie verraten, Gideon?«

Er blickte wieder, immer wachsam, in beide Richtungen. »Ich kannte alle Männer des Angriffsteams persönlich. Das heisst, fast jeden einzelnen. Es ist möglich, aber unwahrscheinlich, dass wir infiltriert wurden. Wir sind vom gleichen Blut, wie eine Familie. Aber zwei der elf Männer, bei denen ich mir nicht hundertprozentig sicher war, wurden nach dem Angriff vermisst.«

»Und die anderen?«

»Tot.«

»Wessen Idee war es, den Damm zu stürmen? Warum wurde nicht eine Polizeistation oder eine Kaserne überfallen?«

»Wasser ist unser Lebenselixier, Madam. Wir sind ein Volk der Flüsse und Sümpfe und das waren wir schon immer. Die Ovambo haben ebenso wenig das Recht, uns das Wasser zu nehmen, wie sie uns die Freiheit nehmen dürfen. Der Mukuwa hat gesagt, dass die Zerstörung des Staudamms unserer Sache auch weltweit mehr Publizität verschaffen würde als ein Angriff auf die Polizeistation in Katima Mulilo oder Divundu.

Sonja kannte die Dialekte des Kaprivi nicht, aber Mukuwa war ähnlich wie Muki-wa, das Shona-Wort für weisser Junge. »War ein Weisser bei Ihnen?«

Gideon nickte. »Zwei. Sie haben uns ausgebildet. Einer von ihnen hatte früher gegen die Ovambo gekämpft. Früher waren die Weissen unsere Feinde – ich habe während des Befreiungskrieges für die SWAPO gekämpft – aber heute ist der Feind meines Feindes mein Freund.«

»Könnten sie euch verraten haben?«

Gideon dachte ein paar Sekunden über die Frage nach. Auf seiner breiten Stirn standen Schweissperlen. »Ich wüsste nicht, warum. Einer von ihnen gehörte zu Ihren Leuten, ein ehemaliger Koevoet aus Ihrer Zeit in Südwestafrika. Ich kann mir nicht vorstellen, dass der Bure Geld von den Ovambo genommen hat. Der andere war ein Engländer. Er blieb bis ein paar Tage vor dem Angriff und gab uns ein letztes Training.«

»Könnte er euch verkauft, euch an die Namibier verraten haben?«

»Das ist möglich, ich kann mir aber nicht vorstellen, dass die namibische Regierung mit einem weissen Söldner Geschäfte macht.

Sie haben ihre eigenen Spione und bis anhin konnten wir diese immer aufspüren und ... auf die Reise schicken.«

Sonja stimmte ihm zu, aber in Afrika war alles möglich. Sie reichte ihm das Geld, das er mit dem Beugen des Kopfes entgegennahm. »Wohin werden Sie jetzt gehen, Gideon?«

Er zuckte mit den Schultern. »Ich bleibe vorerst in Maun, aber wenn mein Volk wieder stark ist, werden ich und andere zurück in die Sümpfe gerufen. Er blickte wieder die Strasse hinauf, doch diesmal sah er einen wirbelnden Trichter aus Flugsand und Staub auf sie zukommen. »Ich hasse diesen Ort. Er ist zu trocken. Ein Mensch braucht mehr zum Leben als einen Körper. Er braucht eine Seele und unsere ist der Fluss.«

15

S am lag in der Hängematte, die zwischen zwei mächtigen
Bäumen auf dem Campingplatz in Drotsky's Camp aufgespannt war, als ihn Gesang von dort weglockte. Nachdem sie
die Zelte aufgebaut hatten, liess er sich von der angenehmen Brise
des späten Nachmittags den Schweiss auf der nackten Brust kühlen.
Er legte den Feldführer über afrikanische Säugetiere, in dem er
gelesen hatte, beiseite und zog das T-Shirt an.

Ein ausgetretener, gewundener Pfad führte ihn durch die dichte
Flussvegetation zum Speisebereich, der in einem Holzgebäude mit
Strohdach lag, vor dem eine breite, schattige Veranda über den
Okavango-Fluss ragte.

Durch das Laub vor ihm sah er einen orange leuchtenden Farb-
blitz, der sich schwirrend bewegte, wie ein exotischer afrikanischer
Vogel. Er tauchte auf der grasbewachsenen Lichtung auf und Sam
sah, dass es sich um Frauen handelte. Eine singende, tanzende und
klatschende Prozession in farbenfroh bedruckten Kleidern und mit
Turbanen auf den Köpfen kam in Sicht. Die Texte wiederholten sich,
waren aber von harmonischen Melodien begleitet. Die Stimmen
erfüllten die Lichtung und hallten von den umliegenden Bäumen,
die ein natürliches Auditorium bildeten, wider.

Ein frischvermähltes afrikanisches Paar schritt am Frauenchor vorbei. Im Gegensatz zu den traditionell gekleideten Gästen sah es aus, als sei es von einer Hochzeitstorte gepflückt worden. Der Bräutigam trug einen Smoking aus glänzendem grauem Stoff mit einem burgunderroten Kummerbund und einer passenden Fliege und seine spitzzulaufenden Schuhe hatten die gleiche Farbe wie sein Anzug. Die Braut war von natürlicher Schönheit, die aber durch die vielen Falten eines elfenbeinfarbenen, mit viel Spitze dekorierten Satinkleids und einen ebenfalls spitzenbesetzten Sonnenschirm, den sie unbeholfen umklammerte, eher in den Hintergrund gedrängt als hervorgehoben wurde. Ihr neuer Ehemann steckte sich, offensichtlich verärgert, einen weissbehandschuhten Finger in den Kragen und fuhr damit herum.

Der Fotograf, dessen schwarzer Anzug auf den Schultern Schimmelflecken hatte, organisierte alle Anwesenden auf dem Rasen in die unbequemsten Posen. Das Prozedere wurde weiterhin von den fröhlichen Liedern des Frauenchors untermalt.

Die Klänge der Hochzeitsgesellschaft hatten neben Sam auch ein paar Touristen angezogen. Einige von ihnen filmten und fotografierten mit ihren piepsenden Digitalkameras, während sich der offizielle Fotograf mit seiner ramponierten Nikon abmühte und knipste, drehte und manuell fokussierte, ohne auf die zunehmend gequälten Blicke seiner dahinschmelzenden Untertanen zu achten.

Sam genoss das Spektakel. Wahrscheinlich hätte Cheryl-Ann Rickards befohlen, es zu filmen, doch Sam fand, dass selbst die Taschenkameras der Touristen aufdringlich wirkten. Als der Bräutigam sich endlich von seinem Knie erheben und seine Braut auf die Beine ziehen durfte, dachte Sam, dass das das wirkliche Afrika sei. Auf der einen Seite traditionelle Gesänge und Segnungen für ein Paar, das andererseits wahrscheinlich ein paar Monatsgehälter verprasste, um sich wie Leute aus einem zwanzig Jahre alten amerikanischen oder britischen Hochzeitsmagazin zu kleiden.

Als die Hochzeitsgesellschaft hereinkam, drehte sich Rickards auf seinem Hocker an der Bar. Er winkte und Sam schlenderte zu ihm hinüber. »Ein ziemliches Spektakel, was?«

»Ja«, sagte Sam. Er bestellte sich ein Windhoek Lager und für Rickards ein weiteres Castle.

»Das Aufeinanderprallen der Kulturen ist gut zu sehen. Ich habe in der Vergangenheit haufenweise solchen Scheiss für Dokus gedreht.«

Sam nahm einen Schluck Bier und wischte sich mit dem Handrücken den Mund ab. Obwohl Jim ihm einen Stuhl von der Bar zugeschoben hatte, blieb er stehen. Er würde das, was er gesehen hatte, nicht als Mist bezeichnen.

»Hey«, sagte Rickards und deutete mit dem Hals seiner frischen Bierflasche. »Hier kommt Robo-Barbie. Schön scharf – genau wie ich sie mag.«

»Geben Sie mir bitte noch ein Zweites«, sagte Sam zum Barkeeper. »Entschuldige mich, Jim.« Er nahm die Flaschen und verliess die Bar.

»Angriffsformation einnehmen, Soldat.« Rickards hob sein Bier zu einem Schein-Salut, dann wandte er sich wieder dem Kricketspiel zu, das auf einem Fernseher über der Bar lief.

Sonja blieb auf einer Wiese am Fluss stehen und drückte einige Knöpfe auf ihrer Uhr. Sie schüttelte den Kopf.

»Kein guter Zeitpunkt?«

Sie blickte über die Schulter zu ihm und strich sich feuchte Haarsträhnen aus der Stirn. Ihr grünes Trägerleibchen war mit dunklen Schweissflecken gesprenkelt und sie trug kurze, graue Laufshorts aus elastischem Material. Auf deren rechtem Oberschenkel war in vertikaler Richtung in weisser Farbe das Wort ARMY aufgedruckt. »Gäbe bessere.«

»Blutete dein Bein wieder?«, fragte er und deutete mit einer der Flaschen auf den Verband, der frisch war, in dessen Mitte sich aber ein kleiner Fleck gebildet hatte.

Sie betrachtete ihn neugierig. »Es ist nicht so schlimm. Willst du beide Bier selbst trinken?«

Er reichte ihr eines und sie nahm einen langen Schluck. Als sie den Kopf zurücklegte, betrachtete er die glatte Haut ihres Halses und fand sie unglaublich sexy. »Schöner Blick auf den Fluss«, sagte er,

um sich von anderen Gedanken abzulenken, die sich zusammen-
brauten.

»Ja, und eine angenehme Brise«, sagte sie und wies ihm den Weg
zur Veranda, die vor dem Essbereich und Empfangsraum lag, wo das
Hochzeitsessen in vollem Gange war.

Die untergehende Sonne verwandelte den Fluss in einen Strom
aus roter Lava. Sie fanden zwei Stühle aus dunklen Holzlatten, die
viel bequemer waren, als sie aussahen. Sonja stellte ihre Laufschuhe
auf das Geländer, lehnte den Kopf zurück und nahm einen weiteren
Schluck Bier.

»Wie weit bist du gelaufen?«

»Nur fünf oder sechs Kilometer, zur Hauptstrasse und zurück.«

»Hast du keine Angst vor wilden Tieren?«

»Auf dieser Seite des Deltas gibt es nicht so viele wilde Tiere wie
in Moremi und den angrenzenden Konzessionen. Natürlich, Krokodile und Flusspferde im Fluss und vielleicht den einen oder anderen
Leopard im Busch am Ufer, aber sonst nicht viel.«

»Es ist eine Schande, dass nicht das ganze Delta und der Fluss zu
einem Wildreservat oder Nationalpark erklärt werden können.«

Sonja trank noch einen Schluck Bier und nickte. »Da stimme ich
dir zu, aber viele andere sehen das anders. Botswana hat einen
starken kommerziellen Agrarsektor und der Panhandle ist gutes
Agrarland. Ausserdem sind da noch die traditionellen Landbesitzer
zu berücksichtigen. Einige von ihnen, unter anderem Häuptling
Moremi III, erkannten im Jahr 1963, dass sich mit der Abriegelung
von Teilen des Deltas und der Erhebung von hohen Gebühren für
deren Zugang von weissen Jägern und überhaupt Reisenden Geld
verdienen lässt. Andere wiederum sind froh, wenn sie weiterhin
jagen, fischen oder ihre Ziegen und Kühe auf dem Land weiden
lassen können.«

Er nickte. »Ich möchte das alles, diese konkurrierenden Landnut-
zungen, gern in meinen Dokumentarfilm einbauen.«

»Es muss nicht unbedingt Konkurrenz sein. Afrika ist ein grosser,
fruchtbarer Kontinent, aber wir Menschen haben im Laufe der Jahre

einige schreckliche Fehler dabei gemacht, wie wir seine Gaben genutzt und missbraucht haben.«

»Es gibt so viel zu lernen.«

»Ja«, stimmte sie zu. »Eine Menge, die in eine sechzigminütige Fernsehsendung passen muss.«

»Hey, zwei sechzigminütige Sendungen. Und vergiss nicht meine Überlebens-Szene. Obwohl wir vielleicht einiges davon neu drehen müssen und die Stellen, an denen du versuchst, mich umzubringen, rausschneiden müssen. Das ist nicht gut für mein Image als harter Kerl.«

Sie lachte und er war dankbar dafür. »Hey, es geht mich zwar nichts an, aber als wir von Xakanaxa wegfuhren, hatte ich den Eindruck, dass du vorhattest, im Camp zu bleiben.«

Jede Spur von Heiterkeit verschwand aus Sonjas Gesicht und sie blickte auf den Fluss hinaus. »Du hast recht, das geht dich nichts an.«

»Es tut mir leid«, sagte er und meinte es ernst. Es schien, als ob er jedes Mal, wenn er sich mit dieser stacheligen Kreatur anfreundete, etwas sagte, durch das sie sich wieder zu einem Ball zusammenrollte. *Scheiss drauf*, dachte er und spürte, dass sie aufstehen und gehen wollte. Er hatte nichts zu verlieren, aber eine Menge zu gewinnen. Sie war wunderschön, sogar nach einem Lauf, staubig und verschwitzt. »Stirling sagte zu mir, falls ich dich anfassen würde, brächte er mich um.«

Sie starrte ihn an und ihre Augen und der Mund weiteten sich. »Was? Was zur Hölle …?«

Sam zuckte mit den Schultern. »Ich habe ihn nur gefragt, woher er dich kennt. Standet ihr euch nahe?«

Sie ignorierte ihn, offensichtlich über die Enthüllung verblüfft. Sie nahm einen weiteren Schluck Bier. »Er … die verdammte Arroganz dieses Mannes. Wie kann er es wagen, so etwas zu dir zu sagen und mich zu behandeln, als würde ich gar nicht existieren.«

»Also, woher kennt ihr euch?«

Sie liess sich auf ihren Stuhl sinken und wedelte mit einer Hand in der Luft herum. »Wir waren im Teenageralter zusammen. Ich dachte, dass ich ihn liebe und er mich. Aber ich bin gegangen, um ... um wegzugehen.«

Wie immer hielt sie mehr zurück, als sie erzählte, aber er wollte mehr über die Verbindung zwischen ihr und Stirling erfahren. »Stirling dachte, ich würde seine Freundin Tracey anbaggern und hat mir eine verpasst, weisst du?«, erklärte er und zeigte auf seine Wange.

Sie beugte sich näher vor, um die Verfärbung dort zu sehen. »Und, hast du dich wirklich an sie herangemacht?«

Sam schüttelte den Kopf. »Es war ein Missverständnis. Ich will ja nicht aus der Schule plaudern, aber Tracey, na ja, sie hat irgendwie ...«

Sonja nickte. »Stirling ist ein Idiot, dass er sich in sie verliebt hat.«

»Wenn Stirling ein Idiot ist, dann deshalb, weil er dich nicht zurückwill.«

Sie sah ihn wieder an, aber er konnte nicht lesen, was sie dachte. »Danke«, sagte sie schliesslich, und er atmete erleichtert auf.

Sam streckte seine Hand über die Armlehne seines Stuhls nach Sonja aus. »Bei all dem, was passiert ist, hatte ich noch gar keine Gelegenheit, mich richtig dafür zu bedanken, dass du mir im Busch das Leben gerettet und mich gesund und munter nach Xakanaxa zurückgebracht hast.«

Sie schüttelte seine Hand und lächelte. Er spürte, wie sein Herz zu klopfen begann. »Danke!«

Sie erwiderte seinen Händedruck mit einem festen, aber nicht männlichen Griff. Er wollte ihre Hand nicht zuerst loslassen und wartete darauf, dass sie ihren Griff lockerte und sah ihr in die Augen. Ihr Brustkorb hob und senkte sich und er fragte sich, ob sie immer noch vom Laufen kurzatmig war.

»Das war doch selbstverständlich. Und vielen Dank für die Kleider«, erwiderte sie, bewegte seine Hand einmal auf und ab und liess sie dann los. Sam spürte ihr Brennen immer noch wie Trockeneis an seinen Fingern.

Sonja stand auf. »Danke für das Bier. Ich muss jetzt Wasser holen und duschen.«

Mit diesen Worten ging sie. Sam entspannte sich in seinem Stuhl und genoss den Rest seines Biers und den Sonnenuntergang. Allein, aber mit einem heimlichen Lächeln im Gesicht.

DIE GÄSTE des Hochzeitsfestes begannen wieder zu singen. Ihre Fröhlichkeit stach Sonja wie eine lästige Stechmücke. Genau wie Sams Bemerkung darüber, was Stirling in Xakanaxa zu ihm gesagt hatte. Sie konnte nicht glauben, wie kindisch Stirling gewesen war, dass er auf dieses betrügerische Mädchen hereingefallen war und trotzdem immer noch glaubte, er habe ein Eigentumsrecht an seiner alten Freundin. Das war doch zum Verrücktwerden.

Ein Gelbschnabeltoko segelte mit weit ausgebreiteten Flügeln an ihr vorbei und landete in der Astgabel eines Baumes. Sie hielt inne und beobachtete, wie er einen Käfer durch ein kleines Loch in einem Baumstamm fallen liess. Sie wusste, dass der Toko eine Schlamm- wand gezimmert hatte, mit der er ein viel grösseres, dahinteerlie- gendes Loch versteckte, in dem seine Partnerin und die Küken wohnten. Das Männchen verbrachte wahrscheinlich den ganzen Tag damit, Insekten zu fangen und vom Boden zum Baum zu pendeln, um seine Familie damit zu füttern. Sein Weibchen hatte sich wohl alle Federn ausgerupft und damit das Nest ausgekleidet, als das Männchen es mit nassen Lehmklumpen einmauerte. Sie und die Küken waren darin vor Raubtieren sicher, aber völlig vom Männchen abhängig, das sie mit Nahrung versorgte. Sicherheit und Geborgen- heit zu welchem Preis? Dem der Fähigkeit zu fliegen.

Als sie zum Campingplatz zurückkehrte, schienen die anderen des Fernsehteams alle schon zum Abendessen gegangen zu sein, was ihr ganz recht war. Sie ärgerte sich, weil einer der Männer ihre Warnung vor den Affen ignoriert und seine Zeltklappe offengelassen hatte. Sie spähte hinein und rümpfte die Nase. Es war das Zelt von Rickards. Auf seinem ausgerollten Schlafsack lag eine leere Chips- Packung. Salz und Krümel bedeckten den Sack, aber noch viel schlimmer war ein von hellgrünen, surrenden Fliegen bedeckter kleiner Scheisshaufen. Grüne Meerkatzen sind nicht nur erfahrene Diebe und mutwillige Vandalen, sondern hinterlassen auch gerne ihre kleinen, ekelerregenden Visitenkarten. Sonja war versucht, die Zeltklappe offen zu lassen, aber sie wollte nicht, dass eine Schlange in Rickards Schlafsack schlüpfte und ihn in der Nacht biss. Sie überlegte kurz, dann lächelte sie und schloss den Reissverschluss des Zeltes. Sie liess den Haufen des Affen dort, wo er war, das würde als Mahnung reichen.

Sie öffnete ihr eigenes Zelt und setzte sich auf die Matratze. Ein Rabe stolziert an ihrem Zelt vorbei und krächzte ein paar Töne. Der Lauf hatte ihre Unruhe nicht vertrieben und nach dem Gespräch mit Sam fühlte sie sich noch aufgeregter. Sie machte fünfzig Liegestütze und hundert Klappmesser, um nicht mehr an Männer zu denken und wie dumm sie waren. Die zusätzliche Bewegung beschleunigte die Wirkung des Biers und so trank sie die Flasche mit warmem Wasser aus ihrem Rucksack aus.

Sonja sah das gerollte Magazin aus einer Tasche des Rucksacks herausragen und zog es, zusammen mit ihrer Surefire-Taschenlampe heraus. Sie schaltete die Lampe ein und blätterte zum Artikel über Sam. Es gab ein Bild von ihm mit einem attraktiven blonden Starlet, dessen Namen Sonja vage bekannt vorkam sowie ein zweites, viel neueres. Es war ein Fahndungsfoto der Polizei und er starrte den Kameramann mit einer Mischung aus Schock, Trauer und Trotz an. Diesen fassungslosen Blick hatte sie schon nach einem Feuergefecht bei Soldaten gesehen.

Bekiffter und betrunkener Chapman wegen des Todes seines Freundes im Gefängnis.

Sonja klappte die Titelseite der Zeitschrift zurück und las weiter.

Das Image des amerikanischen Wildlife World-Moderators Sam Chapman als sauberer Junge wurde durch die Enthüllung erschüttert, der gut aussehende Star habe wegen des Todes seines besten Freundes in einem Jugendgefängnis gesessen.

Der damals siebzehnjährige Chapman entwendete zusammen mit seinem ebenfalls siebzehnjährigen Kumpel David Rollins ein Auto und terrorisierte unter Alkohol und Drogen auf einer rasanten Fahrt die Strassen ihres Wohnorts, des ruhigen Vororts Butte, Montana.

Polizeiquellen in Montana bestätigten diese Woche Berichte des Maga-

zins ›Entertainment Truth‹, wonach Chapman die Kontrolle über den Wagen verlor, der sich anschliessend überschlug und gegen einen Laternenmast prallte. Rollins, ein Held des Highschool-Footballs, war sofort tot.

»Ich bin froh, dass die Wahrheit endlich herausgekommen ist«, sagte die Mutter des toten Jungen, Denise Rollins, immer noch verstört. »Sam Chapman lebt das Leben eines Holly-wood-Stars, dabei hat er meinen David seiner Zukunft beraubt. Er hat meinen Sohn auf dem Gewissen und ich werde ihm nie vergeben.«

Chapman wurde des Totschlags an seinem Freund und des Fahrens unter Alkoholeinfluss für schuldig befunden und zu einer zweijährigen Haftstrafe in der Jugendstrafanstalt Pine Hills verurteilt. Er bekannte sich auch des Besitzes des Marihuanas schuldig, das im Wrack des Autos gefunden wurde.

Weder Wildlife World, das die preisgekrönten Dokumentarfilme von Chapman produziert, noch der Agent des Stars wollten sich dazu äussern. Es heisst, Chapman drehe in Botswana für eine bevorstehende Reihe von Sondersendungen für den Kabelfernsehsender.

Die Mitarbeiter der Universität von Montana waren fassungslos, als sie von Chapmans bewegter Vergangenheit erfuhren. Ein ehemaliger akademischer Kollege, der nicht namentlich genannt werden wollte, sagte, Chapman sei beliebt gewesen, bevor er die akademische Welt verliess, um eine Karriere beim Fernsehen zu machen.

Ein zweideutiges Kompliment, wie sie es noch nie gehört hatte, dachte Sonja, als sie die Zeitschrift zur Seite legte und sich gegen ihren Rucksack lehnte. Sie hatte Chapman für ein weiteres perfektes Produkt eines sanften, wohlgenährten Vorstadtlebens gehalten; einen klugen Mann, der aus seinem guten Aussehen Kapital geschlagen hatte, um eine Abkürzung zum ›amerikanischen Traum‹ zu finden.

Chapman hatte in seinem späteren Leben weitere Kontakte zu jugendlichen Straftätern und arbeitete angeblich als Freiwilliger in Erziehungslagern, wo er jungen Insassen das Überleben in der Wildnis beibrachte. Es ist nicht bekannt, ob er jemals mit einem der Kinder, mit denen er gearbeitet hat, über seine düstere Vergangenheit gesprochen hat.

Dem Artikel waren mehrere Bilder von Sam beigefügt. Es gab eine Aufnahme, auf der er einem schlafenden Kojoten ein Medikament verabreichte oder eine Blutprobe entnahm, eine Aufnahme vor dem Ayers Rock mitten in Australien, dem heutigen Uluru und eine weitere, auf der er an einem Strand aus der Brandung lief. Er hatte einen perfekten Bauchansatz. Sie erinnerte sich an das Gefühl der warmen Haut seiner Hand in ihrer. Ihr Gesicht rötete sich, als sie daran dachte, dass sie sie zu lange festgehalten hatte.

Es war schon dunkel, als sie sich ihr Handtuch und ein Stück Seife schnappte und sich auf den Weg zum kleinen Sanitärgebäude des Campingplatzes machte. Sie betrat die Duschkabine, zog sich aus und drehte den Warmwasserhahn auf. Obwohl die Rohre irgendwo hinter der Wand ratterten und ächzten, kam kein Wasser heraus. »Scheisse«, murmelte sie. Sie versuchte es mit dem kalten Wasser, aber auch hier passierte nichts. Sie wickelte ihr Handtuch um sich, befestigte es über ihren Brüsten und nahm ihre Sachen.

Vor der Tür zur Herrenseite des Blocks blieb sie stehen. Drinnen war es dunkel und still. Sie stiess die Tür auf und spähte hinein. Der Vorhang der einzigen Duschkabine war halb geöffnet, aber sie konnte niemanden darin sehen. Da sonst niemand auf dem Campingplatz übernachtete, war die Wahrscheinlichkeit gering, dass sie jemanden störte. Sie legte ihre Kleider auf eine Bank und tappte weiter in die Dunkelheit.

Dann hörte sie das Atmen. Es war rau und schnell.

Dann roch sie ihn, den starken, satten Geruch seines Körpers.

Verflucht! Hinter dem halb zugezogenen Vorhang war ein Mann. Sonja bückte sich, um ihre Sachen zu nehmen und bemerkte erst dann, dass an der Rückseite der Tür, durch die sie gerade hereingekommen war, Sams Jeans und das Buschhemd hingen.

Auf Zehenspitzen machte Sonja einen Schritt zur Tür und griff danach, schreckte aber zurück, als sie im Halbdunkel eine Bewegung sah. Sam hatte sich umgedreht und lehnte mit einer Hand an der Kachelwand. Sie duckte sich nach hinten, so dass sie von der Wand der Toilettenkabine verdeckt war, sie aber gerade noch über den Rand der Trennwand sehen konnte. Sams Arm bewegte sich. Sie schnappte nach Luft und wagte nicht, einen weiteren Atemzug zu nehmen, damit er sie nicht hörte. Er atmete jetzt noch lauter.

Sie lehnte ihre Wange an die Wand und beobachtete ihn. Als sich ihre Augen an die Dunkelheit gewöhnt hatten, sah sie seine Hand, die um seinen harten, geschwollenen Penis gelegt war. Sie starrte ihn an. Er strich mit der Handfläche über die Eichel und schloss sie dann fester, als er sie seinen Schaft hinuntergleiten liess. Sie konnte hören, wie glitschige Finger sich bewegten. Bevor sie ihren Blick von ihm abwandte, sah sie, wie er ausatmete und den Kopf mit halbgeöffnetem Mund zurücklehnte. Die ausgeprägten Muskeln seines Rückens und seiner Schultern glitzerten vor Schweiss, als seine Hand und sein Atem schneller wurden. Er bewegte sich wieder und seine linke Hand ging von der Wand zum Wasserhahn. Das Wasser plätscherte auf den Kunststoffvorhang und er legte seine Hand wieder an die Wand. Er hatte sich dabei gedreht und stand jetzt mit dem Rücken zu ihr, so dass sie mehr von ihm sehen konnte, wenn auch weder seine rechte Hand noch seinen Penis.

Sonja spürte, wie ihre Brustwarzen sich gegen den Stoff des Handtuchs drückten und Feuchtigkeit aus ihrem Inneren sickerte. Sie schluckte und erlaubte sich einen halben Atemzug. Ihr Gesicht brannte und sie wäre am liebsten zur Tür gerannt. Aber gleichzeitig wollte sie zum Vorhang rennen und ihn zur Seite reissen.

Sam richtete sich auf und stellte sich auf die Zehenspitzen, wobei sich sein schön geformter Hintern zusammenzog. Er warf den Kopf noch weiter zurück und stiess einen erleichterten Schrei aus, als sein ganzer Körper erbebte.

Sonja flitzte zur Tür, schlüpfte hinaus und lief barfuss über den Zeltplatz zu ihrem Zelt. Eilig öffnete sie den Reissverschluss, warf ihre Kleider beiseite und legte sich auf ihre Matratze. Ihr Herz raste, als sie sich ausstreckte und es schien in ihrer Brust zerplatzen zu wollen, als sie in der Dunkelheit kam.

Sonja bremste ab, um ein Trio von Kuduböcken die Strasse überqueren zu lassen. Die mittlere Antilope hielt inne und starrte sie eine Sekunde lang an, warf dann aber ihre langen, gedrechselten

Hörner in die Luft und sprang davon, den weissen Schwanz schützend nach oben zum Rücken gelegt.

Es war keineswegs knapp, denn nachdem sie bei Shakawe die Grenze nach Namibia überquert hatten, hatte sie ihre Geschwindigkeit auf achtzig Kilometer reduziert. Botswana, Namibia und Südafrika gehörten zu einer gemeinsamen Zollzone, so dass es keine Probleme dabei gab, das Fahrzeug über die Grenze zu bringen. Als die Beamtin auf der Seite Botswanas ihren Pass scannte, hielt Sonja den Atem an. Die Fälschung war gut – Steele hatte die besten Quellen auf der ganzen Welt – und das Dokument wurde auf beiden Seiten der Grenze kontrolliert. Sonja kam der Bakkie der namibischen Armee in den Sinn, der hinter dem Gebäude der Zoll- und Einwanderungsbehörde geparkt war und die beiden Soldaten, die sich mit einer Putzfrau unterhielten, die sich draussen auf ihren Mopp stützte. Die Soldaten in Tarnkleidern waren mit AK-47 bewaffnet. Es war keine grosse Truppe, aber es war in diesem Teil der Welt auch nicht üblich, bewaffnete Militärs an einem Grenzposten zu sehen.

Das Land um Shakawe, auf der Seite Botswanas, wurde landwirtschaftlich genutzt, für Ackerbau und Viehzucht. Sobald sie aber die Grenze zu Namibia überschritten hatten, befanden sie sich in der Wildnis. Knochentrockener Busch flankierte die Strasse, weshalb Sonja es langsam anging. Wenn ein Tier die Grenze überqueren wollte, gab es keine Warnung. Ein Schwarzmilan zog seine Kreise über ihnen und patrouillierte auf der Suche nach überfahrenen Tieren über der Strasse.

»Was ist das für ein Ort?«, fragte Sam hinter ihr.

»Das Mahango-Wildreservat. Es ist etwa dreissigtausend Hektar gross. Der Okavango-Fluss liegt zu unserer Rechten und dahinter beginnt der viel grössere Bwabwata-Nationalpark, der in meiner Jugend West-Kaprivi-Wildreservat hiess.«

Sie beobachtete ihn im Rückspiegel und nickte zu ihrer Erklärung, dann erinnerte sie sich an den Anblick, wie er sich in der Dusche auf die Zehenspitzen stellte. Sie schaute auf der Fahrerseite aus dem Fenster, um zu verhindern, dass Cheryl-Ann sie erröten sah.

Als Sonja sich im Zelt berührte, stellte sie sich ihn vor. Zuerst auf sich, dann in sich und dabei überlegte sie, ob er in der Dusche an sie gedacht hatte.

Sonja verdrängte die Ablenkung. Obwohl sie die Reiseleiterin für die Fernsehleute spielte, war es ihre andere Aufgabe, die Sehenswürdigkeiten, an denen sie vorbeikamen, aus militärischer Sicht zu beurteilen. Im Norden erstreckte sich das Mahango-Wildreservat bis etwa zwölf Kilometer vor die Popa-Fälle, also ganz in die Nähe von dort, wo der Damm gebaut wurde. Wenn Steeles Truppen in der Nähe von Shakawe nach Namibia eindrangen, bot das Reservat ihnen für einen Teil ihrer Reise Deckung oder sogar eine versteckte Buschbasis, in der sie sich formieren und auf einen Angriff vorbereiten konnten. Im Reservat patrouillierten Ranger der namibischen Wildtierbehörde, aber nicht genug, um für eine Gruppe schwerbewaffneter Söldner eine Bedrohung darzustellen. Sonja wäre gerne mit einem Boot von Drotsky's Camp den Okavango hinauf bis zur Grenze gefahren, um zu sehen, welche Kontrollen es auf dem Fluss selbst gab, aber einen solchen Ausflug konnte sie nicht rechtfertigen.

»Big-Five-Land?«, fragte Gerry.

Sonja schüttelte den Kopf. »Die Nashörner wurden hier schon vor Jahrzehnten alle getötet, aber es gibt immer noch Löwen, Büffel, Elefanten und Leoparden und gelegentlich werden auch Wildhunde und Geparden gesichtet.«

»Cool«, sagte der Tontechniker.

Rickards gähnte und Sonja konnte den abgestandenen Schnaps in seinem Atem riechen. Cheryl-Ann sass schweigend da und schaute, wie die grauen und braunen Farben des dornigen Buschlandes an ihr vorbeizogen.

Sonja war zu spät zum Abendessen gekommen, erst, als die anderen gerade fertig waren. Sie hatte keine Lust auf eine Konfrontation mit Cheryl-Ann und ausserdem sprach das Team gerade über das Geschäftliche und plante die Dreharbeiten für die nächsten Tage, weshalb sie sich an der Bar einen Snack bestellte. Sie hatte schon fast befürchtet, dass sie Sam allein beim Essen antreffen würde oder dass er sich eine Ausrede einfallen liess, um mit ihr im Restaurant zu bleiben. Aber er ging mit den anderen und nickte ihr höflich zu, während sie ihren Burger ass und allein noch zwei Bier trank, um ihren Puls zu beruhigen.

Sie hatten früh am Morgen zusammen gefrühstückt und Sonja hatte die Frau am anderen Ende des Tisches beäugt. Sie begegneten sich höflich und freundlich, waren aber weit davon entfernt, Freundinnen zu sein. Für Sonja war das in Ordnung und sie hoffte, dass es auch Cheryl-Ann genügte.

»Ich habe vorher angerufen«, sagte Cheryl-Ann. »Die haben für uns auf jeden Fall noch Hütten frei für heute Abend.«

Es würde also keinen Streit um Zelte geben. »Gut.«

Cheryl-Ann blickte von der Szenerie weg und zu Sonja hinüber. »Hatten Sie Probleme mit dem Wasser im Duschblock, Sonja?«

»Ähm ... ja.«

»Ich habe mich bei der Rezeption beschwert, aber die haben mir nur gesagt, ich solle den anderen Block benutzen und der war ganz am anderen Ende des Camps. Aber es ist wirklich ärgerlich.«

Sonja zuckte mit den Schultern. »Ich habe einfach die Herrendusche benutzt.« Sie konnte sich einen Blick in den Rückspiegel nicht verkneifen, als sie das sagte und sah, dass Sam zu ihr schaute. Es kam ihr vor, als ob sein Blick ihre Augen suchte und wandte ihren Blick sofort ab.

»Sie kommen heute Nachmittag mit uns auf die Flussfahrt, Sonja.«

Es war eher eine Feststellung als eine Frage, aber Sonja freute sich trotzdem. Cheryl-Ann würde sie dabeihaben wollen, um sicherzustellen, dass sie alle Vögel und Säugetiere, die sie während der Dreharbeiten sahen, richtig identifizieren konnten, aber Sonja wollte sich den Flussabschnitt, der zu den Wasserfällen und der Staumauer führte, genauer ansehen. Wäre sie nicht zur Flussfahrt beordert worden, hätte sie darum gebeten, mitfahren zu dürfen oder hätte selbst eine gebucht. Die zweite Option war jedoch nicht wünschenswert, weil sie möglicherweise das Misstrauen des Fernsehteams geweckt hätte. »Das wird toll, Cheryl-Ann. Ich bekomme nie genug davon, auf dem Fluss zu fahren«, sagte sie.

Sie fuhren, auf einer sandigen, aber festen Strasse, die an einem Dorf und ein paar Einheimischen, die Kühe hüteten, vorbeiführte, ein paar Kilometer von der Hauptstrasse weg in Richtung des Flusses zum Ngepi Camp. Das Camp selbst lag auf einer Sandinsel, wobei der Nebenfluss des Okavango, den sie über einen Damm aus Erde und Steinen überquerten, ausgetrocknet war. Sonja fragte sich, wann er zuletzt geflossen war. Sie parkte und ging ins auf drei Seiten offene Empfangsgebäude.

Cheryl-Ann eilte an die Bar, aber Sonja blieb zurück und sah sich um. Sie hatte schon von Ngepi gehört, war aber noch nie hier gewesen. Das Camp und seine Unterkünfte waren auf moderne Rucksacktouristen und Individualreisende ausgerichtet. Es hatte eine fröhliche und flippige Ausstrahlung. Jedes Schild an der Rezeption schien einen Witz zu enthalten und einige davon waren lustig. Hinter der Bar befand sich die obligatorische Sammlung von an die Wand genagelten Baseballkappen und Geldscheinen. Darüber hing ein Poster von Che Guevara und von den Dachsparren des Strohdachs baumelte die namibische Flagge. Sonja schlenderte an einer Feuerstelle vorbei, um die Bänke aus alten Wurstbaumholz-Mokoros aufgestellt waren und gelangte schliesslich zu einer Holzplattform, die über den Fluss hinausragte.

Der Fluss vor Drotsky's war durch Inseln aus Pampasgras und Papyrus in schmale Kanäle unterteilt worden. Hier, weiter flussaufwärts und viel näher am Damm, war der Fluss dagegen breit und offen. Dem rosabraunen Rücken eines Flusspferdes nach zu urteilen, der über die Wasseroberfläche ragte, war der Wasserlauf hier allerdings nicht sehr tief. Sie konnte das mehrere hundert Meter entfernte Ufer sehen, das die Grenze zum Bwabwata-Nationalpark bildete. Weiteres, abgesehen von Tieren weitgehend leeres Land.

In einem ruhigen Kanal flussabwärts konnte sich eine Truppe, die mit dem Boot unterwegs war, vielleicht verbergen, aber hier war der gesamte Verkehr von beiden Seiten des Flusses her deutlich sichtbar.

Der Okavango floss ziemlich schnell, wie Sonja an den Grashalmen und einer Plastiktüte erkannte, die an ihr vorbeiglitten. Unterhalb der Plattform befand sich ein etwa acht mal acht Meter grosser Schwimmkäfig, der von alten Benzinfässern über Wasser gehalten und von einem klapprigen Holzsteg gesäumt wurde. Der Käfig sollte Schwimmer vor wilden Tieren schützen. Flusspferde, so hiess es oft, töteten mehr Menschen als jedes andere Tier in Afrika, aber Sonja wusste, dass dafür Krokodile verantwortlich waren. Viele Einheimische, die an den Ufern der Flüsse in den Regionen Kavango und Kaprivi in Namibia Wasser holten, wuschen, badeten und ihr Vieh hüteten, wurden von den Riesenechsen angegriffen und getötet. Ein Mädchen im Bikini, mit der grossen Tätowierung eines Schmetterlings auf der roten Haut seines Rückens, nahm ein Sonnenbad. Ein dunkelhäutiger Mann mit Dreadlocks und der Statur eines Läufers kniete auf dem Steg und zog Grasbüschel, Unkraut sowie eine weitere Plastiktüte aus den Maschen des Käfigs, die sich dort verfangen hatte. Ein Schild warnte die Schwimmer, dass sie, wenn sie beim Baden im Käfig ins Wasser pinkelten, dieses später weiter fluss-abwärts, in Maun, tranken. Sonja zwang sich zu einem Lächeln.

Cheryl-Ann kam auf die Terrasse, die Männer hinter sich, wie eine Entenmutter.

Als sie Sonja erreichte, holte sie die Schlüssel, die sie an der Rezeption abgeholt hatte, hervor. »Bitte sehr, Sam, Gerry und Jim. Ihr habt jeder ein so genanntes Baumhaus am Wasser.«

Sonja sagte nichts und streckte ihre Hand nicht nach einem Schlüssel aus. Sie hatte schon geahnt, was kommen würde.

»Sonja, für dich haben wir kein Zimmer gebucht. Der Plan war immer, dass unser Führer im oder beim Fahrzeug zeltet und darauf aufpasst.«

»Kein Problem. Vom Campingplatz zu euren Bungalows ist es bestimmt nicht allzu weit, so dass ihr eure Ausrüstung nicht allzu weit tragen müsst.«

Rickards machte hinter Cheryl-Anns Rücken eine Grimasse und Sam verdrehte die Augen. Sie scherte sich nicht um die kleinlichen Streitereien, die Cheryl-Ann anzettelte. Sie kümmerte sich nicht um diese verwöhnten Leute und ihren unbedeutenden Beitrag zur Welt. »Der Land Rover ist nicht geschlossen. Ich schaue mir den Camping-platz an.«

Sonja ging den sandigen Weg zum schwimmenden Becken hinunter. Das sonnengerötete Mädchen lag immer noch auf dem Holzdeck und der Schwarze, den Sonja vorhin gesehen hatte, sass auf dem Rand und liess die Füsse ins Wasser hängen.

»Morgen«, sagte er.

»Howzit?«, fragte Sonja.

»Gut und Ihnen?«

»Prima.« Wegen des Kleidermangels trug Sonja anstelle von Unterwäsche ihren Bikini unter den Safarikleidern. Sie zog das Hemd aus, schlüpfte aus den Sandalen und Shorts und tauchte tief in den Schwimmkäfig. Das Wasser war kühl und sobald sie auftauchte, spürte sie, wie die Strömung sie ans flussabwärts gelegene Ende des Gitterbeckens trieb. Sie drehte sich um und begann, träge gegen die Strömung des Flusses zu schwimmen. Sie hielt die Position in der Mitte des Schwimmbeckens mühelos. Dies war eine neue Art, sich ein wenig zu bewegen und eine gute Erinnerung daran, dass jede Annäherung an den Damm in Booten mit Aussenbordmotoren erfolgen musste. Auch wenn der Fluss niedrig war, war die Strömung immer noch stark, so dass ein heimlicher Angriff mit Kajaks wahrscheinlich nicht in Frage kam.

»Sieht aus, als kämen Sie nicht weiter«, sagte der Afrikaner und lächelte.

»Sie wissen gar nicht, wie recht Sie haben, mein Freund.«

Er lachte.

»Ich habe vorhin gesehen, wie Sie den Müll aus dem Käfig gezogen haben«, sagte sie. »Arbeiten Sie hier?«

»Nein. Aber das heisst nicht, dass ich mich nicht um die Umwelt kümmere. Der Damm, den sie flussaufwärts bauen, ist für zu viel Verschmutzung verantwortlich.«

»Wie kommt das?«

»Plastiktüten und andere Abfälle, die von den Bauarbeitern ins Wasser geworfen werden, Öl und Diesel von den Lastwagen und Bulldozern, unkontrollierte Schlammströme während der Bauarbeiten. Überall sonst auf der Welt würden sie strafrechtlich verfolgt werden.«

»Überall sonst auf der Welt könnte das Projekt aus Umweltgründen nicht gebaut werden. Sie klingen, als wüssten Sie, wovon Sie reden.«

Er lachte wieder, tief und herzhaft. »Lassen Sie sich von der Frisur und den Klamotten nicht täuschen«, sagte er, wobei er auf seine Dreadlocks und die glänzenden, roten Shorts, die er trug, deutete, die tief unten auf seinem Hintern hingen, so dass seine Calvin Klein Unterhose zu sehen war. »Ich habe einen Abschluss in Umweltmanagement von der Universität von Simbabwe, aber die einzige Möglichkeit, Geld zu verdienen, ist als Führer auf einem Tour-Lastwagen. Dieser Damm wird etwas Schönes zerstören.« Das weisse Mädchen stand auf, setzte sich auf den Rand des Beckens und liess sich hineinfallen. »Die Einheimischen flussaufwärts werden es nicht so sehr bemerken, aber flussabwärts wird es die Umwelt zerstören und gleichzeitig dem Tourismus schaden. Alles nur aus Gier.«

Sonja nickte. »Nach Wasser?«

»Nach Geld«, erwiderte der Reiseführer. »Einige Leute haben für den Kaprivi-Streifen grosse Pläne, sobald der Damm fertig ist. Es geht nicht nur um Wasserkraft und Wasser für Windhoek. Es gibt Pläne für weitere Minen, einschliesslich Diamantenabbau und gross angelegte kommerzielle Landwirtschaft dort oben. Er deutete mit dem Daumen über seine Schulter nach Norden. »Viel Geld.«

»Der Vogel, der knapp über dem Wasser fliegt und seinen offenen Schnabel der Wasseroberfläche entlang zieht, ist ein afrikanischer Scherenschnabel«, sagte Sam in die Kamera.« Der Bootsführer hatte den Aussenborder abgeschaltet und sie trieben lautlos und zügig den Okavango hinunter.

»Er steht auf der Liste der vom Aussterben bedrohten Arten und es gibt nur noch fünfzehntausend dieser unglaublichen Kreaturen auf der Erde. Indem er mit seinem Unterschnabel knapp unter der Wasseroberfläche fliegt, fängt er kleine Fische. Faszinierend.«

»Grossartig«, sagte Cheryl-Ann.

»Ich liebe dieses Licht«, sagte Rickards, schwenkte die Kamera langsam herum und erweiterte die Perspektive, um mehr vom Himmel zu sehen, der in tiefem Rosa, Gold und Azur strahlte.

Sam schaute zu Sonja, die das Ufer mit dem Fernglas absuchte. »Warum ist die Art bedroht?«

Sie senkte ihr Fernglas. »Insbesondere durch die Zerstörung des Lebensraums, vor allem durch die Staumauern. Das steigende Wasser überflutet die Sandbänke und Ufer, auf denen sie brüten. Ausserdem bilden Pestizide und andere Abwässer aus der intensiven Landwirtschaft eine Gefahr für die kleinen Fische, von denen sie sich ernähren. Das sollten Sie in Ihrer Aufnahme erwähnen.«

»Jim?«, sagte Sam. Der Kameramann hob einen Finger, um noch ein paar Sekunden von der Sicht auf den schillernden afrikanischen Himmel zu erhaschen.

»Bevor wir nicht die Gelegenheit hatten, die Staumauer zu inspizieren und die Leute flussaufwärts zu interviewen, sollten wir keine politischen Aussagen machen«, verkündete Cheryl-Ann.

Sam wollte sich dagegen wehren, wusste aber, dass es sinnlos wäre. Je mehr er über den Wasserkraftplan für den Okavango erfuhr, desto weniger gefiel ihm der Plan, aber vielleicht hatte Cheryl-Ann ja recht. Zwischen den beiden Frauen auf dem Boot schien an diesem Abend ein Waffenstillstand zu herrschen, aber ein wenig stabiler.

Sam hatte sein Baumhaus eine halbe Stunde vor der Abfahrt verlassen und war zum Campingplatz gegangen, um zu sehen, ob Sonja Hilfe beim Aufbau brauchte. Wie angenommen, war ihr kleiner Campingplatz bereits eingerichtet und ihre Ausrüstung mit militärischer Präzision verstaut. Er fand sie am Pool und sie erzählte ihm, dass sie gerade ihr zweites Bad des Tages nahm. Sie forderte ihn auf, auch ins Wasser zu kommen.

»Ich kann nicht. Ich will mein Haar und mein Make-up nicht ruinieren.«

Sie lachte laut auf und er staunte erneut, wie dieses Lachen sie verwandelte und welch gutes Gefühl es ihm gab.

Er versuchte, nicht auf ihre Brüste zu schauen, als sie aus dem

Wasser kletterte und sich ihre Kleider über den nassen Badeanzug anzog. »Ich habe den Artikel über Sie gelesen«, sagte sie.

Er blieb still und wartete auf ihr Urteil.

»Es ist nicht leicht, einen Freund sterben zu sehen.« Sie redete über eine Tatsache, aber die Art und Weise, wie sie dies sagte, liess ihn glauben, dass sie es selbst erlebt hatte. »Von dir hätte ich aber nie gedacht, dass du als Jugendlicher ein Autodieb warst.«

Am Pool mit dem Blick auf den Okavango hatte er Sonja die Wahrheit erzählt, nämlich dass das Auto Davids Mutter gehörte, die diesen schon vor dem Unfall oft unbeaufsichtigt hatte fahren lassen. Denise Rollins war eine Säuferin, die ihrem Teenager-Sohn ihr Auto überliess, damit er für sie zum Schnapsladen fahren konnte. An diesem Abend hatte David darauf bestanden, dass Sam fuhr und ihn dazu gedrängt, immer schneller zu fahren. Es war auch David gewesen, der das Gras gekauft hatte und Sam rauchte lediglich etwas davon mit.

»Hast du das dem Richter nicht alles erzählt?«, fragte Sonja.

»Es hätte weder die Tatsache, dass ich der Fahrer war, noch die, dass mein bester Kumpel tot war, gemildert. Ich wollte es seiner Mutter nicht noch schwerer machen, indem ich ihren Namen in den Dreck zog.«

Als er Rebecca, seiner früheren Freundin, die gleiche Geschichte erzählt hatte, sagte sie ihm, er sei ein Trottel, weil er sich nicht stärker verteidigte.

»Gut gemacht«, hatte Sonja gesagt. »Komm. Der Bootsführer wartet auf uns.«

DRAUSSEN, auf dem motorisierten Ponton, beeindruckte Sonja Sam und die anderen – sogar Cheryl-Ann, wie er vermutete – mit ihrer Fähigkeit, Vögel und Wildtiere zu entdecken, manchmal sogar schneller als ihr erfahrener afrikanischer Führer Julius. Während Sonja und Julius das Flussufer nach Tieren absuchten, stand Sam vor der Kamera.

»Action«, sagte Cheryl-Ann.

Sam räusperte sich und blickte in die Linse. »Der Okavango entspringt im Hochland von Angola, weiter nördlich von wo ich mich jetzt aufhalte und wo er unter dem lokalen Namen Kabango bekannt ist. Von dort fliesst er durch diesen nördlichsten Teil Namibias, dann nach Botswana. Hier wird er zum breiten Fluss, der diesen Namen voll und ganz verdient. Wenn man sich eine Pfanne vorstellt, befindet sich die Stelle, an der wir uns befinden, auf deren Griff und entsprechend wird sie hier als Pfannenstiel bezeichnet. Wenn der Okavango sich weiter südlich durch Botswana schlängelt, stösst der Fluss auf Boden, der durch jahrtausendelange seismische Aktivitäten angehoben wurde und gewellt ist. Er beginnt, sich in zahlreiche kleine Flüsse und Bäche aufzuspalten. Schliesslich verzweigt sich der Okavango in eine Vielzahl von saisonalen Kanälen, die nur nach den jährlichen Regenfällen fliessen, und versiegt in der Kalahari-Wüste.«

»Elefanten«, flüsterte Sonja. »Dreh um, Julius, schnell. Sie kommen gerade zum Trinken.«

»Schnitt, Sam. Ich sehe keine Elefanten, Sonja«, sagte Cheryl-Ann.

Julius schwang den Aussenborder herum und deutete mit der freien Hand ins hohe Gras.

Sam sah die von den Strahlen der untergehenden Sonne rosa gefärbte Staubwolke. Von den Tieren selbst sah er noch nichts.

Ein anderes Touristenboot sah, dass sie drehten und sich das V ihres Kielwassers auf der messingglänzenden Wasseroberfläche, schneller ausbreitete, weil sie beschleunigten. Julius rief dessen Fahrer über das Wasser zu und dieser schwenkte die Pinne seines Boots ebenfalls, um ihnen zu folgen. Der erste der Elefanten kam in Sicht.

»Der grosse Elefant vorne, der den Rüssel nach oben streckt, ist ein Weibchen. Sie ist die Matriarchin, das Oberhaupt der Herde«, sagte Sonja.

Sam sah, wie der Elefant den Wind schnupperte, aber der Geruch von Menschen, den er wahrnahm, reichte nicht aus, um seinen stürmischen Vorwärtsdrang zum Fluss zu bremsen oder die drängende Menge faltiger grauer Körper hinter ihm aufzuhalten. Im

Wald aus stämmigen Beinen und erstickendem Staub ging ein winziges Baby fast verloren, das sich seinen Weg an die Seite der Matriarchin bahnte. »Wie alt ist das Kleine?«

Sonja schwenkte ihr Fernglas leicht. »Weniger als ein Jahr alt. Das sieht man daran, dass es noch unter den Bauch seiner Mutter passt. Und seht mal, wie sein kleiner Rüssel hin und her wackelt.«

»Ja, wirklich«, sagte Sam. »Es ist, als wüsste es nicht, was es damit tun soll.«

»Genau. Kleine Elefanten müssen lernen, wie sie ihren Rüssel benutzen und wozu er gut ist.«

Julius steuerte dort, wo die Elefanten aufgetaucht waren, etwa zwanzig Meter vom anderen Flussufer entfernt auf eine Sandinsel zu. Die vordere Reihe der Elefantenkolonne lief spritzend ins knietiefe Wasser.

»Kannst du nicht näher heran?«, fragte Cheryl-Ann.

»Er weiss, was er tut«, murmelte Sonja.

Julius wendete das Boot in Richtung der Insel, liess den Motor aufheulen und der Bug der Pontons schoss auf den Sand. Jetzt können wir von Bord gehen«, sagte Julius.

»Perfekt«, sagte Rickards, der keine weitere Aufforderung benötigte. »Komm schon, Gerry. Lass uns weitermachen. Das Licht wird schwächer.«

Sam folgte dem Kamerateam von der Vorderseite des Bootes und wartete, um Cheryl-Ann die Hand zu reichen. Sie winkte aber ab, sprang und landete unsicher im Sand, wo sie in letzter Sekunde das Gleichgewicht wiederfand. Sonja stieg mit anmutiger Sicherheit aus.

»Überqueren sie das Wasser?«, Erkundigte sich Sam.

Sonja schüttelte den Kopf. »Siehst du die Matriarchin wieder schnüffeln? Sie weiss, dass wir hier sind. Das Wasser ist eine Barriere. Wenn sie wollten, könnten sie es überqueren, aber schau, wie die anderen jetzt trinken. Sie sind entspannt, was uns angeht und verdammt durstig.«

»Die Dürre?«, fragte Sam.

Sonja nickte. »Sieh dir die Vegetation an.«

Sam sah Bäume, die zu Kleinholz gemacht worden waren. Der

Busch auf beiden Seiten des sanft abfallenden Sandstrandes, der zum Fluss hinunterführte, war offensichtlich ein beliebter Futterplatz für die Herden gewesen, die hierher zum Trinken kamen. Er hielt seine eigene Nase in die Luft und roch den feuchten, muffigen Geruch der Elefanten, der durch den schmalen Kanal wehte.

»Sam, ich bin bereit, sag mir, wenn du so weit bist und einen Beitrag für die Kamera machen willst«, sagte Rickards.

Cheryl-Ann schaute zu den Elefanten, als wäre sie in Trance versunken. Es war ein seltener Ausrutscher in ihrer unerbittlichen Professionalität, dachte Sam, aber es gefiel ihm, dass sie für einmal schwieg. »Ja«, schnauzte sie. »Zeig uns was, das mir die Tränen in die Augen treibt.«

Sam bewegte sich vor die Kamera und ging in die Hocke, damit Rickards die Herde weiter filmen konnte, die jetzt wie eingerahmt über seiner linken Schulter zu sehen war. Er räusperte sich und atmete tief durch die Nasenlöcher ein und aus. »Diese Elefantenfamilie ist so nah, dass ich sie rieche. Es ist ein reichhaltiger, erdiger Geruch, so stark wie der Drang, der diese Mutter und ihren Nachwuchs durch den rauen, trockenen afrikanischen Busch zu diesem friedlichen Zufluchtsort getrieben hat.«

Rickards nickte leicht mit dem Kopf. Sam spürte die darin liegende Aufforderung und blickte über die Schulter zurück. Die Herde hatte sich getrennt und Sam sah, wie ein Elefant, der fast so gross war wie die Matriarchin, im Sand auf die Knie sank. Er war sich nicht sicher, was da vor sich ging. Er sah Sonja an, die flüsterte: »Sie stirbt. Verdurstet.«

Sam nickte. »Wer weiss, wie weit diese Herde gereist ist, um den Fluss zu erreichen. Aus der Szene, die sich hinter mir abspielt, geht jedoch klar hervor, dass die Reise für mindestens eines dieser mächtigen Tiere zu weit war. Dieses Weibchen«, er drehte sich noch einmal um und sah, dass der Elefant jetzt auf der Seite lag, »liegt im Sterben.«

Er hielt inne und liess für ein paar Sekunden die Bilder die Geschichte erzählen. Der Rest der Herde hatte eine Pause eingelegt, um den Durst zu stillen und stand nun in einem Halbkreis um ihre liegende Verwandte. Rüssel beschnupperten sie. Ein Jungtier, das nicht viel älter war als das der Matriarchin, hob seinen Rüssel und stiess einen durchdringenden, weinerlichen Schrei aus. Es senkte den Kopf und stupste seine geschwächte Mutter an, als wolle es sie aufwecken.

»Die Menschen schreiben den Elefanten fast menschliche Emotionen zu und es ist schwer zu sagen, wo Fakten aufhören und Legenden beginnen. Wir wissen, dass Elefanten an den Knochen und Kadavern anderer toter Elefanten schnüffeln, als ob sie versuchten, den verstorbenen Elefanten zu identifizieren und allenfalls sogar um ihn zu trauern. Machen Sie sich selbst ein Bild davon, was hinter mir vor sich geht.«

Er hielt wieder inne und alle beobachteten die traurig langsame Prozession, als die Herdenmitglieder, eines nach dem anderen, anhielten, um zu schnüffeln und ihre Rüssel sanft über den Körper zu legen. Das Baby des sterbenden Elefanten war untröstlich und lief im Kreis um seine Mutter, trompetete, schüttelte den Kopf und weigerte sich, das Unvermeidliche zu akzeptieren. Die Sonne stand hinter dem Kamerateam und tauchte Sams Gesicht in sanftes Licht. Er wusste, dass die Wirkung aussergewöhnlich sein würde. Cheryl-Ann flüsterte Rickards Anweisungen zu, doch dieser schüttelte den Kopf, als versuche er, eine surrende Mücke abzuschütteln und Gerry beobachtete die Szene mit offenem Mund. Sam richtete seinen Blick auf Sonja, die zusammenzuckte, als der junge Elefant erneut schrie.

Während vier Elefanten über die gefallene Kuh wachten, tranken alle, die noch nicht getrunken hatten. Sam blickte noch einmal zurück und erkannte die kantige Wölbung der Hüftknochen der Elefantenmutter. Sie hob ihren Rüssel etwa einen Meter vom Boden hoch und das Junge nahm die winzige Bewegung auf. Es lief an die Seite seiner Mutter und verschränkte seinen Rüssel einige Sekunden lang in den seiner Mutter, der aber dadurch den Halt verlor, in den Sand fiel und sich nicht mehr bewegte.

16

»Das war ja etwas, Kumpel«, sagte Rickards vom Rücksitz aus und blickte von dem ausklappbaren LED-Bildschirm seiner Kamera auf. »Bei der letzten Aufnahme, kurz nachdem das Elefantenbaby seinen Rüssel um die tote Mutter gelegt hat, habe ich dich ganz gross und da haben wir Tränen. Man sieht, wie du blinzelst.«

»Ja, und jetzt, bist du nicht etwas sehr aufgeregt darüber?«, sagte Sam und schüttelte den Kopf.

»Zu aufgeregt? Wir reden hier von Filmmaterial, das eines Emmy-Preisträgers würdig ist, mein Freund. Bitte, Cheryl-Ann, sag ihm, dass ich recht habe.«

Cheryl-Ann blickte vom gedruckten Dokument auf, das sie gerade las. »So ungern ich dir zustimme, James, aber du könntest tatsächlich Recht haben. Das war richtig gut, gestern Abend, Sam. Und du warst es auch, Jim.«

Sonja runzelte die Stirn und umklammerte das Lenkrad etwas fester. Diese Amerikaner behandelten das wirkliche Leben, als wäre es ein Fernsehprogramm und umgekehrt. Dass sie Zeuge einer Tragödie geworden waren, spielte keine Rolle, sondern nur, wie das aussah, was sie in die Häuser von einer Milliarde Menschen auf der ganzen Welt übertrugen. Es spielte keine Rolle, ob Chapman echte Tränen in den Augen hatte oder ob er sie erzwungen hatte. Die Probleme der globalen Klimaerwärmung und der Menschen, die mit dem Bau von Staudämmen die Umwelt zerstören, wurden ausgeblendet. Sie hatten weder die Zeit noch das Wissen oder die Lust, zu erwähnen, dass die Elefanten in einem Reservat lebten, das eine beschränkte Menge an Nahrung und ausser des Flusses nicht genug Wasser bot und zusätzlich von allen Seiten von Menschen umgeben war. Dagegen reichten die Tränen eines reichen weissen Mannes aus, um Geschichte zu schreiben und einen Preis zu gewinnen. Das war die Tiefe ihrer Afrika-Erfahrung, die sie mit nach Hause nehmen konnten.

Sonja warf sich vor, es sei dumm von ihr, über den verwöhnten Amerikaner zu fantasieren, nur weil sie ihn in der Dusche erwischt hatte. Sie sagte sich, dass Sams körperliche Anziehung auf sie wahrscheinlich nur die Reaktion darauf war, dass sie Stirling loslassen musste, weil es sinnlos schien, die jugendliche Verliebtheit in einen Mann zu pflegen, der in einer anderen Welt lebte als sie. In Sonjas Welt bedeutete Ablenkung Gefahr und

sie wollte sich nicht mit ihrer eigenen Reaktion auf den Tod des Elefanten beschäftigen. Sie war sich sicher, dass sie auch gesehen hatte, dass Sam mit den Tränen kämpfte. Das hatte sie aus der Fassung gebracht. Sie hatte sich umgedreht und war zum Boot zurückgelaufen, wobei sie ihre eigenen Tränen über die Wangen laufen liess, bis sie sicher war, dass sie weit genug im Dunkeln war, dass keiner der anderen sehen konnte, wie sie sich das Gesicht abwischte. Während sie darauf wartete, dass sie die Kamera zusammenpackten und zurück durch den Sand stapften, schöpfte sie eine Handvoll Wasser aus dem Okavango und wusch sich das Gesicht. Zuerst das Pferd und jetzt das. Hatte sie den Halt verloren? Sie zwang sich, sich wieder auf ihre eigentliche Aufgabe zu konzentrieren, die wirkliche Arbeit, nicht das Anleiten dieser verwöhnten Kinder aus einer komplett verweichlichten Gesellschaft.

Sie waren jetzt ganz nah und ihre Finger kribbelten. Sie lockerte ihren Griff um das Lenkrad und liess sie zappeln. Durch den Hitzedunst vor ihr blitzte grünes, fluoreszierendes Tageslicht auf und sie schaltete einen Gang zurück.

Cheryl-Ann blickte vom Papier auf, einer gemeinsamen Pressemitteilung der Regierungen von Namibia und Angola, wie Sonja bemerkt hatte, in der die Vorzüge des Okavango-Damms gepriesen wurden. Es schien die Zusammenfassung der Recherchen des Produzenten zu sein, der diese dem Filmteam vor dem Besuch zugespielt hatte.

»Warum sind wir so langsam, Sonja? Wir müssen um zehn am Damm sein.«

»Ich weiss. Da ist eine Strassensperre.«

Als sie auf das rot-weisse Absperrgitter zufuhren, erkannte Sonja die Uniformen und die Waffen. Es handelte sich um eine Veterinärkontrollstelle, die als Vorsichtsmassnahme gegen die in diesem Teil des Kontinents weit verbreitete Maul- und Klauenseuche den Transport von Fleisch und Milchprodukten in eine Richtung verhindern sollte. Ungewöhnlich daran waren die beiden Soldaten mit AK-47-Gewehren, die wie am Grenzübergang im Schatten einer Wellblechhütte standen, während die Frau in blauer Uniform sie fragte, ob sie irgendwelche Fleischprodukte im Fahrzeug hätten.

»Nein, nichts«, sagte Cheryl-Ann zu Sonja. »Hören Sie, wir haben es ziemlich eilig und wären Ihnen dankbar, wenn wir uns kurzfassen könnten, okay?«

Sonja lächelte vor sich hin. Wenn sich jemals jemand die Mühe gemacht hätte, ein Lehrbuch darüber zu schreiben, wie man die afrikanische Bürokratie klein hielt, hätte er mit Cheryl-Anns kleinem Monolog ein perfektes Beispiel für das Kapitel ›Was man nicht tun sollte‹.

»Stellen Sie bitte den Motor ab und öffnen Sie die Heckklappe«, sagte der Quarantänebeamte zu Sonja, die daraufhin aus dem Land Rover ausstieg.

Cheryl-Ann steckte ihren Kopf aus der Windschutzscheibe. »Hey, entschuldigen Sie bitte, Miss! Ich sagte, wir haben es eilig.«

»Machen Sie bitte hinten auf«, wiederholte die Frau. Sonja entriegelte und öffnete den Kofferraum. »Ich möchte in die Kühlbox sehen. Was ist in den ganzen schwarzen Kisten?«

»Kameraausrüstung«, sagte Sonja. Sie wusste, dass es keinen Sinn hatte zu lügen.

Die Frau rief in ihrer eigenen Sprache nach den Soldaten, die herüberkamen.

Cheryl-Ann stieg aus dem Fahrzeug aus. »Sehen Sie. Ich habe Sie freundlich gefragt, ob wir die Sache beschleunigen können und jetzt scheinen Sie alles zu tun, um uns möglichst lange aufzuhalten. Ich würde gerne mit Ihrem Vorgesetzten sprechen, Miss.«

»Ich bin die Vorgesetzte. Bitte öffnen Sie die Kühltasche.«

Sonja hob einen wasserdichten Koffer, der auf der Getränkekiste stand und stellte ihn auf den Boden. Einer der Soldaten bückte sich und fing an, an den Verschlüssen der Kiste herumzufummeln.

»Hey!«, Jim Rickards öffnete seine Tür und rannte nach hinten. »Nehmen Sie Ihre verdammten Hände weg, Mann, oder ich werde ...«

Der Soldat hob seine AK bis zur Hüfte, zog den Spannhebel zurück und schoss.

»... oder ich werde ziemlich unangenehm, mein Freund.« Rickards hielt die Handflächen nach oben und trat einen Schritt zurück. »Das ist nur eine Kameraausrüstung. Wir sind ein Fernsehteam, Mann. Wildlife World? Schon mal davon gehört?«

Der Soldat starrte den Kameramann an.

Sonja leckte sich über die Lippen. Das konnte sehr schnell in eine Katastrophe ausarten, denn sie hatte eine Glock in ihrer Tasche. Wenn Cheryl-Ann und Jim die Soldaten und die Quarantänefrau so lange provozierten, bis es zu einer kompletten Durchsuchung des Fahrzeugs kam, würde sie noch vor Einbruch der Nacht im Gefängnis landen. Cheryl-Ann würde bestätigen, dass sie ihre Sicherheitsverantwortliche für die Reise war, aber Sonja hatte keine Genehmigung oder Lizenz für die Waffe. »Cheryl-Ann«, sagte sie leise, »haben Sie keine Nummer von jemandem, den Sie am Damm anrufen können? Eine Kontaktperson der Regierung?«

»Richtig. Das wollte ich gerade tun.«

»Alle Koffer und Taschen aus dem Auto, sofort«, sagte der andere Soldat.

»Ich rufe nur kurz an, ist das okay?«, fragte Cheryl-Ann zum Quarantäneoffizier.

»Tun Sie es einfach«, zischte Sonja und betete, dass sie in einem Gebiet mit Handyempfang waren. Sonja öffnete den Deckel der Kühlbox. »Es ist heiss, ja?«, sagte sie zu dem Soldaten, der immer noch eine Waffe auf Rickards gerichtet hielt. »Wie wär's mit einer Cola oder einem Eis?« Der Soldat auf der Seite schüttelte den Kopf und der Schütze umklammerte sein Gewehr fester.

Cheryl-Ann war zu jemandem durchgedrungen. »Wo sind wir?«, fragte sie Sonja.

»Etwa fünf Kilometer südlich von Bagani-Divundu.« Sonja benutzte beide Namen für das kleine Dorf und den Handelsposten an der Kreuzung unweit des Staudamms.

Cheryl-Ann gab die Information weiter und reichte das Telefon an den ranghöchsten Militär weiter. »Hier ist ein Mann des Staudammprojekts. Er will mit Ihnen sprechen.«

Sonja wartete nervös und atmete erleichtert aus, als der Soldat das Telefon an Cheryl-Ann zurückgab und nickte. »Sie müssen hier warten. Der Mann vom Damm wird kommen und Sie von hier aus begleiten.«

Das liess sich Sonja nicht zweimal sagen. Sie stieg in den Land Rover und liess den Motor an, während Rickards noch dabei war, seinen Koffer wieder in das Fahrzeug zu laden. Sonja fuhr vom Strassenrand weg und parkte sicher hundert Meter von der Strassensperre entfernt unter einem blattlosen Baum. Es gab nur wenig Schatten, aber sie wollte nicht, dass die Soldaten es sich anders überlegten und eine Schnelldurchsuchung durchführten, während sie auf ihren Kontakt warteten. Sam öffnete die Kühlbox und verteilte Softdrinks und Rickards stiess mit einem Getränk auf die Soldaten am Kontrollpunkt an. Sonja starrte den Australier an. »Benehmen Sie sich nicht wie ein Idiot.«

»Heilige Scheisse«, sagte Cheryl-Ann. »Was sollte das denn? Die haben uns behandelt, als wären wir gottverdammte Kriminelle oder so was. Ich werde diese Leute bei ihren Vorgesetzten melden.«

»Willkommen im echten Afrika und bei Ihrer ersten Strassensperre«, sagte Sonja nicht ohne Mitgefühl. »Es wird vielleicht nicht die letzte sein. Das Geheimnis, um Strassensperren zu überstehen sind Höflichkeit, Geduld und Beharrlichkeit. Man braucht sich nichts von Polizisten, Soldaten oder Beamten gefallen zu lassen, die hoffen, dass man sie schmiert. Man muss ihnen zeigen, dass man nichts Besseres mit seiner Zeit anzufangen weiss, als dort zu sitzen oder zu stehen und die Sache auszudiskutieren. Sobald man wütend wird oder jemanden beleidigt, ruft man nach Ärger.«

Cheryl-Ann stemmte die Hände in die Hüften. »Entschuldigung. Ich war nicht beleidigend, Sonja.«

Sonja wurde durch den Anblick eines weissen Toyota Land Cruiser Pick-up mit einem orangefarbenen Blinklicht auf dem Dach gerettet, das die Strasse hinunter auf sie zu fuhr. Er hielt an der Strassensperre an und der dunkelhäutige Beifahrer begrüsste die Polizisten und den Quarantänebeamten und sprach mit ihnen. Alle blickten zum Land Rover und nickten den Ausländern zu. Der weisse Mann, der den Toyota fuhr, winkte ihnen zu und Cheryl-Ann winkte zurück.

Als der Land Cruiser wendete, sah Sonja das Logo auf der Beifahrertür: Roberts Engineering Pty Ltd, Windhoek. Das Fahrzeug hielt neben ihnen an und der Fahrer stieg aus. Er war etwa 1,80 m gross und kräftig gebaut, mit Schultern wie die eines Rugby-Stürmers und seine engen, blauen Jeans-Shorts zeigten muskulöse Beine. Er trug ein zweifarbiges Buschhemd mit Blau und Khaki, auf dem über dem Herz das gleiche Emblem aufgestickt war, das auf der Fahrzeugtür prangte. Seine Füsse steckten ohne Socken in festen Lederschuhe. Mit seiner rötlichen Haut, den kurzen blonden Haaren und den blauen Augen war er so deutsch-namibisch, wie nur möglich.

»Howzit?«, fragte er zu ihnen allen. »Fräulein Daffen?«

»Hier drüben«, sagte Cheryl-Ann und streckte ihre Hand aus. »Und ich heisse Frau Daffen, aber Sie können mich gern Cheryl-Ann nennen.«

Er nickte. »Deiter Roberts. Da Sie zu viele sind und mein Bakkie nur Platz für mich und Hermand hat, würden Sie uns bitte folgen?«

Sonja drückte das Gaspedal des Land Rovers bis zum Anschlag durch, um mit dem Toyota Schritt zu halten. Deiter fuhr wie ein Einheimischer – schnell. Namibia war ein riesiges, leeres Land mit der geringsten Bevölkerungsdichte und einigen der besten Strassen der Welt – eine Umgebung, die zu rücksichtslosem Fahren einlud. Sonja hielt jedoch einen angemessenen Abstand zwischen sich und dem anderen Fahrzeug, denn der Korridor am Rande des Okavango beherbergte mehrere kleine Dörfer und jede Menge Ziegen, die die Verkehrsregeln nicht einhielten und Menschen, die am Strassenbord entlang gingen.

Auf der linken Seite befand sich die Abzweigung zur Bagani-Flugpiste und Sonja verlangsamte das Tempo, um den Abstand zwischen ihr und dem anderen Geländewagen beizubehalten. »Vor uns liegt eine weitere Strassensperre. Das ist die Stadt Divundu. Blinzeln Sie nicht, sonst verpassen Sie sie.«

Sie passierten einen Gemischtwarenladen und eine Hütte. Ein halbes Dutzend afrikanischer Männer in blauen Overalls, zwei davon mit orangefarbenen Schutzhelmen, sassen auf einer Bank vor der Bar und hielten braune Plastikbecher mit undurchsichtigem Bier in der Hand, die sie hoben, als der Land Cruiser vorbeifuhr. Roberts hupte, um den Gruss zu erwidern. Es sah so aus, als sei der Damm gut für das Geschäft, denn vor dem Laden parkten noch zwei weitere Lastwagen des Ingenieurbüros.

Sonja schaltete einen Gang zurück, als sie sich der Strassensperre näherten. Sie befanden sich kurz vor der Kreuzung der C48, auf der sie fuhren, mit der Ost-West-Autobahn, der B8, die durch den Kaprivi-Streifen führte und rechts von ihnen zu einer Hochbrücke und über den Okavango abzweigte.

Sonja erwartete weitere Verzögerungen. Einen solchen Kontrollpunkt wie diesen hatte sie selten gesehen. Zusätzlich zu den allgegenwärtigen Quarantänefrauen in ihren blauen Overalls gab es Polizisten und mit Kalaschnikows bewaffnete Soldaten. Wenn es aber so viele sichtbare Gewehre so weit draussen auf der Strasse gab, dachte Sonja, musste es noch mehr versteckte, dahinterliegende Stellungen geben, die den Männern vorne Deckung geben konnten.

Ihr Blick schweifte nach links und rechts, bis sie eine Maschinengewehrstellung entdeckte. Sie befand sich etwa siebzig Meter rechts vom Kontrollpunkt und war so ausgerichtet, dass sie Fahrzeuge oder Personen erfassen konnte, die aus allen Richtungen, einschliesslich der Brücke, auf die Kreuzung zufuhren. Anhand der Silhouette des Laufs, der über die Brüstung hinausragte, erkannte sie die Waffe: eine gurtgespeiste 7,62-Millimeter-PKM aus russischer Produktion. Der Richtschütze und sein Lader befanden sich in einem behelfsmässigen Bunker, der mit einem Blechdach und einer einzigen Lage Sandsäcke geschützt war. Um den Pfosten herum waren eine Spule aus Stacheldraht und ein scheinbar wackeliges Gitter aus Hühnerdraht angebracht. Das Drahtgeflecht, war ihr klar, diente zum Schutz gegen Panzerfäuste mit Raketenantrieb. Panzerfäuste waren dafür geschaffen, leicht gepanzerte Fahrzeuge auszuschalten, indem sie zunächst eine Stahlschicht durchdringen und dann im Inneren detonieren, wobei die Besatzung getötet wird. Der Zaun würde ein Projektil zur Detonation bringen, bevor es die Sandsäcke traf, was die Überlebenschancen der Männer im Bunker erhöhte. Sie sah, wie die Nummer zwei auf dem Geschütz die Umgebung durch ein Fernglas beobachtete. Diese Männer waren vorbereitet und wachsam.

Überraschenderweise wurde die Schranke schon hochgezogen, bevor der Land Cruiser davor zum Stehen kam. Roberts streckte seinen Arm aus dem Fahrerfenster und gab ihnen ein Zeichen, ihm zu folgen. Sonja fuhr am Kontrollpunkt vorbei und betrachtete die Anzahl Personen, die Waffen, die Uniformen und die allgemeine Haltung der Männer und Frauen, die ihn bewachten, ohne mit jemandem Augenkontakt aufzunehmen. Es war das einzige Mal, dass sie eine kurze Verzögerung begrüsst hätte, damit sie ihre Erkundung besser hätte durchführen können.

Die Strasse ging von Teer in Schotter über und hiess laut GPS nun D3402. Sie bogen erneut nach Westen ab, wobei der Okavango immer noch irgendwo rechts von ihnen lag. Um sich aus der Staubwolke herauszuhalten, die der Toyota vor ihr aufwirbelte, nahm

Sonja etwas Druck vom Gaspedal. Das trockene Gras zu ihrer Rechten war mit einer weissen Staubschicht bedeckt, die Zeugnis für den regen Verkehr auf der Strasse lieferte. Ein kleiner Pick-up mit orangefarbenen Rundumleuchten auf dem Fahrerhaus und einem Schild mit der Aufschrift ›abnormal load‹ tauchte aus dem Staub auf. Sonja wich etwas nach links aus und klappte die Windschutzscheibe hoch, als ein Lastwagen mit einer riesigen Planierraupe auf dem Anhänger vorbeirumpelte.

Vor ihnen schwenkte die Staubwolke, die Deiters Bakkie verfolgte, nach rechts und Sonja blinkte, um ihm zu folgen. Nach ein paar hundert Metern verlangsamte sich die Wolke und zusammen mit einer schwachen Brise hüllte sie den Toyota für einen Moment ein. Als der Staubnebel sich lichtete, war Sonja nahe genug, um zu sehen, dass Roberts ein Tor in einem mit elektrifizierten Drähten versehenen Maschendrahtzaun erreicht hatte.

Innerhalb des äusseren Tores befand sich ein Aussenposten mit einer neu errichteten Schutzhütte, die ebenso wie der Maschinengewehrstützpunkt von Stacheldraht und Maschendraht umgeben war. Anstelle von Soldaten war dieser Posten mit blau gekleideten Sicherheitsleuten besetzt. Sowohl Roberts als auch Hermand, der mit ihm reisende Schwarze, wiesen sich mit etwas wie schwarzen Kunststoffausweisen mit einem durchsichtigen Plastikfenster aus, die sie an einer Schnur um den Hals trugen. Ein Sicherheitsbeamter mit einer Pistole im Halfter reichte Roberts ein Klemmbrett und ein mit einer automatischen Schrotflinte bewaffneter Kollege stand in der Nähe. Ein weiterer Mann stand, ein südafrikanisches R5-Militärsturmgewehr umgehängt, an der Schranke und ein vierter sah vom Inneren der Kabine aus zu. Ausserdem trugen alle Wachen Schutzwesten.

Sam lehnte sich vom Rücksitz aus nach vorne und spähte zwischen Sonja und Cheryl-Ann durch die Windschutzscheibe hinaus. »Hier herrschen strenge Sicherheitsvorkehrungen.«

Sonja schaute der Linie des Zauns entlang auf und ab. Sie entdeckte zwei Kameras und bemerkte alle fünfzig Meter anschlussfähige Bogenlampen. Die Kabel schlängelten sich bis zu einem grossen Generator auf einem Anhänger hinter der Hütte, der auch die Klimaanlage des Häuschens versorgte.

Nachdem er die Wachen zufrieden gestellt hatte, wurde Roberts durch die Schranke gewinkt und hielt drinnen, auf der Seite eines Feldwegs an. Er ging zurück zur Schranke und Sonja kurbelte ihr Fenster herunter, während Roberts und einer der Wachmänner zum Land Rover kamen.

»Eine notwendige Formalität. Wir sind hier auf der Baustelle, was die Sicherheit angeht, sehr streng. Wenn Sie sich alle angemeldet haben, muss ich mit Ihnen zu Ihrer Sicherheit auch eine vollständige Baustelleneinweisung durchführen.«

Sonja und das Kamerateam stiegen aus und begaben sich auf Anweisung des Wachmanns ins Haus.

»Warum so strenge Sicherheitsvorkehrungen?«, fragte Sam Roberts, als er zur Seite trat, um Cheryl-Ann und Sonja eintreten zu lassen.

»Routine«, sagte Roberts achselzuckend. »Wir haben hier eine Menge wertvoller Ausrüstung und Fahrzeuge und wollen nicht, dass etwas gestohlen wird.«

Routine, so ein Quatsch, dachte Sonja. Als sie hinter Cheryl-Ann in die Hütte ging, bemerkte sie den Waffensafe hinter dem Tresen und den flachen Computerbildschirm auf dem Schreibtisch, der so geneigt war, dass sie erkennen konnte, wie ständig wechselnde Bilder von Sicherheitskameras darüber flimmerten. Wahrscheinlich ging das Bild an die Zentrale der Baustelle, aber wenn die Wachleute Zugang zum Büro hatten, konnten sie schnell reagieren.

Sonja trug ihren Namen und eine falsche Passnummer in ein Formular ein, das der Wachmann hinter dem Schalter in eine durchsichtige Plastikhülle mit einem Clip steckte, die er ihr zurückgab. »Bitte tragen Sie dies immer bei sich, wenn Sie sich auf dem Gelände aufhalten, Madam.« Sie nickte. Während die anderen ihre Schilder ausfüllten, sah sie sich beiläufig im Raum um. Auf einem Whiteboard an der gegenüberliegenden Wand hing ein Schichtplan, auf dem pro Schicht zehn Namen standen.

Sie ging zur Tür und öffnete sie, um ins backofenheisse Freie zu treten. Beim Zaun bewegte sich eine Staubwolke in Richtung des Hauses. Ein weiterer Land Cruiser, der dieselbe Farbe hatte wie die Uniformen der Wachen, tauchte auf. Der Zaun sah neu aus und die Strasse, der er entlanglief, war erst kürzlich ausgeebnet worden. Das Fahrzeug wurde langsamer, als es zum Tor kam. Die Insassen, offensichtlich eine mobile Patrouille, die Kleider in der Farbe des Tors trugen, winkten und fuhren weiter. Damit waren es jetzt sechs Wachen und sie konnte davon ausgehen, dass ein weiteres Fahrzeug auf mobiler Patrouille war, während die beiden anderen Männer irgendwo eine Pause einlegten. Die Sicherheitsleute schienen effizient und gut bewaffnet zu sein, waren aber nicht sehr zahlreich.

Nachdem sie den Papierkram erledigt hatten, gingen sie zurück zum Land Rover und stiegen ein. Der Mann an der Schranke überprüfte, ob sie alle ihre Ausweise trugen und Sonja fuhr zu Deiter Roberts, der mit laufendem Motor und eingeschalteter Klimaanlage in seinem Fahrzeug auf sie wartete. Er kurbelte das Fenster herunter, streckte seinen Arm heraus und winkte ihnen, ihm zu folgen. Sonja hatte den Eindruck, dass dieser Mann sich viel lieber um den Bau des Staudamms kümmerte als um die Betreuung eines Fernsehteams.

Sonja musste sich beeilen, um auf der breiten, aber unebenen Feldstrasse, die vom Tor aus durch dichte Wände staubbedeckten Buschs führte, mit ihm Schritt zu halten. Es wurde steiler und als sich die Vegetation auf beiden Seiten zu lichten begann, schaltete Sonja in den zweiten Gang. Auf der Spitze des niedrigen Hügels verlangsamte sie, um den Blick auf die Staudamm-Baustelle zu geniessen.

»Wow«, sagte Gerry auf dem Rücksitz.

Roberts hielt an und stieg aus seinem Land Cruiser. »Sie können hier aussteigen«, sagte er durch Sonjas Fenster. Das Filmteam stieg aus und stellte sich um ihn herum. »Wenn Sie wollen, können wir hier filmen.«

Rickards ging mit Gerry zum hinteren Teil des Land Rovers und begann, die Ausrüstung auszuladen.

Roberts wandte seine Aufmerksamkeit den Gästen zu. »Meine

Aufgabe ist es, Ihnen zu erklären, wie wir diesen Damm bauen. Wenn Sie es wünschen, können Sie mich vor der Kamera interviewen, aber ich würde es vorziehen, nicht in den Bildern zu erscheinen. Ich beantworte keinerlei Fragen zu den Gründen für den Bau des Staudamms oder zu politischen oder umweltbezogenen Themen. Ich erläutere lediglich, wie wir die Auswirkungen auf die Umwelt vor Ort gemäss unserer Umweltverträglichkeitsprüfung minimieren.«

Auf Sonja wirkte der Monolog einstudiert und unecht.

»Ein Mann von der Regierungsorganisation Nampower aus Windhoek, einer unserer Elektrizitätsfachleute, wird mit Ihnen über diese Dinge sprechen. Ausserdem ist eine Frau vom Konsortium, das den Plan für den Damm entwickelt hat, hier, die Sie über die landwirtschaftliche Nutzung des Wassers und Weiteres informiert. Ist das klar?«

Sonja fiel auf, dass er nicht fragte, ob das in Ordnung sei.

»Kristallklar«, bestätigte Cheryl-Ann. »Wenn es Ihnen nichts ausmacht, werde ich Jim bitten, Ihre Erklärungen zu filmen, damit wir alles auf Band haben und es für die Vertonung richtig hinbekommen. Wir werden vielleicht nichts von dem, was wir gefilmt haben, verwenden, aber es ist gut für uns, wenn wir es zur Verfügung haben.«

Roberts runzelte die Stirn, nickte aber.

Jim und Gerry montierten die Kamera auf dem Stativ, schlossen das Galgenmikrofon an und testeten das Funktionieren ihrer Ausrüstung, während Cheryl-Ann und Sam kurz die Perspektiven besprachen und Roberts so positionierten, dass Rickards möglichst viel von der Baustelle im Bild hatte, während er seine Erklärungen vortrug.

Vom Hügel aus sah der Okavango wie eine riesige blaugrüne Python aus, die eine fette kleine Antilope verschluckt hatte und der es nun schwerfiel, den Bock zu verdauen. Das Wasser hatte begonnen, sich hinter dem gerade fertiggestellten Damm anzustauen. Sonja fragte sich, welche zerstörerische Kraft dieses Wasser hätte, wenn es freigesetzt würde. Sie verdrängte die Bilder von klapprigen afrikanischen Hütten, Menschen und Rindern, die weggespült wurden.

Roberts räusperte sich, um seine Stimme zu klären. »Der Damm am Okavango-Fluss ist zwölfhundert Meter lang und vier Meter hoch. Er besteht aus einem Erdkern, der mit Beton ausgekleidet ist.«

Sonja entfernte sich ein paar Schritte von der Gruppe und vertraute darauf, dass Roberts zu sehr mit der auf ihn gerichteten Kamera beschäftigt war, um zu bemerken, dass sie ihr kleines Fernglas aus der Tasche an ihrem Gürtel zog. Sie suchte und fand ihren Bezugspunkt, das andere Ende des Betondamms und schwenkte langsam nach links. Da war es. Ein achträdriges, gepanzertes Fahrzeug mit Tarnanstrich. Es war ein BTR 60, ein gepanzerter Truppentransporter russischer Bauart. Er bot für sechzehn voll ausgerüstete Soldaten Platz und war mit einem schweren 14,5-Millimeter-Maschinengewehr im Turm auf dem Dach und einem 7,62-Millimeter-Maschinengewehr in der Wanne bestückt. Es war ein Amphibienfahrzeug, erinnerte sich Sonja und damit hervorragend für die Verteidigung des Staudamms geeignet. Gab es auf der anderen Seite des Flusses Ärger, war es sehr schnell dort. Sonja bezweifelte, dass es nur dieses eine Fahrzeug gab. Es war hinaus in den Busch, nach Osten gerichtet, hinter die Lichtung, die den Rand der Baustelle auf der anderen Seite des Staudamms und die Grenze des Bwabwata-Nationalparks bildete. Auf dieser Seite des Flusses war das Gelände mit dreifachem Stacheldraht umzäunt.

Sie senkte das Fernglas und betrachtete ihre Seite des Flusses. Unter ihnen befanden sich Reihen von identischen mobilen Häuschen. An Leinen, die zwischen den Hütten aufgespannt waren, sah sie Wäsche – vor allem Overalls – und nahm an, dass dort die Bauarbeiter des Staudamms wohnten. Daneben befand sich jedoch ein Lager aus hellbraunen Zelten. Sie blickte wieder durchs Fernglas und sah zwei Soldaten in Tarnuniformen, ihre AK-47 über den Schultern, die den ausgetretenen Pfad zwischen den Unterkünften entlang gingen. Sie zählte insgesamt vierundzwanzig Zelte und leitete daraus ab, dass mit vier Mann pro Zelt genug Platz für eine Infanteriekompanie von etwa hundert Soldaten vorhanden war.

Sonja blickte nach links, flussaufwärts, auf das Gelände der Baustelle. Dort gab es die üblichen Treibstofftanks, wegen der Hitze

an den Seiten offene, blechgedeckte Werkstätten und Fahrzeugpark-
plätze. Eine ständige Prozession von Kipplastern fuhr zu einem
Gebäude, das wie ein Betonwerk aussah und wieder weg. Alle paar
Minuten rollte ein Zementmischer über die noch nicht asphaltierte
Rampe auf die Staumauer. Sonja sah, dass an einem Teil der Mauer
immer noch gebaut wurde und hörte wieder Roberts Erklärungen zu,
aus denen sie erfuhr, dass die Arbeiten an der Überlaufrinne und die
Installation des hygroelektrischen Generators fast abgeschlossen
waren. Selbst auf dem Hügel waren der Lärm von Lastwagen, Gene-
ratoren und Presslufthämmern gut zu hören und untermalte Roberts'
monotone Ansprache mit einem ständigen, eintönigen Summen. Wie
schon bei der Einführung hatte sie den Eindruck, dass er diese Informationen schon viele Male an andere Besucher abgegeben hatte.

Zwischen dem Armeelager und der eigentlichen Baustelle befand
sich der Fahrzeugpark. Eine grosse geräumte Fläche, die mit Kies
bedeckt und von einem mit Stacheldraht versehenen Maschendrahtzaun umgeben war. Darin befand sich ein auf Stelzen montierter
Kraftstofftank, der wiederum in einer grossen Plastikwanne stand,
die wohl dazu diente, die Flüssigkeit bei eventuellen Lecks aufzufan-
gen. Sonja betrachtete es als symbolisches Zugeständnis an den
Umweltschutz, wenn sie bedachte, dass das Staudammprojekt wahrscheinlich ein ganzes Ökosystem zerstörte. Auf dem Hof standen
Kipplaster, Bakkies und etwas, das wie ein Tankwagen aussah. Sie
richtete das Fernglas neu aus, um einen besseren Blick zu erhalten
und bemerkte, dass auf seiner Seite ein grosses, rotes Warnschild
prangte. *Interessant*, dachte sie.

Sonja ging denselben Weg, dem sie mit dem Fernglas gefolgt war,
noch einmal zurück. Sie hatte etwas gesehen, das wie ein kleines
Büschel aussah, ihr kam es aber vor, als habe sie dabei etwas übersehen. Hier und da waren kleine Bereiche der natürlichen Vegetation
dem Bulldozer entgangen. Der eine oder andere alte Baum, der noch
stand, bot den Arbeitern in den Pausen einen schattigen Sitzplatz
zum Essen und Trinken, aber die Sträucher, die Sonja gesehen hatte,
waren zu klein, um viel Schatten zu spenden. Sie richtete ihr Fernglas wieder auf das Gebüsch, das ihre Aufmerksamkeit erregt hatte.

Es bewegte sich und ein dunkelhäutiger Mann kam zum Vorschein. Sein Oberkörper war nackt und obwohl es für ihr Taschenfernglas sehr weit weg war, erkannte sie, dass seine Hose weder das Blau noch das leuchtende Orange der Overalls der Bauarbeiter hatte. Es waren Tarnkleider.

Der Mann urinierte im Freien und kletterte anschliessend zurück in den Strauch. Da sie nun wusste, wonach sie suchen musste, erkannte sie, dass es sich nicht um einen Dornbusch handelte, sondern um eine vorbereitete Stellung: ein mit einem Tarnnetz abgedecktes Schützenloch. Der Mann zog das Netz beiseite und für einen kurzen Moment liess die Sonne irgendetwas aufblitzen. Sonja senkte das Fernglas wieder und ruhte ihre Augen aus.

Die Worte von Gideon, dem Lozi-Mann, den sie vor dem Spar-Supermarkt in Maun getroffen hatte, kamen ihr wieder in den Sinn. Er hatte gesagt, die kaprivischen Truppen, die den Damm angegriffen hatten, seien von Mörsern beschossen worden, welche zuerst Beleuchtungsgranaten, dann tödliche Munition abgefeuert hätten. Die Mörsergrube war gut platziert und als sie noch einmal hinschaute, sah sie zwei weitere getarnte Stellungen. Mörser waren Waffen mit indirektem Beschuss, was bedeutete, dass sie nicht in einer flachen Flugbahn schiessen konnten, sondern ihre Bomben hoch in die Luft feuern mussten, damit sie genügend Zeit für die Auslösung hatten. Sie mussten also möglichst weit vom Damm entfernt sein, um Aufständische, die die Verteidigungslinie durchbrachen, unter Beschuss nehmen zu können. Die Schächte lagen sinnvollerweise am äussersten Rand des Platzes.

»Habt ihr noch irgendwelche Fragen?«, Erkundigte sich Deiter Roberts bei Sam und Cheryl-Ann. Sonja stellte sich wieder zum Kamerateam, denn sie wollte nicht, dass der Ingenieur sah, wohin sie blickte.

»Deiter, wie sieht es mit den Umweltauswirkungen des Bauprojekts auf den Fluss weiter unten aus? Was können Sie uns dazu sagen?«

Roberts hob eine Hand. »Wie ich schon sagte, kann ich mich nicht zu Umweltproblemen oder verringerten Wassermengen im

Okavango-Delta äussern. Ich meine ... Ich kann mich nicht zu den Fragen äussern, die von einigen Leuten aufgeworfen werden.«

Sonja konnte seine Verlegenheit sehen, weil ihm ein Fehler unterlaufen war, denn sein ohnehin schon rotes Gesicht färbte sich noch stärker. Mit der Antwort auf die heikle Frage, wie sich der Damm auf die Wasserversorgung des Deltas auswirken würde, hatte er ein Thema angesprochen, obwohl er überhaupt nicht danach gefragt worden war. Sam oder Cheryl-Ann würden diese Gelegenheit bestimmt ausnutzen.

»Nein«, sagte Cheryl-Ann, »ich glaube, Sie haben mich missverstanden. Ich habe mich nicht nach den Wasserströmen erkundigt, sondern nur danach, wie Sie mit dem Abfluss der Baustelle und der Wasserqualität während der Bauphase umgehen.«

»Oh!«, Er war offensichtlich erleichtert. »Wir halten uns an alle Umweltvorschriften und Sicherheitsvorkehrungen, um sicherzustellen, dass alle Schadstoffe auf der Baustelle bleiben und nichts Schädliches von der Baustelle in den Fluss gelangt und flussabwärts getragen wird.«

Ausser die Plastiktüten, Abwässer, Müll und Dieselaustritte, die ich im Fluss vor dem Ngepi Camp gesehen habe, dachte Sonja.

»Das ist grossartig, Deiter, genau das, was wir brauchen. Danke«, sagte Cheryl-Ann.

»Sie schneiden den Teil heraus, in dem ich vom reduzierten Durchfluss gesprochen habe, ja?«

Cheryl-Ann nickte. »Wird gemacht. Lassen Sie uns machen und Sie bekommen eine Abschrift des Interviews zu sehen, bevor es in die Endredaktion geht.«

»Gut«, sagte Roberts. »Das war nicht so schwierig, wie ich es mir vorgestellt habe.«

»Sie waren grossartig«, lobte Cheryl-Ann und berührte ihn am Unterarm, als er sie zu den Fahrzeugen führte. »Ein echtes Naturtalent, wie wir in der Branche sagen. Vielleicht können wir im Video noch etwas mehr von Ihnen gebrauchen?«

Er runzelte wieder die Stirn, sagte aber: »Wir werden sehen. Jetzt müssen wir erst einmal zum Nampower-Mann und zur Dame des Konsortiums.«

Sonja öffnete die Tür des Land Rovers, stieg ein und startete den Motor. Sie war verblüfft. Entweder hatte sie gerade das sanfteste Fernsehinterview aller Zeiten mit einem Mann erlebt, der am Bau eines der ökologisch umstrittensten Staudämme der Welt beteiligt war, oder hier wurde ein gezinktes Spiel gespielt.

17

───────────

Rickards filmte buchstäblich im Gesicht des Kindes. Das Objektiv war nur wenige Zentimeter von der Nase des kleinen Jungen entfernt, nah genug, um die Fliegen zu sehen, die um seine Nasenlöcher und Augen herumkrabbelten.

Sonja wandte sich von der ihrer Meinung nach unnötigen Aufdringlichkeit ab. Als sie von ihrem Rundgang über die Baustelle zurückkehrten, war der Mann der namibischen Elektrizitätsgesellschaft war noch nicht im Baubüro, weil er durch eine Autopanne aufgehalten worden war. Deiter Roberts hatte die Frau vom Staudammkonsortium angerufen, die sich eigentlich erst in zwei Stunden mit dem Fernsehteam treffen sollte, aber anbot, sie in einem nahe gelegenen Dorf zu treffen. Der Plan sah eigentlich vor, dass sie sie zuerst im Büro auf der Baustelle informierte und sie danach ihren ersten Tag mit einem Ausflug ins Dorf beendeten. Aber wenn sie es umkehrten, konnten sie zuerst in der Gemeinde filmen und sie würde sie dort treffen. Cheryl-Ann war zuerst ein wenig wütend gewesen, aber für Sonja war dies ein ganz normaler Tag in Afrika, an dem selten etwas nach Plan lief.

Sonjas Handy vibrierte in der Tasche und als sie es herausnahm, erkannte sie die Nummer. Sie liess es ein paar Sekunden lang leise in ihrer Hand summen und entfernte sich vom Kamerateam.

Sie drückte die grüne Taste. »Was?«

»Das ist keine sehr höfliche Art, jemanden zu begrüssen«, tadelte Martin Steele.

»Sie sind mitten in den Aufnahmen«, sagte sie leise.

»Können sie uns hören?«

»Nein, sie sind damit beschäftigt, Aufnahmen von Kindern mit aufgeblähten Bäuchen zu machen und von Müttern, die Plastikbehälter mit Wasser auf dem Kopf tragen.«

Steele lachte, aber Sonja fand das alles nicht lustig. »Martin, die könnten genauso gut einen verdammten Propagandafilm für das Staudammkonsortium drehen, um zu verteidigen, was die hier oben machen. Es ist ekelhaft.«

»Ich weiss nicht, ob du oder ich in der Lage sind, moralische Urteile über jemanden zu fällen, meine Liebe, aber hasst du sie deshalb noch mehr als vorher?«

»Ja.« Er schaffte es immer noch, ein Lächeln auf ihr Gsicht zu zaubern.

»Gut. Sag mir, was du gesehen hast.«

Sie blickte zurück zur Mannschaft, die immer noch damit beschäftigt war, das Elend zu dokumentieren. »Hier, jetzt?«

»Ich bezweifle, dass dich da oben mitten im Nirgendwo jemand abhört. Ja, was hast du bis jetzt gesehen?«

»Warum die Eile?«

Er hielt inne.

»Der Plan soll schneller umgesetzt und alles vorverschoben werden.«

»Warum?«

»Ich habe ihnen gesagt, wir könnten in sechs Wochen etwas auf die Beine stellen – und das würde dem anderen Element Zeit geben, ein paar neue Leute einzuarbeiten.«

»Ja, das braucht es mindestens.« Sonja wusste, dass er von den Überbleibseln der CLA sprach, die sich irgendwo in Botswana versteckten. Gideon hatte ihr gesagt, es gäbe keinen Mangel an

Rekruten, die bereit seien, für die Unabhängigkeit Kaprivis zu kämpfen, aber Martin hatte Recht: Es würde mindestens sechs Wochen dauern, um Männer ohne militärische Erfahrung für den Krieg fit zu machen.

»Unser Zahlmeister hat mir heute gesagt, dass ein paar der anderen kalte Füsse bekommen, darunter auch dein Ex-Freund. Er drängt darauf, innerhalb von zwei Wochen zu gehen, bevor sie Zeit haben, von ihrer Abmachung zurückzutreten. In zwei Wochen ist ein Treffen geplant, um sich auf den neuesten Stand zu bringen.«

Sonja blickte zurück zum Kamerateam. Über einen Dolmetscher organisierte Rickards gerade eine Prozession von Dorffrauen, die mit Plastikwasserbehältern auf dem Kopf einen Weg entlangliefen. »Scheisse, Martin. Warum lässt du das hier nicht einfach sein und gehst?«

»Du weisst, warum. Uns fehlen fünfzig Prozent von dem, was für deinen letzten Job versprochen wurde.«

Sie ärgerte sich über seine Andeutung, dass das Doppelspiel in Simbabwe irgendwie ihre Schuld war. »Es ist zu riskant.«

»Wir brauchen das Geld, Sonja. So einfach ist das. Also, wie lautet deine Einschätzung?«

Sie holte tief Luft und atmete dann aus. »Hier ist eine Kompanie mit gepanzerter Unterstützung in Stellung. Mindestens ein BTR 60, den ich gesehen habe. Wenn man davon ausgeht, dass sie einen Trupp zugeteilt haben, sind wahrscheinlich noch ein paar mehr irgendwo im Busch. Ausserdem haben sie Mörser. Wenn man wie üblich rechnet, käme man mit weniger als einem von schweren Waffen unterstützten Bataillon nicht bis zur Mauer durch.« Eines der grundlegenden Verhältnisse, mit denen alle militärischen Planer arbeiteten, war, dass eine angreifende Truppe, die eine vorbereitete feindliche Stellung angreift, eine zahlenmässige Überlegenheit von mindestens drei zu eins haben muss.

»Hmmm. Wie wäre es mit einem kleinen Team, das sich verdeckt vor Ort einschleust?«

Über diese Möglichkeit hatte Sonja bereits nachgedacht. »Die zivilen Sicherheitsvorkehrungen hier sind extrem streng – strenger als die der örtlichen Polizei und der militärischen Kontrollpunkte weiter draussen. Niemand, nicht einmal die Chefs, kommen ohne gründliche Ausweiskontrolle auf das Gelände. Alles wird mit Kameras, Fahrzeugpatrouillen und Hundeteams überwacht. Das ist wohl nur Show, aber wenn die Absperrung durchbrochen wird, sind die Armeeangehörigen im Inneren einsatzbereit. Man muss schon jemanden kennen, um hier reinzukommen.«

Steele schwieg einen Moment und Sonja, die ihren Fehler bemerkte, wusste, was er als nächstes sagen würde.

»Dann lerne jemanden kennen.«

»Nein. Das werde ich nicht tun. Nicht noch einmal. Egal, wie viel du mir bezahlst.«

»Ich habe nicht gesagt, dass du jemanden ficken sollst, Sonja. Ich habe nur gesagt, lerne jemanden kennen. Jemand von den Höheren, für den Fall, dass du eines Tages zurückkommen musst.«

»Ich dachte, ich mache nur eine Aufklärung?«, sie spürte eine Enge in ihrer Brust, dann begann ihr Herz schneller zu schlagen und pumpte einen heissen Adrenalinstoss bis in die Fingerspitzen und Zehen. Steele spielte mit ihr, und sie wusste, dass sie dieses Spiel sofort beenden sollte.

»Wir haben kein Bataillon, Sonja – nicht einmal ein knappes. Das wirst du sehen, wenn du sie triffst. Ich versuche, ein Wunder zu vollbringen und du bist der Engel, der mir dabei hilft.«

Sie lächelte über seinen poetischen, aber armseligen Versuch der Schmeichelei.

»Wie auch immer«, sagte er. »Wenn du wieder reinkommst, kannst du ein kleines Team losschicken und den Job erledigen. Aber wenn du meinst, ein Damm sei eine zu grosse Aufgabe für eine ... für dich ...«

Der clevere, charmante Bastard spielte auf jeder Saite und drückte auf jeden einzelnen Knopf – allerdings mit einem Vorschlaghammer statt mit den Fingern. In ihrem Kopf schrillten die Alarmglocken und sie wusste ohne jeden Zweifel, dass sie auflegen, den Damm, die Amerikaner und Martin Steele hinter sich lassen und aus Afrika verschwinden sollte.

»Das ist ein Ticket nach draussen. Für dich und Emma. Dein Anteil wird natürlich mit der zusätzlichen Verantwortung steigen, wenn du damit umgehen kannst.«

»Verdammt richtig, er wird steigen. Auskundschaften ist eine Sache, aber das, wovon du sprichst, ist das Hauptspiel, Martin.«

Sie holte tief Luft und wusste, dass sie die Frage nicht stellen sollte. »Wie viel?«

»Eine Million.«

»Pfund oder Dollar?«

»Dollar. England regiert die Welt nicht mehr.«

»Dann drei.«

»Anderthalb, und höher kann ich nicht gehen«, sagte er.

»Blödsinn. Ich kenne dich, Martin. Zwei oder ich lege auf.«

»Sonja, sei doch vernünftig, das ist doch …«

»Tschüss, Martin.«

»Warte, warte. Also gut. Zwei.«

»Die Hälfte davon sofort«.

»In Ordnung. Du verhandelst eisern, Sonja – damit wird der grösste Teil meines Vorschusses und der Betriebskosten weggefressen. Das Geld ist heute Abend auf deinem Konto.«

»Gut«, sagte sie und lächelte vor sich hin. Es gefiel ihm, mit ihr zu spielen und ihr gefiel es, dass er sie bezahlte.

»Anstatt auf demselben Weg nach Maun zurückzukehren, möchte ich, dass du den Kaprivi-Streifen hinunter nach Katima Mulilo fährst. Schau dich dort um und fahr zurück nach Botswana. Hast du schon einmal von einem Ort namens Dukwe gehört?«

Sie überlegte einen Moment lang. »An der Strasse zwischen Nata und Francistown?«

»Ja, ganz genau. Wir treffen uns in fünf Tagen dort.«

Sie rechnete die Entfernung im Kopf nach. »Wo in Dukwe?«

»Ich werde dich finden. Ach, und Sonja?«

»Ja?«

»Sei vorsichtig.«

So etwas hatte er in der Vergangenheit noch nie zu ihr gesagt. »In welcher Beziehung?«

»Vergiss nicht, dass der simbabwische CIO wegen des vermeintlichen Attentatsversuchs immer noch Blut sehen will. Ich passe auf mich auf und du musst auf dich aufpassen. Sie wollen nicht, dass jemand den internationalen Medien die Wahrheit sagen kann und brauchen eine Leiche.«

Sie war verwirrt. »Willst du damit sagen, dass wir der Welt sagen sollten, dass das Attentat ein Schwindel war?«

»Nein, nein, natürlich nicht. Herrgott, Sonja, das Letzte, was ich möchte, ist, dich – oder mich – in den Versuch zu verwickeln, gewählte Führer zu stürzen, egal wie korrupt sie sind. Vielleicht können wir etwas durchsickern lassen, wenn der aktuelle Auftrag abgeschlossen ist. Ich möchte nicht, dass das CIO denkt, sie könnten uns einfach so benutzen und ausserdem sollte die Welt die Wahrheit erfahren.«

»Irgendwann.«

»Ja«, sagte er, »rechtzeitig. Wenn du das Leben einer reichen, hinreissenden, alleinerziehenden Mutter im Ruhestand lebst.«

»Wie auch immer.«

»Vielleicht kann ich dich auf deiner Privatinsel vor der Küste Mosambiks besuchen oder auf deiner luxuriösen privaten Wildtierlodge in den fliessenden Gewässern des Okavango-Deltas?«

Sie lachte. »Verpiss dich, Martin.«

»Ich liebe dich auch, Baby.«

Das Konsortium, das sich mit der namibischen Regierung zusammengetan hatte, um den Damm zu entwickeln, hiess GrowPower und der Name wurde mit einem Grossbuchstaben in der Mitte geschrieben. Sam war kein Pedant, wenn es um die englische Sprache ging, aber er mochte es genauso wenig, wenn man sich an der natürlichen Reihenfolge der kleinen und der Grossbuchstaben zu schaffen machte, wie wenn man Veränderungen mit Wirkung auf die Umwelt vornahm.

Auch von Microsoft Power-Point-Präsentationen war er nicht begeistert. Er war ein Naturmensch und es hatte ihm noch nie Spass gemacht, drinnen eingesperrt zu sein, an die Wand projizierte Folien zu betrachten und jemandem zuzuhören, der vor sich hinredete.

Immerhin fiel es ihm nicht schwer, Selma Tjongarero, die Managerin für Unternehmenskommunikation bei GrowPower zu betrachten, die er auf Ende zwanzig schätzte. Sie war wie eine Besucherin von einem anderen Planeten ins Dorf gekommen, mit einem gut geschnittenen Geschäftsanzug und einer blutroten, zu ihren Fingernägeln passende Seidenbluse. Als sie aus ihrem tiefergelegten BMW ZX4-Sportwagen stieg, platzierte sie die hohen Absätze ihrer Lacklederschuhe vorsichtig im Staub, bevor sie ihre D&G-Sonnenbrille von ihrem streng geflochtenen Haar herunterzog, um sich vor der blendenden Mittagssonne zu schützen.

Selma hatte vorgeschlagen, sie sollten direkt zum Büro auf der Baustelle fahren, wo sie sie über das Konsortium und dessen Entwicklungspläne für das Gebiet informieren konnte. Als sie auf der Baustelle ankamen, begaben sie sich in einen für Besprechungen eingerichteten Container. An einer Wand befanden sich ein Bildschirm und ein Tischchen mit einem Laptop, der mit einem von der Decke hängenden Datenprojektor verbunden war. Selma blickte auf das projizierte Bild des Computer-Desktops und klickte auf eine PowerPoint-Datei mit dem Titel ›Präsentation Vers 2‹.

»Es ist toll, dass Sie bereits gesehen haben, unter welchen Bedingungen die Landbevölkerung in diesem Teil Namibias lebt«, sagte sie und blätterte gnädig schnell durch einige Folien, die die Szenen zeigten, die die Crew bereits aufgenommen hatte, darunter weitere Frauen mit Wasserbehältern auf dem Kopf und Kinder mit aufgeblähten Bäuchen. »Damit können wir die alle auslassen.«

Sam schaute zu Sonja hinüber, die aber aus dem Fenster des klimatisierten Raums über die Baustelle blickte. Sie war weder an der Präsentation noch an ihm interessiert. Er wusste bereits, dass sie eine Abneigung gegen Geplauder hatte, aber die schien noch ausgeprägter geworden zu sein.

»GrowPower«, sagte Selma und erhob ihre Stimme, als wolle sie sich vergewissern, dass alle noch wach waren, »wird das Leben der ländlichen Bevölkerung im Kaprivi-Streifen und im Nordwesten Namibias verändern. Das Projekt des Okavango-Damms wird Wasser für die Bewässerung liefern, wodurch Hunderttausende von Hektar bisher unfruchtbaren Landes für die kommerzielle Landwirtschaft erschlossen werden.« Sie hielt inne, bevor sie ihre Präsentation fortsetzte. Das nächste Bild zeigte eine Visualisierung grosser Teile des Landes, die sich mit einem einzigen Klick von braun in grün verwandelten.

Selmas Englisch war präzise mit einer Spur von deutschem Akzent. GrowPower, so hatte sie zu Beginn der Präsentation erklärt, sei ein Konsortium, zu dessen Anteilseignern die namibische Regierung und die namibische Strombehörde gehörten, obwohl der Hauptpartner ein deutsches Agrarunternehmen, die Schwarz AG, sei. Deren Präsident, Klaus Schwarz, so Selma, befinde sich derzeit in Windhoek, um mit dem Präsidenten der Republik Gespräche zu führen und habe sich dafür entschuldigt, dass er das amerikanische Fernsehteam nicht persönlich treffen könne.

Schwarz meldete sich jedoch elektronisch über ein Video, das Selma als Nächstes anklickte. Danach stand sie ehrerbietig neben dem Bildschirm, als ihr Chef in Englisch mit einem starken Akzent das Wort ergriff.

»Danke, Selma«, lächelte er, drehte seinen Kopf etwas unbeholfen nach rechts und nickte. Selma grinste zurück, sie schien das kleine Stück computergenerierter Trickserei zu bewundern. »Meine Damen und Herren, ich bin sicher, dass Selma meine aufrichtige Entschuldigung dafür weitergegeben hat, dass ich Sie während Ihrer Reise in dieses wunderschöne Land, Namibia, nicht persönlich kennenlernen kann. Wunderschön, aber grossenteils äusserst unfruchtbar.«

Bei der hölzernen Aufführung dachte Sam, dass Schwarz von einem Manuskript ablas, von dem es schien, als sehe er die Worte zum ersten Mal.

»Schön, aber unfruchtbar. GrowPower wird all das ändern. Wir werden diesen trockenen, unzureichend genutzten Teil Afrikas in einen fruchtbaren, grünen Garten Eden verwandeln, in dem sich die Lebensqualität für alle Bewohner der Region spürbar verbessert. Der Norden Namibias, einschliesslich der Kaprivi-Region, wird zur neuen Kornkammer Afrikas werden, in der Getreide angebaut und Rindfleisch und Milchprodukte produziert und in den gesamten Kontinent exportiert werden.«

Sam fragte sich, wie viele Klischees der Mann noch unterbringen konnte, bevor er Luft holen musste.

»Der neue Wasserspeicher wird nicht nur sauberes Wasser zum Trinken und zur Bewässerung in der Landwirtschaft liefern, sondern auch...«, er hüstelte, um sich zu räuspern, »wie sagt man, Strom zu den Menschen bringen. Die Nachfrage nach Strom steigt in ganz Afrika, aber die Infrastruktur für die Stromerzeugung und -verteilung hat Mühe, den bestehenden Bedarf zu decken. Man muss nur einen Blick auf Südafrika werfen, um zu sehen, wie katastrophal die Situation ist. Das Okavango-Projekt wird genug Megawatt erzeugen, um den gesamten Nordosten Namibias bis weit in die Zukunft hinein zu versorgen und überschüssigen Strom ins nationale Netz einzuspeisen. Unser Unternehmen, die Schwarz AG, hat sich mit umgerechnet mehr als 100 Millionen US-Dollar an diesem Projekt beteiligt, um den Bau des neuen Wasserreservoirs und die Entwicklung anderer Infrastrukturen zu finanzieren, die für die Entwicklung intensiver landwirtschaftlicher Praktiken in der Region wichtig sind. Wir gehen davon aus, dass während der Bauarbeiten etwa dreihundert Menschen hier Arbeit erhalten und mindestens ebenso viele in unseren Landwirtschaftsgebieten.«

Sam stiess einen leisen Pfiff aus. Es ging um viel Geld, und der Privatsektor war in viel grösserem Umfang am Projekt beteiligt, als ihm bewusst gewesen war.

»Es ist viel über die Umweltauswirkungen des Baus dieses neuen Stausees gesagt und geschrieben worden. Ich möchte Ihnen allen versichern, dass die Schwarz AG eine stolze Bilanz in Bezug auf die Einhaltung von Umweltauflagen an allen unseren Standorten in der ganzen Welt vorweisen kann. Dieses Projekt wird unter den strengsten Umweltschutzauflagen gebaut, die es in Namibia je gegeben hat und unter denselben strengen Umweltauflagen betrieben. Die Auswirkungen auf die flussabwärts gelegenen Wasserläufe wurden von unabhängigen Umweltexperten als vernachlässigbar eingestuft. Die Tier- und Pflanzenwelt des Okavango-Deltas wird weiterhin gedeihen, aber noch wichtiger ist, dass die Menschen in Namibia sauberes Wasser für ihre Kinder, Nahrung in ihre Bäuche und wertvolle Dollars für ihre Wirtschaft haben werden, da sowohl die landwirtschaftliche Produktion wie auch die Exportfähigkeit des Landes erheblich gesteigert werden.

Meine Damen und Herren, ich möchte mich nochmals dafür entschuldigen, dass ich nicht persönlich anwesend sein kann, aber ich wünsche Ihnen einen angenehmen und informativen Aufenthalt in Namibia. Und Selma, wenn Sie mir in einer anderen Angelegenheit behilflich sein könnten?«, wandte sich Schwarz wieder steif nach rechts, »würden Sie Herrn Chapman vielleicht fragen, ob er so freundlich wäre, eine seiner DVDs für meine zehnjährige Tochter Liesl zu signieren?«

Selma schaltete das Licht im Container an und hielt breit grinsend ein Exemplar von ›Outback Survival‹ hoch.

»Faszinierend, danke, Selma«, sagte Cheryl-Ann.

»Was?«,Rickards hob den Kopf, sah sich um und wischte sich eine Sabberfahne aus dem Mundwinkel.

Selma ging um den Datenprojektor herum zu Sam. »Es tut mir so leid, dass Sie Herrn Schwarz nicht kennenlernen können. Er ist ein prima Kerl. Würden Sie bitte die DVD für seine Tochter signieren?«

»Natürlich. Das ist mir ein Vergnügen.«

»Wie hat Ihnen die Präsentation gefallen?«

Sam reichte ihr die DVD zurück. »Sie war sehr informativ.« In Wirklichkeit ärgerte er sich über Schwarz' Verwendung von Wörtern wie ›Wasserspeicher‹ anstelle von Staudamm.

»Das war grossartig, Selma«, sagte Cheryl-Ann und trat zwischen die beiden.

Sam ärgerte sich und überlegte, ob Cheryl-Ann sich nach dem, was mit Tracey geschehen war, für die Dauer der Reise nun selbst zu seiner Anstandsdame ernannt hatte. Er hätte Selma gern länger ausgefragt – nicht wegen ihrer Schönheit, sondern wegen einiger der nagenden Zweifel, die er am Staudammprojekt hatte. Je mehr er vom Konsortium sah und hörte, desto weniger gut war das Gefühl, das er dabei hatte, den Dokumentarfilm zu machen. Aber er wusste, dass es in diesem späten Stadium keine Möglichkeit mehr gab, aus dem Vertrag auszusteigen.

»Selma, können wir Ihnen ein Mikrofon geben, damit wir Ihren Teil des Videos jetzt filmen können? Haben Sie Ihren Teil des Vortrags einstudiert?«

Sam hörte das unausgesprochene ›nicht wie Ihr Chef‹ in Cheryl-Anns Tonfall.

Selma nickte. »Ich bin allerdings ein bisschen nervös. Ich kann vor Publikum sprechen, aber die Kamera schüchtert mich ziemlich ein.«

Cheryl-Ann tätschelte ihren Arm. »Sie schaffen das schon.«

Und das tat sie auch. Sam stand an der Seite und sah zu, wie Selma den Menschen in Namibia ihre gutvorbereitete Rede über die Vorteile des ›Wasserspeichers‹ und der damit verbundenen ›intensiv-bewirtschafteten landwirtschaftlichen Gebieten‹ in einer einzigen perfekten Einstellung vortrug. Sie war schön, schwarz und eine Frau und damit genau die Art von Sprecherin, die das Projekt brauchte. Der Anblick ihres glitzernden, sinnlichen Mundes, ihrer leuchten-den, lebhaften Augen und des Lächelns, das sie an den richtigen Stellen einstreute, liess ihn glauben, dass der Damm genauso gut war, wie sie es sagte. Der glatzköpfige, weisse Deutsche mittleren Alters mit den leicht schiefen Zähnen hatte ihn nicht überzeugt, aber Selma Tjongarero nahezu.

Mathias Shivute, der Regionalleiter des Nampower-Konzerns, kam gerade an, als Selma ihr Mikrofon abnahm.

Er schwitzte stark, hatte seine Krawatte gelockert und die Ärmel seines weissen Hemdes, das mit einem Fettfleck bekleckert war, hochgekrempelt. Seine schwarze Anzughose glänzte vor Abnutzung und die Knie waren mit weissem Staub bedeckt. Er wischte sich mit der Hand über seinen Bauch und stellte sich im Raum vor.

»Tut mir leid, dass ich zu spät bin. Zwei platte Reifen – ist das zu fassen?«, sagte er. »Ich kann in einer halben Stunde fertig sein und mit meiner Präsentation beginnen.«

Sam hörte Rickards hinter der Kamera stöhnen. Cheryl-Ann nahm Mathias zur Seite und schlug ihm höflich vor, angesichts der

Verspätung würden sie ihn einfach für seinen Beitrag der Unternehmensdokumentation interviewen. Auf diese Weise, erklärte sie ihm, könne er Nampowers Beteiligung am Projekt erläutern und gleichzeitig seine Kommentare machen. Er sah ein wenig verärgert aus, stimmte aber zu.

Während Selma anfing, ihre Sachen zu packen und Cheryl-Ann mit Mathias seinen Text besprach, schlich Sonja aus der Tür der Hütte und Sam folgte ihr.

Sie stand im Schatten der Hütte und liess ihren Blick über die Baustelle im Tal schweifen. Sie erinnerte Sam an ein Raubtier, das sein Jagdrevier in der Savanne erkundet.

»Ich hätte es nicht für möglich gehalten, aber du scheinst ruhiger zu sein als je zuvor.«

Sie drehte sich um und sah ihn ohne zu sprechen an, während er auf den Damm hinaus blickte.

»Ihr lasst euch bezahlen, um ein Propagandavideo für sie zu drehen, nicht wahr?«, fragte sie.

Er zuckte mit den Schultern. »Cheryl-Ann und ich sind bei einer Produktionsfirma angestellt, die Filme für Wildlife World macht. Wir machen auch Firmenvideos für Leute, die uns dafür bezahlen.«

»Und Ihr stellt keine Fragen?«

»Ich habe Anfragen von der Jagdlobby und den japanischen Walfängern abgelehnt, Dokumentarfilme für sie zu drehen.«

»Sind Wale also wichtig, aber das Okavango-Delta nicht?«

»Glaubst du nicht, dass Menschen so wichtig sind wie Tiere? Was ist mit all den Dingen wie Strom, Essen und Wasser für die Menschen vor Ort?«

Sie schüttelte den Kopf. »Das Okavango Delta bildet für Tausende von Menschen in Bot-swana die Lebensgrundlage, die ihren Lebensunterhalt in der Safari-Industrie verdienen, zu der übrigens auch die professionelle Jagd gehört. Bei diesem Projekt geht es nicht um Nahrung und Wasser, sondern um Geld, und das«, sie deutete mit dem Daumen in Richtung Tür, »bestätigt es. Aber wenn du das nicht erkennst, Sam, wird dich nichts, was ich sage, vom Gegenteil überzeugen.«

Er wollte ihr gerade zum Land Rover folgen, als Cheryl-Ann ihn aufforderte, sich Mathias' Interview anzuhören.

Als Sam zurückkam, öffnete Sonja den Land Rover und griff nach ihrem Rucksack. Sie nahm ihre Haarbürste heraus, löste das Gummiband von ihrem Pferdeschwanz und bürstete ihr Haar, so dass es offen über ihren Rücken hing. Sie war ungeschminkt, leckte sich über die Lippen und überprüfte ihre Zähne im Rückspiegel, bevor sie die Tür wieder schloss. Sie öffnete den dritten Knopf ihres Safari-Hemdes und schlug den Kragen hoch.

Das Büro der Baustelle bestand aus drei Hütten, die mit Blick auf den Damm hufeisenförmig auf dem Bergrücken angeordnet waren. Cheryl-Ann und das Team befanden sich noch im Container, der für Besprechungen und Präsentationen genutzt wurde. Sonja beobachtete, wie Deiter Roberts sein Büro verliess, zum Besprechungsraum ging, darin verschwand und wenige Sekunden später mit einem Laptop unter dem Arm wieder auftauchte. Es war der Computer, den Selma für ihre Präsentation benutzt hatte.

Sonja wartete ein paar Minuten, nachdem Roberts in sein Büro zurückgekehrt war, und ging dann zu ihm hinüber. Sie klopfte an die Tür des daneben liegenden Büros und bat darum, Deiter zu sehen. Eine Schwarze Frau rief etwas durch eine Trennwand und Roberts kam heraus, um sie zu begrüssen.

»Ja, bitte?«

»Hallo, Deiter. Ich glaube, ich weiss alles, was ich über Wasserkraft und Wasserspeicher wissen muss, also dachte ich, ich könnte vielleicht einen Kaffee bekommen.«

Er blickte an ihr vorbei zur offenen Tür und zur nächsten Hütte, aus der er gerade gekommen war. Er war eindeutig misstrauisch gegenüber den Medienleuten, auch wenn sie auf Einladung des Unternehmens hier waren. Der Laptop, den er aus dem Konferenzraum mitgenommen hatte, stand neben seinem PC auf dem Schreibtisch.

»Um ehrlich zu sein«, sagte sie und senkte ihre Stimme, »ich brauche eine Pause von meinen Freunden.«

»Ja, die sind schlimmer als Engländer.«

Ein Lächeln hellte sein Gesicht auf. »Kommen Sie in mein Büro. Dort ist es kühler, weil die Klimaanlage besser funktioniert. Frieda«, sagte er zu der Schwarzen an der Rezeption, »können Sie uns bitte zwei Kaffee bringen?«

»Ja, natürlich, Sir«, antwortete die Frau.

»Wie hat Ihnen die Präsentation gefallen?«, fragte Roberts.

Sonja zuckte mit den Schultern. »Es war ziemlich interessant. Allerdings scheint es bei diesem Projekt einige heikle Punkte zu geben.«

Roberts nickte und lud sie mit einer Geste ein, sich zu setzen. »Verdammt, es ist doppelt so schlimm. Wir müssen auf jedes Wort achten, das wir sagen und die Deutschen in der Zentrale überprüfen alles zehnmal. Sie ändern ständig Broschüren, Dokumente und Präsentationen, um sicherzugehen, dass jeder, i-Punkt stimmt. Schwarz, der grosse Chef, ist fanatisch, wenn es um Kommunikation geht. Ich habe die Version dieser Präsentation erst eine halbe Stunde vor Ihrer Ankunft heraufgeladen. Wenn Sie bei diesem Projekt der falschen Person etwas Falsches sagen, kann es Sie den Job kosten.«

»Sehr politisch, was?«

Roberts rollte die Augen zur Decke, aber dann entspannte er sich ein wenig in seinem Stuhl. »Sie sind aus Botswana gekommen, sind aber nicht von dort, glaube ich. Sind Sie Südafrikanerin?«

Sie schüttelte den Kopf. »Ich bin in Okahandja geboren.«

Seine Augen weiteten sich. »Sie sind also Namibierin.«

»Auf meiner Geburtsurkunde steht ›Südwestafrika‹. Nach dem Krieg ist meine Familie nach Botswana gezogen und ich bin im Gebiet der Sümpfe aufgewachsen.«

»Ein ziemlicher Unterschied zu Okahandja. Was haben Ihre Eltern dort gemacht?«

»In Namibia?«

Er nickte.

»Mein Vater war Viehzüchter, aber als der Krieg losging, wurde er zur SWATF einberufen.«

»Ich auch.« Roberts blickte aus seinem Fenster über den Damm und sie merkte, dass die blosse Erwähnung der Abkürzung für die South-West Africa Territorial Force eine Kette von Erinnerungen wachrief. »Sie haben mich nach meinem Abschluss in eine Ingenieureinheit gesteckt, also hatte ich nicht viel mit Kämpfen zu tun, aber ...«

Sonja nahm den Faden wieder auf. »Es gab kein Entrinnen, nehme ich an. Auch für uns nicht, auf dem Bauernhof. Wir wurden von Terroristen angegriffen, während mein Vater im Dienst war. Meiner Mutter und mir ging es gut, aber danach wurde alles anders. Sie ist Engländerin und wollte das Land verlassen, während er sich rächen wollte. Ich zog mit ihr für eine Weile nach England und er wechselte zu den Koevoet.«

Deiter griff in seine Hemdtasche und holte ein Päckchen Zigaretten heraus. Er klappte den Deckel auf und Sonja konnte den gerösteten Tabak von der anderen Seite des Schreibtischs riechen. Er zog fragend die Augenbrauen hoch, aber sie schüttelte den Kopf.

»Stört es Sie, wenn ich rauche?«

»Es ist Ihr Büro«, sagte sie und hätte gern einen Zug genommen.

»Roberts klingt nicht sehr deutsch.«

Er zündete sich eine Zigarette an und sie schaute für einen Moment fasziniert auf die orangefarbenen Spitze, die wie ein kleiner Sonnenuntergang leuchtete. »Stimmt. Meine Mutter war deutscher Abstammung, aber mein Vater war Engländer und kam auf der Suche nach Diamanten hierher.«

»Ich bin das Umgekehrte«, schmunzelte Sonja. »Deutscher Vater aus Namibia und englische Mutter.«

Es klopfte an der Tür.

»Danke, Frieda«, sagte Deiter, während die Empfangsdame mühsam Tassen, Zucker, Milch und einen Teller mit Keksen abstellte. Als sie rausging und sie wieder allein waren, sagte er: »Dein alter Herr war also ein Koevoet, was? Das waren harte Kerle.«

»Zu hart.« Sie rührte Zucker und Milch in ihren Kaffee. »Mein Vater musste das Land nach der Unabhängigkeit verlassen. Das

Okavango-Delta war sozusagen unser Versteck. Meine Mutter und ich kamen zurück und meine Eltern leiteten einige Jahre lang ein Safaricamp.«

Er seufzte und pustete auf seinen Kaffee. »Das waren wirklich schreckliche Zeiten, Sonja. Warten Sie ...Sonja?«, Er schnippte mit den Fingern. »Nicht etwa Sonja Kurtz, oder?«

Sie nickte. Sie hatte sein Alter richtig eingeschätzt und Okahandja und die SWAPO-Kämpfer, die die Familienfarm angriffen, mit Absicht erwähnt. Sie war sich ziemlich sicher, dass er sich erinnerte, wer sie war. Wenn sie in der Vergangenheit Männer aus Namibia in Deiters Alter getroffen hatte, gab sie manchmal einen falschen Nachnamen an oder vermied absichtlich, ihn zu erwähnen, da immer jemand die Verbindung herstellte.

»Sie sind das kleine Mädchen, das den Terroristen getötet hat!«

Sie zuckte mit den Schultern. »Ich konnte schon als Siebenjährige Magazine laden und als ich elf war, schaffte ich es, eine R1 vorzubereiten, zu laden und abzufeuern.«

»Sie waren der Renner in Windhoek, wissen Sie?«

Sonja schluckte und lächelte über das unbeholfene Kompliment. Damals war sie zwölf.

»Sie haben mehr Action gesehen als ich. Ich nehme an, Sie sind es leid, dass die Leute Sie fragen, wie es ist, einen Mann zu töten?«

»Sie sind sehr scharfsinnig, Deiter.«

Er lachte. »Und was machen Sie mit diesen amerikanischen Fernsehleuten? Mir wurde gesagt, ihr Führer sei ein Mann.«

Sonja atmete den Rauch ein, den er während er sprach ausstiess. »Ich glaube, ich möchte nun doch so eine, wenn es Ihnen nichts ausmacht.«

Er griff wieder in seine Tasche und reichte ihr die Packung. Sie zog langsam eine heraus und beobachtete sein Gesicht dabei. Bevor er das Feuerzeug auf den Tisch legen konnte, legte sie den Filter zwischen ihre Lippen und beugte sich vor. Es schien ihm zu gefallen, dass sie den Abstand zwischen ihnen verringerte, um ihre Zigarette an seiner anzuzünden.

Sie atmete den ersten Zug tief ein, schloss die Augen und lehnte den Kopf zurück, hielt dabei aber ihre Ellenbogen auf dem Holzlaminat seines Schreibtischs.

»Die erste seit einer Weile?«, erkundigte er sich.

Sie lächelte, als sie die Augen öffnete und ihn dabei ertappte, wie er seinen Blick von ihrem Ausschnitt hob. »Mmmm. Sie haben mich verführt, Deiter Roberts.«

Er hustete und sie rümpfte die Nase, lächelte ihn aber an. Sie hatte ihn.

Sie lehnte sich in ihrem Stuhl zurück und schlug, jetzt kühl und distanziert, die Beine übereinander. »Ja.« Sie stiess den Rauch aus und nahm die Konversation wieder auf.

»Ihr Führer wurde beim Absturz des Hubschraubers, aus dem sie gefilmt haben, verletzt. Ich habe in letzter Minute die Stellvertretung übernommen. Ich kann nicht behaupten, sie besonders zu mögen, aber immerhin ist es Arbeit, nicht wahr?«

Er nickte. »Und der Mann, dieser Fernsehstar? Chapman?«

Sie konnte sehen, was er dachte. »Ich glaube, er ist ein Moffie.«

»Klar«, sagte Roberts, als bestätige sie seinen Verdacht, jeder Mann, der beim Fernsehen arbeite, sei schwul.

Sonja hatte ein schlechtes Gewissen, weil sie eine Lüge aufrechterhielt. »Nach dem, was ich gelesen habe, haben Sie bei so vielen internationalen Umweltschützern, die gegen das Projekt waren, Glück gehabt, dass Ihr Damm fertig gestellt wurde.«

Roberts trank noch einen Schluck seines Kaffees und nahm einen Keks. »Es sind nicht nur die Umweltschützer, die gegen uns waren. Auch diese verrückten Kaprivier wollen uns in die Luft jagen.«

Sonja lächelte. »Apropos in die Luft jagen: sprengt ihr hier vor Ort immer noch? Ich weiss, dass diese Fernsehleute gerne solche Action filmen.«

Er schüttelte den Kopf. »Nein, aber vielleicht haben Sie einen Lastwagen mit Sprengstoff auf der Strasse hier in der Gegend oder auf der Baustelle gesehen?«

»Ja, das hat mich wahrscheinlich darauf gebracht.« Plötzlich wurde ihr klar, dass der Lastwagen im Fuhrpark, der wie ein Kraftstoff- oder Wassertanker aussah, Sprengstoff enthielt.

Roberts lehnte sich vor und stützte seine Ellbogen auf den Tisch. »Wissen Sie, diese GrowPower-Leute sind nicht nur in der Landwirtschaft tätig. Sie haben zusätzlich die Schürfrechte für dieses Gebiet gekauft und führen Sprengungen durch, um nach Diamantvorkommen zu suchen. Wenn sie fündig werden, brauchen sie für die Minen verdammt viel Wasser. Sie parken ihre Scheiss-Lastwagen voller Nitropril hier, weil wir gute Sicherheitsvorkehrungen haben. Können Sie sich vorstellen, was passieren würde, wenn diese verdammten Kaprivier einen Lastwagen mit diesem Zeug in die Finger bekämen?«

»Meine Güte, nein«, erwiderte sie und schüttelte den Kopf. »Aber Sie sind hier sicher. Sie haben militärische Rückendeckung, wie ich sehe. Das ist eine gute Sache.« Sie schaute aus dem Fenster des Büros.

Er folgte ihrem Blick auf die andere Seite des Flusses, wo der BTR 60 von einer Staubwolke begleitet eine unbefestigte Strasse hinuntertrudelte. »Diese Clowns verbringen die meiste Zeit damit, Brei zu essen oder im Schatten ihrer Fahrzeuge zu dösen. Dennoch war es gut, sie dabei zu haben, als die Kugeln beim letzten Mal zu fliegen anfingen.«

»Aber ein Panzerwagen ist nicht gerade viel, oder?«

Er schüttelte den Kopf. »Sie haben mich falsch verstanden. Ich habe Fahrzeuge gesagt. Es sind drei, und ja, Sie sollten den Krach hören, wenn die Kanonen das Feuer eröffnen. Ausserdem haben wir vier Mörserrohre, die das Gelände abdecken.«

Sonja leerte ihren Kaffee und drückte die Zigarette aus. Sie hasste Steele dafür, dass er ihr sagte, was sie zu tun hatte, doch die Zeit mit Roberts hatte ihr bereits einen zusätzlichen Mörser und zwei weitere Panzerwagen beschert.

Sonja stand auf und kratzte vorsichtig ein paar Kekskrümel von ihrem Buschhemd. »Ich gehe besser zurück zu meinen Amerikanern.« Roberts rollte seinen Stuhl zurück und sie konnte die Enttäuschung in seinen Augen sehen. Aber sie brauchte den Mann nicht mehr – er hatte seinen Zweck erfüllt.

18

———————

Sonja hielt vor dem Büro der Baustelle an, um sich von der Hitze die imaginäre Schmutzschicht wegschmelzen zu lassen, die weniger ihre Haut als ihre Seele bedeckte.

Sie hatte nur ein wenig mit Roberts geflirtet, hasste Martin aber dafür, dass er ihr das Gefühl gab, eine Hure zu sein. Sich selbst hasste sie dafür, dass sie jedes Mal auf ihn und seine Anweisungen hereinfiel. Doch er wusste nur zu gut, wie er mit ihren Gefühlen spielen konnte, genau wie er es einst mit ihrem Körper getan hatte. Sie hätte jetzt am liebsten etwas in die Luft gejagt, weil sie wusste, dass Martin sie wieder einmal für seine Zwecke eingespannt hatte.

Die Tür des Besprechungsraums öffnete sich und Cheryl-Ann kam heraus, um mit dem Schwarzen Bürokraten zu plaudern, der ihr folgte und jetzt viel cooler und entspannter aussah. Auch Jim, Gerry und Sam kamen heraus und führten die Kameras, Stative, Tonausrüstung und andere Utensilien mit sich. Sonja öffnete die Türen des Land Rovers, stieg ein und startete den Motor.

»Hast du bekommen, was du wolltest?«, fragte sie Sam.

Er trug ein Stativ und einen Koffer, hielt aber inne und sah sie an. Er hatte den Sarkasmus in ihrem Tonfall erkannt und sie wandte den Blick ab. Sie war immer noch wütend, wusste aber, dass sie es nicht an Chapman auslassen sollte. Er konnte nichts für ihre Probleme. Sie drehte sich um, ging von ihm weg und setzte sich wieder auf den Fahrersitz. Wer war sie, dachte sie, wenn sie über die Moral eines Fernsehmoderators urteilte, der von einem legalen Unternehmen Geld kassierte, um dessen Seite einer Geschichte zu erzählen? Sie hatte gerade die Tatsache, dass sie als Kind getötet hatte, benutzt, um Informationen aus einem Mann herauszubekommen, der glaubte, er könne sie tatsächlich verführen. Wenn sie Sam ansah und sich daran erinnerte, wie sie in jener Nacht im Camp in Botswana von ihm fantasiert hatte, schämte sie sich noch mehr für das, was sie auf Steeles Drängen hin gerade getan hatte.

»Wir müssen an den Popa Falls anhalten und uns dort etwas ansehen, Sonja«, verlangte Cheryl-Ann.

Sonja nickte. Sie hatte es genauso satt, Chauffeurin zu sein.

Es klopfte an ihrem Fenster und sie sah Deiter Roberts vor sich. Sie kurbelte ihr Fenster herunter und er reichte ihr eine Karte. »Da steht meine Handynummer drauf. Rufen Sie doch an, wenn Sie in der Gegend sind.«

»Danke.«

»Was soll das denn?«, fragte Cheryl-Ann.

Das geht dich einen Scheissdreck an, hätte Sonja am liebsten geantwortet. »Vielleicht hat er einen Sicherheitsauftrag für mich.«

Sonja fuhr die Zufahrtsstrasse hinunter und war froh, den Damm für den Moment ausser Sichtweite zu haben. Während sie darauf wartete, dass der Wachmann an der Schranke des Grundstücks sie abmeldete, trommelte sie mit den Händen auf das heisse, schwarze Lenkrad.

»Ist ausser mir noch jemand durstig?«, fragte Rickards vom Rücksitz aus.

»Ja, ich«, meldete sich Gerry.

»In Divundu gibt es einen Laden, wo wir kalte Getränke kaufen können«, sagte Sonja.

Als sie an die Kreuzung zur B8 kamen, verlangsamte Sonja wegen der Strassensperre, aber der diensthabende Polizist schien das Fahrzeug zu erkennen, denn er winkte mit der Hand und bedeutete ihnen, weiterzufahren. Sie bog nach rechts auf die Teerstrasse ab und schwenkte dann sofort nach links, um zum Geschäft und zur Tankstelle zu fahren. Der Vorplatz war nicht gepflastert und weisser Staub wirbelte um den Land Rover, während sie an einem schreienden Esel vorbeifuhr. Zwei räudige Hunde beobachteten sie und ein Trio in Lumpen gekleideter Jungen trat aus dem spärlichen Schatten der weiss getünchten Wände des Ladens hervor. Das einzige andere Fahrzeug, das vor dem Laden geparkt war und den natürlichen Schatten der kahlen Äste eines verkümmerten Baumes einnahm, war ein glänzender, schwarzer Toyota Pick-up mit Doppelkabine und dunkel getönten Scheiben.

»Ich habe Hunger, Madam, geben Sie mir zehn Dollar«, bettelte einer der Jungen und presste sich gegen die Fahrertür.

»Nein.« Sie stieg aus und schloss den Wagen, nachdem ihre Fahrgäste ausstiegen, ab.

»Ich werde für Sie auf das Fahrzeug aufpassen, Madam.«

»Das ist meine Aufgabe.« Sonja ging hinüber zur Tankstelleninsel, wo eine Tankwartin mit dem Rücken gegen die Zapfsäule gelehnt sass und in der Hitze welkte. »Guten Tag, Schwester, wie geht's?«

»Mir geht es gut, aber es ist zu heiss. Wie geht es Ihnen?«

»Gut.« Sonja schaute zum schwarzen Pick-up hinüber aus dessen Auspuff grauer Rauch stieg. »Wie lange steht der Bakkie denn schon da?«

Die Frau zuckte schweigend mit den Schultern.

Sonja griff in ihre Brusttasche und zog einen Hundertdollarschein heraus.

»Ungefähr eine Stunde«, sagte die Wärterin und streckte die Hand aus, obwohl sie immer noch sass.

Sonja streckte ihre Hand etwas in die Richtung der Frau aus, wenn auch nicht ganz. »Wie viele Leute sind drin?«

»Vier Männer.«

»Afrikaner?«

Sie nickte. »Aber nicht von hier, glaube ich. Eher Simbabwer. Die müssen verrückt sein. Wie können sie bei dieser Hitze Jacken tragen?«

Sonja zuckte mit den Schultern und gab ihr das Geld, gerade als Cheryl-Ann und die drei Männer aus dem Laden kamen. Sonja liess mit der Fernbedienung die Alarmanlage piepsen, bedankte sich bei der Frau und ging zum Land Rover zurück.

Vielleicht, dachte sie, als sie zurück nach Popa Falls fuhr, *bin ich paranoid*. Sie blickte erneut in den Rückspiegel. Nichts. Dann nahm sie den Fuss vom Gaspedal.

Cheryl-Ann blickte von ihrem Notizbuch auf. »Warum verlangsamen wir?«

»Das Auto, das gerade vorbeigefahren ist, hat Lichtzeichen gegeben. Da vorne könnte eine Geschwindigkeitskontrolle sein. Sie wollen doch kein Bussgeld, oder?«

Cheryl-Ann senkte wieder den Kopf. Das letzte Auto hatte nichts dergleichen getan, aber Sonja wusste, dass Cheryl-Ann zu sehr in ihre Arbeit vertieft war, als dass sie es bemerkt hätte. Rickards und Gerry dösten auf dem zweiten Sitz, und Sam, der hinten neben den Kamerakoffern Platz genommen hatte, schaute aus dem Seitenfenster und betrachtete interessiert die afrikanische Landschaft.

Sie fuhr jetzt mit etwa achtzig Stundenkilometern und als sie wieder in den Rückspiegel schaute, sah sie sie.

Der schwarze Pick-up tauchte hinter ihnen auf und sie schätzte, der Fahrer habe mindestens hundertzwanzig Stundenkilometer auf dem Tacho. Die Strasse war frei von Gegenverkehr und der Wagen konnte problemlos an ihr vorbeirauschen.

Er wurde aber langsamer.

Sonja schaltete in den vierten Gang und trat aufs Gas. Der Motor heulte auf und Cheryl-Ann blickte zu ihr. »Entscheiden Sie sich, Sonja.«

Sie schaute wieder in den Spiegel und sah, wie Sam sich umschaute. »Folgt uns dieser Pick-up?«

»Was?«, fragte Rickards und riss den Kopf hoch.

»Was ist hier los, Sonja?«, fragte Cheryl-Ann.

»Entspannt euch«, sagte Sonja und bemühte sich, ruhig zu klingen. »Cheryl-Ann, übernehmen Sie das Steuer für eine Sekunde.«

»Was?«

Sonja schaltete in den fünften Gang zurück und die Tachonadel kletterte auf Hundertzwanzig. Der schwarze Wagen war drei Autolängen hinter ihnen und hielt ihr Tempo. »Bitte, Cheryl-Ann, nehmen Sie das Steuer, nur für einen Moment.«

Cheryl-Ann lehnte sich über die Mittelkonsole, griff nach dem Lenkrad, ruckte und übersteuerte.

»Hey, vorsichtig«, sagte Rickards.

»Was machen Sie, Sonja?«

Sie ignorierte Cheryl-Ann und griff zwischen ihren Beinen unter den Sitz. Ihre Finger schlossen sich um den öligen Stoff, sie zog das Bündel heraus und wickelte es aus.

»Oh. Mein Gott.«

Cheryl-Ann liess das Lenkrad los, als wäre es glühend heiss, drückte sich gegen die Beifahrertür, als würde die Pistole von selbst losgehen und Sonja legte wieder eine Hand ans Steuer. Sie klemmte die Pistole zwischen ihre Beine und kurbelte das Fenster herunter.

Rickards drehte sich in seinem Sitz. »Sam, mach den schwarzen Koffer auf und gib mir meine Kamera.«

»Bist du verrückt, Jim?«, fragte Cheryl-Ann. »Lass die Kamera, wo sie ist, Sam.«

»Nein«, sagte Sonja. »Lass ihn. Jim, richte die Kamera auf sie.«

»Kann mir jemand sagen, was hier los ist?«, stöhnte Gerry.

Sonja sah im Spiegel, wie Sam die Kamera über die Lehne des Sitzes an Rickards weiterreichte, der sein Fenster herunterkurbelte. »Walkley Awards, wir kommen. Gerry, halt meinen Gürtel fest.«

Sonja schüttelte den Kopf. Rickards war nicht bei Sinnen. Er sass auf der Schwelle der Autotür, sein Hemd flatterte im Wind und Sonja stemmte ihren Fuss fest aufs Gaspedal. Er hob seine Kamera trotz der ungewohnten Position an die Schulter und richtete sie auf den Pick-up.

Sonjas Masche funktionierte. Wie sie angenommen hatte, brachte der Anblick einer Fernsehkamera sie dazu, sich zu erkennen zu geben und den Fahrer zum Handeln zu zwingen. Der Toyota, der viel schneller fahren konnte als der in die Jahre gekommene Land Rover, wechselte auf die Gegenfahrbahn und begann, sie zu überholen.

»So ist es richtig«, rief Rickards. »Lächle für die Kamera, Baby.«

Sonja blickte nach rechts und sah, wie die schwarz getönten Scheiben auf der Beifahrerseite herunterglitten. Sie streckte ihren Arm aus dem Fenster, so dass die Insassen die Pistole in ihrer Hand deutlich sehen konnten.

»Heilige Scheisse!«,Rickards drehte sich vom Sucher weg. »Er hat eine Waffe.«

Sonja zielte auf den Vorderreifen des Bakkies und feuerte zweimal, verfehlte ihn aber, weil der Fahrer auswich. Sie blickte nach vorn und hörte zuerst das Knallen einer AK-47, dann ein Klirren und spürte einen Ruck, als ein kupferummanteltes Geschoss die hauchdünne Aluminiumhaut des Defenders durchschlug.

»Aua, Scheisse! Ich bin getroffen, ich bin verdammt noch mal getroffen.« Gerry sackte in sich zusammen. Rickards zappelte im Wind, griff mit einer Hand nach dem Dachträger und hielt sich mit der anderen die Kamera an die Schulter.

»Jim, komm rein!«, Sonja riss das Lenkrad heftig nach links und der Land Rover schleuderte über den Fahrbahnrand und ratterte die meterhohe Böschung hinunter. Der weisse Pulverstaub bildete sofort eine Wand hinter ihnen. Der Toyota schoss an ihnen vorbei weiter und obwohl die Schützen auf den vorderen und hinteren Sitzen zurückschossen, traf keiner ihrer Schüsse sein Ziel. Vor ihnen befand sich ein Trio strohgedeckter Hütten. Eine Frau packte ein Kleinkind mit nacktem Oberkörper am Arm und zog es vom Boden hoch, dann rannte sie schreiend aus dem Hof, um vor den Schüssen zu fliehen. Das schwarze Fahrzeug konnte die Strasse wegen der Häuser nicht verlassen. Erst etwas weiter vorn drehte es der Fahrer in einer Dreipunktwende.

Sonja schwenkte wieder nach links und fuhr direkt auf ein Stück Maisfeld zu. Pflanzenstängel flogen an den Fenstern vorbei und wurden unter der Stossstange zerquetscht, als der Land Rover über die gepflügten Furchen ruckelte. Kamerakoffer rutschten nach vorne und trafen Sam und die anderen. Cheryl-Ann stiess einen nicht enden wollenden hohen Schrei aus und umklammerte den Griff am

Armaturenbrett mit beiden Händen, so dass ihre Fingergelenke weiss hervortraten.

Rickards fluchte aus dem Fenster und brüllte Beleidigungen gegen ihre unsichtbaren Verfolger. Sonja blickte über die Schulter zurück. »Gerry, alles in Ordnung? Jim, halt die Klappe und sieh nach ihm. Er hat gesagt, er sei getroffen worden.«

Gerry war blass und keuchte. Sam beugte sich von seinem Sitz nach vorn, um nachzusehen. »Hier«, sagte er und hielt die blutverschmierten Finger hoch. »Der Nacken. Aber es ist nur ein Streifschuss und eine Verbrennung. Du wirst wieder gesund, Gerry.«

Der Tonmann wirkte alles andere als überzeugt. Sonja nahm den Fuss vom Gaspedal.

»Was jetzt?«, fragte Cheryl-Ann.

»Jetzt soll jemand anderes fahren.« Der Land Rover kam mit laufendem Motor im Maisfeld zum Stehen und Sonja öffnete ihre Tür.

»Sie können uns nicht allein lassen!«

»Doch, das kann ich, Cheryl-Ann. Ich weiss, was ich tue. Fährst du, Sam? Wir haben keine Zeit, um herumzualbern.«

»Jim, geh aus dem Weg.« Sam war über den Rücksitz geklettert und bahnte sich mit dem Ellbogen einen Weg an Rickards vorbei, der neben dem Land Rover stand und immer noch die Kamera hielt. »Steig wieder ein. Ich fahre.«

Rickards nickte. »Ich höre sie kommen.«

Sonja wich zurück, als Sam auf den Fahrersitz kletterte. »Fahr noch etwa hundert Meter weiter«, wies sie ihn an. »Die anderen sind jetzt wohl in der Nähe des Flusses. Wenn du sie siehst, biegst du links ab und folgst dem Ufer so weit wie möglich. Sobald du den Mais hinter dir gelassen hast, biegst du wieder links ab und fährst zurück auf die Strasse. Kehr zum Damm zurück und frag nach Roberts. Er wird sich um euch kümmern.«

»Und was ist mit dir?«

»Ich komme schon klar.« Sie schaute auf Sams Gürtel. »Gib mir bitte deinen Leatherman.«

Er fummelte an der Tasche herum und zog das Taschenwerkzeug heraus. »Warum?«

»Ich will tauschen.« Sie hielt ihm ihre Pistole hin, aber er schüttelte den Kopf.

»Nein, auf keinen Fall.«

Sie riss ihm das Taschenwerkzeug aus der Hand und drückte ihm die Pistole in die Hand. »Du musst dich um Cheryl-Ann und die anderen kümmern. Weisst du, wie man sie benutzt?«

Er sah zuerst auf die Pistole hinunter, als wäre sie eine ausserirdische Strahlenpistole, dann blickte er zu ihr und zuckte mit den Schultern. »Ich denke schon.«

»Gut. Sie ist geladen, aber nicht gespannt. Jetzt fahr!«, Sie klopfte auf das Dach des Defenders, drehte sich um und rannte in die Maisreihen.

»Benzi!«, schrie Major Kenneth Sibanda dem jungen Mitarbeiter der Central Intelligence Organisation, Sithole, in Shona zu, als der Idiot in hohem Tempo am Land Rover vorbeifuhr und ihn nicht verfolgen konnte.

Der Geruch von Kordit erfüllte die Luft und heisse, verbrauchte Hülsen rollten im vorderen Teil des Hilux über Sibandas Schuhe. Als der Fahrer eine langsame, ungeschickte Kurve fuhr, feuerte er noch zweimal auf die herumwirbelnde Staubwolke. Der Lärm in der Enge des Fahrzeugs war ohrenbetäubend.

Er drehte sich um und blickte nach hinten. »Und du, Moyo, du verdammter Idiot, wer hat dir gesagt, du sollst das Feuer eröffnen?«

»Der Kameramann, Genosse Major. Er hat uns gefilmt.«

»Das weiss ich, du Kretin«, schrie Sibanda. »Aber wir sind nicht in Harare! Wir können nicht einfach Journalisten umbringen, nur weil einer eine Kamera auf uns richtet. Wenn wir sie nicht kriegen, werde ich persönlich dafür sorgen, dass du vor ein Kriegsgericht gestellt und exekutiert wirst. Hast du das verstanden?«

Moyo nickte und schob sich auf den Rücksitz des Wagens, so dass er auf der Fahrerseite sass, als sie zurück zum Maisfeld fuhren. Sithole, der Fahrer, kam von der Strasse ab und der Toyota schlingerte und holperte auf dem unebenen Boden.

Sibanda klopfte auf das Armaturenbrett. »Verfolge ihre Reifenspuren. Schneller!«

Der Hilux kam zwei Fahrzeuglängen vor den dürren Pflanzen zum Stehen. Die Hinterräder drehten sich in der Erde, die von den Dorfbewohnern mühsam mit Eimern voll Wasser aus dem schrumpfenden Fluss bewässert worden war.

»Schalt den Allradantrieb ein! Hat dir denn niemand beigebracht, wie man richtig fährt, du dummer Pavian?«

»Mir schon, Genosse Major«, sagte Moyo, rüttelte mit dem Schalthebel und trat aufs Gaspedal. Der Motor heulte auf, aber die Hinterräder drehten weiterhin durch.

Sibanda schob den Lauf seiner AK-47 aus dem Beifahrerfenster. »Steig aus und schiebe, Moyo. Ich gebe dir Deckung.«

Der Revolvermann stieg aus, liess die Tür offen und spähte in den Mais.

»Beeil dich, Mann! Wir müssen die Murungus fangen. Wenn sie entkommen, sind wir erledigt. Vorwärts!«

Moyo warf sich sein Gewehr über den Rücken und ging zum Heck des Pick-ups. Sibanda drehte sich um und als er sah, dass der grosse Mann sein Gewicht gegen die Heckklappe stemmte, befahl er Sithole, wieder Gas zu geben. Doch es geschah nichts. Sibanda öffnete seine Tür und lehnte sich hinaus, um die Vorderräder zu überprüfen. »Die Räder drehen sich nicht. Hast du die Naben blockiert, Sithole?«

Auf dem Gesicht des Fahrers zeichnete sich ein Ausdruck des Verstehens ab. »Oh, tut mir leid, Major. Ich mache es sofort.«

Sibanda schüttelte den Kopf. Jede Sekunde, die sie verschwendeten, brachte die Frau noch weiter aus ihrer Reichweite. Er stieg aus, verriegelte die Freilaufnabe am Vorderrad der Beifahrerseite und winkte Sithole zum Fahrersitz zurück.

»Moyo?«

Sibanda stieg wieder ins Fahrzeug, reckte den Hals und schaute aus dem Heckfenster der Doppelkabine. »Moyo!«, bellte er erneut. Er konnte den Mann nicht sehen und vermutete, er hocke tiefer, vielleicht mit dem Rücken zur Heckklappe, um zusätzlichen Halt zu haben.

»Los, los!«, sagte er zu Sithole. Als der Fahrer das Gaspedal durchdrückte, bewegte sich das Fahrzeug ein wenig weiter nach vorn, schaffte es aber nur etwa einen Meter zu kriechen, bevor es wieder ins Stocken geriet. Der Narr musste so viel Gas gegeben haben, dass sich die Hinterräder beim Durchdrehen in den Boden eingruben. Idiot. »Ich werde Moyo helfen, aber wenn du es nicht schaffst, uns hier rauszubringen und den Land Rover einzuholen, erschiesse ich dich hier auf diesem Feld, Sithole und überlasse deine Leiche den verdammten Hunden.«

»Ja, Genosse Major.«

Zufrieden mit der Angst in den Augen des Fahrers, stieg Sibanda aus, legte sein Gewehr um und schlug die Tür zu.

»Moyo?«

Sibanda stapfte durch den gurgelnden Schlamm und sah, dass sie in einen dicken, glitschigen Brei, der unter der trockenen Kruste lag, durchgebrochen waren, der wahrscheinlich von unterirdischem Wasser gespeist wurde. Das Heck des Toyota ruhte auf den Federn. »Moyo!«

Als er das Heck erreichte, stützte sich Sibanda mit einer Hand auf dem heissen, schwarzen Metall der Seitenwand des Wagens ab. Von seinem anderen Mitarbeiter war keine Spur zu sehen. Sibanda spürte etwas Klebriges unter seinen Fingern und untersuchte seine Hand. Da sah er das Rot.

FLIEGEN SCHWIRRTEN um ihr Gesicht und labten sich am Blut des toten Mannes, das an ihren Händen klebte. Sonja pustete sie mit einem schnellen Atemstoss weg. Ihr Herz klopfte und ihr Atem ging schnell, als sie über die Kimme der AK-47 schaute. Ihr Herz fühlte sich an, als würde es jemand zusammenquetschen und ihr Mund war staubtrocken. Sonja hörte, wie der Mann den Namen seines toten Kameraden rief und sie konnte sich gut vorstellen, was er tun würde, wenn er das Blut sah.

Momentan konzentrierte sie sich jedoch auf das Gesicht des Fahrers. Er war ein Ziel, ein feindlicher Kämpfer, den Sie nicht hasste. Er war, wie sie sich vorstellte, ein Untergebener. Sie entsicherte die Waffe und als die grünen Halme hinter ihr unter dem Bleisturm zitterten, drückte sie ab und gab einen gezielten Schuss in die Schläfe des Fahrers ab. Die vorhersehbare Salve, die der andere Mann ins Gebüsch feuerte, hatte das Geräusch ihres einzigen gezielten Schusses überdeckt.

Sonja sprang auf die Beine und rannte in der Hocke. Sie war nicht mehr als zehn Meter vom Auto entfernt gewesen, konnte es also auf keinen Fall verfehlt haben. Der Fahrer musste im Sterben aufs Gaspedal getreten sein, denn der Motor des Toyotas stiess eine schwarze Rauchwolke aus.

Sie nahm an, der Mann, der ziellos in den Mais feuerte, sei der Kommandant der Gruppe. Er sass nicht am Steuer und war nicht ausgestiegen, um zu schieben, als sie sich festgefahren hatten. Während er die Blut- und Schleifspur, die vom Fahrzeug ausging, verfolgte hielt er den Finger am Abzug und schwenkte das Gewehr andauernd nach links und rechts.

Sonja war nach vorne und über die Spuren des Land Rovers geeilt, nachdem sie den ersten Mann getötet hatte. Sie hatte dabei die linke Hand auf den Mund des grossen Afrikaners gelegt und die sägezahnartige Klinge des Leatherman durch seine Luftröhre gezogen, bevor er auch nur einen Laut von sich geben konnte. Als sie ihn in den Mais zerrte und sein Gewehr löste, lief sein Blut über sie.

Genau wie sie es vermutet hatte, leerte der Kommandant sein Magazin und stapfte zurück zum Fahrzeug, das immer noch Rauch ausstiess.

»Hör auf, Gas zu geben, du Narr!« Im Gehen zog er das leere Magazin aus dem Gewehr und warf es durch die offene Tür auf den Rücksitz. »Sithole?«

»Runter!«, schrie Sonja und drückte den Lauf der AK-47 des toten Mannes in die weiche Haut hinter dem linken Ohr des Kommandanten.

Er begann sich umzudrehen, also rammte sie ihm das Gewehr

fester in den Kopf. »Lassen Sie die Waffe fallen und gehen Sie auf die Knie, verdammt.«

Er gehorchte. Sie wich einen halben Schritt zurück. »Drehen Sie Ihr Gesicht zu mir. Langsam.« Sie schaute ihm in die Augen. »Major Kenneth Sibanda, simbabwischer CIO.«

Sibanda nickte. »Fräulein Sonja Kurtz, Söldnerin.«

»Ich bevorzuge Frau.«

»Es scheint, als hätten Sie mich wieder ausgetrickst, Frau Kurtz. Sie sterben nicht so leicht.«

»Sie haben das Attentat auf Ihren Präsidenten arrangiert.«

Er sagte nichts.

»Sie haben sich als Mitglied der Opposition ausgegeben und meinen Auftraggeber, Martin Steele, dafür bezahlt, den Anschlag zu organisieren. Ich will hören, wie Sie das zugeben.«

Er schüttelte den Kopf.

Sie drückte das Gewehr wieder nach oben. »Sie sind ein Tier, Sibanda. Sie haben das Leben Ihrer eigenen Männer – Polizisten, Soldaten, die Fahrer der Limousinen – geopfert und gefährdet, um die Opposition zu diskreditieren und einen Mann zu schützen, der Ihr Land ausgeblutet hat.«

»Sie haben sie getötet, nicht ich.«

Sonja drehte das Gewehr um und schlug die stählerne Schaftkappe seitlich gegen Sibandas Kopf, so dass eine blutende Wunde entstand. Immer noch auf den Knien taumelte er zur Seite, fand aber sein Gleichgewicht wieder.

»Wer sind Sie, dass Sie mich über Recht und Unrecht belehren wollen, Frau?«, Er spuckte das letzte Wort aus und sie war versucht, ihm einen weiteren Schlag zu versetzen.

»Wessen Idee war es, das Attentat zu arrangieren? Ihre? Die des Präsidenten? Ich bin neugierig! Was für ein Ungeheuer benutzt seine eigenen loyalen Fusssoldaten als Köder?«

Er lachte, lang und laut.

»Halten Sie die Klappe. Ich sollte Sie jetzt einfach töten, aber ich möchte Ihre Geschichte auf Band haben, damit die Welt sie hören kann.«

Er schüttelte den Kopf. »Sie können mich genauso gut gleich töten. Wenn ich die Lügen erzählte, die Sie hören wollen, wäre mein Leben wertlos.«

»Es sind keine Lügen.«

»Wie dem auch sei, ich werde Ihnen nichts sagen, Frau, weder auf Band noch auf andere Weise. Und wenn Sie mich doch töten wollen, werde ich Ihre Tochter noch aus dem Jenseits holen. Da sie die Ausgeburt einer Mörderin ist, könnte ich ihr in der Hölle begegnen – und mich an ihr erfreuen.«

Sonja zielte und drückte ab.

Die Kugel durchschlug den Muskel über Sibandas linkem Schlüsselbein und der Aufprall schleuderte ihn nach vorn, so dass seine Stirn gegen die Seite des Toyota prallte. Er schrie, wälzte sich im Schlamm und griff mit der rechten Hand verzweifelt nach der Wunde.

»Töten Sie mich nicht«, schrie er, »oder Ihre Tochter wird sterben. Das verspreche ich Ihnen.«

Sonja liess sich neben ihm auf ein Knie fallen und presste ihm den heissen Lauf hinters Ohr, so dass er wie ein Insekt feststeckte. »Was wissen Sie über meine Tochter?«

»Alles.« Seine Stimme war ein Kreischen, half ihr aber, ruhiger zu werden. »Ihre Schule. Und die Adresse Ihrer Wohnung in London.«

Sie drückte fester zu. »Sie bluffen.«

»Sie geht mittwochabends nach Amersham zum Fechttraining.«

Sonja leckte sich über die Lippen. Sie hatten ihr Kind ausspioniert. Ihre Faust ballte sich unwillkürlich um den Pistolengriff der AK-47 und die Spannung am Abzug nahm zu.

»Wenn ich sterbe, werden meine Vorgesetzten Sie nicht am Leben lassen. Sie wissen, dass man Eltern am besten erwischt, wenn man sich ihr Kind schnappt.«

Die Mistkerle waren ihr auf der Spur. Der CIO war besser organisiert und besser ausgestattet, als sie es für möglich gehalten hatte. Sie war arrogant gewesen und hatte geglaubt, sie hätten ihre Spur nach Kasane verloren. Vielleicht war sie in Xakanaxa in Sicherheit, aber in den grösseren Städten und Flughäfen Botswanas – einschliesslich

Maun – suchte man nach ihr. In Botswana lebte eine grosse Anzahl von Simbabwern legal und illegal und es war dumm von ihr, die Möglichkeit ausser Acht zu lassen, dass der CIO in Botswana ein Spionagenetz hatte.

Sibanda zuckte zusammen. »Wir können verhandeln. Sie tun mir einen Gefallen und ich tue Ihnen einen Gefallen. Lassen Sie uns wie vernünftige Menschen reden, bitte.«

»Sie drohen, mein Kind zu töten und wollen, dass ich vernünftig bin? Sie bluffen doch nur. Ich sollte Sie sofort töten.«

»Bitte ... Sie wissen, dass ich Dinge über Emma weiss ...«

»Wenn Sie ihren Namen noch einmal aussprechen, schneide ich Ihnen die Männlichkeit ab und lasse Sie verbluten.«

»... Ich weiss einiges über Ihre Tochter. Meine Regierung braucht die Zusicherung, dass Sie nicht, wie Sie dies angedroht haben, an die Presse gehen. Sie haben in Simbabwe unschuldige Menschen getötet.«

»Ja, aber das war alles Teil Ihres Plans. Sie haben sie umgebracht, Sie Mistkerl.«

Er ignorierte ihre Anschuldigungen. »Als Gegenleistung für mein Leben werde ich dafür sorgen, dass Sie und Ihre Tochter in Frieden gelassen werden, solange Sie und Ihre Arbeitgeber schweigen. Bitte... Ich verblute.«

Sie packte ihn am Hemdkragen, weil sie sich die Wunde ansehen wollte und er zuckte zusammen. Das Blut floss in Strömen. Bis er verblutete, würde es zwar einige Zeit dauern, aber wenn sie ihn so festhielt und nichts für ihn tat, würde es geschehen. Er begann zu zittern.«

»Ausserdem will ich Geld«, sagte sie.

»Ich biete Ihnen das Leben Ihres Kindes.«

»Ja und ich habe Ihr Leben in meinen Händen. Ich habe Leute, die ich anrufen kann, die meine Tochter beschützen könnten, bevor Ihre Schergen sie erreichen. Aber Sie haben niemanden, Major Sibanda.«

Er schwieg ein paar Sekunden lang. »Einhunderttausend US-Dollar.«

»Zweihunderttausend britische Pfund.«

»Einhunderttausend Pfund. Wir sind ein armes Land und das ist alles, was ich in meinem Budget für unvorhergesehene Ausgaben habe.«

Sie hätte ihn schon allein wegen dieser Bemerkung gern erschossen. Sein Präsident, seine Partei und Männer wie Sibanda selbst waren fett geworden, indem sie sich wie ein Rudel Hyänen über das zugrunde gerichtete Simbabwe hermachten. So sehr sie es auch hasste, mit diesem widerlichen Abschaum zu tun zu haben, sie würde alles tun, um Emma zu schützen. »Abgemacht.«

Sie würde irgendwie dafür sorgen, dass das Geld an die Familien der Männer ging, die sie beim Überfall des Konvois in Simbabwe getötet hatte.

»Danke. Was ist mit meiner Schulter?«

»Halten Sie still. Eine Bewegung und ich töte Sie.« Sie legte die AK-47 des Toten hinter sich ins Gras und zog Sams Leatherman aus der Tasche. Er war klebrig vom geronnenen Blut des ersten Mannes, den sie getötet hatte. Sie klappte eine Klinge aus und schnitt Sibanda das Hemd vom Körper. Sie setzte ihren Stiefel in seinen Rücken und riss ihm die Reste des Hemdes weg.

Er kläffte auf und sein breiter schwarzer Rücken glänzte vor Schweiss. Sonja knüllte das Hemd zusammen und drückte es auf die Wunde. »Halten Sie das und drücken Sie es weiter auf die Wunde. Finde ich im Wagen einen Erste-Hilfe-Kasten?«

Sibanda schüttelte den Kopf. Sie hörte Schritte hinter sich und drehte sich um.

»Sonja? Mein Gott, was ist hier passiert?«

»Geh bitte zurück zum Land Rover, Sam. Hol den Verbandskasten aus meinem Rucksack und ...«

Sibanda rollte sich unter ihr weg und schlug ihr beim Aufstehen mit der rechten Faust ins Gesicht. Sonja taumelte und landete im Gras. Als sie sich mit der rechten Hand abstützen wollte, fiel ihr der Leatherman aus der Hand. Sie versuchte, das Gleichgewicht wiederzufinden und das Gewehr zu erreichen. In diesem Moment trat ihr

Sibanda in die rechte Seite. Silberne Wolken schwammen vor ihren Augen und trübten ihre Sicht.

Sie tastete nach dem im Dreck liegenden Messer, aber Sibanda schob es mit einem Tritt weg.

»Hey«, rief Sam.

»Lauf«, krächzte sie.

Sibanda trat sie erneut, bückte sich dann fast beiläufig und hob die heruntergefallene AK-47 auf. »Du dumme, leichtgläubige weisse Schlampe. Du denkst, du bist so viel schlauer als wir. Du und deinesgleichen denkt, ihr könnt Afrika mit euren Privatarmeen regieren.«

Sonja holte gequält Luft, um dagegen zu halten, aber die Sonne blendete sie, als sie zu ihm aufsah. »Meine Tochter ...«

Sibanda lächelte. »... wird mir in die Augen schauen, wenn sie stirbt.« Er hob den Gewehrkolben an die Schulter und steckte den Finger in den Abzugsbügel.

19

Sam sah, wie Sibanda sich unter Sonja wegrollte, sie schlug und trat. Während er loslief, hob er die Waffe, richtete sie gerade in die Luft und drückte ab.

Nichts geschah.

»Schiess!«, befahl er sich selbst. Er schaute sie an. »Denk nach!«‚In Filmen und Computerspielen ergriffen sie die Waffe oben und zogen nach hinten. Doch seine linke Hand war schweissnass und er schaffte es nur, den Verschluss halb zurückzuziehen, bevor seine Hand abrutschte. Er drückte erneut ab und wieder geschah nichts.

»Hey!«, rief er dem Mann zu, der sich gerade bückte, um ein Gewehr aufzuheben. Wenn Sibanda Sam überhaupt wahrnahm, hielt er ihn offensichtlich für keine Bedrohung.

Sam wischte sich die Hand am T-Shirt ab und zog den Schlitten auf der Pistole wieder zurück. Er war viel zäher, als er erwartet hatte, aber als er ihn diesmal ganz zurückzog und losliess, hörte und spürte er ein befriedigendes Klicken. Der Mann hob sein Gewehr und richtete es auf Sonja.

»Oh, lieber Gott«, sagte Sam. Er blieb auf dem schmalen Pfad aus umgestürzten Maisstängeln stehen, hob die Pistole beidhändig und drückte ab.

Der Knall und der Rückstoss der Pistole erschreckten ihn. Er hörte zwei Schüsse, obwohl er dachte, er hätte nur einen abgegeben. Er sah, wie Rauch aus dem Lauf des Gewehrs aufstieg, und dass der Mann zu ihm hinblickte. Sonja bewegte sich auf dem Boden, aber er konnte nicht erkennen, ob sie getroffen worden war. Der Mann begann, den Lauf des Gewehrs auf ihn zu richten und Sam feuerte erneut.

Und noch einmal. Und noch einmal. Und noch einmal.

Als Sam die Augen öffnete, lehnte sich der Mann gegen den schwarzen Pick-up und eine glitzernde Blutspur lief von ihm über den Lack, während er langsam zu Boden sank. Sams Beine fühlten sich an wie Wackelpudding, aber er zwang sich, den rechten Arm erhoben und die Pistole immer noch auf den Mann gerichtet, näher zu gehen.

»Sam!«, rief Sonja. Sie kniete am Boden und ein Strang von Sabber zog sich von ihrem Mund in dem Schlamm, aus dem sie sich zu befreien versuchte.

Der Schwarze Mann hielt sein Gewehr jetzt einhändig. Er sah Sam an und unternahm einen schwachen Versuch, die Waffe zu heben.

»Scheisskerl.« Sam feuerte weitere dreizehn Mal und entleerte die Pistole in die leblose Gestalt.

»Nein!«, Schrie Sonja. Sie kam auf die Beine und stolperte zu ihm. Sie streckte die Hand aus und nahm ihm die Pistole ab. »Du Idiot, warum hast du ihn umgebracht?«

Sam blieb stehen und blickte von dem Mann, den er gerade getötet hatte, zu der rotgesichtigen, schreienden Frau, von der er angenommen hatte, dass er ihr gerade das Leben gerettet hatte. »Was glaubst du denn, Sonja?«

»Nein, nein, nein!«, Sie fuhr sich mit der freien Hand durch die Haare und kniete neben dem toten Mann nieder. Sie entwirrte ihre Finger und legte zwei auf seinen Hals. »Tot. Scheisse.«

»Sonja, setz dich hin. Du musst mir sagen, was hier vor sich ging. Ich habe gerade einen Mann getötet, von dem ich dachte, er bringe dich um.«

»Meine Tochter. Gib mir bitte dein Handy.«

»Deine Tochter?«, Er zog sein Telefon aus der Hemdtasche und sie entriss es ihm. Während sie eine Nummer wählte, starrte er auf die Leiche und die weit aufgerissenen Augen des Mannes, den er gerade umgebracht hatte. Er sah, wie sich dessen Blut im Schlamm und Dreck um ihn herum sammelte. Sam wurde mulmig zumute, dann sank er auf die Knie und übergab sich.

Sonja hatte das Telefon an ihr Ohr gedrückt. »Martin, ich bin's, Sonja. Halt die Klappe und hör zu. Hol Emma aus dem Internat, dann soll sie heute Abend den Flug von London nach Jo'burg nehmen.«

Während sie sprach, bückte sie sich und riss dem toten Mann die AK-47 aus der Hand. Sie gab Sam mit der Spitze des Laufs ein Zeichen, ihr zu folgen, während sie sprach. Sam räusperte sich ein paar Mal und wischte sich mit dem Handrücken die Tränen aus den Augen. Er zwang sich, aufzustehen. Sie war eiskalt und fies wie eine Klapperschlange.

»Business Class«, sagte sie ins Telefon. »Und buche für sie den ersten verfügbaren Flug morgen nach Maun und dann mit Mack Air nach Xakanaxa. Frag nach Laurens, dem Chefpiloten und sag ihm, er soll nach ihr Ausschau halten. Ich rufe Stirling an und bitte ihn, ein Zimmer für sie zu finden.

Sam bürstete sich halb abgebrochene Maishalme aus dem Gesicht und folgte Sonja in ihren Fussstapfen. Die Spitze seines Stiefels fühlte sich nass an und als er sich bückte, um genauer hinzusehen, merkte er, dass es Blut war. Sie folgten einer Blutspur. Der Anrufer am anderen Ende des Telefons – er vermutete, dass es ihr Chef, der Sicherheitsberater Martin Steele, war – stellte die logische Frage. Warum?

Sonja schaute über die Schulter zurück zu Sam, dann wieder nach vorne. Sie hielt die AK-47 locker in der linken Hand, erwartete also offensichtlich keinen weiteren Ärger. Sie senkte die Stimme und Sam musste seine Schritte verlängern, um näher an sie heranzukommen und sie weiter belauschen zu können.

»Diese Leute, von denen wir sprachen, haben uns eingeholt.

Nein, von uns wurde niemand verletzt und um die ... Besucher hat man sich gekümmert. Aber einer von ihnen hat gedroht, Emma zu entführen, Martin. Er sagte mir, wenn ich ihn nicht am Leben liesse, würden sie sie holen. Er hatte glaubwürdige Informationen, anhand derer ich glauben muss, dass er nicht bluffte.«

Sam schluckte schwer, denn er kannte die nächste Frage und die Antwort darauf.

»Ich musste ihn erledigen. Martin, es ist mir egal, ob ich die Flüge selbst bezahlen muss, aber ich habe keine Kreditkarte bei mir und du musst dich so schnell wie möglich darum kümmern, dass Emma abgeholt und in Sicherheit gebracht wird. Wenn du das nicht für mich tust, gehe ich jetzt sofort, fahre nach Windhoek und stehle das Geld für einen Flug nach England. Wenn ich dort ankomme und meine Tochter tot auffinde, ist das deine Schuld. Verstanden?«

Sie hielt für ein paar Sekunden inne. »Okay, gut. Schick Laidlaw und Regan. Das sind gute Männer und Emma kennt sie. Ich rufe sie an und sage ihr, sie soll ihre Koffer packen.«

»Sonja ...«

Sie hielt das Telefon hoch, um Sam zum Schweigen zu bringen und drückte ein paar weitere Tasten. »Emma, ich bin's, hör gut zu.«

Sam stapfte weiter, während Sonja mit ihrer Tochter sprach. Er fand es nicht seltsam, dass sie bisher nichts über ein Kind gesagt hatte, denn er hatte bereits bemerkt, dass sie nicht die Art von Person war, die die Schnappschüsse ihrer Familie herumzeigte. Sonjas Ton gegenüber ihrer Tochter war forsch und befehlend. Es gab weder ein ›Ich vermisse dich‹ noch ein ›Ich liebe dich‹, was Sam aber nicht überraschte.

Sonja beendete das Gespräch, hielt an und reichte Sam das Telefon ohne ein Wort des Dankes zurück. Sie liess sich auf ein Knie fallen und strich mit der Spitze des Gewehrlaufs einige abgefallene grüne Halme beiseite. »Hilf mir, den hier zum Wagen zu bringen.«

Sam sah die leblosen Augen und den klaffenden Schnitt voller Blut, Sehnen und weissem Muskelfleisch, wo einmal der Hals und die Kehle des Mannes gewesen waren. Er wandte sich ab und erbrach sich erneut. Er hatte das Gefühl, sein Körper drehe sich von innen nach aussen.

»Sam, komm schon. Ich brauche deine Hilfe.« Sie warf sich das Gewehr über den Rücken und packte den Körper unter den Armen. Als Sam den Mut hatte, noch einmal hinzusehen, dachte er, der Kopf des Mannes sei so weit nach hinten gerutscht, dass er nächstens abfalle und er würgte, bis er nur noch Galle spuckte.

»Reiss dich zusammen, sei ein Mann.«

Mann sein? Hielt diese Frau das Leben für einen gottverdammten Kriegsfilm? Sam schluckte und griff nach den Stiefeln des toten Mannes. Fluchend und schwitzend erreichten sie den Toyota. Gemeinsam hievten sie ihn auf die Ladefläche des Pick-ups und legten dann die Leiche des Mannes, den Sam erschossen hatte, auf den Beifahrersitz. Sam wandte seinen Blick von der Innenseite der Fahrerkabine ab, die mit dem Blut, dem Gehirn und den Schädelfragmenten des Fahrers verkleckert war.

»Warte, geh weg vom Fahrzeug.« Sonja hob die AK und schoss auf der Fahrerseite, direkt hinter der hinteren Tür, ein einziges Mal in die Karosserie des Fahrzeugs. Aus dem kreisrunden Loch strömte in einem Bogen Benzin. Sie ging zur Beifahrerseite, griff in die Fahrerkabine und tastete den Mann ab, der versucht hatte, sie zu töten. Sie zog ihm eine Schachtel Newbury-Zigaretten und ein Feuerzeug aus der Tasche. Mit einer Hand hob sie die geöffnete Packung an ihren Mund, zog mit den Lippen eine Zigarette heraus, zündete sie an und inhalierte tief. Mit der Zigarette im Mund atmete sie durch die Nase aus und zog das von der Schulterwunde blutgetränkte Hemd des Mannes weg. Beim Benzinbrunnen tränkte sie den Lappen mit Benzin, zündete ihn an und warf ihn in die Benzinlache.

Sam war sprachlos, hatte aber die Geistesgegenwart, einen Schritt zurückzutreten, als der Feuerball in die Luft schoss. Die Flammen verschlangen den Toyota und die Leichen darin. Sonja schob das leere Magazin aus der Pistole, ersetzte es durch ein neues und steckte die Waffe in den Bund ihrer Shorts.

Sam roch das Feuer und ihm wurde wieder speiübel, aber sein

Magen war zu leer, um sich erneut zu erbrechen. Er fing an zu weinen.

»Komm schon.« Nun war ihre Stimme sanfter. Sie hielt die Zigarette des Toten zwischen ihren blutverschmierten Fingern, schloss die Augen und atmete tief ein.

Er stand da, starrte vor sich hin und blinzelte seine Tränen weg. Die Fensterscheiben des Fahrzeugs zersprangen und die Menschen im Inneren brannten wie Feuerwerkskörper, deren Feuerkraft von ihren billigen Verpackungen kommt.

Sonja warf die AK-47 durchs Beifahrerfenster. Das Gewehr prallte am schmelzenden Körper auf dem brennenden Sitz ab. Sie drückte die Zigarette aus, steckte den Stummel in ihre Tasche und legte ihre Hand in die von Sam, die sie leicht drückte. »Komm schon.«

Er begann zu gehen, worauf sie das Tempo sofort erhöhte. Er warf noch einmal einen Blick zurück auf die höllische Szene. Es kam ihm vor wie eine Fernsehsendung, nur war es keine.

Sonja zog ihn fast hinter sich her und hielt ihn, als er stolperte. Er schüttelte seine Hand aus ihrer und blieb stehen. »Wer waren die?«

Sie drehte sich nicht zu ihm um. »Das spielt keine Rolle.«

»Scheissegal, Sonja! Da hinten liegen drei tote Männer. Wer waren sie und warum wollten sie dich umbringen?«

Aber Sonja weigerte sich, ihm in die Augen zu sehen. Sie ging wieder weiter und schob die Maishalme beiseite, weil die Hitze in ihrem Rücken immer stärker wurde. »Uns, Sam. Sie haben versucht, uns zu töten.«

»Wer waren sie?«

»CLA. Kaprivische Befreiungsarmee. Sie haben wahrscheinlich von eurem Besuch gehört und beschlossen, euch und den Rest der Crew zu entführen.«

»Erzähl keinen Blödsinn, Sonja. Vor einer Sekunde hast du noch gesagt, sie wollten uns töten. Jetzt sagst du, es war ein Entführungsversuch. Sie haben auf uns geschossen. Und was hat das alles mit deiner Tochter zu tun?«

Sie blieb stehen, drehte sich um und wischte sich mit dem Handrücken über die Stirn. Ein verschmierter roter Fleck blieb zurück.

Sam sah auf seine eigenen Hände hinunter und wischte sie dann an seinem Hemd ab. Sie waren klebrig vom Blut des Mannes, dem Sonja die Kehle durchgeschnitten hatte. Ihre Kleider waren voll davon und sie sah wie ein Todesengel aus. »Du brauchst nicht mehr zu wissen, als dass diese Männer versucht haben, dich zu töten oder gefangen zu nehmen und du in Notwehr gehandelt hast. Mit etwas Glück bist du bereits aus dem Land, bevor die Polizei das Fahrzeug findet.«

»Natürlich muss ich das wissen! Das hier ist nicht die gottverdammte Armee, Sonja. Ich will wissen, warum ich gerade einen Mann erschossen habe und warum er versucht hat, dich zu töten. Ehrlich gesagt habe ich ein kleines Problem damit, einem Menschen das Leben zu nehmen, aber du scheinst das ganz gut hinzubekommen.«

Sie zog die Zigaretten des toten Kommandanten erneut aus ihrer Tasche und zündete sich eine zweite an, dann hielt sie ihm die Packung hin.

»Ich rauche nicht.«

Sie zuckte mit den Schultern und zog tief. »Schnaps hilft. Und vielleicht gehst du zu einem Psychiater, wenn du wieder in LA bist. Ich selbst finde, die stellen zu viele Fragen und geben nicht genug Antworten für das, was man bezahlt.«

»Wie kann man in so einem Moment Witze machen?«

»Das nennt man schwarzen Humor. Das Feuer wird grösser. Los geht's, wenn wir uns nicht beeilen enden wir noch wie die Kerle im Pick-up.«

Sie machte sich auf den Weg und er trocknete sich die Augen am blutverkrusteten Ärmel seines Hemdes.

SAM HATTE Sonjas Anweisungen befolgt und war, als er den Okavango erreichte, eine Weile parallel zu dessen Ufer gefahren, bevor er einen Haken nach links geschlagen hatte und durch einige kümmerliche Rinderweiden zurück zur Hauptstrasse gefahren war. Aber anstatt zum Staudamm zurückzukehren, hatte er das Fahrzeug stehen lassen und war zurückgefahren, um Sonja zu suchen. Ein Teil von ihm wünschte, er hätte getan, was sie zuerst angeordnet hatte. Aber dann wäre sie jetzt tot und er hätte sich selbst nie vergeben können.

Der Land Rover stand noch immer unter einem Baum, wo er ihn abgestellt hatte. Als er Sonja dorthin folgte, sah er, dass blaugrauer Rauch aus dem Auspuffrohr stieg. Rickards und Gerry standen draussen im Schatten, aber Cheryl-Ann schien noch drinnen zu sein.

In der Nähe stand ein Pick-up der Dammbaufirma und zwei Männer in Overalls unterhielten sich mit dem Kameramann und dem Tontechniker. Ein heranfahrender weisser Land Cruiser verlangsamte, blinkte nach rechts, bog von der Teerstrasse ab und hielt neben dem anderen Geländewagen an. Deiter Roberts stieg aus.

Jeder schien sofort Fragen zu stellen.

Roberts wandte sich an Sam: »Was ist hier los? Wir haben euren Hilferuf erhalten. Seid ihr in Ordnung – ihr seid beide blutverschmiert.«

»Wie geht es Cheryl-Ann?«, fragte Sam Jim.

»Waren da noch mehr Schüsse zu hören?«, wollte Rickards wissen.

»Wer waren die Typen?«, mischte sich Gerry ein.

Sam sah, dass Sonja die Gruppe ignorierte und zum Fenster des Land Rovers ging. Sie klopfte, wartete ein paar Sekunden und klopfte dann erneut. Cheryl-Ann kurbelte das Fenster herunter und Sam ging auch zu ihr hinüber. Ihre Augen waren rot und die Wangen tränenverschmiert. Sie schnäuzte sich in ein Taschentuch. Sonja öffnete die Tür, beugte sich vor, schlang ihre Arme um Cheryl-Ann und drückte ihr Gesicht an ihre Brust. Zuerst schreckte Cheryl-Ann vor Sonjas unerwarteter Umarmung und den blutverspritzten Kleidern zurück, fing dann aber wieder an zu schluchzen und schmolz in die Arme der anderen Frau.

Ihm hatte Sonja gesagt, er solle ›seinen Mann stehen‹, Cheryl-Ann dagegen bekam eine Umarmung, konnte Sam nicht anders als zynisch zu denken. Er liess die Frauen in Ruhe und Rickards legte ihm eine Hand auf die Schulter.

»Cheryl-Ann ist kaputt, Mann. Ich habe noch nie jemanden gesehen, der so schnell und so vollständig durchdreht. Ich hatte sie bisher für einen harten Arsch gehalten.«

Sam blickte auf das schluchzende Wrack, das sie alle bis vor kurzem noch mit solcher Begeisterung herumkommandiert hatte.

Rickards fuhr fort. »Als du gegangen bist, hat sie gesagt, wir sollen dich und Sonja dort einfach sein lassen. Ich sagte nein und Gerry meinte, wir sollten warten. Da ist ihr die Sicherung durchgebrannt, Mann. Sie fing an, uns zu beschimpfen, wie du es dir gar nicht vorstellen kannst und dann machte sie so ein muhendes Geräusch, rollte sich zu einem Ball zusammen und fing an zu weinen. Sie sagte, sie wolle nicht sterben und solchen Scheiss.«

Sam wusste, dass auch er kurz davor gewesen war, die Fassung zu verlieren.

Roberts bat alle um Aufmerksamkeit. Der rotgesichtige Ingenieur schien die Gefühlsausbrüche als äusserst störend zu empfinden. Er klatschte in die Hände. »Leute, hört zu. Ich habe über Funk die Polizei gerufen und sie wird bald hier sein. Ausserdem habe ich die PR-Leute von GrowPower angerufen und Selma Tjongarero hat mit der Zentrale gesprochen. Herr Schwarz, der Chef von GrowPower, hat mich soeben aus Windhoek angerufen und gesagt, dass Sie das Flugzeug seiner Firma benutzen können, um direkt in die Hauptstadt zu fliegen, wenn Sie dies wollen. Unter den gegebenen Umständen könnte das eine sehr gute Idee sein.«

Sam bedankte sich bei ihm. Sie wollten an diesem Abend zurück nach Ngepi fahren, um am Okavango zu filmen und am nächsten Tag einen Charterflug von der Landebahn in Bagani nach Windhoek nehmen.

Sonja strich Cheryl-Ann das Haar aus dem Gesicht und murmelte ihr noch ein paar leise Worte zu. Die Amerikanerin hatte aufgehört zu weinen, blieb aber im Land Rover sitzen und stützte den Kopf in die Hände.

»Du willst doch nicht etwa bei den polizeilichen Ermittlungen dabei sein«, sagte Sonja zu Sam. Deiter nickte zustimmend. »Ausserdem glaube ich, dass Cheryl-Ann ruhiggestellt werden muss. Je schneller Ihr sie zurück in die Zivilisation bringt, desto besser.«

Sam sah sie eindringlich an und fragte sich, wo sich diese sensible, mitfühlende Seele versteckt hatte, als die blutüberströmte Killerin sich eine Zigarette des Toten anzündete und seinen Körper in Brand steckte. Sie fing seinen Blick auf und drehte sich dann schnell zu Roberts um. »Sind Sie einverstanden, Deiter?«

Der Ingenieur rieb sich das Kinn. »Bei der Art, wie die Polizei in diesem Teil Afrikas arbeitet, könnten Sie hier tagelang festsitzen. Es wäre wahrscheinlich besser, wenn Sie auf der Landebahn ein paar kurze Erklärungen schreiben und sie mir geben würden. Ich kenne den Polizeichef und ich weiss, dass GrowPower und die Regierung nicht allzu viel Brimborium um diesen Vorfall machen wollen. Für mich klingt es wie ein versuchter Autodiebstahl, Sonja. Was meinen Sie?«

Sie nickte.

»Das war es aber nicht«, sagte Sam.

»Lass es, Sam. Vergiss es.«

Roberts hob seine Hände. »Sonja hat Recht, Sam. Was auch immer es war, Sie wollen die Konsequenzen nicht erleben. Autodiebstähle sind in Namibia bei weitem nicht so verbreitet wie in Südafrika, aber es gibt welche. Ihr zwei solltet euch waschen, die blutigen Klamotten loswerden und schnellstens von hier verschwinden.«

Sam hütete seine Zunge. Auch er wollte weg von diesem Ort, vor allem von der Rauchwolke hinter ihm, die ihn daran erinnerte, was er gerade getan hatte. Schlagzeilen darüber, dass er in einer abgelegenen Ecke Afrikas einen Mann erschossen habe, führten bestimmt zu nichts Gutem.

»Ich habe soeben mit dem Piloten gesprochen«, sagte Roberts, als sei dies das entscheidende Argument. »Das GrowPower-Flugzeug ist in dreissig Minuten abflugbereit. Ich schlage vor, dass wir uns Cheryl-Ann zuliebe beeilen.«

WÄHREND DER RÜCKFAHRT zum Ngepi-Camp tauschten sich Jim und Gerry aus. Dort angekommen holten sie eilig ihre Taschen und kritzelten ihre Aussagen in Cheryl-Anns Notizblock. Cheryl-Ann war immer noch zu erschüttert, um weit zu laufen, also holte Sonja ihr Gepäck aus ihrem Zimmer und lud es eilig in den Land Rover. Dann fuhren sie direkt zur nahe gelegenen Landebahn in Bagani.

»Ähm, wie nennen wir Sie in diesem Land, Sonja?«, fragte Gerry und überprüfte seine Notizen.

»Feldführerin und Sicherheitsberaterin«, sagte sie.

»Cool. Unsere ›Feldführerin und Sicherheitsberaterin‹ hat also auf die mutmasslichen Autodiebe zurückgeschossen und dabei wahrscheinlich den Fahrer verletzt, richtig so?«

»Wie auch immer«, sagte Sonja und beobachtete die Strasse.

Gerry schrieb weiter und sah dann wieder auf. »Und dann ist ihr Pick-up von der Strasse abgekommen, im Maisfeld gelandet und hat Feuer gefangen, ist das so gelaufen, Sam?«

»Wie die Dame gesagt hat, Gerry.«

»Wahnsinn.«

Sonja hielt bei einem mit Wellblech überdachten Schuppen, den man in diesem Teil des Kontinents auch Terminal nennen konnte. Neben ihr parkten ein alter, verbeulter blauer Bedford-Tankwagen und zwei unpassend sauber und neu aussehende weisse Nissan Patrol Allradfahrzeuge. Roberts' Land Cruiser und das andere Fahrzeug von der Baustelle fuhren hinter ihnen und hielten neben dem Land Rover.

Der Pilot mit marineblauen Shorts und einem weissen, kurzärmligen Hemd, das trotz der Hitze und des Staubs irgendwie frisch und sauber geblieben war, stellte sich als Dougal Geddes vor und sagte, er sei bereit, sobald sie es seien.

Während die anderen bei einem zweimotorigen Flugzeug warteten, auf dessen Heck das Logo mit grünem Stiel und Blatt von Grow-Power prangte, lockte Sonja die Produzentin aus ihrem Kokon im Land Rover. Sie legte Cheryl-Ann einen Arm um die Taille und ging mit ihr ins Flugzeug, stieg aber kurz darauf wieder aus.

»Sie ist angeschnallt. Sorgt dafür, dass sie auf dem Flug etwas Wasser zu trinken bekommt und bringt sie sobald ihr in Windhoek seid zu einem Arzt«, wies sie Sam an.

Er nickte. »Und was ist mit dir?«

»Ich muss doch den Land Rover zurück nach Botswana bringen, hast du das vergessen? Je schneller ich loskomme, desto besser. Es ist eine lange Fahrt.«

»Stimmt.«

Sie stützte die Hände in die Hüften, griff nicht nach ihm und gab ihm auch keinen Luftkuss auf die Wange. *Wie sind eigentlich die Vorgaben*, fragte er sich, *wenn man sich mitten im afrikanischen Busch von einer Mordpartnerin verabschiedet?*

»Nun, dann auf Wiedersehen«, sagte Sam.

Sie nickte, drehte sich um und ging, am Berg von Kameraausrüstung und Rucksäcken vorbei, die noch ins Flugzeug geladen werden mussten, auf den Land Rover zu. Als sie das Fahrzeug erreichte, öffnete sie die Tür, hielt aber einen Moment inne.

Sam fragte sich, ob sie nach allem, was sie durchgemacht hatten, zu ihm zurückblicken und etwas sagen würde. Stattdessen kletterte sie auf den Fahrersitz, liess den Motor an und fuhr los.

20

───────

Sonja näherte sich der Strassenkontrolle in der Nähe der Brücke über den Okavango-Fluss auf der B8 und verlangsamte, als vor ihr ein Zementmischer sichtbar wurde.

Sie hatte einen guten, unschuldigen Mann in ihre Welt des Krieges und des Tötens hineingezogen und würde ihn nun nie wieder sehen. Wäre sie eine normale Frau mit einem normalen Leben, wäre sie verrückt, die Aufmerksamkeit nicht zu erwidern, die Sam ihr entgegengebracht hatte. Er war mutig genug gewesen, zu ihr zurückzukommen, als er vermutete, dass sie in Schwierigkeiten stecke und stark genug, den Mann zu töten, der eine Waffe auf sie gerichtet hatte. Trotz ihrer unterschiedlichen Herkunft hatte sie angefangen, ihn nicht nur attraktiv zu finden, sondern ihn zu bewundern – und das nicht nur in sexueller Hinsicht. Warum musste sie die Männer, die ihr nahekommen wollten, immer wegstossen? Sonja spürte einen Kloss im Hals, schniefte und kurbelte das Fenster herunter.

»Guten Tag, Madam«, sagte der Polizist. »Wohin fahren Sie heute?«

»Nach Livingstone, Sambia«, schwindelte sie.

»Ich wünsche Ihnen eine gute Reise.«

Sonja bemerkte die Maschinengewehrstellung am Ende der Brücke über den Okavango, die sie am Vortag erspäht hatte. Sie tastete unter die Abdeckung des Armaturenbretts, wählte die Kamerafunktion ihres Mobiltelefons aus und hielt es an ihr Ohr. Während sie langsam am mit Sandsäcken geschützten Bunker und an den gelangweilt dreinblickenden Soldaten vorbeifuhr, knipste sie blindlings ein paar Bilder.

Das O auf dem Schild des Okavango-Flusses auf der Brücke war durchgestrichen worden, denn die Lozi sprechenden Völker, aus denen die Vereinigte Demokratische Partei und ihr militärischer Arm, die CLA, bestanden, nannten den Fluss nur Kavango. Das Bild erinnerte sie an die Aufgabe, die vor ihr lag, nachdem die unmittelbare Bedrohung durch die Simbabwer gebannt war. Auch wenn sie wieder getötet hatte, ganz zu schweigen davon, dass sie Sam in den blutigen Schlamassel hineingezogen hatte, musste sie immer noch eine Aufgabe erledigen. Sie dachte an den Staudamm und seine unvermeidlichen Auswirkungen auf diesen schönen Teil Afrikas, den sie einst ihr Zuhause genannt hatte – und sie dachte an das Geld und an ihre Tochter. Sie zwang sich, sich wieder auf sich selbst zu konzentrieren und in ihrem Element zu bleiben. Das war ihre Art der Bewältigung.

Sie atmete ein wenig auf, weil sie wusste, dass die Strecke nun frei war, bis zum Kwando-Fluss bei Kongola, wo sie einen weiteren Kontrollpunkt passieren musste. Sie war dem Polizisten dankbar, dass er sie zwang, ihre Emotionen unter Kontrolle zu bringen.

Ihr Telefon klingelte. »Ja?«

»Laidlaw und Regan haben Emma vor einer Stunde abgeholt«, berichtete Steele. »Sie ist auf dem Weg nach Heathrow und nimmt den Abendflug. British Airways, Business Class, möchte ich hinzufügen.«

»Gut. Ich danke dir.«

»Geht es dir gut?«, fragte er.

»Ja.«

»Gut. Vergiss unser nächstes Rendezvous nicht.«

»Keine Sorge, bestimmt nicht.«

»Ich mache mir Sorgen um dich.«

»Das ist sehr einfühlsam von dir, Martin.«

»Ich meine es ernst. Ich wollte dich fragen, ob du, wenn das hier vorbei ist und das Geld auf der Bank liegt, eine Weile wegfahren möchtest. Mit mir. Und Emma natürlich.«

Sie schwieg, denn ihr fehlten die richtigen Worte. Sie hasste es, unvorbereitet zu sein und die Kontrolle zu verlieren.

»Martin, ich weiss nicht, was ich sagen soll ...«

»Überlege es dir. Ich weiss, dass ich in der Vergangenheit manchmal ein Arschloch war, aber wir hatten eine schöne Zeit, nicht wahr, Sonn?«

So hatte er sie schon lange nicht mehr genannt.

»Erinnerst du dich an das private Wildreservat in der Nähe des Krüger-Nationalparks?«

Natürlich erinnerte sie sich. Es war dort so wunderschön, doch war es fast zu kurz nach dem Horror, den sie in Sierra Leone erlebt hatte. Sie konnte diese Zeit in der Wildtierlodge nie vergessen. Sie hatte eine Reizüberflutung erlebt und die guten und die schlechten Erinnerungen und Bilder davon blitzten in ihrem Gehirn auf, wie ein Hochgeschwindigkeitsvideo, das zu den tiefen Bässen eines amerikanischen Raps geschnitten war – der Lieblingsmusik ihres Feindes.

NACH DER ERMORDUNG von Danny Byrne in Nordirland waren Steele und Sonja zum Militärstützpunkt Aldershot in England geflogen worden, um sich einem Untersuchungsausschuss zu stellen, der den Tod des IRA-Quartiermeisters und seines bombenbauenden Bruders untersuchen sollte.

Obwohl sie sich auf dem Stützpunkt nicht treffen konnten, suchte Steele sie auf und nahm sie in ein Pub in der Stadt mit, wo sie ihre Geschichten über die Byrne-Brüder, die während einer improvisierten Operation die SAS-Männer mit Waffen bedrohten, aufeinander abstimmten. Sonja war wie betäubt von Dannys Tod und stritt ihre Beziehung zu ihm bei der Untersuchung ab. Sie fühlte sich zerrissen, als hätte sie, indem sie mit einem Feind geschlafen hatte, sowohl Danny als auch ihr Land verraten. Martin versorgte sie abends mit Alkohol und schliesslich landete sie unweigerlich im Bett des einzigen Mannes, mit dem sie über ihre Albträume und ihren Schmerz sprechen konnte.

Die britische Presse feierte die Morde an den Brüdern mit Hilfe einiger Verdrehungen aus der Downing Street. Es sei das unglückliche Ende einer gut geplanten Operation der Sicherheitskräfte, mit dem Ziel, die Männer, die für den abscheulichen Bombenanschlag auf den Schulbus verantwortlich waren, zu fassen, wurde berichtet. Niemand schien eine Träne wegen der Brüder Byrne zu vergiessen und selbst die republikanische Bewegung verleugnete sie weitgehend. Hinter den Kulissen suchte die Armee jedoch nach Erklärungen dafür, wie und warum Steele und seine Leute eine eigenständige Operation inszeniert hatten. Anscheinend heiligte der Zweck nicht immer die Mittel.

Steele wurde gedrängt, sein Kommando niederzulegen, was er, nachdem er zum Major befördert worden war, auch tat. Sonja wurde zu einer Übermittlungseinheit im Norden Englands versetzt. Damit wechselte sie von der Frontlinie im Krieg gegen die IRA zur Bedienung von Fax- und Telexgeräten in einem fensterlosten Raum. Es gab keine psychologischen Entlastungsgespräche, denn was sie getan hatte, war als streng geheim eingestuft und niemand in ihrer neuen Einheit wusste etwas von ihrer Arbeit in Nordirland.

Nachdem sie so lange verdeckt und in Zivil gearbeitet hatte, langweilten Sonja die Eintönigkeit des Kasernenlebens, die Inspektionen und die Kleinlichkeit der Unteroffiziere bei solchen. Als ein weiblicher Unteroffizier ihr auf dem Exerzierplatz vorwarf, sie habe nicht vorhandenen Schlamm an ihren Stiefeln, sagte Sonja der Frau vor allen anderen Soldaten, sie solle sich verpissen. Sonja wollte den Paradeplatz verlassen, doch die Unteroffizierin packte sie am Arm, worauf sich Sonja umdrehte und ihr eine Ohrfeige versetzte. Sie wurde von der Militärpolizei verhaftet und vor ein Kriegsgericht gestellt. Der Vorfall bedeutete ihre Entlassung aus der Armee. Den Kontakt zu Martin Steele hatte sie nach ihrer Versetzung verloren und das Letzte, was ihr ein ehemaliger SAS-Mann, den sie eines

Tages in einer Kneipe in London traf, über ihn erzählte, war, dass Steele als Söldner in Afrika arbeite.

Emma kam neun Monate nach dem Ende von Sonjas desaströser Tour in Nordirland zur Welt. Sonja lebte mit ihrer Mutter in einer Wohnung in London und arbeitete, da sie über keinerlei berufliche Qualifikation verfügte, als Kellnerin in einem Curryhaus. Es war eine schwierige Zeit und nichts in ihrer militärischen Ausbildung hatte sie auf die Erziehung eines Kindes vorbereitet. Lange Zeit war sie voller Hass gegen die Armee und Martin Steele und das, was man ihr angetan hatte. Aber nach dem Töten, das sie in Nordirland erlebt hatte, wollte sie nicht zulassen, dass das Leben, das in ihr wuchs, beendet wurde. Sie war wie betäubt und von ihrer Zeit in der Provinz traumatisiert, doch das hübsche Kind, das sie zur Welt brachte, konnte sie nicht hassen.

Ihre Arbeit war langweilig, aber sie konnte ihrer Mutter etwas zurückgeben und mit der Zeit, als sich über ihren Wunden Narben bildeten, begann sie, darüber nachzudenken, was sie mit dem Rest ihres Lebens anfangen wollte. Sie wusste, dass sie etwas brauchte, was mit der Natur zu tun hatte und aktionsorientiert war, doch ihre unehrenhafte Entlassung aus der Armee schloss eine Anstellung bei der Polizei oder anderen Sicherheitsdiensten aus. Eine Bewerbung bei der Feuerwehr sah eine Zeit lang vielversprechend aus, scheiterte aber. Als Emma drei Jahre alt war, rief Martin Steele wie aus heiterem Himmel an und bot ihr einen Job in Sierra Leone an, wo sie als Melderin arbeiten sollte.

»Warum gerade ich?«, hatte sie ihn am Telefon gefragt. »Es gibt doch tausend andere, unter denen du jemanden aussuchen kannst.«

»Ja«, hatte er geantwortet, »aber es gibt nur eine Person wie dich.«

»Ich werde nicht noch einmal mit dir schlafen, Martin.«

»Das ist nicht Teil der Stellenbeschreibung.«

Martin hatte seine eigene private militärische Vertragsfirma gegründet – die neue Bezeichnung für Söldnertruppen – und einen Vertrag zur Bekämpfung der Rebellen der Revolutionären Vereinigten Front (RUF) und zur Ausbildung der Armee der Regierung von Sierra Leone erhalten. Die Bezahlung, die er ihr anbot, war im

Vergleich zu dem, was sie als Kellnerin verdiente, astronomisch und der Job brächte sie zu den beiden einzigen Dingen zurück, die ihr – abgesehen von ihrer Tochter – je etwas bedeutet hatten: nach Afrika und zum Militärleben.

Sierra Leone war das personifizierte Chaos. Freetown, wo Sonja zunächst stationiert war, war eine belagerte, brodelnde Masse von Menschen, die durch den jahrelangen Bürgerkrieg zwischen der Sierra Leone Army – der SLA – und der RUF zu Terror und Barbarei getrieben wurde. Das Land war ein Dschungel – so düster und unbarmherzig wie die Rebellen, die sie bekämpften. Von denen, dem RUF, wurde es grösstenteils unter einer unvorstellbaren Schreckensherrschaft unterjocht.

Anfangs verbrachte Sonja ihre Tage in einem Hangar mit einem Blechdach auf dem Flughafen von Free-Town, wo sie das Kommunikationszentrum, das aus einer Reihe von HF- und VHF-Funkgeräten bestand, bediente. Martin stand zu seinem Wort und machte ihr keine sexuellen Avancen. Nach ein paar Wochen wurde jedoch klar, dass er nicht nur ihre Fähigkeiten als Funkerin wollte. Martin ermutigte Sonja, in Zivil nach Freetown zu gehen, dort die Bars und Clubs am Wasser zu besuchen und sich unter die Diplomaten, Entwicklungshelfer, Journalisten, Bürokraten und Politiker zu mischen, die feierten, während das Land zusammenbrach. Sie wurde zur Spionin und sammelte wertvolle Informationen über die Absichten der Regierung, potenzielle neue Verträge und andere verdeckte Operationen, die in und um Sierra Leone stattfanden. Sie vermisste ihre Tochter, aber sie liebte ihre Arbeit.

Sonja begnügte sich nicht damit, in der Cocktail-Szene zu arbeiten, sondern bedrängte Martin so lange, bis er ihr widerwillig erlaubte, mehr vom Land zu erkunden. Sie begleitete ein Sicherheitskommando, das Corporate Solutions zum Schutz eines Hilfskonvois nach Kenema, nahe der liberianischen Grenze, bereitstellte.

Ausserhalb der Stadt Bo geriet der Konvoi in einen Hinterhalt und der Fahrer des Hilfstransporters, in dem Sonja mitfuhr, wurde getötet. Sonja kletterte aus dem Lastwagen und rannte mit ihrer AK-47 in die Richtung, aus der das RUF-Feuer kam, direkt in den

Dschungel. Obwohl es jeder Logik zu widersprechen schien, entsprach es der Taktik, die sie in der Armee gelernt hatte, um mit einem Hinterhalt fertig zu werden. Voller Adrenalin fand sie sich allein und tief im Dschungel wieder, aber ausserhalb der Schusslinie. Sie schlug einen Haken und schlich sich hinter eine zweiköpfige Maschinengewehrmannschaft der RUF, die gerade den brennenden Fahrzeugkonvoi unter Beschuss nahm. Aus einem Versteck hinter einem Baum schoss sie den beiden Männern in den Hinterkopf. Die anderen Rebellen verschwanden, weil ihre Maschinengewehre nicht mehr funktionierten.

Zurück am Flughafen von Freetown gab Martin ihr einen Becher Scotch und drückte sie in der Abgeschiedenheit seines Zelts eine ganze Minute lang an sich, bevor er sie zurück zu ihren Funkgeräten schickte. Sie hatte damit auch das Vertrauen der letzten Männer in der Truppe gewonnen, die an ihren Fähigkeiten als Soldatin gezweifelt, aber mit der Zeit gemerkt hatten, dass sie nicht nur eine Mitläuferin des befehlshabenden Offiziers war. Martin hielt ihre Beziehung für den Rest der Tour auf einer beruflichen Ebene aufrecht, aber am Ende ihres dreimonatigen Vertrags wusste sie, dass sie ihn vermissen würde, wenn er wieder aus ihrem Leben verschwand.

Die Regierung von Sierra Leone beugte sich dem Druck der UN, ihre Verträge mit privaten Militärunternehmen zu beenden. Auf dem Flug von Sierra Leone nach Südafrika sagte Martin, er habe im Zusammenhang mit dem, was er ›direkte Aktion‹ nannte, vielleicht noch mehr Arbeit für Sonja.

»Inklusive töten?«, fragte sie.

»Möglicherweise. Bist du interessiert?«

»Ja«, sagte sie.

»Gut. Dann müssen wir darüber sprechen. Wie wäre es, wenn du für die nächsten drei Tage mit mir in ein privates Safaricamp in der Nähe des Krüger-Nationalparks kämst?«

Sie schaute ihn an. »Mit getrennten Zelten, hoffe ich?«

»Es ist Hochsaison. Ich habe das letzte Doppel gebucht. Es ist allerdings ein sehr grosses Zelt und ich könnte auf dem Sofa schlafen. Was meinst du?«

Er war in den letzten drei Monaten ein Gentleman und Profi gewesen und es gab weder eine Anspielung auf ihre kurze Affäre nach der Sache in Nordirland noch eine Andeutung, dass er sie in Sierra Leone für etwas anderes als die ihr zugewiesenen Aufgaben wollte. Sie war klug genug, zu wissen, dass er ein Meister der Manipulation war und ausserdem der geborene Anführer, attraktiv, finanziell gut gestellt und soweit sie wusste, ledig.

Als sie an ihrem Ziel ankamen, sah sie sich im Zelt um. Im Gegensatz zur rustikalen, afrikanischen Einrichtung von Xakanaxa stand hier britischer Kolonialkitsch. Es war geschmackvoll gemacht, obwohl der Dekorateur selbst vor einem aufziehbaren Grammophon nicht Halt gemacht hatte. Sonja war aufgeregt vor Vorfreude, aber vor allem war sie nervös.

Martin legte ihre Taschen auf den Nachttisch. »Wie du weisst, bin ich nicht besonders gut im Smalltalk.«

»Ich auch nicht.«

»Wir sind uns ähnlich, du und ich.«

Sie nickte.

»Ich spürte von dem Moment an, als ich dich in Nordirland kennenlernte, dass du keine Schwätzerin, sondern eine Macherin bist ...«

Durch sein Vertrauen in sie ermutigt, legte sie unvermittelt einen Finger auf seine Lippen und er griff um sie herum. Er öffnete den Reissverschluss am Rücken ihres Baumwoll-Sommerkleides und bevor sie ihren ersten Kuss beendet hatten, lag es auf dem Boden.

»Sonn? Bist du noch da?«, fragte Martin durch das Satellitentelefon.

Die geteerte schwarze Fläche der Hauptstrasse durch den Kaprivi-Streifen, der B8, erstreckte sich in die schimmernde Unendlichkeit vor ihr. Es war eine einsame Strasse und in der sengenden Hitze des frühen Nachmittags herrschte nicht viel Verkehr.

»Ja, ich bin noch da«, gab sie zurück.

Zu ihrer Linken, im Norden, lag der Sambesi, dahinter das vom Krieg verwüstete Angola und das dunkle, unruhige Herz Afrikas. Zu ihrer Rechten lagen Botswana und das Okavango-Delta, das Juwel der Kalahari, dessen Glanz durch die beiden Übel, den Staudamm und die Dürre, von Tag zu Tag schwächer wurde. Vor ihr, am Ende dieser Fahrt, lag eine Verabredung mit einem Mann, der Krieg und Tod zu seinem Geschäft gemacht hatte. Hinter ihr lagen drei weitere brennende Leichen. Sie war allein in Afrika und rund um sie herrschte Verzweiflung. Ihr einziges Kind, das irgendwo in der Luft war, war ihr fremd geworden. Emma brauchte sie nur, weil sie jetzt noch von ihrem Geld abhängig war. In einem Jahr wäre sie an der Universität und auf sich allein gestellt. Sonja fürchtete, vielleicht nie wieder Kontakt zu ihrer Tochter zu haben, aber gleichzeitig gab Emma ihr Hoffnung und den Glauben daran, dass sie ihr Leben mit gutem Grund so gelebt hatte und nicht nur, weil sie gut im Töten war. Sonja schauderte beim Gedanken, was sie alles getan hatte, um für Emmas Zukunft zu bezahlen und wie sehr sie jede Sekunde einiger dieser Taten genossen hatte.

»Ich habe dich gefragt«, wiederholte Martin, »ob du daran interessiert seist, etwas Zeit miteinander zu verbringen, wenn diese Show vorbei ist?«

»Ich glaube nicht, Martin. Ich möchte nach dieser Show frei sein.«

21

Ein halbes Dutzend Elenantilopen nahmen beim Brummen des Dieselmotors des herannahenden Land Rovers reissaus. Sonja beobachtete sie im Vorbeifahren genau. Sie verzogen sich hinter der Baumgrenze in Sicherheit.

Ein ermutigendes Zeichen, dachte sie, als sie die grossen, muskulösen Antilopen sah, die in anderen Teilen des Kontinents recht selten waren. Die Tierwelt im Kaprivi-Streifen hatte in den letzten Jahrzehnten abgenommen. Einerseits weil hungrige Einheimische wilderten, andererseits weil das Wild unter den Folgen des Bürgerkriegs auf der anderen Seite der Grenze, in Angola, litt. Ein breiter, grasbewachsener Streifen gerodeten Landes flankierte die schwarze Strasse auf beiden Seiten. Sie konnte ihre Geschwindigkeit also beibehalten und ihr blieb immer noch Zeit zum Bremsen, falls ein Tier aus den Bäumen hervortrat. Die B8 war von der Europäischen Union gebaut worden und in einem guten Zustand. In ihrer Kindheit brauchte es noch Allradantrieb, um den Kaprivi-Streifen zu durchqueren, aber auch heute konnte man sich leicht im weichen Sand des natürlichen Überschwemmungsgebietes festfahren, wenn man auch nur ein paar Meter von der Hauptstrasse abkam.

Sie sah die Sonne tief in ihrem Rückspiegel stehen, als sie sich

Kongola näherte. Das Adrenalin, das sie beim Kontakt mit den simbabwischen Attentätern aufgeputscht hatte, hatte sich verflüchtigt. Deren Ermordung gesellte sich zu den anderen Schrecken ihrer Vergangenheit und sie war emotional und körperlich erschöpft und wollte nachts nicht weiterfahren. Das Risiko, am Steuer einzuschlafen oder in der Dunkelheit einen Elefanten zu treffen, war zu gross. Es gab viele Geschichten von müden Reisenden, die in der Nacht mit einem der riesigen grauen Gespenster zusammenstiessen und wenn man nicht beim Aufprall starb, sorgte der wütende, verletzte Elefant dafür, dass man nicht mehr lebend aus dem Auto herauskam.

Kurz vor der Brücke über den Kwando-Fluss blinkte sie nach rechts und bog auf eine Sandstrasse ab. Auf einem kleinen, verbeulten und verblassten Metallschild stand schlicht und einfach: *Nambwa km 4x4 only.* Die Anzahl der Kilometer war durchgestrichen. Ein südafrikanischer Reiseleiter, den sie damals in Kabul traf, hatte ihr erzählt, das Camp sei so etwas wie ein Geheimtipp für Offroader. Sie konnte sich nicht erinnern, wie weit es von der Hauptstrasse entfernt war und das Schild half ihr auch nicht weiter.

Der Busch hier war dicht und der Schirm aus Mopaneblättern und -stämmen leuchtete im schwindenden Licht goldbraun. Es gab einige alte und trockene Elefantenkothaufen, einer jedoch war noch frisch und mit winzigen Fliegen bedeckt und daneben runde Spuren von den vorderen und ovale von den hinteren der grossen, faltigen Füsse. Beim Kriechtempo, mit dem sie unterwegs war, bestand kaum die Gefahr, einen Elefanten zu überraschen oder ihm über den Weg zu laufen, aber aus Gewohnheit suchte sie den Busch links und rechts ab.

Die Strasse kletterte und schlängelte sich einen niedrigen Hügel hinauf und Sonja musste in den ersten Gang schalten, um den sandigen Hang hinaufzukommen. Sie näherte sich dem Kamm und als sie die Überreste eines Tores passierte, sah sie rostige Zaunpfähle aus Metall, von denen zu beiden Seiten Ranken aus Stacheldraht herabhingen. Das gesamte Gebiet war während des Grenzkriegs und der Kämpfe in Südwestafrika von den südafrikanischen Streitkräften besetzt gewesen und infolgedessen war der Kaprivi-Streifen übersät mit alten Stellungen, Stützpunkten, Flugpisten und Bunkern. Von der Spitze eines Ausläufers aus konnte sie sehen, dass die Strasse nahe an den Kwando-Fluss heranführte, und sie hatte einen guten Blick auf dessen Auen. Sie stellte den Motor ab und stieg aus, um sich die Beine zu vertreten.

Es war ein wunderschöner Ort, aber wenn sie sich umschaute, sah sie die Überreste des Krieges. Betonfundamente zeigten, wo militärische Aussenposten oder Kasernen gestanden hatten und die skelettartigen Überreste eines Wasserturms warfen einen vergitterten Schatten auf sie. Die Aussicht auf den Fluss war ebenso strategisch wie reizvoll. Impalas und Wasserböcke ästen auf dem grünen Gras unter ihr und sie hörte das tiefe Lachen aus dem Bauch eines Flusspferds. Ein Frankolin gluckste vor dem Land Rover vorbei, wippte mit dem Kopf im Gras und kreischte alarmiert, als es sie sah. In der Hoffnung, weitere Hinweise auf den vergangenen Konflikt zu finden, trat sie mit der Spitze ihres Stiefels in den Sand. Aufgrund ihrer Kenntnisse über den Grenzkrieg vermutete sie, es könnte sich um Fort Doppies handeln. Doppie war die umgangssprachliche Bezeichnung für eine leere Bierflasche oder eine leere Messingpatronenhülse. Hier gab es nichts mehr zu sehen.

Sonja stieg wieder in den Land Rover, liess den Motor an und fuhr weiter. Als sie auf der anderen Seite des Ausläufers hinunterfuhr, passierte sie ein weiteres verfallenes Tor und fragte sich, wie es wohl gewesen sein musste, hier stationiert zu sein: Mit einem grossartigen Blick auf die Pracht der Natur verwöhnt, aber gezwungen, wie ein eingesperrtes Tiere hinter dem Draht zu bleiben.

Es dämmerte bereits, als sie auf einer Insel inmitten des Überschwemmungsgebiets des Kwando-Flusses endlich ein schwaches Licht flackern sah. Wegen der Dürre führte der Kanal, der sie vom Nambwa Camp trennte, kein Wasser, sondern war nur ein sandiges Bachbett.

Ein Schwarzer in Shorts, T-Shirt und mit nackten Füssen, der zweifellos das Geräusch ihres Fahrzeugs gehört hatte, schlenderte den Weg zur winzigen Empfangshütte hinunter, vor dem sie anhielt.

Nach einer kurzen Begrüssung sagte er ihr, was sie bereits wusste: »Sie haben nichts reserviert.«

»Stimmt.«

Er wies Sonja an, ihm in ihrem Fahrzeug zu folgen, während er den Weg zurückging. Sonja fuhr in dem langsamen Tempo des Mannes und erhaschte einen Blick auf die anderen Campingplätze. Sie sah jetzt, dass sie zwar über trockenes Land gefahren war, um die Insel zu erreichen, dass aber auf der anderen Seite der Kwando floss. Das schwindende Licht der Sonne verwandelte den Kanal in einen Lavastrom. Ein junges Paar sah von den Flammen des Feuers, auf dem es grillte, auf und winkte ihr zu, als sie vorbeikam.

Der Wärter führte sie zu einem Platz hinter einem rustikalen Holzsanitärgebäude. »Sie können hier zelten. Diesen Platz heben wir für Leute auf, die zu spät kommen.«

Der Stellplatz hatte zwar keinen Blick auf den Fluss, aber er war in der Nähe der Dusche, die sie viel dringender brauchte als Aussicht. »Danke.«

Sonja blickte in den klaren Himmel, der sich mittlerweile in tiefen, dunklen Samt verwandelte und in welchem bereits die ersten Sterne zu funkeln begannen. Heute Nacht würde es nicht regnen. Sie kletterte aufs Dach des Land Rovers und zog die Plane weg, die die Campingausrüstung für die Amerikaner abdeckte. Sie holte eine mit Canvas bedeckte Matratze, einen Schlafsack und ein Moskitonetz heraus, bevor sie die Plane wieder befestigte. Sie legte die Matratze auf den Boden und den Schlafsack darauf und band das Netz oben am tiefhängenden Ast eines grossen Dornenbaums, der den Platz beschattete, fest. Es war immer noch sehr warm und würde in dieser Nacht keinen Tau geben.

Sie kramte im Kofferraum des Land Rovers nach dem Werkzeugkasten, in welchem sie eine Dose Spark-Schmierspray und einen Lappen fand. Sie stieg wieder ins Fahrzeug und schloss die Fahrertür, so dass die Innenbeleuchtung erlosch. Sie schaute aus dem Fenster, um sich zu vergewissern, dass keiner ihrer Mitcamper in der Nähe war, dann begann sie, im Dunkeln ihre Glock zu zerlegen und zu reinigen. In der Armee reinigte man seine Waffe jeden Tag, bevor man sich selbst wusch.

Das Schmiermittel benetzte ihre Finger und als sie es mit dem Lappen abwischte, sah sie, dass der Fleck eine dunkelviolette Farbe hatte. Sie hielt ihre Hände über das Armaturenbrett und betrachtete sie im herüberscheinenden Licht der Duschkabine. In den Furchen ihrer Haut und unter ihren Nägeln klebte noch immer das Blut des Mannes, dem sie die Kehle durchgeschnitten hatte. Sie brauchte eine Dusche, wusste aber, dass sie sich nie wirklich reinwaschen konnte.

Eine Träne rann über ihre Wange und landete mit einem Spritzer auf den glänzenden, leicht geölten Teilen der Pistole. Sie betätigte mit dem Daumen die Entriegelung, der Schlitten schoss nach vorne und nahm den salzigen Tropfen mit. Sie wischte sich mit ihrem schmutzigen Handrücken über die Augen, legte die Pistole unter ihren Sitz und ging sich waschen. Danach suchte sie den Lagerverwalter auf und bezahlte für ihren Platz, da sie am nächsten Morgen früh abreisen wollte.

Trotz oder gerade wegen ihrer Erschöpfung fand sie während Stunden keinen Schlaf. Sie lag in ihren Shorts und ihrem Bikinioberteil auf ihrem Schlafsack und betrachtete, einen Arm unter ihrem Kopf, die Sterne. Sonja glaubte, sie und Emma seien zumindest vorerst vor der Bedrohung durch das simbabwische Killerkommando sicher. Wenn sie darüber nachdachte, führte dies allerdings dazu, über ihren nächsten Fehltritt nachzudenken und über das kurze Gespräch, das sie unterwegs mit Martin geführt hatte.

Die Dinge hatten sich zwischen ihnen verändert. Nach Sierra Leone und ihrer Zeit im preisgekrönten Safari-Camp waren Sonja und Emma zu Martin gezogen. Sonja arbeitete im Büro von Corporate Solutions in Teilzeit als Sachbearbeiterin und obwohl die Arbeit nicht sonderlich aufregend war, ermöglichte ihr diese Arbeit, mehr Zeit mit Emma zu verbringen und die Monate, die sie verloren hatte, wieder aufzuholen.

Sie waren eigentlich zwei Jahre lang ein Paar. Das erste Jahr war leidenschaftlich und voller Spass, aber nach achtzehn Monaten bemerkte Sonja bei Martin Veränderungen. Er arbeitete wieder länger, reiste viel, um neue Aufträge zu bekommen und schien weniger Zeit für Sex zu haben. Wenn sie versuchte, mit ihm zu reden, wich er ihr aus. Eines Abends, als er angeblich im Büro auf eine Konferenzschaltung mit einem militärischen Kontakt irgendwo in Asien wartete, rief Sonja ihn an, erreichte ihn aber nicht. Nachdem ihr dritter Anruf auf dem Anrufbeantworter gelandet war, begann sie sich Sorgen zu machen. Gegen Mitternacht zog sie Emma an und wollte sie gerade zu ihrer Mutter bringen, um nach ihm zu suchen, als er zur Tür hereinkam.

Als sie ihn beschimpfte, weil er nicht angerufen hatte, schnauzte er sie an und sagte, er habe den Anruf früher als erwartet entgegengenommen und sei in eine Kneipe gegangen.

»Wohl eher ins Casino«, sagte sie. Dass Martin gelegentlich spielte, wusste sie schon früh in ihrer Beziehung, hatte aber nicht erkannt, dass dies ein echtes Problem war, bis er ihr gestand, dass er in einer Nacht zehntausend Pfund verloren hatte. Er bat sie um Geld und sie unterstützte ihn zwei Monate lang mit dem Ersparten, das sie während ihrer Zeit in Sierra Leone zur Seite gelegt hatte. Er behauptete, sich gebessert zu haben.

Als sie ihn ansah, konnte er ihrem Blick nicht standhalten. »Ja, es war das Casino«, gestand er. »Aber ich muss dir noch mehr erzählen.«

Das ›mehr‹ war eine einundzwanzigjährige, die als Croupier arbeitete. Sonja rannte nach oben, schnappte sich ihre illegale Neun-Millimeter-Browning und schickte ihn hinaus in die Kälte. Seine Sachen folgten ihm, denn sie warf sie aus dem oberen Schlafzimmerfenster des Hauses, das sie gemietet hatten.

Die heimliche Erleichterung, wieder mit Emma allein zu sein, linderte die Wut, die sie empfand. Lieber allein sein, sagte sie sich, als einen Spieler zu unterstützen, der später bei einem Versöhnungsdrink und einem Abendessen gesteht, er sei ein Serienschürzenjäger, der sich hoffnungslos zu jungen Frauen hingezogen fühle. Sonja hatte ihn daran erinnert, dass sie noch in ihren Zwanzigern und damit bestimmt nicht alt war. »Ist es wegen Emma?«

»Gott, nein«, hatte er gesagt. »Und es hat nichts damit zu tun, was in Irland passiert ist. Ich will nicht, dass du wütend auf mich bist, Sonn. Ich weiss, es klingt kitschig, aber du bist ohne mich wirklich besser dran. Ich bin nicht gut genug für dich.«

Sie hatte gelacht. »Du hast recht, sehr kitschig.« Sie hob ihr Weinglas und nippte daran, während er ihr tief in die Augen blickte und ihre Belustigung über sein Geständnis ignorierte.

»Weisst du, ich habe … dich geliebt, Sonn. Du bist der einzige Mensch, den ich je geliebt habe und ich will dir nicht mehr wehtun.«

Irgendwie hatte sie das Gefühl, dass das stimmte, auch wenn es allenfalls nur eine weitere seiner meisterhaften Manipulationen war. Er hatte gesagt, er wolle – brauche – sie noch immer, um für ihn zu arbeiten und da keine andere Einkommensquelle in Sicht war, stimmte Sonja zu. Als der Schmerz über seinen Verrat endlich nachliess, stellte sie fest, dass sie ihn immer noch mochte, wenn auch nicht mehr in romantischer oder sexueller Weise. Er blieb sich selbst treu und verführte immer wieder jüngere Frauen und sie sah im Laufe der Jahre ein halbes Dutzend kommen und gehen.

Der Auftrag, den sie für Martin übernehmen sollte, stand ebenso wie das Attentat auf den simbabwischen Präsidenten in direktem Widerspruch zu den Zielen, die Martin für Corporate Solutions formuliert hatte, als er das Unternehmen vor dem Einsatz in Sierra Leone gründete. Er hatte ihr und anderen Rekruten, die sich vor ihrer Abreise nach Freetown anmeldeten, ein Dokument gezeigt, in dem er geschrieben hatte ›Corporate Solutions wird nur für rechtmässige Regierungen oder seriöse Unternehmen arbeiten und sich nicht an politischen Attentaten beteiligen‹ … und so weiter.

In der Nähe raschelte ein Busch. Sie griff unter ihr Kopfkissen und zog die Pistole heraus. Sie hatte nicht nur wegen der Hitze unter den Sternen geschlafen, sondern auch, um besser hören und auf jeden, der sich an sie heranschleichen wollte, reagieren zu können. Sie bezweifelte, dass die Simbabwer ein weiteres Killerkommando aufgestellt hatten, aber wer in ihrer Branche nicht aufpasste, war tot.

Das nächste Geräusch war lauter. Ein brechender Ast, von einem leisen Brummen gefolgt. Sie entspannte sich. Elefanten. Seltsamerweise war die Anwesenheit der riesigen Tiere beruhigend. Wenn sich

Männer an sie heranschlichen, würden die Elefanten sie zuerst hören und jeden im Lager davon in Kenntnis setzen. Sie legte sich wieder hin, verfolgte das Vorankommen der Herde anhand ihrer Fressgeräusche und dachte über ihre Zukunft nach.

Im Schilf am Ufer des Kwando quakten Frösche und ein Scheinwerferlicht blitzte durch die Bäume, als einige Camper, die noch auf waren, die grasenden Elefanten beobachteten. Der Campingplatz war ein Stück Paradies, in dem Menschen und Tiere in Harmonie und Respekt zusammenleben konnten. Dieser Teil Afrikas war einst ein blutiges Schlachtfeld gewesen und nun sollte sie dabei helfen, den Kaprivi-Streifen erneut in die Hölle zu führen.

SCHLIESSLICH SCHLIEF Sonja ein und das Motorengeräusch eines Fahrzeugs schreckte sie aus einem Traum auf, in welchem sie unter den brennenden, herabstürzenden Trümmern eines Hubschraubers zerquetscht wurde.

Sie griff wieder nach ihrer Pistole und lag still da, ihr Körper gespannt wie eine Feder, bis sie hörte, wie der Lagerverantwortliche die Nachzügler zu ihrem Lagerplatz führte.

Sonja erwachte in der Kühle der Morgendämmerung erneut, aber anstatt in den Schlafsack zu klettern, auf dem sie gelegen hatte, stand sie auf, rollte ihn zusammen und verstaute ihr Bettzeug. Sie lud ihre Ausrüstung ein und fuhr wieder auf die B8, um dem baldigen Sonnenaufgang entgegenzufahren.

Auf der Ostseite des Kwando, wo sie den Bwabwata-Nationalpark nach der Überquerung des Flusses verlassen hatte, gab es mehr Anzeichen für menschliche Besiedlung, aber dies war eine der ärmsten Gegenden Namibias. Der entlegene nordöstliche Zipfel hätte in einem anderen Land liegen können: Von der germanischen Ordentlichkeit und der wie ein Uhrwerk funktionierende Infrastruktur in Windhoek oder in den wohlhabenden Fischer- und Ferienorten an der Atlantikküste herrschten, war hier nichts zu spüren. Und wenn man Leuten wie Gideon, dem CAL und seinen politischen Vertretern in der Vereinigten Demokratischen

Partei Glauben schenkte, hätte es sogar ein anderes Land sein müssen.

Hatten diese Menschen nicht das Recht, über ihr eigenes Schicksal zu entscheiden und die vorhandenen natürlichen Ressourcen zu ihrem eigenen Vorteil zu nutzen? Sie schüttelte den Kopf. Sie überzeugte nicht einmal sich selbst. Wenn jeder afrikanische Stamm zu den Waffen griff, der die von den kolonialen Kartographen vor einem Jahrhundert gezogenen Grenzen anzweifelte, fände der Kontinent niemals Frieden. Was sie tat, nämlich diese Rebellion zu unterstützen, war falsch. Sie zog ihr Handy aus der Tasche und drückte die grüne Taste. Die letzten Nummern, die sie angerufen hatte, tauchten auf und Martins Nummer stand ganz oben auf der Liste. Ihr Daumen schwebte über der Anruftaste.

Die nächste grössere Stadt, die sie erreichte, war Katima Mulilo, die Provinzhauptstadt des Kaprivi-Streifens. Sie wusste, dass Martins Plan in groben Zügen vorsah, die Haupttruppe des CLA Katima anzugreifen und einzunehmen und damit die Polizeistation, die Regierungsbüros und die Radio- und Fernsehstudios der Namibian Broadcasting Corporation in ihre Gewalt zu bringen. Gleichzeitig würde sie mit einer kleineren Einheit den Staudamm am Okavango am anderen Ende des Streifens sprengen – wie sie das anstellen sollte, wusste sie allerdings noch nicht. Die gleichzeitigen Angriffe an beiden Enden des Streifens würden die namibische Defence Force aufspalten. Die eine Gruppe zöge sich vom Damm aus nach Osten, nach Kongola zurück, während die Haupttruppe nach Westen vorstossen und dort auf die CLA treffen würde. Sie würden die Brücke über den Kwando sprengen und damit den Kaprivi-Streifen östlich des Flusses von Namibia abspalten.

Martin hatte ihr erzählt, die CLA-Agenten hätten Katima Mulilo genau unter die Lupe genommen, schlug ihr aber vor, sie solle sich die Stadt bei ihrer Durchreise selbst ansehen, um eine aktuelle und unabhängige Einschätzung der Polizei- und Truppendisposition in der Stadt zu erhalten.

»Nein«, sagte sie laut zu sich selbst.

Das würde sie nicht tun. Sie wollte ihn jetzt anrufen und ihm sagen, dass sie den Einsatz abbreche, sofort nach Botswana zurückkehre, dort Emma abhole und verschwinde – vielleicht nach Südafrika. Sie würde Martin das Flugticket für ihre Tochter bezahlen und sich von ihm verabschieden. Je mehr sie über die Aussicht nachdachte, einen Krieg anzufangen – anstatt in einem bestehenden mitzumischen – desto mehr wurde ihr klar, dass sie diesen Auftrag nicht ausführen konnte. Es war ein befreiender Moment für sie. Ihre finanzielle Situation war gesichert und Emmas teure Internatsausbildung bald zu Ende. Sonja hatte bereits Geld für Emmas Studium zurückgelegt und sich selbst einen ansehnlichen Notgroschen zugelegt, von dessen Zinsen sie einigermassen gut leben konnte. Wenn sie ausserdem die Wohnung in London verkaufte, konnte sie sich irgendwo in Afrika eine Villa kaufen.

Bisher war die Strasse an diesem Morgen leer gewesen, doch etwa zweihundert Meter vor ihr trat ein Mann auf die Fahrbahnmitte. Er stand auf der Mittellinie und wedelte mit der Hand auf und ab.

»Scheisse.« Sie legte das Telefon weg und schaltete in den dritten Gang. Der Motor überdrehte und der Land Rover wurde langsamer. »Idiot.«

Die Morgensonne stand hinter dem Mann und als sie näherkam, sah Sonja, dass sich im Morgenlicht Streifen auf seinem Ärmel spiegelten. Ein paar Sekunden später erkannte sie die Silhouette einer Schirmmütze. Es war die Polizei.

Sie überprüfte ihren Tacho, war sich aber sicher, dass sie die zulässige Höchstgeschwindigkeit nicht überschritten hatte. In Afrika war es allerdings nicht ungewöhnlich, dass Autodiebe sich als Polizisten ausgaben, falsche Strassensperren errichteten oder Autofahrer anhielten. Sonja zog die Pistole unter ihrem Sitz hervor, hob das linke Bein an und schob die Pistole unter ihren Oberschenkel, so dass sie nicht mehr zu sehen war.

Der Mann schwang immer noch langsam mit dem Arm auf und ab. Sie gehorchte und bemerkte nun im Schatten eines hohen Baumes auf einem abgegrenzten Picknickplatz einen Pick-up mit Polizeimarkierungen, dessen Motorhaube offen war. Sonja entspannte sich ein wenig, denn es war eine Sache, sich eine falsche

Uniform anzuziehen, aber eine ganz andere, sein Fahrzeug in Polizeifarben umzuspritzen. Es sah aus, als hätten die Polizisten wirklich eine Panne. Schnell schob sie ihre Pistole wieder unter den Sitz. Wenn sie den Polizisten nach Katima Mulilo mitnehmen musste, wollte sie nicht, dass er ihre Waffe sah.

Sie schaltete einen Gang zurück und trat auf die Bremse. Der Polizist trat an ihre Seite und lächelte breit. »Guten Morgen, Madam, wie geht es Ihnen?«

»Mir geht es gut. Und wie geht es Ihnen? Offensichtlich haben Sie ein Problem.«

»Ja, Madam, tatsächlich. Unser Bakkie funktioniert nicht und wir brauchen Hilfe.«

»Tut mir leid, Officer. Ich weiss nicht einmal, wie ich das Öl und das Wasser in meinem eigenen Auto kontrollieren kann«, log Sonja. »Aber vielleicht kann ich eine Nachricht von Ihnen an die Polizei in Katima übermitteln?«

»Vielleicht könnten Sie einfach aussteigen und einen Blick auf unseren Motor werfen?«

In ihrem Kopf schrillten die Alarmglocken. »Ich glaube, dass das keine gute Idee ist. Ich habe es eilig, und ...«

Sie hörte das Knarren, als ein Gewehr gespannt wurde und schaute nach links. Sie sah einen Mann in einem grünen T-Shirt und spähte in den Lauf einer AK-47, die auf ihren Kopf gerichtet war. Der Mann in der Polizeiuniform griff hinein und zog ihren Schlüssel aus dem Zündschloss.

»Raus, sofort.« Jeder Anflug von Freundlichkeit verschwand und er zog seine Pistole und richtete sie auf Sonja.

Sie machte sich fast in die Hose. Nachdem sie sich erfolgreich gegen ein Team von Attentätern gewehrt hatte, brachten sie jetzt ein paar Autodiebe zur Strecke. Sie wusste, dass die erste Regel, um eine Autoentführung zu überleben, darin bestand, zu tun, was man ihr sagte. Falls diese Männer nur gewöhnliche Diebe waren, nahmen sie vielleicht den Land Rover und liessen sie mitten im Nirgendwo zurück. Das wäre zwar erniedrigend, aber zumindest würde sie überleben. Wenn sie sie vergewaltigen wollten, würde sie es sich zur

Aufgabe machen, mindestens einen von ihnen mit blossen Händen zu töten und im Kampf zu sterben. Sie dachte an Emma und wie sehr sie sie liebte.

»Raus.«

Das ist komisch, dachte sie, als sie aus dem Land Rover stieg, *dass ich so sterben könnte, nachdem ich Jahre im Krieg überlebt habe.* »Bitte, ich habe eine Tochter. Sie hat keinen Vater. Ich werde alles tun, was Sie von mir verlangen.«

»Ruhe«, knurrte der Mann. »Durchsucht das Fahrzeug. Unter dem Fahrersitz, in der Konsolenbox. Sie hat bestimmt irgendwo eine Waffe. Oder wollen Sie vielleicht sagen, wo?«

Obwohl sie wusste, dass sie keinen Blickkontakt herstellen sollte, blickte sie zu ihm auf. Ob er annahm, dass jede weisse Frau, die allein durch Afrika reiste, eine Waffe bei sich trägt? Vielleicht, doch das wäre eher möglich, wenn das Kennzeichen des Land Rovers südafrikanisch wäre, wo anscheinend alle eine Waffe bei sich trugen. Aber dieses Fahrzeug kam aus Botswana, wo Gewaltverbrechen eher ungewöhnlich waren.

»Unter dem Fahrersitz.« Sie hatte keine Möglichkeit, an die Waffe heranzukommen.

»Hier ist sie«, sagte der Mann mit der AK-47 und steckte die Glock in seinen Hosenbund.

Der andere Polizist, der bei dem vermeintlich liegengebliebenen Bakkie gestanden hatte, liess die Motorhaube des Wagens herunter, schloss sie und ging zum Land Rover hinüber. Er nahm dem Mann mit der Pistole, der Sonja immer noch bedrohte, die Schlüssel ab, stieg in ihr Fahrzeug, startete den Motor und fuhr von der Strasse weg ins hohe Gras unter den Bäumen am Rande der gerodeten Fläche.

»Frau Kurtz«, sagte der Mann mit der Pistole.

Sie schaute, überrascht, dass er ihren Namen kannte, auf den Boden, aber bemühte sich, sich nicht zu erkennen zu geben.

»Es ist alles in Ordnung, Frau Kurtz. Wir haben nicht vor, Ihnen etwas anzutun, aber wir mussten gewisse Vorsichtsmassnahmen treffen. Wir bringen Sie zu einem Treffen mit Herrn Steele, aber wir konnten Sie nicht bis zur Grenze und weiter nach Dukwe reisen lassen, denn dafür ist keine Zeit mehr.«

Sie sah zu ihm auf. »Warum nicht, was hat sich geändert?«

Er lächelte wieder. »Das wird Ihnen Mister Steele erklären. Wir sind Freunde. Bitte vertrauen Sie uns. Wir sind ständig in grosser Gefahr durch die Polizei und die Armee, also müssen wir unsere eigenen Vorsichtsmassnahmen treffen. Ich garantiere Ihnen, dass Sie in Sicherheit sind, und bedaure alle Unannehmlichkeiten, die für Sie entstanden sind. Aber jetzt kommen Sie bitte, wir müssen gehen.«

Sie nickte.

»Ich bedaure auch, dass ich von nun an bestimmte Vorsichtsmassnahmen ergreifen muss. Wir wurden in der Vergangenheit betrogen. Ich werde Ihnen die Augen zubinden müssen. Wollen Sie auf die Toilette gehen oder etwas essen oder trinken, bevor wir fahren?«

»Nein, mir geht es gut. Kann ich meine Pistole wieder haben?«

»Wenn wir am Ziel angekommen sind. Unterwegs halten wir an, um Wasser zu holen. Wir müssen uns beeilen.«

Sie gingen zum Polizei-Bakkie und der Mann, der ihre Glock konfisziert hatte, griff ins Fahrerhaus und zog einen breiten Stoffstreifen heraus. Er hielt ihn hoch und sie nickte. Sie war nicht begeistert, dass ihr die Augen verbunden wurden, aber wenigstens war es keine Kapuze. Bevor der Lappen ihre Augen verdeckte, sah sie ein zweites Polizeifahrzeug, das tiefer in den Bäumen versteckt war. Diese Männer waren gut organisiert.

»Hier entlang, Frau Kurtz«, sagte der erste Polizist. Sie spürte, wie er ihre Hand nahm und ihr Anweisungen gab, wie sie hinten in den geschlossenen Bereich des Bakkies klettern konnte. Am Geruch von Desinfektionsmittel, Urin und Erbrochenem konnte sie erkennen, dass es sich um einen echten Polizeiwagen handelte. Als sie sich hinsetzte, stellte sie fest, dass man eine dicke Schaumstoffmatratze auf die Sitzbank gelegt hatte. Rücksichtsvoll.

Sie war müde und entschied, es sei sinnlos, die Zeit zu messen und zu überlegen, wie weit oder in welche Richtung sie fuhren. Wenn es sich bei den Männern um echte Mitglieder der CLA handelte und sie mit Martin in Kontakt standen, was der Fall zu sein schien, hatte sie nichts zu befürchten. Wenn es sich um eine Falle handelte, wäre sie bald tot. Durch die Matratze wurde ihr Kopf selbst auf der holprigen Fahrt über den gewellten Feldweg abgefedert. Sie liess sich vom Rumpeln in den Schlaf wiegen.

»Frau Kurtz.«

Sonja setzte sich kerzengerade auf und versuchte, aufzustehen, stiess sich dabei aber den Kopf an. Einen schrecklichen, angespannten Moment lang wusste sie nicht, wo sie war.

»Es ist alles in Ordnung. Wir haben angehalten. Sie können jetzt aus dem Bakkie aussteigen, Frau Kurtz.«

Auf einen Schlag war sie wach und ihr wurde bewusst, dass sie in Sicherheit war. »Kann ich dieses verdammte Ding jetzt abnehmen?«

»Natürlich. Erlauben Sie mir.«

Sie blinzelte im grellen Licht und sah, dass die Sonne hoch am Himmel stand. Sie mussten schon seit Stunden unterwegs sein, aber dem schlechten Zustand der Strasse nach zu urteilen, hatten sie wohl nicht allzu viele Kilometer zurückgelegt. Sie befanden sich am Ende einer Strasse, bei einer Ansammlung von Lehmziegel- und Strohhütten, die unbewohnt zu sein schienen. Sie sah sich um, wusste aber nicht, wo sie war. Es war nur ein einziges Polizeifahrzeug in Sicht, nämlich das, mit dem sie hierhin gekommen waren.

Der Mann, der sie angehalten hatte und von dem sie vermutete, dass er der Anführer war, hatte seine Polizeiuniform ausgezogen. Er trug jetzt ein verblichenes und fleckiges blaues T-Shirt und ein Paar zerrissene, zerfledderte Shorts. Er sprach mit den beiden anderen in Lozi. Der eine hatte ähnlich zerlumpte Kleider angezogen, während der andere noch immer seine Polizeiuniform trug. Der Uniformierte nickte, stieg in den Bakkie und fuhr rückwärts die Strasse hinauf, vollzog dann eine mühsame Dreipunktwende und fuhr davon.

»Riskant ...«, sagte sie, strich sich das Haar zurück und befestigte ihren Pferdeschwanz wieder mit dem Gummiband, »ein Polizeiauto zu stehlen.«

Der Anführer zuckte mit den Schultern und lächelte dann breit. »Wer sagt denn, dass wir es gestohlen haben? Kommen Sie.«

Sie folgte ihm durch die gespenstisch ruhige Siedlung.

»Dies war einmal ein blühendes Dorf – eigentlich meine Heimat, aber sie hat aufgehört zu existieren.«

»Warum?«

Er sprach, ohne sich nach ihr umzudrehen und als sie an einem verrosteten VW Golf vorbeikamen, liess er seinen Blick nach links und rechts schweifen. »AIDS, Armut, die namibischen Verteidigungskräfte ...«

Sie hatte schon von Geisterdörfern in Teilen Afrikas gehört – Dorfgemeinschaften, die wegen der Auswirkungen von HIV-AIDS nicht mehr existierten. In der Regel steckten sich die Männer mit der Krankheit an, oft indem sie mit Prostituierten schliefen und gaben die Krankheit dann an ihre Frauen weiter. Wenn beide Ehepartner und andere Mitglieder der Grossfamilie starben, landeten ihre Kinder möglicherweise in einem AIDS-Waisenhaus. Selbst wenn eine Mutter überlebte, war sie ohne den Ernährer der Familie zumeist gezwungen, das Dorf zu verlassen und in der nächsten Stadt Arbeit zu suchen.

Der Mann fuhr fort: »In unserem Fall war es viel mehr als nur die Krankheit. Nach dem letzten Angriff auf den Damm kamen die Polizei und die Armee in viele Dörfer und suchten nach CLA-Anhängern. Viele unserer Leute flohen über die Grenze nach Botswana und einige berichteten von Vergewaltigungen und Schlägen durch die Polizisten und Soldaten.« Sie blieben stehen und schauten sich um. »Alles, was ich will, ist, eines Tages hierher zurückzukommen und hier zu leben. Gehen wir weiter – für Sentimentalitäten haben wir keine Zeit.«

Sonja roch abgestandenes Wasser und als sie die Überreste des Dorfes hinter sich gelassen hatten, führte der Mann sie in eine Mauer aus Papyrusgras, die höher war als sie selbst. Sie befanden sich auf einem sehr schmalen Pfad und sie sah die tiefen vierzackigen Spuren eines Flusspferds. Die schwarze Erde unter ihren

Wanderstiefeln wurde immer weicher, bis sie knöcheltief durch Schlamm wateten.

»Eigentlich sollte dieses Gebiet überflutet sein und das Wasser bis in die Nähe des Dorfes reichen«, sagte er. »Früher floss das Wasser hier frei und wir konnten es trinken, aber jetzt ... Das liegt an der Dürre und der globalen Erwärmung, weiteren Problemen für uns.«

Sonja blickte zurück und sah, dass der Mann, der sie begleitete, eine AK-47, ihre Glock sowie auf dem Rücken ihren Rucksack trug. Alle paar Schritte blieb der Mann stehen, drehte sich um, lauschte und prüfte den Weg hinter ihnen.

Webervögel zwitscherten, als sie durch das Schilf schwirrten und dabei deren kunstvoll geflochtenen Nester, die wie chinesische Laternen an dünnen Ästen hingen, zum Tanzen und Schwingen brachten. Irgendwo vor ihr hörte sie ein Flusspferd grunzen. Sie war froh, dass es einmal mehr ein brütend heisser Tag war, so dass die empfindlichen Tiere kaum während des Tages zum Grasen aus dem Wasser kamen. Wenn sie auf ein wütendes Flusspferd ausserhalb des Wasser träfen, würde selbst die AK-47 sie nicht retten.

Der Anführer hielt inne und hob eine Hand, woraufhin der hintere Teil der Gruppe anhielt und ihnen Deckung gab. Sonja blieb stehen und der Mann machte sich klein und schlich nach vorne. Sonja sah das Glitzern der Sonne auf dem Wasser durch das Schilf. Er wartete einen Moment und winkte ihnen dann, ihm weiter zu folgen.

Sonja, der jetzt Schlamm und Wasser über die Stiefelspitzen liefen, watete vorwärts. Der Anführer beugte sich vor und zog an etwas. Sie gesellte sich zu ihm und sah, dass er ein langes Mokoro aus seinem Versteck im Papyrus zerrte. Solche Einbäume, die gewöhnlich aus dem Stamm eines Leberwurstbaums geschnitzt wurden, waren das traditionelle Transportmittel in den Sümpfen des Okavango-Deltas und den angrenzenden Feuchtgebieten, die auch in den Kaprivi reichten.

Der Führer hielt das Mokoro für sie fest und nickte ihr zu, sie solle einsteigen. »Ich werde vorne sitzen, dann folgen Sie und mein Kollege wird uns staken.«

Kollege, dachte sie, ein ungewöhnliches Wort für einen Kriegskameraden. Sie stieg in das schmale Kanu, hielt sich an den Seiten fest und setzte sich. »Was hast du vorher gemacht?«

Er stellte Sonjas Rucksack hinter ihr im Mokoro hin, so dass Sonja ihn als Rückenlehne benutzen konnte und watete dann zum vorderen Teil des langen, schmalen Bootes, das kaum breit genug war, um seinen recht üppigen Hintern aufzunehmen. Er überprüfte den Sicherheitsverschluss an der AK und kletterte vor Sonja hinein. »Ich war der Lehrer der Dorfschule.«

»Und jetzt?«, wollte sie wissen.

»Und jetzt bringe ich dich dahin, wo du hinmusst.«

Als der zweite Mann das Mokoro ins schlammige Wasser hinausschob und flink an Bord sprang, spürte sie, wie das Kanu zur Seite kippte und hielt sich an der Wand fest, um sich zu stützen. Der Stocherer stiess eine schmale Holzstange, die fast doppelt so lange wie er selbst war, ins Ufer und das Boot glitt schnell und wendig in den Kanal.

Schilf und Papyrus, die höher als der Stochermann waren, schirmten sie ab, während das Mokoro lautlos durch die Wasserstrasse glitt, die an ihrer breitesten Stelle nicht mehr als zwei oder drei Meter breit schien.

»Falls Sie sich Sorgen machen: Das Wasser ist für Flusspferde zu flach, um den Tag hier zu verbringen«, grinste der Anführer sie an.

»Und Krokodile?«

Er richtete seinen Blick nach vorn, rückte das Sturmgewehr auf seinem Schoss zurecht und legte seine rechte Hand um den Pistolengriff. »Ja, jede Menge.«

Sonja war in ihrer Jugend oft mit dem Mokoro gereist, wurde es aber nie leid. Für sie war es die einzig richtige Möglichkeit, sich durch die Sümpfe zu bewegen. Man war buchstäblich so nah an der Natur und dem Delta, wie es ein Mensch nur sein konnte. »Wie lange werden wir auf dem Wasser sein?«

»Zwei, vielleicht drei Stunden, je nachdem, wie stark der Mann hinter Ihnen ist.« Der Bootsmann, der sie mit einer langen Stange vorwärts stakte, lachte glucksend.

Sonja öffnete ihren Rucksack und zog den Buschhut heraus, denn von den Reisen auf den Gewässern um Xakanaxa war ihr in Erinnerung geblieben, wie leicht man auf dem Wasser einen Sonnenbrand bekam. Als Nächstes löste sie die Schnürsenkel ihres rechten Stiefels, zog die Socke aus und tauchte die Zehen ins nur wenige Zentimeter unter der Oberkante der Kanus liegende Wasser. Sie drückte das Wasser aus der Socke, wackelte mit den Zehen und liess ihren Fuss in der Sonne trocknen.

Von ihren leichten Bewegungen beunruhigt, drehte sich der Anführer um, schaute auf ihren blassen Fuss hinunter und lächelte. »Wie ein guter Soldat, ein Stiefel nach dem anderen, was?«

Die Erinnerung tauchte aus ihrem Unterbewusstsein auf. *Mein Vater hat mir das beigebracht.* Und wurde von den schönen Gedanken an lange Spaziergänge auf der Rinderfarm in Okahandja, wo sie Kudu, Impala und anderes Wild, das auf dem Grundstück lebte, aufspürten, begleitet. Manchmal schoss er etwas für den Kochtopf, aber bei anderen Gelegenheiten gingen sie einfach, um die anmutigen Antilopen zu beobachten. Wenn sie neue Schuhe trug und eine Pause einlegen wollte, um ihre schmerzenden, blasigen Füsse zu massieren, sagte er ihr, sie solle einen Stiefel nach dem anderen ausziehen, dann wieder anziehen und schnüren, bevor sie den zweiten auszog – für den Fall, dass sie plötzlich vor einer Gefahr davonlaufen müsse.

»Aber Papa«, hatte sie zu ihm gesagt, »du hast mir doch beigebracht, dass ich nicht vor Löwen oder Leoparden weglaufen soll.«

»Menschen, mein Mädchen. Nur vor bösen Menschen.«

Es war die erste, aber nicht die letzte Lektion, die sie von ihrem Vater in der Kunst des Krieges und der Buschkunst erhalten hatte. So sehr sie ihn jetzt auch verachtete, einiges von dem, was er ihr beigebracht hatte, hatte ihr das Leben gerettet.

Der Anführer richtete seinen Blick wieder nach vorne.

Um zwei Uhr nachmittags konnte sie dem Sonnenstand entnehmen, dass sie sich mehr oder weniger in Richtung Süden bewegten, was einleuchtete. Sie malte sich die Karte des Kaprivi-Streifens vor ihrem inneren Auge aus. Südlich der Schnellstrasse, der B8, befanden sich auf der östlichen Seite des Kaprivi eine Reihe von Feuchtgebieten, die dem Land im Okavango-Delta nicht unähnlich waren. Auf der namibischen Seite der Grenze befanden sich die Nationalparks von Mamili und Mudumu und deren saisonale Überschwemmungen zogen sich auf der anderen Seite der Grenze, in den Linyanti-Sümpfen von Botswana, weiter. Es war ein guter Ort, um eine Rebellenarmee zu verstecken – abgelegen, unzugänglich und wenn man kein Einheimischer war, verirrte man sich leicht.

In Dukwe, wo sie Martin treffen sollte, hatten sich viele Flüchtlinge aus der Kaprivi-Region niedergelassen. Die Stadt lag weit südlich der Grenze, mitten im trockenen Kernland von Botswana und Sonja fragte sich, ob die botswanische Regierung absichtlich einen so weit von der Grenze entfernten Ort gewählt hatte, um zu verhindern, dass die Flüchtlinge in der Nähe ihrer ehemaligen Heimat Unruhe stifteten.

Plopp, plopp, plopp.

Sonja drehte sich um und sah zum Polizisten auf. »Meine Pistole. Geben Sie sie mir!«

Der Anführer blickte über seine Schulter zurück. »Ganz ruhig, es ist alles in Ordnung und wir sind fast da.«

»Aber das war eine AK-47«, sagte sie, weil sie sich ohne ihre Pistole im Boot plötzlich nackt, verletzlich und gefangen fühlte.

»Sehr gut«, antwortete der Anführer.

Irgendwo vor ihnen ertönte ein schnellerer Schusswechsel.

»Und das?«, fragte der Anführer.

Sonja legte den Kopf schief und wartete auf die nächste Salve. »Sieben Komma sechs zwei Millimeter, schon wieder. Diesmal eine PKM, glaube ich.«

»Fast«, korrigierte sie ihr Lehrer, »gut geraten. Aber es ist eine der neuen MAG 58, die gerade angekommen sind. Wir machen heute Waffentraining. Ich selbst bevorzuge das RPD, denn es ist leichter und man kann sich damit besser bewegen.«

Sonja stimmte zu. »Das Trommelmagazin ist während eines Angriffs schneller und einfacher zu wechseln.«

Der Anführer lachte tief und laut. Je näher sie ihrem Ziel kamen, desto mehr schien er sich zu entspannen, weil er sich offensichtlich weniger Sorgen darüber machen musste, zu laut zu sein. »Ich sehe schon, wir werden viel zu besprechen haben. Vielleicht können wir ein paar Dinge von Ihnen lernen, denn wie ich gehört habe, nahmen Sie schon an einigen Schlachten teil.«

»Ja, es waren ein paar. Und Sie?«

Er schaute weiter nach vorne, aber sie konnte sehen, wie seine Schultern leicht zusammensackten. »Bei mir waren es nur zwei«, sagte er leise. »Der Überfall auf die Polizeistation in Katima Mulilo vor mehr als zehn Jahren und der Angriff auf den Staudamm. Beide gingen schief.«

Sie wollte etwas Aufmunterndes sagen, hatte aber bereits beschlossen, nichts mehr von dieser Operation wissen zu wollen. Sie war immer noch entschlossen, Corporate Solutions den Rücken zu kehren, nachdem sie Martin über ihre Erkundungen informiert hatte. Sie wollte sich nicht daran beteiligen, Krieg in ein friedliches Land zu bringen, ganz gleich, welche Ungerechtigkeiten die separatistischen Rebellen erlitten hatten.

Das Maschinengewehr feuerte weiterhin in unregelmässigen Schüben von jeweils drei bis fünf Schuss. Über und zwischen den Schüssen ertönte die noch lautere Stimme eines Mannes, der in einer lokalen Sprache schrie, die wie Lozi klang.

»Ist Munition ein Problem für Sie?«

Der Anführer schüttelte den Kopf. »Nein, wir haben reichlich Munition und Waffen. Wir könnten aber mehr Männer gebrauchen. Warum fragen Sie?«

»Das sind Maschinengewehre, die schiessen. Man muss den Männern beibringen, sie wie Maschinengewehre zu benutzen. Das ist eine Flächenwaffe, keine Popgun und sie müssen sich daran gewöhnen, zwanzig Schuss zu feuern.«

Der Anführer drehte sich um und sah sie an. Sie erkannte den Ausdruck von Überraschung auf seinem Gesicht. Offensichtlich war seine Bemerkung, eine Frau könnte ihnen etwas über den Krieg beibringen, nicht ernst gemeint.

»Aber es ist doch besser, zu sparen ...«

Die Stimme war jetzt schrill und verfiel in ein Englisch mit starkem Akzent. »Stellt das Feuer ein und hört mir zu, ihr Dummköpfe, ich sage es euch nicht noch einmal. Das ist ein Maschinengewehr. Schiesst damit wie mit einem Maschinengewehr, verdammt noch mal, nicht wie mit einer blöden Popgun!«

Nach einer kurzen Pause begann das Gewehr wieder zu feuern und knallte weiter, bis der ganze Gürtel mit siebzig, achtzig, vielleicht hundert Schuss aufgebraucht war. Sonja hörte das metallische Klirren, als sich der leere Verschlussblock in der offenen Position verriegelte.

Der Anführer sagte etwas zu ihr, aber sie hörte es nicht. Sie klammerte sich beidseits am Mokoro fest. In ihrem Kopf drehte sich alles und ihr Blut raste so stark und schnell durch die Adern, dass es in ihren Ohren rauschte.

Sie sagte sich, sie müsse sich irren, denn er konnte es unmöglich sein.

22

———

Der Bootsführer schob sie zu einem Spalt im Papyrusvorhang und als Sonja aufblickte, sah sie einen Mann in Uniform, der auf sie wartete.

»Guten Tag, Madam.«

»Gideon!«, Sie hatte ein paar Sekunden gebraucht, um ihn zu erkennen. Sein Kopf war rasiert und er trug ein gebügeltes, kurzärmliges Tarnhemd und eine Hose. Er richtete sich auf und schlurfte dann vorsichtig das schlammige Ufer hinunter, um den Bug des Mokoros, das zwischen den langen Grashalmen hindurchglitt, zu erwischen. »Wie geht es Ihnen?«

»Mir geht es gut, Madam und Ihnen? Sind Sie okay?«

»Ja, mir geht es gut.« Der Anführer stieg aus und Sonja winkte höflich ab, als Gideon ihr seine Hand reichen wollte und stieg aus dem Kanu. Es tat gut, sich mal wieder die Beine zu vertreten. Als sie Gideon in afrikanischer Manier dreimal die Hand schüttelte, sah sie, dass er wirklich gut aussah, dass das Weisse in seinen Augen klar war und sein Atem nicht mehr nach einem Sonntagmorgen in einer Kneipe roch. Gideon wechselte ein paar Worte mit dem Anführer, der sich vor Sonja verbeugte und ihr noch einmal sagte, dass er sich für die Unannehmlichkeiten entschuldige und sich wieder seinen

344

Männern anschliessen müsse. Der Bootsführer zog ihre Glock aus seiner Hose und reichte sie ihr.

»Kommen Sie, Madam«, sagte Gideon, »ich soll Sie zum ›General‹, unserem Kommandanten, bringen. Er ist in Begleitung unseres Ausbilders und Operationsoffiziers, der Sie ebenfalls kennenlernen möchte.«

Sie spürte, wie ihre Beine wacklig wurden, als ob sie unter ihr nachgeben wollten und verfluchte sich für ihre Schwäche.

Es konnte ganz einfach nicht sein.

Sie befanden sich auf einer sandigen Insel und vor ihr lag eine Gruppe ausgewachsener Mahogany- und Wurstbäume. Während Gideon sie auf einen ausgetretenen Pfad führte, der mit jedem Schritt trockener und fester wurde, machte er Smalltalk. Sie hörte eine tiefe, autoritäre Stimme, die laut in Lozi sprach.

Als sie sich dem Schatten der Bäume näherten, wich das Schilf hohem Gras. Sonja sah strohgedeckte Dächer und als das Gras immer niedriger wurde, erkannte sie, dass es sich bei den Behausungen eigentlich um offene Lapas, also Unterstände, handelte. Sie waren lang und schmal und unter den Strohdächern standen, wie in einem Buschschulzimmer, Stühle und Tische.

Gideon legte sanft eine Hand auf ihren Arm und wies sie an, zu warten. Ein Dutzend junger Männer in Tarnanzügen sassen ihnen auf der Lichtung im Schneidersitz gegenüber. Sie hatten ihre Ankunft bemerkt und die Männer konnten nicht umhin, einen Blick auf die weisse Frau zu werfen, die aus dem hohen Gras aufgetaucht war. Ein älterer, ebenfalls uniformierter Schwarzer mit dichten grauen Locken und einem schwarzen Stock unter einem Arm, wandte sich an die Auszubildenden. Seine tiefe Stimme steigerte sich zu einem Crescendo, als ob er um ihre Aufmerksamkeit buhlen müsse. Die Augen blickten pflichtbewusst zum General zurück.

Neben dem autoritätsgebietenden Kommandanten stand ein weiterer alter Mann, aber dieser war weiss. Das graue Haar war schütterer und kürzer, als sie es in Erinnerung hatte und hing fast bis zu den vom Alter ein wenig gerundeten Schultern herab. Obwohl die Beine schlaksig aussahen, waren die Waden muskulös. Mit

Ausnahme seines roten, mit dunklen Sonnenflecken gesprenkelt Kopfes war seine nackte Haut nussbraun. Er trug Jeans-Shorts, Sandalen und ein verblichenes T-Shirt mit dem Tarnmuster der alten südafrikanischen Streitkräfte.

An der Art, wie er seinen Kopf langsam hin und her bewegte, erkannte sie, dass er die Augen der jungen Rekruten beobachtete. Er musste bemerkt haben, dass etwas sie ablenkte.

Als der General seine Ansprache beendet hatte, drehte er sich zum Weissen um, der sich scharf nach rechts drehte und vor dem schwarzen General salutierte. Dieser erwiderte den Gruss, drehte sich um und ging davon.

»Hinlegen!«, befahl der weisse Mann.

Es gab keine Zweifel mehr. Seine Stimme aus der Nähe zu hören, bestätigte nur ihre schlimmste Befürchtung und am liebsten hätte sie sich umgedreht und wäre weggerannt.

»Steht auf, ihr nutzloses Pack von Bastarden!« Die Rekruten rappelten sich auf und hörten zu. »Aaachtung, wegtreten.«

Er wandte sich von den Truppen ab, die sich auf der Lichtung tummelten und miteinander redeten und kam auf sie zu.

Er lächelte und sie betrachtete währenddessen sein Gesicht. Er trug eine randlose Brille und sein Bart war lang und weiss. Um den Mund hatte er ein paar gelbe Tabakflecken, die zur Farbe seiner Zähne passten, als sich sein Mund zu einem breiten, von tiefen Falten umrahmten Grinsen verzog. Er breitete die Arme aus, als er den Abstand zwischen ihnen verringerte.

»Hallo, mein Mädchen. Es ist lange her.«

Sie wandte sich von ihm ab und verspürte erneut den Drang, vor seiner Berührung zu fliehen.

»Sonja, warte, lass uns …«

Sie überlegte es sich anders und wandte sich ihm wieder zu. Sie setzte ihr ganzes Gewicht ein und schlug ihm die Faust in die linke Seite des Kiefers.

Er taumelte und streckte die rechte Hand aus, um sich zu stützen, erholte sich aber vom Schlag und richtete sich wieder auf. Er bewegte seinen Kiefer von einer Seite zur anderen und legte seine

Finger sanft gegen die linke Gesichtshälfte.

Die Soldaten hinter ihm hörten auf zu plaudern und ein paar von ihnen wagten sogar, zu lachen. »Schweigt, ihr Bastarde!«

Er sah sie nicht an, doch sein Gesichtsausdruck reichte, um die Truppe zum Schweigen zu bringen und zu zerstreuen. Er starrte Sonja an.

»Hallo, Papa.« Sie drehte sich auf dem Fuss um und ging von ihm weg, in Richtung eines braunen Armeezelts, in dem der General gerade verschwunden war.

»Sonja?«

Sie ignorierte ihn.

Sie öffnete die Klappe des Zeltes und ein Soldat, der an einem ausklappbaren Tisch sass, auf dem ein Funkgerät stand, erhob sich. »Hey!«, Er griff nach der Pistole im Holster an seinem Gürtel.

»Ganz ruhig, Mishak. Wir erwarten diese Frau«, sagte der ältere Mann.

»Ich nehme an, Sie haben hier das Sagen«, sagte sie ohne Begrüssung zu dem Mann.

»Ja, das ist so. Mishak, lass uns allein.« Der junge Soldat sah Sonja an, schloss die Klappe seines Holsters und ging hinaus.

»Und Sie, Frau Kurtz, wenn Sie gekommen sind, um in der Kaprivi-Befreiungsarmee zu dienen, in welcher Funktion auch immer, dann sprechen Sie mich bitte mit ›Sir‹ an.«

Als er gesagt hatte, dass ›wir‹ sie erwarteten, hatte sie geglaubt, der General beziehe es auf seine gesamte Truppe. Jetzt erkannte sie, dass er das königliche ›wir‹ für sich allein benützt hatte. Kein guter erster Eindruck. »Ich bin nicht gekommen, um irgendjemandem oder irgendetwas zu dienen. Ich war auf dem Weg zu meinem Auftraggeber, Martin Steele, als Ihre Männer mich entführten.«

»Entführten?« Er setzte sich hinter einen weiteren Klappschreibtisch und bedeutete ihr, in einem mit Segeltuch bespannten Regiesessel Platz zu nehmen.

Sie schüttelte den Kopf. »Ich habe nicht vor, lange zu bleiben. Wo ist Steele?«

»Major Steele ist jetzt auf dem Weg hierher. Respekt vor dem Rang ist wichtig, Frau Kurtz. Wir haben nicht den Befehl gegeben, Sie zu entführen, Frau Kurtz, sondern Sie zu beschützen.«

»Wovor?«

»Sie waren in der Nähe von Divundu in ein Feuergefecht mit drei Männern verwickelt, die Sie töten wollten. Danach wurden Sie von zwei Männern in einem Nissan Patrol den ganzen Kaprivi-Streifen entlang verfolgt.

Das war neu für sie. Die Strasse war ziemlich leer und sie war sich sicher, dass sie einen Verfolger gesehen hätte. »Woher wissen Sie das alles?«

»Der Kaprivi ist unser Heimatland, Frau Kurtz. Wir haben dort überall Augen und Ohren und es passiert nichts, wovon wir nicht wissen.«

Sonja fragte sich, wie ›unsere‹ Truppen dann in einen Hinterhalt auf der Baustelle des Staudamms geraten konnten, bei dem zahlreiche Soldaten des Generals getötet, verwundet oder gefangen genommen wurden, aber sie widerstand dem Drang, den Widerhaken zu setzen.

»Man sagte uns«, fuhr er fort, »dass Sie ein Profi seien, Frau Kurtz, von dem wir lernen könnten. Ich persönlich bezweifle, dass unsere Männer viel von den Erfahrungen einer so jungen Frau lernen können, aber Major Steele überzeugte uns. Ich frage mich allerdings, ob Sie uns Schwierigkeiten machen werden.«

Sie hatte es nicht nötig, sich von diesem Idi Amin beschimpfen zu lassen, machte sich aber gleichzeitig Sorgen darüber, ob sie tatsächlich verfolgt worden war. »Wer hat mich verfolgt?«

»Das«, er griff in die Tasche seines gestärkten Tarnhemds und holte ein Päckchen Zigaretten heraus, »werden wir bald wissen, Frau Kurtz.«

Sie hörte Schritte hinter sich und drehte sich um. Ihr Vater stand am Eingang des Kommandozeltes. Er schritt über die Schwelle und salutierte. Der General sass aufrecht, die Fäuste auf seiner Tischplatte geballt. »Treten Sie ein, Major Kurtz.«

»Vielen Dank, Sir.«

Sonja verdrehte die Augen über diese Parodie militärischer Disziplin.

»Ich bitte den General um Verzeihung, Sir ...«

»Ah, Sie wollen Zeit mit Ihrer Tochter verbringen. Ich verstehe, Herr Major. Bitte tun Sie das, und informieren Sie uns über ihre Absichten, wenn es Ihnen passt.«

Sonja drehte sich um und ging an ihrem Vater vorbei, ohne sich die Mühe zu machen, den Napoleon-Komplex des Generals noch weiter zu fördern.

»Sonja ...warte.«

Sie schritt über die Lichtung und suchte nach dem Mann, der sie hierher gebracht hatte, oder nach Gideon ... Einfach nach jemandem, der sie aus diesem Ort des Wahnsinns herausbringen konnte. Dann spürte sie seine kühle, raue Hand auf ihrem Arm. Sie legte ihre Hand auf den Griff der Glock, die aus ihrer Hose ragte.

Er starrte sie mit offenem Mund an und blinzelte. »Du würdest eine Waffe gegen deinen Vater erheben?«

»Um zu verhindern, dass du mich oder eine andere Frau noch einmal schlägst. Ja.«

Er blickte auf den Boden. »Darüber wollte ich mit dir reden. Schon so lange. Ich habe mich geändert, Sonja.«

Sie drehte sich wieder um und begann wegzugehen, als eine afrikanische Frau, auf deren Kopf sich eine kunstvoll geflochtene Zöpfchenfrisur auftürmte, auf sie zusteuerte. Sie ging dabei vorsichtig um die Reihe der MAG 58-Maschinengewehre herum, die auf Zweibeinstützen auf dem Boden ruhten. Sie trug ein Kleinkind auf den Armen, einen kleinen Jungen, dessen Haut um einige Nuancen heller war als ihre. Die Frau trat neben Sonja und schaute sie an.

»Willst du nicht wenigstens deinem Halbbruder Hallo sagen?«

Sonja blieb stehen und schaute zurück. Die Frau mit dem Kind hatte sich an die Seite ihres Vaters begeben und Hans Kurtz legte seinen Arm um sie.

Sonja war sprachlos.

Ihr Vater nahm den kleinen Jungen aus den Armen seiner Mutter und küsste ihn. »Hallo, mein Junge.« Er setzte das Kind ab. »Das ist deine grosse Schwester Sonja, Frederick. Sag ihr Hallo.«

Sie öffnete den Mund, um zu sprechen, konnte aber kein Wort sagen. Es war, als ob sie stumm geworden wäre. Es gab so viel zu sagen, aber vor einer Sekunde war sie noch froh gewesen, es ungesagt zu lassen und für immer von ihm wegzugehen.

Die Frau ging auf sie zu und reichte ihr die Hand. »Hallo, Sonja. Mein Name ist Miriam. Dein Vater hat mir viel von dir erzählt.«

Sonja sah auf die Hand der Frau hinunter, nahm sie aber nicht. Bei afrikanischen Frauen fiel es ihr schwer, das Alter zu schätzen, aber sie dachte, diese Miriam sei nicht älter als sie – vielleicht sogar ein paar Jahre jünger. Miriam liess ihren Arm sinken und verschränkte die Hände vor sich. »Ich verstehe ...« begann sie.

»Du verstehst gar nichts.« Sonja starrte ihren Vater an, ohne die Frau zu beachten und dachte an die verlorenen Jahre, in denen er sich aus ihrem Leben getrunken hatte. Sie dachte an die vergeudete Zeit, die sie bei ihm verbracht hatte, während ihre Mutter, die genau wusste, weshalb, in Grossbritannien geblieben war. Sie erinnerte sich an das beissende Stechen seiner Handfläche in ihrem Gesicht und wie sie sich geschworen hatte, dass kein Mann sie jemals wieder schlagen würde.

Etwas streifte ihr Bein und sie sah hinunter. Es war das Kind. Es hatte sich unbemerkt zwischen Sonja und seine Mutter geschoben. Der Junge griff nach oben und tätschelte sie am Oberschenkel, wo der klebrige Verband die fast verheilte Wunde bedeckte.

»Autsch«, sagte der kleine Junge.

Sie starrte auf sein aufgewecktes, kaffeefarbiges Gesicht hinunter.

»Dein Vater hat mir von den schlimmen Dingen erzählt, die er dir und deiner Mutter angetan hat, Sonja«, sagte Miriam leise, während Sonja in die grossen grünen Augen des kleinen Jungen sah. »Er hat mir von seinem Alkoholkonsum erzählt und von der Gewalt gegen dich. Er trinkt keinen Alkohol mehr.«

Sie riss ihren Blick von dem Kind los und sah den ausgezehrten

Mann mit dem buschigen weissen Bart an. Er war so klug, nichts zu sagen, sondern nickte nur.

»Und er hat noch nie die Hand gegen mich erhoben.«

»Nein«, gab Sonja wütend zurück, »nur gegen meine Mutter und mich.«

»Und ich habe gesehen und gehört, wie oft er für diese Taten um Vergebung gebetet hat.«

Sie konnte sich nicht erinnern, dass ihr Vater ausser zu Beerdigungen jemals einen Fuss in eine Kirche gesetzt hatte. Und als sie ihn ansah und versuchte, zu sehen wie er früher war, hörte sie die zahllosen, sich wiederholenden, abschätzigen Worte, die er für Schwarze gehabt hatte. Kaffer, Waschbär, Holzkopf, Munt, Nigger ... und so viele mehr. Die rassistischen Witze; die Art und Weise, wie er sich über seine Farmarbeiter lustig machte, ohne dass sie es merkten. Ausserdem all die Dinge, die er den Terroristen, die in seiner Abwesenheit die Farm überfallen hatten, androhte, als er dachte, sie sei ausser Hörweite.

Und es waren keine leeren Drohungen gewesen, sondern er hatte es getan.

Sie hatte im Irak einen weissen Namibier kennengelernt, einen Ex-Koevoet-Mann, der dort als Auftragnehmer arbeitete. Er hatte ihr erzählt, er habe mit ihrem Vater zusammen gedient und war voll des Lobes für den alten Säufer. »Weisst du, dass wir die Terroristen gefangen haben, die eure Farm überfallen und versucht haben, dich und deine Mutter zu töten?«, hatte der Mann sie gefragt.

Sie hatte es nicht gewusst. Doch noch jetzt hörte sie seine bewundernden Worte. »Es war etwa ein Jahr später, nachdem dein Vater zu uns, zu den Koevoet versetzt worden war. Unsere Buschmann-Spurensucher führten uns zu einem SWAPO-Lager. Vier von ihnen schlitzten wir auf und einen nahmen wir lebendig mit. Dein Vater beschloss, ihn zu verhören, vor Ort, wenn du verstehst, was ich meine.«

Sie konnte es sich vorstellen.

»Dein Vater fand also heraus, wo diese Bande operierte und so weiter und es zeigte sich, dass dieser Terrorist beim Überfall auf eure

Farm dabei war. Dieser junge Kerl war voller Bosheit. Ein richtig grobes Stück Arbeit. Als dein Papa ihn fragte, warum es Männer brauche, um wehrlose Frauen und Kinder zu töten, erzählte er, du habest, als du noch ein kleines Mädchen gewesen seist, einen seiner Kameraden beleidigt. Er sagte, du seist kaum wehrlos gewesen. Dein alter Herr lächelte darüber und wir haben uns ein bisschen amüsiert. Dann wurde der Kerl wieder gemein und sagte: »Aber weisser Mann, wir wurden nicht nur hingeschickt, um sie zu töten, sondern auch, um sie vorher zu vergewaltigen.« Da hat ihn dein Vater zu Tode geprügelt. Es dauerte lange.«

Miriam legte ihr sanft eine Hand auf den Arm und unterbrach damit ihre Gedanken. »Dein Vater hat mir auch erzählt, was er im Krieg getan hat, und bittet auch für all das um Vergebung.«

»Hallo«, sagte der kleine Junge zu ihren Füssen. Er schien verärgert darüber, dass er nicht am Gespräch beteiligt wurde.

Sonja legte eine Hand auf sein flaumiges Haar. Es war weich. Sie fuhr mit den Fingern hindurch. »Hallo.« Er lächelte zu ihr hoch und sie nahm ihre Hand weg.

Und wenn schon? Er hatte Gott gefunden und sich in eine schwarze Frau verliebt. Aber er hatte sie und ihre Mutter missbraucht und verletzt und sie aus seinem Leben und aus Afrika vertrieben. Welches Recht hatte er, von ihr zu erwarten, dass sie ihn jetzt zurück in ihr Leben lassen und ihm alles vergeben solle?

»Steele hat mir erzählt, dass du eine Tochter hast«, sagte ihr Vater.

Sie riss den Kopf herum. »Das geht dich nichts an.«

Er zuckte mit den Schultern. »Nein, aber es interessiert mich. Und wie geht es deiner Mutter?«

Das war einfacher, denn darauf gab es eine klare Antwort. »Sie ist tot. Aber was kümmert dich das?«

»Sonja, bitte ... sprich nicht so. Es tut mir leid um deine ...«

»Sag mir nicht, wie ich reden soll. Es ist mir egal, ob du dein Leben geändert hast. Aber du hast unser Leben an die Wand gefahren. Ich wünsche dir alles Gute für deinen zweiten Versuch«, fügte sie hinzu und machte sich nicht die Mühe, ihren Sarkasmus zu verbergen, »auch wenn Mama und ich nie eine zweite Chance bekommen haben.«

Obwohl sie nicht wusste wohin, ging Sonja von ihnen weg. Sie sah das Mokoro, mit dem sie gekommen waren und ging darauf zu. Etwas anderes, das der alte Mann gerade gesagt hatte, kam ihr wieder in den Sinn. ›Steele sagte mir, dass du eine Tochter hast‹. Wie lange, fragte sie sich, wusste Martin Steele schon, dass ihr Vater dieser Rebellenbande angehörte? Dieser manipulative Mistkerl suchte immer nach Möglichkeiten, ihr Leben zu kontrollieren. Er wusste, dass sie sich geweigert hätte, irgendetwas mit der ›Befreiungsarmee für Kaprivi‹ zu tun zu haben, wenn sie gewusst hätte, dass ihr Vater bei dieser diente. Sie stellte sich seine Schadenfreude vor. Er nahm bestimmt an, jetzt gäbe es eine tränenreiche Versöhnung mit dem alten Killer, der zu Gott gefunden hatte und ein Liebhaber der Schwarzen geworden war. Nun, diese Kumbaya-Regenbogennation-Scheisse funktionierte bei ihr nicht.

Hans folgte ihr. »Ich habe oft versucht, deine Mutter zu erreichen. Sie hat keinen einzigen Brief beantwortet.«

»War das vor oder nachdem du deine neue Freundin gefunden hast?«, fragte sie, ohne sich umzudrehen.

»Komm, Frederick«, sagte Miriam leise, nahm den verwirrten kleinen Jungen an der Hand und führte ihn weg. Sonja hatte gehofft, dass sie aufstehen würde. Sie fragte sich, wo und wie sein Vater sie kennengelernt hatte. War er als Trinker in afrikanischen Shebeens, den Bars der Schwarzen, gelandet?

»Schade«, hatte ihr der Ex-Koevoet-Mann in Bagdad gesagt, »ein ehemaliger Armeekumpel von mir, der heute als Berufsjäger in Botswana arbeitet, hat mir erzählt, er habe deinen Vater vor ein paar Jahren auf den Strassen von Maun betteln gesehen. Schrecklich, wenn ein weisser Mann das tun muss, nicht wahr?«

Ja, es war schlimm, wenn irgendjemand – ob schwarz oder weiss – so etwas tun musste. Aber die Nachricht hatte ihren Hass gegenüber Hans damals genauso wenig erweicht, wie seine angebliche Verwandlung es jetzt tat.

Sonja hatte den Anstand, zu warten, bis Miriam ausser Hörweite war, bevor sie das Schweigen brach. »Wann hast du entschieden, dass auch ein lebendiger Schwarzer ein guter Schwarzer sein kann?«

Er schüttelte den Kopf, führte die Hände zusammen und verschränkte die Finger ineinander, als wolle er zu beten anfangen. Stattdessen begann er, seine Hände zu ringen. »Wir ... Ich. Sonja, ich war während des Krieges für so viel Böses verantwortlich. Ich musste damit leben – muss es immer noch – aber ich hätte viel früher Hilfe suchen sollen. Du und deine Mutter mussten mit mir im Krieg bleiben, denn ich habe ihn in meinen Gedanken und Träumen jeden Tag und jede Nacht erneut durchlebt. Ich dachte, der Alkohol liesse es verschwinden, aber wie du weisst, hat er alles noch schlimmer gemacht.«

Sie nickte. Aber ihre Mutter war nicht dumm gewesen und wusste, dass es die Gespenster aus den Kriegstagen waren, die ihn quälten und zur Flasche trieben. Sie hatte ihren Mann angefleht, zu den Anonymen Alkoholikern oder zu einem Arzt oder Psychiater zu gehen, aber er hatte ihre Bedenken wie eine leere Flasche beiseitegeschoben.

»Nachdem du und deine Mutter gegangen wart und ich den Job in Xakanaxa verloren hatte, versuchte ich, mich zusammenzureissen. Ich wollte für dich da sein, aber wenn die Träume kamen, tröstete mich immer die Flasche. Ich hatte noch ein paar weitere Jobs: als Fremdenführer und in Maun in einer Transportfirma, aber dort habe ich, als ich betrunken war, den Land Cruiser der Firma zu Schrott gefahren. Danach wollte mich niemand mehr einstellen. In der Sports Bar wurde mir kein Alkohol mehr serviert und ebenso wenig bei Trackers. Dort war ich in Schlägereien verwickelt und bekam Hausverbot. Schliesslich trank ich in den Shebeens.«

Es war ein schwacher Trost für Sonja, zu hören, dass sie seinen Untergang erahnt hatte. »Hast du Miriam dort kennengelernt?«

Seine Augen funkelten. Es war unheimlich, denn es war, als ob sie in ihre eigenen Augen blicken würde. »Sag über mich, was du willst«, zischte er, »aber sie ist eine gute Frau aus einer guten, aufrechten Familie. Wenn du es wissen willst: Ihr Vater war Methodistenpastor. Als er mich eines Sonntagmorgens auf dem Weg zur

Kirche in Maun zusammengeschlagen vor einer Bar in der Gosse liegen fand, nahm er mich auf. Trotz des Alkohols und meiner Schmerzen erinnere ich mich daran, dass an diesem Morgen mindestens drei Gruppen von Weissen an mir vorbeifuhren. Ich beschimpfte sie genauso wie Miriams Vater, als er für mich anhielt. Als er mich in sein Auto lud und mich fragte, ob ich Essen bräuchte, sagte ich ihm, er solle seine schmutzigen, dreckigen Kafferhände von mir lassen. Dieser Mann ... dieser Mann ...«

Sonja wandte den Blick ab, als sie sah, dass ihm Tränen in die Augen stiegen, die er wütend mit dem Handrücken wegwischte. Er machte einen weiteren Schritt auf sie zu und sie machte einen zurück.

»Er sperrte mich in eine Garage – eher einen Käfig – hinter seinem Haus in Maun und hielt mich dort fest, bis ich trocken war. Miriam brachte mir Essen, wusch und säuberte mich, während die Dämonen versuchten, mich in diesem verdammten Raum zu töten. Glaub mir, Sonja, durch diese Hölle willst du nie gehen. Sie sind Lozi, aus dem Kaprivi und wir haben viel über die Vergangenheit gesprochen und darüber, was mit unseren Stämmen geschehen ist.«

»Stämme?«

Er nickte. »Es dreht sich alles um Stammesdenken, Sonja. Er, der Pastor, hat mir geholfen, das zu erkennen. Es ging nicht um Schwarz oder Weiss. Er half mir zu verstehen, dass wir in gewisser Weise nie verstehen oder erklären können, warum ein Stamm einen anderen so schlecht behandelt. Er sagte, die Lozi seien von den Ovambo genauso hereingelegt worden, wie die Buren und die Deutschen im Südwesten früher von den Briten. Jedenfalls berichtete er mir über die Politik des Kaprivi-Streifens und darüber, dass die CLA und die UDP mit der SWAPO und Sam Nujoma ein Abkommen geschlossen hatten. Dieses garantierte den Menschen im Kaprivi, nach der Unabhängigkeit über die Selbstverwaltung abstimmen zu können.«

Er redete lebhaft, wie ein wiedergeborener Christ, der das Bedürfnis hat, jeden abgefallenen Gläubigen, dem er begegnet, zu bekehren. »Ich habe es damals gesehen, Sonja. Wir – die weissen Siedler in Namibia«, sie hatte ihn das Land in der Vergangenheit nie anders als ›Südwestafrika‹ nennen hören, »hatten die Macht. Aber wir missbrauchten sie und vermasselten alles. Wir hatten uns den Krieg selbst zuzuschreiben, weil die Südafrikaner uns ihr Apartheidregime aufgezwungen haben. Wir wurden verarscht und haben verloren. Aber die Lozi – die Menschen im Kaprivi – hatten vor dem Kampf nichts. Sie haben nichts aus dem Kampf gewonnen und werden bis heute für dumm verkauft.«

»Das habe ich alles schon gehört.« Sie wollte sich auf keinerlei Debatten mit ihm einlassen, sondern einfach nur weg von diesem Ort.

»Miriams Vater war ein Mann des Friedens und gegen militärische Aktionen zur Rückeroberung des Kaprivi-Streifens, aber sie stand heimlich in Kontakt mit der CLA. Sie wusste von meiner Herkunft und erzählte mir, Gott habe mich zu ihrem Volk gesandt, um die CLA für den Krieg zu trainieren.«

»Weisst du, wie falsch das klingt? Was bist du jetzt, Gottes Werkzeug? Sein Schild und sein Schwert?«

Er wedelte mit der Hand vor seinem Gesicht. »Ich habe nicht gesagt, dass ich daran glaube, Sonja, aber ich wusste, dass es nur eine Sache gibt, in der ich jemals in meinem Leben gut war. In der Landwirtschaft war ich eine Niete – wir waren fast pleite, bevor wir weggezogen sind. Als Lodge-Manager und Safari-Guide war ich unfähig – ich habe die Einnahmen versoffen und vor allem die Kunden gehasst. Die einzige Zeit, in der ich jemals in irgendetwas gut war, war beim Militär und in Koevoet.«

»Ich gehe jetzt.«

Sie wollte sich umdrehen, spürte aber seine Hand auf ihrem Arm. Sie zuckte mit den Schultern, ohne ihn anzusehen.

»Du weisst, was ich meine, nicht wahr, Sonja?«

Sie schüttelte den Kopf und wollte ihm nicht in die Augen sehen.

»Sieh mich an.«

Sie weigerte sich.

»Steele erzählte mir von deiner Zeit in der britischen Armee, in Nordirland. Von Sierra Leone, Indonesien, Irak ... Afghanistan.«

»Nein.«

»Doch. Welche Ironie steckt nur in diesem blöden Leben, das sich aus meiner Unfähigkeit für uns ergeben hat? Hätte ich nicht so viele Jahre auf den Boden von Whiskyflaschen geschaut, hätte ich wahrscheinlich mit dir oder an deiner Seite an all diesen Orten gearbeitet.«

»Nein.«

»Doch. Sieh mich an, Mädchen, wenn ich mit dir rede.«

Sie drehte sich um und starrte ihn an. »An dem Tag, als du mich ins Gesicht schlugst, hast du das Recht, mir zu sagen, was ich zu tun habe, aufgegeben. Ich kam damals deinetwegen zurück, weil ich wusste, dass du wegen des Krieges Probleme hattest. Ich liess meine Mutter in England zurück, um dir zu helfen. Du aber danktest es mir, indem du mich ›eine verdammte Schlampe‹ nanntest und mich schlugst. Geh doch zurück zu deiner Freiheitskämpferin, zu deiner Mission und zu deinem Kind. Und wage es nicht, zu behaupten, dass du irgendetwas mit mir gemeinsam hast, verdammt noch mal.«

Er fuhr sich mit der Zunge über die Lippen. »Nein, Sonja«, sagte er leise. »Ich habe nichts mit dir gemeinsam, ausser der Tatsache, dass ich dir die Fähigkeit vererbt habe, gut zu schiessen und zu töten. Um ehrlich zu sein, bin ich froh, dass ich damals zu betrunken und zu dumm war, um als Söldner zu arbeiten, denn das wäre falsch gewesen.«

Sie lehnte sich zurück, weg von ihm, als wolle sie ihr Sichtfeld neu einstellen, um ein klareres Bild von seinem Gesicht zu bekommen. »Falsch?«

»Ja, falsch. Ich weiss, dass es dir egal ist, was ich dir sage und du liegst hundertprozentig richtig, dass ich mein Recht, dir väterliche Ratschläge zu geben, schon vor langer Zeit verwirkt habe. Aber lass mich dir zwei Dinge sagen, bevor du diesen Ort verlässt. Erstens: Ich liebe dich, Sonja ...«

»Stopp.« Sie hob eine Hand. »Das ist mir egal.«

Er packte ihr Handgelenk, aber keineswegs schmerzhaft. »Ich liebe dich, Sonja und das schon seit dem Tag deiner Geburt. Das Zweite, was ich dir sagen will, ist, dass du dieses Leben aufgeben solltest. Es spielt keine Rolle, was du sonst tust oder ob du in deinem

Leben zu nichts anderem taugst, aber du kannst nicht von einem Mann wie Martin Steele Geld nehmen, um die Kriege anderer Leute zu führen.«

Sie lachte, denn dass dieser Mann sie über Moral belehrte, war wirklich absurd.

Er liess sie los und hob die Hände in einer beruhigenden Geste. »Du wirst dafür bezahlt, in einem friedlichen afrikanischen Land gegen eine demokratisch gewählte Regierung einen Krieg zu führen und ein lebenswichtiges Stück Infrastruktur zu zerstören, das Hunderttausende von Menschen mit Wasser und Strom versorgen wird. Was du tust, ist kriminell und falsch, Sonja.«

»Ich ...«. Sie suchte nach Worten, aber wieder stahl er sie ihr und sie hasste ihn dafür. Sie war kein Kind mehr. »Was glaubst du denn, was du da tust?«, fragte Sonja.

»Ich helfe einem Volk – meinem Volk, wie sich jetzt herausstellt, ein Stück Land zurückzuerobern, das seit Generationen in seiner Obhut ist. Die Lozi haben nichts mit den Ovambo oder den übrigen Völkern Namibias gemein. Bevor die Weissen in diesen Teil Afrikas kamen, nach Linyanti, waren sie ein stolzes, unabhängiges Volk. Ethnisch, linguistisch und kulturell sind sie eine eigene Nation und verdienen es auch, wieder eine zu werden.«

»Pah!«

»Spotte nicht. Dieses Volk hat mich aufgenommen, als mein eigenes mich im Stich gelassen hatte. Ich bin jetzt einer von ihnen.« Er ergriff erneut ihren Arm. »Das ist meine Chance, die Dinge zu korrigieren, Sonja. Du gehörst nicht hierher und ehrlich gesagt, brauchen wir jetzt, wo wir mit dem Geld der Lodgebesitzer im Delta die Waffen und die Luftunterstützung bezahlen können, hier keine weissen Söldner mehr, die uns sagen, was wir zu tun und wie wir zu kämpfen haben.«

Seine Augen brannten mit der sengenden, weissglühenden Intensität und Zerstörungswut eines Eiferers oder eines Wahnsinnigen.

Nein, sagte sie sich, als er dastand, sie immer noch festhielt und seine Worte auf sich wirken liess. *Kein Verrückter, nur ein Gläubiger.*

Sie wusste, was schlimmer war – sie hatte die verkohlten Überreste der Arbeit von Verrückten in den Strassen von Bagdad gesehen.

»Du kämpfst für Geld, Sonja und das ist kein ausreichender Grund, um dafür zu töten oder dein Leben oder das Glück deines Kindes zu riskieren. Geh zu deiner Tochter, Sonja. Verlass diesen Ort sofort. Steele und die Leute, die für ihn arbeiten, sind wie Hyänen, die sich von Toten ernähren und davon fett werden.«

Gott, sie war mit einem Mal so verwirrt. Sie war auf dem Weg zum Mokoro gewesen, um ihre Sachen zu holen und von diesem Sumpf weg zu paddeln und nun hatte sie der Mann, den sie so viele Jahre lang verachtet hatte, gerade mit einer Hyäne verglichen. Sie schüttelte den Kopf und lächelte fast über seinen Vergleich. Hyänen waren nicht nur Aasfresser, sondern auch gnadenlos effiziente Jäger und Killer, bei denen die Weibchen den Clan beherrschten.

»Sonja«, sagte er und sah ihr tief in die Augen, »das ist keine Übung in Umkehrpsychologie, bei der ich dir sage, dass du gehen sollst, weil deine Arbeit falsch sei, um dich dazu zu bringen, zu bleiben und etwas zu beweisen. Ich kenne dich; du bist stur wie deine Mutter und wenn dir jemand sagt, dass du etwas nicht tun sollst, willst du es umso mehr tun.«

Verdammt soll er sein, dachte sie.

»Da ist noch etwas anderes.« Nun sprach er mit leiser Stimme. »Der General mag Steele und er mag die Vorstellung, dass professionelle, bezahlte Soldaten seine Männer trainieren und mit ihnen in die Schlacht ziehen. Das ist ein Teil des Grundes, warum ich hier bin. Aber der General ist verrückt.«

Sonja schnaubte.

Er rückte näher an sie heran. »Ich bin nicht verrückt, auch wenn du das vielleicht denkst. Aber wir brauchen hier nicht noch mehr Söldner. Der Leiter des Okavango Delta Defence Committee, Bernard Trench, finanziert uns seit Monaten, aber ich brauche Steele nicht, um mir zu sagen, wie man im Kaprivi gewinnt.«

»Nun, es sieht so aus, als hättet ihr ihn sowieso am Hals. Trench mag euren Plan für einen Regimewechsel unterstützen, aber was er und seinesgleichen wirklich wollen, ist die Zerstörung des Staudamms.«

Hans nickte. »Ja, ich weiss. Anscheinend stellt Steele ein Team von Spezialisten bereit, um den Damm zu sprengen. Wir wurden beauftragt, für sie einen verdeckten Transport zum Damm zu organisieren. Der Rest von uns wird ... nun, wir haben andere Ziele im Sinn.«

Sie respektierte die Tatsache, dass er ihr sicherheitshalber nicht sagte, welche Ziele das waren. Aus Steeles Operationskonzept, das er den Safarilodge-Besitzern vorgelegt hatte, wusste sie jedoch, dass die CLA versuchen sollte, Katima Mulilo einzunehmen und wahrscheinlich auch die militärische und zivile Landebahn von M'pacha, einem alten südafrikanischen Militärflugplatz in der Nähe der Provinzhauptstadt.

»Dieses Team wäre ich«, sagte Sonja.

»Wie meinst du das?«

»Ich bin das ›Spezialistenteam‹.«

»Jesses!«, entfuhr es Hans und er fuhr sich mit der knochigen Hand durch sein schütteres Haar. »Wie viel bekommst du denn dafür bezahlt?«

Sie lächelte über seinen Tonfall und wurde wieder ernst. Es gefiel ihr nicht, dass das Gespräch zu genau dem geworden war – zu einem Gespräch. Sie hatten ihre Konfrontation gehabt und jetzt sprachen sie wie zwei Berufssoldaten über das Für und Wider der Pläne, die sie entweder selbst gemacht hatten oder die ihnen von ihren Vorgesetzten aufgezwungen worden waren. Das war falsch, sagte sie sich. Sie waren keine Armeekameraden und was sie betraf, waren sie auch nicht mehr Vater und Tochter.

»Ich bekomme genug Geld, um sicherzustellen, dass meine Tochter und ich den Rest unseres Lebens in Frieden und Anonymität verbringen können.«

Er nahm seine Brille ab und rieb sich die Augen. »Geld wird dir keinen Frieden bringen, Sonja, genauso wenig wie Liebe oder Glück. Geh jetzt und fang mit deinem Kind ein neues Leben an.«

Er machte es ihr leicht, wütend auf ihn zu bleiben. »Sag mir nicht, was ich tun soll. Du hast dieses Recht verwirkt, erinnerst du dich?«

Er nickte und setzte seine Brille wieder auf. »Aber mach dir nicht vor, dass das, was Steele tut, richtig ist, weil es sich angeblich um einen Schlag zugunsten der Umwelt handelt. Geld ist das Einzige, was für diesen Mann zählt. Ich persönlich bin der Meinung, dass wir den Damm unversehrt einnehmen und ihn zusammen mit dem restlichen Kaprivi-Streifen halten sollten. Wenn wir den Kaprivi lange genug halten können, um mit der namibischen Regierung zu verhandeln, können wir den Damm und das Wasserkraftwerk als Druckmittel einsetzen.«

»Aber Steeles Vertrag basiert darauf, dass der Damm zerstört wird. Er benutzt eure Befreiungsbewegung nur dazu, die notwendigen Arbeitskräfte zu beschaffen, die die Operation zum Erfolg führen können.«

Hans zog die letzte Zigarette heraus und untersuchte sie. Sie war kaputt. Er sah enttäuscht aus. »Er benutzt uns eher als Ablenkung. Er hofft, dass die NDF im Chaos versinkt, wenn wir Katima Mulilo angreifen und versucht, die Garnison dort zu verstärken. Dadurch wird es für sein ›Spezialistenteam‹ möglich, den Damm zu infiltrieren und zu sprengen. Das ist der Preis, den wir für die Waffen, die Munition und die Luftunterstützung, die er liefert, zahlen müssen.« Er drehte die Zigarette zusammen und warf sie weg. »Du solltest gehen, Sonja. Das ist der letzte Streich der CLA und er wird blutig. Es wird Tote geben und ich will nicht, dass diese Enkelin, die ich nicht kennenlernte, ohne Mutter dasteht.«

Sie war immer noch wütend auf ihn und seine Sorge um ihr Wohlergehen. Sie sah, dass die Farbe seiner zitternden Finger zum Bart rund um seinen Mund passte und überlegte sich, dass Nikotin die einzige Droge war, die ihm geblieben war. Sonja zog die Zigaretten aus ihrer Hose und bot ihm die Schachtel an.

Seine Augen leuchteten auf. »Newbury. Aus Simbabwe?« Er nahm eine, zündete sie an, inhalierte gierig und spuckte dann einige Tabakstücke von der Zunge. »Diese Dinger bringen einen um.«

»Das solltest du dem Kerl sagen, dem ich sie abgenommen habe.«

Der Geruch machte ihr Lust auf eine und sie ärgerte sich über sich selbst, dass sie wieder angefangen hatte. Sie zog mit den Lippen eine aus der Packung und er hob sein Feuerzeug. Sie musste sich dicht zu ihm lehnen. Verdammt soll er sein, dachte sie. Sie nickte, als sie ihren ersten Zug nahm.

»Ich habe gehört, dass du in Divundu Probleme hattest.« Er stiess Rauch aus. »Der General sagte, dass laut Polizeifunk unweit des Staudamms drei Simbabwer in einem Hilux gegrillt worden seien. Hast du sie umgebracht?«

Sie sah den violetten Schmutzrand unter ihren Fingernägeln, als sie die Zigarette an ihre Lippen führte. Lady Macbeth hatte es richtig gemacht. »Ja.«

»Wie viele Männer hast du im Laufe der Jahre getötet, Sonja?«

Diese Frage wollten alle stellen, aber nur wenige wagten es. »Mehr als die meisten Menschen, aber nicht so viele wie du. Du hast es mich gut gelehrt.«

Er hatte seine Zigarette bereits zu Ende geraucht, drückte das Ende ab und steckte den Stummel in seine Tasche, wie es alte Soldaten tun, die nichts zurücklassen, an dem der Feind sie erkennen könnte. Ihre linke Hand ging zu ihrer Tasche und sie spürte die drei Stummel darin. Sie verfluchte ihn dafür, dass er wieder in ihr Leben getreten war oder dass er es nie verlassen hatte.

»Ja, das habe ich und Gott möge mir verzeihen.«

23

———

S ams Rücken- und Armmuskeln brannten und ihm war schwindlig. Er konnte sich im Kanu nicht zurücklehnen. Hinter ihm stand ein Mann mit einer Stange, einem Paddel oder was immer es war, womit das Boot vorwärtsbewegt wurde, und trat ihm jedes Mal zwischen die Schulterblätter, wenn er es versuchte.

Er hatte das Gefühl, an seinem eigenen Atem zu ersticken. Sie hatten ihm eine Kapuze über den Kopf gestülpt und je stärker er schwitzte, desto feuchter und stickiger wurde die begrenzte Luft, die ihm zur Verfügung stand. Er trug ein Leibchen und Shorts, als sie ihn und Jim mit vorgehaltener Waffe aus dem gemieteten Nissan Patrol zerrten, den sie vom Bagani-Flugplatz mitgenommen hatten. Nun meinte er fast zu hören, wie die schlaffe Haut an seinen Beinen, Armen und Schultern unter der Sonnenhitze knisterte, als er geröstet wurde. Mein Gott, jetzt hätte er am Pool des Windhoek Country Clubs ein kühles Bier schlürfen können, anstatt sich zu fragen, wie lange es noch dauerte, bis er starb.

Nein. Wenn sie ihn und Rickards hätten töten wollen, hätten sie es längst getan. Er bewegte seinen Hintern ein wenig. Der tat auch

363

weh. Der Mann hinter ihm versetzte ihm einen Tritt und sagte: »Ruhig, immer noch.«

Seine Handgelenke waren mit Kabelbindern hinter ihm zusammengebunden und obwohl er noch mit den Fingern wackeln konnte, fühlten sie sich jetzt kalt an. Seine Schultermuskeln wurden in einem unnatürlichen Winkel nach hinten gezogen und schmerzten, ausserdem zuckten hin und wieder Schmerzattacken an den Innenseiten seiner Oberschenkel hoch.

Rickards' Idee, nicht mit Cheryl-Ann und Gerry den Flug nach Windhoek zu nehmen, sondern stattdessen nach Sonja zu suchen, war verrückt. Dennoch hatte er seltsamerweise bei Sam aber nicht viel Überzeugungsarbeit leisten müssen.

»Ich bin Freiberufler, Samuel«, hatte Rickards ihm gesagt, als sie an der offenen Tür des GrowPower-Privatflugzeugs standen. »Ich gehe dahin, wo etwas passiert, das Nachrichten wert ist. Und diese Tussi«, er deutete mit dem Daumen auf die Staubwolke, die Sonja hinterliess, »kann für so etwas sorgen.«

»Und was ist mit Cheryl-Ann?«, fragte Sam.

»Geh von den Kamerataschen weg, Alter«, sagte Rickards zum Piloten, der offensichtlich ungeduldig wurde, Bagani zu verlassen. »Cheryl-Ann ist am Arsch, Kumpel. Das alles war zu viel für sie. Ich habe das schon mal erlebt. Manchmal sind es die härtesten, eingebildetsten Journalisten, die nach Mami schreien und sich in die Hose machen, wenn die Kugeln fliegen. Ich bin Nachrichtenkameramann. Ich habe Dinge gesehen, die einen Leichenbestatter zum Kotzen bringen würden und weiss, dass sich hier im Paradies Ärger zusammenbraut. Und da eure Produzentin jetzt auf dem Weg zur Lachakademie ist, ist das das Ende Ihrer Dokumentation. Für dich ist es in Ordnung – du hast immer noch einen Vertrag mit Wildlife World – aber mein Auftrag ist gerade zu Ende gegangen und ich werde wahrscheinlich keinen Cent mehr sehen.«

Ein von Räude befallener Esel schnüffelte in einer weggeworfenen Plastiktüte voller Müll, die der letzte Insasse eines Nissan-Mietwagens dort deponiert hatte. Sam rieb sich den Kiefer. »Ich weiss nicht.«

Rickards ging zu den Fahrzeugen hinüber und Sam folgte ihm zögernd. Jim überprüfte die Windschutzscheibe des nächstgelegenen Nissan, der in der Nähe des blechernen Gebäudes geparkt war, das als Abfertigungshalle und Büro des Flughafens diente. Die Autos waren vermutlich von GrowPower-Mitarbeitern oder Auftragnehmern an der Landebahn abgestellt worden und warteten auf die Abholung durch die Autovermietung, deren Name und Nummer auf einem Aufkleber an der Windschutzscheibe zu lesen war. Es handelte sich nicht um eines der namhaften Unternehmen, was es noch wahrscheinlicher machte, dass die Abwicklung eines Geschäfts am Telefon kein Problem wäre, wenn Sam die Kreditkartendaten des Wildlife World-Konto angab. »Bist du dabei, Kumpel? Denk an deine Filmzukunft, Sam. Mit deinen interessanten Ausführungen und meinen schönen Bildern können wir uns vielleicht etwas einfallen lassen, das dich vom Kabelfernsehen in die richtigen Fernsehsender bringt. Du könntest reich und berühmt werden, Sam.«

»Ich bin weder an Ruhm noch an Geld interessiert.«

»Ja, klar. So spricht ein echter TV-Promi. Noch einmal, diesmal mit Gefühl. Hör mir zu, Sam. Wenn nicht für Ruhm oder Geld, dann tu es für den einzig wahren Grund, der in dieser gottverlassenen Welt zählt, mein Freund.«

»Und das wäre?«

»Du willst Sex mit Sonja.«

»Nein, will ich nicht.«

Rickards stand schweigend im Staub und lehnte sich an den Nissan.

»Gib mir die Nummer«, hatte Sam schliesslich gesagt.

NACHDEM ER ERKLÄRT HATTE, wer er war, hatte die Autovermietungsfirma zugestimmt, Sam das Auto zu überlassen. Die Beraterin der Vermietungsfirma war ein grosser Fan von Sam und Wildlife World, aber ihr Chef bestand auf einer astronomischen Kaution. Ausserdem musste er versprechen, dass sie direkt nach Katima Mulilo und zur nächsten Niederlassung der Firma fuhren, um den Papierkram auszufüllen. Endlich verriet sie, dass die Vermesser, die das Fahrzeug normalerweise mieteten, die Schlüssel im Auspuffrohr versteckt hatten.

Sonja hatte eine gute Stunde Vorsprung und Sam und Jim hatten weder eine Ahnung, wie weit sie fuhr, bevor sie anhielt, noch wo sie übernachtete. Genauso wenig wusste Sam, was er zu ihr sagen würde, wenn er sie einholte. Er vermutete, ihre Antwort falle kurz und bündig aus – wahrscheinlich nicht mehr als zwei Worte, von denen eines ein Schimpfwort wäre.

Warum machte er es also? Vielleicht hatte Jim Recht, dass er mit ihr schlafen wollte. Er war sich nicht so sicher, dass Sonja in eine Söldnerverschwörung verwickelt war, um in der Region einen Krieg anzuzetteln, Rickards dagegen schon.

»Corporate Solutions«, sagte er, als Sam das Gaspedal durchtrat und durch die Gänge schaltete. »Das sind Söldner. Ich wette, der ganze Scheiss, den dieser Steele erzählt hat, dass sie uns beschützen soll, war nur ein Vorwand. Hast du sie am Damm beobachtet?«

Sam gab zu, dies nicht getan zu haben. Jedenfalls nicht mehr als sonst.

»Sie hat den Ort gründlich erkundet. Als wir eincheckten, hat sie praktisch die Kameras und die Wachen gezählt. Sie hat den Ort ausgekundschaftet.«

»Professionelle Neugierde?«, spekulierte Sam.

»Wie auch immer. Und vergessen wir die drei afrikanischen Herren im glänzenden schwarzen Wagen nicht, die versucht haben, uns umzulegen. Oder hast du die schon vergessen?«

Sam wusste, dass er das Gesicht des Mannes, den er getötet hatte, für den Rest seines Lebens vor sich sehen würde.

»Nein, sie hat etwas vor, mein Freund. Ausserdem ist sie es uns schuldig, uns zu sagen, was es ist, denn sie hat uns fast umgebracht.«

An der ersten Strassensperre bei der Einmündung der B8 erzählte der diensthabende Polizist Sam, dass die weisse Frau im Land Rover etwa eine Stunde vor ihnen durchgefahren und nach Osten in Richtung Katima Mulilo unterwegs sei.

Sam und Jim fuhren weiter und schraubten den Nissan auf

hundertvierzig hoch. Am tierärztlichen Kontrollpunkt in Kongola, gleich hinter der Brücke über den Kwando-Fluss, hatten sie erneut Gelegenheit, nach Sonja zu fragen. Es war bereits dunkel.

»Nein, hier ist keine Frau mit einem Land Rover durchgefahren«, antwortete die Frau am Kontrollpunkt.

»Sind Sie sicher? Wie lange sind Sie schon im Dienst?«

»Den ganzen Tag. Ich bin mir sicher. Und jetzt habe ich Feierabend.«

»Sagen Sie mal, vorhin sind wir an Schildern zu ein paar Campingplätzen vorbeigekommen«, sagte Sam zu der Frau. »Können Sie uns etwas darüber sagen?«

Die Frau zuckte mit den Schultern. »Der am Bum Hill ist für normale Autos geeignet, aber Nambwa ist nur für Allradfahrzeuge.«

Sam wendete das Fahrzeug und fuhr über die Brücke zurück. »Was denkst du?«, fragte er Rickards.

»Ich glaube, unsere Lara Croft ist eher ein Mädchen für 4x4-Fahrzeuge«, sagte Jim.

Sam nickte.

Die Strecke hatte seine Fähigkeiten als Sandfahrer herausgefordert, aber sie hatten es, nachdem sie eine falsche Abzweigung genommen hatten und fast in einem Sumpf gelandet waren, doch noch geschafft. Als sie auf ihre Spuren zurückfuhren, sahen sie das kleine Metallschild, das sie übersehen hatten. Sie kamen nach zehn Uhr abends auf dem Zeltplatz an und der verschlafene Platzwart sagte, er habe keine Frau in einem Land Rover gesehen.

»Wie lange sind Sie schon im Dienst?«, fragte ihn Sam.

»Erst seit zwei Stunden.«

Sam sah Jim an. »Sie könnte schon früher gekommen sein. Ich werde nach ihr suchen.«

»Viel Glück«, sagte Jim. »Ich bin todmüde. Ich schlafe im Auto.«

Sam war eine Weile über den Campingplatz gestolpert und hatte jeden der abgegrenzten Stellplätze entlang des Flussufers überprüft. Er fand tatsächlich einen Land Rover, doch dieser hatte südafrikanische Nummernschilder und gehörte zu einem Trio von Expeditionsfahrzeugen. Er wandte sich vom Wasser weg, um nach anderen

Lagerplätzen zu suchen, doch das Geräusch von knackenden Ästen liess ihn innehalten. Als er eine Hand auf seiner Schulter spürte, zuckte Sam zusammen.

»Sir«, sagte der Schwarze, der am Empfang gewesen war, »Sie sollten ins Bett gehen. In diesen Gebüschen sind Elefanten und es ist gefährlich für Sie, hier herumzulaufen.« Zögernd stimmte Sam zu.

Er wachte mit der Sonne auf, aber als er aufstand und den Rest des Campingplatzes ablief, fand er weder von Sonja noch von ihrem Land Rover eine Spur.

Am Empfang war jetzt ein anderer Mann im Dienst. »Ah, ja, aber die Dame im Land Rover ist schon weg, schon früh am Morgen.«

Sam wollte vor Frust schreien. »Warum hat mir der andere Kerl nicht gesagt, dass sie hier ist?«, zischte er.

»Diese Frau hatte keine Reservierung, also habe ich sie auf dem Reserveplatz untergebracht. Davon wusste mein Bruder gar nichts.«

Sam und Jim packten in aller Eile. Die Fahrt durch die tiefen Sandverwehungen hinaus zur Hauptstrasse kam ihnen nicht annähernd so lang und anstrengend vor, denn Sam drückte das Gaspedal des Fahrzeugs hinunter, um Sonja einzuholen.

Als der uniformierte Polizist unvermittelt auf der Strasse auftauchte und ihn anhielt, war Sam sicher, dass er beim zu schnellen Fahren erwischt worden war. Die Strafe hätte er sich redlich verdient, denn er hatte das Fahrzeug bis an dessen Grenzen ausgereizt.

»Wir könnten Glück haben«, hatte Rickards gesagt und auf den Polizei-Pick-up mit offener Motorhaube am Strassenrand gezeigt. »Sieht aus, als hätten die Typen eine Panne und bräuchten eine Mitfahrgelegenheit.«

SAM SCHAUKELTE ERST VORWÄRTS und dann rückwärts, als er spürte, wie die Nase des Einbaums im Schlamm oder Sand zum Stehen kam.

»Aufstehen!«, befahl der Mann hinter ihm.

Das war leichter gesagt als getan. Mit seinen gefesselten Händen konnte sich Sam nicht an den Seitenwänden des Kanus festhalten und als er seine Knie anhob und sich aufzurichten versuchte, stellte er fest, dass seine Beine eingeschlafen waren, weil er zu lange in der gleichen Position gesessen hatte.

»Aufstehen!« Er spürte, wie eine Hand seinen Hosenbund von hinten packte und ihn grob auf die Füsse zog. Seine Beinmuskeln kribbelten wie von Nadelstichen. Er stürzte nach vorne und stiess gegen Rickards' Rücken. Der Australier fluchte.

»Tut mir leid«, sagte Sam.

»Was glaubst du, wie beschissen wir dran sind?«, flüsterte der Australier.

»Das ist nicht gut.« Sam richtete sich auf und setzte zaghaft einen Fuss vor den anderen. »Aber ich denke, wenn sie die Absicht hätten, uns zu töten, hätten sie es schon längst getan.«

»Ruhe!«

Sam schrie vor Schmerz auf, als etwas Stumpfes ihn unbarmherzig in den Rücken schlug. Gleichzeitig packte eine andere Hand seine Schulter und zerrte ihn herum.

»Heben Sie die Füsse«, sagte die Stimme zu ihm. Sam folgte dem Befehl und merkte, dass der Akzent der neuen Stimme anders war. Sie klang europäisch, vielleicht holländisch. Er war noch nie in Südafrika gewesen, ausser auf der Durchreise durch den Flughafen auf dem Weg nach Botswana, aber er dachte, es könnte die Stimme eines Südafrikaners sein. Der Akzent war ähnlich wie der von Sonja, aber stärker. Sam trat in einen Brei aus Wasser und Schlamm, aber mit seinem nächsten Schritt erreichte er trockenen Boden.

»Stehenbleiben«, befahl der Mann. »Halten Sie Ihre Hände ruhig.« Sam spürte den kalten Stahl der flachen Klinge eines Messers an der Innenseite seines Handgelenks und zuckte zusammen. »Ich sagte: Ruhig, ausser du willst, dass ich dich schneide.«

Er hörte ein Schnappen und spürte, wie das Blut in seine Hände und Finger zurückfloss. Die Erleichterung verwandelte sich schnell in Schmerz.

»Reiben Sie Ihre Hände aneinander und massieren Sie Ihre Handgelenke. Jesses, Mann, wenn du diese blöden Dinger fester angezogen hättest, wären dem Kerl die Hände abgefallen«, sagte der

Mann, vermutlich zu einem der Männer, die sie entführt hatten. »Zieht sie aus.«

Sam schluckte, als er spürte, wie Hände ihm das T-Shirt über den Kopf zogen. Seine Hoffnung, der Mann mit dem Afrikaans-Akzent sei vielleicht etwas freundlicher zu ihnen, schwand schnell.

»Oh Scheisse, nein«, hörte er Rickards wimmern. »Bitte nicht vergewaltigen!«

»Halt die Klappe!«

Sam hörte ein Kichern und einige Worte, die in einem afrikanischen Dialekt gesprochen wurden. Die Männer lachten noch mehr und Sam errötete unter der Kapuze, die ihm die Sicht nahm. Er fühlte sich sehr verletzlich und hatte Angst. *Das also*, dachte er, *wollen sie.*

»Auf die Knie. Sofort!«, bellte die afrikanische Stimme.

Sam liess sich nieder und legte die Hände vor seine Schamgegend.

»Arme hoch! Streck dich zum Himmel. Du kannst dich nicht schützen, aber wenn du deine Arme senkst, bekommst du Prügel, verstanden?«

»Du machst einen ...«

Der Schlag zwischen seinen Schulterblättern warf ihn nach vorne und er fing sich mit den Händen im Sand auf, um seinen Sturz zu bremsen. Raue Hände zogen ihn wieder auf die Knie. Er hörte Atem in der Nähe der Kapuze. »Du sprichst nicht, ausser wenn du meine Fragen beantwortest. Name?«

»Sam Chapman. Ich bin Moderator bei ...«

Eine Hand schlug ihm auf den Hinterkopf. »Arme hoch! Ich habe nur nach deinem Namen gefragt.«

»Und du?«

»Jim Rickards, Sir.«

Sam hörte einen Schlag und einen Schmerzensschrei, als Jim die gleiche Behandlung erfuhr.

»Wenn du mich verarschst, Aussie-Boy, schneide ich dir die Eier ab. Verstanden?«

»Ähm ... ja.«

Sam hörte Schritte hinter sich und spürte wieder die Nähe des Mannes. »Ihrem Pass entnehme ich, dass Sie Mr. Samuel Charles Chapman sind, Bürger der Vereinigten Staaten von Amerika. Nun, Mr. Chapman, möchte ich von Ihnen wissen, für wen Sie arbeiten.«

»Ich bin Fernsehmoderator für den Dokumentarfilmkanal Wildlife World. In Afrika bin ich, um einen Film über das Okavango-Delta zu drehen und ...«

Sam kippte um und als er versuchte, Luft zu holen, übermannten ihn die Schmerzen. Er fiel auf die Seite und fasste sich an die Brust.

»Aufstehen!«

Die Hände zogen ihn hoch. Er keuchte, bekam aber keine Luft mehr in seine Lungen und dachte, er werde ohnmächtig.

»Hände hoch!«

Eine Hand griff durch die Kapuze in sein Haar und drückte den groben Stoff gegen seinen Mund, während er röchelnd Luft holte.

»Kein Scheiss, Amerikaner. Ich will nicht Ihre verdammte Tarngeschichte hören sondern für wen Sie wirklich arbeiten!«

»Ich sagte doch, ich arbeite für Wildlife World, es ist eine ...«

»Halt die Klappe, verdammter Lügner.« Sam hörte das Gleiten von Metall auf Metall, dann spürte er, wie etwas so fest gegen seine Schläfe gedrückt wurde, dass sich das Gewebe der Jutekapuze in seine Haut presste. »Spüren Sie das? Es ist eine Browning Neun-Millimeter-Pistole. Aber keine Angst, ich werde Sie nicht damit erschiessen.«

Sam war zu verängstigt, um auch nur ein weiteres Wort zu sagen. Doch schliesslich spürte er, wie der Druck von der Schläfe genommen wurde.

»Ich werde Ihren australischen Freund hier erschiessen. Mister ... James Edward Rickards.«

»Nicht schiessen«, hörte Sam Jim jammern. »Er sagt die Wahrheit, du verdammter Psychopath. Dieser Kerl ist ein Fernsehsprecher und ich bin ...«

Der Schuss erschütterte Sams ganzen Körper. »Jiiim! Nein!«

Alles, was Sam hörte, war ein dumpfes, gurgelndes Geräusch. Er spürte, dass die Waffe wieder gegen seinen Kopf gedrückt wurde und fühlte die Hitze des Laufs durch die Kapuze. »Er ist verwundet, Samuel, aber nicht tot ... noch nicht. Willst du, dass ich ihm noch eine Kugel verpasse und ihn fertigmache, oder sagst du mir die Wahrheit? Für wen arbeitest du und warum bist du der Frau gefolgt?«

»Ich sagte doch, ich bin Sam Chapman und ich arbeite für ...«

»Papa? Was zum Teufel machst du da, du verdammter Idiot ...«

Die Pistole bewegte sich und Sam versuchte, sich den Fingern zu entziehen, die er an seiner Kehle spürte.

»Sam, ich bin's, Sonja. Ganz ruhig. Es ist alles in Ordnung, Sam.«

Er hyperventilierte fast, aber ihre Worte beruhigten ihn. Er spürte wieder die Finger. Weich und zart, als sie den Knoten an seiner Kehle löste. Er roch sie durch den Beutel hindurch. Kein Parfüm, sondern ein rauer, weiblicher Geruch. Er hustete. »Son ...Sonja?«

»Ja, sei mal einen Moment still, während ich dir das hier abnehme.«

Er riskierte den Zorn des anderen Mannes und liess seine Hände wieder zu den Leisten fallen.

»Gebt dem Mann seine Kleider. Sofort! Und dem anderen auch, ihr verdammten Irren«, befahl sie.

Als die Kapuze von seinem Kopf gezogen wurde, blinzelte Sam. Er sah Sonja, doch ihr Gesicht und ihr Pferdeschwanz waren nur eine schwarze Silhouette in der Sonne, die durch die Blätter über ihm schien. Er hustete und spuckte Fasern aus, die sich während den letzten Stunden in seinem Mund und im Rachen festgesetzt hatten. Er blickte zur Seite und sah einen Schwarzen in Tarnuniform, der sich abmühte, dem strampelnden, fluchenden Rickards die Kapuze abzuzerren.

Sam stand auf, schnappte sich die Shorts, die der Mann ihm hinhielt und schlüpfte hinein. Als er sich die Kapuze endgültig über den Kopf zog, drehte er sich um und sah einen alten Mann mit einem Weihnachtsmannbart, der eine schwarze Pistole an seiner Seite hielt. Er spürte Sonjas Hand auf seinem Arm.

»Jesses, Sonja, kennst du diese Verrückten?«, fragte er.

»Finger weg, du Wichser«, sagte Rickards, während er seine

Kapuze vollständig wegzog und beim Versuch, seine Hose anzuziehen, von einem Bein aufs andere hüpfte.

»Der da«, Sonja zeigte auf den Mann mit dem Bart, »ist mein Vater.«

Der Mann sah Sam an und zuckte mit den Schultern.

SAM UND JIM sassen auf einem Baumstamm vor einem Lagerfeuer. Auf der Lichtung verstreut standen unter Bäumen und Netzen versteckt, weitere Zelte. Ab und zu schlenderte ein bewaffneter Schwarzer Mann in Uniform vorbei und warf ihnen einen misstrauischen Blick zu.

Sonja hob einen russgeschwärzten Kessel von der Glut und goss kochendes Wasser in drei Zinnbecher. Sie holte einen zinnenen Flachmann aus der Tasche ihrer Shorts und goss in jede Tasse einen Schluck von irgendetwas.

»Mach mir einen Doppelten«, sagte Rickards.

Sam sah, dass Jims Gesicht trotz der Angeberei und den Witzeleien immer noch sehr blass war. Sonja reichte jedem von ihnen einen dampfenden Becher.

Sam roch Kaffee und Brandy. Er nippte daran, schloss die Augen und liess die doppelte Hitze durch seinen gequälten Körper strömen. Er öffnete die Augen und sah Sonja an. »Dieser Mann ist dein Vater?«

Sie nickte. »Das ist kompliziert.«

»Scheint mir ziemlich einfach zu sein«, sagte Rickards und hustete, als er den ersten Schluck nahm. »Der verrückte kleine Scheisser hat versucht, mich umzubringen, weil er dachte, Sam sei eine Art Spion.«

Sonja lächelte. »Wenn er dich hätte umbringen wollen, würdest du jetzt nicht hier sitzen. Er wollte dir nur Angst machen.«

»Nun, es hat funktioniert. Ich dachte, er hätte dich erschossen, Jim«, sagte Sam. »Ich wusste nicht, was ich sagen sollte.«

»Einer der anderen Kerle hielt mir die Hand über den Mund, als der Verrückte seine Kugel neben meinem Fuss in den Boden schoss, das ist passiert. Dein Vater ist ein kranker Wichser, Sonja.«

Sie wiegte ihren Kopf leicht hin und her, wie um diese Beobachtung abzuwägen, sagte aber nichts. Sam fragte sich, ob Jim den Nagel auf den Kopf getroffen habe.

»Er hat versucht, mich zu beschützen. Sie beobachteten euch, seit ihr den Bagani-Flugplatz verlassen habt. Ihr hättet mir nicht folgen sollen.«

»Wer sind sie, Sonja?« Sam nahm einen weiteren Schluck der Medizin.

»Das darf ich dir nicht sagen.«

Rickards stand auf und warf die Reste seines Kaffees ins Feuer. Eine kleine blaue Flamme tanzte in der Glut. »Es reicht nun mit diesem ›ich darf es nicht sagen‹-Geschwätz, Sonja. Du bist uns eine Erklärung schuldig.«

Sie schlug ihre Beine übereinander und sah zu ihm auf. »Wirklich, Jim? Wie kommst du denn darauf?«

Er fuhr sich mit der Hand durch sein fettiges schwarzes Haar. »Vielleicht kannst du mir zuerst erklären, warum du mich angewiesen hast, mich aus dem Fenster des Land Rovers zu hängen und die Clowns, die uns im schwarzen Toyota folgten, zu filmen? Habe ich damit nicht ihr Feuer auf mich gezogen?«

Sie runzelte die Stirn und Sam konnte sehen, dass Rickards einen halben Punkt gemacht hatte.

»Ich dachte, wenn die sehen, dass du filmst, haben sie zu viel Angst, um etwas zu unternehmen und ziehen sich zurück.«

Sam schüttelte den Kopf. »Jetzt bin ich wirklich verwirrt. Wer zum Teufel sind ›die‹?«,

»Das geht dich nichts an, Sam.«

Jetzt war er an der Reihe, sich bei ihr zu beklagen. »Ich habe einen dieser Männer getötet, Sonja. Ich denke, das macht es irgendwie auch zu meiner Angelegenheit.«

Rickards ging auf und ab. »Okay. Unsere Frau ›Geht-euch-nichts-an‹ will uns also nichts sagen, Sam. Lass uns selbst ein wenig denken und folgern. Welches ist die einzige bewaffnete Rebellengruppe, die in den letzten Jahren in diesem Teil der Welt aktiv war?«

Sam suchte in seinem Gedächtnis nach der Abkürzung. »Die CLA, richtig?«

Rickards nickte. »Kaprivi-Befreiungsarmee. Als ich vor Jahren hierherkam, in den Neunzigern, versuchte die CLA die Polizeistation in Katima Mulilo einzunehmen. Ich habe nichts mitbekommen, denn der Krieg war vorbei, bevor er begann. Aber ich erinnere mich, dass ein Gerücht die Runde machte, dass die CLA von verbitterten und verrückten Weissen aus dem früheren Südwestafrika ausgebildet wurden, die sich an der namibischen Regierung rächen wollten.«

»Was meinst du, Sonja?«, fragte Sam. »Wird's warm?«, Sie ignorierte ihn.

»Und Sonjas lieber alter Vater«, fuhr Jim fort, »ist also einer dieser früheren Soldaten, die den Krieg gegen die SWAPO-Terroristen, die jetzt seine ehemalige Heimat regieren, wieder aufnehmen wollen.«

Sonja schwieg.

»Hat ein Löwe deine Zunge verschluckt, Sonja?«

Sie starrte Rickards an, schluckte den Köder aber nicht. Sam überlegte, er müsse den Australier vielleicht bald festhalten, wenn er sich nicht beruhigte. Verübeln konnte er es ihm keineswegs, denn immerhin war er gerade fast erschossen worden.

»Sie«, Jim deutete, die Finger wie eine Pistole gespannt, zwischen Sonjas Augen, »arbeiten also für Corporate Solutions. Und Cheryl-Ann schluckte die Behauptung, Sie seien unsere Bewacherin. Nie wollte jemand auf Jim Rickards hören, wenn er darauf hinwies, dass CS ein Söldnerunternehmen ist, das sich darauf spezialisiert hat, den afrikanischen Kontinent zu verwüsten.«

Sonja wandte sich an Sam, Rickards blendete sie immer noch aus. »Warum bist du mir gefolgt, Sam? Warum bist du nicht einfach nach Windhoek geflogen?«

Sam sah zu Jim auf, der den Blick erwiderte und tief Luft holte und für Sam antwortete. Jetzt, da das von der Angst ausgelöste Adrenalin nachliess, war seine Stimme ruhiger und leiser. »Ich bin auf der Suche nach der Geschichte, die da abläuft, Sonja. Aber Sam hat sich, nachdem diese Schläger versucht haben, uns zu töten, wirklich Sorgen um dich gemacht.«

Sie schaute ins Feuer.

»Was macht Corporate Solutions hier oben, Sonja?«, drängte Jim. »Trainiert ihr die CLA? Betreibt ihr Waffenhandel?«

»Wenn du darauf eine Antwort erwartest, solltest du wissen, dass sie aus einer Kugel besteht.«

»Wirst du sie abfeuern oder überlässt du das Psycho-Daddy?«

Sie schüttelte den Kopf. »Nein, ich will dir nicht wehtun. Ich wollte gerade abhauen, als ihr zwei aufgetaucht seid.« Sie lehnte sich in ihrem Stuhl nach vorne und bedeutete Jim mit einer Hand, sich wieder auf den Baumstamm zu setzen, was er auch tat. »Ich glaube nicht, dass mein Vater dir etwas antun wird, jetzt, da er weiss, wer ihr wirklich seid. Bei allen anderen hier bin ich mir nicht sicher.«

»Du willst abhauen?«, fragte Sam.

Sie saugte ihre Unterlippe zwischen die Zähne und kaute eine Sekunde lang. »Das wollte ich, aber ich kann mir nicht vorstellen, dass sie euch jetzt gehen lassen.«

»Jetzt sofort?«, flüsterte Jim. »Was ist hier los?«

Sie schüttelte den Kopf.

»Der Damm?«, wollte Sam wissen.

»Stell keine Fragen mehr«, sagte Sonja. »Sie denken, dass du bereits zu viel weisst. Du bist eine Gefahr für sie.«

»Schon wieder ›die‹«, sagte Rickards. »Wer sind sie? Wer zieht hier bei diesen bewaffneten Marionetten die Fäden?«

Die drei sassen schweigend da und dachten über ihren möglichen nächsten Schritt nach.

»Ich kann versuchen, euch hier rauszubringen. Heimlich. Heute Nacht«, sagte Sonja.

Rickards überraschte Sam mit einem Kopfschütteln. »Auf keinen Fall. Im Gegenteil, ich will rein.«

»Was willst du?«, kam Sam Sonja mit der Frage zuvor.

Jim stand wieder auf. Er schien sich besser zu fühlen, wenn er auf den Beinen war. »Das könnte die Afrika-Story des Jahrzehnts werden. Sam – ich möchte dir eine Frage stellen: Bevor du nach Afrika kamst und dieser Martin Steele dir und Cheryl-Ann von der so genannten Sicherheitslage im Kaprivi-Streifen erzählte, hattest du da jemals von der Kaprivi-Befreiungsarmee oder der Free Caprivi Bewegung gehört?«

Sam schüttelte den Kopf.

Jim riss seinen Kopf herum und starrte Sonja an. »Siehst du?«

Sie schüttelte ihren Kopf. »Ich kann nicht folgen.«

»Alles PR. Diese Kerle haben, um die Souveränität über ihr angestammtes Land wiederzuerlangen, einen stillen politischen und militärischen Kampf gegen eine angeblich gefühllose und grausame Regierung geführt, die von einem anderen Stamm beherrscht wird. Richtig?«

»So ziemlich«, stimmte sie zu.

»Und niemand hat je von ihnen gehört. Die CLA braucht gute Öffentlichkeitsarbeit und du, junge Dame, wirst dich mit deinem lieben alten Vater arrangieren, damit ich in das Killerkommando, das diese Rebellen zusammenstellen, aufgenommen werde.«

Ihr Lachen explodierte wie eine Granate. »Du bist verrückt.«

Rickards nickte enthusiastisch. »Einverstanden. Das ist Teil der Jobbeschreibung für einen Fernsehkameramann. Aber überleg doch mal. Wenn dein Vater uns nicht umbringt – was ich irgendwie bezweifle – werden wir von hier verschwinden. Unser Sexsymbol, Sam, verkauft seine Geschichte darüber, wie er von diesem verrückten Rebellenkommandanten gefangen genommen und psychisch gefoltert wurde, für viel Geld an OK, New Idea oder Entertainment Tonight oder wen auch immer. Stimmt's Sam?«,

Er zuckte mit den Schultern. »Es wird bestimmt Fragen darüber geben, was passiert ist und ich werde sie so objektiv wie möglich beantworten.«

»Blödsinn. Hör auf, so höflich zu sein, Sam. Ich meine, ich weiss, dass du in Sonja verknallt bist und so ...«

»Jim«, zischte Sam.

Sonja drehte sich zu ihm um, aber Sam schaute weg, ins Feuer.

»Wie auch immer.« Rickards begann wieder auf und abzugehen. »Nun, ich für meinen Teil werde, wenn wir hier rauskommen, vor alle Print-, Kabel- und frei empfangbaren Journalisten im südlichen Afrika treten und ihnen meine Leidensgeschichte erzählen. Ob wir gewinnen, verlieren oder unentschieden spielen, dein Vater und seine Rebellenarmee werden so schlecht dastehen, wie Marlon Brando in Apocalypse Now. War der nicht auch ein Kurtz?«

Sonja ignorierte das Palaver. »Ich weiss, worauf du hinauswillst, Jim, aber mein Vater – und auch der General, der die CLA befehligt – wollen nicht, dass ein ziviler Kameramann bei einer Operation dabei ist. Womit ich keineswegs sagen will, dass es eine Operation gibt.«

»Sonja. Soweit ich weiss, hat die namibische Regierung gute Arbeit dabei geleistet, die Welt davon zu überzeugen, dass Afrika diesen Damm braucht, um die Menschenmassen mit Strom und Wasser zu versorgen. Richtig?«

Sie nickte.

»Das wird auch so sein, wenn euer Krieg im Kaprivi-Streifen beginnt. Die Namibier werden euch als Terroristen und Kriminelle brandmarken. Sie werden den Streifen abriegeln und keine ausländischen Medien mehr hineinlassen. Die CLA wird den Informationskrieg verloren haben, bevor überhaupt etwas begonnen hat. Ich möchte derjenige sein, der der Welt die andere Seite zeigt, die Wahrheit: Die ersten Bilder der Freiheitskämpfer, die ihr Heimatland von einem schwerfälligen Unterdrücker zurückerobern, von der CLA in Aktion. Und Sam hier kann die Geschichte erzählen.«

»Ich kann ...?«

Jim sah ihn weiter an und wartete auf eine Antwort. »Stell es dir vor, Sam. Das ultimative Reality-Programm: Kojoten-Sam geht in den Krieg. Du siehst nicht überzeugt aus.« Rick-ards schritt zum Rand der Feuergrube und wieder zurück. Er hob seine rechte Hand, als ob er vor sich Buchstaben in die Luft schreibe. »Ich sehe die Überschrift. ›Chapman erzählt: Meine Zeit mit den Öko-Kriegern, die einen Damm sprengten, um das Paradies zu retten‹.«

Abgedroschen, dachte Sam, sah aber, dass die CLA-Rebellen davon profitierten. Wie Rickards gesagt hatte, nutzten auch andere Streitkräfte auf der ganzen Welt – sowohl aufständische als auch regierungsgeführte – die Medien, um Kriege zu führen. Er sah Sonja an und versuchte, in ihrem Gesicht zu lesen. Er schloss sich Rickards' Standpunkt an und fragte sich, wie viel davon darauf zurückzuführen war, dass er einen Weg suchte, etwas mehr Zeit mit der Frau neben sich zu verbringen.

»Sonja«, fragte Sam, »glaubst du, dass die CLA eine berechtigte Beschwerde gegen die Regierung hat?«

Sie zuckte mit den Schultern. »Vielleicht.«

»Und doch bist du bereit, dein Leben zu riskieren, um ihnen zu helfen? Nur weil es ›vielleicht‹ ist, willst du einen Krieg führen und den Damm sprengen?«

»Moment mal.« Sie hob ihre Hände. »Niemand hat etwas über einen Damm oder einen Krieg gesagt. Ausserdem habe ich doch gerade gesagt, dass ich gar nicht hierbleiben will. Ich gehe. Ich wurde, genau wie ihr beide, von der Strasse entführt.«

»Das glaube ich nicht«, sagte Sam. »Jim hat dich am Damm beobachtet und wenn ich so darüber nachdenke, fand ich dein Verhalten auch etwas seltsam. Du hast uns als Tarnung benutzt, um auf die Baustelle zu gelangen und du arbeitest für eine Söldnertruppe. Was hältst du vom Damm?«

Sie kaute wieder auf ihrer Unterlippe, stützte sich mit den Ellbogen auf die Knie und starrte wieder ins Feuer. »Ich muss euch nichts sagen.«

»Du hast recht. Du musst nicht. Aber sag mir, für den Fall, dass ich noch tiefer in die Sache hineingezogen werde: Glaubst du im Innersten deines Herzens, dass der Damm zerstört werden sollte?«

Sie sah zu ihm hinüber. »Ich weiss nicht, ob ich an die Sache der CLA glaube oder ob sie das Recht hat, eine gewählte Regierung in einem bewaffneten Kampf anzugreifen. Aber nach dem, was ich im Delta gesehen habe – der Mangel an Wasser an Orten, die selbst in einer Dürre noch Wasser haben sollten – weiss ich, dass der Damm zerstört werden muss. Sonst verliert die Welt ein Stück ihres Herzens und ihrer Seele.«

Rickards wankte von einem Fuss auf den anderen. »Ich will dabei sein, wenn das Scheissding in die Luft fliegt. Die Welt wird die CLA als Umwelthelden bezeichnen – als grünes Kommando.«

Sie wandte sich an Sam. »Und du, bist du auch dabei?«

Sam starrte sie an und wusste, dass es Wahnsinn war, Rickards' Vorschlag zu folgen. Seine Antwort würde von der ihren abhängen. »Und du, willst du?«

Sie schloss die Augen und nickte.

24

ch halte das für eine brillante Idee«, sagte Martin Steele.

»Sonja stand im Kommandozelt des kaprivischen Generals und beobachtete die Männer, die sich wie Elefantenbullen verhielten, die ihre Stosszähne hoben und versuchten, ihre Dominanz zu behaupten. Steeles Einverständnis, sich auf die Seite von Rickards zu stellen, der dem General und ihrem Vater gerade seinen Vorschlag unterbreitet hatte, überraschte sie. Aber Martin war immer für Überraschungen gut. Das war es auch, was sie anfangs an ihm fasziniert hatte – seine Fähigkeit, über den Tellerrand hinauszuschauen.

»Wir sind nicht überzeugt«, sagte der General. »Unser Major Kurtz hat recht – der Fernsehmann und sein Kameramann werden uns im Weg sein und wenn sie im Kampf getötet werden, wird man uns die Schuld an ihrem Tod geben.«

Sonja sah ihren Vater an und entdeckte sein leichtes Nicken der Zustimmung und seine Selbstzufriedenheit. Dies war ein anderer Mann als der, der den Rekruten das Schiessen mit den Maschinengewehren beigebracht hatte. Sie wusste, dass der Alkohol in den Jahren ihrer Abwesenheit seinen Tribut gefordert hatte, aber sein langes, fettiges Haar, sein fleckiger Bart, seine wackeligen Knie, seine schäbigen Shorts und das T-Shirt hatten sie überrascht.

Der Mann, der sich jetzt umdrehte, sah jedoch wie ein erfahrener Krieger aus. Er oder seine neue afrikanische Frau hatten seine Haare geschnitten und sie auf einen stahlgrauen Flaum reduziert, der die sonnengebräunte Haut seines kahlen Kopfes umrahmte. Auch sein Bart war zu einem ordentlichen, kurzen silbernen Spitzbart gestutzt worden. Sie wusste, dass sein Vater, ihr Grossvater, der 1946 nach Südwestafrika ausgewandert war, während des Zweiten Weltkriegs als Panzerkommandant in Russland gedient hatte. Obwohl der Mann vor ihrer Geburt gestorben war, hatte ihre Grossmutter ihr zerknitterte Schwarz-Weiss-Fotos von ihrem Grossvater in Uniform gezeigt. Jetzt sah sie dasselbe kalte, unbarmherzige Gesicht wieder. Er blinzelte ihr zu. Wie die CLA-Rekruten trug er ein Tarnhemd und eine Hose im gleichen Muster sowie eine lohfarbene Sturmweste der südafrikanischen Armee dazu. Die Taschen auf der Brust waren mit gebogenen Magazinen für die AK-47 gefüllt, die er sich über die rechte Schulter gehängt hatte. Sonja vermutete, er habe sein Gewehr getestet, um sich auf den bevorstehenden Kampf vorzubereiten oder würde das bald tun. Sonja blickte zu Martin Steele zurück, der, wie immer bei Einsätzen, seine alte Tarnuniform der britischen Armee trug. Sonja wusste, dass beide Männer sich für einen bevorstehenden Krieg angezogen hatten. Angesichts des Theaters, das sich hier abspielte, schüttelte sie fast unmerklich den Kopf.

Ihr Vater war der Ausbildungsoffizier der CLA, aber sie vermutete – und der General hatte es gerade bestätigt – dass er auch als militärischer Berater des Kommandanten fungierte. Hans hatte immer behauptet, Sonja habe ihren Starrsinn von ihrer Mutter geerbt, aber beide Elternteile waren genau gleich unnachgiebig. Auf jeden Fall war ihr Vater zu seiner Zeit ein hervorragender Anführer von Männern im Feld und ein rücksichtsloser, effizienter Killer gewesen und sie war sicher, dass er die Anwesenheit von Steele im CLA-Lager ablehnte. Vielleicht sah er im Söldner sogar eine Bedrohung für seine Position in der Befehlskette. Ausserdem war er, wie sie wusste, als Afrikaans sprechender Deutscher aus dem alten Südwestafrika kein Fan von Engländern.

»General«, sagte Martin, »wenn wir Katima Mulilo einnehmen und den Damm sprengen, wird der Rest der Welt die Aufmerksamkeit auf den Kaprivi richten. Ohne Bilder oder Videos unserer Aktionen, die meist nachts stattfinden, wird Ihr Sieg bestenfalls ein paar Sekunden Sendezeit oder eine Einblendung am Ende einer CNN-Meldung erhalten. Mit qualitativ hochwertigen Bildern von Ihrem Erfolg und einem Interview mit Ihnen selbst dagegen, wird die Welt nicht nur wissen, wer Sie sind und was Sie getan haben, sondern auch, weshalb Sie es getan haben.«

Der General schürzte die Lippen und nickte, während er über beide Seiten des Arguments nachdachte. Sonja war Martins vorsichtiger Gebrauch von Pronomen nicht entgangen. ›Unsere Aktionen‹, als wäre er mitten im Kampfgeschehen, was sie bezweifelte und ›Ihr Sieg‹ – eine absichtliche Streicheleinheit für das Ego des selbstgerechten kleinen Mannes.

»Wir verstehen, Major Steele, aber was die Unberechenbarkeit der Medien angeht, hat Major Kurtz Recht. Welche Garantie haben wir«, fragte er alle im Kommandozelt, »dass wir nicht als Kriminelle oder Terroristen dargestellt werden?«

»General ... Sir«, sagte Jim Rickards, »ich gebe Ihnen als akkreditierter Kameramann mein Wort, dass Sam Chapman und ich fair und objektiv über das berichten werden, was wir sehen. Ich kann Ihnen unmöglich sagen, was die Welt von dem, was Sie geplant haben, hält. Aber ich kann Ihnen prophezeien, dass sie sich am Ende der ersten Pressekonferenz der namibischen Regierung eine Meinung gebildet hat, wenn wir keine Worte und Bilder in die Welt hinaustragen. Die Welt kann entweder sehen, wie Sie erklären, dass Sie den Okavango-Damm sprengen, um die Umwelt zu retten, oder sie sieht Bilder von kleinen Babys, die sterben, weil ihre Mütter nicht genug sauberes Wasser zum Trinken oder Strom für ein anständiges Leben erhalten...«

»Was?«, Explodierte Sonjas Vater. »Warum redet dieser blödsinnige Fernsehmann von einem Angriff auf den Staudamm?«, Er starrte Steele anklagend an. »Was hast du den Leuten erzählt?«

»Nichts«, feuerte Steele zurück. »Aber sie sind nicht dumm. Sie wissen um die strategische und politische Bedeutung des Staudamms und die namibische Regierung weiss das auch. Deshalb lässt sie den Damm mit Mörsern und gepanzerten Fahrzeugen schützen. Die Namibier wissen, dass wir ihn wollen – ihr habt es ja schon einmal versucht.«

Sonja sah, wie sich das Gesicht ihres Vaters rötete und seine Hände sich zu Fäusten ballten. Einen Moment lang dachte sie, er würde sein Gewehr nehmen und Martin erschiessen. Hans Kurtz biss aber die Zähne zusammen, hielt die Wut zurück und atmete langsam aus. Es war nicht zu übersehen, dass er versuchte, sie zu kontrollieren. Er sah Steele mit seinen grünen Augen an. »Ja, wir haben es versucht und sind gescheitert. Wegen eines Verräters.«

Der General klopfte leicht mit seinem Degen auf den Schreibtisch. Nur er selbst hatte Platz genommen. »Bitte, meine Herren. Wir stehen hier alle auf der gleichen Seite. Major Kurtz, Sie wissen, dass wir es mit vier Verrätern zu tun hatten, die Details unserer Angriffspläne an die NDF weitergegeben haben.«

Kurtz straffte die Schultern. »Wir brauchen Sie nicht, Steele.«

»Nein, aber Sie brauchen die Granaten, Panzerfäuste, Mörser und anderen schweren Waffen und zudem die Uniformen und Hubschrauber, die ich mitgebracht habe. Diese Offensive fände ohne mich und meine Unterstützer, das Okavango Delta Defence Committee, nicht statt.«

Sonja fragte sich, ob ihr Vater explodieren würde oder ob er wirklich gelernt hatte, sein Temperament zu kontrollieren. Sie sah die Wut unter der straffen Haut seines hartgesottenen Gesichts brodeln. Ihr Vater und Martin standen sich in einer Pattsituation gegenüber.

Diesmal schlug der General seinen Rohrstock hart auf den Schreibtisch. »Es reicht! Wir sind nicht amüsiert.«

Aus dem Augenwinkel sah Sonja, wie Jim Rickards schnell die Hand vor den Mund hob und ein Husten vortäuschte, um sein

Lachen zu verbergen. Sonja wandte sich ab, bis auch sie das Grinsen aus ihrem Gesicht vertreiben konnte.

»Wir haben unsere Entscheidungen getroffen.« Der General räusperte sich. »Major Kurtz leitet den Angriff auf Katima Mulilo, den Flughafen und den Luftwaffenstützpunkt von M'pacha und Major Steele übernimmt wie vereinbart die Koordination der Luftunterstützung und das Kommando über das verdeckte Team, das den Okavango-Staudamm angreift.«

Sonjas Augen huschten von einem Mann zum anderen und sah, dass sowohl Steele als auch Kurtz beschwichtigt wirkten.

»Mister Rickards und Mister Chapman werden mit keiner der beiden Angriffsgruppen reisen«, beschied der General.

Rickards fing an zu sprechen, aber der General brachte ihn zum Schweigen, indem er seinen Stock hob und erst auf den Kameramann und dann auf Martin richtete. »Major Steele wird die Verantwortung für unser Fernsehteam übernehmen. Mr. Rickards und Mr. Chapman werden nach Katima Mulilo geflogen, sobald und falls Major Kurtz die Situation für sicher genug hält, um einen Hubschrauber landen zu lassen. Sie werden filmen, wie unsere tapferen Truppen durch die Stadt ziehen und die Kontrolle über die Polizeistation, die Regierungsbüros und die NBC-Sendestudios übernehmen.«

»Und was ist mit dem Damm?«,unterbrach ihn Rickards.

Der General sah verärgert aus und schnippte mit der Hand, als wolle er eine Wespe verscheuchen. »Ohne die Einzelheiten von Major Steeles Plänen zu verraten, wird sich ein Hubschrauber in der Nähe des Damms befinden, wenn die Mauer durchbrochen wird. Dann sind Filmaufnahmen aus der Luft möglich.«

»Fantastisch. Ich danke Ihnen, Herr General«, sagte Rickards.

»Sie wissen jetzt zu viel, um diesen Ort verlassen zu können, bis unsere Offensive beginnt«, fuhr der General fort. »Wir werden sie als unsere Ehrengäste betrachten. Es steht Ihnen frei, sich auf dem Übungsgelände zu bewegen, aber Sie werden jederzeit von einer Eskorte begleitet und wenn Sie versuchen, es zu verlassen, werden Sie erschossen.«

Der General hatte sich offensichtlich Gedanken über die Möglichkeiten der Öffentlichkeitsarbeit gemacht, die die Angriffe boten – bis hin zu den Kameraeinstellungen. Alles war vorbereitet und alle hatten sich über ihre Rolle bei dieser Operation geeinigt. Steele hatte sie nicht eingeweiht, aber Sonja nahm an, dass sie den Damm sprengen sollte, da er nicht mit einer Armee von Corporate-Solutions-Söldnern gekommen war, sondern allein. Sonja sah sich im Zelt um, ihr Blick ging von einem Mann zum anderen.

Sie waren total verrückt. Alle.

»HALLO MEIN MÄDCHEN.«

»Mama? Wo bist du denn? Was soll das alles?«, sagte Emma ins Telefon.

»Ich bin nicht weit von dir entfernt. Ich werde dir alles erklären, wenn ich dich sehe. Ist alles in Ordnung mit dir?«

»Ich denke schon. Onkel Martin war grossartig. Wenigstens hat er mich wie eine Erwachsene behandelt. Er holte mich am Flughafen in Maun ab und flog mit mir im Kleinflugzeug nach Kaka – wie auch immer dieser Ort heisst.«

»Xakanaxa. Da bin ich aufgewachsen.«

»Wie auch immer. Jedenfalls hat mir Onkel Martin dieses Luxus-Safarizelt organisiert. Das solltest du dir ansehen. Ach, du hast ja hier gewohnt. War es früher auch schon so?«

»Ich bin sicher, dass Onkel Martin alles bestens organisiert hat. Ich kann es kaum erwarten, dich wiederzusehen.«

»Arbeitest du mit ihm? Ist er jetzt bei dir? Und warum wurde ich praktisch aus der Schule entführt? Nicht, dass ich mich darüber beschwere.«

Sie wollte nicht damit anfangen, weitere Fragen am Telefon zu beantworten, egal wie sicher das auch sein mochte.

»Hast du Stirling getroffen?«

»Wen? Oh, du meinst den Manager?«

»Ja. Was hältst du von ihm?«

»Er behandelt mich, als hätte ich Herpes oder so. Er kann es nicht ertragen, in meiner Nähe zu sein. Er war sogar ziemlich unhöflich. Ich habe es Martin gesagt und ...«

»Okay, okay. Du kannst mir bald alles darüber erzählen.«

»Ist mit Onkel Martin alles in Ordnung?«

»Warum fragst du?«

»Naja, ich weiss, dass du mir nicht die Hälfte von dem erzählst, was du so treibst, wenn du weg bist, um zu arbeiten. Leibwächterin zu sein oder was auch immer. Aber ich nehme an, dass es gefährlich ist – zum Beispiel, wenn Leute beschützt werden müssen oder sowas. Und wenn Onkel Martin dort ist, will ich nur wissen, ob er in Sicherheit ist.«

Es wäre schön gewesen, wenn sie auch einen Gedanken an die Sicherheit ihrer Mutter verschwendet hätte. Wie auch immer.

SAM STAND vor Sonjas Zelt und hörte sie telefonieren. Er wollte mit jemandem reden und für fünf Minuten von Jim Rickards und seiner grenzenlosen Begeisterung wegkommen.

Rickards hatte den Wachmann, der wie ein Teenager aussah, dazu überredet, so zu tun, als würde er durch ein Gebüsch patrouillieren, während Jim ihn filmte, um ein paar B-Rollen für seinen Bericht zu bekommen.

»Ich gehe nur zu Frau Kurtz«, hatte Sam zum Wachmann gesagt und auf Sonjas Zelt gezeigt. Der Mann hatte gelächelt und gewunken. Er genoss seine neue Rolle als Fernsehstar offensichtlich.

»Viel Glück, Soldat«, hatte Rickards gesagt, bevor er seinen Blick wieder auf den Sucher richtete.

Sam wartete, bis er hörte, wie Sonja ihr Telefonat beendete. Anklopfen schien nicht das Richtige für diese Kulisse zu sein, also räusperte er sich.

»Wer ist da?«, Sonja erschien am Eingang ihres grossen Safarizeltes und schenkte ihm ein kleines Lächeln. »Hallo.«

»Hi. Ich schätze, du bist beschäftigt ...«

Sie zuckte mit den Schultern. »Eigentlich nicht. Ich wollte mir die Haare waschen, sobald ich mein Gewehr fertig gereinigt habe.«

»Oh, richtig, dann komme ich später wieder...«

Sie lachte. »Das war nur ein Scherz. Nimm nicht alles so ernst, Sam. Du ziehst ja nicht in den Krieg.«

Jetzt war es an ihm zu lächeln. Er dachte wieder daran, wie sehr sich ihr Gesicht veränderte, wenn sie entspannt und glücklich war. War sie jetzt glücklich? War es möglich, fragte er sich, dass man am Abend vor dem Kampf entspannt und zufrieden war?

»Ich habe mich gefragt, ob du vielleicht ... Also eigentlich meine ich, ich würde gerne mit jemandem reden und ...«

»Mit jemand anderem als Jim?«

»Du hast es erfasst.«

Sie lachte wieder. »Ich habe in diesem Telefongespräch eigentlich nur von dir gesprochen.«

»Wirklich? Ich dachte, niemand sollte wissen, dass wir hier sind.«

»Du hast recht. Es war meine Tochter. Sie wurde gerade aus der Schule geholt und um die halbe Welt geflogen, um bei mir zu sein. Ich habe erwähnt, dass du hier in Botswana bist und es stellte sich heraus, dass sie ein Fan deiner Sendungen ist. Es war wahrscheinlich das längste Gespräch, das ich seit Monaten mit ihr geführt habe und dauerte bestimmt drei Minuten. Die meiste Zeit davon ging es um dich, denn sie möchte ein Autogramm.«

Er lächelte. »Ich würde sie gern irgendwann treffen. Wie auch immer, was ich wirklich fragen wollte, ist, ob du irgendwelche Tipps hast, um ... nun, um ganz ehrlich zu sein, um zu überleben.«

Sie sah ihn an und er erkannte, dass sie die Angst in seinem Herzen bemerkte. »Nun, als Erstes würde ich vorschlagen, dass du dich so weit wie möglich von Jim fernhältst.«

»Das dürfte ein bisschen schwierig sein, da er mein Kameramann ist. Kommst du mit nach draussen ..., vielleicht etwas frische Luft schnappen?«

Sie steckte ihren Kopf ein wenig weiter aus dem Zelt und sah, wie Rickards den jungen Soldaten anleitete. »Tut so, als würdet ihr kämpfen. Waffen hoch!«, hörten sie den Australier sagen.

Sie schüttelte den Kopf. »Komm rein, wenn du willst. Ich möchte nicht von Rickards erschossen werden.«

Sie schob von einem der beiden Militärfeldbetten im Zelt einen Haufen Zeitschriften über Gewehre und Kanonen weg, stapelte sie auf dem Boden und gab ihm ein Zeichen, sich zu setzen.

»Ich traue ihm nicht, Sam und du solltest es auch nicht. Ich sage nicht, dass er falsch ist, aber ich habe schon tausend Typen wie ihn gesehen. Er jagt nach Ruhm. Er hat keine Angst zu sterben, aber er will die bestmögliche Chance bekommen. Aber wenn du nicht vorsichtig bist, reisst er dich mit in den Abgrund.«

»Ach, komm schon, Sonja. Er redet doch nur. Du hast gehört, wie er sagte, dass er schon über viele Kriege berichtet hat.«

Sie schüttelte wieder den Kopf. »Ich habe ihn gehört und zwischen den Zeilen gelesen. Er ist immer erst aufgetaucht, als die Massaker und Schiessereien schon vorbei waren. Abgesehen von dem, was in Divundu passiert ist, war er noch nie in einem richtigen Feuergefecht und sein erster Kampf ist wohl auch sein letzter. Er kann es kaum erwarten, sich in den Kugelhagel zu stellen.«

Sam dachte über das was sie sagte nach und stellte fest, dass er ihre Meinung von Rickards teilte. Es war vom Kameramann dumm gewesen, Sonja hinterherzulaufen. Ja, und Sam war ebenso blöd gewesen, ihm zu folgen, hatte dies aber aus anderen Gründen getan.

»Bist du meinetwegen hierhergekommen?«, fragte sie ihn.

Er sah auf den Stapel Zeitschriften auf dem Boden des Zelts. »Liest du solches Zeug?«

»Ja, das Abonnement meines Mode-Magazins ist letzten Monat ausgelaufen.«

Er lachte.

»Und?«, fragte sie.

»Ich habe mir Sorgen um dich gemacht, nachdem diese Männer versucht haben, dich zu töten – eigentlich, uns zu töten.«

»Du hast einen Mann getötet, Sam. Wir beide wissen, dass es das Klügste für dich gewesen wäre, das erste Flugzeug nach Hause in die Staaten zu nehmen.«

Er nahm eine Ausgabe von ›Magnum‹, das sich dem Thema ›Handfeuerwaffen‹ zu widmen schien in die Hand und blätterte darin, obwohl ihn die Vorzüge der .357 gegenüber der .44 überhaupt nicht interessierten. »Warum tust du, was du tust, Sonja?«

Sie lehnte sich auf ihrer Liege zurück und verschränkte die Hände hinter dem Nacken. »Weil ich es hasste, zu tippen und weil ich eine lausige Kellnerin war. Warum machst du Fernsehsendungen, anstatt in der Prärie zu zelten und Kojoten zu erforschen?«

Er zuckte mit den Schultern. »Auf diese Weise kann ich Botschaften über den Naturschutz und gefährdete Arten an ein viel grösseres Publikum weitergeben, als wenn ich nur forschen würde. Und die Bezahlung ist natürlich auch gut.«

Sie lächelte ein wenig und nickte. »Ich würde lügen, wenn ich behauptete, es ginge mir nur ums Geld.«

»Willst du denn nie aufhören?«

»Willst du? Wir sind beide wie Huren, du und ich, aber insgeheim geniessen wir es beide. Verurteilst du mich jetzt, Sam?«

»Nein. Nein, nein, ganz und gar nicht. Es ist nur so ...«

»Was? Glaubst du nicht, dass eine Frau Söldnerin sein kann? Oder glaubst du nicht, dass eine Frau für ihren Lebensunterhalt töten kann?«

»Nein. Aber ich möchte nicht daran denken, dass du übermorgen vielleicht nicht mehr da bist.«

Sie war für eine weitere Erwiderung bereit, für eine weitere Salve der gleichen alten Munition, die sie jedes Mal benutzen musste, wenn ein eingebildeter Mann ihr zu sagen versuchte, dass sie dort, wo sie war, nichts zu suchen habe. Seine Worte wirkten jedoch so, als höre sie den Schlagbolzen in einer leeren Kammer klicken. Es klang beängstigend – erschreckend. Man sollte seine Kugeln zählen und sich nie überraschen lassen. Sie wusste nicht, was sie sagen sollte. Sie mochte ihn ... sie mochte ihn wirklich, aber sie wollte nicht, dass er in ihre Welt kam und dort verletzt wurde.

Sam stand auf, ging in der Enge des Zelts ein wenig gebeugt zwischen die beiden Feldbetten und setzte sich neben sie. Die Federn quietschten und die Plane knarrte. Sam nahm die AK-47 vorsichtig in die Hand, für den Fall, dass das Ding versehentlich losging.

Sie beobachtete, wie er die Waffe auf die andere Liege legte und öffnete den Mund, aber im ersten Moment kam kein Ton heraus. »Du solltest gehen.«

»Abgemacht.« Das Feldbett sackte neben ihr etwas zusammen und er spürte, wie sie sich unwillkürlich etwas näher zu ihm hinüberlehnte. »Aber nur, wenn du mitkommst.«

Sie blickte auf das Moskitonetz der Zeltklappe, als habe sie Angst, dass jeden Moment jemand hereinplatze. Oder suchte sie, fragte sich Sam, nach einem Fluchtweg? Vielleicht ein bisschen von beidem. Er schlang einen Arm um sie und legte seine Hand auf ihre. Sie bewegte ihre Hand nicht.

Er konnte sie jetzt riechen. Kein Parfüm, keine Körperlotion, nur billige Seife und feuchtes Haar nach einer Dusche im Freien. Sie war ein wildes Geschöpf – ein Raubtier, das in dieser feindlichen Umgebung von Männern, Tieren und Gewehren genauso zu Hause war wie eine Löwin und ebenso gefährlich. Er wollte sie nicht zähmen, denn er würde beim Versuch bestimmt sterben, aber er wollte mit ihr zusammen sein. Sie erinnerte ihn daran, was er hätte sein können: Ehrlich.

Sie befeuchtete ihre trockenen Lippen mit der Zungenspitze. Kein Lippenstift, sowas hatte sie nicht nötig. »Ich möchte aufhören, Sam, aber ich kann nicht.« Ihre Stimme war heiser.

Er lehnte sich näher zu ihr. »Wegen des Geldes musst du das nicht tun. Falls du in Schwierigkeiten steckst, ich habe genug davon ...«

Sie weitete die Augen und wich ein wenig zurück, um den Abstand zu wahren.

Scheisse, dachte er, *das kam falsch rüber*. »Ich denke einfach, dass ... das es das nicht wert ist...«

Sie hob die Hand und lächelte, als er zurückwich. Er dachte, sie würde ihn ohrfeigen, aber stattdessen legte sie die Spitze ihres rechten Zeigefingers auf seine Lippen. »Sei still«, flüsterte sie, »ich weiss, was du meinst und ich bin gerührt. Aber ich lasse mir von keinem Mann etwas schenken.« Sie leckte sich wieder über die Lippen und liess sie leicht geöffnet.

»Sonja?«, kam eine Stimme von draussen.

Sie öffnete den Reissverschluss des Zeltes und seufzte geräuschvoll. Sie fuhr sich mit der Hand durch das feuchte Haar und hoffte, dass ihre Wangen nicht so gerötet waren, wie sie sich anfühlten und ihr Geruch nicht so stark, wie sie befürchtete. Sie spürte das Rinnsal, die Wärme und den Schmerz.

»Oh, hallo«, sagte Martin, als Sam ihr aus dem Zelt folgte.

Martin sagte nicht direkt, er hoffe, nicht gestört zu haben, aber seine hochgezogene Augenbraue drückte es trotzdem aus. »Hast du einen Moment Zeit?«

»Natürlich«, gab sie zurück. »Sam, können wir unser Gespräch vielleicht später fortsetzen?«

Er nickte, machte auf dem Absatz kehrt und ging hinüber zu Rickards, der eine Reihe von CLA-Rebellen filmte, die vor dem offenen Essenszelt Schlange standen.

»Lass uns etwas gehen.«

Sie nahm seinen Schritt auf und ging neben ihm.

»Plaudern? Nennt man das heutzutage noch so?«

»Es war nichts, Martin und ausserdem geht es dich nichts an.«

Er nickte. Er trug eine AK-47 und sie fragte sich, ob er sich damit an ihren Vater anpasste, der während der Besprechung bewaffnet war. »Ich dachte, ich informiere dich besser über den Damm-Job.«

»Das ist bestimmt eine gute Idee«, sagte sie, »denn ich habe noch nie einen Damm gesprengt. Ich hoffe, es ist ein guter Plan, sonst bin ich weg.«

Sie gingen in Richtung der Anlegestelle der Boote und ausser Hörweite des Lagers, einen schmalen Pfad zwischen Schilf und Papyrus entlang. Sie verdrängte das Bild von Sams anziehendem Gesicht aus ihrem Kopf. Die Versuchung, mit ihm zu fliehen, war trotz ihrer Worte fast übermächtig gewesen. Was wollte er ihr sagen, fragte sie sich, als er von Geld sprach? Er schien nicht der Typ zu sein, der eine Frau aushalten wollte. Hatte er etwas anderes gemeint? Er wusste von Emma und das reichte ihrer Erfahrung nach normalerweise aus, um eine erste Verabredung zu beenden. »Ich nehme an, dass niemand anderes von CS hier auftauchen wird?«

»Nein. Nur du und ich. So haben wir einen grösseren Anteil an der Beute. Ich habe deinen Anteil bereits auf dein Konto überwiesen.«

»Danke, aber erwartest du von mir, zehn Tonnen Sprengstoff in einem Rucksack zu tragen, damit über den Stacheldraht bei der Baustelle zu klettern und mich an der namibischen Armee vorbeizuschleichen? Oder kommst du mit, um mir beim Tragen zu helfen?«

»Sehr witzig. Ich werde deine Fragen beantworten, wenn ich mit den Informationen am Ende bin.«

Sie blieb stumm. Das war der Armeestil.

»Einmal im Monat besucht eine mobile Klinik mit HIV-AIDS-Tests die Baustelle des Staudamms. Es ist ein umgebauter Lastwagen mit einer klimatisierten Kabine auf der Ladefläche. An Bord sind zwei Personen: eine diplomierte Krankenpflegerin und ein ausgebildeter Rettungssanitäter, der gleichzeitig als Fahrer fungiert. Da sie unterwegs noch weitere Stopps einlegen, kommt das Fahrzeug normalerweise in der Dämmerung am Damm an – manchmal sogar erst nach Einbruch der Dunkelheit. Die Klinik fährt erst seit drei Monaten zum Staudamm. Es ist eine relativ neue Initiative und ein bisschen Werbe-Dekoration, die der deutsche Partner des Staudammprojekts, Grow-irgendwas, finanziert.«

»GrowPower«, korrigierte sie ihn. »Deren PR-Mensch ist ziemlich scharfsinnig.«

Er runzelte die Stirn über die Unterbrechung, nickte aber. »Wie auch immer. Ist ja egal. Der Punkt ist, dass nie dieselben zwei Leute den Wagen auf das Gelände fahren. Die Torwächter, die an die Besuche gewöhnt sind, wissen also nicht, wer die Klinik fährt. Wenn ihre Ausweise in Ordnung sind, werden sie durchgelassen.

Der nächste Besuch ist für morgen Abend geplant. Der Transporter wird um 19.00 Uhr Ortszeit am Eingangstor ankommen, mit einer anderen Krankenschwester und nicht demselben Fahrer wie beim letzten Besuch. Diesmal sind es du und Gideon, der Kundschafter der CLA, nachdem ihr die Klinikleute an einem vorgetäuschten Kontrollpunkt auf der B8 abgefangen habt.«

»Wenn du vorhast, die Krankenschwester und den Fahrer zu töten, dann endet diese Besprechung genau jetzt.«

»Ich sagte, keine Unterbrechungen.« Es wurde langsam dunkel und er schlug auf eine Mücke im Nacken. Der Weg führte sie am Fluss entlang, dessen Oberfläche sich wie geschmolzenes Blattgold kräuselte. Die Frösche begannen, sich für den abendlichen Chor einzustimmen. »Sie werden von einem als Polizist verkleideten CLA-Angehörigen angehalten, gefesselt und in einer Hütte irgendwo im Busch festgehalten. Darin sind sie gut, wie du selbst bemerkt hast. Wenn alles vorbei ist und sie keine Dummheiten machen, werden sie wieder freigelassen.

»Aber ...«

Er hob eine Hand. »Bevor du mich wieder unterbrichst, lass es mich zu Ende erklären. Die Krankenschwestern werden von einer von Deutschland unterstützten AIDS-Hilfsorganisation gestellt. Es sind Rucksacktouristen – weisse Mädchen, die einen Monat lang Gutes tun und dann weiterreisen und alles vögeln, was sich bewegt. Die Fahrer werden auch gewechselt, also wird Gideon keinen Verdacht erregen.«

»Woher weisst du das alles?«, Sonja blieb auf dem Weg stehen, die Hände in die Hüften gestemmt.

Er seufzte, als hätte er sich damit abgefunden, dass er ihre Unterbrechungen nicht verhindern konnte. »Trench, der Vorsitzende des Okavango-Verteidigungskomitees, hat es mir erzählt. Ihm gehört eine Safari-Lodge in Namibia und die mobile Klinik besucht nicht nur den Damm, sondern auch diese.«

»Was ist mit dem Bauleiter, Deiter Roberts? Er kennt mich. Dafür hast du gesorgt, als du mir auftrugst, ihm schöne Augen zu machen.«

Martin schüttelte den Kopf und sie setzten ihren Weg fort. »Herr Roberts' schönes Haus in Windhoek wird in den nächsten Stunden in Flammen aufgehen und wenig später wird die Feuerwehr gerufen. Ich gehe davon aus, dass unser Deiter morgen unterwegs sein wird, entweder auf der Strasse oder mit dem ersten Flug von Divundu aus.«

Sie studierte sein Gesicht – das kleine Lächeln, die dünnen, grausamen Lippen. Sie wusste, dass er ein echter Fiesling sein konnte, wenn er sich etwas in den Kopf setzte und heute Abend war er in seinem Element. »Wer kümmert sich um die Brand-stiftung?«

Er zuckte mit den Schultern. »Ein paar Freiberufler in Windhoek. Mach dir keine Sorgen, die sind billig und schneiden nicht allzu viel von unserem Kuchen ab.«

»Du warst in den letzten Tagen sehr beschäftigt. Wie sprenge ich den Damm, wenn ich erst einmal auf dem Baugelände bin? Mit einem AIDS-Testwagen voller Sprengstoff, vermute ich?«, fragte Sonja.

»Hast du den alten Kriegsfilm ›Dambusters‹, die Dammsprenger, gesehen?«

»Du wirfst aus einem Flugzeug ein Fahrzeug ab und es landet im Fluss, stimmt's?«

»Sehr witzig. Die Bomben hüpften über das Wasser, damit sie die von den Deutschen aufgestellten Torpedonetze überwinden konn-ten. Dann kamen sie an der Staumauer zur Ruhe, sanken langsam auf den Grund des Sees und detonierten dann genau in der richtigen Tiefe. Die Kraft des Wassers im See hinter der Bombe verstärkte ihre Wirksamkeit und die Kraft der Druckwelle. Du musst deine Bombe genau gleich unter Wasser und auf den Grund der Staumauer bringen.«

»Wie? Ausserdem bezweifle ich, dass ich in den Wagen einer AIDS-Testklinik, egal wie gross er ist, genug Sprengstoff packen kann, um einen Staudamm in die Luft fliegen zu lassen.«

»Da hast du Recht. Tatsächlich wirst du nur etwa acht Kilogramm Sprengstoff ins Fahrzeug schmuggeln.«

»Acht Kilo?«

Er hob eine Hand. »Lass es mich dir erklären. Gab es auf dem Gelände der Staudamm-Baustelle einen Sprengstoff-LKW?«

»Ah, ja.« Sie nickte. »Roberts sagte mir, GrowPower baue nicht nur Pflanzen an, sondern sprenge auch Löcher in den Boden.«

Steele lächelte. »Laut Trenchs Quellen wird der AIDS-Trans-porter zusammen mit den anderen wertvollen Baufahrzeugen normalerweise über Nacht auf dem Hof geparkt. Dieser wird rund um die Uhr bewacht und die Krankenschwester und ihr Fahrer schlafen üblicherweise in einem Zelt, das jeweils für Besuchende der Baustelle aufgebaut wird. Präzis um 03.00 Uhr wird Gideon selbst zum Brandstifter und eine der Baracken, in denen die Bauarbeiter untergebracht sind, fängt Feuer. Die Gebäude befinden sich, wie du dich sicher erinnerst, in der Nähe des Fahrzeugparks. Du bringst den Sicherheitsbeamten, der den Parkplatz bewacht, dazu, bei der Brandbekämpfung zu helfen und lässt Gideon in den Fuhrpark. Dieser holt das AIDS-Fahrzeug, das auch als Krankenwagen dient. Sobald er die Ambulanz zu dir gebracht hat, zieht er sich auf das unverschlossene Gelände zurück und macht sich an die Arbeit mit dem Lastwagen voller Sprengstoff.

»Und was bedeutet, er macht sich an die Arbeit?«

»Ich habe nacheinander zwei hochexplosive Sprengladungen für diesen Auftrag vorbereiten lassen und Gideon befestigt sie an der Unterseite des Trucks. Die erste Sprengladung ist ein so genannter Kicker und die zweite, die grössere der beiden, ist der Zünder. Er wird ein Loch in den Stahltank mit dem Nitropril sprengen und es zur Explosion bringen.

Sie schüttelte kurz den Kopf. »Aber wie bekommen wir den Lastwagen mit dem Sprengstoff an seinen Platz?«

»Dazu wollte ich gerade kommen«, sagte er. »Du steigst in den Krankenwagen und sagst jedem, der es hören will, dass du ein oder zwei Verbrennungsopfer auf dem Rücksitz hast und diese in die Klinik nach Divundu bringen musst. Gideon, der Held, sollte inzwischen den Sprengstoffwagen gestartet haben. Er sagt dem Sicherheitsbeamten, er fahre den Lastwagen, damit er sich nicht entzünde, vom Feuer weg. Das ist natürlich Unsinn, aber niemand wird ihm widersprechen. Gideon ist die Art von Person, auf die man in einer Krise hört und sollten sie es nicht tun, beseitigt er sie in aller Stille. Gideon wird in die finstere Nacht hineinfahren, aber anstatt zum Verwaltungsgebäude, fährt er auf die Staumauer und du folgst ihm.«

Sonja nickte. Trotz ihrer früheren Bedenken war sie von der Einfachheit und Kühnheit des Plans beeindruckt. Manches war dem Zufall überlassen, aber das war bei einem Unternehmen, das im Wesentlichen aus zwei Personen bestand, unvermeidlich. »Es könnte tatsächlich funktionieren. Und auf halber Höhe der Staumauer biegt Gideon links ab, springt heraus und lässt den Lastwagen über die Kante ins Wasser rollen.«

»Genau.« Steele grinste. »Der Lastwagen sinkt oder rollt an der Rückseite der Staumauer hinunter, unter Wasser. Die Sprengladungen sind mit einem barometrischen Zünder versehen, der in der richtigen Tiefe gezündet wird, um maximalen Schaden anzurichten. Die erste Sprengladung, der Kicker, rollt den Lastwagen auf die Seite, so dass die maximale Oberfläche des Nitropril-Tanks mit der Mauer in Berührung kommt. Ein paar Sekunden später geht die Initialladung hoch, reisst ein Loch in den Tank und bringt den ganzen schönen Sprengstoff darin zur Explosion.«

Als die Sonne weit hinten über dem sandigen Boden verschwand, hielten sie wieder an. Zu einer anderen Zeit und unter anderen Umständen wäre es romantisch gewesen. »Wusch und der Damm ist weg! Hoffentlich«, sagte Sonja.

»Es geschieht nicht sofort. Die Explosion schwächt die Staumauer, danach ist es aber eigentlich die Kraft des Wassers, die den beschädigten Teil durchbricht.«

Sie blickte auf den sich dunkel windenden Fluss und dachte über die Verwüstung nach, die sie in einer der schönsten Gegenden der Welt anzurichten vorhatten. Hatte Sam recht? War es das wert? Sie spürte das Kribbeln der Erregung, so stark und heiss wie die Zeichen, die Sam in einem anderen Teil ihres Körpers entzündet hatte. Der Plan war einfach, gewagt und verrückt. Die beste Art. »Und wie komme ich danach raus?«

»Stell dir die Szene vor. Es herrscht reines Chaos. Du holst Gideon mit dem Krankenwagen ab und bevor der barometrische Zünder den Sprengstoff zündet, seid ihr von der Staumauer weg. Kurze Zeit später existiert die Staumauer nicht mehr und die meisten Soldaten befinden sich auf der gegenüberliegenden Seite. Du schleichst dich einfach davon.«

Sie lachte. »Verschwinden? Einfach so? Pfft, weg, wie ein Irrlicht?« Sie schnippte mit den Fingern.

»Ich bin mit unserem treuen Fernsehteam und einer schnellen

Eingreiftruppe, die sechs der besten CLA-Mitglieder umfasst, an Bord eines der Hubschrauber, die in der Nähe der Grenze zu Botswana kreisen. Du und Gideon werdet Such- und Rettungssender, ein GPS und Handfunkgeräte mit euch führen. Ihr lasst den AIDS-Wagen stehen, sucht euch eine ruhige Stelle im Zaun, schneidet euch den Weg frei und geht in den Busch. Dort sucht ihr einen sicheren Landeplatz und meldet euch bei uns.«

Sie starrte ihn an, die Hände in die Hüften gestemmt. »Klingt, als hättest du bei der Planung unserer Flucht geknausert. Glaubst du nicht, dass wir es so weit schaffen?«

»Glaubst du selbst nicht, dass du es schaffst?«, konterte er.

Sie biss sich auf die Unterlippe und dachte einige Augenblicke nach. »Das schaffe ich blind und du weisst es.«

25

Sonja wollte zu Sam, musste aber zuerst zu ihrem Vater. Die CLA nutzte dieses Lager offenbar schon seit einiger Zeit, denn viele der Männer hatten für sich und ihre Familien am anderen Ende der Insel im Sumpf, nur einen kurzen Fussmarsch vom Militärzeltlager entfernt, traditionelle Hütten aus Lehmziegeln mit Schilfrohrstroh gebaut. Ihr Vater war nicht der einzige Truppenangehörige, der seine Frau und Kinder bei sich hatte. Aber sein Sohn, ihr Halbbruder, war das einzige gemischtrassige Kind. Sie sah, wie der Junge mit einem Stock in der Hand herumtollte und versuchte, mit zwei grösseren, vielleicht sieben- oder achtjährigen Jungen, die Soldaten spielten, Schritt zu halten. Die anderen versteckten sich in den Büschen rund um das gerodete Gelände zwischen den Hütten.

»Peng, peng«, rief der Sohn ihres Vaters.

»Frederick, wo ist dein Papa?«, Sie ging auf die Knie und nahm ihm sanft den Stock aus der Hand. »Das brauchst du in deinem Alter nicht, mein Junge.«

Das Kind fing an zu wimmern und Sonja wusste aus eigener Erfahrung, was dieses Geräusch anrichten konnte.

Miriam kam aus einer Hütte und wischte sich die Hände an einem Geschirrhandtuch ab. »Frederick?«,

Sonja war ein wenig überrascht, dass ihr Vater hier wohnte. Sie hatte erwartet, er habe ein grösseres Haus als die anderen Männer, nein, eigentlich dachte sie, er hätte ein Haus für Weisse. »Oh, Sonja! Hallo.«

Sonja nickte zur Begrüssung mit dem Kopf, schaute auf den kleinen Jungen hinunter und dann zu seiner attraktiven Mutter. »Ich suche meinen Vater ... Ist er hier?«

»Komm, Frederick, dein Essen ist fertig. Nein, er ist mit den Männern in die Sümpfe gefahren. Er sagte, er müsse in letzter Minute noch etwas trainieren. Er lässt sie Tag und Nacht arbeiten, so viel, dass selbst die jungen Männer manchmal aussehen, als würden sie sterben. Aber dein Vater hat die Kraft eines Mannes, der ein Drittel so alt ist wie er.«

Sie rechnete schnell nach – er müsste jetzt sechzig sein. »Nun, es war sowieso nicht so wichtig. Wir sehen uns, Miriam.«

»Nein, warte, Sonja. Lass mich Frederick versorgen, dann können wir reden. Es ist gut, dass du deinen Vater besuchen wolltest.«

»Du weisst ja nicht, was ich ihm sagen wollte.«

Miriam nahm den kleinen Jungen auf den Arm und ging zurück zur Hütte. Ohne sich umzudrehen, sagte sie: »Der Zorn ist von dir gewichen. Ich glaube, du bist gekommen, um herauszufinden, wer er geworden ist.«

Sonja biss sich auf die Lippe. Was wusste diese verdammte Frau schon? »Es ist mir egal, wer er geworden ist. Du hast ihn nicht gekannt, wie er war.«

»Nein. Als ich ihn fand, war er ein toter Mann. Er atmete noch, aber er war tot.«

»Er hat dich nie geschlagen.«

Miriam setzte das Kind am Eingang zur Hütte ab. »Nein. Aber er erzählte mir kurz nachdem er nüchtern war, wozu er in betrunkenem Zustand fähig war. Er erzählte mir von der Erinnerung an den Tag, an dem er dich verlor und wie es ihm das Herz so sehr brach, dass er dachte, er würde innerlich verbluten. Er hat dich geliebt«, sagte Miriam, »und tut es immer noch.«

Sonja fühlte sich hier fehl am Platz. Sie war keine, die die andere

Wange hinhielt oder vergab und vergass. In ihrer Welt erben die Sanftmütigen die Erde nicht, sondern ihre Dörfer werden niedergebrannt und ihre Ehemänner getötet. Aber als sie sich umschaute, sah sie auf einer Wäscheleine grüne T-Shirts und Tarnanzüge trocknen. Vielleicht hatte sie sich in Miriam getäuscht. Was für eine Frau ging mit ihrem kleinen Kind in die Sümpfe, um sich einer Rebellenarmee anzuschliessen und schickte ihren Mann mit dem Gewehr und Munition im Wissen zur Arbeit, dass er wahrscheinlich nur um ein politisches Zeichen zu setzen trainierte, und wahrscheinlich dabei starb? Vielleicht war Miriam stärker, als Sonja sich selbst einschätzte.

»Er hat meine Mutter vertrieben«, sagte Sonja, »und mich hat er weggejagt, obwohl ich mich entschloss, bei ihm zu bleiben.«

Miriam kniete neben einem geschwärzten Topf vor der Tür, löffelte einen Haufen weissen Maisbrei auf einen verbeulten Teller aus Emaille und schöpfte eine dicke Sosse mit Bohnen und Fleisch aus einem Aluminiumtopf darüber.

Frederick setzte sich und ass noch etwas ungeschickt selbst, indem er eine Handvoll Maismehl nahm und es in die Brühe tauchte. Miriam richtete sich auf und sah sie an.

»Es tat ihm leid, aber er wusste, dass es zu spät war. Er hat sein Leben neu begonnen, und ich hoffe – ich bete -, dass er lange genug lebt, um Frederick in einem eigenen Land aufwachsen zu sehen.«

Sie sah auf den kleinen Jungen hinunter, der sich zufrieden Essen in den Mund stopfte. Sie erinnerte sich an Emma im selben Alter. »Warum, Miriam? Warum liebst du ihn? Ihr seid verschieden alt, verschiedenfarbig, aus verschiedenen Welten. Was siehst du in ihm?«

Miriam wischte sich wieder die Hände ab. »Ich sah einen Mann, der von seinen Dämonen gefangen gehalten und von seinen vergangenen Sünden gequält wurde. Dann sah ich, wie dieser Mann, dieser Gefangene, befreit wurde, als er den Herrn fand und den Alkohol aufgab. Du bist diesem Mann bis zu den letzten zwei Tagen nie begegnet. Du kennst ihn überhaupt nicht. Deine Mutter muss ihn vor langer Zeit, bevor der Krieg ihn veränderte, gekannt haben. Sie hat wohl den Mann geliebt, den ich jetzt liebe.«

»Aber er geht wieder in den Krieg«, sagte Sonja. »Das könnte ihn wieder zerstören.«

»Vielleicht seinen Körper, aber nicht seine Seele. Seine Seele ist gerettet und wenn er stirbt, wird sie in Frederick und in mir weiterleben. Hoffentlich in einem freien Land.«

»Wie kannst du dich nur so verdammt anpassen?«

»Wie kannst du glauben, dass dein Vater jemals aufgehört hat, dich zu lieben?«

SONJA FÜHLTE sich verwirrt und einsam, was sie wütend machte. In kleinen Tätigkeiten fand sie etwas Trost. Sie nahm das Magazin aus ihrer Glock und legte es neben sich aufs Feldbett. Die Gaslaterne neben ihr zischte und ihr glühender Mantel erhöhte die Temperatur noch zusätzlich. Obwohl es Nacht geworden war, herrschte draussen immer noch brütende Hitze. Sie schaffte es, ihre Waffe mit verbundenen Augen zusammenzubauen und konnte sich im Dunkeln ausziehen, also schaltete sie die Laterne aus. Sie spannte die Pistole, schob den Sicherungsstift heraus und lockerte den Schlitten. Dann entfernte sie die Feder und den Lauf. Die einfachen, geübten Bewegungen ihrer Hände, das solide Gewicht und die ausgefeilten Linien der Teile gaben ihr Sicherheit. Sie war nie jemand, der schwankte, hatte nie gezaudert oder über ihre Entscheidungen gegrübelt. In einer Schlacht war es immer besser, eine Entscheidung zu treffen und sich daran zu halten, auch wenn sie sich als falsch erwies. Ein Plan liess sich auf halbem Weg ändern, aber ohne die Startlinie hinter sich zu lassen, konnte man auch kein Ziel erreichen. Sie hasste es, nicht zu wissen, wie sie sich fühlte oder was sie als nächstes tun sollte.

Sonja, war ihr ganzes Leben lang von einer unverhältnismässig hohen Anzahl von Männern umgeben. Abgesehen von den kurzen Phasen in ihrem Leben, in denen sie Martin Steele in ihre Welt gelassen hatte – Zeiten, die ebenso verhängnisvoll wie leidenschaftlich und lustig gewesen waren – und ein paar One-Night-Stands, war sie immer allein gewesen. Aber nie einsam. Jetzt wollte sie nur eines:

Von jemandem in die Arme genommen werden und hören, dass sich alles zum Guten wende.

Wie dumm. Sie konnte sich nicht erklären, warum sie auf einmal so emotional war. Es war nicht die Zeit für ihre Periode. Vielleicht, dachte sie, war es der Anblick des kleinen Frederick, der sie an ihre Schuldgefühle erinnerte, weil sie so viel von Emmas Kindheit verpasst hatte. In solchen Zeiten brauchte es wenig, sich einzureden, dass sie eine schlechte Mutter gewesen sei.

Sie legte die Teile der Pistole auf ein Leinentuch, montierte den Putzstock aus Messing, indem sie die Teile zusammenschraubte und die Bürste am Ende anbrachte. Sie schob den Stab in den Lauf und zog ihn hin und her, um das Innere der Waffe zu reinigen. Dann zog sie ihn heraus, wickelte ein kleines Quadrat aus Flanell um die Bürste und spritzte etwas Waffenöl auf das Material. Sie hörte Schritte auf dem trockenem Laub vor ihrem dunklen Zelt. Sie setzte die Pistole schnell zusammen, setzte das Magazin ein und spannte die Waffe.

»Nicht schiessen!«, Sam stand an der Öffnung ihres Zeltes.

Sie liess die Pistole sinken. »Entschuldige, die Macht der Gewohnheit.«

»Ich wollte nur gute Nacht sagen«, sagte er.

»Und wo hast du deinen Bewacher gelassen?«

Sam blickte über seine Schulter zurück: »Bei Jim und ein paar Damen der Nacht. Sie betrinken sich mit etwas namens Palmwein.«

Sonja verzog das Gesicht. »Das Zeug wird ihn umbringen, bevor er seinen ersten Krieg erlebt.«

»Die CLA-Typen glauben, er sei auf ihrer Seite.«

Sie deutete auf einen ausklappbaren Campingstuhl, der an der Rückwand des Zeltes lehnte. Sie wollte nicht, dass er sich noch einmal zu ihr auf das Feldbett setzte, denn sie spürte, dass sie sich selbst nicht mehr trauen konnte, wenn er wieder in ihrer Nähe sass.

»Danke«, sagte er und setzte sich auf den Stuhl. »Ich habe ein paar von ihnen interviewt. Sie haben traurige und beängstigende Geschichten darüber zu erzählen, wie sie unter den namibischen Behörden gelitten haben.«

»Sei vorsichtig, Sam. Afrika kann ein schlimmer und furchterregender Ort sein. Die namibische Regierung scheint eine der besser geführten und ehrlichsten zu sein. Aber auf diesem Kontinent betrügen und bekämpfen sich verschiedene Stämme ständig.«

Er lehnte sich, die Ellbogen auf den Knien, nach vorn.

»Trotzdem ziehst du gegen sie in den Krieg.«

»Es ist der Damm, mit dem ich nicht einverstanden bin.«

Er nickte. »Ja, irgendetwas an dem deutschen Kerl von GrowPower im Video hat mir eine Gänsehaut bereitet. Dieses ganze »Guten Tag, meine Damen und Herren ...« war so etwas wie »Willkommen als Gefangene in meinem Netz.«

Als sie über die Präsentation nachdachte und darüber, was Klaus Schwarz von GrowPower gesagt hatte, lief ihr ein Schauer vom Herzen bis in die Fingerspitzen.

»Die Regierung von Botswana will den Bau des Staudamms genauso wenig wie die Landbesitzer im Okavango, wird aber keinen Krieg um Wasser und Wildtiere führen.«

»Ist die Umwelt ein ausreichender Grund, um in den Krieg zu ziehen?«, fragte Sam.

»Ein besserer als die Religion. Heutzutage werden die meisten Kriege wegen Glaubensfragen geführt.«

Er lächelte. »Das ist wohl wahr. Hey, wegen vorhin ...«

»Ja?« Sie drückte auf den Knopf zum Entriegeln des Magazins und es glitt in ihre linke Hand zurück. Sie setzte das gefüllte Magazin ab, machte eine Ladebewegung und fing die ausgeworfene Patrone auf. Sie richtete die Pistole auf den Boden und drückte den Abzug.

Als der Schlagbolzen ins Leere schlug, zuckte Sam zusammen. »Wenn es aussah, als würde ich dich anmachen, als ich neben dir sass, oder ...«

»Oder?«

Sein Gesicht verfärbte sich ein wenig. »Ich wollte nur ... Ich wollte dich nur wissen lassen, dass ...«

Sie lehnte sich hinüber, legte die ungeladene Pistole auf die andere Pritsche und griff nach seiner Hand.

Er stand auf, ging zu ihr und setzte sich wieder neben sie auf die

Liege, wie bevor Steele sie unterbrochen hatte. Sie lehnte sich zu ihm und ihr Kuss war wie das erste Gewitter in der Regenzeit: Sehnsüchtig erwartet und herbeigewünscht, schliesslich aber erschreckend. Er umschloss sie mit seinen Armen, als ihre Münder miteinander verschmolzen.

»Aua.« Sie griff unter ihren Hintern und schob ihren Leatherman aus dem Weg. Sam lachte und das brachte sie auf die Palme. Als er wieder nach ihr griff, quietschten die Federn der Pritsche laut auf. »Wir werden das Lager aufwecken.«

Er stand auf, nahm ihre Hände und zog sie auf die Füsse. Sie küssten sich so, im Stehen. Sie zerrte an seinem T-Shirt, woraufhin er einen halben Schritt zurücktrat und es sich über den Kopf zog. Er griff nach ihrem Trägerleibchen, aber sie legte ihm eine Handfläche auf die Brust und drückte ihn mit sanfter Bestimmtheit zurück in den Campingstuhl. Als er die Hand nach ihr ausstreckte, packte sie seine Handgelenke und legte seine Hände auf seine Knie. Ihr Blick sagte ihm, er solle stillsitzen.

Sie stellte sich vor ihn und zog sich langsam das grüne Hemdchen über den Kopf. Sie drehte ihm den Rücken zu und öffnete den Knopf an den Shorts, die er für sie gekauft hatte. Sonja spürte den Strom purer Lust in ihrem Inneren strömen, als würde die Kraft daraus ihren Körper füllen und ihre Bewegungen lenken. Sie öffnete den Reissverschluss bis zur Hälfte und liess die Shorts ein paar Zentimeter sinken, so dass sie tief auf ihren Hüften hingen. Sie schaute über ihre Schulter zurück und sah das Verlangen und die Sehnsucht in seinen hungrigen Augen. Sie lächelte ihm zu und griff nach hinten zum Verschluss des schwarzen Bikinioberteils, das sie als BH trug. Sie zog einen Träger nach dem anderen über die Schultern, wandte ihm aber weiterhin den Rücken zu.

»Sonja ...« flüsterte er.

»Pssst.« Sie machte einen Schritt zurück, drehte sich dann um und legte eine Hand auf seine Schulter. Mit dem anderen Arm bedeckte sie ihre nackten Brüste, um sie vor ihm zu verbergen. Seine Knie waren weit gespreizt und der Anblick der Ausbuchtung in seinen Shorts liess sie erwartungsvoll über ihre Lippen lecken. Sie liess sich auf eines seiner Beine sinken und er zog seine Hand schnell aus dem Weg –vielleicht aus Sorge, sie könnte die Sache abbrechen, wenn er sie berührte. Sonja liess sich langsam seinem muskulösen Oberschenkel entlang zu ihm hinuntergleiten. Sie schloss die Augen, beugte sich über ihn und küsste ihn erneut leidenschaftlich. Dann stand sie auf.

Sonja begann, mit nach oben gestreckten Armen ihre Hüften langsam und rhythmisch zu bewegen, so dass ihr die khakifarbenen Shorts von den Beinen rutschten. Sie liess sich auf den Zeltboden fallen, wölbte den Rücken und sah über ihre Brüste hinweg, dass er sich näher zu ihr lehnte. Schliesslich war sein Mund so nah, dass sie seinen Atem auf ihrem Bauch spürte.

Sie hakte ihre Daumen in den Gummizug ihres Höschens und begann es langsam herunterzuziehen, stoppte aber erneut nach wenigen Zentimetern. Wenn er sich nicht bald rührte, würde sie...

Sam stand auf, umfasste ihren Hintern mit seinen Händen, hob sie in die Höhe und nahm sie in die Arme. Als er seine Zunge in ihren Mund schob und diesen erkundete, schlang sie ihre Beine um ihn. Sie fragte sich, ob er sie so, im Stehen nehmen würde, was in den Filmen gutaussah das und wovon Männer die Vorstellung liebten. Sie wusste, dass die Realität oft anders war als Hollywood-Fantasien. Stattdessen liess er sie heruntergleiten. Er war stark, und sie erkannte, dass die Stunden, die er im Fitnessstudio verbracht hatte, ihn nicht nur für das Fernsehen gut aussehen liessen. Mühelos setzte er sie auf dem Stuhl ab, auf dem er eben noch gesessen hatte. Seine Hände waren jetzt in ihrem Höschen, zerrten daran und rissen es ihr fast vom Leib. Er liess sich auf die Knie fallen, legte seine Hände auf ihre Beine und spreizte sie. Er hob ihre Beine an, sodass sie über seinen Schultern lagen und öffnete sie mit seinen Fingern. Sie liess sich ein wenig nach unten rutschen, um sich ihm anzubieten.

Sie wusste, wie feucht sie war, aber die Sicherheit, mit der er sie reizte und die Länge seines Fingers, der in sie glitt, raubten ihr den Atem. Sie stöhnte auf, als seine Lippen ein perfektes ›O‹ um ihre Klitoris formten, sie umfingen und in seinen Mund saugten. Er hielt sie dort fest, nicht etwa aus Mangel an Erfahrung oder Wissen, sondern als eine Art Belohnung für die Neckereien, mit denen sie ihn vorher gefoltert hatte. Sie spürte, wie sich das Crescendo steigerte, zuerst langsam, dann in hochstürmenden Empfindungen, die sie zu überwältigen drohten. »Ja, mach weiter, Sam, ... bitte.«

In diesem Moment löste er seine Zunge und Finger, küsste wieder ihr geschwollenes Fleisch und liess seine Lippen über ihre schreienden, empfindlichen Nervenenden gleiten. Sie packte seinen Kopf mit den Händen und versuchte, ihn näher zu sich zu ziehen. Als er mit seiner Zunge in sie eindrang, dachte sie, sie würde vom Stuhl und in ihn hineinrutschen.

Er stand auf, griff in seine Tasche und fischte das in Folie eingewickelte Päckchen heraus. Sie griff nach seinen Shorts und zog sie mit der gleichen Kraft und Geschwindigkeit herunter, mit der er sie ausgezogen hatte. Sein Glied sprang hart und purpurrot vor Erwartung heraus.

»Lass mich«, sagte sie und griff nach dem Kondom. Sie nahm es, riss es mit den Zähnen auf und rollte den Gummi über ihn, wobei sie ihre Finger über seinen Schaft gleiten liess. Sie sah auf und genoss, dass er zitterte und seine Augen fast ganz schloss.

»Steh auf«, befahl er und übernahm wieder die Führung.

Ihre Beine fühlten sich wie Gummi an und er musste sie festhalten, um sie zu stützen, als er ihren Platz auf dem Stuhl einnahm und sie sich auf ihn herabliess. Sie wollte sich festhalten und reizen, so wie er es mit ihr getan hatte, aber jetzt waren die Spielchen zwischen ihnen vorbei. Er hob sie auf, trug sie zur Liege und legte sie sanft dort ab. Sie wollte ihn, wie sie noch nie in ihrem Leben jemanden gewollt hatte. Nicht einmal Stirling.

Sein Kuss dämpfte ihre Schreie und sie spürte, wie sich alles in ihr hart zusammenzog, bevor sie sich ganz nach unten senkte. Ganz nach Hause.

Sonja griff über ihn hinweg und unter ihren Rucksack, den er als Kopfkissen benutzte. Sie zog die Glock heraus und seine Augen weiteten sich theatralisch.

»Ich werde es niemandem verraten, weisst du. Du musst mich nicht umbringen.«

»Hahah.« Ihre Körper waren schweissnass und sie lag halb auf, halb neben ihm. Es war heiss im Zelt, dachte er und noch viel heisser in ihr. Sie schob das Magazin in den Kolben der Pistole.

»Komm mit mir zurück in die Staaten«, schlug er ihr vor und überraschte sich selbst fast ebenso sehr wie sie, ihrem Gesichtsausdruck nach zu urteilen.

»Ich werde dich nicht daran hindern, zu gehen.«

»Ich meine es ernst.« Und er spürte, wie ernst er es tatsächlich meinte. Er wollte, dass diese schöne Frau alt genug wurde, um zu vergessen, wie man mit dem Werkzeug in ihren Händen umging.

Sie bewegte sich und entspannte sich wieder auf ihm, drehte die Pistole um und bot sie ihm verkehrt herum an. »Nimm die, Sam.«

Er schüttelte den Kopf. »Ich will das nicht noch einmal machen.«

»Es kann schief gehen. Es wird schief gehen. Du wirst sie brauchen.«

Er schaute ihr in die Augen. »Du hast gesagt, ich soll gehen. Wir können gehen.«

»Du solltest gehen.«

»Normalerweise ist es der Mann, der einem Mädchen sagt, es soll gehen, bevor es zu einer Schiesserei kommt.«

»Ich bin ein neumodisches Mädchen und weiss, was ich tue.«

»Und ich nicht? Ist es das?«

»Ja. Rickards ist verrückt, aber du bist es nicht. Du kannst hier noch raus. Ich kann dafür sorgen, dass sie dich rausbringen. Jetzt. Nimm die Waffe. Ich werde mit meinem Vater sprechen – Gott weiss, dass er mir etwas schuldet – und dafür sorgen, dass sie dich gehen lassen. Ausserdem ist dieser Wahnsinn bevor du den Weg zu einem Telefon findest, vorbei.«

Er schüttelte den Kopf. »Nein. Ich bleibe dabei. Du hast Recht, es ist Wahnsinn, aber es scheint auch irgendwie richtig zu sein.«

»Mach dir nichts vor, Sam. Was wir – mein Vater und ich – tun, ist falsch. Er kämpft für eine aussichtslose Sache und ich bin wegen des Geldes hier. Er ist der Idiot und ich bin die Hure – keiner von uns hat

Recht, aber wir tun, was wir tun müssen. Du solltest gehen und Dokumentarfilme machen.«

Jetzt wurde er ärgerlich. »Nein. Jim hat Recht. Jemand muss hier sein, um über deinen Vater und seine Männer zu berichten und um der Welt ihre Gründe zu erklären. Ausserdem muss jemand zeigen, dass der Damm gesprengt wurde und erklären, dass es aus den richtigen Gründen geschah.«

»Sam, fall nicht auf Jims Schwachsinn herein. Im Journalismus geht es nicht um richtig und falsch und ausgewogene Berichterstattung. Es geht um einen Drei-Sekunden-Clip von einer grossen Explosion oder ein paar Typen, die an der Kamera vorbeirennen und ihre Waffen abfeuern. Von uns gibts nur eine kleine Meldung auf den stündlichen Satellitennachrichtenkanälen, bis ein Prominenter beim Ficken mit einer anderen erwischt wird. Oh, Entschuldigung ...«

»Was?« Plötzlich wurde ihm klar, dass sie von ihm sprach. Er winkte ihre Entschuldigung ab. Jetzt wurde ihm klar, wie sinnlos und frivol seine Zeit in der Öffentlichkeit – sein Leben – bisher gewesen war. Wen interessierte es schon, mit wem seine Ex-Freundin schlief? Er war unter Menschen, die für ihre Freiheit und die Zukunft eines der letzten Naturschätze der Welt kämpften. Er wusste, dass Sonja versuchte, distanzierter zu klingen, als sie wirklich war. »Folgst du mir in die Staaten, wenn ich jetzt gehe?«

Sie liess ihren Kopf auf seine Brust fallen, um ihm nicht in die Augen sehen zu müssen und legte die Pistole neben seinem Kopf aufs Bett. »Ich werde kommen.«

»Und du bringst deine Tochter mit?«

»Ja, aber sie ist eine Nervensäge.«

Er lachte.

»Gehst Du?«, fragte sie.

»Ich denke darüber nach.«

Sie seufzte und er spürte, wie sich ihr Körper an seinem entspannte, so dass noch mehr davon ihn berührte. Er wünschte sich, sie könnten für immer so bleiben und wenigstens einer von ihnen würde das tun, was sie einander gerade versprochen hatten.

26

———

Es gab zu viele Unsicherheiten, zu viele unerledigte Aufgaben, zu viele ›Wenn‹.

Sonja tippte die Nummer ein und wartete darauf, dass der Anruf per Satellit weitergeleitet wurde.

»Xakanaxa Camp, guten Tag. Wie kann ich Ihnen helfen?«

»Tracey, hier ist Sonja Kurtz.«

»Oh. Ja?«

»Ich muss mit meiner Tochter sprechen. Können Sie sie bitte holen?«

Es gab keinen Anschein von Höflichkeit zwischen ihnen und Tracey liess das Telefon mit einem dumpfen Knall auf den Schreibtisch fallen. Sonja hörte gedämpfte Stimmen, von denen sie eine als die von Stirling erkannte. Dann ein hohes Wimmern von Tracey, die einen Mitarbeiter herbeirief, um Emma zu holen.

»Sonja? Bist du das?«

Stirlings Stimme war leise, als ob er nicht wollte, dass Tracey ihn hörte. Vielleicht war sie schon aus dem Büro gegangen. »Ja.«

»Ich habe nicht viel Zeit. Ich hatte deine Nummer nicht, aber ich habe Emma gesagt, sie solle mir sofort Bescheid geben, wenn du anrufst. Das hatte ich nämlich gehofft.«

»Was ist los, Stirling?«

Einen Moment lang befürchtete sie, er würde sich entschuldigen und ihr sagen, er und Tracey, das sei alles ein Fehler gewesen und er wolle, dass sie zu ihm nach Xakanaxa komme. Jetzt würde sie es nicht mehr bereuen, Nein zu sagen. Sie wollte sich nicht an ihm rächen, aber die Dinge hatten sich buchstäblich über Nacht geändert.

»Sonja, bitte hasse mich nicht, aber ich konnte es nicht durchziehen.«

»Was durchziehen, Stirling?« Er redete wirres Zeug.

»Diesen Plan. Der Damm. Ich weiss nicht, wie viel ich am Telefon sagen soll, aber ... ach, zum Teufel damit. Ich habe die namibische Regierung angerufen, Sonja, das Verteidigungsministerium. Ich habe ihnen gesagt, dass es einen Plan gäbe und die Sprengung des Staudamms bevorstehe. Ich wollte dich warnen. Bitte, Sonja, wo immer du bist, lass dich nicht von Steele hineinziehen. Das muss ein Ende haben, sofort. Sag ihm, wenn du willst, dass die Namibier wissen, was die CLA plant. Es ist mir egal, ob du ihn rettest, aber rette dich selbst. Und bitte erzähl ihm nicht, dass ich es den Namibiern gesagt habe.«

Das war der Mann, mit dem sie den Rest ihres Lebens hatte verbringen wollen und nun hatte sich dieser weder den anderen Lodge-Eigentümern noch Steele gegenüber behauptet, sondern sie schlussendlich sogar verraten. Er hatte Angst, dass Steele ihn umbringen würde.

»Hast du noch jemandem erzählt, was du getan hast?«, fragte sie.

»Nein. Niemandem. Wem sollte ich?«

»Gut. So soll es auch bleiben.«

»Sonja«, sagte er, »ich glaube, der Damm hätte nie gebaut werden sollen und ich möchte nicht daran denken, welche Auswirkungen er auf das Delta haben wird. Aber in diesem Krieg, den ihr beginnt, werden unschuldige Menschen getötet. Das ist es nicht wert, Sonja. Das ist es einfach nicht wert.«

»Wo ist meine Tochter?«

»Ähm ... warte mal.«

Er legte den Hörer hin und sie hörte Traceys Stimme im Hinter-

grund, dann Emma, die sagte: »Ich komme ...« Ein paar Sekunden
später nahm sie den Hörer auf. »Mama?«

»Wie geht es dir?«

»Verärgert bin ich, so geht es mir. Onkel Martin ist verschwunden
und du bist irgendwo und sagst mir nicht wo. Mama, ich bin nicht so
dumm zu glauben, dass du nur Leibwächterin bist, aber es macht mir
Angst. Wann komme ich endlich hier raus?«

»Bald.«

»Ich bin weder eine Idiotin noch ein Kind und habe ein Recht
darauf, zu erfahren, was hier vor sich geht. Und hier gibt es nicht
einmal einen Internetzugang.«

»Wozu brauchst du denn das Internet? Geh auf eine Pirschfahrt
oder lass dich von einem der Führer auf ein Boot mitnehmen.«

»Ich stehe nicht auf afrikanische Männer. Aber danke für die Idee
...«

Sonja hielt das Telefon vom Ohr weg und atmete durch. Ein und
aus. »Emma, spotte nicht. Hör mir einfach zu. In Ordnung?«

»Alles klar.«

»Ich sollte in ein paar Tagen bei dir sein. Wenn ich bis dahin
nicht in Xakanaxa bin oder du bis Samstag nichts von mir hörst,
möchte ich, dass du Stirling bittest, dir einen Flug nach Maun zu
organisieren. Von dort fliegst du so schnell wie möglich nach Johannesburg und zurück nach London. Ist das in Ordnung?«

»Nein, verdammt noch mal, das ist überhaupt nicht in Ordnung.
Was ist hier los, Mama? Was soll dieser ganze ›Wenn du nichts von
mir gehört hast‹-Mist? Wo bist du und was machst du?«

»Mir geht's gut. Es gibt nichts, worüber du dir Sorgen machen
müsstest.«

»Ich mache mir aber verdammt viele Sorgen. Wo ist Martin? Hast
du etwas mit ihm vor?«

»Emma, ich wollte dir nur sagen ...«

»Was?«

»Ich liebe dich, Emma.«

»Wie auch immer.«

· · ·

IHR VATER GAB seine Befehle und Sonja staunte erneut über die Verwandlung des Wracks, das er gewesen war.

»Der erste Hubschraubereinsatz mit zwei Maschinen wird den Aufklärungszug mit mir an der Spitze zum M'pacha-Flugplatz bringen. Er deutete mit einem langen, geraden Stock auf das schwarze Band auf dem Boden zu seiner Rechten. Wir erwischen das Luftwaffenkommando im Schlaf und kümmern uns so schnell wie möglich um die Wachen. Unser Geheimdienst sagt uns, dass sich dort ein Hind-Kanonenboot, zwei Mi-6-Truppentransporthubschrauber und drei leichte Starrflügler befinden. Die Abteilungen eins und zwei zerstören die Flugzeuge mit Sprengladungen und die Abteilungen drei und vier durchkämmen die Kasernen. Verstanden?«

Die Offiziere und Unteroffiziere der Kaprivi-Befreiungsarmee CLA – insgesamt etwa dreissig Männer – sassen und standen in einem Halbkreis um ihn, die Karte und die Lehmmodelle, die er auf den Boden gelegt hatte. Sie nickten alle.

»Zu diesem Zeitpunkt werden die Kompanien Alpha und Bravo bereits hier, südlich von Katima Mulilo, in Position sein. Er zeichnete eine Linie entlang einer Seite der Ansammlung von Holzresten, die die grösste Siedlung im Kaprivi-Streifen darstellten. An mehreren Blöcken klebten Pappstücke, um den Zuhörer zu zeigen, was sie darstellten. »Die wichtigsten Gebäude, sind in dieser Reihenfolge die Polizeistation, die Regierungsbüros und die NBC-Fernsehstudios«, sagte er und tippte nacheinander auf die einzelnen Blöcke. Die Männer im Publikum nickten. »Die Kompanie Charlie wird als Reserve vorrücken und das Sambesi-Einkaufszentrum einnehmen und halten.«

Es gab ein paar gemurmelte Sticheleien in den Reihen, als die führenden Kompanien ihre Kameraden auslachten, weil sie die vergleichsweise leichte Aufgabe hatten, den Pick n' Pay-Supermarkt und den nahe gelegenen Alkoholladen im neuen Einkaufszentrum mit den niedrigen Gebäuden einzunehmen.

»Lasst das!«, sagte Hans und Stille trat ein. »Wir wissen nicht, wie lange wir die Stadt verteidigen müssen. Das Einkaufszentrum ist für die Dauer einer Belagerung unser Hauptquartier und unser Kommissariat. Der Kernbereich der Stadt, den wir verteidigen, erstreckt sich bis hierher«, er wies wieder mit dem Zeigestock auf das Modell, »die Strasse hinunter bis zu den Sendeanstalten. Wir müssen die Polizeiwache nicht halten, aber wir müssen sie neutralisieren und die Waffenkammer leeren, damit dem Feind nichts in die Hände fällt.«

Sonja nickte vor sich hin. Die Polizeistation und die Regierungsbüros lagen etwa einen Kilometer von der Hauptgeschäftsstrasse der Stadt entfernt am Sambesi und an der Strasse, die aus der Stadt hinaus zum Grenzübergang Ngoma, nach Botswana führte. Sie schaute zu Steele hinüber und sah, dass er sich Notizen machte.

»Die Delta-Kompanie«, fuhr ihr Vater fort, »wird auf der B8 einen Hinterhalt legen und die Hauptstrasse auf der Kongola-Seite von Katima Mulilo überwachen. Wenn der Feind eine Nachschubtruppe über die Strasse schickt, kann sie nur aus dieser Richtung kommen. Noch Fragen?«

Steele blickte von seinem Notizbuch auf. »Das ist ein guter Plan, Hans, um die Stadt einzunehmen und zu halten. Aber was ist mit dem Aufstand, wenn alles nach Plan verläuft – den Kaprivi-Streifen hinunter in Richtung Kongola und sogar Divundu?«

Kurtz' Mundwinkel verzogen sich vor Verärgerung.

»Nun, Martin, wenn wir nicht durch Umstände, die sich unserer Kontrolle entziehen, gezwungen wären, die Mission früher als geplant zu starten, hätten wir Zeit gehabt, genügend Truppen zu rekrutieren und auszubilden. Dann hätten wir weitere Teile des Kaprivi erobern können. Ich weiss, warum Sie es so eilig haben: Ihre reichen Safariveranstalter sind besorgt, dass das Wasserkraftwerk früher als geplant fertiggestellt wird und die namibische Regierung Journalisten in aller Welt zeigt, wie all die armen Afrikaner Zugang zu billigem Strom und zu Pumpen erhalten, um ihre knochentrockenen Felder zu bewässern. Ihre Geldgeber ertragen den Gedanken nicht, irgendjemand könnte vom Staudamm profitieren. Sie aber erpressen uns, jetzt loszulegen, weil wir die schweren Waffen und die Munition, die diese Geldprotze bezahlen, brauchen. Ich muss Sie nicht daran erinnern, dass unsere Infanteriekompanien nur dem Namen nach Kompanien sind. Eigentlich sind sie kaum mehr als

Platoon-plus-Gruppierungen. Ich habe genug Männer, um Katima einzunehmen und zu halten und M'pacha ausser Gefecht zu setzen, aber das war's dann auch schon.

Ihr Vater wandte den Blick von Steele ab und musterte mit seinen grünen Augen seine Männer.

»Vergesst nicht, Männer, in diesem Krieg geht es ebenso sehr um Politik wie um Waffen und Kugeln. Jeder Tag, an dem wir Katima Mulilo halten, ist ein weiterer Tag, der die Legitimität unseres Anspruchs auf unser Heimatland stärkt. Wenn wir die unvermeidlichen Gegenangriffe abwehren können, müssen die Namibier mit unseren politischen Führern verhandeln. Wir kaufen ihnen einen Platz am Tisch der Regierung und verschaffen ihnen auch Zeit. Dank unserer Freunde hier wird uns auch die Welt beobachten.« Er deutete mit seinem Stock auf Rickards und Sam. »Ich brauche euch nicht zu sagen, dass die meisten Menschen in Katima Mulilo zu eurem Volk gehören oder in einigen Fällen sogar zu eurer Familie. Wir müssen also alles tun, um zivile Opfer zu vermeiden. Seid versichert, meine Herren, dass unsere Vertreter der Medien sehen und filmen, wenn einer eurer Männer einen Landsmann misshandelt, verwundet oder tötet. Ebenso wenig dürfen Mr. Rickards und Mr. Chapman in irgendeiner Weise verletzt oder misshandelt werden.«

Sonja war wütend auf Sam, weil er geblieben war und hatte Angst um seine Sicherheit, aber es war ihr nicht gelungen, ihn zur Flucht zu bewegen. Sie hielt ihn deswegen weder für mutig noch edel, sondern nur für dumm.

Am Tag, nachdem sie miteinander geschlafen hatten, ging sie zu ihm und setzte sich mit ihm ans Ufer des Flusses. Sie sagte ihm, dass sie die Nacht zuvor sehr genossen habe, ihn aber nicht liebe. Sie erklärte ihm, sie wolle nicht in den Vereinigten Staaten leben oder ihre Tochter dorthin mitnehmen und sie wolle nicht die ausgehaltene Frau eines Fernsehstars sein. Sie wolle lieber weiterhin als militärische Auftragnehmerin arbeiten, als das Leben einer Kurtisane zu führen.

Er hatte geschwiegen, einen Stein ins Wasser geworfen, war aufgestanden und weggegangen. Sie legte die Arme um ihre Knie und schluckte die Tränen hinunter. Sie war wütend, dass ihre Lügen ihn nicht überzeugen konnten.

»Männer«, sagte ihr Vater und holte sie in die Gegenwart zurück, als er seine Stimme erhob, »in dieser von Hass, Angst, Ignoranz und Intoleranz gespaltenen Welt werdet ihr für die beiden Dinge kämpfen, die jedem Krieger heilig sind und für die es sich wirklich zu kämpfen lohnt: Ab sofort kämpft ihr für die Freiheit und euer Heimatland. Mögen euer Gott und eure vergangenen, gegenwärtigen und zukünftigen Familien mit euch sein und euch beschützen! Kaprivi?«

»KAPRIVI!«

DIE MEISTEN CLA-SOLDATEN brachen unmittelbar nach der Morgenbesprechung mit Sonjas Vater auf. Sie hatten einen langen Weg vor sich, der sie mit dem Mokoro aus den Linyanti-Sümpfen bis zur Grenze mit Namibia führte. Dort verbrachten sie den Nachmittag, um sich bei Einbruch der Dunkelheit über die Grenze zu schleichen. Von dort aus begaben sie sich zu ihren Angriffspositionen.

Hans unterhielt sich mit einem jungen Mann mit Leutnantszeichen auf den Schulterklappen seines Tarnhemds. Er war mit einem Rucksack, Wasserflaschen und einer AK-47 beladen. Ihr Vater klopfte dem Mann auf den Arm und schickte ihn weiter. Sie fragte sich, ob er in den Tod gehe.

»Hallo«, sagte sie.

Hans nickte. »Hallo.«

Sie schaute ihm in die Augen. »Wir müssen reden.«

»Ja, das müssen wir.«

»Ich habe mit Miriam gesprochen und sie hat mir erzählt, was mit dir passiert ist.«

Er nickte, zog ein Zigarettenpäckchen aus der Tasche und bot es ihr an. Sie nahm eine und er zündete zuerst eine für sie, dann eine für sich selbst an. »Du hast so viele schlechte Dinge von mir geerbt.«

Sie versuchte ein kleines Lächeln. »Und einige nicht so schlechte. Ich bin eine gute Schützin.«

»Manchmal wünschte ich, ich wäre im Krieg gegen die SWAPO gestorben.«

»Nein«, sagte sie und stiess Rauch aus. »Das darfst du nicht sagen. Du hast uns in Sicherheit gebracht, nach Botswana und dies war für mich ein guter Ort, um in Frieden aufzuwachsen.«

»Aber es hat nicht funktioniert«, seufzte er. »Du bist trotzdem losgezogen, um Krieg zu führen. Meinetwegen.«

»Ich wäre wahrscheinlich auch gegangen, wenn die Dinge nicht so geendet hätten, wie sie es zwischen uns taten. Ich habe mir lange Zeit deinen Tod gewünscht.«

Er nickte und zog an seiner Zigarette.

»Aber ich war an einigen der Orte, an denen du warst«, sagte Sonja. »Ich weiss von den Albträumen und wenn ich nicht mit Emma schwanger gewesen wäre, hätte ich vielleicht versucht, meine Probleme wegzutrinken, so wie du es getan hast.«

»Erzähl mir von deiner Tochter, Sonja. Von Emma.«

Sie nickte. »Sie ist schwierig. Die meiste Zeit mag sie mich nicht. Sie hasst es, dass ich so oft weg bin. Ich weiss noch, wie sehr ich dich in den Kriegsjahren vermisst habe, als du weg warst.«

»Setz dich«, sagte er. Sie gingen zu einem Baumstamm und setzten sich nebeneinander. »Ich habe seit Jahren kein Recht mehr, dir Ratschläge zu geben, aber du weisst, was ich dir dazu sage, nicht wahr?«

Sonja nickte. »Geh zu ihr. Gib dieses Leben auf. Ich weiss, du denkst, dass falsch ist, was ich tue. Aber ich arbeite für sie, für Emma, für ihre Zukunft.«

»Wenn sie keine Mutter hat, gibt es keine grosse Zukunft, Sonja. Ausserdem mache ich mir im Moment keine Sorgen darüber, dass du eine Söldnerin bist, denn wir haben grössere Probleme.«

Vielleicht waren es die Nerven, aber die Zigarette schmeckte widerlich. Sie drückte sie aus und steckte den Stummel in ihre Tasche. Als sie aufblickte, sah sie, dass ihr Vater darüber lächelte. »Wir haben wirklich grössere Probleme. Wir müssen über den Plan reden.«

»Einverstanden«, sagte er, drückte das Ende seiner Zigarette ab und tat dasselbe. »Aber zuerst muss ich etwas wissen.«

Sie sah ihn an. »Was?«

»Bist du bitte wieder meine Tochter?«

Sonja zuckte mit den Schultern. »Ich kann nicht sagen, dass ich dich liebe, wenn du das hören möchtest und auch nicht, dass ich dir verzeihe. Noch nicht. Aber ich habe nie aufgehört, deine Tochter zu sein. Und ich glaube, ich verstehe ein wenig, was du durchgemacht hast, auch wenn das nichts entschuldigt.«

Er legte seine Hand auf ihr Knie und sie schreckte nicht vor der sandpapierartigen Berührung zurück. Sie schluckte heftig, dann legte sie ihre Hand auf seine.

»Danke, Sonja, das reicht mir.«

»Der Plan, Kaprivi einzunehmen, wird nicht klappen«, sagte sie. »Stirling hat der namibischen Regierung bereits einen Tipp gegeben, dass es einen Angriff auf den Staudamm geben wird.«

Er grinste sie an und seine Augen glitzerten. »Ich wusste, dass jemand reden würde. Es ist das am schlechtesten gehütete Geheimnis in ganz Afrika.«

»Wir haben viel zu besprechen«, sagte Sonja, »aber sagt mir bitte zuerst, was du über diesen umherziehenden angeblichen Missionar, Sydney Chipchase, weisst.«

Sein Blick veränderte sich. »Über diesen mörderischen Bastard kann ich dir alles erzählen.«

27

———————

Der Busch raste unter ihren baumelnden Füssen vorbei und schien so nahe, als streiften ihre Stiefelspitzen die Wipfel der Bäume. Sie beobachtete, wie das lange, trockene, gelbe Gras sich in Wellen hinlegte, wenn der Abwind des Hubschraubers es traf. Die Luft, die durch die offene Tür hereinwehte, kühlte ihr Gesicht und trocknete den Schweiss, der unter ihrem schwarzen, langärmligen T-Shirt und der passenden Jeans floss.

Gideon, der den grünen Overall eines Rettungssanitäters trug und zwei weitere CLA-Soldaten, die als namibische Polizisten verkleidet waren, sassen neben ihr in der Bell 412.

Die Nachmittagssonne wurde von der Staubschicht, die über dem Horizont hing, verschluckt und brannte rot, genau wie der Fluss, der Okavango, den sie in der Farbe von Blut vor sich sah.

»Zwei Minuten«, knisterte die Stimme des Piloten im Kopfhörer, den sie trug. Sie hielt Gideon und seinen Kameraden zwei Finger entgegen und alle nickten und gaben ihr das V-Zeichen zurück. Sie grinsten, wahrscheinlich um ihre Nervosität zu verbergen.

Sonja überprüfte das GPS an ihrem Handgelenk, das ihr bestätigte, dass sie sich dem Landeplatz näherten. Sie riss den Spanngriff ihrer AK-47 zurück und die anderen taten es ihr nach. Sie sah Gideon an und zwinkerte ihm zu. Er lächelte. Als sie spürte, wie sich die Nase des Hubschraubers hob und die Fluggeschwindigkeit der Maschine abnahm, griff sie nach dem Tragegriff ihres Rucksacks. Sie zog den Kopfhörer ab und liess ihn auf den Nylonsitz neben sich fallen, dann schwang sie ihre Beine in den Windschatten.

»Los! Los! Los!«, brüllte der Pilot, um das Kreischen des Düsentriebwerks zu übertönen. Sonjas Füsse waren bereits auf der richtigen Kufe. Sie zerrte den Rucksack vom Boden und sprang hinaus. Sie rannte drei Schritte, liess sich auf den Bauch fallen und schaute über den Lauf ihres Sturmgewehrs, das auf ihrem Rucksack lag, ins lange Gras hinaus. Sie suchte das Gebüsch am Rande des Landeplatzes ab und spürte das Kribbeln und den Einschuss des Adrenalins, das ihr Herz schneller schlagen liess. Als der Hubschrauber wieder stieg, hörte sie, wie sich die Tonlage des Motors hinter ihr änderte und spürte, wie lose Zweige, Gras und kleine Steine ihren Rücken durch den dünnen Stoff des T-Shirts sandstrahlten.

Dann herrschte Stille.

Sie blickte hinter sich und Gideon zeigte ihr den Daumen hoch. Sie stand auf und stöhnte, als sie den Rucksack auf ihren Rücken hievte. Gideon bot an, die Sprengladungen zu tragen, aber davon wollte Sonja nichts hören. Sie schritt von der Lichtung in den Busch und legte ein flottes Tempo vor, während die Männer hinter ihr hergingen.

Als Afrikas Nachtgeschöpfe langsam zum Leben erwachten, ersetzten die leisen Geräusche des Busches das fremdartige Rattern des Hubschraubers. Sonja kontrollierte die rot leuchtende Anzeige ihres GPS und nahm eine kleine Korrektur ihrer Richtung vor. Sie winkte Gideon nach vorne. Sonja navigierte und Gideon übernahm die Führung und hielt nach Menschen und Tieren Ausschau. Sonja zeigte nach vorn, etwas nach links und Gideon nickte und ging los.

In der Nähe rief eine Zwergohreule mit einem hohen ›Brrr, brrr‹ nach einem Artgenossen, und Sonja fand, das Geräusch beruhige ihre Nerven ein wenig. Sie hatte keine Angst, doch alle ihre Sinne waren angespannt. Sie wartete darauf, dass der Adrenalinstoss der Landung langsam abklang. Sie befanden sich im Bwabwata-Nationalpark, zwei Kilometer südlich der geteerten Hauptstrasse B8 und vier Kilometer östlich der Militär- und Polizeikontrollpunkte, an der Brücke und der Kreuzung in Divundu. Gemäss ihren Karten und den Ortskenntnissen der kaprivischen Soldaten gab es in diesem Gebiet keine Dörfer. Dennoch bestand immer noch die geringe, aber gefährliche Möglichkeit, auf Wilderer zu stossen. Weitaus grössere Sorgen bereitete ihnen die Anwesenheit von Wildtieren, insbesondere von Löwen und Leoparden, die nachts aktiver waren als während des Tages, oder von Elefanten und Büffeln, die besonders gefährlich waren, wenn sie von Menschen überrascht wurden.

Gideon hielt eine Hand hoch und Sonja blieb stehen. Sie gab das Feldzeichen weiter, damit die Männer hinter ihr es auch sehen konnten. Einer von ihnen stolperte und fiel fast gegen sie, worauf sie verärgert nach hinten schaute. Anscheinend waren sie nicht so gut ausgebildet oder buschkundig wie Gideon. Dieser bemerkte ihren Blick und legte eine Hand an sein linkes Ohr. Sie hörte das Rascheln im Gebüsch, hob ihre AK an die Schulter und richtete den Lauf in die Dunkelheit. Ihr Daumen ruhte auf dem Sicherungshebel.

Was auch immer es war, es machte einen Höllenlärm. Ihr rechter Zeigefinger schob sich in den Abzugsbügel des Gewehrs. *Ein Elefant kann es nicht sein*, sagte sie sich, *denn trotz ihrer Grösse bewegen sich die riesigen Tiere auf ihren dick gepolsterten Füssen unheimlich leise. Ein Büffel*, fragte sie sich, *oder ein Mensch?*

Sie holte tief Luft, als das Knacken der Zweige und das Rascheln der Blätter noch lauter wurde. Vielleicht waren es mehrere Männer.

Gideon blickte zurück und grinste breit. Sonja sah die beiden Stachelschweine und legte den Kopf schief. Sie watschelten wie ein kurzes, dickes Brautpaar mit stacheligen Nadeln hintereinander her. Ausgestreckt war jedes der Tiere über einen Meter lang. Die Stachelschweine konnten ihre Stacheln nicht einziehen und sie kratzten an allem, was auf beiden Seiten ihres Weges lag. Sonja seufzte, drehte sich um und lächelte den Männern hinter ihr zu, die noch vor wenigen Augenblicken vor Angst grosse Augen gemacht hatten, als Gideon sie zum Anhalten aufforderte.

Ihr Rücken war schweissnass und ihre Schultern schmerzten,

aber Sonja zwang sich, wachsam zu bleiben und achtete auf jeden Schritt, damit sie nicht ebenso viel Lärm wie ein Stachelschwein machte. Als sie einen Fahrzeugmotor hörten, hielt Gideon erneut an. Es klang wie ein grosser Lastwagen, dachte sie und ihr GPS verriet ihr, dass sie weniger als einen Kilometer von der Strasse entfernt waren. Sie hielt an und flüsterte den Männern hinter ihr zu, dass sie ihre Rucksäcke abnehmen und sich setzen sollten. Sonja und Gideon legten ihre Lasten ebenfalls ab und wiesen die beiden anderen an, auf ihre Rückkehr zu warten. Dann gingen sie und der Guerilla-Veteran in schnellem Tempo aber vorsichtig in Richtung Strasse. Die frische Nachtluft kühlte ihren nassen Rücken und es war eine Erleichterung, die Last los zu sein. Sie fühlte sich leichtfüssig und ihr Herz begann wieder schneller zu schlagen, als sich der Busch vor ihr lichtete.

Sie prüfte das GPS und gab Gideon ein Zeichen, ein wenig nach Osten zu drehen. »Gleich da vorne ... hundert Meter«, flüsterte sie.

»Da«, sagte Gideon ein paar Minuten später. Sonja musste sehr genau hinsehen, um den Pick-up der namibischen Polizei zu erkennen, der unter den überhängenden Ästen eines grossen Baumes geparkt und mit einem Tarnnetz aus Plastikblättern bedeckt war. Ein Stück entfernt, hinter dem versteckten Fahrzeug, sah sie das Band der Teerstrasse auf der anderen Seite des dreissig Meter langen, gerodeten Streifens, wo das lange Gras gemäht worden war.

Sonja und Gideon legten sich hin und beobachteten und lauschten, um sicher zu sein, dass sie allein waren.

»Ich gehe zurück, um deinen Rucksack zu holen und du bleibst hier«, sagte Gideon nach ein paar Minuten, in denen sie schwiegen und horchten.

Gideon kam mit den beiden anderen Männern zurück und legte den Sprengstoff ab. Sonja zog ein Satellitentelefon aus ihrer Tasche und wählte Martin Steeles Nummer.

»Ja«, war alles, was er sagte.

»Tiger«, sagte sie. »Weiss.« Tiger war das Codewort, mit dem sie Steele und dem Kommandanten von Kaprivi anzeigte, dass sie und ihr Team in Position waren. Die Farbe Weiss sagte Steele, dass sie in Sicherheit war und nicht unter Zwang stand.

»Bestätigt. ETA ist drei; ich wiederhole, ETA ist drei.«

»Verstanden«, antwortete sie und beendete den Anruf. Sie schnippte mit den Fingern, um Gideons Aufmerksamkeit zu erregen, der die Strasse hinuntergesehen hatte. »Der mobile Krankenwagen der Klinik sollte in eineinhalb Stunden hier sein.«

Gideon nickte. Nach dem Code, den sie mit Martin ausgearbeitet hatte, würde er die geschätzte Ankunftszeit des Fahrzeugs verdoppeln. Die CLA hatte in Kongola einen Beobachter stationiert, dessen Aufgabe es war, das Hauptquartier anzurufen, sobald die mobile Klinik den Polizei- und Veterinärkontrollpunkt am Kwando-Fluss passierte.

Eine halbe Stunde später stand Sonja auf und machte ein paar schnelle Dehnübungen. »Steht auf«, sagte sie zu den als Polizisten verkleideten Männern. Einer döste, also stupste sie ihn mit der Spitze ihres Stiefels an. Als er aufwachte, hob er unwillkürlich den Lauf seiner AK-47. Sonja schnappte sich den Mündungsfeuerdämpfer und drückte ihn nach unten. »Nimm deinen verdammten Finger vom Abzug, oder willst du uns alle umbringen?«

In den Augen des Mannes glitzerte Trotz, weil eine Frau so mit ihm sprach. Als er aber Gideon sah, der neben ihr stand und den Kopf schüttelte wie ein wütender Elefantenbulle, senkte er den Blick. Sonja reichte dem Mann die Hand und er ergriff sie, so dass sie ihn auf die Beine ziehen konnte.

»Nehmt das Netz vom Bakkie und geht in Position«, sagte sie.

»Es ist noch früh«, sagte der schlafende Mann und schaute auf seine Uhr.

»Tu, was sie sagt«, befahl Gideon.

Der andere falsche Polizist hob eine Hand. Ruhig. Er zeigte die Strasse hinunter. »Ein Fahrzeug kommt.« Sie drehten sich alle nach Osten und sahen herannahende Scheinwerfer.

Hans Kurtz küsste seine Frau und seinen Sohn zum Abschied. Er wünschte, er hätte dasselbe mit seiner einzigen Tochter tun können, als sie mit demselben Hubschrauber weggeflogen war, in den er gerade einsteigen wollte.

Es hatte eine Art Versöhnung gegeben, aber wahrscheinlich nicht genug, um ihn von all seinen vergangenen Sünden freizusprechen. Es war so gut, wie es nur sein konnte, sagte er sich, obwohl er sie gerne noch einmal umarmt hätte. Er erinnerte sich an sie als Baby, an ihren sauberen, seifigen Geruch, bevor sie erwachsen wurde und der Krieg alles veränderte. Er erinnerte sich an das Gesicht von Sonjas Mutter, als er sie im Krankenhaus besuchte und wie sie Sonja in den Armen hielt. »Schau, was wir gemacht haben, Hans«, hatte sie gesagt.

Sieh mal, was ich gemacht habe, dachte er, als er dem Hubschrauberpilot den Daumen nach oben gab und seinen Männern befahl, einzusteigen.

»Ich liebe dich«, rief Miriam über das Heulen der Düsenturbine hinweg.

Er nickte, schulterte seinen Rucksack und drehte sich um. Er ging zwei Schritte und sah sie an. »Ich liebe dich auch. Euch beide.«

Miriam hielt seinen Sohn an der einen Hand, die andere führte sie an ihr Gesicht, damit er ihre Tränen nicht sah. Er war sich ziemlich sicher, dass er sie nicht mehr sehen würde. Er rannte zur offenen Tür der Bell 412, warf seinen Rucksack hinein und setzte sich mit den Füssen auf der Kufe auf den Boden. Der Pilot schaute über seine Schulter, um zu prüfen, ob alle an Bord waren, und Hans gab dem Mann noch einmal einen Daumen hoch. Der Hubschrauber hob ab.

Martin Steele war beim General und beide neigten die Köpfe, um den Abflug des Hubschraubers zu beobachten. *Ich sehe euch beide im nächsten Leben*, dachte Kurtz. *Dort ist es noch heisser als in diesem verdammten Kaprivi-Streifen.*

»Kaprivi?«, rief er, hob und ballte gleichzeitig die Faust, die seine AK-47 nicht umklammert hielt.

»KAPRIVI!«, brüllten seine jungen Löwen zurück und er konnte sie laut, deutlich und bedrohlich hören, wie den Ruf einer Raubkatze in der Nacht.

Hans Kurtz war kein Mann, der tiefgründige philosophische Überlegungen anstellte – das überliess er seiner Frau. Er war ein

Bauer, der Soldat wurde, der ein Trinker wurde, der Christ wurde und schliesslich wieder Soldat wurde. In seinen Träumen und seinen Versprechen an Miriam schloss sich der Kreis und er beendete sein Leben wieder als Bauer, der seinem kleinen Sohn beibrachte, wie man das Land bearbeitet.

Als Vater und Christ wusste er im Grunde seines Herzens, dass er alles tun sollte, um Sonjas Vergebung zu erlangen, wenn er wirklich sühnen wollte, wie er seine erste Frau und sein erstes Kind behandelt hatte. Ausserdem sollte er dann den Rest seines Lebens damit verbringen, seine neue Familie zu lieben und zu versorgen. Doch nun zog er wieder in den Krieg.

Die Ovambo hatten den Krieg gewonnen und ihr neues Land nach ihren eigenen Ideen getauft: Namibia. Den Weissen, die geblieben waren, war es nicht schlecht ergangen. Namibia war friedlich und für afrikanische Verhältnisse wohlhabend. Obwohl die Weissen nicht mehr auf den garantierten Zugang zu einfachen staatlichen Stellen mit lebenslanger Festanstellung zählen konnten, wurden sie im Allgemeinen gleichberechtigt und mit Respekt behandelt. *Wie konnte die neue Regierung ihre alten Feinde so gut behandeln und ihre früheren Verbündeten, die Kaprivier, so schlecht?* fragte sich Hans.

Er schob sich auf seinem Hintern rückwärts in den Frachtraum des Hubschraubers und ein paar seiner Soldaten zerrten Rucksäcke, Maschinengewehre und eine Panzerfaust aus dem Weg, damit er sich auf ein Knie stellen konnte. Er deutete auf die Kopfhörer, die an einem Haken zwischen dem Piloten und dem Copiloten hingen und einer seiner Unteroffiziere reichte ihn ihm. Er drückte den Sprechknopf auf dem kleinen Kasten am Kabel und fragte: »Wie läufts?«

Der südafrikanische Copilot schaute über seine Schulter. »Ja, alles in Ordnung, Bruder. Wir sind im namibischen Luftraum. Wir fliegen tief, unter dem Radar. Müssten in zwanzig Minuten über M'pacha sein«, er schaute auf seine Uhr und die leuchtenden Instrumente vor sich.

»Tut mir leid, Mann, aber es gibt eine Planänderung. Drehen Sie nach Westen ab und ich gebe Ihnen neue Koordinaten, die Sie ansteuern müssen.«

»Was?« Der Pilot warf einen Blick zu Kurtz zurück, richtete seinen Blick aber schnell wieder auf den Boden, der dicht unter der Nase des Flugzeugs vorbeirauschte. »Niemand hat uns über eine Änderung der Pläne informiert.«

»Vertrauen Sie mir. Ich weiss, was ich tue. Wenden Sie sich an …«

»Ich rufe das Hauptquartier zur Bestätigung an«, sagte der Copilot.

Hans zog den Hahn der Neun-Millimeter-Pistole zurück, die er bereits leise aus dem Holster an seinem rechten Bein gezogen hatte und drückte sie dem Copiloten an die Schläfe. »Keine gute Idee. Und jetzt raus aus dem Sitz.«

Der Polizist gähnte und stocherte mit einem Stock im Feuer herum, das in einem umgedrehten Ölfass brannte. Die Musik aus dem Funkgerät des Veterinärkontrolleurs, die aus dem Inneren des Kontrollgebäudes kam, klang blechern und war mit Rauschen durchsetzt. Entweder waren die Batterien fast leer oder der Sender war nicht richtig eingestellt.

»Können Sie nicht etwas an der Einstellung ändern, Schwester?«, rief er ihr zu.

»Was?«

Er schüttelte den Kopf. Sie war eine gutaussehende Frau, aber bisher hatte sie all seinem Charme und seinen besten Sprüchen widerstanden. Sie hatte einen schönen runden Hintern und grosse, gutgeformte Brüste. Er würde sie erneut fragen, ob sie am Freitagabend mit ihm in die Bar komme. Sie hatte schon einmal nein gesagt, aber vielleicht wollte sie ihn nur hinhalten.

Er nahm einen Schluck der warmen Cola. Später, nachdem sein Vorgesetzter ihn vor dem Schlafengehen um zehn Uhr stichprobenartig überprüft hatte, würde er das Bier auspacken. Bevor die Sonne aufging, wären die leeren Flaschen weg. Vielleicht würde die Dame von der Veterinärkontrolle heute Abend ein oder zwei Drinks mit ihm nehmen. Es war noch warm, und hoffentlich würde es später mit ihr heiss werden. Er rieb sich das Gesicht, um die Müdigkeit zu vertreiben, die ihn bereits zu dieser frühen Stunde zu übermannen begann. *Zu viel Bier gestern Abend*, dachte er *und zu wenig Schlaf während der Hitze des Tages*. Wer konnte bei diesem Wetter schon schlafen?

Ein Geräusch vertrieb die Müdigkeit. Es war eine Sirene. Er stand auf und bewegte die rot-weiss gestreifte Schranke. Das Heulen wurde lauter und er sah die Lichter auf dem Dach des heranbrausenden Fahrzeugs blinken.

»Was ist los?«, fragte die Dame von der Veterinärkontrolle und steckte ihren Kopf aus dem Gebäude. Sie hatte ihr Funkgerät leise gestellt.

Er ging zu ihr und beugte sich hinein, um seine AK-47 von dort zu holen, wo er sie an die Innenwand gelehnt hatte. Sie war zu schwer, um sie über der Schulter zu tragen – besonders nachts und zwischen den ›zufälligen‹ Kontrollen. »Polizei. Ich bin in Eile.«

»Ach, ihr Polizisten, habt ihr es nicht immer alle eilig, irgendwohin zu kommen?«

Er ignorierte ihren Scherz, merkte sich ihre Koketterie aber für später. Er trat in die Mitte der Strasse, holte seine Taschenlampe heraus und schaltete sie ein. Er schwenkte das Licht langsam auf und ab, damit der Mann hinter dem Steuer ihn sehen konnte. Das Fahrzeug wurde langsamer. Als es sich ihm näherte, konnte er deutlich erkennen, dass der Pick-up ausser den Lichtern auch Polizeimarkierungen hatte. Der Bakkie hielt an und der Fahrer schaltete die Sirene aus, liess aber die Lichter weiter blinken.

»Guten Abend, Kollege«, rief der Fahrer.

»Guten Abend. Wohin eilen wir?«

»Einfach weiter, Kollege! Nicht weit von hier gab es einen Verkehrsunfall. Ich kam gerade vorbei und habe zwei Männer auf dem Rücksitz, von denen einer schwer verletzt ist. Einer hatte gerade einen Herzstillstand und ich habe ihn wiederbelebt. Ich hatte vor nach Katima zu fahren, aber ich glaube nicht, dass der Mann es schafft. Deshalb habe ich gefunkt und MARS schickt einen Hubschrauber.«

»Ernsthaft?« Es konnte nichts Gutes bedeuten, wenn der medizinische Luftrettungsdienst gerufen worden war.

»Er ist ein Tourist. Aus Deutschland. Ich habe den Hubschrauber angewiesen, hier zu landen.«

»In Ordnung. Ich werde meinen Vorgesetzten wecken, falls deine Sirene das nicht schon getan hat.«

»Warte bitte, Kollege. Ich glaube, ich höre ihn von hinten rufen. Komm und hilf mir.«

Der Polizist schaute über die Schulter. Die Frau stand dort in der Tür, ihre wohlgeformte Gestalt zeichnete sich im schwachen Licht der Hütte ab. Wenn ein Tourist in Schwierigkeiten war, konnte sein Vorgesetzter warten. »In Ordnung.«

Der Uniformierte ging zum hinteren Teil des Wagens und öffnete die Tür. Der Beamte des Kontrollpunkts spähte in den abgedunkelten Raum, in dem normalerweise verhaftete Verdächtige untergebracht wurden. Wie üblich nahm er den doppelten Geruch von Urin und Desinfektionsmittel wahr. Allerdings befand sich kein verletzter deutscher Tourist darin – nur zwei Männer, die wie Polizisten gekleidet waren, aber aus der Dunkelheit heraus mit AK-47 auf ihn zielten. Er spürte die harte Spitze einer Pistole in seinen Rippen.

»Ruhig, Kamerad. Bleib ganz ruhig, dann erlebst du ein neues Morgenrot in einem neuen Land.«

28

»Wie wollt ihr den Damm sprengen?« Sydney Chipchase blickte in den Rückspiegel seines Land Cruisers, als der Wachmann am Eingang zur Baustelle des Okavango-Damms das gestreifte Gittertor hinter ihnen herunterliess.

Obwohl die Sicherheitsvorkehrungen auf der Baustelle streng waren, hatte Sonja richtig vermutet, dass Chipchase als regelmässiger Besucher der Staudamm-Baustelle nicht wie sie und das Fernsehteam ins Büro gehen musste, um sich anzumelden und einen Ausweis zu erhalten. Stattdessen hatte der Wachmann ein Klemmbrett mitgebracht, auf dem Sydney seinen Namen und die Uhrzeit des Einlasses eintragen musste.

»Sei still, Sydney und fahr weiter. Langsam«, sagte Sonja und drückte ihm von ihrem Versteck auf dem Rücksitz von Sidneys Land Cruiser aus den Lauf der Pistole in den Nacken.

Von ihrem Vater hatte Sonja erfahren, dass Chipchase seine regelmässigen Fahrten zur Staudamm-Baustelle zeitlich mit den Besuchen des mobilen HIV-AIDS-Testwagens abstimmte. Chipchase fuhr dieselbe Route wie die deutsche Krankenschwester und ihr Fahrer, wobei er ihnen normalerweise vorausfuhr. Die Idee war, so hatte Hans ihr erzählt, dass der Missionar für die geistlichen Bedürfnisse der Bauarbeiter zur Verfügung stand, während sich die Klinik um ihre körperlichen Belange kümmerte. »Das gibt ihm eine gute Deckung für seine verdammte Spionage«, hatte ihr Vater hinzugefügt.

Sonjas erste Änderung des Plans bestand darin, Chipchases Fahrzeug zu entführen und nicht die mobile Klinik.

»Die kannst du wegstecken«, sagte Chipchase und blickte wieder auf die Pistole.

»Das glaube ich nicht, Sydney.«

»Klar, und ich kann nicht zulassen, dass du den Damm in die Luft jagst, Sonja.«

Sein Ulster-Akzent erinnerte sie zu sehr an die Vergangenheit und zehrte an ihr. Aber jetzt, bei dieser Operation, hatte sie das Sagen. »Halte dort hinter dem Büro des Managers im Dunkeln an.«

Er tat, wie sie ihn geheissen hatte und stellte den Motor ab. Sie sah auf die Uhr und öffnete die Tür, wobei sie die Glock weiterhin auf den Iren gerichtet hielt. »Ich brauche einen Reifenheber oder einen langen Schraubenzieher.«

Er nickte, stieg aus und ging zum Heck des Geländewagens. Er öffnete die Tür und griff hinein.

»Ich beobachte dich.«

»Keine Sorge. Ich kenne deine Akte.«

Er zog einen schwarzen Plastikwerkzeugkasten heraus und öffnete ihn. Sonja trat einen Schritt näher heran und schaute ihm über die Schulter. Es war ein perfekter Platz, um eine Waffe zu verstecken, aber alles, was sie sehen konnte, waren Werkzeuge. Langsam zog er einen Schraubenzieher heraus und reichte ihn ihr. »Komm mit«, sagte sie.

Sie gab ihm ein Zeichen, ihr vorauszugehen und als sie die Tür des mobilen Gebäudes erreichten, in dem sich das Büro von Deiter Roberts befand, gab sie ihm das Werkzeug zurück. »Öffne sie.«

Chipchase schaute kurz zu ihr, dann auf den Lauf der Pistole. Er schob die flache Spitze des Schraubenziehers in den Spalt zwischen Tür und Türpfosten und drückte dagegen. Das Schloss splitterte mit einem lauten Knall und die Tür schwang auf. Sonja warf einen Blick über die Schulter, um sich zu vergewissern, dass kein Wachmann durch das Geräusch aufgeschreckt worden war. »Geh hinein.«

Im Plattenbau ohne Klimaanlage war es heiss und sie begann sofort zu schwitzen. »Den Korridor entlang und dann rechts.«

Das Büro von Deiter war noch stickiger. »Setz dich«, sagte sie, als sie das Büro betraten, »hinter den Schreibtisch.«

Chipchase ging um Roberts' Schreibtisch herum, schob den Bürostuhl auf Rollen zurück und nahm Platz. Der Laptop, der bei der GrowPower-Präsentation verwendet worden war, stand auf dem Schreibtisch neben Roberts' PC. Sonja hatte ihn gleich bemerkt, als sie das Büro betreten hatten und war froh, dass sie nicht danach suchen musste.

»Was nun?«, fragte Chipchase.

»Schalte den Laptop ein.« Chipchase klappte ihn auf und drückte auf den Einschaltknopf. Der Bildschirm erwachte zum Leben und tauchte sein Gesicht in ein unheimliches Licht. Sie setzte sich Chipchase gegenüber und richtete ihre Glock auf die Maus.

Er starrte auf den Bildschirm und klickte ein paar Mal.

»Suche auf dem Desktop nach PowerPoint-Präsentationen.«

Er lehnte sich näher heran und blinzelte ein paar Mal. »Okay. Ja, hier gibt es eine, die ›Präsentation‹ heisst und eine weitere namens ›Präsentation 2‹.«

Gut, dachte sie und erinnerte sich daran, wie Deiter Roberts über die Fixierung von GrowPower auf die Änderung von Dokumenten und Präsentationen gesprochen hatte, um sicherzustellen, dass alles genau richtig war. Sie erinnerte sich auch daran, dass die Version der Präsentation, die Selma dem Fernsehteam gezeigt hatte, ›Version 2‹ hiess. Roberts hatte davon gesprochen, erst kurz bevor sie alle am Damm angekommen seien, eine aktualisierte Präsentation auf den Laptop geladen zu haben.

»Öffne die erste Version, die, die nur ›Präsentation‹ heisst, und spiel sie ab.

Er rüttelte ein wenig an der Maus, um den Staub von der Kugel zu lösen und klickte dann. Sonja lehnte sich leicht vor und sah das Gesicht von Klaus Schwarz auf dem Bildschirm erscheinen.

Das Video startete und die Stimme von Schwarz klang sehr laut im stillen, dunklen Raum. »Danke, Selma«, sagte er und drehte sich steif zu der Stelle um, an der seine PR-Dame während der Präsentation gestanden haben musste. »Frau Daffen, Herr Chapman, meine Herren, ich bin sicher, dass Selma meine aufrichtige Entschuldigung dafür weitergegeben hat, dass ich Sie während Ihrer Reise in dieses schöne Land nicht persönlich treffen kann ...«

»Halte es an.«

Chipchase klickte und beendete das Video.

»Spiel das andere ab – Version zwei.«

Chipchase atmete aus und wischte sich über die feuchte Stirn, dann wählte er das zweite Video und klickte auf ›Play‹.

»Danke, Selma«, sagte Schwarz wieder mit der gleichen emotionslosen Stimme. »Meine Damen und Herren, ich bin sicher, dass Selma meine aufrichtige Entschuldigung dafür weitergegeben hat, dass ich Sie nicht persönlich treffen kann ...«

Chipchase hielt inne und sah zu ihr hinüber.

»Sie haben den Unterschied bemerkt?«

Er nickte. »Was machen wir jetzt?«

»Es war die ganze Zeit ein abgekartetes Spiel. Jetzt müssen wir verhindern, dass er das tut, was er vorhat.«

Chipchase schüttelte den Kopf. »Ich kann dich das nicht durchziehen lassen, Sonja. Es ist auch nicht genug, um vor Gericht zu gehen. Man kann nicht beweisen, was sie vorhaben, nur weil man einen Satz in einer Präsentation einstreut.«

Sie hob die Pistole. »Ich will dich nicht töten, Sydney, aber ich werde es tun, wenn du versuchst, mich aufzuhalten.«

Er starrte sie an. »Ich brauche mehr Beweise.«

Sie schaute wieder auf ihre Uhr. »Komm mit. Ich zeige sie dir.«

SONJA BEWEGTE SICH SCHNELL, aber geräuschlos durch das verbliebene Gebüsch, das das Verwaltungsgelände vom Zaun und dem Tor der Baustelle abschirmte. Als die Lichter des Kontrollpunkts in Sicht kamen, hob sie eine Hand.

»Was jetzt?«, flüsterte Sydney, als er sich neben ihr ins trockene Gras sinken liess.

»Wir warten.« Sie blickte wieder auf das leuchtende Zifferblatt ihrer Uhr. »Nächstens.«

Es kam ihnen wie eine Ewigkeit vor, dauerte aber nur elf Minuten, bis sie das Aufheulen eines herannahenden Motors hörten. Sie waren etwa zweihundert Meter vom Kontrollpunkt entfernt, aber die Nacht war klar und dank der Lichter um das Tor herum war ein Fernglas unnötig. Die mobile AIDS-Testklinik fuhr vor und sie konnten die Gesichter des afrikanischen Fahrers und der weissen Beifahrerin gut erkennen.

»Sieh dir den Wachmann am Tor an«, sagte Sonja leise. »Er hat eine AK-47 im Anschlag. Du warst doch schon oft hier. Hast du ihn jemals mit etwas anderem als einer Pistole bewaffnet gesehen?«

»Nein, aber die namibische Regierung und GrowPower wissen, dass eine Art von Angriff bevorsteht. Es ist keineswegs überraschend, dass die Sicherheitsvorkehrungen verstärkt wurden. Auch das NDF-Kommando ist in höchster Alarmbereitschaft.«

Der Fahrer und die Beifahrerin öffneten ihre Türen und stiegen aus. Der Wachmann hob sein Gewehr, blickte kurz über die Schulter und dann wieder zu den beiden. »Runter! Runter auf den Boden!«

Der Mann und die Frau sahen sich durch die offenen Türen des Wagens an. Die Frau sagte etwas auf Deutsch, aber ihre Stimme wurde von weiterem Geschrei übertönt. Zwei Männer traten aus dem Schatten hinter dem Büro der Sicherheitskontrolle hervor und zwei weitere standen aus dem hohen Gras am Rande der Zufahrtsstrasse auf.

»Runter! Runter!«, schrien die Männer die beiden an.

»Was ist hier los?«, versuchte die Frau auf Englisch und liess sich auf die Knie sinken.

Einer der Männer, die aus dem Gras aufgetaucht waren, lief hinter der Krankenschwester her und stiess sie in den Rücken. Sie streckte ihre Hände aus und schrie auf, weil sie sie auf dem Teer der Strasse aufschürfte. Der Mann stellte seinen Fuss auf ihren Rücken, während ein zweiter sich neben sie kniete, seine AK-47 neben sich legte und sie zu filzen begann.

»Nehmen Sie Ihre Hände von mir!«

»Lassen Sie sie in Ruhe!«, schrie der afrikanische Fahrer, wurde aber durch den Knall eines Gewehrkolbens an der Seite seines Kopfes zum Schweigen gebracht. Auch er wurde grob durchsucht, als er mit dem Gesicht nach unten auf dem Boden lag.

»Alles klar«, riefen sich die Wachen zu.

»Stellt sie auf die Beine«, sagte einer der Wachmänner, der zurückgetreten war.

Die Frau schrie auf, als sie sie an ihren langen Haaren auf die Beine zerrten. Sonja zuckte bei diesem Anblick zusammen und wünschte, sie könnte etwas tun. Sie war jedoch sicher, dass es dem Paar gut gehen würde, sobald die Wachen den hinteren Teil des Krankenwagens durchsucht und nichts gefunden hatten.

»Was hat das zu bedeuten? Ich verlange, Herrn Roberts zu sehen und ...«

Der Protest der Frau wurde durch eine schallende Ohrfeige des Wachmanns, der anscheinend das Sagen hatte, zum Schweigen gebracht. Er richtete sein Gewehr auf ihre Brust. Ein anderer Mann hielt seine Waffe auf den Fahrer gerichtet, der wieder auf den Beinen war und eine Hand an den Kopf hielt.

»Vorwärts!«, sagte der Verantwortliche mit lauter, klarer Stimme. Er schob die deutsche Krankenschwester mit dem Lauf seines Gewehrs vor sich her und sie bewegten sich in Richtung der Stelle, wo Sonja und Chipchase lagen.

Sonja umklammerte ihre Pistole fester, aber der Anführer und ein weiterer Mann, der den Fahrer des Krankenwagens bewachte, blieben etwa zwanzig Meter von ihnen entfernt stehen und blickten zum leeren Krankenwagen zurück. Auch die beiden anderen Bewaffneten blieben stehen. Sie liessen sich auf ein Knie sinken und hoben ihre Gewehre an die Schultern.

»Das Fahrzeug«, sagte ihr Anführer. »Feuer!«

»Jesus Christus, Allmächtiger«, flüsterte Chipchase.

Die Kugeln schlugen in den Kühler ein, prallten vom Motorblock ab und irrten in die Nacht. Die Windschutzscheibe des Krankenwagens löste sich in einem Schauer aus zersplittertem Glas auf. Einer der Schützen hielt inne, um nachzuladen und bewegte sich leicht zur Seite. Er zielte auf den Benzintank an der Seite des Wagens und drückte ab. Der Treibstoff entzündete sich mit einem lauten Knall. Der Anführer des Sicherheitstrupps trat der Frau in die rechte Kniekehle, so dass sie zu Boden ging. »Runter!«, befahl er ihr. Der Fahrer lag ebenfalls am Boden und sein Bewacher drückte sein Gesicht in den Dreck.

Die Bewaffneten legten sich ebenfalls hin. Eine Sekunde später explodierte das Fahrzeug.

Sonja und Chipchase pressten ihre Gesichter ins Gras, als Metallstücke und Glassplitter über ihre Köpfe hinwegflogen. Als sie aufblickte, sah Sonja, dass die mobile Klinik nur noch ein lichterloh brennendes Skelett war.

Der Fahrer und die fremde Krankenschwester wurden wieder auf die Beine gezerrt und zurück zum Wrack geleitet.

»Bitte, bitte, bitte«, jammerte die Frau. »Das muss ein Irrtum sein. Bitte, erklären Sie uns, was hier los ist.«

»Wir müssen etwas tun«, zischte Sonja. »Ich dachte nicht, dass es so ablaufen würde.«

»Ruhe«, flüsterte Chipchase. »Es sind fünf gegen einen, Sonja. Du würdest niedergestreckt, bevor du in ihre Nähe kommst.«

Sie schüttelte den Kopf und hob sich langsam auf die Knie. Sie wusste, dass sie kaum eine Chance hatte, die Männer mit ihrer Pistole zu treffen, da sie sich jetzt von ihr entfernten. Sie müsste näher an sie herankommen. Sie schienen wie hypnotisiert von dem Inferno vor ihnen und einer von ihnen brüllte voller tierischer Freude über die Zerstörung, die er angerichtet hatte.

»Lauf!«, bellte der Mann zur Frau, die er bewachte.

Sie sah ihn an und Sonja sah, dass ihr Gesicht mit Tränen und Schmutz verschmiert war. »Nein, nein, ...bitte.«

Sonja stand auf.

»Komm zurück«, zischte Sydney.

Sonjas Herz pochte. *Nein*, dachte sie. *Das darf nicht passieren.*

Der Anführer stiess die Frau mit dem Lauf seines Gewehrs in den Rücken und sie machte ein paar zaghafte Schritte in die Richtung, in die er sie haben wollte, nämlich in einem neunzig Grad Winkel von der Seite des Fahrzeugs, in dem sie gesessen hatte, weg. Der Mann, der den Fahrer bewachte, tat dasselbe, gab dem Afrikaner aber ein Zeichen, sich in die entgegengesetzte Richtung zu bewegen.

»Nein!«, sagte der Fahrer. »Sabine ...«

Die Frau blickte sich an den Flammen vorbei um und sah, wie der Wachmann den Abzug seiner AK-47 betätigte. Der Fahrer des Krankenwagens warf die ausgestreckten Armen in die Höhe und schlug auf dem Boden auf.

»Nein!«

Die Frau schrie erneut, drehte sich um und begann zu sprinten.

Der Mann lachte.

Sonja spürte Sydneys Hand auf ihrer Schulter und blieb stehen. Sie wusste, dass es sinnlos war, weiterzugehen. Der Anführer des Sicherheitskommandos hob sein Gewehr an die Schulter, zielte auf die flüchtende Deutsche und schoss.

SAM UND JIM sassen auf einem Baumstamm vor dem Kommandozelt des Generals im versteckten Dorf der Rebellen, jenseits der Grenze in den Linyanti-Sümpfen. Sam schlug sich in den Nacken. Ein Moskito hatte ihn in den letzten zehn Minuten von den Gedanken, die seinen Kopf füllten und sein Inneres durcheinanderwirbelten, abgelenkt. Er war fast ein wenig traurig, als er seine Finger untersuchte und Blut sah.

»Warten ist Scheisse, nicht wahr?«, fragte Rickards.

Sam bewunderte die Gelassenheit des Australiers und fragte sich, wie viel von seiner Nonchalance nur gespielt war. Sam kontrollierte erneut seine Ausrüstung. In seinem Rucksack befanden sich eine Literflasche Wasser, zwei Wundverbände, die ihm ein Sanitäter der Rebellen mitgegeben hatte, Ersatzbatterien für Jims Kamera und vier Dosen mit etwas, auf dem ›Texanisches Rindfleisch‹ aufgedruckt war. Die Pistole, die Sonja ihm gegeben hatte, steckte hinten im Hosenbund seiner Jeans und wenn er sich nach vorn beugte, grub sich der unnachgiebige Stahl in ihn hinein. Es war ihm keineswegs angenehm, die Waffe zu tragen, mit der er einen Menschen getötet hatte. Er kniff die Augen zusammen und versuchte, das Bild des Blutes zu verdrängen, das aus dem Mund des Mannes spritzte, als dieser starb.

»Kopfschmerzen?«

Sam schüttelte den Kopf.

»Nimm einen Schluck davon.« Rickards griff in seine eigene Tasche und holte eine Wasserflasche mit einer trüben Flüssigkeit heraus.

»Was ist das?« Sam rümpfte die Nase, als er an den säurehaltigen Dämpfen schnupperte, die beim Aufschrauben des Deckels herausströmten.

»Palmwein. Einer der kaprivischen Soldaten hat ihn mir gegeben. Holländischer Mut. Trink nicht zu viel davon, sonst siehst du nicht mehr, wohin du gehst, und zwar nie wieder.« Rickards lachte.

Sam nahm einen Schluck und spuckte die Hälfte der bitteren Flüssigkeit aus. Der Rest fühlte sich an, als schäle er mehrere Hautschichten von der Innenseite seiner Kehle ab. »Heilige Scheisse.« Sam hörte Schritte hinter sich. Martin Steele kam in seiner sauber gebügelten Tarnuniform aus dem Kommandozelt, nahm eine dicke Zigarre aus der Tasche seines Hemds und zog sie aus dem Aluminiumbehälter.

»Gibt es etwas Neues?«, fragte Sam.

Steele schüttelte den Kopf und hielt ein Streichholz an die Zigarre. Er paffte ein paar Mal, bis die Spitze orange glühte, nahm die Zigarre dann aus dem Mund und stiess den Rauch in den Nachthimmel aus. »Zu früh.«

Ein Klingelton ertönte. Steele griff in die Seitentasche seiner Cargo-Hose und zog ein Satellitentelefon heraus. Er entfernte sich drei Schritte und nahm den Anruf entgegen. »Ich verstehe. Gute Arbeit.« Er beendete das Gespräch.

»Wer war das?«, fragte Sam.

»Sonja. Sie ist innerhalb der Baustellenabsperrung und sie sind auf dem Weg, um den Sprengstoff zu platzieren. Ihr beide solltet euren Kram zusammenpacken und kurzfristig einsatzbereit sein. Verstanden?«

Sam nickte, Jim auch. Er spürte, dass Steeles Warnbefehl Rickards' Angeberei und Witzeleien ein Ende gesetzt hatte. Vielleicht war der Kameramann genauso nervös wie Sam.

Die Klappe des Kommandozeltes des Generals flappte zur Seite und ein kaprivischer Soldat erschien mit grossen Augen. »Mr. Steele! Kommen Sie schnell, bitte. Major Kurtz ist am Funkgerät.«

Sam und Jim standen auf und folgten Steele, der an der Zeltöffnung innehielt, bevor er zu einem hölzernen Tisch ging, der sich unter dem Gewicht von vier verschiedenen Militärfunkgeräten wölbte. Ein Nachrichtensoldat mit Kopfhörern sah zu den Neuankömmlingen auf und legte einen Schalter um, der einen Lautsprecher aktivierte.

Der übergewichtige kaprivische General schlug mit seinem Schlagstock auf die durchsichtige Tischplatte, so dass der junge Soldat, der die Funkgeräte bediente, zusammenzuckte. »Wie konnte das passieren?«, bellte der Kommandant.

»... Fischadler, hier ist Eland, ... ich wiederhole ...« Sam erkannte die Stimme von Sonjas Vater, auch wenn sie durch Rauschen und stossweise Knackgeräusche verzerrt war. »Ich wiederhole ...wir sind in einen Hinterhalt geraten. Die Truppen auf dem Flugplatz sind weitaus grösser als erwartet ... gepanzerte Fahrzeuge, ...Mörser. Der Hubschrauber kann nicht zu uns gelangen, das Bodenfeuer ist zu stark. Ich habe ihn angewiesen, zu Ihrem Standort zurückzukehren. Ich schlage vor, dass Sie die Hauptstreitkräfte zurückrufen. Ende.«

Der General öffnete den Mund, um zu sprechen, schloss ihn und öffnete ihn wieder, aber es kam kein Ton heraus. Er starrte Steele ausdruckslos an. Sam fühlte sich, als hätte ihm jemand eiskaltes Wasser über den Rücken geträufelt.

»Ich stimme Hans zu, Sir«, sagte Steele zu dem General, der langsam nickte, aber immer noch nicht sprechen konnte. »Wo genau hat die Hauptstreitmacht die Grenze überquert?«

Der General blickte stumm auf die grosse topografische Karte, die an einer Tafel hinter seinem Schreibtisch hing und dann wieder zu

Steele. Sam wusste, dass die beiden Teile der Operation, einerseits die Sprengung des Okavango-Damms und andererseits die Einnahme der strategisch wichtigen Stadt Katima Mulilo und des nahe gelegenen Luftwaffenstützpunkts M'pacha aus Sicherheitsgründen getrennt voneinander geplant worden waren.

»Sir. Ich schlage vor, dass wir die einsatzbereite Eingreiftruppe sofort an die Grenze verlegen, um den Rückzug der Haupttruppe zu decken. Wir setzen den Hubschrauber ein und lassen ihn auf der botswanischen Seite stationiert, um mit Maschinengewehren Luftdeckung zu geben, falls Ihre Männer angegriffen werden und um als Soforthilfe zu fungieren. Sind Sie damit einverstanden, Sir?«

Der General blinzelte einige Male und hustete, um sich zu räuspern. »Ja ... ja, Major«, krächzte er. Der Kommandeur ging zur Karte und zeigte auf eine Stelle an der Grenze zwischen Botswana und Namibia. »Hier.«

»Rasterbezeichnung?« Steele blickte von dem General zu den beiden Soldaten, die die Funkgeräte bedienten.

»Geben Sie sie dem Major«, sagte der General zu dem älteren der beiden Männer. Der Meldesoldat nahm ein Notizbuch heraus, schrieb die Koordinaten auf und reichte sie Steele.

Dieser nahm den Zettel und steckte ihn in seine Tasche. Er schnappte sich einen Funkhörer. »Mit Ihrer Erlaubnis, Sir?«

Der General nickte und war wieder einmal sprachlos.

»Eland, hier ist Fish Eagle, antworten«, sagte Steele in den Hörer. Er hielt inne, dann wiederholte er den Ruf.

»Eland, verstanden. Ist dort der, von dem ich denke, dass er es ist?«, antwortete Kurtz.

Steele drückte den Mikrofonknopf. »Ja, das ist er. Ich kann versuchen, mit den Einsatzkräften zu Ihnen durchzukommen. Können Sie den Kontakt abbrechen und zu einem Rendezvous in einiger Entfernung vom Ziel fahren, over?«

»Negativ«, sagte Kurtz, wobei seine Aussage durch das Knallen weiterer Schüsse unterbrochen wurde. »Es wäre Selbstmord, wenn Sie es versuchen würden. Haben Sie meinen letzten Satz verstanden?«

Steele sah sich im Zelt um und betrachtete die schweigenden, verängstigten Männer. »Verstanden, Eland. Die Haupttruppe wird zurückgerufen und wir werden ihren Abzug decken. Irgendeine letzte Nachricht, over?«

Es gab eine Pause, in der alle auf die Antwort warteten. »Sagen Sie ... sagen Sie meiner Frau, meinem Sohn und meiner Tochter, dass ich sie liebe, Eland. Ende.«

»Ein tapferer Mann«, sagte Steele.

»Können Sie nichts für ihn tun?«, fragte der General.

Steele schüttelte den Kopf. »Nein, Sir. Aber wir können den Grossteil Ihrer Truppen retten, und Major Kurtz und seine Männer werden nicht umsonst sterben. Die Namibier werden den Angriff auf M'pacha nicht mehr geheim halten können. Es wird morgen in allen Nachrichten der Welt zu lesen sein.«

»Nicht ohne Bilder, Kumpel«, sagte Rickards.

Steele sah ihn an.

»Er hat Recht«, sagte Sam. »Wir brauchen immer noch Bilder von den kaprivischen Truppen in Aktion – selbst wenn es sich um einen taktischen Rückzug handelt, oder wie auch immer Sie es nennen.«

Steele rieb sich den Kiefer. »Ich bin mir nicht sicher.«

Sam glaubte nicht, dass Steele die Art von Mann war, der Unentschlossenheit äussert, also schaltete er sich wieder ein. »Da wäre noch die Sprengung des Damms. Die müssen wir auf Video aufnehmen und Sonja und Gideon herausholen.«

»In Ordnung«, räumte Steele ein. »Aber meine erste Priorität ist die Überwachung der Evakuierung von Kurtz' Männern aus Namibia. Sonja sprengt den Damm erst in zwei Stunden – kurz vor Sonnenaufgang. Ich bringe die Eingreiftruppe in Stellung und komme dann mit einem Hubschrauber zurück, um Sie abzuholen. Sie können die Aufnahmen am Staudamm machen und dann gehen wir an der Grenze wieder auf Wache. Zu diesem Zeitpunkt sollten Sie bei Sonnenaufgang die kaprivischen Truppen passieren sehen. Stellt Sie das zufrieden?«

Sam ignorierte den Hohn in Steeles Stimme und sah Rickards an, der nickte.

Steele sah den Kommandanten an, der immer noch verwirrt schien. »General?«

»Ja ... ja, natürlich, Major Steele. Fahren Sie fort.«

Sam und Jim entfernten sich von der Öffnung des Zeltes und gingen auf die leere Lichtung hinaus. »Dieses Warten bringt mich um«, sagte Sam. »Was sollen wir noch zwei Stunden lang tun?«

Rickards grinste. »Ich weiss, was ich tun werde, Sammy-Boy. Ein bisschen Stressabbau.«

Sam schüttelte den Kopf. »Du bist verrückt.«

»Nein, ich bin nur unendlich scharf.«

»PROMISE? Promise!«

Jim sprach so laut, wie er sich traute und hoffte, die Prostituierte sei nicht zu betrunken, um zu erwachen. Nachdem Jim die Videoaufnahmen des Soldaten und seines Maschinengewehrs für die Kamera beendet hatte, hatte ihn einer der kaprivischen Soldaten, die er am Vortag gefilmt hatte, auf einen Drink in sein Zelt eingeladen. Sie teilten ein Dutzend Bier und eine halbe Flasche Palmwein und danach sagte der Afrikaner seinem neuen besten Freund, nun müsse er sich eine Frau suchen.

»Wo?«, hatte Jim gefragt.

»Es gibt immer Mädchen, die den Soldaten folgen. Sie haben ein Lager in unserer Nähe auf der Insel. Der General ist nicht einverstanden und Major Kurtz macht sich Sorgen wegen der Krankheiten, aber ...«

»Es ändert sich nie etwas«, hatte Jim geantwortet. Er folgte dem Soldaten auf einem Pfad durch das Schilf, das den Fluss säumte und durch einen Fleck mit knöcheltiefem Wasser und klebrigem schwarzem Schlamm, von dem er annahm, sie trenne eine tief liegende Insel in den Sümpfen von einer anderen. Schliesslich stiessen sie auf ein hübsches Mädchen mit dicht geflochtenem Haar, das ein verblichenes geblümtes Sommerkleid trug. Mit einem flüchtigen Blick sah er, dass er am richtigen Ort war. Sie hatte spitze, feste Brüste, deren Brustwarzen sich durch die dünne Baumwolle abzeichneten, glatte, feste Schenkel unter dem ausgefransten Saum und ein breites, strahlendes Lächeln. Es war Wochen her, dass er eine Frau gehabt hatte.

»Sie gefällt mir«, hatte er zu dem Soldat gesagt.

»Promise?« Der Soldat hatte fragend geschaut. »Ihr Arsch ist zu klein. Nimm sie. Ich suche nach Goodness.«

»Promise«, flüsterte er jetzt und schaute auf die herabhängende Decke, die der Hütte aus Schilf und Stroh, in der sie mit ziemlicher Sicherheit lebte, als Tür diente.

Die Decke bewegte sich und sie stand, in einem Nachthemd, das bis zum Sandboden reichte, da. Sie blinzelte, noch im Halbschlaf. »James?«

»Ich muss bald gehen ... in die Schlacht. Ich habe nicht mehr viel Zeit.«

Sie lächelte, obwohl ihre Augen noch voller Schlaf waren. »Komm rein, grosser Mann. Setz dich, setz dich.«

Er schaute sich um. Es gab keinen Stuhl, nur eine grobe Pritsche, eine mit Stroh gefüllte Matratze aus grobem Leinen und eine umgedrehte Plastikbierkiste, die als kleiner Tisch diente. Es war ihm egal. Er legte seine Kamera auf die Kiste und löste den Gurt mit den Taschen, in denen seine Ersatzbatterien und Kassetten verstaut waren. Er kniete sich auf die Matratze und sah zu ihr auf.

Er war nervös – nicht wegen der Frau, sondern wegen des bevorstehenden Kampfes, der nicht nach Plan zu verlaufen schien. Er hoffte, in der Lage zu sein, sich zu beherrschen. Aber als sie ihr Nachthemd über den Kopf hob und sich ihm wieder zeigte, verschwanden die Zweifel. Ihr Gesicht war verdeckt und sie fummelte etwas, um das Kleid auszuziehen, und er lächelte vor sich hin und lehnte sich über den Bierkasten. Er drückte die Aufnahmetaste am Handgriff der Kamera und das Weitwinkelobjektiv startete den Betrieb.

Sie kam näher zu ihm. »Mach ein Licht an«, sagte er.

»Warum?«

»Ich möchte mir jeden Zentimeter von dir merken. Einfach für den Fall.«

»Sag nicht so schlimme Dinge, James. Dir wird es gut gehen. Du musst zu Promise zurückkommen.«

»Ich verspreche es.«

Sie kicherte, als sie eine Laterne vom Boden aufhob, den Glasmantel hob und den Docht mit einem Streichholz anzündete.

»Das ist besser«, sagte er, als sie die Flamme so einstellte, dass die Laterne die Hütte mit warmem, weichem, gelbem Licht erfüllte. »Jetzt kann ich dich besser sehen.« Für immer, dachte er lasziv.

»Was willst du, James?«

»Runter, wie gestern.«

Sie lächelte und zwinkerte ihm zu, schaute über ihre Schulter zurück, während sie sich auf allen Vieren auf die dünne Matratze niederliess. Er schnürte seine Wanderschuhe auf und zog sie aus, öffnete den Reissverschluss seiner Jeans und begann, mit der Hand an seiner wachsenden Erektion auf und ab zu gleiten. Als er hart war, holte er ein Kondom aus der Tasche, liess die Hose fallen und stiess sie weg.

»Du bist aber in Eile!«

»Nur um anzufangen, Baby.« Promise drehte sich wieder nach vorn und Rickards schaute zum Objektiv hinüber und zwinkerte, während er die Latexhülle überzog und sich dann hinter sie kniete.

Promise drückte sich gegen ihn. Rickards packte ihre Hüften und stiess so fest in sie, dass sie den Kopf hob und keuchte. Sie hielt ihren Blick auf die Wand der Hütte gerichtet und Jim blickte in die Kamera, lächelte und hob dann seine rechte Hand von ihrem Hintern, um einen kurzen Gruss an das Publikum zu richten, das sein Meisterwerk eines Tages zu sehen bekommen sollte. Er wandte sich wieder seiner Arbeit zu. Er würde bald kommen, *aber was soll's*, dachte er, *dann gibt's noch ein zweites Mal*. Dafür war noch genug Zeit.

»Mach dich bereit, Baby.« Rickards schloss die Augen. Promise erschauderte und er spürte, wie ihr Kopf und die Schultern hinuntersanken. Er öffnete die Augen und sah, dass ihre Brüste auf der Matratze lagen. »Gleich!« Es fühlte sich an, als versuche sie, sich von seinem Glied loszureissen. Er grub seine Finger in das Fleisch ihrer Hüften, um sie bei sich zu behalten.

»Hör jetzt nicht auf, Baby«, hauchte er. Es gab jetzt keinen Grund mehr, sich zurückzuhalten. »Aaaaaah ... yessss!« Seine Hände waren glitschig vor Schweiss und als er kam, verlor er den Griff um sie und sie fiel nach vorn, auf die Matratze. Er keuchte heftig. »Promise? Promise, bist du okay?« Es sah aus, als wäre sie ohnmächtig geworden. »Ja, Baby, das war was!«

Er warf den Kopf zurück und fing an zu lachen, aber als er wieder zu ihr hinunterschaute, sah er das Blut, das sich auf dem Matratzenbezug ausbreitete. Es quoll aus ihrer Schläfe.

»Heilige Scheisse!«

Rickards sprang auf und sein halb erigierter Penis schlenkerte herum. Er drehte sich um und sah den Mann und die Pistole bei der unverkennbar ein Schalldämpfer am Ende angeschraubt war. Er hatte Promise erschossen und Jim war zu sehr in seinen eigenen Höhepunkt vertieft gewesen, um es zu bemerken. Rickards roch den Zigarrenrauch, der dem Mann in die enge Hütte gefolgt war. »Sie?«

Martin Steeles Mund verzog sich zu einem halben Lächeln. Er schaute von Rickards' erschrockenen Augen auf seinen schlaffen Hintern. »Keine Sorge, Jim, ich bin sicher, dass sie nichts gemerkt hat.«

Steele richtete die Pistole aus und feuerte zweimal.

SAM SAH AUF SEINE UHR. Es blieben weniger als zwanzig Minuten, bis der Hubschrauber sie abholen sollte und von Jim gab es keine Spur.

Sechs schwer bewaffnete Männer sassen oder standen in der Baumreihe am Ende der Lichtung, wo der Hubschrauber gestartet und gelandet war. Sam wusste, dass es sich dabei um die einsatzbereite Eingreiftruppe handelte, die am geheimen Grenzübergang abgesetzt werden sollte, um den Rückzug der Rebellentruppen zu decken, die Katima Mulilo angreifen sollten. Einer von ihnen war ein grosser, gutaussehender Leutnant namens Edison. Sam hatte gehört, der Mann sei der Sohn eines Häuptlings und seine Haltung und die Art, wie die anderen Soldaten ihn respektierten, machten deutlich, dass er zum Herrschen geboren war.

Sam hoffte, Sonjas Vater habe den Überfall irgendwie überlebt, aber er wusste, dass die Chancen gering waren. Selbst wenn er überlebt hatte, musste Hans Kurtz weiter als der Grossteil seiner Männer gehen, um nach Botswana in Sicherheit zu gelangen. Die Soldaten aus Kaprivi rauchten und unterhielten sich leise. Edison ging von Mann zu Mann und überprüfte ihre Waffen und Ausrüstung. Er liess jeden Soldaten ein paar Mal auf der Stelle auf- und abspringen, um zu prüfen, ob die Ausrüstung klapperte und zu viel Lärm machte. Von der Überschwänglichkeit, die er beim Aufbruch der anderen beobachtet hatte, war nichts zu spüren. Diese Männer waren besiegt worden, ohne einen Schuss abzugeben und hatten bei den Kämpfen in M'pacha zweifellos Kameraden verloren. Einer der Männer sass auf dem Boden und hatte einen Gürtel mit Maschinengewehrmunition über seinen Schoss gelegt. Er schien sie zu prüfen, vielleicht auf Schmutz oder Schlamm. Die Art und Weise, wie er das Kupfer und das Messing befingerte, erinnerte Sam aber an jemanden, der einen Rosenkranz betete. Der Mann sah auf und Sam bemerkte die Angst in seinen Augen.

»Fliegt nicht ohne mich«, sagte Sam zu Edison. Er tippte auf seine Uhr. »Fünf Minuten, okay?« Der Leutnant nickte.

Sam schritt durch das verlassene Lager zurück, am Zelt des Kommandanten vorbei und an den qualmenden Resten des Lagerfeuers, das mit Wasser gelöscht worden war. Es war bis auf das Quaken von Fröschen, das Kreischen eines Nachtvogels irgendwo in der Nähe und das gelegentliche Grunzen eines weit entfernten Flusspferdes still.

Sam schritt den sandigen Pfad zu den Hütten am Rande des Lagers ab. Er wusste was Rickards vorgehabt hatte, denn der Australier hatte damit vor ihm geprahlt. Er hatte keine Ahnung, in welcher Hütte die Frau sein würde, aber nur in einer brannte Licht. Von irgendwoher ertönte das leise Knurren eines Hundes. Er hörte ein leises Husten, vielleicht von einem Kind. Sam sah sich um und ging näher an die Hütte heran, wo er das Zischen einer Gaslaterne hörte. Insekten umschwirrten den Lichtspalt, der eine Decke umsäumte, die über dem Eingang hing.

»Jim«, rief er leise. »Jim, wir müssen gehen, Mann. Bist du da drin?«

Sam leckte sich über die Lippen. Das Letzte, was er tun wollte, war, sie zu überraschen, während sie gerade dabei waren. Er hielt an der Tür inne und lauschte, hörte aber nichts. Vielleicht waren sie eingeschlafen.

»Jim?«

Sam griff nach dem Rand der zerfledderten Decke und zog sie zur Seite. »Heilige Scheisse!«

Er trat näher und liess sich neben den beiden Leichen auf ein Knie fallen. Jim lag mit weit aufgerissenen Augen auf dem Rücken und hatte einen roten Blutfleck auf der Stirn. In seiner Brust, in der Nähe seines Herzens, befand sich ein weiteres Einschussloch und die grobe Matratze war voller Blut. Die Schwarze Frau lag mit dem Gesicht nach unten. Beide waren nackt. »Oh, Gott, nein.«

Sam drehte sich zur umgestürzten Bierkiste, die als Beistelltisch diente und ergriff den metallenen, schwingenden Griff der Gaslaterne. Er stellte sie neben Jims Gesicht auf den Boden, während er Jims Hals berührte. Es spürte keinen Puls, aber eine schwache Spur von Wärme an seinen Fingerspitzen. Er untersuchte die Frau und sah, dass er für keinen von beiden etwas tun konnte. Er begann zu würgen, schluckte aber heftig. Warum hatte er keine Schüsse gehört? Er holte tief Luft, um sich zu beruhigen, und ging zurück zu Rickards. Er schob eine Hand unter den Kopf des Australiers. Es war jedoch kein Blut am Rücken, keine Austrittswunde. Es war ein winziges Loch in Jims Stirn. Er fragte sich, wer dafür verantwortlich gewesen sein könnte. Vielleicht, dachte er, ein eifersüchtiger Ehemann?

Sam schaute sich im Raum um und sah das rote Licht der Video-kamera, das auf ihn und die beiden Leichen gerichtet war. Er schüt-telte den Kopf, stand auf und ging zu ihr. Er nahm die Kamera in die Hand und drückte den Knopf für Aufnahme und Pause am Hand-griff. Er kannte sich mit Kameras aus und fand die Tasten für ›Wie-dergabe‹, ›Vorlauf‹ und ›Rücklauf‹ an der Seite der Canon. Er drückte auf ›Rückspulen‹, wartete ein paar Sekunden und drückte dann auf ›Abspielen‹. Auf dem kleinen, aufklappbaren LED-Bildschirm sah er

Jim und die Prostituierte beim Sex. An einer Stelle rutschte die Frau nach vorne auf die Matratze. Jim stand auf und schaute in die Kamera, der Schock stand ihm ins Gesicht geschrieben. Sam war zu langsam, um auf ›Stop‹ zu drücken, bevor er den ekelhaften Anblick des Todes der Prostituierten sah. Als er die Szene noch einmal abspielte, sah Sam, wie Jim eine Hand hob und wie sich seine Lippen bewegten. Dann sackte er auf den Boden. Sam fühlte sich übel und schwindlig. Er legte die Kamera weg. Er musste hören, was Jim gesagt hatte.

Neben der Kamera lag Jims schwarzer Nylon-Rucksack. Sam öffnete den Reissverschluss und kramte darin herum, bis er einen Kopfhörer fand. Er suchte die Audiobuchse an der Seite der Kamera und schloss sie an. Als er wieder auf ›Play‹ und ›Rückspulen‹ drückte, hörte er das laute Quietschen von Stimmen. Er spulte an der Szene von Jims Tod vorbei und sah ein paar der Sekunden, in denen das Paar Sex hatte. Sam holte tief Luft, um sich zu beruhigen, als er sah, wie die Frau schlaff auf die Matratze fiel.

»Hör jetzt nicht auf, Baby... « Sam hörte, wie Jim zupackte.

Nachdem er seinen Orgasmus herausgeschrien hatte, schien Jim zu begreifen, was geschehen war. Sam sah, wie Jim auf dem winzigen Bildschirm aufsprang, sich dann umdrehte und sagte: »Du?«

Sam hörte eine Stimme mit englischem Akzent, die eine letzte Beleidigung ausstiess, bevor eine Pistole mit Silizium-Laufwerk zweimal hustete. Sam konnte den Mann, der die Worte gesprochen hatte, nicht sehen, aber er erkannte sofort, wer es war. »Steele«, sagte er laut.

»Sehr clever, Sam.« Sam drehte sich um und schaute zur Tür. »Wie dumm von mir, die Kamera nicht zu überprüfen.«

29

―――――

Als sie zum Verwaltungsgelände der Baustelle zurückkamen, keuchte Chipchase. Zweimal hatten sie sich im Busch verstecken müssen, weil ein Land Rover der namibischen Streitkräfte und ein gepanzerter BTR 60 auf dem Weg zum Tor vorbeigerast waren. Sonja drückte ihm jeweils die Pistole an die Rippen, um sicherzustellen, dass er nicht versuchte, die Soldaten zu alarmieren.

»Ich kann nicht glauben, dass Steele dich hätte töten lassen«, sagte Chipchase ausser Atem. »Was ist denn zwischen euch beiden los?«

»Ich wünschte, ich wüsste es«, sagte Sonja. Ein unbekannter Mann und eine unbekannte Frau waren erschossen worden, weil das Sicherheitspersonal am Tor sie mit Sonja und Gideon verwechselt hatte. »Ich hätte nicht gedacht, dass er sie umbringt. Ich dachte, er wolle sie verhaften. Eigentlich uns.«

»Steele arbeitet also für GrowPower und damit für Schwarz, gar nicht für die Kaprivier.«

Sonja kniete im Mondschatten des Baustellenbüros und holte selbst Luft, während der Ire sich mit dem Ärmel über die Stirn wischte. »Ja. Irgendetwas an Schwarz' aufgezeichneter Videobotschaft in der Präsentation klang nicht richtig. Ich konnte es nicht richtig zuordnen, bis ich mit meinem Vater sprach.«

Chipchase nickte. »Steele erzählte Schwarz, dass du das amerikanische Filmteam als Tarnung benutzt und in geheimer Aufklärungsmission zum Staudamm fährst.«

»Ja. Die Begrüssung der ›Damen und Herren‹, in Schwarz aufgezeichneter Videobotschaft, war der entscheidende Hinweis, den wir unbewusst aufgenommen haben. Schwarz wusste, dass ich zum Damm gehen würde. Niemand sonst auf der Baustelle, nicht einmal Roberts, der Bauleiter, erwartete mich. Aber Schwarz änderte seine Nachricht im letzten Moment, um nicht nur Cheryl-Ann, sondern auch mich in seine Begrüssung einzubeziehen. Er ist ein Opfer seiner eigenen Besessenheit, seine Präsentationen korrekt zu gestalten. Er war der Einzige, der wusste, dass bei der Informationsveranstaltung zwei Frauen im Publikum sein würden. Selbst die klügsten Kriminellen machen Fehler.«

»Nun, jetzt wird er doppelten grossen Ärger bekommen – sowohl mit der namibischen wie auch mit der deutschen Regierung, weil er die Tötung unschuldiger Zivilisten angeordnet hat. Diesmal ist er über das Ziel hinausgeschossen.«

»Da bin ich mir gar nicht so sicher«, sagte Sonja.

»Wie meinst du das?«

»Wenn Gideon und ich im Krankenwagen gesessen hätten, hätten Schwarz und die namibische Regierung morgen die Medien der ganzen Welt vor Ort gehabt. Sie hätten die Leichen einer Söldnerin und eines kaprivischen Rebellen präsentieren können. Ich vermute, jetzt werden die Trümmer der mobilen Klinik und die beiden Leichen sehr schnell verschwinden.

»Du könntest aussagen und ...«, sagte Chipchase.

Ihr Blick brachte ihn zum Schweigen. »Für wen arbeitest du, Sydney? Für die namibische Regierung?«

»Ich habe es dir gesagt. Ich bin ein Missionar.«

»Blödsinn. Ich dachte eine Zeit lang, dass du vielleicht für Grow-Power arbeitest. Wenn du aber heimlich mit Steele unter einer Decke stecken würdest, hättest du mich den Mord an der Krankenschwester und dem Fahrer nicht miterleben lassen. Du wusstest doch nichts davon, oder?«

Er starrte sie nur an, aber sie wusste, dass sie recht hatte.

»Ich gebe dir mein Wort: Schwarz, Grow-Power und Steele werden für den Mord an dieser jungen Frau bezahlen.«

Sonja nickte. »Ah, aber für den Schwarzen Fahrer nicht, denn der ist der deutschen Regierung doch völlig egal, oder?«

Chipchase schwieg wieder, aber sie hatte ihn durchschaut. »Wenn du nicht für die Namibier gearbeitet hast, was ohnehin unwahrscheinlich war und nicht bei Grow-Power angestellt warst, wer hat dann noch ein Interesse an allem, was in Namibia passiert? Die Deutschen natürlich. Das wird mir jetzt klar. Ich bin mir aber sicher, dass du eine Vereinbarung mit Schwarz und den Namibiern hattest. Was hast du gemacht, Sydney? Hast du ab und zu kleine Treffen gehabt?«

Er wandte den Blick von ihr ab, doch seine Augen hatten ihn bereits verraten.

»Du warst es, der die CLA infiltrierte, nicht wahr? Du warst der freiberufliche weisse Söldner, der ihnen bei der Ausbildung geholfen und sie dann verraten hat. Dank deiner Informationen konnte die NDF die Rebellen fast auslöschen, nicht wahr, Sydney? Ich wette, du hast ein paar unschuldige Kaprivier als Spione eingesetzt, damit sie die Kleider anziehen. Nun klebt ihr Blut an deinen Händen ... Du bist kein bisschen besser als Steele und Schwarz.«

»Steck mich nicht in dieselbe Schublade wie Steele«, sagte Chipchase. »Namibia hat Freunde in Europa und es liegt im Interesse Europas, dass zumindest in diesem Teil Afrikas Friede herrscht. Diese Region braucht das Wasser und die Elektrizität, die der Damm bringt. GrowPower mag schlecht sein, aber das ändert nichts an der Tatsache, dass der Damm Leben rettet. Wir wussten durch Informationen des MI6, dass du und Steele in der Region aktiv seid. Vom Auftrag in Simbabwe wusste niemand, aber ich wurde beauftragt, Corporate Solutions im Auge zu behalten. Ich ging zu Recht davon aus, dass Steele sich selbst – und dich – bei der CLA anpreisen würde. Was ich nicht wusste, war, dass er gleichzeitig für Schwarz arbeitet und ein doppeltes Spiel mit dir treibt.«

Sonja stand auf und sah zu Chipchase hinunter, der im Gras liegen blieb. »Steh auf, du kommst mit mir. Ich habe zu arbeiten und falls wir aufgehalten werden, bist du meine Versicherung.«

»Ich gehe nirgendwo hin, Sonja und ich werde mich nicht an der Zerstörung dieses Dammes beteiligen.«

»Gut«, sagte sie, »dann muss ich dich eben umbringen.«

»Ausziehen«, wies Martin Steele Sam an.

Dieser stand mit den beiden Leichen und dem Mann, der sie dazu gemacht hatte, in der Hütte. Die Neunmillimeter, die Sonja ihm gegeben hatte, steckte im Hosenbund an seinem Rücken, aber wenn er danach griff, würde Steele ihn erschiessen. Er vermutete, Steele wolle ihn nackt haben, damit es aussah, als wäre er in einer Art ›ménage à trois‹ mit Rickards und der Prostituierten getötet worden, vielleicht von einem eifersüchtigen Freund. »Sie werden sich eine Menge Ärger einhandeln.«

Steele zog an seiner Zigarre und hielt die Pistole auf Sam gerichtet. »Sie sind ein amerikanischer Fernsehstar. Der Rest der Welt schert sich einen Dreck darum, was mit der Kaprivi-Befreiungsarmee passiert, aber wenn Sie weg sind, wird es hier wahrscheinlich in achtundvierzig Stunden nur so von FBI-Leuten wimmeln.«

»Warum sollte ich es Ihnen leichter machen, mich zu töten?«

Steele zielte neu und feuerte. Das Geräusch war ein leises Husten und Sam zuckte zusammen. Sein linker Arm fühlte sich an, als hätte jemand die Haut in der Nähe seines Bizeps mit einer Zange gepackt und zurückgerissen. Abgesehen davon spürte er keine Schmerzen, aber er sah Blut. Er griff mit seiner rechten Hand an die Wunde und Blut pulsierte durch seine Finger. Er fing an, darauf zu drücken.

»Weil ich dich sehr, sehr langsam töten werde, wenn du es nicht tust. Der nächste Schuss geht in deine Eier. Die Zweiundzwanzig ist eine kleine Kugel, aber trotzdem sehr tödlich. Am schnellsten kann ich dich mit einem Kopfschuss töten, aber ein eifersüchtiger Liebhaber hätte sich mit dir bestimmt Zeit gelassen. Zieh jetzt deine Kleider aus!«

Sam fühlte sich unsicher und begann zu schwitzen. Er leckte sich über die Lippen und blickte wieder auf die Wunde hinunter, dann wandte er den Blick ab. Sowohl der Anblick des Blutes als auch der Wunde machten ihn schwindelig. »Ich ...Ich fühle mich ...« Er taumelte und ging auf ein Knie.

Steele änderte seine Position. »Ich beobachte Sie immer noch.«

Sam nickte und bewegte seine Hände zur Gürtelschnalle. Seine rechte war glitschig und klebrig vom Blut, was es nicht einfacher machte. Er streckte die Hand nach dem behelfsmässigen Nachttisch aus, um sich abzustützen.

»Ruhig. Die Hände bleiben dort, wo ich sie sehen kann.«

Sam schwankte und nickte. Steele trat einen Schritt zurück.

Sam griff nach der Laterne, ignorierte das Brennen des heissen Glasmantels und schleuderte sie direkt auf Steele. Die Lampe zerschellte am Arm, den Steele instinktiv zum Schutz hob. Steele war jedoch für den Nahkampf ausgebildet und seine andere Reflexhandlung bestand darin, zwei Schüsse auf sein Ziel abzugeben.

Sam rollte sich weg und spürte, wie eine der kleinkalibrigen Kugeln in sein blutiges Buschhemd drang. Dennoch war er nicht annähernd so schwach oder schockgebeutelt, wie er es sich vorgestellt hatte. Mit geschlossenen Füssen schwang er die Beine in einem weiten Bogen und trat in die dünne Schilfwand der Hütte. Hinter ihm herrschte Dunkelheit und er hörte Steeles Fluchen. Er rollte sich noch einmal ab, kam auf die Beine und stürzte blindlings in den Dschungel hinter der Hütte. Seine Augen waren durch den plötzlichen Wechsel von Licht und Dunkelheit immer noch teilweise geblendet, aber Steele war davon genauso behindert. Sam erhob sich und zog die Pistole aus dem Hosenbund. Er drehte sich in der Hüfte und feuerte drei Schüsse in Steeles Richtung. Er bezweifelte, dass er irgendetwas getroffen hatte, aber der donnernde Knall der ungedämpften Waffe würde die am Hubschrauberlandeplatz wartenden kaprivischen Truppen alarmieren.

Sam spürte weitere Schüsse, die wie wütende Bienen neben ihm durch das Gebüsch huschten, während er, so schnell er konnte, zum Lager zurücklief. Er hörte ein Zischen hinter sich. Er verlangsamte, riskierte einen Blick über die Schulter und sah, dass der Nachthimmel orange aufflammte und ein Vulkan aus Funken und Glut aus der Hütte, in der Jim und die Frau umgebracht worden waren, aufstieg.

Sam achtete kaum darauf, wohin er lief und rannte kopfüber in einen fassförmigen kaprivischen Soldaten mit einer AK-47. Er stolperte und der Mann schlang einen Arm um ihn. Es war Edison, der Leutnant, der für die Einsatztruppe verantwortlich war.

»Er hat eine Waffe!«, sagte Edison.

Er drückte Sam zu Boden, der sich einem Halbkreis von bewaffneten Kriegern gegenübersah, die alle automatische Waffen auf ihn richteten. Er warf Sonjas Pistole in den Dreck und hob die Hände, dann legte er sie auf seinen Kopf. »Steele …Major Steele hat versucht, mich zu töten. Ausserdem hat er meinen Kameramann getötet …«

»Schweigen Sie!«

Sam drehte sich um und sah Steele, die schallgedämpfte Pistole erhoben und auf ihn gerichtet, auf dem Weg stehen.

»Verschwindet!«, befahl Steele den rebellischen Soldaten. »Dieser Mann muss sofort hingerichtet werden. Er hat den Mann, mit dem er zusammen war und eine eurer Frauen aus dem Dorf getötet. Ich will ein Erschiessungskommando von fünf Mann. Sofort!«

Edison schüttelte den Kopf. »Wir nehmen nur Befehle von Major Kurtz entgegen.«

»Major Kurtz ist tot«, sagte Steele. »Er und seine Männer wurden in einem Hinterhalt bei M'pacha getötet. Sobald wir diesen Saboteur getötet haben, müsst ihr euch bereit machen und abfliegen. Wir müssen den Rückzug der Hauptstreitkräfte über die Grenze sichern.«

»Das ist ein Hinterhalt, den Sie gelegt haben, Steele.« Sam wandte sich wieder an den Leutnant. »Dieser Mann arbeitet nicht für euch sondern gegen euch!«

Steele lachte. »Lächerlich. Ich bin der Einzige, der weiss, was hier vor sich geht. Mit ein bisschen Glück können wir aus der heutigen Niederlage noch etwas herausholen. Dieser Mann ist ein verdammter Journalist, er war noch nie auf eurer Seite.«

»Ich habe diesen Mann im Fernsehen gesehen, auf DSTV«, sagte Edison. Sowohl Sam als auch Steele starrten ihn an.

»Wirklich?« fragte Sam und nahm Steele das Wort aus dem Mund.

Edison nickte. »Bei Outback Survival. Ich vertraue ihm.«

»Oh, verdammt«, sagte Steele. Er trat einen Schritt näher an Sam heran und richtete die Pistole seitlich auf seine Schläfe. »Ich habe keine Zeit für so etwas.«

Edison spannte seine AK-47 und verstellte den Lauf leicht, so dass er sowohl Steele als auch Sam in Schach hielt.

»Holen Sie den Kommandanten, … bitte«, sagte Sam zu einem der Männer, die sich hinter ihrem Offizier aufgestellt hatten.

Steele leckte sich über die Oberlippe. »Verschwendet keine Zeit. Dieser Mann hat den General und die beiden Nachrichtensoldaten im Kommandozelt getötet. Er ist ein Spion und muss sofort hingerichtet werden.«

»Was?« Edison blickte zu Sam hinunter, der immer noch auf dem Boden kniete.

Plötzlich begriff Sam das Ausmass von Steeles Täuschung.

»Ich war gerade beim Zelt des Hauptquartiers«, fuhr Steele fort. »Sie sind alle drei tot. Wir müssen diesen Mann sofort umbringen und uns so schnell wie möglich auf den Weg machen. Es könnten noch weitere feindliche Agenten in der Gegend sein. Hört mir zu …!«

Sam hob sein Gesicht genau wie einige der anderen Männer in den Nachthimmel. Das weit entfernte Dröhnen des Hubschraubermotors war noch leise, wurde aber immer lauter.

»Warten Sie«, sagte Sam zu Edison. »Untersuchen Sie die Leichen im Kommandozelt und sehen Sie sich die Einschusswunden an. Und die Austrittswunden, falls es welche gibt. Vergleichen Sie sie mit der Pistole, die ich hatte«, er machte eine Handbewegung und zeigte auf Sonjas Waffe am Boden, »und mit der schallgedämpften Popgun, die Major Steele in der Hand hält. Dann überlegen Sie, wer der Attentäter ist.«

»Mist«, sagte Steele und marschierte vorwärts, »das ist jetzt weit genug gegangen.« Den Männern, die ihm gegenüberstanden, zum

Trotz packte er Sam an der Schulterklappe seines Buschhemdes und zog ihn hoch.

Edison bewegte sich ebenfalls und packte mit seiner riesigen Hand Steeles Handgelenk. Die beiden Männer starrten sich gegenseitig an. »Julius.«

»Sir?«, antwortete einer der anderen Männer dem Leutnant, der Steeles Arm immer noch festhielt.

»Geh und sieh nach dem General und seinen Männern. Komm zurück und sag mir, ob sie von einer Zwei- oder von einer Neun-Millimeter-Kugel getötet wurden. Du hast genau eine Minute Zeit.«

»Ja, Sir!«

Edison blickte zu seinem Untergebenen zurück und bedeutete ihm mit einem Kopfnicken, er könne gehen.

Während Edison kurz abgelenkt war, schüttelte Steele seine Hand ab, richtete die schallgedämpfte Pistole auf seine Brust und drückte ab. Es löste sich nur ein Schuss, doch dieser traf den grossen Mann in die Brust. Er taumelte rückwärts und einer seiner Soldaten fing ihn auf, als er stürzte. Steele sah sich um, warf die leere Pistole nach Sam und rannte davon.

Sam hob die AK-47 des verwundeten Offiziers auf, richtete sie auf den fliehenden Engländer und drückte ab. Die AK bäumte sich auf und nach rechts oben, als dreissig Kugeln in das Gras und Schilf um Steele einschlugen. Weitere Gewehre gesellten sich zu der Kakophonie, die ein Crescendo erreichte, als der Hubschrauber im Tiefflug auf die Landezone zuflog. Die Männer, die nicht schossen, knieten neben ihrem grossen Anführer, der nach Luft schnappte. Auf Edisons Tarnhemd verteilte sich Blut.

»Bringt ihn zum Hubschrauber«, sagte Sam zu den führerlosen Soldaten. »Beeilt euch.«

»Was ist mit Major Steele?«, fragte einer der anderen, während vier Männer die Arme und Beine des Verwundeten festhielten.

Sam schüttelte den Kopf. »Ich weiss es nicht. Wir lassen ihn hier. Er ist ein gefährliches Tier, und wird jetzt, wo er in die Enge getrieben ist, noch schlimmer. Er hat recht – es könnten sogar noch mehr Leute hierherkommen, während wir hier herumstehen. Lasst uns gehen!«

Es schien falsch, Steele lebendig und Jim tot im Busch zurückzulassen, aber mit dem Verschwinden des abtrünnigen Söldners wuchs Sams Angst eher, als sich aufzulösen. Wenn Steele den kaprivischen General und Jim umgebracht hatte und plante, Sam zu töten und Hans Kurtz' Hinterhalts-Stellung in M'pacha zu verraten, was hatte er dann mit Sonja im Sinn?

Sie rannten auf den Lärm und den rasenden Abwind des Hubschraubers zu, der im langen, wogenden Gras der Landezone absetzte. Sam drückte Edison, der ihm das Leben gerettet hatte, die Hand, während alle in gebeugter Haltung zum Hubschrauber rannten. »Festhalten!«, brüllte er über die Nase der Turbine, als die Kameraden den Mann in den Frachtraum der Maschine schoben. Einer der Soldaten, die bereits drinnen waren, packte den verwundeten Offizier unter den Achseln und zerrte ihn an Bord. Als Sam aufblickte, sah er zu seinem Entsetzen die kleine, drahtige Gestalt von Hans Kurtz, dessen Gesicht mit schwarzer Tarnfarbe beschmiert war.

»Steigen Sie ein«, rief Kurtz und winkte ihm zu.

Sam und die anderen Männer kletterten, einer nach dem anderen, an Bord. Es war sehr eng, und sie mussten aufpassen, wo sie ihre Füsse um den Verletzten herum platzierten. Kurtz schob sich so herum, dass er neben Sam zu sitzen kam.

»Ich dachte, Sie wären tot«, brüllte Sam über das Motorengeräusch hinweg, als der Pilot vor dem Start die Leistung drosselte.

Kurtz grinste. »Noch nicht, aber die Nacht ist noch jung.« Er gab Sam einen Klaps auf den Oberschenkel, dann stürzte er nach vorn.

Der Pilot drehte den Kopf und schrie: »Achtung, wir bekommen Feuer!« Er liess den Hubschrauber vom Boden abheben, doch es schien Sam, als stiegen sie mit einer Geschwindigkeit von Zentimetern pro Stunde. Zum zweiten Mal in den letzten fünfzehn Minuten griff er nach dem Gewehr eines Verwundeten und drückte ab. Doch nichts geschah. Ein kaprivischer Soldat, der zwischen Sam und einem anderen Mann stand, entriss ihm die Waffe, denn sein eigenes

Maschinengewehr ruhte auf dem Zweibein halb unter dem verwundeten Offizier. Er zog am Spannhebel und feuerte in die Nacht hinaus. Leuchtspuren zogen wie grüne Bänder vom Hubschrauber weg. Auf dem Rumpf hinter ihnen klapperte es, als würden Kieselsteine auf ein Blechdach geworfen. Der Pilot blieb ruhig und trieb seine Maschine höher, schneller und weiter vom Bodenfeuer weg.

Hans sackte in den Sitzgurt zurück.

»Sind Sie in Ordnung?« Sams Stimme ging im Lärm des Schusswechsels fast unter.

Kurtz tastete seine Seite ab und zeigte Sam blutverschmierte Finger. Es erinnerte Sam an seine eigene Wunde und er fühlte sich wieder unwohl. »Ich komme schon klar. Sie müssen sich erst um ihn kümmern«, sagte Kurtz und deutete auf den Offizier. Der Sanitäter war dabei, Edisons Hemd aufzuschneiden. Seine schwarze Haut war blutverschmiert, aber die Augen offen und er atmete, wenn auch in röchelnden Stössen.

Der Sanitäter sah von seinem Patienten auf und schaute Kurtz an. In seiner rechten Hand hielt er das gebogene, von einem Einschussloch durchbohrte Magazin einer AK-47. »Das hat den meisten Schwung der Kugel abgefangen und das Projektil ist an seinem Brustkorb abgeprallt. Der junge Häuptling wird überleben.« Edison zwang sich zu einem gequälten Lächeln.

Sam zupfte an Kurtz' Ärmel, um seine Aufmerksamkeit zu erregen und zeigte mit dem Daumen nach oben.

»Was ist mit Steele?«

Kurtz zuckte zusammen und blickte aus der offenen Tür des Frachtraums. »Wir kriegen, ihn, Sam. Ganz bestimmt.«

WÄHREND DES RESTLICHEN Fluges kümmerte sich der Sanitäter um Hans. Er zog ihm das Hemd aus, säuberte die Wunde in seiner Seite so gut es ging, verband sie und legte eine Bandage eng um seinen Oberkörper.

»Wir waren nicht in M'pacha ...«, bemerkte Kurtz und zuckte zusammen, als der Sanitäter den Verband befestigte.

»Wo dann?«, fragte Sam.

»Es war eine Finte, um Steele zu täuschen. Sonja und ich waren uns ziemlich sicher, dass er für die Namibier und diese verrückten Deutschen, die den Damm bauen, arbeitet. Wir konnten aber nicht hundertprozentig sicher sein.«

»Und der General?«

Kurtz versuchte zu spötteln, aber das kleine Lachen tat ihm weh, so dass er stattdessen eine Grimasse zog. »Dieser Narr hat sich von Steele einreden lassen, die Einnahme der Hauptstadt sei der beste Weg zur Rückeroberung des Kaprivi-Streifens. Ich habe dagegen argumentiert, da wir schlicht nicht genug Truppen haben, um sowohl Katima als auch den Flugplatz in M'pacha einzunehmen und zu halten. Ausserdem wusste ich von meinen Spionen vor Ort, dass die Namibier in M'pacha eine ungewöhnlich grosse Bodentruppe aufstellten. So hat Steele freundlicherweise einen Hinterhalt für uns arrangiert.«

»Wo sind also Ihre Männer, wenn nicht in Katima?«

Kurtz grinste. »Sie sind dort, wo wir gerade hingehen, in Kongola. Auf halbem Weg durch den Kaprivi-Streifen, zwischen Katima Mulilo und dem Damm. Wir werden den Kaprivi nämlich nicht einnehmen, sondern ihn teilen. Kongola liegt am Kwando, der den Streifen in zwei Hälften teilt. Es war leichter einzunehmen als Katima und wird vor allem viel einfacher zu halten sein, als eine Stadt. Kongola besteht aus nicht viel mehr als ein paar Gebäuden und einer Brücke. Wir unterbrechen damit den Ost-West-Verkehr in diesem Teil des südlichen Afrikas, so dass die Namibier und der Rest der Welt auf uns aufmerksam werden müssen.«

Kurtz erklärte zwischen schmerzhaften Atemzügen, dass der Hauptteil seiner Männer die Grenze wie geplant überquert hatte, aber anstatt nach Katima Mulilo zu fahren, hatten sie sich heimlich mit einer Flotte von zivilen Lastwagen und Bussen getroffen, die auf der fast leeren Autobahn nach Kongola fuhren. Anstatt zum Flugplatz von M'pacha und damit in den sicheren Tod zu fliegen, landeten Kurtz und der Rest seiner kleinen Angriffsgruppe direkt in Kongola. Dort trafen sie sich mit Gideon, der sich von Sonja getrennt und die an der Brücke über den Kongola stationierte kleine Polizeieinheit überwältigt hatte. »Wir haben Kongola ohne einen einzigen Schuss abzufeuern– ausser hier –, eingenommen und den Kaprivi-Streifen in der Mitte unterbrochen«, erklärte er.

»Und was ist mit Sonja?«, fragte Sam.

Der Hubschrauber ging in den Sinkflug und Sam sah, wie die Scheinwerfer die Strasse darunter absuchten. Kurtz sah ihn an. »Sie hat, genau wie ich selbst, falsche Berichte an Steele und den General geschickt. Wir haben uns vorher einen eigenen Code ausgedacht, um die anderen zu täuschen. Das letzte Mal, als ich von ihr hörte, war sie am Damm und in Sicherheit. Darüber hinaus... Ich weiss es nicht.«

Sam spürte, wie sich langsam Wut von seinem Herzen in seinen Kopf und in seine Fingerspitzen ausbreitete und seine Angst verdrängte. »Verdammt noch mal! Ist dir deine Tochter denn völlig egal? Du sagtest, Gideon sei nach Kongola gegangen – heisst das, dass Sonja den Damm ganz allein sprengt?«

Kurtz zuckte mit den Schultern. Der Pilot zog die Nase des Hubschraubers nach hinten und die Kufen setzten auf dem schwarzen Teer der Hauptstrasse auf.

»Wenn jemand einen Damm allein sprengen kann, dann meine Tochter. Wenn sie sich etwas in den Kopf gesetzt hat, ist sie sehr hartnäckig.« Kurtz klopfte ihm auf die Schulter und liess sich mühsam aus dem Hubschrauber fallen. Dann zwinkerte er Sam zu. »Das werden Sie in den nächsten Jahren schon noch lernen. Auf Wiedersehen, Sam.«

Sam blinzelte, weil er nicht alles begriff, was der alte Mann ihm sagte. Er sah zu, wie die Soldaten Edison aus dem Hubschrauber halfen. Der junge Offizier war jetzt bei vollem Bewusstsein und obwohl er hinkte, winkte er seine Männer höflich weg. »Hans! Sir!«, rief Sam.

Kurtz zog sich ein neues Tarnhemd an, das einer seiner Männer für ihn bereithielt, und verdeckte damit das leuchtende Rot des Blutes und Weiss des Verbands. Kurtz ging langsam zum Hubschrauber zurück. Der Pilot schaute über die Schulter und wirbelte mit dem Finger Kreise in die Luft, um Sam und den beiden bewaffneten Männern, die als Sicherheitskräfte mit an Bord geblieben waren, zu signalisieren, dass es Zeit sei, abzuheben. Sam hob eine Hand. »Hans, Sir?«

»Was?« sagte Kurtz und knöpfte sein Hemd zu.

»Ich glaube, ich liebe Ihre Tochter, Sir.«

Er nickte. »Ich weiss. Aber das müssen Sie nicht mir sagen, sondern ihr. Gehen Sie!«

30

Sonja und Chipchase stiegen in den Land Cruiser und versteckten sich hinter dem Armaturenbrett, als ein Scheinwerfer über sie hinwegfegte. Der blendende Lichtstrahl spiegelte sich im Aussenspiegel der Fahrerseite und erfüllte die Kabine mit blitzendem Licht. Diesem folgte das brummende Rattern eines grossen Dieselmotors und als das Geräusch leiser wurde, spähte Sonja über das Lenkrad und sah die verschwindende Masse eines langsam vorbeifahrenden BTR 60-Panzerwagens. »Sie sind nervös.«

»Das bin ich auch«, sagte Chipchase. »Was sollen wir jetzt tun?«

»Wir warten noch ein bisschen, bis sich die Lage etwas beruhigt hat.«

»Hast du eine Abholung arrangiert? War's das? Wer treibt heute Abend mit wem ein doppeltes Spiel, Sonja? Wenn du wusstest, dass Steele vorhatte, die AIDS-Schwester und ihren Fahrer zu töten, bist du genauso schuldig wie er, weil du es zugelassen hast.«

Sie schnaubte. »Ich sagte doch, ich dachte, sie würden sie nur für kurze Zeit gefangen nehmen. Halte mir keine Moralpredigt – du hast fast hundert Kaprivier, die versuchten, den Bau dieses Damms aufzuhalten, in den sicheren Tod geschickt.«

Chipchase biss die Zähne zusammen und zischte: »Das ist eine Unterstellung. Ich wollte nicht, dass so viele sterben.«

Sie hielt die Waffe auf ihn gerichtet. »So viele? Was soll denn das heissen? Du hast ihnen eine tödliche Falle gestellt, aber nicht damit gerechnet, dass sie hineinfallen und sterben?«

»Nein, so stimmt das nicht.«

»Verdammte Scheisse. Hör auf mit dem Palaver und gib mir eine klare Antwort.«

Er schaute durch die Windschutzscheibe. Der Panzerwagen war fast ausser Hörweite, aber von der Anhöhe aus, auf der sich das Baubüro befand, konnten sie sehen, wie er vorsichtig an der Staumauer entlang tuckerte und sein Licht nach links und rechts schwenkte. Chipchase sagte nichts.

»Du hast mir immer noch keine Antwort gegeben. Für wen arbeitest du? Für den MI6? Für die Deutschen? Die Südafrikaner? CIA?«

Er schüttelte den Kopf. »Alle diese Regierungen haben eines gemeinsam – den Wunsch nach Frieden, Demokratie, Stabilität und Entwicklung in Afrika. Namibia und Botswana waren so etwas wie Vorzeigeprojekte für all das und jetzt habt ihr einen Krieg angefangen, du, Steele und die Männer hier.«

»Schwarz und Steele wollten also für Stabilität sorgen, indem sie meinen Vater, seine Männer und mich in den Tod trieben! Ist das die Art von friedlicher Entwicklung, die du und deine Herren schützen?«

»Nein!« Chipchase schlug mit der Faust auf das Armaturenbrett des Land Cruisers. »Verdammt, Sonja, niemand will, dass Schwarz und Steele mit Mord davonkommen. Aber Afrika braucht diesen Damm und die Elektrizität, die Bewässerung und die Entwicklung, die er bringt. Die Kaprivier hätten diesen Teil des Kontinents auf die eine oder andere Weise zurück in den Bürgerkrieg geführt.«

»Also mussten sie getötet werden.« Sie spürte Wut in sich aufsteigen und wusste, dass sie sie zurückhalten musste. Vielleicht wollte er sie provozieren, damit sie einen Fehler machte. Sie zwang sich, ruhig zu bleiben. »Und was ist mit Solarenergie und Bohrlöchern? Wenn sich eine Regierung genug um ihr Volk kümmert, um es zu versorgen, gibt es Wasser und Strom. Dieser Damm ist eine schnelle Lösung für das Grosskapital und das weisst du. Ich werde nicht zulassen, dass Schwarz und seine Kumpane gewinnen. Steig aus dem Auto.«

Chipchase öffnete seine Tür und kletterte heraus. Sonja hielt die Pistole auf ihn gerichtet und stieg auch aus. »Dreh dich um!«

»Du kannst mir nicht in die Augen sehen, was? Willst du mich jetzt umbringen?«

Das sollte ich wahrscheinlich, dachte sie. *Chipchase, der seine Tarnung als Spion nutzt, um an sein Ziel zu kommen und seine Herde zur Schlachtbank zu führen, ist genauso schlimm wie Steele – oder ich selbst. Wenn er es irgendwie schafft, den Kaprivi-Streifen lebend zu verlassen, kann er mich bei demjenigen, der ihn bezahlt, verraten.* Sie streckte die Hand aus und drückte den Lauf der Pistole in die weiche Haut an Chipchases Schädelbasis. Ihr Finger krümmte sich um den Abzug. Er zuckte nicht zurück und sagte kein Wort.

»Es ist dir egal, ob du stirbst, oder?«

Er zuckte mit den Schultern. »Es war meine Aufgabe, die CLA zu infiltrieren, indem ich mich als Söldnerausbilder ausgab und Informationen über ihre Mitglieder, Stützpunkte und Waffen sammelte. Es war klar erkennbar, dass sie von reichen Externen finanziert werden: Von einer Gruppe von Safari-Lodge-Besitzern im Okavango-Delta, denselben Leuten, die dich und Steele dafür bezahlen, den Damm zu sprengen.«

»Du hast mit diesen Männern gelebt, Sydney«, sagte sie und schüttelte den Kopf. »Du hast dich mit ihnen angefreundet – auch mit meinem Vater – und sie danach verraten und verkauft. Egal, für wen du arbeitest, du bist nicht besser als Steele.«

Er ballte die Fäuste. »Ich habe berichtet, was ich erfahren habe, nämlich dass ein Angriff auf den Damm bevorsteht. Ich verschwand, um meine Tarnung aufrechtzuerhalten. Ich dachte, die Namibier gäben den botswanischen Behörden einen Tipp und die örtliche Polizei lasse das Ausbildungslager der Rebellen auffliegen. Ich glaube, Steele und Schwarz erfuhren von diesem Plan und ermutigten die Namibier, sich ruhig zu verhalten und die Kaprivier in einen Hinterhalt zu locken. Es war ein schmutziges Geschäft.«

Sonja fragte sich, ob Chipchase die Wahrheit gesagt hatte. Sie hatte keine Zeit, es herauszufinden und es war ihr eigentlich auch egal. Chipchase hatte die Kaprivier verkauft, weil er es für das Richtige hielt, um die Stabilität in der Region zu erhalten. Steele hatte dieselben Leute für Geld von Schwarz verraten und ebenfalls ein doppeltes Spiel getrieben, indem er Geld von Trench annahm und für beide Seiten arbeitete. Ausserdem hatte Martin beschlossen, die Operation dafür zu nutzen, um auch sie loszuwerden. Jetzt war ihr alles klar. Steele liess sie in Simbabwe scheitern und war davon ausgegangen, dass Sibanda, der CIO-Mann, sie tötete. Als sie überlebte, verschwor er sich mit seinem anderen Arbeitgeber, Schwarz, um Sonja in die CLA hineinzuziehen, die er, wenn es nach ihm gegangen wäre, am Damm in einen Hinterhalt hätte laufen lassen.

Es fehlte nur noch das ›Warum‹, aber eigentlich wusste sie, dass es ihm ausschliesslich um Geld ging. Um ihr Geld. Martin, der zwanghafte Spieler, war wahrscheinlich nicht nur pleite, sondern hatte wohl ausserdem Schulden bei anderen. Sie stellte sich vor, dass es selbst für ihn nicht einfach gewesen war, so weit zu gehen. Er hatte grosse Töne gespuckt und behauptet, ihren Anteil an der Anzahlung für den Job in Simbabwe sowie die Vorauszahlung von Trench und den anderen Landbesitzern bereits auf ihr Konto überwiesen zu haben. So stockte er ihren Notgroschen auf, um ihn für sich selbst zu haben.

Sie wandte ihre Aufmerksamkeit wieder ihrer Geisel zu. Immerhin arbeitete Sydney nach seinem eigenen Ehrenkodex. Schade, dass sie ihn nicht kaufen konnte, denn allein war der Job schwieriger, aber er war eindeutig nicht käuflich. Sie hob die Pistole und knallte sie ihm mit dem Griff hart auf den Hinterkopf. Der Ire sackte zu Boden und als sie seine Augen kontrollierte, sah sie, dass er bewusstlos war.

Sonja öffnete die hintere Tür des Land Cruisers und kletterte hinein. Auf dem Boden, unter einer Decke, lag ihr Rucksack mit der zweistufigen Sprengladung. Sie öffnete ihn und als sie sich vergewissert hatte, dass der Sprengstoff bereit war, zog sie das Satellitentelefon aus einer Tasche an ihrer Kampfweste und wählte die Nummer ihres Vaters.

»Vis arend«, antwortete er. »Bist du ... bist du in Ordnung?«

Sie hatte nur ein Wort sagen wollen, nachdem er das Wort für Fischadler in Afrikaans benutzte, das ihr sagte, dass er in Kongola war und die Rebellen den Brückenübergang hielten. Aber seine keuchende Frage beunruhigte sie. »Bateleur«, sagte sie und gab ihm den Code, um ihm zu sagen, dass sie in Sicherheit und in Position war, bereit, den Angriff zu starten. »Mir geht es gut, aber wie geht es dir? Bist du verletzt?«

Er hustete. »Nein, nein ... nur ein Kratzer. Dein Engländer. Du hattest recht mit ihm. Er hat im Lager Leute umgebracht.«

»Wie geht es ...?« Sie wehrte sich dagegen, Sams Namen auszusprechen, nur für den Fall, dass jemand in der Region die Satellitengespräche abhörte. »Wie geht es dem Amerikaner? Bitte sag mir, dass er in Sicherheit ist.«

»Ja, das ist er. Er ist auf dem Weg zu deinem Urlaubsort und wird bald bei dir sein. Sein Kumpel hatte nicht so viel Glück. Ist dir klar, dass du diesen Plan jetzt nicht mehr durchziehen musst? Tu es nicht für diesen ... diesen Bastard.«

»Nein«, sagte sie fest. Sie würde es nicht für Steele tun. »Ich tue es, weil es für das Delta und für dein Volk das Richtige ist.«

»Ach, folge deinem Kopf. Du wirst das Richtige tun. Mein Volk ist ein Haufen abergläubischer Eingeborener, aber ich liebe sie. Sie sagen, das Wasser gehöre ihnen, aber sie brauchen auch Strom. So ist Afrika auch für dich, oder? Ich weiss nicht, wie ich hier gelandet bin.«

»Du könntest es ihnen überlassen«, sagte sie.

Sie hörte ein weiteres röchelndes Husten am Ende der Leitung und ihre Sorge um ihn stieg um ein paar zusätzliche Stufen. »Nein, ich bin wie du. Ich bin zu stur, um vor einem Kampf davonzulaufen.«

Sonja schluckte schwer und spürte, wie ihre Augen zu brennen begannen. Das war verrückt. Sie musste aufhören zu reden und sich an die Arbeit machen. »Ich ...«

»Ich liebe dich«, sagte er.

Sie hielt einen Moment lang inne. »Ich dich auch, Papa. Wir sehen uns bald wieder.«

»So Gott und Michail Kalaschnikow wollen.«

Sonja legte den Hörer auf. Es schien, als sei ihr Leben schon immer von der Waffe und der Kugel beherrscht worden. Sie hoffte, Emma hätte eine bessere Zukunft, aber sie hatte keine Zeit, sie jetzt anzurufen.

Sonja setzte sich auf den Fahrersitz des Land Cruisers und drehte den Schlüssel. Der Motor sprang auf Anhieb an. Sie legte den Gang ein und fuhr aus dem Verwaltungsgelände, den Hügel in Richtung der Arbeiterhütten und des Fuhrparks hinunter, wo der Lastwagen mit dem Nitropril wartete. Um nicht zu viel Aufmerksamkeit zu erregen, fuhr Sonja langsam. Sie wusste, dass die Militärgarnison in voller Alarmbereitschaft und äusserst wachsam war.

Sydney Chipchase setzte sich auf und stöhnte. Die Beule in der Form eines Eis an seiner Schädelbasis tat höllisch weh, wenn er sie berührte. Als er sich auf die Knie hochkämpfte, wurde ihm schwindlig, doch er zwang sich, aufzustehen.

Er konnte nicht lange bewusstlos gewesen sein, musste sie aber aufhalten. Er sah sich um und war überrascht, seinen schwarzen Plastikwerkzeugkasten im Staub liegen zu sehen. Er war immer noch offen, weil er den Schraubenzieher für sie gesucht hatte. Er stöberte in den Werkzeugen darin und griff nach einem am Boden des Kastens versteckten Griff. Er zog ihn hoch und öffnete ein verstecktes Fach, in dem eine Browning Neun-Millimeter-Pistole lag. *Du bist nicht so schlau, wie du denkst, Sonja.* Er hob die Waffe auf und lud sie.

Bei jedem Schritt, den er den Hügel hinunterlief, stach ihm der Schmerz in den Hinterkopf. Er hatte einen guten Blick auf das gesamte Baulager und die militärischen Zeltreihen. Als unter ihm in einem der mobilen Gebäude, in denen die Arbeiter wohnten, etwas explodierte, blieb Sydney stehen und hielt sich die Hand vor die Augen. Er blinzelte und sah einen orange-schwarzen Ball aus brennendem Benzin, der sich drehte und durch die Luft rollte. Sofort stand das Gebäude in Flammen und Männer rannten schreiend davon.

»Ablenkung«, murmelte er vor sich hin. Er begann wieder zu laufen. Sie war weit von der Staumauer entfernt, also musste sie hinter etwas her sein, das da unten, in der Nähe der Unterkünfte der Arbeiter war. Er hörte panische Schreie und dass verwirrte Befehle weitergegeben wurden, während Soldaten und Wächter herauszufinden versuchten, was überhaupt los war. Er richtete seinen Blick auf den Fahrzeugpark und sah seinen Land Cruiser vor dem Tor stehen. *Verdammte Scheisse.*

Das Geräusch des grossen Dieselmotors, der ansprang und hochgedreht wurde, drang über den festgestampften Boden der Baustelle. Eine Hupe ertönte und Sydney sah, wie der Wachmann aus dem Weg huschte, als der Lastwagen aus dem Tor des Geländes rollte. Obwohl es dunkel war, erkannte Sydney das Fahrzeug, das wie ein Wassertankwagen aussah. Das Signal mit der grossen roten Raute an seiner Seite, die dank der Flammen des brennenden Gebäudes selbst aus dieser Entfernung sichtbar war, verriet ihm, dass der Tanker nichts so harmloses wie Wasser transportierte.

An einer T-Kreuzung wurde der Lastwagen langsamer. Die Strasse zu seiner Rechten, auf der Sydney lief, führte zum Verwaltungsgelände und zum Tor hinauf. Auf der linken Seite befanden sich die Schotterstrasse und der Erddamm, der zur Staumauer wurde. Sydney blieb stehen, stellte sich breitbeinig hin, zog die Luft tief ein und hob die Pistole in seiner rechten Hand. Seine linke Hand umschloss die rechte, um seine Waffe zu stabilisieren und den Rückstoss abzufangen. Er war ein geübter Schütze, aber die Entfernung entsprach praktisch der maximalen Reichweite der Pistole und war ausserdem ein Nachtschuss. Er feuerte zweimal.

Als Sonja einen Gang hinaufschaltete, hörte Sydney ein knirschendes Wimmern. Er wusste, dass er das Fahrzeug irgendwo getroffen hatte. Da er kein Sprengmeister war, wusste er nicht, ob eine Kugel den Sprengstoff an Bord zur Explosion bringen konnte. Falls sie mit ihrer selbstgebauten Bombe hochging, war das halt so. Sonja kämpfte mit dem Getriebe und Chipchase begann wieder zu rennen. Obwohl er auf dem losen Kies ausrutschte und beinahe stürzte, gelang es ihm, den Abstand zwischen ihnen ein wenig zu verringern. Als sie zu beschleunigen anfing, hielt er erneut an und feuerte vier weitere Kugeln auf den Lastwagen, der die Zufahrtsstrasse zum Damm entlang tuckerte. Er hatte auf die Reifen geschossen und einen Glückstreffer erzielt, der einen der beiden Reifen am rechten Heck zum Platzen brachte. Er klatschte und klapperte auf der Stahlfelge, aber der verbleibende Reifen hielt das Gewicht des Fahrzeugs vorerst noch aus. Sonja fuhr immer noch und obwohl sie durch den Reifenschaden etwas gebremst worden war, fuhr sie immer noch viel schneller, als er rennen konnte.

»Hände hoch! Anhalten!«, hörte er eine Stimme.

Sydney drehte sich um und sah zwei uniformierte Soldaten der Namibian Defence Force auf sich zukommen, die ihre AK-47 auf ihn gerichtet hielten.

»Lassen Sie die Waffe fallen!«

Sydney tat, was ihm gesagt wurde. »Sie müssen diesen Lastwagen aufhalten. Er ist voll mit Sprengstoff und der Fahrer will den Damm in die Luft jagen.«

»Was?« Die keuchenden Soldaten hatten ihn im Visier und ihre Gewehrläufe hoben und senkten sich. »Sie sind doch der Missionar, nicht wahr?«

Sydney nickte. »Das Fahrzeug, das vorhin am Tor von den Sicherheitskräften zerstört wurde – es hatte eine Bombe an Bord, richtig?«

Die Soldaten sahen sich an und fragten sich, ob sie ihm erzählen sollten, was ihnen gesagt worden war.

»Nun«, fuhr Sydney fort, »eure Informationen waren falsch. Im Krankenwagen befanden sich keine Sprengkörper – die sind alle im Fahrzeug, das zum Damm fährt. Ihr müsst es aufhalten!«

Die Männer blickten sich wieder wie gelähmt an, verwirrt und unentschlossen. Einer hob sein Gewehr an die Schulter, schoss aber nicht.

»Auf der anderen Seite des Damms ist eine zweite Fusspatrouille unterwegs«, sagte der zweite Soldat. »Ich werde ihnen sagen, dass sie eine Strassensperre am Ende der Staumauer errichten sollen.«

»Um Himmels willen, Mann, seien Sie nicht dumm. Dieses Fahrzeug wird es nicht auf die andere Seite schaffen. Die Bombe wird auf halbem Weg explodieren. Ihr müsst es sofort aufhalten!«

»Ich ziele auf die Reifen«, sagte der Mann mit dem erhobenen Gewehr. Er feuerte einen Schuss ab, justierte und drückte erneut ab. Der Tankwagen war weit entfernt, fuhr aber mit der Breitseite zu ihnen. Eine Hand erschien aus dem Fahrerfenster. Alle drei Männer duckten sich beim Anblick der Pistole und dem Knall des Gegenschusses instinktiv.

Einer der Soldaten beugte sich vor und der andere gab automatisch einen weiteren Schuss auf den verschwindenden Lastwagen ab.

»Von hier aus könnt ihr ihn nicht mehr aufhalten.« Sydney suchte die andere Seite des Dammes ab. »Wo sind die gepanzerten Fahrzeuge, die BTR 60?«

Einer der Soldaten nahm ein Walkie-Talkie von seinem Gürtel und gab über Funk eine eilige Zusammenfassung des Geschehens.

»Ja, Sir«, antwortete der Soldat auf eine Frage, die Sydney nicht hören konnte. »Wir versuchen, es zu stoppen, Sir, aber es ist fast ausser Reichweite.« Er schaute zu Sydney, der ihm das Wort ›Panzerwagen‹ zuraunte. »Sir, können Sie dem BTR 60 auf der anderen Seite des Flusses befehlen, den Sprengstoffwagen zu entschärfen?«

Der Soldat steckte das Funkgerät zurück in die Tasche an seinem Gürtel.

»Nun?«, erkundigte sich Sydney.

»Der BTR ist am anderen Ende des Lagers auf Patrouille.« Er deutete flussaufwärts, wo die Truppen biwakierten. »Mein Zugführer sagt, er könne den Land Cruiser nicht zurück zum Damm schicken und der Busch sei zu dicht, um von dort aus auf den Lastwagen zu schiessen.«

»Scheisse. Dann gehen wir unter«, sagte Sydney.

Der Soldat lächelte. »Nein. Wir lassen uns treiben.«

Sonja kämpfte unaufhörlich mit dem Lenkrad, um den Truck mehr oder weniger gerade auf der Strasse zu halten. Der zweite der beiden rechten Hinterreifen war kaputt und nach einigem Ächzen gab der Lastwagen nach. Nun scharrten die nackten Felgen und gruben zwei Furchen in den Boden. Solange sie sich bewegte, ginge es ihr gut.

Die Schüsse hinter ihr waren zu einem gelegentlichen Knall verklungen und sie wusste, dass sie sich ausserhalb der Reichweite derer befand, die auf sie schossen. Sie war nur noch wenige hundert Meter vom Damm entfernt, dessen Mauer sich wie eine schmale, weisse Narbe auf der dunklen Haut des Landes vor ihr erstreckte.

Sonja blinzelte und hob die linke Hand, weil plötzlich grelles, weisses Licht das Führerhaus des Lastwagens erfüllte. Sie war geblendet und kniff die Augen für ein paar Sekunden fest zusammen. Dann riss sie das Lenkrad nach rechts, um zu verhindern, dass sie von der Strasse abkam. Erneut spürte sie, dass der Lichtstrahl sie fand.

Pa-tschank, pa-tschank, pa-tschank, pa-tschank ...

Bei dem tiefen, rappelnden Feuergeräusch öffnete Sonja die Augen. Ein grüner Komet raste von links auf sie zu und blitzte an ihrer Windschutzscheibe vorbei. Ein zweiter folgte ihm.

»Scheisse!«

Ihr Gehirn bemühte sich, herauszufinden, was geschah. Die Schüsse schienen aus dem schwarzen Nichts des Okavangowassers hervorzubrechen. Plötzlich war der Strassenbelag unter ihren drei verbliebenen Rädern glatter, weil sie die unbefestigte Zufahrtsstrasse hinter sich liess und die geteerte Oberseite der Staumauer erreichte.

Pa-tschank, pa-tschank, pa-tschank, pa-tschank ...

Der Lastwagen schaukelte auf seinen Federn, als die ersten drei Geschosse nicht weit hinter ihrem Rücken ihr Ziel fanden und Löcher ins Hinterteil der Fahrerkabine schlugen. Obwohl sie seitlich der Waffe war, wich Sonja instinktiv aus, so dass das Ausweichmanöver wenig Sinn ergab. Der Schütze schoss jetzt etwas weiter voraus, so dass seine Geschosse das Führerhaus trafen, weil sie sich vorwärtsbewegte. Ein verirrter Schuss in den Tank würde den granulierten Sprengstoff, den er enthielt, wahrscheinlich entzünden. Es schien, als wolle der Schütze eher sie töten, als auf dem Damm eine riesige Bombe zu zünden. Die Sicherheitsmauer auf der Wasserseite des Staudamms war noch nicht fertiggestellt, aber um zu verhindern, dass Autofahrer über die Kante stürzten, waren wie Zinnen einer mittelalterlichen Burg kleine Zementblöcke, jeder nicht höher als einen Meter, angebracht. Zwei davon wurden weggesprengt, als sie sich ihnen näherte.

Sonja hatte die Hauptwaffen des BTR 60 bereits im Rahmen ihrer Erkundung für Steele identifiziert. Als sie den Panzerwagen zum ersten Mal sah, rechnete sie weder damit, dass er einmal auf sie schiessen würde, noch dass ihr Chef und ehemaliger Geliebter sie so kompromisslos hintergehen würde. Der Treffer einer der 14,5 Millimeter schweren Maschinengewehrkugeln risse sie in Stücke. Das Geschütz war darauf ausgelegt, Flugzeuge abzuschiessen und würde sie in einer roten Nebelwolke zerfetzen.

Der Suchscheinwerfer auf dem Dach des Panzerwagens traf sie wieder und der Strahl wippte auf und ab. Auch die nächste Salve fetter Geschosse aus der Kanone des Panzerwagens zischte über ihren Kopf hinweg. »Er ist auf dem Wasser«, sagte sie laut, während ihr Gehirn die Teile des Puzzles zusammenfügte. »Der Kommandant des BTR 60 muss mit seinem Amphibienfahrzeug flussaufwärts gefahren sein, um sich mir so schnell wie möglich entgegenzustellen. Klug und mutig.« Der Schütze feuerte erneut.

Als eine weitere Kugel den Motorraum durchschlug, sprang die Motorhaube auf, knallte gegen die Windschutzscheibe und fiel herunter. Der Tankwagen abermals und Sonja duckte sich hinter das Armaturenbrett. Die nächste Kugel drang über das Beifahrerfenster ins Fahrerhaus ein und trat in der Nähe des vorderen Türpfostens, über ihrem rechten Arm, wieder aus. Hätte sie sich nicht geduckt, hätte ihr der Schuss den Kopf und den Oberkörper vom Körper gerissen. Sonja schrie auf, als zwei weitere Kugeln ihre Sitzlehne und die Polsterung der Beifahrerseite zerfetzten und ein Sturm aus Schaumstoff um sie herumwirbelte.

Das Lenkrad ruckte heftig in ihrer Hand und sie spürte, wie die linke Vorderseite nachgab. Metall quietschte auf dem Asphalt und sie erkannte, dass der Reifen zerfetzt war. Funken flogen von der Stahlfelge. Sie fuhr jetzt nur noch auf zwei Gummireifen und der Lastwagen war kaum noch zu kontrollieren.

Sonja hatte einen Drittel der Strecke über den Damm hinter sich. Sie schaute nach links und als der Nachthimmel von einer glühenden Blüte erhellt wurde, entdeckte sie den BTR 60. Eine Leuchtrakete schwebte langsam an einem Fallschirm zur Erde und liess das silberne Kielwasser des Panzers auf dem ansonsten dunklen Wasser des künstlichen Sees schimmern. *Sie verwenden Motars, um das Areal auszuleuchten*, dachte sie. Bald würde hochexplosiver Sprengstoff folgen und wenn einer davon den Lastwagen traf, würde sie verdampfen.

Der Schütze des Panzerwagens feuerte weiter und sprengte Betonbrocken und weitere Barrieren aus der Mauer. Das Mauerwerk prallte von den durchlöcherten Scheiben des Lastwagens ab und durch die Lücke, wo die Windschutzscheibe gewesen war, drangen Rauch und Staub ins Fahrerhaus. In der Ferne hörte sie das wiederholte leise Knirschen weiterer Mörsergranaten, die die Rohre verliessen. Mit einem lauten Knall fiel eine davon aufs Fahrzeug.

Dampf spritzte aus dem Radiator des Lastwagens, wurde zurück ins Fahrerhaus geblasen und brannte auf Sonjas Gesicht und Armen. Der Lastwagen löste sich um sie herum auf. Als eine hochexplosive Mörsergranate detonierte, stiegen vor und links von ihr Wassergeysire auf. Die nächste Granate explodierte fünfzig Meter vor ihr an der Staumauer. Die Besatzung wusste, dass ihre Munition nicht stark genug war, um die Staumauer zu beschädigen, wollte aber einen direkter Treffer erzielen, denn ein solcher hätte das sichere Ende von Fahrzeug und mobilem Sprengsatzes bedeutet. Die namibischen Kommandeure hatten offensichtlich entschieden, es sei sicherer, sie und den Tankwagen zu vernichten. Wenn die Nitro-Sprengladung an der Staumauer explodierte, würde die Kraft des Sprengstoffs nach oben und in die Atmosphäre geleitet. Auf der Staumauer gäbe es vielleicht einen Krater, aber das Bauwerk würde überleben.

Sonjas Vater hatte ihr geholfen, die barometrische Vorrichtung an den Sprengladungen gegen eine funkgesteuerte Kommando-Zündvorrichtung auszutauschen. Ein Kaprivischer Rebell, der einst in

Katima Mulilo seinen Lebensunterhalt mit der Reparatur von Mobiltelefonen verdient hatte, baute diesen kurzerhand selbst. Sonjas Plan war, den Lastwagen in den Fluss zu fahren, auf die andere Seite zu schwimmen und die Sprengladungen zu zünden, wenn sie das Land erreicht hatte. Damit konnte sie zwar nicht sicher sein, dass der Sprengstoff genau an der richtigen Stelle detonierte, aber sie wollte auch nicht zur Märtyrerin werden. Sie liebte das Okavango-Delta, aber nicht genug, um dafür zu sterben. Mit der rechten Hand griff sie nach ihrem Sicherheitsgurt, legte ihn über den Körper und liess ihn einrasten. Als eine Mörserbombe vor ihr explodierte, schwenkte sie das Lenkrad nach links, Schrapnell pfefferte den sterbenden Lastwagen und Sonja liess, was vom Fahrzeug übrig geblieben war, von der Staumauer schiessen.

SAM SAH die grüne Leuchtspur in der Schwärze und hob eine Hand vor die Augen, weil die Nacht für einen Moment zum Tag wurde.

»Beleuchtungsfeuer«, hörte Sam den Piloten in seinen Kopfhörer sagen. »Da unten sitzt jemand tief im Kack.«

Hans Kurtz hatte ihm Sonjas Plan geschildert, der vorsah, dass sie den gekaperten Lastwagen voller Sprengstoff in den aufgestauten See hinter der Staumauer rollen wollte.

»Da unten sieht es wie im verdammten Bagdad aus«, bemerkte der Pilot und neigte den Hubschrauber, um bessere Sicht zu haben.

Eine Mörserbombe landete vor einem ausweichenden Lastwagen und Sam sah zwei Explosionen, eine im Wasser und eine an der Staumauer. Funken sprühten aus dem Fahrzeug, das aussah, als würde es auf blanken Metallfelgen statt auf Reifen fahren.

»Heilige Scheisse! Er fährt über die Kante.«

Sam beobachtete, wie der Lastwagen nach links driftete, über die Staumauer kippte, von ihr abprallte und im Sturzflug ins Wasser segelte.

· · ·

Sonja stützte sich mit den Händen am Lenkrad ab, aber die Wucht des Aufpralls auf dem Wasser zusammen mit dem Sicherheitsgurt, der ihr in die Brust schnitt, raubten ihr den Atem. Sie japste, keuchte und versuchte, Luft zu holen, während sie nach dem Knopf zum Öffnen des Gurtes tastete. Durch die zerbrochene Windschutzscheibe strömte Wasser. Folienüberzogene Glasreste zerbröselten wie Papier und wirbelten um sie herum. Sie schob die Glasscheibe von sich weg, holte mühsam Luft und befreite sich von ihrem Sitz.

Das Wasser rauschte über ihren Schoss, doch Sonja kletterte durch das Loch der fehlenden Windschutzscheibe hinaus und schwamm hinauf zur Oberfläche. Sie sah den silbernen Mond, aber er wurde für eine Sekunde von etwas Vorbeifliegendem verdeckt. *Der Hubschrauber*, erkannte sie. Vielleicht könnte sie es doch noch lebend herausschaffen. Doch dann begann die Kanone auf dem BTR 60 erneut zu feuern. Das Platschen im Wasser um sie herum und das Klirren von Blei auf Stahl verrieten ihr, dass sie keinen Grund für Optimismus hatte. Sonja holte tief Luft und tauchte unter. Als sie unter Wasser vom Tanklastwagen wegschwamm, hörte sie, wie weitere schwere Geschosse ins zerstörte Fahrerhaus schlugen.

Über sich hörte Sonja das Zischen der Kugeln, die dort ins Wasser eindrangen, wo sie eben noch gewesen war. Sie zitterte am ganzen Körper und fühlte sich plötzlich, als quetsche sie jemand mit einer riesigen Faust zusammen. Irgendwo in der Nähe musste eine Mörserbombe explodiert sein. Obwohl die ersten Anzeichen von Schwindel in ihrem Gehirn aufblitzten und sie warnten, zwang sie sich, weiter zu schwimmen. Sie wusste, dass sie sich so weit wie möglich vom gesunkenen Fahrzeug entfernen und dann aus dem Wasser kommen musste. Wenn sie sich noch im Wasser befände, wenn sie den Sprengstoff zündete, würde sie auf keinen Fall überleben, denn entweder würde die Schockwelle sie töten oder sie würde ertrinken, wenn das Wasser durch den Riss im Damm strömte. Immer vorausgesetzt, dass die Bombe überhaupt funktionierte.

Als sie das Gefühl hatte, nicht mehr zu können, zwang sie sich, noch ein paar Züge zu schwimmen, bevor sie in einem flachen Winkel zur Wasseroberfläche hinaufstieg. Nachdem ihr Kopf die

Wasseroberfläche durchbrach, atmete sie tief und röchelnd ein und sah sich um, um sich zu orientieren. Der Mörser hatte aufgehört, in hohem Tempo zu feuern, aber hoch über ihr explodierte eine weitere Leuchtrakete. Sie hörte das Aufheulen des Motors des Amphibienpanzers und entdeckte es im selben Moment, in dem der Suchscheinwerfer auf dem BTR 60 sie erfasste. Einen Augenblick später begann das Geschütz erneut, Geschosse zu speien und die Kugeln schlugen um sie herum ins Wasser ein. Sie holte wieder Luft und tauchte tief hinunter. *Er kommt auf mich zu*, dachte sie *und die Besatzung nimmt bestimmt an, dass ich zum Ufer oder zur Staumauer schwimme.*

»GEH TIEFER! Geh runter!«, rief Sam ins Mikrofon an seinem Kopfhörer.

Der Pilot schüttelte den Kopf. »Auf keinen Fall. Siehst du diese leuchtenden, grünen Streifen? Das ist Leuchtspur und da fliege ich nicht rein. Mein Befehl lautet, mich zurückzuhalten und auf ein Signal derer zu warten, die da unten noch am Leben sind. Heute Nacht wurde jeder andere verdammte Befehl, den ich bekommen habe, geändert, aber an diesen halte ich mich!«

»Verdammt noch mal«, sagte Sam und schlug mit der Faust auf die Oberseite des Pilotensitzes. Er fühlte sich hilflos, als er zusehen musste, wie das schwimmende Panzerfahrzeug das Wasser mit Maschinengewehrfeuer beschoss. Bislang hatten die Truppen am Boden und auf dem Wasser den Hubschrauber, der ohne eingeschaltete Navigationslichter flog, nicht bemerkt. »Schau! Da, im Wasser. Der Suchscheinwerfer hat gerade jemanden gefunden.«

»Trotzdem keine Chance, selbst wenn du da unten im Wasser jemanden entdeckst«, sagte der Pilot, während er sich vom Fluss abwandte und über dem Busch des Bwabwata-Nationalparks kreiste. »Wir werden vom Himmel gepustet, oder du wirst getötet, bevor wir überhaupt nahe genug sind, um einen Fallschirm springen zu lassen.«

»Bring mich runter«, sagte Sam.

»Auf keinen Fall.«

»Die Soldaten da unten eröffnen das Feuer nicht auf dich. Du bist ein ziviler Helikopter und sie denken, du bist ein Sanitäter.«

»Wollen wir wetten?«

»Mein Gott, das da unten ist Kurtz' Tochter, Sonja. Willst du ihm sagen, dass du sie hast sterben lassen?«

Der Pilot blickte zu ihm und Sam sah die Sorge in seinem Gesicht. Er vermutete, der Mann habe ein schlechtes Gewissen, wenn er jemanden dort unten zurückliesse, ganz gleich, wie klar er über das Befolgen von Befehlen sprach.

»Flieg hinter den Panzerwagen«, wies Sam den Piloten an. »Niedrig und schnell. Dann setzt du mich im Wasser ab und bist weg, bevor sie dich überhaupt bemerken. Du wirst ihre Aufmerksamkeit von der Frau ablenken.«

»Du bist verrückt, Mann.«

»Sonja könnte verletzt sein. Wenn wir nichts tun, finden und töten sie sie. Tu es einfach.«

»Das ist Wahnsinn«, murmelte der Pilot vor sich hin. »Also, mach dich bereit. Ein Überflug und ich komme erst zurück, wenn alles sauber ist. Nimm ein Funkgerät mit.«

Sam nahm sein Headset ab und drehte sich zu den beiden bewaffneten kaprivischen Rebellen, die ängstlich aus den offenen Frachttüren starrten. »Wer gibt mir sein Funkgerät?«

Der ältere der beiden Männer löste das Funkgerät von seinem Gürtel und Sam stopfte es vorne in sein Hemd.

»Nimm die hier mit«, sagte der andere Mann. Er zog zwei Handgranaten aus den Taschen seiner Kampfweste und reichte sie Sam, der sie in die Taschen seiner Jeans steckte, wo sie fest an seinen Oberschenkeln sassen.

Der Pilot blickte zurück und fragte Sam: »Bereit?«

Sam nickte und zeigte ihm den Daumen nach oben. Der Hubschrauber machte flussaufwärts des Damms eine scharfe Kurve, flog zur Mauer zurück und der Pilot drückte die Nase nach unten, bis die Kufen die Wasseroberfläche fast berührten. Sam dachte einen Moment lang an den afrikanischen Scherenschnabel-Vogel, den er beobachtet hatte, und wie dieser mit müheloser Leichtigkeit flog und gleichzeitig das Wasser des Okavango mit seinem Unterschnabel durchpflügte. Wenn auch nur ein Teil des Hubschraubers das Wasser berührte, würde er kippen und sie alle in den Tod reissen. Sam erkannte die Staumauer und die kantige Masse des Amphibienpanzers vor sich. Der auf dem Fahrzeug montierte Scheinwerfer durchstach auf der Suche nach Sonja die Dunkelheit. Eine weitere Leuchtkugel explodierte hoch am Himmel. Der Richtschütze sass, vielleicht, um eine bessere Sicht zu haben, auf der Schwelle der Luke. Beim Geräusch des sich nähernden Hubschraubermotors drehte er sich um.

»Bereit ...«

Sam stand mit den Füssen auf der linken Kufe des Hubschraubers und hielt sich mit einer Hand am Türpfosten fest. Er spürte, wie sich die Nase des Hubschraubers leicht anhob, als der Pilot einen Bruchteil der Vorwärtsgeschwindigkeit einbüsste.

»Los!«

Sam versuchte, beim Springen seine Arme schützend vor den Oberkörper und das Gesicht zu ziehen, war dafür aber bereits zu nah am Wasser. Er schlug auf, bevor er seinen Körper in eine stromlinienförmige Position bringen konnte. Er war schon oft von den Wasserskis gefallen, aber hier war der Aufprall noch schmerzhafter. Er tauchte ins Wasser und nahm vage wahr, dass der Hubschrauber tief über der Staumauer schwebte. Als er nach Luft schnappend auftauchte, sah er, dass der Geschützturm des Panzerwagens mit dem Strahl des Suchscheinwerfers bereits auf ihn zukam.

Sonja schwamm nicht vom BTR 60 weg, sondern auf ihn zu. Sie hörte das lauter werdende Dröhnen des Motors und sah, wie die dunkle Masse auf sie zusteuerte. Der Panzer wurde langsamer und blieb stehen. Sie schwamm direkt zu ihm und durchbrach die Oberfläche zwischen zwei der acht massiven Gummireifen des Fahrzeugs, so dass sie sich dazwischen verbergen konnte. Sie atmete heftig.

»Nein, nicht schiessen! Ich bin ein amerikanischer Zivilist! Nicht schiessen!«

Sam? Sie konnte ihn weder sehen noch glauben, was sie hörte. Doch gab es keinen Zweifel daran, dass es seine Stimme war. *Dieser verdammte Narr*, dachte sie. *Der verrückte, idiotische, grossartige Narr.*

»Gib mir meine AK-47«, hörte sie von oben auf dem gepanzerten Fahrzeug einen Mann sagen.

Sonja griff nach oben, schlang ihre Hände um den Reifen und zog sich hoch.

Peng. Peng.

»Hey, nicht schiessen!«

Sonja tastete auf der glatten, kalten Stahlhaut des BTR 60 nach einem Griff. Der verdammte Soldat eröffnete das Feuer auf Sam. *Zuerst schiessen und erst später Fragen stellen, denn schliesslich könnte es ja ein Trick sein. Kluger Kerl*, dachte sie.

»Er hat eine Granate!«, hörte sie das Besatzungsmitglied schreien.

Sie hörte das Quietschen von Gummistiefeln über sich und als sie eine Klettersprosse fand und sich auf das Fahrzeug hochzog, sah sie eine grüne Metallkugel auf dem Dach landen und direkt auf sich zu hüpfen. Der Soldat war zu sehr damit beschäftigt, zurück in seinen Turm zu klettern, um sie zu bemerken. Sonja streckte die Hand aus und schlug die Granate weg, so dass sie von der gebogenen Seite des russischen Panzers in den Fluss plumpste. Sie kroch über das Dach des Amphibienfahrzeugs und nutzte den Maschinengewehrturm als Deckung vor den Blicken des panischen Besatzungsmitglieds und als Schutz vor der Explosion, die jeden Moment kommen musste.

Die Luke knallte zu, aber Explosion gab es keine.

Sonja schaute sich um und sah, wie Sams Kopf über der Wasseroberfläche auftauchte. »Sam!«, zischte sie. Er hob eine Hand und winkte ihr zu.

Eine Maschinengewehrsalve fegte über den BTR 60 hinweg und ein halbes Dutzend Kugeln zischten um sie herum und prallten vom Stahl ab. Sonja rannte der mit Wasser bedeckten Panzerung entlang und rutschte das schräge Heck hinunter. Der Fahrer legte den Gang ein und der Wagen setzte sich in Bewegung. »Sam, beeil dich!«

Er schwamm zum Heck des Fahrzeugs, während ein weiterer langer Feuerstoss im Wasser um ihn herum landete und am Gefährt abprallte. »Maschinengewehr auf der Staumauer«, stellte Sonja fest. Sie klammerte sich am Heck des Wagens halb im und halb ausserhalb des Wassers an eine der Klettersprosse und streckte die Hand aus. Sam ergriff sie und zog sich an ihr hoch.

»Ich hab dich«, sagte sie, »du verrückter Idiot. Was machst du denn hier?«

»Ich komme dich retten.«

Sonja hätte fast über die Absurdität der Bemerkung gelacht, aber zum Rattern des Maschinengewehrs gesellte sich der Knall von Gewehren und weitere Kugeln schlugen rund um sie ein.

»Warum schiessen die auf ihre eigenen Leute?«, fragte Sam und tauchte seinen Kopf halb ins Wasser, als ein Geschoss tief über sie hinwegzischte.

Sie wissen, dass sie die Leute im Panzerwagen nicht verletzen können, also versuchen sie, uns auszuschalten. Die Jungs im Panzerwagen wollen ihre Köpfe nicht herausstrecken, also vermute ich, dass sie einfach Richtung Ufer fahren. Wenn wir loslassen, knallen uns die Soldaten an Land einfach ab.«

Der BTR 60 bog in Richtung Ufer und tuckerte langsam durchs Wasser.

»Und wenn wir uns weiter an diesem Ding festhalten?«

»Dann erschiessen sie uns, wenn wir das Ufer erreichen«, sagte Sonja.

»Hast du eine Idee?«, fragte Sam.

»Nur eine einzige.« Während sie sich mit der einen Hand an ihrer Sprosse festhielt, öffnete Sonja an ihrer Kampfweste die Klappe einer Tasche und zog einen Funksender heraus. Sam hielt sich an einem der anderen Metallbügel fest. »Falls es nicht funktioniert, Sam, einfach dass es einmal gesagt ist: Ich glaube, ich liebe dich.«

Er blinzelte sich das Wasser aus den Augen.

»Habe ich richtig gehört?«

»Ich hoffe doch. Jetzt warte mal.«

Sonja drückte einen Knopf in der Mitte des Senders und die Sprengladungen detonierten kurz nacheinander. Ein Blubbern begann, vom Fuss der Staumauer aus brachen Wassergeysire an der

Oberfläche des Sees hervor und einen Sekundenbruchteil später schoss eine noch höhere Fontäne in die Nachtluft. Die Schockwelle löste einen Tsunami aus, der sich sofort vom Ort der Unterwasserexplosion her ausbreitete.

Der BTR 60 schaukelte im Wasser, als eine Welle über den Bug des Fahrzeugs schwappte und es zu kentern drohte. Die Besatzungsmitglieder schrien sich gegenseitig an, als das Wasser durch die offenen Luken eindrang. Das Fahrzeug richtete sich auf, offensichtlich war nicht genug Wasser eingedrungen, um es zum Sinken zu bringen. Sonja und Sam klammerten sich an die metallenen Haltegriffe an der Rückseite. Sie wollten ebenso wenig untergehen wie die in Panik geratene Besatzung.

Die Wellen waren an ihnen vorbeigezogen, das Wasser hatte sich beruhigt und das Geschützfeuer vom Festland aus hatte aufgehört. »Die Staumauer ist noch da, Sonja. Es hat nicht geklappt.«

»Halt dich fest«, sagte Sonja, »und hab etwas Geduld.«

Er schüttelte den Kopf. Der Motor des BTR vibrierte unter ihnen und sie steuerten wieder das Ufer an. »Es hat nicht geklappt«, sagte er, liess eine Hand los, wischte sich über das Gesicht und drehte danach den Finger in einem seiner Ohren.

Sonja nahm seine Hand und legte sie wieder auf den Griff, an dem er sich festgehalten hatte. »Moment mal! Warte und hör mal, ...was ist das?«

Ein weiteres Kopfschütteln stellte sein wassergeschädigtes Gehör teilweise wieder her und er nahm das Rumpeln wahr: Zuerst leise, dann immer lauter und stärker werdend, wie ein entgegenkommender Zug. Das Wasser begann auf beiden Seiten des gepanzerten Wagens zu wirbeln und er spürte, wie der Druck auf seine Arme zunahm, als der BTR sich schneller durchs Wasser vorankämpfte.

»Festhalten!«

Die Explosion tief unter der Wasseroberfläche hatte den Damm zerbrochen und nun tat der Druck des aufgestauten Wassers das Übrige. Der Sockel der Staumauer bekam Risse, und das Wasser, das zunächst nur in einzelnen Strahlen mit starkem Druck herausschoss, bahnte sich seinen Weg durch die künstliche Barriere und löste

Beton, Erde und Felsen, die wie gezackte Kanonenkugeln aus der Staumauer schossen.

Obwohl sie um ihr Leben kämpften, grinste Sonja übermütig. Der Motor des BTR 60 heulte auf, als der Fahrer das Gaspedal durchdrückte, um der Strömung, die gegen die Staumauer presste, auszuweichen versuchte.

Schliesslich gab die Staumauer nach und das Wasser strömte durch einen schmalen Spalt. Ein wirbelnder Sog zerrte den gepanzerten Wagen, kräftiger als sein schrill dröhnender Motor entgegenhalten konnte, in Richtung des Durchbruchs. Sam hatte das Gefühl, die Arme würden ihm aus den Schultergelenken gerissen und sowohl er als auch Sonja schrien vor lauter Schmerz, Wut, Angst und wilder Freude aus voller Kehle. Das Amphibienfahrzeug ritt zuoberst auf der Welle, die durch den Spalt floss, aber das heftige Eintauchen, als sie durch den Spalt fuhren, schlug ihre Körper heftig gegen die unnachgiebigen, spitzen Stahlkanten der Panzerung. Eine von Sonjas Händen verlor den Griff, aber Sam packte sie schnell, so dass sie beide je eine Hand ans Fahrzeug klammerten und die zweite kurz ineinander verschlungen hielten. Sie trennten sich, hielten sich wieder an ihren jeweiligen Haltegriffen fest und warteten darauf, dass die Fahrt langsamer wurde.

Auf der einen Seite des Okavango lagen Farmland und Lehmhütten, an denen sie vorbeifuhren, auf der anderen der Busch des Nationalparks. Flusspferde grunzten und schnaubten von den Ufern, wo sie grasten und in ihrem Kielwasser leuchteten am Ufer Lichter auf. Sam beobachtete, wie der Fluss über die Ufer trat und der Mini-Tsunami das Land auf beiden Seiten ihres Weges überschwemmte. Die Fluten lösten Boote und Mokoros aus ihren Verankerungen und zerrten sie mit sich fort. Sie rasten seitlich und hinter dem russischen Panzerwagen her, der, ohne die Richtung ändern zu können, weiterfuhr. Im Inneren schrie jemand und Sam konnte der Besatzung die Angst nicht verübeln, denn er spürte sie auch.

Allmählich verlangsamte sich die Fahrt und Sam und Sonja konnten sich von hinten auf die Oberseite des Panzers ziehen. Sie sassen auf der Motorhaube, keuchten und spuckten Wasser, das sie beide geschluckt hatten. »Hast du noch eine Granate?«

»Eine«, sagte Sam, »aber ich möchte die Jungs nicht umbringen. Sie haben nur ihre Arbeit getan.«

Sie nahm ihm die Handgranate ab. »Ich glaube nicht, dass das ein grosses Risiko ist. Pst, ... hör zu.«

Aus dem Inneren des Geschützturms vernahmen sie ein Geräusch und auf das Knirschen von Stahl auf Stahl folgte ein Quietschen, mit dem sich die Luke langsam zu öffnen begann. Als der Kopf eines der Schützen in Sicht kam, griff Sonja nach dem Rand der Luke und zog sie zurück. Sam packte das Revers des Soldaten und hob ihn hoch. Als die Luke vollständig geöffnet war, legte Sonja einen Arm unter sein Kinn und versetzte ihm einen Schlag in die Kehle, wodurch sein Alarmschrei erstarb. Als sie seinen Rücken auf das Dach des Panzerwagens drückten, versuchte der Mann aufzustehen, aber Sam schlug ihm so stark gegen das Kinn, dass der Kopf des Mannes nach hinten geworfen wurde und gegen den Stahl knallte. Sonja zeigte zur Seite und zusammen mit Sam schubste sie den benommenen Kanonier über Bord. Er landete mit einem Platschen, fuchtelte dann aber sofort mit den Armen und schwamm, wenn auch mehr schlecht als recht, in Richtung Ufer.

»Hey!«, rief eine Stimme von drinnen. »Was ist los, Kamerad?«

»Das, Genosse!« Sonja zog den Stift und liess die Granate durch die Luke fallen.

Die beiden anderen Besatzungsmitglieder fingen an zu schreien. Die beiden vorderen, halbrunden Luken über dem Fahrer- und dem Kommandantensitz sprangen auf und darunter begann ein wildes Krabbeln. Sonja wartete mit gezogener Pistole darauf, dass die beiden Männer, die sich gegenseitig über den Haufen rannten, herauskamen.

»Weg da! Aus dem Weg!«, sagte sie.

Mit gespreizten Beinen und erhobener Pistolenhand schaukelte Sonja mühelos auf dem schwebenden Auto. Sie begutachtete die Uniform der Männer. »Ganz ruhig, Leutnant, Gefreiter. Ich bin mir ziemlich sicher, dass die Granate ein Blindgänger war. Wenn Sie jetzt so freundlich wären, uns zu verlassen.«

Die Männer sahen sich gegenseitig an, als ob sie sich fragten, ob sie die Frau überwältigen könnten. Dann schauten sie nach hinten und sahen Sam dort stehen, ebenfalls mit einer Pistole, die Sonja ihm gegeben hatte. Sonja zielte und feuerte einen Schuss knapp links neben dem Arm des Offiziers vorbei. Die beiden Männer stürzten sich über Bord.

»Bist du schon mal mit so etwas gefahren?«, fragte Sonja.

Sam lächelte und schüttelte den Kopf.

»Steig auf den Fahrersitz, grosser Junge. Ich nehme dich mit auf die Fahrt deines Lebens.«

»Wie hast du unser kleines Erlebnis eben genannt?«

»Oh«, grinste sie, »du hast noch gar nichts gesehen. Jetzt geht's ab in den Krieg.«

31

Jedes Mal, wenn er den Abzug betätigte, schickte der Rückschlag der AK-47 einen Schmerzstoss durch seinen Körper und er war sich ziemlich sicher, dass er sterben würde.

Auf der Strasse nach Divundu standen zwei Armeelaster in einem verrückten Winkel vor ihm. Der eine stand noch in Flammen und seine brennenden Reifen schickten ölige, schwarze Rauchwolken in den klaren, blauen Morgenhimmel; der andere war nur noch ein verkohltes, rauchendes Skelett. Die Leichen zweier Männer lagen am Strassenrand im Dreck und über ihnen kreiste bereits ein halbes Dutzend Geier in der Thermik.

Die letzten Angreifer der namibischen Verteidigungskräfte zogen sich zurück. Hans bedauerte nicht, den Mann, auf den er gerade geschossen hatte, verfehlt zu haben, denn es hatte schon genug Tote gegeben. Es war nicht ihr Ziel, die NDF zu vernichten, sondern sich etwas Zeit zu verschaffen.

Er schaute zum Himmel und auf seine Uhr, dann kontrollierte er zum hundertsten Mal seit Sonnenaufgang ihre Position. Hinter ihm befand sich die lange Brücke über den Kwando, mit dem Polizei- und Zollsperrposten auf der anderen Seite, näher bei Katima Mulilo. Seine Truppen hatten auf beiden Seiten der Brücke halbkreisförmige

Absperrungen gebildet und lagen nun eingegraben stromaufwärts und stromabwärts der Brücke an beiden Ufern des praktisch ausgetrockneten Kwando. Hans' Männer hatten die Brücke blockiert, indem sie einen alten VW Golf und einen Toyota Pick-up, die dem Veterinärpersonal am Kontrollpunkt gehörten, auf das Bauwerk gefahren und deren Reifen zerschossen hatten. Aus taktischer Sicht war die Position bei der Flussüberquerung nicht schlecht zu halten, denn hier gab es in alle Richtungen gute Schussfelder und die Gegend war eng genug, um seine hundertdreissigköpfige Truppe gegen einen Bodenangriff zu verteidigen.

Er wusste, dass sie sich sehr schlecht gegen Luft- und Artilleriebeschuss schützen konnten und so grub sich jeder zweite Mann, als ob sein Leben davon abhinge, in den weichen Sandboden. Bis weitere NDF-Truppen eintrafen, suchte jeder dritte Mann nach Holz, Wellblech und jedem anderen natürlichen oder künstlichen Material, das er finden konnte, um die Kampfgruben zu verstärken.

Hans wusste genau wie seine Kämpfer, dass sie hier alle sterben würden, wenn sich die namibische Regierung nicht dazu bereit erklärte, mit der CLA und ihrem politischen Flügel, der UDP, zu verhandeln. Seine Männer befanden sich auf engem Raum und waren deshalb durch Artilleriegeschosse und bei Luftangriffen sehr verwundbar. Falls die Regierung sie dennoch auf diese Weise vernichten wollte, ginge ihr höchstwahrscheinlich auch die Brücke verloren, was sie wohl kaum riskieren wollte.

Hans hatte strategisch geschickt eine Hauptverkehrsader unterbrochen und den Touristen- und Handelsverkehr zwischen Namibia, Ost-Botswana und Sambia zum Erliegen gebracht. Seine Männer hatten bereits mehrere aufgeschreckte Ausländer in gemieteten Geländewagen zurückgeschickt. Eine Gruppe von Rebellen war in einem beschlagnahmten Land Rover zur Luxuslodge und dem etwa vierzehn Kilometer südlich der Brücke gelegenen Campingplatz auf Nambwa Island gefahren und hatte die Evakuierung der besorgten dort untergebrachten Urlauber überwacht.

So sorgten sie dafür, dass im Kaprivi-Streifen nicht einfach zur Tagesordnung übergegangen werden konnte. Wenn die Regierung nicht bereit war, Menschen mit Bomben oder Granaten in den Tod zu treiben, musste sie verhandeln. Hans war zuversichtlich, dass seine Männer gut ausgebildet, genügend bewaffnet und ausreichend eingegraben waren, um konventionelle Infanterieangriffe während einiger Tage abzuwehren.

Edison, der junge Leutnant und Häuptlingssohn, der von Steeles Kugel glücklicherweise nicht ernsthaft verwundet worden war, ging die Linie entlang und hielt immer wieder an, um mit seinen Männern zu plaudern und ihnen Mut zuzusprechen. Er war ein guter Mann, dachte Hans, und würde eines Tages zu einem starken Anführer seiner Leute. Ganz im Gegensatz zu seinem aufgeblasenen Onkel, der nach dem Tod seines klügeren Bruders die Leitung der CLA übernommen hatte.

»Wie kommst du zurecht, Edison?«, fragte Hans, dann schüttelte ihn ein Hustenanfall.

»Den Männern geht es gut, Sir. Aber ich denke, Sie sollten sich ein wenig ausruhen.«

»Sag mir verdammt noch mal nicht, was ich tun soll.« Der Schmerz machte ihn reizbar und er verfluchte sein Pech. Er wusste, dass der Junge sich nur Sorgen um ihn machte. »Mir geht es gut, Edison. Geh und sieh nach der Mörser-Mannschaft.« Edison nickte und ging los.

In Bezug auf die Logistik waren sie zwar nicht völlig abgeschnitten, hatten aber auch keinerlei Gewissheit darüber, ob sie tatsächlich Unterstützung erhielten. Es gab zwar ein Netz von Frauen, Kindern und älteren Männern aus dem Kaprivi, die entlang des Kwando weitere Lebensmittel und Munition aus Botswana zu ihnen transportierten, doch die Verteidigungskräfte Botswanas würden sich bestimmt bald organisieren und weitere illegale Grenzübertritte unterbinden. Hans schätzte, sie müssten vier bis sechs Tage an der Kreuzung bleiben, bis sie entweder alle tot oder ein Waffenstillstand ausgehandelt wäre. Er hatte seinen Männern gesagt, sie müssten möglicherweise ausharren, bis die Vereinten Nationen zum Eingreifen gezwungen wären, was aber nach den Erfahrungen der Vergangenheit nie so schnell ging.

»Funkspruch von Beobachtungsposten OP Alpha, Sir«, sagte ein junger kaprivischer Soldat mit einem Funkgerät auf dem Rücken. »Sie wollen mit Ihnen sprechen.«

»Danke, Jonas.« Hans lächelte den neunzehnjährigen Jungen an. Wie die anderen war er aufgeregt und immer noch von den kleinen Erfolgen beflügelt, die sie mit der Einnahme der Brücke und der Zerstörung der beiden Lastwagen durch gezieltes Gewehr- und Maschinengewehrfeuer errungen hatten. Hans verfügte auch über Panzerabwehrwaffen, hob diese aber für eventuelle Panzerwagen auf, die ihnen in die Quere kommen könnten, oder für den Einsatz gegen Hubschrauber, die auf der Strasse zu landen versuchten, um sich ihrer Position zu nähern. Er hatte kleine Beobachtungsposten eingerichtet, die die Hauptstrasse in etwa zwei Kilometer Entfernung in beide Richtungen abdeckten.

OP Alpha, der Beobachtungsposten, der die Strasse nach Divundu bewachte, meldete, dass Nachzügler des ersten Angriffs auf die Brücke an ihnen vorbeizögen und die Strasse wieder hinaufgingen. Kurtz bestätigte.

»Warten Sie einen Moment«, sagte der Mann im verdeckten Beobachtungsposten, anstatt sich abzumelden.

Während er auf den Bericht des Soldaten wartete, leckte sich Kurtz über die rissigen Lippen.

»Ich höre ein Fahrzeug, over.«

Kurtz schnippte mit den Fingern, um die Aufmerksamkeit von Gideon zu erregen, der in Edisons Gefolge zwischen den Truppen herumlief und deren Munition überprüfte. »Gideon, machen Sie eines der Aufklärungs-Teams einsatzbereit.«

»Ja, Sir.«

»Panzerwagen. Ein BTR 60 kommt um die Kurve.« Der junge Soldat im OP konnte die Aufregung in seiner Stimme nicht unterdrücken. »Kommt in Ihre Richtung, over.«

»Verstanden. Behalten Sie es im Auge, over«, sagte Kurtz zu dem Mann am Funkgerät und gab den Hörer an den Melder zurück. Zu Gideon sagte er: »Schicken Sie eine fünfköpfige Feuerkolonne zur Deckung mit der Panzerfaust – die besten, die Sie haben. Ich will nicht, dass der BTR 60 nahe genug herankommt, um uns Schaden zuzufügen. Fangen Sie ihn auf der anderen Seite des Hügels ab.«

»Ich werde selbst gehen, Sir«, sagte Gideon.

»Nein. Dich brauche ich hier, Gideon.«

»Bei allem Respekt, Sir, ich bin der Beste, den wir haben. Ich kann diese jungen Männer nicht ohne jemanden losschicken, der im Kampf gewesen ist.«

Die Teams versammelten sich bereits und Kurtz starrte Gideon an. Er klopfte ihm auf den Arm. »Also gut, alter Knabe. Geh und zeig diesen jungen Burschen, wie man es macht.«

Gideon grinste und gab seine Befehle. Drei der Männer des Feuerteams trugen eine AK-47, der vierte hatte ein leichtes Maschinengewehr in der Hand. Zusammen mit dem Zweierteam, das mit dem Panzerfaustwerfer RPG-7 und Ersatzgeschossen bewaffnet war, machten sie sich auf der Divundu-Seite der Brücke auf den Weg den Hügel hinauf. Auf halbem Weg zum Kamm führte Gideon sie von der Strasse weg und sie verschmolzen mit dem langen, trockenen Gras und dem dürren Busch auf der rechten Seite.

Edison, der die andere Seite des Geländes abgesucht hatte, kam im Laufschritt zurück und sah Gideon verschwinden. »Sir«, sagte er und konnte seine Verärgerung nicht verstecken, »warum haben Sie mich nicht mit diesen Männern geschickt?«

Hans hob eine Hand auf seinen blutigen Oberkörper. »Weil sie vielleicht nicht zurückkommen, Edison. Wenn wir Gideon verlieren, verlieren wir unseren erfahrensten Unteroffizier. Wenn wir Sie verlieren, verliert Kaprivi seine Zukunft.«

»Ich würde lieber sterben, als einen anderen Mann an meiner Stelle dem Feind entgegenzuschicken.«

Hans nickte. »Glauben Sie mir, Edison, wir alle stehen heute unserem Feind gegenüber.«

Obwohl er nicht damit einverstanden war, verstand und respektierte Gideon den Wunsch von Major Kurtz, die Verluste der NDF auf ein Minimum zu beschränken.

Er wollte einige der Männer töten, die für die Unterdrückung seines Volkes und den Diebstahl seines Heimatlandes verantwortlich waren. Er kroch von Mann zu Mann und überprüfte ihre Positionen, Waffen und Munition.

»Nicht schiessen, bis ich den Befehl gebe oder zuerst schiesse, verstanden?«

Ein junger Freiwilliger nickte. Gideon erkannte die Mischung aus Angst und Aufregung in den Augen des Jungen. »Zielt auf den Mittelpunkt der Masse. Hierhin.« Gideon tippte auf sein eigenes Brustbein und der Junge nickte.

»Du«, sagte er und blieb neben dem Mann stehen, der die RPG-7 bereits auf seiner Schulter balancierte, während er hinter einem dicken Baumstamm kniete. »Du weisst, dass deine Schüsse vor dem BTR 60 liegen müssen? Wenn er sich schnell bewegt ,musst du direkt vor ihn feuern, ja?«

»Ja, Sir«, bestätigte der Mann.

»Hast du die RPG-7 schon einmal abgefeuert?«

»Ja, einmal, vor ein paar Monaten.«

Gideon wusste, dass Munition knapp war – zumindest war das so, bis die reichen weissen Besitzer der Safari-Lodges im Okavango-Delta vor kurzem Geld und Ausrüstung spendierten. »Du wirst in den nächsten Tagen viel mehr Übung bekommen.«

Der Mann grinste.

Gideon legte den Kopf schief. »Sie kommen.« Er sah sie jetzt. Der BTR 60 fuhr langsam voraus und ihm folgte ein Unimog-Lastwagen, dessen Plane entfernt worden war. Hinten drin sassen fünfzehn Soldaten auf Sitzbänken und alle Infanteristen hatten ihre Gewehre und Maschinengewehre im Anschlag und nach aussen gerichtet. »Der Lastwagen wird anhalten und sobald die Panzerfaust feuert, werden die Infanteristen absteigen. Deren Aufgabe ist, den gepanzerten Wagen zu schützen, durch den Busch zu fegen und uns zu töten«, sagte er laut genug, dass alle es hören konnten. »Aber das Töten werden wir schneller erledigen.«

»Für Kaprivi?«, sagte einer der Männer viel zu laut, aber es war zu spät, ihn zurechtzuweisen.

»Feuer!«, brüllte Gideon.

Der Maschinengewehrschütze der Rebellen eröffnete das Feuer und schoss zunächst aus niedriger Höhe. Anhand der von seiner 7,62-Millimeter-Munition aufgewirbelten Staubwolken justierte er sein Ziel und lenkte seine Kugeln in den Lastwagen. Ein Mann purzelte aus dem Heck des Fahrzeugs, während es sich noch bewegte.

»Feuert die Panzerfaust!« Gideon schaute zu der Panzerabwehrmannschaft und sah, dass der Schütze die RPG-7 von der Schulter genommen hatte und die Rakete wieder aus dem Rohr zog. »Was ist passiert?«

»Ähh, Fehlzündung, Sir«, stammelte der Mann unter Druck.

»Beeilet euch. Nachladen! Der Rest von euch, schiesst weiter. Zielt auf den Lastwagen – auf die Infanterie.«

Der Unimog hatte angehalten und die Soldaten an Bord sprangen heraus. Ein Sanitäter eilte zum gefallenen Soldaten, aber die anderen lebten noch, stellten sich in einer Reihe auf und rannten auf die Rebellenstellung zu, um so schnell wie möglich vom grasbewachsenen Schlachtfeld weg, in den Saum des Buschs und unter die Bäume zu gelangen.

Gideon hob seine AK-47 an die Schulter und feuerte einmal. Ein namibischer Soldat fiel ins Gras. Er beobachtete, wie sich der BTR 60 nach links drehte, so dass er sich ihnen zuwandte. Der Turm drehte sich und die grosse 14,5-Millimeter-Flugabwehrkanone richtete sich auf sie. Das Geschütz feuerte mit ohrenbetäubendem Lärm hoch hinauf, so dass Blätter, Rinde und zerfetzte Zweige auf sie herabregneten. »Was ist mit der Panzerfaust los?«

»Geladen.«

»Dann schiess das verdammte Ding endlich ab!«

»Ich schiesse jetzt.«

Man hörte das Knallen der AK-47 und das Rattern der Maschinengewehre, aber kein Zischen und Dröhnen einer abgehenden Panzerfaust. Gideon sah sich die Mannschaft an. Der Richtschütze und der Lader zogen gerade die zweite Patrone aus dem Werfer. »Tut mir leid, Sir, wieder eine Fehlzündung.«

»Rückzug, Rückzug«, befahl Gideon ihnen. Zwei Fehlzündungen

von zwei Versuchen waren in der Tat eine sehr schlechte Quote. »Nachladen, während wir uns bewegen. Los!«

Aus dem Auspuff des BTR 60 quoll schwarzer Rauch als sich der Panzerwagen die Anhöhe hinaufbewegte und aus der Bewegung heraus feuerte.

Gideon spürte, wie die Luft an ihm vorbeiwirbelte und als er nach links blickte, sah er, dass ein Mitglied seiner Gruppe gefallen war. Das schwere Kaliber der Maschinenpistole hatte ihm fast den ganzen Kopf abgetrennt und das Blut spritzte aus der blutigen Wunde. Der junge Soldat, mit dem Gideon kurz vor Beginn der Schiesserei gesprochen hatte, blieb stehen und sah sich an, was von seinem Kameraden übriggeblieben war. Gideon packte ihn an den Riemen seines Brustgurtes und riss ihn vom grausigen Anblick weg. »Beweg dich, sagte ich!« Der Junge taumelte und Gideon musste ihn festhalten, damit er nicht stürzte. Der Soldat schaute auf seine linke Hand und sah, dass sein Zeigefinger fehlte. »Beweg dich!« brüllte Gideon ihn an. Gideon drehte sich um und leerte das Magazin seiner AK-47 in Richtung der verfolgenden Truppen. Mit einer Hand riss er mit den Zähnen die wasserdichte Packung eines Feldverbandes auf und reichte dem Jungen das dicke Wattebüschel und den Verband. »Binde das um die Wunde.«

»Nachgeladen, Sir. Diesmal bereit zu töten«, rief der Panzerfaustschütze von hinten.

»Macht weiter, der Rest von euch!«, befahl Gideon der Gruppe, während er sich neben den Panzerfaustmann kniete und die Magazine wechselte. »Ruhig«, sagte Gideon und legte dem Mann eine Hand auf die Schulter. »Gut zielen.«

Der BTR 60 raste auf sie zu und walzte Gras und Schösslinge in seinem Weg platt. Das schwere Geschütz im Turm verfolgte die fliehenden Männer und Gideon hörte mitten im unaufhörlichen Rattern einen weiteren Schmerzensschrei.

»Jetzt wird geschossen«, sagte der Mann.

Gideon feuerte zwei Schüsse aus seiner AK-47 auf die Infanteristen der NDF, die rannten, um mit dem Panzerwagen, den sie eigentlich schützen sollten, Schritt zu halten.

Neben ihm war kein Geräusch zu hören. Nichts.

»Lauft!« Gideon stand auf und feuerte den Rest seines Magazins ab, dann sprinteten der Panzerfaustschütze und er hinter dem Rest der Patrouille her, die sich als Silhouette von der Hügelkuppe abhob. Auf der anderen Seite befanden sich die Brücke und die Stellung der Rebellen, aber für diese wenigen Sekunden waren sie alle perfekte Ziele. Schweres Maschinengewehrfeuer fegte über den Hügelkamm und zwei weitere Männer fielen.

Ein Mann war auf der Stelle tot, als eine Kugel sein Herz durchschlug, der andere verlor sein rechtes Bein unterhalb des Knies und lag schreiend und sich windend im Staub. »Hilf mir«, sagte Gideon zum Mann mit der Panzerfaust. Gemeinsam zogen sie den Verwundeten hoch und hielten ihn aufrecht zwischen sich. Der Verletzte brüllte vor Schmerz, als der Panzerfaustschütze stolperte und zu Boden fiel. Er hatte eine AK-47 Kugel in den Hinterkopf bekommen und war tot. Gideon taumelte und ging in die Knie. Grosse und kleine Kugeln zischten um ihn herum, als er den einbeinigen Soldaten an seinen Gurtbändern packte und ihn sich in einer Art Feuerwehrmanntrage über die Schulter hob. Gideon bückte sich, schnappte sein eigenes Gewehr aus dem Gras und taumelte über die Hügelkuppe. Einer der anderen aus dem Trupp vor ihm hielt an und drehte sich um. »Lauf weiter... Ich schaffe das«, versicherte er dem Mann.

HANS HOB seine AK-47 und begann, auf die namibischen Truppen zu zielen, die über den Hügel kamen. Der Feind versuchte, seine Männer zu töten und als er einen weiteren NDF-Soldaten fallen sah, empfand Hans keine Gewissensbisse mehr. Schwere Maschinengewehrsalven durchpflügten die Erde vor seiner Position. Hans liess sein Gewehr sinken und zog ein kleines Zeiss-Fernglas aus der Tasche seines Hemdes.

Er suchte den Kamm ab und sah den Geschützturm eines gepanzerten Fahrzeugs. Der Kommandant des Fahrzeugs hatte geschickt knapp unterhalb der Hügelkuppe angehalten und seinen Richtschützen angewiesen, das Geschütz auf den maximalen Einschusswinkel einzustellen. Das Fahrzeug war so gut wie unempfindlich gegen direkten Panzerabwehrbeschuss. Auf jeden Fall war es von hier aus ausserhalb der Reichweite seiner Panzerfäuste. Er vermutete, die Panzerfäuste, die er Gideon mitgegeben hatte, hätten das Fahrzeug mit jedem Schuss verfehlt.

Um ihn herum schossen andere Männer einen lauten, aber weitgehend wirkungslosen Strom von Blei auf die namibischen Truppen, deren Vorstoss an Schwung verloren hatte, als sie sahen, dass die Brücke befestigt war. Die feindliche Infanterie hatte sich zu beiden Seiten des teilweise verdeckten BTR 60 ins Gras gelegt: »Mörser ... zwei Schuss, direkt auf den Panzerwagen. Feuer!«

Hans behielt sein Fernglas auf den Panzerwagen gerichtet, dessen Hauptkanone jetzt in kurzen Stössen abfeuerte. Er vermutete, der Richtschütze und der Kommandant gingen mit ihrer Munition sparsam um. Soweit er sich erinnerte, hatte der Wagen nur etwa fünfhundert Schuss und die würden nicht lange reichen. Eine Bewegung im fernen Gras liess ihn den Feldstecher senken. Er sah einen weiteren seiner Männer, der sich langsam bewegte, gebeugt und mühsam ging und hinter den anderen Männern zurückgeblieben war. Er konzentrierte sich wieder. Gideon!

Hans blickte über seine Schulter. »Was ist da hinten los? Ich sagte zwei Schuss, hochexplosiv!«

Ein Soldat mit freiem Oberkörper, der die Bomben an die Mörserbesatzung weitergegeben hatte, kam zu ihm gerannt und sagte: »Wir haben ein Problem mit den Bomben. Sie gehen nicht hoch, Sir.«

»Scheisse.«

Er blickte zu Gideons Männern, die sich zurückzogen. Die schnellsten Läufer waren bereits fast an der Grenze der Brückenposition. »Bringt diese Männer sofort hierher!«

Gideon taumelte immer noch hinter ihnen her und Hans sah jetzt, dass er einen anderen Mann auf dem Rücken trug. Er wollte gerade zwei Männer losschicken, um seinem Freund zu helfen, als er den ersten grün leuchtenden Ball eines Leuchtspurgeschoss zu Gideons Füssen landen sah. Ein weiterer folgte und er hörte

Schreie, die der Wind von der namibischen Position den Hügel hinuntertrug.

»Sir ...«, keuchte ein schweissgebadeter Soldat, der neben Kurtz stehen blieb. »Sie wollten uns sehen?«

»Was ist passiert?«

»Die Panzerfäuste, Sir ... Sie wollten nicht funktionieren. Bei jeder gab es eine Fehlzündung. Der Hauptfeldwebel sagte uns, wir sollten rennen, Sir.«

Er dachte an die fehlgeleiteten Panzerfäuste und die Mörsergranaten, die gerade nicht gezündet hatten. Sie stammten alle aus der neuen Munitionslieferung, die sie mit freundlicher Genehmigung ihrer neuen Geldgeber erhalten hatten. »Steele.«

Wie jeder andere Mann auf dem Aussenposten beobachtete Kurtz Gideon, der durch das Gras am Rande des breiten Teerbands der Strasse taumelte. Er nutzte das Gefälle und legte ein gleichmässiges Tempo vor. Er atmete beim Rennen mit weit aufgerissenem Mund.

»Komm schon, komm schon!«, feuerten ihn einige der Männer an und andere pfiffen.

Pa-tschank, pa-tschank.

Der BTR 60 feuerte zwei weitere Schüsse ab, von denen einer direkt hinter, der andere direkt vor Gideon und seinem verwundeten Kameraden landete.

»Bastarde«, sagte Kurtz. »Sie haben sich Zeit gelassen.«

»Mörser ... Feuerrauch!« brüllte Kurtz. »Der Rest von euch ...jeder, der eine Rauchgranate hat, wirft sie jetzt!« Er hoffte, der Rauch lenke zumindest den Kanonier vom Ziel ab.

»Fehlschuss, Sir!«, rief ein Mann aus der Grube, in der ihr einziger Mörser stand.

Edison kam an Kurtz' Seite. »Die Mörsergeschosse – alles Blindgänger. Wir wurden verraten.«

Hans nickte. »Martin Steele hat ein weiteres Mal ein Doppelspiel getrieben.« Ohne RPG-Panzerabwehrwaffen und funktionierende Mörserbomben, mit denen sie ihr eigenes indirektes Feuer abgeben konnten, war ihre verfügbare Zeit auf der Brücke von Tagen auf Stunden geschrumpft.

Gelbe und rote Rauchgranaten knallten und zischten in bunten, wogenden Wolken jenseits der Absperrung, aber Gideon war immer noch weiter weg, als der stärkste Mann werfen konnte und so war er der Gnade des Kanoniers ausgeliefert.

»Komm schon!« brüllte Hans. »Ihr seid fast da!« Die Anstrengung, seinem Freund zuzurufen, schien etwas in ihm zu zerreissen und er krümmte sich vor Schmerz. Dennoch schüttelte er Edisons helfende Hand ab. »Es geht schon.«

Die NDF-Soldaten auf dem Hügel hatten aufgehört zu schiessen und die Männer um ihn herum jubelten und johlten jetzt. Die Entfernung war vielleicht zu gross für sie, aber nicht für den Schützen hinter dem schweren Maschinengewehr auf dem Panzerwagen.

Pa-tschank, pa-tschank, pa-tschank.

Immer näher an Gideon spritze der Dreck bei jeder Explosion auf und traf schliesslich den auf seinem Rücken verblutenden Mann. Kurtz erlaubte sich, zu hoffen. »Wirf noch eine Rauchgranate!«

Kurtz gab einem Sanitäter ein Zeichen. »Mach dich bereit, den Mann, sobald er in Sicherheit ist, zu behandeln. Und vergiss nicht, zwei Paar Gummihandschuhe anzuziehen.« Der Soldat nickte. Selbst in der Hitze des Gefechts musste Kurtz seine Männer immer wieder daran erinnern, sich vor dem allgegenwärtigen Schreckgespenst HIV-AIDS zu hüten, denn es bestand kein Zweifel daran, dass ein erheblicher Teil der Kämpfer, vielleicht sogar der Sanitäter selbst, mit der Krankheit infiziert war.

Die Rauchbombe wurde geworfen, knallte und sprühte buntes Leben. Gideon war kaum mehr hundert Meter von ihnen entfernt. Der Hauptfeldwebel liess sein Gewehr fallen, richtete seinen Griff um den verwundeten Soldaten neu aus und schien sich auf einen letzten Sprint vorzubereiten. Er hob seine muskulösen Beine an und als er auf der asphaltierten Strasse sichereren Halt fand, klangen seine Stiefel beim Auftreten wie ein Klatschen. Die Männer im

Rebellenlager waren jetzt still. Eine neue orangefarbene Rauchwolke begann sich um Gideons Knie zu formen und aufzusteigen.

Edison legte seine Waffe nieder und sprang über die Sandsackbarrikade. Er rannte auf Gideon zu. Hans versuchte zu protestieren, aber die Worte wurden durch den Schmerz in seiner Seite erstickt.

Pa-tschank, pa-tschank, pa-tschank.

Die Granate entfaltete ihre Wirkung und Gideon und der Mann auf seinem Rücken waren tot. Edison verschwand im orangefarbenen Vorhang, der sich langsam lichtete. Bis die leichte Brise den Rauch nach Norden, in Richtung Angola trug, wagte kein Mensch zu atmen.

Als erster tauchte Edison wieder auf. Ohne auf die Kugeln zu achten, die weiterhin um ihn herum brausten, stand er aufrecht da und streckte beide Arme mit geballten Fäusten nach oben. Als sich der Rauch lichtete und er Gideon und der Mann, den er bei sich trug, tot auf der Strasse liegen sah, warf er den Kopf zurück und brüllte eine Mischung aus Wut, Trauer und Angst in den Himmel.

32

Nachdem der Hubschrauber mit seiner Tochter und dem Amerikaner an Bord nicht nach Kongola zurückgekehrt war, hatte Hans befürchtet, die Operation sei fehlgeschlagen und beide seien tot. Doch dann rief ihn ein kaprivischer Agent, der in Divundu lebte und gefrorenes Fleisch und Gemüse an die Baustelle und die Garnison am Okavango-Staudamm lieferte, über sein Satellitentelefon an und teilte ihm mit, die Mauer sei zerstört und das Land flussabwärts überflutet.

Bei der Besatzung löste die Nachricht halbherzigen Jubel aus, doch der Tod von Gideon und anderer Kameraden sowie die Erkenntnis, dass ein Grossteil ihrer Munition aus Blindgängern bestand, schwächte ihre Moral. Das bisschen Kampflust, das die Männer noch hatten, wurde durch die anderen Nachrichten aus Divundu noch weiter gedämpft. Die Armeegarnison war auf dem Weg nach Kongola, um sich für den Dammbruch zu rächen. Als der Beobachtungsposten an der Strasse per Funk bestätigte, dass sich ein Konvoi von Armeelastwagen näherte, befahl Kurtz seinen Wachen, bevor sie von NDF-Kräften umzingelt würden, zusammenzupacken und so schnell und heimlich wie möglich zur Brücke zurückzukehren. Edison hatte seine Gefühle in den Griff bekommen und ging wieder auf und ab, um die demoralisierten Soldaten aufzumuntern.

Kurtz' Telefon klingelte erneut. »Ja«, sagte er, unfähig, die Müdigkeit und den Schmerz zu verbergen.

»Hier ist Webster, Major, in Katima Mulilo.«

»Was gibt es Neues?«, fragte Kurtz seinen Agenten in der Provinzhauptstadt.

»Das Volk, Major. Alle sind auf den Strassen.«

Webster, der von den Todesfällen in Kongola nicht betroffen war, berichtete überschwänglich von den Menschen, die die Strassen vor den Regierungsbüros bevölkerten und von den Autokolonnen, die die B8 blockierten und hupten, um gegen die Regierung zu protestieren und die Nachricht über den Staudamm zu feiern. Webster zufolge wehte die inoffizielle Flagge von Kaprivi-Itenge – zwei schwarze Elefanten mit verschlungenen Rüsseln auf einem Hintergrund aus horizontalen Streifen in Schwarz, Weiss, Grün und Blau – und wurde überall aus den Autofenstern geschwenkt. Die Polizei war auf den Strassen, aber bisher hatte keine der beiden Seiten Gewalt angewandt.

Sobald er das Telefonat beendet hatte, reichte ihm sein Melder wieder den Funkkopfhörer. Das Einsatzkommando meldete von seinem Rückzug, dass der Panzerwagen BTR 60, der nach dem Tod von Gideon auf der Spitze des Hügels verschwunden war, wieder aufgetankt und bewaffnet wurde und dass fast hundert Soldaten aus den Armee-LKWs ausstiegen, die auf der anderen Seite des Hügels angehalten hatten.

Die Sonne stand hoch am Himmel und Hans Kurtz nahm sich einen Moment Zeit, um sich neben dem Zollposten in den Schatten eines Wasserturms zu setzen. Sein Melder war verschwunden, kam aber einige Minuten später mit einer lauwarmen Tasse Kaffee zurück. »Danke«, sagte Kurtz, nahm einen Schluck und stützte dann, plötzlich müde, die Ellbogen auf die Knie und legte den Kopf in die Handflächen.

»Papa?«

Er schaute auf. Sein Sohn kam auf ihn zugelaufen, gefolgt von

Miriam, die Jeans und ein grünes Buschhemd trug. Der Junge warf sich in seine Arme und Kurtz konnte den Schmerz überspielen und lächelte ihn an. »Was macht ihr denn hier?«, fragte er seine Frau.

»Wir sind mit den anderen Frauen und Kindern in den Booten und den Mokoros gekommen.«

»Ihr solltet doch auf der anderen Seite der Grenze bleiben und bei der Evakuierung der Verwundeten helfen.«

»Du siehst blass aus, Hans, bist du verletzt? Beweg dich, Frederik, lass Mami nach Papa sehen.«

Kurtz schüttelte den Kopf und nahm den Jungen in die Arme. »Nein. Du hättest nicht kommen sollen, Miriam. Es ist nicht sicher, den Jungen hierher zu bringen.«

»Der Junge wird eines Tages ein Mann und er verdient es, bei seinem Vater in seinem eigenen Land zu sein, statt jenseits der Grenze in einem fremden Land. Ausserdem, hast du es nicht gehört, Hans? Es ist so weit. Es ist wirklich passiert – heute Morgen berichteten sie auf BBC darüber. Überall im Kaprivi-Streifen erheben sich die Menschen. Sie kommen in Katima und Divundu aus ihren Häusern auf die Strasse und schwenken unsere Flagge. Die Menschen haben genug.«

Hans blickte auf den Hügel und auf den Fleck auf der Strasse, wo Gideon und sein Kamerad gefallen waren. »Aber die NDF hat noch nicht genug, Miriam. Sie werden bald hinter uns her sein. Du hättest unseren Sohn nicht in Gefahr bringen dürfen.«

Sie starrte ihn an. »Was soll ich tun?«

»Geh zurück zum Fluss. Warte weiter flussabwärts. Wenn es zu ernst wird, komme ich.«

Sie schnaubte. »Ich kenne dich. Du wirst nie gehen. Aber ich werde unseren Sohn noch ein Weilchen in den Busch mitnehmen. Komm zu mir, mein Schatz.«

Sein Sohn schaute ihm in die Augen und Hans zerzauste ihm mit den Fingern das Haar. »Geh mit deiner Mutter. Ich bin bald bei dir.«

Der Junge drehte sich um und ging langsam zu Miriam zurück. Was sie sah, liess sie die Hand zum Mund führen. Bis Frederick den Fleck und die Feuchtigkeit auf seinem weissen T-Shirt bemerkte, dauerte es aber ein paar Sekunden. »Was ist das?«, jammerte er und betastete das Blut seines Vaters mit den Fingern.

»Komm jetzt zu mir, mein Junge«, sagte Miriam. »Hans ...Ich hole Hilfe.«

»Die Sanitäter sind mit anderen beschäftigt und ich warte, bis ich dran bin.« Er hob eine Hand, um das Gespräch zu stoppen. »Höre mal!« Sie hörten beide das wiederkehrende Poltern. »Mörser! Geht in Deckung! Lauf in den Busch, Miriam. Beeil dich!«

Das Sperrfeuer traf fast genau ins Schwarze. Die ersten beiden Bomben fielen knapp ausserhalb der Absperrung und die dritte landete mitten in der Rebellenfestung. Heisser Wind fegte Rauch und herabfallenden Schmutz durch das Rebellenlager und ein Mann schrie auf. Miriam kauerte im Windschatten der Zollhütte, aber Hans nahm sie bei der Hand und zwang sie, loszulaufen. »Geh so schnell du kannst flussabwärts, los!«

»Sir?«, rief ein Soldat. »Sehen Sie, die Infanterietruppe ist in Bewegung und der Panzerwagen ist zurück!«

Hans sah, wie die Männer über den Kamm des Hügels schwärmten und die gedrungene, kantige Masse des BTR 60 ihnen langsam folgte. Das gepanzerte Fahrzeug war mit einer Reihe von Rauchwerfern ausgestattet, die den Vormarsch sofort mit Rauch bedeckten. Das 14,5-Millimeter-Geschütz begann zu feuern.

»Infanterie im Freien ... achthundert Meter ... Maschinengewehre, Feuer!«, rief Hans und ihr eigenes begrenztes Arsenal an automatischen Waffen eröffnete das Feuer auf grosse Entfernung.

Um ihn herum explodierten nun die Mörser, die auf beiden Seiten der Kongola-Brücke einschlugen. Hans rief vom Ostufer einen weiteren Trupp herbei, um den Westen zu verstärken, wo der Angriff stattfinden würde. Er musste seinem Mann in Katima vertrauen, dass es keine Berichte über eine militärische Streitkraft gab, die die Hauptstadt oder M'pacha verlassen hatte – noch nicht. Er ging davon aus, dass die namibische Regierung die grösste Stadt des Kaprivi-Streifens bis auf Weiteres stark bewachen würde.

Der BTR 60 tauchte aus seiner Rauchbombe und begann, die Rebellenstellungen auf der westlichen Seite der Brücke zu beschiessen. Männer schrien und fielen, als die praktisch unaufhaltsamen Geschosse unerwidert Sandsäcke und Fleisch durchschlugen. Der Panzerwagen kletterte aus dem Gras auf die Hauptstrasse, wo er ein regelmässiges, bedrohliches Tempo anschlug. Er bewegte sich unaufhaltsam vorwärts und feuerte in langen Salven, kam aber nie zu weit vor sein zu beiden Seiten des Fahrzeugs trottendes Schutzschild aus Infanterie, das durch seine Anwesenheit Mut und Vertrauen ausstrahlte.

Ein RPD-Maschinengewehr feuerte wütend auf den BTR 60, aber die 7,62-Millimeter-Geschosse prallten harmlos an der schrägen, gepanzerten Front und den Seiten des Fahrzeugs ab.

Kurtz verfluchte sich dafür, dass er vor der Abreise aus Botswana keine der Panzerfäuste getestet hatte, wusste aber gleichzeitig, dass er es nicht hätte riskieren können, die Mörser in der Nähe ihres Verstecks abzufeuern. Die Blindgänger zwangen sie, zu improvisieren. »Molotovs!«, rief er.

Zwei Männer erhoben sich auf der flussabwärts gelegenen Seite der Strasse aus dem Gras. Sie hatten mit Benzin gefüllte Wodka- und Gin-Glasflaschen, aus denen benzingetränkte Lappen ragten und steckten sie mit Feuerzeugen an. Einer von ihnen wurde sofort von einem namibischen Infanteristen erschossen und als der Rebell taumelte, rutschte sein Molotow-Cocktail aus und zerbrach vor seinen Füssen. Dieser drehte sich im Kreis, steckte dabei das Gras um sich herum in Brand und der Mann wurde schreiend von den Flammen verschlungen, wobei er einen qualvollen Tod starb. Der andere Mann rannte auf den BTR 60 zu und wich den Dreck aufwirbelnden Kugeln aus, die um ihn herum zischten. Er warf seine brennende Flasche auf den gepanzerten Wagen, verfehlte aber alle Luken und Öffnungen. Seine improvisierte Bombe schlug auf die Stahlwand des Fahrzeugs, entfachte aber kein Feuer. Als er in Deckung zu gehen versuchte, wurde der Mann niedergeschossen.

Der Schütze im Auto zielte auf den Zollposten, in welchem Hans Schutz gesucht hatte. Als er aus der Hütte kroch, wurde sie von 14,5-Millimeter-Kugeln zerrissen und er mit Holz, Blech, Mauerwerk und zerfetztem Papier überschüttetet.

»Sir?«, rief sein Melder von der anderen Seite der Strasse am Ende der Brücke. »Da kommt noch einer!«

Hans hob seinen Kopf über eine Brüstung aus Sandsäcken und sah, dass soeben ein weiterer BTR 60 den Hügel auf der Hauptstrasse überquerte und mit hoher Geschwindigkeit auf den ersten auffuhr.

»Was sollen wir tun, Sir?«, fragte der Melder.

Kurtz drückte seine Hand auf die Wunde und als er sie wegzog, war seine Hand nass von Blut. »Wir kämpfen und wir sterben.« Er legte seine AK-47 oben auf die Sandsäcke und begann zu schiessen. Der Soldat mit dem Funkgerät tat dasselbe. Der BTR 60 kam jedoch näher und hackte weiter gnadenlos auf die Stellungen der Rebellen ein. Die Linie begann zu bröckeln.

»Rückzug, Rückzug!«, brüllte Kurtz. »Auf diese Seite der Brücke!«

Seine Männer warteten nicht lange und die von der anderen Seite des Flusses stürmten auf ihn zu. Zwei starben auf der Brücke, die anderen wurden durch Gewehr- und schweres Maschinengewehrfeuer den ganzen Weg über verfolgt. Kurtz blickte über seine Schulter zurück und sah, wie der Panzerwagen auf die Brücke fuhr. Er und seine Männer hatten Sprengsätze um die Pfeiler der Brücke gepackt, aber Hans hatte das schreckliche Gefühl, dass nichts passieren würde, wenn er den Befehl zur Sprengung gab.

Hans gab gezielte Schüsse auf die Infanteristen ab, die neben und hinter dem BTR 60 vorrückten. »Sprengt die Brücke!«

Er sah den Feldwebel an, der die Aufgaben eines Sprengmeisters übernahm. Er hatte auch den Sprengstoffschalter für Sonjas LKW-Bombe manipuliert, die offensichtlich funktioniert hatte. Der Mann drückte auf den Schalter des elektronischen Zünders, aber nichts passierte. Er schaute Kurtz an. »Blindgänger, Sir. Wie bei den Panzerfäusten und den Mörserbomben«.

Kurtz fluchte. Das BTR eröffnete das Feuer auf sie und die Männer duckten sich hinter ihre eilig errichteten Schutzwälle. »Es ist alles vorbei, Sir, nicht wahr?«, fragte der Sprengmeister.

»Sammeln Sie die Frauen und Kinder ein, Sergeant und machen Sie sich aus dem Staub. Jeder Mann, der gehen will, kann das tun.

Geht in den Busch und macht euch auf den Weg zur Grenze nach Botswana.«

Der Sergeant schaute sich um. Fünfzehn oder zwanzig Mann hatten sich auf den Kommandostand zu bewegt. »Nein, Sir, wenn Sie bleiben, bleiben wir auch.«

»Ich bin verwundet«, sagte Kurtz. »Ich gebe euch Feuerschutz. Geht jetzt, solange ihr noch könnt. Rettet euch und eure Familien. Geht zurück nach Botswana.«

»Nein, Sir. Unsere Heimat ist hier und wir sterben lieber auf kaprivischem Boden, als in einem anderen Land zu verrotten.«

Das BTR feuerte eine weitere Salve ab und ein Mann fiel. Sein Kopf war wie eine Melone gespalten worden. »Wenn ihr meint, soll es so sein und wir zeigen ihnen, wie echte Soldaten kämpfen, ja?«

Kurtz trat wieder an die Schiesslinie und zielte auf die Sehschlitze des Panzers, der nicht mehr als hundertfünfzig Meter entfernt war. Auf beiden Seiten schossen Männer und in ihren Augen sah er den Wahnsinn und hörte ihn in ihren Stimmen.

»Sanitäter?«, schrie ein Mann weiter hinten in der Reihe.

Kurtz drehte sich um und sah Miriam, die zu ihm lief. Er packte sie am Arm. »Was machst du hier, Frau? Ich habe gesagt, du sollst dich und Frederik in Sicherheit bringen!«

Sie befreite sich aus seinem Griff. »Ich habe unseren Sohn mit einer der anderen Frauen in den Busch geschickt. Mein Platz ist hier und ich kann nicht weg. Wir haben nicht genug Leute, die sich mit Erster Hilfe auskennen.« Sie rannte in Richtung eines gefallenen Rebellen los.

Der BTR 60 befand sich auf der anderen Seite der stillgelegten Fahrzeuge, die die Durchfahrt der Brücke blockierten. Der Fahrer verlangsamte seine Fahrt, um sie zu umfahren. Kurtz hatte diese Engstelle als perfekten Ort für seine Panzerfäuste geplant, um die namibischen Fahrzeuge unter Beschuss zu nehmen, aber die Panzerabwehrwaffen waren nutzlos.

Das Ende naht, dachte Kurtz.

»Schneller!« sagte Sonja.

»Ich drücke mit dem Fuss bis auf den Boden«, sagte Sam.

Sie hatten den Fluss weit flussabwärts des gebrochenen Damms verlassen. Sonja erinnerte sich an ein altes Wegenetz, das die südafrikanischen Streitkräfte angelegt hatten, als sie noch in der Wildnis des heutigen Bwabwata-Nationalparks stationiert waren und lotste den BTR 60 nach Norden zur B8. Auf der Hauptstrasse angekommen, rasten sie in Richtung Kongola.

Nur zehn Minuten zuvor hatten sie den Lastwagenkonvoi mit Truppen von der Staudamm-Baustelle eingeholt, der auf die Rebellenhochburg Kongola zusteuerte. Sonja, die im Turm des Richtschützen sass, schloss ihre Luke und sagte Sam, er solle einfach weiterfahren. Die Soldaten am Strassenrand winkten ihnen zu und salutierten, als sie vorbeifuhren.

Als Sonja es riskierte, die Luke wieder zu öffnen, sah sie, wie bei Kongola, auf der anderen Seite der Brücke über den Kwando-Fluss, Mörserbomben auf die befestigte Stellung des CLA einschlugen. Vor ihr rückte zu beiden Seiten eines identischen BTR 60 Infanterie vor. Als Sam den Hügel hinunterfuhr, sah sie, wie sich der andere Panzerwagen der Brücke näherte und dabei auf die Barrikaden, die diese um die Brücke herum errichtet hatten, sowie auf die kaprivischen Truppen schoss.

»Sie bringen sie um«, brüllte Sam über das Motorengeräusch hinweg.

»Ich weiss. Wir müssen sie aufhalten.«

Die riesigen Räder des BTR 60 vor ihnen drehten, als er gegen eines der beiden Fahrzeuge stiess, die die Brücke blockierten. Der kleine Volkswagen mit Schrägheck wurde langsam vom Panzer aus dem Weg geschoben. Gleichzeitig zerstörte jeder Schuss aus dem Hauptgeschütz einen zusätzlichen Abschnitt der befestigten Mauer oder tötete oder verwundete zwei oder drei weitere Verteidiger. Die Rebellen erwiderten trotz der aussichtslosen Lage das Feuer und als einige der Kaprivier ihr Feuer verlagerten, hörte Sonja, wie Kugeln von ihrem Fahrzeug abprallten und zog die Luke zu.

»Fahr ihm direkt in den Arsch, Sam.«

Er schaute über die Schulter zurück und grinste sie an. »Ist es falsch, wenn ich das geniesse?« Sie verlangsamten das Tempo und schlängelten sich um die ausgebrannten Lastwagen herum.

»Willkommen in meiner Welt.«

Sam trat das Gaspedal durch und der Wagen raste auf die Brücke.

Durch die Sehschlitze im Geschützturm konnte Sonja sehen, wie auch die NDF-Schützen in Tarnuniformen auf die Brücke strömten. Das Eintreffen des zweiten gepanzerten Fahrzeugs hatte den Namibiern einen weiteren Schub an Mut gegeben und sie wollten nun, da der Sieg sicher schien, alle daran beteiligt sein. Die Soldaten zeigten keine Anzeichen dafür, dass der zweite BTR 60 unerwartet aufgetaucht war.

»Bring mich nah ran, Sam.«

»Du schaffst das!« Der andere BTR 60 hatte eine Lücke in der Zwei-Fahrzeug-Blockade geschaffen, die fast gross genug war, um sich zwischen das Auto und den Pick-up zu schieben. Sam fuhr knapp fünfzig Meter dahinter.

»Jetzt schiessen wir!«

Sonja drückte auf den Feuerknopf des schweren Maschinengewehrs und der Turm füllte sich mit Rauch und dem Klirren ausgeworfener Messinghülsen, als die Geschosse der Waffe das andere Fahrzeug aus nächster Nähe trafen. Die meisten von Sonjas Geschossen prallten von der Panzerung des Ziels ab und schlugen in einem wilden Winkel ab. Die Soldaten am Boden hielten ihren Vormarsch an und gingen, wo immer sie konnten, in Deckung. Sie waren durch den plötzlichen Beschuss, der für sie wie Eigenbeschuss aussah, verwirrt.

In der Annahme, dies sei einer der schwächsten Punkte, zielte Sonja auf die Basis des anderen Geschützturms, wo dieser auf die Hauptwanne des Fahrzeugs traf. Ausserdem wollte sie den anderen Schützen, auch wenn sie ihn nicht töten konnte, ablenken.

Der Fahrer des anderen gepanzerten Fahrzeugs versuchte, etwas Abstand zwischen sich und Sam zu bringen. Mit einem nervtötenden Quietschen von Metall, das verbogen wird, zwängte sich der BTR 60 schliesslich durch die Lücke zwischen dem Pick-up und dem Auto.

»Er hat die Räder auf die Brückenseite gerichtet«, brüllte Sam über den Lärm der Schüsse hinweg.

»Und?«, schrie Sonja zurück und konzentrierte sich auf das Ausrichten der ungewohnten, grossen Waffe.

»Ich werde ihn rammen. Ich werde versuchen, ihn von der Brücke zu stossen.«

»Nur zu!«

Der gegnerische Schütze war sich der Gefahr hinter ihm bewusst und drehte seinen Geschützturm. Sonja füllte ihre Munition auf und wartete auf die nächste Runde des Duells. Sie dachte sich, der Schlitz, in dem die 14,5 Millimeter aus dem Geschützturm ragten, sei eine weitere natürliche Schwachstelle. Ihr Gegner dachte aber zweifellos das Gleiche. Entscheidend wäre, wer schneller am Abzug war und besser schiessen konnte.

Sam drückte ein paar Mal auf das Gaspedal, liess den enormen Motor aufheulen und liess den Panzerwagen dann vorwärts schiessen. »Festhalten!«

Sonja stützte sich im Turm ab, schlug aber trotzdem mit dem Kopf auf das Visier, als die spitze Wanne ihres Fahrzeugs gegen das senkrecht abfallende Heck des anderen Wagens prallte. Die Wucht des Aufpralls schleuderte das andere Fahrzeug drei Meter weit in die stählerne Leitplanke am Brückenrand.

Sonja rappelte sich auf und feuerte einen weiteren langen Feuerstoss in den Geschützturm, während Sam zurücksetzte und den Motor wieder hochdrehte. Sie konnte hören, wie der andere Fahrer seinen eigenen Motor anschmiss und die Gänge knirschen liess. »Los, Sam!«

Sam trat wieder auf das Gaspedal und rammte sein Ziel erneut. Der scharfe Bug des anderen Fahrzeugs durchbrach die Absperrung und hing nun über der Brücke, aber dem Richtschützen gelang es trotzdem, seinen Geschützturm fast ganz herumzuschwenken.

»Stoss weiter, Sam!«, rief Sonja und wartete auf ihre Chance.

Sam liess den Motor aufheulen und als die acht grossen Gummireifen auf der Fahrbahn durchdrehten und quietschten, quoll aus allen Rauch hervor. Zentimeter für Zentimeter drängten sie den Gegner an den Rand.

»Komm schon, komm schon«, wies Sonja den anderen Kanonier an.

Sie waren jetzt so nahe dran, Nase an Nase mit dem anderen Fahrzeug, dass die Spitzen der Läufe der beiden schweren Maschinengewehre kaum mehr als ein paar Meter voneinander entfernt waren. Fast geschafft, dachte sie. »Scheiss drauf«, sagte sie und drückte den Feuerknopf.

Nichts geschah.

»Sonja?«

»Blockade!«, schrie sie und verfluchte die russische Technologie und Munition. Sie öffnete die Zuführungsabdeckung, um die Blockade zu lösen, schloss sie wieder und zog wütend am Spannhebel der Waffe.

»Raus aus dem Geschützturm!«

»Nein, Sam, ich hab's gleich geschafft!«

Sie blickte aus ihrem Sehschlitz direkt in die Mündung des anderen Geschützes, das nun geradewegs auf ihr Gesicht gerichtet war. Sie drückte den Abzugsknopf, wusste aber, dass sie wahrscheinlich zu spät dran war. »Aaach!«

»Was ist los?«

Sams Frage wurde von der drückenden Hitze eines Feuerballs beantwortet, der über ihr Fahrzeug hinwegrollte und stechenden, beissenden Rauch und Qualm durch ihre Sehschlitze schickte. Sam duckte sich, als sich der Sturm um sie herum zusammenbraute, legte den Rückwärtsgang ein und wich zurück.

Sonja klappte die Luke ihres Geschützturms auf und spähte hinaus. Das Dach des anderen BTR 60 stand in Flammen und aus dem Inneren des Fahrzeugs schrien Männer. Noch während die Flammen loderten, schwärmten andere Männer – kaprivische Rebellen – hinter ihren zerstörten Barrikaden hervor und umringten das brennende Fahrzeug.

Die Fahrerluke öffnete sich und ein Mann kletterte heraus. Er wurde sofort von den Flammen verschlungen und ein Rebellensoldat brachte seine Schreie mit einem einzigen Schuss zum Schweigen. Ein weiterer Mann konnte sich unverletzt befreien und wurde gefangengenommen, aber das dritte Besatzungsmitglied schrie noch eine Weile weiter. Durch das Öffnen der Luken hatte sich das Feuer auf das Innere des Wagens ausgebreitet, und es war unmöglich, den Eingeschlossenen zu retten. Die Rebellen legten ihre Hände auf den heissen Stahl und bemühten sich, den angeschlagenen Panzerwagen über die Kante zu schieben.

Sam liess seinen Motor wieder aufheulen und fuhr vorwärts, wobei er die Truppen auseinandertrieb. Er schob sich nach hinten und beschleunigte. Da der Fahrer im Inneren die Bremsen nicht mehr betätigen konnte, rollte das Fahrzeug leicht von der Brücke. Als es fiel und mit der Oberseite in den sandigen Untergrund kippte, begann die Munition im Inneren zu explodieren. Einige Sekunden später fing der Treibstofftank Feuer und flog in die Luft.

Ein Geschoss flog an Sonjas Ohr vorbei. Sie drehte sich um und sah, dass die Infanterie der NDF, die noch wenige Minuten zuvor voller Kampfeslust gewesen war, sich nun am anderen Ende der Brücke auf der Fahrbahn zusammenrottete und im Grasstreifen Deckung suchte, wo immer diese zu finden war.

»Kommt schon!«, rief sie den Rebellen zu, die sich um sie herum versammelten und jubelten. »Beendet die Arbeit!«

Sie und Sam schlossen die Luken wieder und Sam machte eine Dreipunktwende. Als der Verschluss des Geschützes frei war, begann Sonja erneut zu feuern. Sam bewegte den BTR im Schritttempo vorwärts, musste sein Tempo aber erhöhen, um mit den feuernden Kapriviern Schritt zu halten, die auf Sonjas und seiner Seite über die Brücke stürmten.

Die namibischen Soldaten hatten keine Lust mehr auf den Kampf und rannten den Hügel in der Richtung hinauf, aus der sie gekommen waren, zurück nach Divundu. Als sie zu den Überresten der Rebellenfestung kam, blieb Sonja stehen und öffnete die Luke wieder, dankbar für die frische Luft. Sie stellte sich auf das gepanzerte Fahrzeug und reichte Sam eine Hand, um ihm aus der Fahrerkabine zu helfen. Er umarmte sie und sie schlang ihre Arme um ihn.

Er hielt sie von sich weg und sah sie an. »Wir haben es geschafft!«

Sie nickte und sah ihm in die Augen. Er küsste sie und sie hielten sich in den Armen und Sonja wollte ihn nicht mehr loslassen. Ihr Herz klopfte wie verrückt und ausnahmsweise glaubte sie nicht, dass es etwas mit dem Kampf zu tun hatte.

»Sonja?«, hörte sie eine schwache Stimme rufen.

Sonja blickte nach unten und sah ihren Vater über die Brücke auf sie zukommen. Sie blickte zu Sam.

»Geh zu ihm, Sonja.«

Sie kletterte hinunter und lächelte breit. Sie war froh, dass er noch lebte. Der Kampf war noch nicht vorbei, aber sie hatten den Damm gesprengt und einen entschlossenen Gegenangriff abgewehrt. Die NDF würden sich hüten, einen weiteren Angriff zu starten und noch mehr Männer zu verlieren. Wenn die Rebellion in der Bevölkerung Unterstützung fand, konnten sie vielleicht doch noch Frieden aushandeln und ohne weiteres Blutvergiessen ein Abkommen für ein unabhängiges Kaprivi schliessen.

»Papa ...«

Er streckte seine Arme nach ihr aus, aber einen Schritt vor ihr taumelte er und fiel auf ein Knie.

»Papa ...du bist verletzt.« Sie spürte, wie der Kloss in ihrem Hals anschwoll und ihr Tränen in die Augen stiegen. Sie hatte bereits im Gespräch mit dem Satellitentelefon gespürt, dass er Schmerzen hatte und nun sah sie das Blut an der Seite seines Hemdes und an seinen Händen. »Sanitäter! Helfen Sie mir ... Sanitäter?«

Miriam kam vom anderen Ende der Brücke angelaufen. Eine andere Frau hielt ihren kleinen Jungen in den Armen, der zappelte und kämpfte, bis sie ihn losliess und er seiner Mutter hinterher watscheln konnte. Entgegen Hans' Evakuierungsbefehl hatten sich seine Frau und sein Sohn offensichtlich in der Nähe der kaprivischen Verteidigungsstellung versteckt.

Hans rutschte auf die Fahrbahn hinunter und Sonja kniete neben ihm und wiegte seinen Kopf in ihren Armen. »Papa, bitte stirb nicht! Nicht jetzt ..., wo ...«

»Wo wir uns gefunden haben?« Er hustete.

»Nicht jetzt, wo du mir eine Kiste Bier schuldest, weil ich dir das Leben gerettet habe.«

Er versuchte zu lachen, aber der Schmerz war zu gross. Blut quoll ihm von den Lippen.

»Nicht jetzt, Papa. Bleib hier. Du wirst wieder gesund!«

Er zwang sich zu einem Lächeln. »Beruhige den Patienten, ja? Das ist eine der ersten Regeln der Ersten Hilfe. Hast du das in der Armee gelernt, so wie ich?«

Sie wischte ihm den Schweiss von der Stirn. »Das habe ich von dir gelernt, Dad. Du hast mir Erste Hilfe beigebracht. Auf dem Bauernhof, weisst du noch?«

Er blinzelte zweimal. »Ja, mein Mädchen. Ich erinnere mich. Beruhige mich noch etwas mehr.«

»Ich liebe dich, Papa und ich habe dich so lange vermisst. Du kannst jetzt nicht gehen.«

Er hustete wieder und es kam noch mehr Blut. »Wenn Gott es will, muss ich gehen.«

Miriam sank auf der andere Seite von ihm auf die Knie und nahm seine Hand in ihre. Ein paar Augenblicke später kam ihr Sohn dazu und klammerte sich an seine Mutter.

»Jetzt sind wir beide heimatlos, Sonja, du und ich ... Das Land, in dem wir geboren wurden, hat einen neuen Namen und niemand von uns kann mehr nach Botswana zurückkehren.«

Seine Haut war furchtbar blass und die Atmung flach. Er zuckte vor Schmerz zusammen.

»Du hast geholfen, für all diese Menschen ein Zuhause zu schaffen, Papa ... Für Miriam und Frederick.«

Er schüttelte den Kopf, und die Anstrengung schien ihm den letzten Rest an Kraft zu rauben. »Nein, Sonja. Die Länder ... die Flaggen, sie sind nicht wichtig. Hier, in den Armen des anderen, ist unser Zuhause. Geh zu deiner Tochter. Lass sie nicht so lange allein wie ich dich. Finde dein Zuhause und sei ... sei glücklich.«

Sonja nahm die zweite Hand ihres Vaters und sass mit Miriam und Frederik bei Hans, bis er starb.

33

————————

»Sie ist nicht mehr da, Sonja. Ich dachte, du wüsstest das«, erklärte ihr Stirling Smith, als sie mit ihrer Tochter sprechen wollte.

»Ich weiss nicht, wovon du redest. Wohin ist sie gegangen? Mit wem?«

»Natürlich mit deinem Freund Martin Steele. Nach Johannesburg und dann nach Mauritius, nehme ich an.«

»Mein Gott.«

»Sonja? Was ist am Damm passiert? Warst du das?«

»Wann ist Steele weg?«

»Es war falsch, ihn in die Luft zu jagen, Sonja.«

»Um Himmels willen, Stirling, hör auf mit dem verdammten Damm! Steele ...wann ist er gegangen; was hat er noch gesagt?«

Am anderen Ende der Leitung entstand eine Pause. Er ist erst vor ein paar Stunden mit einem Charterflug der Mack Air nach Maun abgereist, mit demselben Flugzeug, mit dem er in Xakanaxa angekommen ist. Später am Tag nimmt er den Flug der Air Botswana. Er ist lange genug geblieben, um sich mit diesem verdammten Bernard Trench zu treffen und den Rest seines Geldes abzuholen – deines Geldes.«

Sonja versuchte, Emma auf dem Handy anzurufen, aber es ging direkt auf die Sprachbox. »Emma, wenn du das hörst, mein Schatz, bitte, bitte, bitte geh so schnell wie möglich von Martin weg und zur nächsten Polizeistation. Er ist gefährlich. Ich komme dich abholen. Ruf mich an!« Sonja hinterliess ihre Nummer zum dritten Mal. Sie beendete das Gespräch und wählte eine andere Nummer auf ihrem Satellitentelefon.

»Ja«, sagte die müde klingende Männerstimme.

»Hier ist Sonja.«

»Du hast ja Nerven«, sagte Sydney Chipchase. »Ich habe die halbe namibische Polizei bei mir und sie haben mich gerade erst aus dem Gewahrsam entlassen. Sie dachten, ich sei eingeweiht. Immerhin habe ich alles getan, um dich aufzuhalten.«

Sie hörte im Hintergrund und um ihn herum Stimmen. »Kannst du jetzt reden?«

»Warte einen Moment.« Ein paar Augenblicke später fragte er: »Was willst du?«

»Steele.«

»Du und alle Menschen in diesem Land – und in Deutschland. Soeben wurde der Tod der Krankenschwester und ihres Fahrers bekannt gegeben. Er ist ein gesuchter Mann. Wenn die GSG-9 ihn erwischt, möchte ich nicht in seiner Haut stecken.«

»Ich will ihn zuerst.«

»Warum sollte ich dir helfen, Sonja? Du hast mich beinahe umgebracht und ich habe grossen Ärger mit den Leuten, die meine Rechnungen bezahlen.«

»Er hat meine Tochter bei sich.«

Sie konnte sehen, dass Chipchase das Für und Wider abwog. Sie hatte vermutet, dass er für den deutschen Geheimdienst arbeitete und sein Hinweis auf die GSG 9, die Spezialeinheit der deutschen Bundespolizei, bestätigte ihren Verdacht. Wenn es ihm gelänge, Steele zu beseitigen, ohne dass sein Arbeitgeber eine grosse internationale Operation starten müsste, könnte er sich vielleicht doch noch ein wenig Ansehen verschaffen und das Versäumnis, den Damm zu retten, wettmachen. Sonja fügte hinzu: »Du kannst ihn mit dem Pass meiner Tochter, Emma Jane Kurtz, aufspüren. Steele hat bestimmt einen falschen Pass, hatte aber keine Zeit, ihr einen zu besorgen. Er hat gesagt, er wolle nach Mauritius, aber ich bin sicher, dass das eine falsche Spur ist. Doch ich bezweifle, dass er es riskiert, Afrika zu verlassen.«

»Überlass es mir«, sagte Chipchase.

»Ruf mich bitte zurück, sobald du etwas weisst.« Sie beendete das Gespräch.

Sonja war schmutzig, stank und hatte am ganzen Körper Schmerzen von den Schlägen, die sie im Fluss einstecken musste und davon, dass sie im gepanzerten Wagen herumgeschleudert worden war. Alles, was sie wollte, war, ihre Tochter zurückbekommen. Sie sah Sam an. »Du musst über die Grenze und aus Afrika verschwinden.«

Er schüttelte den Kopf.

ER KAUFTE am Flughafen von Johannesburg mit ihr ein. Er liess sie Kleider, Parfüm, Zigaretten, teuren Wodka und zwei Badeanzüge aussuchen, ausserdem einen Bikini und einen Einteiler. Dazu kamen Schuhe: Stöckelschuhe und extravagante Sandalen mit glitzernden Strasssteinchen. Mit einem Kerl in seinem Alter durch die Geschäfte zu schlendern war ziemlich pervers, aber ihr gefiel es. Sie mochte ihn.

Emma leerte den letzten Schluck ihres Weissweins und beobachtete Martin, der wieder in Richtung Bar ging und sich zwischen den anderen Reisenden und ihren Taschen hindurchschlängelte. Er war schon alt – alt genug, um ihr Vater zu sein -, hatte aber etwas an sich, das sie ungemein männlich und sexy fand. Mit ihm zusammen zu sein, war wie das Auftauchen, wenn man zu lange unter Wasser gewesen war. Es fühlte sich nach der erdrückenden Plackerei des Internats so gut an, wieder frei atmen zu können.

Sie war auf eine nervöse, beunruhigende, kribbelnde Art und Weise aufgeregt. Sie analysierte ihre Gefühle und kam zum Schluss, Freiheit sei besser als jede Droge, von der ihre Mutter glaubte, sie habe sie ausprobiert. Emma kannte Martin Steele – Onkel Martin – schon ihr ganzes Leben lang, aber erst im letzten Jahr oder so hatte sie entdeckt, wie sehr sie ihn liebte und wie sehr er sie liebte. Es war keine Liebe wie bei einer Nichte. Nicht im Entferntesten.

Emma hasste das Internat – etwas, das ihre Mutter nie zu begreifen schien – und Martins E-Mails von exotischen Orten auf der ganzen Welt hatten ihr geholfen, der Tristesse des englischen Winters, der Zickigkeit der anderen Mädchen und den mürrischen Gesichtern der Lehrpersonen zu entfliehen. Als er ihr vorschlug, über MSN zu chatten, nahmen sowohl die Häufigkeit wie auch die Intensität ihres Kontakts zu.

Es gefiel ihr, dass er sie wie eine Erwachsene behandelte und ihr das Gefühl gab, sie könne ihn alles fragen. Irgendwann – sie konnte sich nicht mehr genau an den Moment erinnern – waren sie im Chat auf das Thema Sex gekommen. Sie fragte ihn, ob er eine Freundin habe, und er sagte »nein«. Daraufhin erkundigte er sich, ob sie einen Freund habe, was sie mit »eigentlich nicht« beantwortete. Er machte eine Bemerkung darüber, er habe eine Umfrage gelesen, die besagte, dass in Grossbritannien die überwiegende Mehrheit der Mädchen im Alter von sechzehn Jahren sexuell aktiv war und folgerte daraus, dass sie wahrscheinlich mehr Sex habe als er selbst. Er hatte sie gewarnt, vorsichtig zu sein und ihr eine Art elterlichen Safer-Sex-Vortrag gehalten. Sie war ein bisschen schockiert, wollte ihn aber auch unbedingt wissen lassen, dass sie noch Jungfrau sei. Sie hatte sich immer wieder mit ihrer Mutter über Jungs und Sex gestritten – einmal, weil sie einen Jungen, den sie in den Sommerferien kennengelernt hatte, zum Übernachten mit nach Hause nehmen wollte, weil er auf dem Land lebte. Ihre Mutter, diese Kuh, verbot ihr, egal aus welchem Grund, einen Jungen zu Besuch haben, wenn sie nicht da sei. Sie erklärte ihrer Mutter, sie habe weder mit diesem Jungen noch mit jemand anderem geschlafen, merkte aber, dass sie ihr nicht glaubte. Martin dagegen war sehr verständnisvoll, als sie ihm alles erzählte.

Danach war ihr aufgefallen, dass Martin in seinen E-Mails und

Nachrichten viel förmlicher mit ihr umging und hatte das Gefühl, etwas gesagt zu haben, das ihn verärgerte.

Er kam mit einem Glas Weisswein in jeder Hand zurück an den Tisch und als er sie anlächelte, spürte sie, wie ihr das Herz aufging und das Blut bis in die Fingerspitzen und Zehen und überall dazwischen strömte.

Sie hatte das Thema Liebe, Romanzen und ja, sogar Sex, in ihren Online-Chats wieder aufleben lassen und ihn wissen lassen, dass sie es zwar nicht wirklich getan hatte, was aber nicht bedeutete, dass sie nicht oft darüber nachdachte.

Es war, als hätte sie einen erwachsenen besten Freund und sie ertappte sich dabei, wie sie ihm alles Mögliche anvertraute. Er interessierte sich dafür, was sie an Jungs mochte, was sie erregte und was nicht. Zwischen ihrem fünfzehnten und sechzehnten Lebensjahr hatte sie zwei halbwegs ernsthafte Freunde gehabt und obwohl es in den Ferien ein paar Küsse und Berührungen gegeben hatte, waren die Dinge nie weiter fortgeschritten. Mit einem der Jungen hatte sie sich dem Cybersex hingegeben, fand es aber nicht besonders erregend, zu onanieren, während er in gebrochener Sprache schrieb. Wenn sie mit Martin chattete, war sie dagegen manchmal sehr erregt. Als sie langsam und unweigerlich zum Online-Sexspiel übergingen, fand sie, seine Worte klängen wie Poesie oder wie das Buch über Erotik, das ihr eine ihrer Freundinnen geliehen hatte. Es kam ihr weder falsch noch schmutzig oder unangemessen vor und er hatte betont, dass er auf keinen Fall mit einem Mädchen unter achtzehn Jahren Sex haben wollte, auch wenn das gesetzliche Schutzalter bei sechzehn lag.

Als sie in Botswana ankam, war es dennoch sehr, sehr seltsam gewesen, ihn in Natura zu sehen. Es war das erste Mal, seit ihr Chat so explizit geworden war, dass sie sich persönlich trafen. Sie war errötet, als er ihr einen züchtigen Kuss auf die Wange gab. In der ersten Nacht im Xakanaxa-Camp hatte sie sich gefragt, ob er wohl heimlich in ihr Zelt käme, wie sie es sich erträumt hatte. Aber er schenkte ihr kaum Beachtung. Obwohl er alt war, war er sogar noch attraktiver, als sie ihn in Erinnerung hatte und sie stellte fest, dass sie ihn mittlerweile mit den Augen einer Frau betrachtete, nicht mehr mit dem Blick eines Mädchens.

Wieder einmal fragte sie sich, ob sie etwas Falsches gesagt oder getan hatte, dass er das Interesse an ihr verlor.

»Prost, meine Schöne«, sagte er und sie stiessen mit den Gläsern an. »Nicht mehr lange bis zum Flug.«

Es gefiel ihr, dass er sie schön fand und es sagte. »Du machst mich noch betrunken.« Sie nippte an ihrem Wein. Es war ihr viertes Glas. Sie war so trinkfest wie jedes andere Mädchen in der Schule, aber seine Nähe machte sie schwindlig. Er legte eine Hand auf ihre, auf den kleinen runden Tisch in der Bar und sie dachte, seine Hitze bringe sie zum Brennen.

Sie schaute sich in der überfüllten Bar um und entdeckte einen Geschäftsmann im Anzug, der von seinem Laptop aufschaute. Emma fragte sich, was der Mann wohl dachte. Ob er annahm, sie seien Vater und Tochter? Oder hielt er sie für einen schmutzigen alten Mann und seine junge Geliebte? Sie beugte sich vor, küsste Martin auf die Wange und lächelte in sich hinein, als der Geschäftsmann den Blick abwandte.

»Wofür war das denn?«

Sie zuckte mit den Schultern und trank einen grossen Schluck Wein. »Für das hübsche Kleid, die anderen Kleider, die Schuhe ... für alles. Ich fühle mich endlich frei, Martin. Ich habe das Gefühl, so sein zu dürfen, wie ich sein möchte. Aber ich mache mir immer noch Sorgen um Mama. Ich wünschte, wir könnten sie anrufen.«

»Wie ich dir schon sagte, hat sie im Moment keinen Empfang, weil sie einen Sicherheitsauftrag für mich erledigt. Aber wenn sie wieder Empfang hat, rufe ich sie an, oder sie ruft mich an. Überlass das mir, Emma.«

»Ja, das mache ich. Aber wird sie nicht sauer auf dich sein, wenn du ihr von ... von uns erzählst?«

Er schüttelte den Kopf. »Das macht nichts, meine Liebe, denn in vier Monaten bist du achtzehn – offiziell erwachsen – und kannst tun, was du willst.«

Bevor sie und Martin Xakanaxa verliessen, fand Emma ihr Handy nicht mehr. Sie durchsuchte ihr Zelt, den Essbereich und alles andere, was ihr einfiel., fand es aber nirgends. Wie für jedes Mädchen, das sie kannte, war ihr Handy für sie wie ein Körperteil – es gehörte zu ihr und war für ihr tägliches Leben unerlässlich und sie fühlte sich verloren. Sie konnte sich nicht vorstellen, wo oder wie sie es verloren hatte und Stirling versicherte ihr, dass keiner seiner Mitarbeiter es gestohlen habe. Es war ärgerlich, aber Martin hatte versprochen, ihr ein iPhone zu kaufen, sobald sie an ihrem Ziel ankamen.

Im Gegensatz zu anderen Jungs, die sie kennengelernt hatte und die ihr nur an die Kleider wollten, war er ein richtiger Gentleman – jedenfalls im wirklichen Leben. In der zweiten Nacht in Xakanaxa, während ihre Mutter als Leibwächterin in Namibia war, hatte Martin für sie beide ein privates Abendessen auf dem Balkon seines Zeltes arrangiert. Damals sagte er ihr bei Kerzenlicht und den Geräuschen der afrikanischen Nacht, dass er sie liebe und sich um sie kümmern werde, wenn sie später in diesem Jahr die Schule beende. Sie war fassungslos, aber auch erleichtert, denn diese Szene hatte sie mehr als einmal allein in ihrem Bett in der Schule durchgespielt. Sie sagte ihm, sie gehe von nun an nur noch dorthin, wo er hinginge, aber nicht mehr zur Schule. Es waren mutige Worte gewesen und sie hatte in den letzten Tagen Zweifel an ihrer Richtigkeit gehabt. Aber die Aufregung, an einen unbekannten, exotischen Ort zu reisen, hatte sie beflügelt.

Eine Frauenstimme meldete über den Lautsprecher, dies sei der erste und letzte Aufruf zum Einsteigen für den Kenya Airways Flug nach Nairobi. Er lächelte sie an und in diesem Moment wusste sie, dass sie ihn wollte. Für immer.

ALS SIE UND Sam im Mittelgang der Boeing anstanden und darauf warteten, am Flughafen von Johannesburg auszusteigen, schaltete Sonja ihr Handy ein. Es piepte und sie wählte die Nummer, um die eingegangene Nachricht abzurufen.

»Ich bin's«, hörte sie Sydney Chipchase sagen. »Mombasa. Sie sind gestern Abend, kurz nach Mitternacht, von Johannesburg nach Nairobi geflogen und hatten heute Morgen einen Anschlussflug. Wenn du das hier hörst, sind sie also wahrscheinlich schon dort. Steele reist unter dem Namen Craig, Joseph Regan. Ruf mich an.«

Das tat sie und als er antwortete, fragte er: »Hast du meine Nachricht gehört?«

»Ja.«

»Fährst du hin?«

»Natürlich, mit dem nächsten verfügbaren Flug. Ich brauche Hardware.«

»Am Flughafen Moi wird dich jemand abholen. Wir kennen nur sein Reiseziel, aber seinen Aufenthaltsort nicht. Viel Glück. Du wirst es brauchen.«

Sonja folgte Sam aus dem Flugzeug und beendete das Gespräch. Sie wusste, wohin Steele wollte und dass er, wenn sie ihn einholte, einen Haufen mehr Glück bräuchte als sie.

34

Im Vergleich zum glitzernden neuen Flughafen in Johannesburg, von dem Martin Emma erzählte, dass er für die Fussballweltmeisterschaft modernisiert worden sei, war der Jomo Kenyatta Airport in Nairobi alt, schäbig, überfüllt und heiss. Sie passierten den Zoll und mussten über die Strasse zum Terminal der Inlandflüge laufen. Erstaunlicherweise war es dort sogar noch älter, schäbiger, überfüllter und heisser als im Hauptgebäude.

Es war eine Erleichterung, ins kleinere Flugzeug nach Mombasa zu steigen und eine Wohltat, als der Pilot endlich die Klimaanlage einschaltete. Emmas Wunsch, an ihr Ziel zu kommen, wurde jedoch durch ein aufsteigendes, nervöses Gefühl der Erregung in ihr gedämpft, weil sie vermutete, sehr bald mit dem Moment der Wahrheit konfrontiert zu werden. Sie glaubte nicht wirklich, dass Martin – oder sie – vier Monate darauf warten konnten, miteinander zu schlafen.

Nach dem Abendessen hatte er sie in seinem Zelt geküsst. Auf den Mund. Sie konnte seine Lippen noch immer spüren und schmecken. Sie hatte begonnen, den Mund für ihn zu öffnen, wie sie es bei anderen Jungen getan hatte, aber daraufhin brach er den Kuss sofort ab, anstatt auf ihre deutliche Einladung zu reagieren. Dies liess sie frustriert und verunsichert zurück.

Als sie starteten, legte er seine Hand auf ihre Armlehne. Während des fünfeinhalbstündigen Nachtflugs von Johannesburg nach Nairobi hatte er sie, abgesehen von gelegentlichen, zufälligen Berührung nicht angerührt. Sie war müde und hatte ein wenig Kopfschmerzen vom vielen Wein, den sie vor dem Abflug getrunken und der kleinen Flasche, die sie während des Flugs genossen hatte.

»Wir sind fast da«, flüsterte er ihr zu.

Sie roch sein Aftershave und es kribbelte in ihr. Die Jungs, die sie kannte, rasierten sich kaum. Einer trug Eau de Cologne, aber das fand sie eklig.

Als sie die Treppe hinuntergingen, umfing sie die Hitze, die von der Rollbahn des Flughafens Daniel Arap Moi aufstieg, wie ein Federbett. Das Atmen fiel ihr schwer, aber Martin nahm sie sanft am Arm und führte sie in Richtung des weissen Ankunftsgebäudes mit seinen hoch aufragenden, steil abfallenden Dächern. Sie sammelten ihre Taschen ein und Martin handelte mit einem Taxifahrer einen Preis aus. Er lud ihre Sachen, einschliesslich der vielen Einkaufstüten, die sich angesammelt hatten, in den Kofferraum.

Kenia war ganz anders als Botswana und das Wenige, das sie von Südafrika gesehen hatte. Direkt an der Umzäunung des Flughafens lebten Menschen in Baracken aus Blech und Pappe. Die Luft war, ganz anders als die staubige Trockenheit des Okavango-Deltas, schwer und feucht und die asphaltierten Strassen sahen aus, als hätte sie am Morgen jemand abgespritzt. Die Vegetation war üppig und grün und drohte, die baufälligen Häuser zu überwuchern.

Die Stadt Mombasa, erklärte Martin während der Fahrt, liege auf einer Insel und sie überquerten wenig später eine Brücke und gelangten ins chaotische, abgasgeschwängerte Stadtzentrum. Der Verkehr, der sich auf drei, fünf und sogar sechs Spuren bewegte und dann wieder verengte, schien absolut ungeordnet und Minibustaxis, Autos und Motorroller hupten ohne ersichtlichen Grund. Viele der Männer trugen lange, wallende weisse Gewänder und einige der Frauen waren von Kopf bis Fuss in Schwarz gehüllt. Sie war es gewohnt, in England muslimische Menschen zu sehen, aber in Afrika hatte sie das komischerweise nicht erwartet. Es schien ebenso viele arabische Menschen wie schwarze Afrikaner zu geben. Sie fuhren an Obstmärkten und einer libyschen Öltankstelle vorbei. Als sie das Fenster des Taxis herunterkurbelte, roch die Luft nach einer Mischung aus Blumen, Gewürzen, Rauch, Benzindämpfen und stinkenden Abwässern. Es widerte sie an und erregte sie zugleich. Sie spürte Martins Schenkel, der ihren durch den durchsichtigen Stoff des neuen Sommerkleides, das sie in der engen Toilette des Flugzeugs angezogen hatte, berührte. Während sie in BH und Höschen dastand, hatte sie sich vorgestellt, wie er an die Tür klopfte, hereinkam und sie im Stehen nahm. Sie legte eine Hand auf seinen Oberschenkel und er lächelte. Sie konnte das tun. Es würde alles gut.

»Das ist die Hauptstrasse«, sagte Martin und unterbrach ihre Gedanken.

Über der Strasse kreuzten sich zwei überdimensional grosse, elfenbeinfarben bemalte Elefantenstosszähne. Als sie unter ihnen hindurchfuhren, sah sie, dass sie aus Blechstücken zusammengenietet waren. »Was hat es damit auf sich?«

»Das ist ein Denkmal für Uhuru, so nennen die Kenianer ihre Unabhängigkeit von Grossbritannien.«

Das gefiel ihr – Unabhängigkeit. Sie war beinahe achtzehn und es war an der Zeit, dass sie ihr Leben so gestalten konnte, wie sie wollte. Sie würde ihr Studium abschliessen und sich an der Universität einschreiben, wenn es ihr passte. Sicher nicht, weil ihre abwesende Mutter dies wollte, die schon vor langer Zeit das Recht vergeben hatte, irgendeine Kontrolle über sie auszuüben. »Erzähl mir noch einmal vom Haus, in dem wir untergebracht sind. Es gehörte deiner Oma?«

»Meiner Grosstante, um genau zu sein. Als ich noch ein Junge und im Internat war, habe ich immer wieder Sommerferien hier in Mombasa verbracht. Ich liebte es hier – es war eine grossartige Flucht aus England. Sie starb als alte Jungfer und hinterliess es mir.«

»Cool.«

Das Taxi brachte sie über eine weitere Brücke und sie sah

Schilder für ›Nyali‹ und ›Nyali Beach‹ und wusste, dass sich Martins Haus dort befand. Sie nahm einen tiefen Atemzug. Die Dinge spitzten sich zu. Die Häuser hier waren westlicher als der überfüllte, durcheinander gewürfelte Basar in der Stadt. Sie wirkten alt und während einige heruntergekommen aussahen, waren andere frisch getüncht und mit Zäunen mit Bougainvillea eingefasst. Emma gefiel das. Es wirkte alles so romantisch und erinnerte sie an alte Filme, die sie gesehen hatte.

Vor einem schwarzen Stahlschiebetor wies Martin den Fahrer zu halten an. Es war in eine weiss gestrichene Betonmauer eingelassen, welche mit Stacheldraht und einem aus drei Strängen bestehenden Elektrozaun versehen war. Martin drückte einen Knopf an der Gegensprechanlage und ein paar Sekunden später öffnete sich das Tor. Zu ihrer Überraschung sah Emma zwei Schwarze in grünen Uniformen. Beide hatten Gewehre über die Schultern gehängt. Martin hatte ihr erzählt, dass die Kriminalität in dieser Gegend kein besonders grosses Problem darstellte und nun wusste sie nicht, ob sie durch die Anwesenheit der Bewaffneten beunruhigt oder beruhigt sein sollte. Er sprach ein paar Sekunden lang in einer Sprache mit den Männern, von der sie vermutete, es sei Suaheli.

Froh, den klebrigen Vinylsitz los zu sein, stieg sie aus dem Auto und ging durch das Tor. »Oh, Martin, das ist ja ein Ding!« Sie gingen über einen glitzernden Weg aus Korallenschotter, der von gepflegten Rasenflächen und Palmen flankiert wurde. Exotische Blumen und Schlingpflanzen umrahmten ein ausladendes, einstöckiges weisses Haus mit einem roten Terrakotta-Dach. Das Haus schien aus zwei Hälften zu bestehen und in der Mitte befand sich ein grosser, offener Raum mit Schilfrohrmöbeln und riesigen, flauschigen Kissen. Dahinter sah sie den unberührten Sand des Strandes und das Türkis des Indischen Ozeans und wäre am liebsten sofort dorthin gelaufen. Ein Schwarzer in einem gestärkten weissen Gewand sagte: »Jambo« und lächelte sie strahlend an.

»Ähm ...Jambo.«

Emmas neue Absätze klackten auf dem polierten Kachelboden und sie ging zum Rand des Grundstücks. Der Sandstrand leuchtete auf der anderen Seite eines weiteren Rasenstreifens, nicht mehr als fünfzig Meter entfernt. Doch ein weiterer elektrischer Zaun verhinderte, dass sich Eindringlinge ins Haus verirrten. Sie hörte Martins Schritte hinter sich und spürte seine Hand auf ihrer Schulter. »Es ist wunderschön.«

»Nicht so schön wie du, Emma.«

Sie blickte an ihm vorbei und sah, dass der Diener und die Sicherheitsleute verschwunden waren. Sie legte den Kopf zurück und schloss die Augen, als er sie küsste. Wie beim letzten Mal öffnete sie ihm ihre Lippen, doch diesmal hörte er nicht auf. Sie spürte seine Zunge und es gefiel ihr. Er zog sie näher zu sich und sie spürte seine Erregung an ihrem Bauch. Das wiederum erregte sie und gleichzeitig machte es ihr Angst.

Steele hielt sie immer noch fest und lächelte, dann senkte er seine Lippen auf ihr Ohr. »Erinnerst du dich an die Dinge, über die wir online gechattet haben?«

»Ähm ... ja.«

»Gut«, sagte er. »Möchtest du jetzt schwimmen gehen?«

Sie lachte. »Ja.« Es war zum Verrücktwerden und ärgerte sie, aber wenn er Spielchen spielen wollte, dann liess sie sich eben darauf ein.

Er lockerte seinen Griff um sie und schien ihr Gesicht zu studieren. Es liess ihr einen Schauer über den Rücken laufen. »Du siehst deiner Mutter so ähnlich, als sie so jung war wie du. Er streckte die Hand aus und strich ihr eine Strähne des rotbraunen Haares aus der Stirn. »So schön.«

Sie spürte, wie die Röte ihren Hals hinauf und in ihre Wangen stieg. »Vielleicht sollte ich mich umziehen?«

»Natürlich. Dein Zimmer ist am Ende des Flurs, das zweite auf der rechten Seite.«

Emma ging schnell die Diele hinunter und als sie die zweite Tür öffnete, sah sie, dass ihr Rucksack und ihre Einkaufstaschen auf einem niedrigen, kunstvoll geschnitzten Deckenkasten am Fusse eines grossen Bettes mit einer Bettdecke aus gestärktem, weissem Baumwollbezug ausgebreitet waren. Sie schloss die Tür, lehnte sich mit dem Rücken dagegen und seufzte laut. Sie war so erregt, dass sie dachte, sie würde schmelzen.

AUF DEM FLUG von Nairobi nach Mombasa bat Sam die Stewardess um eine Cola. Er war zu nervös, um etwas zu essen und auch Sonja hatte nichts bestellt. Sie starrte aus dem Fenster auf die afrikanische Landschaft, die weit unter ihnen lag.

Auf dem Flug von Südafrika nach Kenia hatte sie sich ihm gegenüber zu öffnen begonnen, sich dann aber wieder in ihre Gedanken zurückgezogen. Sonjas Theorie über Steele war, dass er ihr Geld brauchte. »Ich war eine verdammte Idiotin«, hatte sie ihm gesagt. »Bevor ich England verlassen habe, habe ich mein Testament geändert und Martin zu Emmas Vormund bestimmt, bis sie einundzwanzig ist. Ich habe meiner eigenen Tochter nicht zugetraut, mein Geld vernünftig auszugeben, falls mir etwas zustossen sollte und nun hat Martin die Kontrolle über sie und meine Bankkonten. Indem ich ihr nicht zugetraut habe, auf sich selbst aufzupassen, habe ich Emma falsch eingeschätzt. Damit habe ich dafür gesorgt, dass sie mich noch mehr hasst, als sie es ohnehin schon tat. Vor allem aber habe ich sie für Steele zur Zielscheibe gemacht. Der Bastard hat in Simbabwe und am Damm versucht, mich zu töten, Sam – alles wegen des verdammten Gelds. Er ist ein Glücksspieler. Wahrscheinlich hält er sich in Mombasa versteckt und wartet darauf, zu hören, dass ich nicht mehr am Leben bin, damit er danach seine Schulden, bei wem auch immer es diesmal ist, begleicht.«

Sonja hatte Sam von ihrer Zeit in der britischen Armee und ihrem Dienst in Nordirland erzählt. Als sie vom Tod eines jungen IRA-Mannes, Danny Byrne, erzählte, mit dem sie sich angefreundet hatte, als sie den Bruder des Terroristen fangen sollte, brach sie die Geschichte abrupt ab. Steele war am Überfall beteiligt gewesen, bei dem beide Byrne-Jungen getötet worden waren. Sie hatte die Geschichte als Antwort auf seine Frage begonnen, wie sie Steele kennengelernt hatte. Es schien ihm seltsam, dass sie überhaupt über etwas sprach, von dem er annahm, dass es sich um eine heikle Militäroperation handelte. Aber er spürte, dass es etwas Entscheidendes mit ihrer früheren Beziehung zu Steele zu tun hatte.

»Du hast mir nie von deiner Zeit in Nordirland zu Ende erzählt«, sagte Sam jetzt. Sie hob ihre Stirn vom Fenster weg und sah ihn an. »Du sagtest, dass du und Steele an einem Einsatz beteiligt waren, bei dem zwei IRA-Männer getötet wurden. Kurz danach hättet ihr aber beide die Armee verlassen müssen. Warum denn das? In der US-Armee hätte man euch einen Orden verliehen.«

Sie schüttelte den Kopf. »Nordirland wäre für die US-Armee zu kompliziert gewesen, Sam. Für jede Armee. Ich habe Danny Byrne benutzt, um seinem Bruder Patrick, der für die Sprengung des Schulbusses verantwortlich war, eine Falle zu stellen. Ich war überzeugt, Danny hätte seinem Bruder den Sprengstoff für die Bombe nicht gegeben, wenn er gewusst hätte, wofür er ihn einsetzen wollte. Eigentlich hätte Danny am liebsten alles hingeschmissen und wäre zu dem geworden, was wir früher ›Supergras‹ nannten, und jeden verraten, von dem er etwas wusste. Er hatte den Krieg und das Töten satt. Unter der Bedingung, dass sein Bruder lebend gefangen genommen würde und ich dabei sei, willigte er ein, Patrick zu sich einzuladen und mir den Termin mitzuteilen.«

»Als Absicherung?«, sagte Sam.

»Nein. Ich glaube nicht.« Sonja schaute noch einmal für ein paar Sekunden aus dem Fenster und kramte in ihren Erinnerungen. Sie drehte sich wieder um und sah Sam in die Augen. »Ich glaube, er hat mich geliebt, Sam. Und ich glaube, ich habe ihn vielleicht auch geliebt. Wir waren uns sehr nahe gekommen. Ich schlief mit ihm. Martin hatte mich ermutigt, ihn für mich zu gewinnen und zu tun, was ich für nötig hielt. Aber als Martin herausfand, wie weit ich gegangen war, war er wütend. Er hat es nie gesagt und versucht, den kalten, harten Profi zu spielen, aber die Art, wie er mich ansah, gab mir das Gefühl, eine Hure zu sein. Ich nehme an, er hatte Recht, das zu denken. Ein Teil von mir wollte mit Danny abhauen – er sollte umgesiedelt und ins Zeugenschutzprogramm aufgenommen werden –, doch meine andere Hälfte wollte die Sache mit Martin in Ordnung bringen. Ach, ich war so jung und so verwirrt.«

Er fühlte mit ihr. Sie war damals kaum aus dem Teenageralter heraus. Die arme Sonja. Sam war zu dieser Zeit an der Universität, erholte sich aber immer noch vom Schock des Lebens im Jugendgefängnis. Er dachte, er hätte einen harten Start ins Erwachsenenleben gehabt, aber das war nichts im Vergleich zu dem, was sie hatte durchmachen müssen.

»Wie zum Teufel«, fuhr sie fort, »konnte ich diesem Mann die Zukunft meiner Tochter und mein Leben anvertrauen? Ich frage mich, wie viel er den Kredithaien schuldet. Warum hat er nicht einfach jemanden betrogen oder eine Bank überfallen, wie ein richtiger Krimineller? Ich weiss nicht, Sam, vielleicht hasst er mich dafür, dass ich vor all den Jahren seine vielversprechende Militärkarriere beendet habe.«

Sie blinzelte ein paar Mal und er fragte sich, ob sie gegen Tränen ankämpfe. Er wusste instinktiv, dass sie sich das alles von der Seele reden musste. Sie wäre zweifellos anderer Meinung darüber, aber er wusste, dass es manchmal half, zu reden. »Was ist in Nordirland schiefgelaufen? Das wolltest du mir erzählen.«

Sonja nickte, holte tief Luft und atmete dann aus. »In der Nacht des Überfalls waren Danny und ich in seinem Zimmer und sein Bruder im Nebenzimmer. Patrick dachte wohl, wir lägen zusammen im Bett, aber wir waren beide vollständig bekleidet und warteten nur auf Martin und Sergeant Jones. Ich hatte geglaubt, es gäbe eine grössere Angriffstruppe, aber Martin hatte gesagt, er wolle es innerhalb der Einheit halten. Das kam mir nicht richtig vor, aber er war der Offizier und sehr erfahren.«

Als der Überfall stattfand, waren Danny und ich hellwach und bereit. Die Eingangstür wurde ohne Vorwarnung aufgerissen und eine Betäubungsgranate explodierte. Der Lärm war schrecklich und wir klammerten uns aneinander und warteten. Ich wusste, dass Patrick irgendwo eine Waffe hatte, aber die Überraschung funktionierte. Wir hörten, wie Martin und Jones ins Haus rannten und die Tür von Patricks Schlafzimmer auftraten. Patrick fluchte, aber dann hörte ich ihn deutlich sagen: ›Jesus, nicht schiessen... Bitte... Ich bin unbewaffnet‹. Dann hörte ich die Schüsse.«

Sonja hielt inne und schluckte heftig.

»Du musst es mir nicht erzählen, wenn du nicht willst«, sagte Sam.

Sie schüttelte den Kopf. »Danny sagte mir, Steele habe ihn betrogen und seinen Bruder hingerichtet. Er hatte in der Garderobe eine Waffe versteckt, von der ich nichts wusste und holte sie. Ich sagte ihm, er solle sie weglegen, es würde alles gut. Er sagte, ich solle die Klappe halten und nannte mich eine verlogene Schlampe. Ich war sprachlos, Sam. Ich war nicht an einem Betrug beteiligt, aber er wollte nicht auf mich hören. Er öffnete die Schlafzimmertür und fing zu schiessen an. Er traf Jones und tötete ihn. Ich wusste, dass er als Nächstes Steele angreifen würde. So zog ich meine Pistole und schoss Danny in den Rücken, Sam. Ich habe ihn getötet.«

»Du hast deinen Job gemacht«, sagte Sam.

»Nein!« Sie senkte ihre Stimme, weil ein Flugbegleiter vorbeiging. »Nein, Sam. Niemand hat an diesem Tag seine Arbeit getan. Steele war gekommen, um die beiden Männer hinzurichten. Es war eine unbefugte Aktion, der ich niemals hätte zustimmen dürfen. Als wir nach England zurückkamen, erfand Steele eine Geschichte darüber, dass wir, nachdem wir Danny und Patrick zusammen in einem Pub entdeckten, spontan gehandelt hätten. Von unseren früheren Aktivitäten hatte er nichts berichtet. Martin war ein Ruhmesjäger und wollte die alleinige Verantwortung für das Töten des Mannes, der all diese Kinder in die Luft gejagt hatte, übernehmen. Ich war ein Ball in seinem Spiel. Er benutzte mich, brachte mich dazu, mit Danny zu schlafen und konnte es dann nicht mehr ertragen, wenn ich tat, was er wollte. Als wir nach England zurückkamen, verführte er mich und zwang mich ihn mit Lügen zu decken. Das wird mir erst jetzt so richtig klar, Sam. Damals war ich froh, dass er Patrick Byrne kaltblütig niederschoss. Ich wollte glauben, dass der Zweck die Mittel heiligt und dass Steele Recht hatte. Aber die Armee hat ihn durchschaut und ihn zum Rücktritt gezwungen, weil sie wussten, dass er hinterhältig gehandelt hatte und sie die Sache nicht vertuschen wollten. Ich habe viel zu lang im falschen Spiel mitgemacht.«

»Welches Jahr war das noch mal?«, fragte Sam.

»Neunzehn zweiundneunzig.«

Sam rechnete nach. Es war ziemlich einfach. »Das muss das Jahr gewesen sein, in dem Emma gezeugt wurde.«

Sonja nickte. »Nachdem die Ermittlungen zum Tod der Byrne-Brüder abgeschlossen waren, begann man es zu sehen. In den Geheimdienstkreisen kursierten Gerüchte über mich. Steele und ich wurden beide aus der Armee entlassen und nachdem wir beide als Auftragnehmer in Sierra Leone gedient hatten, kamen wir zusammen. Er betonte, es spiele keine Rolle, wer Emmas Vater sei und ich war froh, es nicht zu wissen. Martin und Danny waren sich körperlich ziemlich ähnlich, so dass es nie offensichtlich war. Vor etwas mehr als einem Jahr jedoch kam Martin zu mir und sagte, jetzt wolle er es unbedingt wissen. Er behauptete, er schreibe gerade sein Testament um und habe dabei viel an Emma gedacht. Er sei ihr im Laufe der Jahre sehr nahegekommen und jetzt wollte er es ein für alle Mal geklärt haben. Wenn Emma seine Tochter sei, nähme er sie in sein Testament auf. Dann wollte ich es auch wissen.«

»Was hast du Emma erzählt?«, fragte Sam.

»Nichts. Als sie noch klein war, erzählte ich ihr, ihr Vater sei kurz nachdem wir richtig zusammen gewesen seien bei einem Autounfall ums Leben gekommen und dass ich bedaure, dass wir nie ein gemeinsames Foto von uns beiden hatten machen lassen.

Ich kaufte online einen Vaterschaftstest – man braucht nur einen Wangenabstrich, den man dann an ein Labor schickt. Ich wusste nicht, wie ich die Proben von Emma bekommen sollte, ohne ihr zu sagen, weshalb ich sie nahm, hatte aber Glück. Zu der Zeit hatte sie eine Zahnspange und bekam gelegentlich Ausschläge im Mund. Sie bat mich, einen Blick darauf zu werfen und ich erfand die Geschichte, sie brauche diesmal eine betäubende Flüssigkeit, die mit einem Applikator aufgetragen werde. Danach tauschte ich den Tupfer aus und schickte ihre Probe zusammen mit der von Martin weg.«

Sam schnitt eine Grimasse, sagte aber nichts. Er konnte sich kein Urteil erlauben – sein Leben war genauso chaotisch gewesen.

»Wie auch immer«, fuhr Sonja fort. »Der Test kam negativ zurück.

Danny Byrne war Emmas Vater. Martin sagte, er wolle Emma und mir immer trotzdem nahe sein, aber ich merkte im selben Moment, dass sich die Dinge zwischen uns wieder änderten. Ich frage mich, ob die Gewissheit ihn dazu brachte, mich zu hassen und sogar dazu ...«

»Dich umbringen zu wollen?«

Sie zuckte mit den Schultern. »Es sieht so aus. Das und das Geld. Aber ich mache mir mehr Sorgen, dass er dadurch grünes Licht für etwas Schlimmeres bekommen hat, Sam. Emma hat ihn immer gemocht, aber sie ist ein vernünftiges Mädchen. Wenn sie gewusst hätte, dass ich sie holen würde, wäre sie nicht mit ihm losgezogen. Ich fürchte, es passiert etwas Schreckliches, Sam.«

Er teilte ihre plötzliche Angst.

35

Im Laufe des Nachmittags schwammen sie und sonnten sich am Strand und einer von Martins Dienern brachte ihnen Gin Tonics. Sie fühlte sich so mondän.

Obwohl sie es wollte, küsste Martin sie nicht mehr. Irgendwann, als er neben ihr lag, stützte er sich auf einen Ellbogen, beugte sich vor und strich ihr eine Strähne des nassen Haares aus den Augen. Er lächelte auf sie herab und sie grinste ihn an. »Ich will nichts überstürzen, Emma. Du bist eine reife junge Frau, aber ...«

»Aber du willst warten, bis ich achtzehn bin. Ja, ich weiss. Aber Martin, ich bin alt genug, um mir eine eigene Meinung zu bilden und ausserdem bin ich mündig.«

Er nickte, ging aber nicht auf ihren Köder ein. »Wir müssen zurück ins Haus und uns umziehen. Ich habe eine Überraschung für dich.«

»Unanständig?«

»Nein, das ist es nicht.«

»Was ist es dann?«

»Wenn ich es dir sagen würde, wäre es keine Überraschung mehr.«

Sie duschte und zog wieder das Kleid an, das er ihr gekauft hatte.

Sie schaute sich im Spiegel an und tupfte etwas zusätzliche Grundierung auf einen lästigen Fleck, der sich ausgerechnet diesen Moment aller Momente ausgesucht hatte, um zu erscheinen. Sie fragte sich, was Martin in ihr sah, war aber eigentlich einfach froh, dass er sich für sie interessierte und dass sie eingewilligt hatte, mit ihm wegzufahren. Ihre Mutter wäre natürlich wütend, aber Martin hatte Recht. Sie war eine Frau. Sie schlüpfte in ihre neuen Sandalen, holte tief Luft und öffnete die Schlafzimmertür.

Martin stand barfuss, mit einer weissen Leinenhose und einem dazu passendes Hemd, bei dem die obersten drei Knöpfe offenstanden, im offenen Wohnbereich.

»Dort, wo wir hingehen, brauchst du keine Schuhe.« Neben ihm stand ein grosser Picknick-Korb, den er aufhob. »Komm mit.« Er hielt ihr die Hand hin und sie nahm sie.

Sie gingen aus dem Haus und zum Strand zurück. Es war später Nachmittag, fast fünf Uhr, und die Brise hatte aufgefrischt. Zwei Leute waren am Kitesurfen und glitten elegant über die Meeresoberfläche. Der eine flog hoch in die Luft, machte einen Looping, setzte wieder auf den Wellen auf und blieb aufrecht stehen.

Vor ihnen, wo das Wasser den Sand umspülte, lag ein aufblasbares Gummiboot. Martin führte sie dorthin und setzte den Korb an Bord, bevor er ihr die Hand reichte, um ihr beim Einsteigen zu helfen. Ein echter Gentleman. »Ist das deine Vorstellung von einer romantischen Bootsfahrt?«

Er lachte. »Das ist nur die Vorspeise. Der Hauptgang ist da draussen. Siehst du die Dhau? Das da draussen im tieferen Wasser ist sie.«

Emma schirmte ihre Augen ab und sah das altertümlich aussehende Holzboot. Schon am Nachmittag hatte sie solche Boote mit ihren exotischen, dreieckigen Segeln und dunkelhäutigen Besatzungen langsam vorbeifahren sehen.

Emma sass im hinteren Teil des Bootes und Martin krempelte seine Hose hoch und schob sie ins Wasser. Er stieg ein und sie rutschte unbeholfen in die Mitte, damit er sich an ihr vorbeidrängen konnte. Er startete den Aussenbordmotor und bald rasten sie durch das unruhige Wasser. Emmas Haare wehten im Wind und sie konnte sich ein Grinsen nicht verkneifen. Sie beobachtete, wie sich die Kitesurfer in der Nähe über die Wellen jagen liessen und dachte: *Das hier ist das Leben.*

Der Mann an Bord der Dhau winkte, als Martin sich mit dem Boot näherte. Als sie längsseits fuhren, erkannte sie, dass es einer der Uniformierten aus dem Haus war. Er zwang sich zu einem Lächeln, sah aber nicht sonderlich glücklich aus. Emma hoffte, er treibe sich während des Essens nicht herum. Sie hätte Martin gern gesagt, dass sie es seltsam fand, dass Diener auf sie warteten, wollte ihn aber nicht beleidigen. Martin und der Mann wechselten ein paar Worte und der Wächter reichte ihr die Hand, um ihr an Bord zu helfen. »Danke, es geht gut«, sagte sie, griff nach dem Dollbord und zog sich hoch. Sie wollte nicht, dass er sie anfasste.

»Gut gemacht«, sagte Martin. »Wir werden noch einen Seemann aus dir machen.«

Als Martin an Bord war, kletterte der Afrikaner ins Gummiboot, liess den Motor an und fuhr zum Ufer zurück.

»Sind wir allein?«, fragte Emma.

»Ja. Ist das in Ordnung?«

Sie nickte.

»Gut«, sagte Martin, »dann mache ich mich an die Vorbereitung des Abendessens.« In der Mitte des Decks stand ein niedriger Tisch mit einem weissen Tischtuch auf dem Gläser, Teller und Besteck bereitstanden. Anstelle von Stühlen gab es grosse Sitzkissen und im hinteren Teil des Decks befand sich ein Wellblechkasten mit Sand, in dessen Mitte ein Holzkohlefeuer glühte. Darüber stand auf einem Metallständer eine altmodische schwarze Teekanne. Hinter der Feuerstelle befand sich ein weiteres Nest aus Kissen.

Als der Korken aus einer Sektflasche flog, gab es einen Knall, der Emma aufschrecken liess. Martin schenkte zwei Gläser ein und begann, das Abendessen aus dem Picknickkorb aufzutragen: Kaltes Hühnchen, Salat und einen Teller mit gekochten, geschälten Garnelen.

Martin stellte sich neben sie und hielt sein Glas hoch. »Auf was wollen wir trinken?«

Sie zuckte mit den Schultern und fühlte sich plötzlich unsicher. »Auf die Zukunft?«

»Nicht sehr fantasievoll, aber immer gut.« Sie stiessen mit den Gläsern an. »Jetzt bin ich dran: Auf dich, die schönste Frau, die ich je gesehen habe.«

EIN AFRIKANISCHER FAHRER in einem auffälligen Hemd wartete am Flughafen auf sie und als sie in den schwarzen, koreanischen Geländewagen gestiegen waren, reichte er Sonja, die auf dem Beifahrersitz sass, einen dicken gepolsterten Umschlag. Sie öffnete die Heftklammern und entnahm ihm die neun Millimeter Sig Sauer, zwei Magazine voller Patronen und einen Schalldämpfer zum Aufschrauben.

Sonja lud und entsicherte die Pistole. »Was soll ich damit machen, wenn ich fertig bin?«

Der Fahrer hupte, um einen Mann auf einem Motorrad mit einer Frau in einer Burka auf dem Sozius zu warnen und wich aus. »Hier gibt es jede Menge Wasser.«

»Vielleicht sollten wir zur Polizei gehen«, sagte Sam auf dem Rücksitz.

»Zu kompliziert«, erwiderte Sonja.

Sam verdrehte die Augen. Er war in eine Söldnerin verliebt und wusste, dass es jetzt kein Zurück mehr gab. Sonja nannte dem Fahrer die Adresse in Nyali Beach und der Mann nickte. Sam war zu nervös, um den Menschenmassen in der Innenstadt von Mombasa viel Aufmerksamkeit zu schenken.

»Das Haus ist gleich um die nächste Ecke«, sagte der Fahrer. Als sie eine mit Bäumen gesäumte Strasse entlangfuhren, die von Sicherheitsmauern gesäumt war, verlangsamte er das Fahrzeug. »Vielleicht sollte ich Sie hier absetzen?«

»Ja«, sagte Sonja.

»Danke«, sagte Sam, als der Fahrer anhielt. Sonja war bereits aus dem Auto gestiegen und lief die Strasse hinunter. Sam musste joggen, um sie einzuholen. Sie war im Jagdmodus und total konzentriert, fiel ihm auf. »Was soll ich tun?«

»Bleib hier oder nimm ein Taxi zurück nach Mombasa. Du könntest ein nettes Hotel finden, in dem wir übernachten können.«

»Sehr witzig«, sagte er. »Ich bin keine Handtasche, Sonja. Ich bin hier, um dir zu helfen.«

Sie blieb stehen und sah ihn an. »Du bist keine Handtasche für mich, Sam. Aber das ist eine Aufgabe, die am besten von einer Person erledigt wird.«

»Ich lasse dich auf keinen Fall allein. Sag mir einfach, was ich tun soll.«

Sonja dachte ein paar Sekunden lang nach. »OK. Wenn Martin Sicherheitsleute hat und ich bin sicher, dass dies so ist, sind sie vielleicht angewiesen worden, auf mich aufzupassen. Er weiss kaum, ob ich tot oder lebendig bin, aber die Explosion des Staudamms war überall in den Nachrichten, also wird er sich Sorgen machen. Ich bezweifle, dass er erwartet, dass du mitkommst, also kannst du von mir ablenken.« Sie erläuterte ihm ihren Plan und er nickte. Es war einfach und ziemlich verrückt.

Sonja verschwand in den länger werdenden Schatten und ging eine mit Bougainvillea überdachte Gasse entlang, die zwischen zwei grossen, alten Kolonialhäusern verlief und aussah, als führe sie zum Strand. Es dämmerte schon fast.

Sam ging auf das stählerne Sicherheitstor zu und drückte auf den Knopf der Gegensprechanlage.

»Jambo«, sagte eine blecherne Stimme durch den winzigen Lautsprecher.

»Äh, Jambo«, sagte Sam. »Ich möchte bitte mit Mr. Steele sprechen. Ich bin ein Freund aus den Vereinigten Staaten.«

»Der Bwana ist nicht zu Hause«, sagte die Stimme.

Puh, dachte Sam, der verschwinden wollte, wenn Steele da war. Sonja, wartete am Ende der Gasse und wenn Steele da war, würde Sam zu ihr eilen, damit sie die Situation neu einschätzen konnten. Falls er nicht zuhause war, sollte Sam die Wachen so lange wie möglich ablenken.

Sam drückte erneut den Knopf. »Können Sie bitte eine Nachricht abholen, wenn er nicht da ist. Kommen Sie bitte zum Tor.«

»Wie ist Ihr Name?«, fragte die Stimme.

»Ich heisse Bates. Jim Bates«, sagte Sam. Jim Bates war offenbar ein in Afrika stationierter CIA-Agent, von dem Sonja Sam erzählt hatte, dass sie und Martin ihn im Laufe der Jahre im Irak und in Afghanistan ein paar Mal getroffen hätten. Wenn der Wachmann sich telefonisch bei Martin erkundigte, würde Steele zwar überrascht, aber hoffentlich nicht allzu beunruhigt sein, dass der Amerikaner ihn aufgespürt hatte.

»Kommen Sie doch morgen wieder«, sagte die Stimme.

»Nein«, sagte Sam. »Mr. Steele wird mich treffen wollen und wenn er herausfindet, dass Sie ihm die Nachricht, die ich habe, nicht übergeben haben, werden Sie einen Arschtritt bekommen, mein Freund.«

»Was?«

»Das wird grosse Schwierigkeiten für Sie geben. Kommen Sie zum Tor und ich gebe Ihnen die Nachricht. Das ist alles, was ich will.« Sam sah auf seine Uhr. Fünf Minuten waren um. Er hörte nichts mehr. Er stand da und tippte nervös mit dem Fuss. Dann hörte er ein Rumpeln und Knirschen und das Tor öffnete sich langsam. Als es weit genug offen war, dass ein Mann hindurchgehen konnte, blieb es stehen und ein dunkelhäutiger Mann in einem grünen Hemd und gleichfarbiger Hose füllte die Lücke. »Wie lautet Ihre Nachricht?«

Sam behielt die Nerven. Der Mann war so gross wie er selbst und von kräftiger Statur. Er bemerkte die Ausbuchtung unter seinem überhängenden Hemd und vermutete, es handle sich um eine Pistole. »Ich brauche ein Stück Papier und einen Stift.«

Der Mann schüttelte den Kopf. »Sagen Sie es mir.«

»Nein, das ist privat. Gehen Sie bitte und holen Sie mir ein Stück Papier und einen Stift.«

Der Wachmann seufzte und drehte sich um. Sam folgte dem Mann über den Kies, aber der Wachmann blieb stehen und hob die Hand, um ihn aufzuhalten. Seine andere Hand schwebte vor seiner Taille. »Sie können hier nicht ohne die Erlaubnis von Mr. Steele hinein. Warten Sie am Tor.«

Sam hob die Hände. »In Ordnung. Ich will niemanden verärgern.

Sagen Sie mal, könnten Sie mir nicht auch ein Glas Wasser bringen? Es ist furchtbar heiss hier draussen.«

»Ich bin kein Kellner. Bleiben Sie am Tor und ich ...«

Das Geräusch von etwas, das drinnen auf den Boden krachte, veranlasste den Wachmann, sich zum Haus umzudrehen und nach der Waffe an seinem Gürtel zu greifen. Sam senkte den Kopf, griff ihn mit der Schulter an und stiess ihn zu Boden. Der Mann fiel hin und wälzte sich auf dem scharfkantigen, weissen Kies, rollte sich aber mit beängstigender Geschwindigkeit auf die Seite und kam auf Sam zu liegen. Er hob eine Faust und schlug sie seitlich in Sams Gesicht. Mit einer riesigen Hand packte er Sams Kehle, während er mit der anderen wieder nach der Pistole in seinem Holster griff. »Wer sind Sie?«

»Ich bin Jim Bates, CIA-Stationschef hier in Mombasa und wenn Sie mich umbringen, handeln Sie sich eine Menge Ärger ein.«

Der Mann lachte und zog seine Waffe heraus, kippte dann aber plötzlich nach vorne. Sam hörte einen Schlag, als würde jemand mit einem Baseballschläger auf einen Sandsack prügeln. Er schlängelte sich unter seinem Angreifer hervor und sah, dass Sonja mit dem Holzknüppel eines Wachmanns in der einen und ihrer Pistole in der anderen Hand über ihm stand.

»Hier«, sagte Sonja und streckte eine Hand aus. Sam ergriff sie und sie zog ihn fast mühelos auf die Füsse. Er starrte auf den bewusstlosen Mann hinunter. Weder er noch die Wache hatten gesehen oder gehört, dass sie sich näherte. »Das Haus ist bis auf einen zweiten solchen wie diesen hier, leer.« Sonja holte ein gekräuseltes Kabel hervor, das sie vermutlich von einem Telefonhörer im Haus abgerissen hatte, kniete sich neben den reglosen Wachmann und fesselte ihm mit dem Kabel die Hände auf den Rücken.

»Keine Spur von Emma?«

Sonja schüttelte den Kopf. »Die andere Wache sagte mir, Steele habe sie auf sein Boot gebracht.«

Sam folgte Sonja ins Haus. Als er über den Rasen blickte, sah er, dass das Tor zum Strand offen war. Er fragte sich, ob sie das Schloss weggeschossen hatte. Sie war offensichtlich unbemerkt hereingekommen, denn der zweite Sicherheitsmann lag auf dem blutverschmierten Fliesenboden. Ein Lappen war in seinen Mund gestopft und Schweissperlen standen auf seinem Gesicht. Sonja hatte ihm unterhalb des Knies und oberhalb der Schusswunde in der Wade einen Druckverband um das Bein gelegt. Die Augen des Mannes weiteten sich und er wich vor ihr zurück. »Er brauchte etwas Überredungskunst«, sagte sie.

Sam nahm sich fest vor, nichts zu tun, was seine neue Freundin verärgern könnte. »Wird er wieder gesund?«

»Ja, Sam, das wird er, aber im Moment, ist mir das ziemlich egal.« Sie ging durch den offen gestalteten Wohnbereich und Sam folgte ihr. Auf der anderen Seite des Strandes sahen sie ein Gummiboot auf das Ufer zurasen. Es landete am Strand. Ein Mann stieg aus und zog das Boot auf den Sand. »Schnell! Geh ausser Sichtweite, Sam!«

»Was?« Sam reagierte zu langsam, so dass ihn der Mann, auf den Sonja zeigte, im selben Moment, in dem er ihn sah, entdeckte. Er begann, das Boot zurück ins Wasser zu schieben.

»Scheisse«, sagte Sonja. Mit Sam hinter sich rannte sie über den Sand. Der Mann rannte spritzend ins Meer, sprang an Bord des Schlauchbootes und zerrte am Starterkabel. Schon beim ersten Zug heulte der Motor auf. »Halt, oder ich schiesse!«

Der Mann schien Sonja erkannt zu haben. Er liess sich zwischen die bauchigen Seiten des Bootes fallen und schoss. Sonja spreizte die Füsse, hob ihre Pistolenhand, legte die Linke um die Rechte und feuerte zuerst einen Doppelschuss, dann noch zwei weitere Schüsse ab. Der Mann verschwand völlig aus dem Blickfeld. Das Schlauchboot drehte in einer weiten Kurve zurück zum Ufer, wurde langsamer und begann zu sinken. Sonja watete ins Wasser hinaus. »Verdammte Scheisse, ich habe beide Schläuche durchlöchert.«

Sam stand am Rande des Indischen Ozeans und ihm wurde klar, dass der Mann im Boot tot sein musste. Ein Teil seines Körpers drückte wohl irgendwie auf die Aussenbordpinne, so dass sich das Boot drehte. »Lass uns die Polizei anrufen, Sonja. Du kriegst Steele im Minimum wegen Entführung dran.«

Sie drehte sich um und schaute ihn an. Die Pistole hing lose in ihrer rechten Hand. »Wir haben keine Zeit, Sam. Martin kann da draussen alles Mögliche anstellen. Ich werde keine Zeit damit verschwenden, auf die Polizei zu warten.« Sie zog ihre Schuhe aus, stopfte die Pistole in die Shorts und rannte in lockerem Schritt den Strand hinauf. Dort klappte ein junger Mann eben einen Sonnenschirm zusammen, unter dem ein Schild mit der Aufschrift ›Kitesurfing-Kurse‹ stand.

EMMA FÜHLTE sich leicht benommen und vermutete, dies komme von einer Kombination aus Sonne, frischer Luft und Alkohol. Die Sonne ging gerade unter und der Strand sah aus, als hätte ihn jemand in eine schwebende Decke aus Goldfolie gehüllt. Wie die Schokoladegeldverpackungen, an die sie sich aus ihrer Kindheit erinnerte.

»Wie war das Abendessen?«, fragte Martin.

»Wunderbar.«

»Zum Nachtisch gibt es Erdbeeren, aber vielleicht möchtest du dich vorher noch ein bisschen ausstrecken?«

»Mhm, das wäre schön«, sagte sie, ohne darüber nachzudenken. Er stand auf, reichte ihr die Hand und sie liess sich von ihm auf die Füsse ziehen und zu dem Stapel von Kissen hinter dem warm glühenden Feuerplatz führen. Er liess sich nieder und sie gesellte sich zu ihm.

Sie legten sich nebeneinander, stützten sich auf die Ellbogen und sahen sich an. Er nahm ihre Hand in seine. »Ich mache mir Sorgen um deine Mutter«, sagte er.

Sie blickte auf ihre ineinander verschlungenen Finger hinunter. »Ich habe dir gesagt, dass sie wütend sein wird. Aber wir werden schon damit fertig.«

»Nein, da ist noch etwas anderes. Hast du auf dem Flug von Johannesburg nach Nairobi das Nachrichtenvideo über den gesprengten Staudamm in Namibia gesehen?«

Emma nickte. Ein Gefühl des Grauens begann, ihr Herz und ihre Lungen zusammenzupressen und das Atmen fiel ihr plötzlich schwer. »War Mama dort oben? Haben wir deshalb nichts von ihr gehört?«

Er schaute ihr in die Augen. »Hat dir deine Mutter jemals erzählt, was sie – was wir – beruflich machen? Was sie wirklich tut?«

»Sie sagt, sie sei Leibwächterin, aber ich weiss, dass sie mehr als das für dich tut.«

Martin stellte sein Getränk auf dem Holzdeck ab und drehte sich zurück, um sie anzusehen. Er nahm ihre Hand jetzt in beide Hände. »Deine Mutter und ich arbeiten als private Militärauftragnehmer, was manche Leute als Söldner bezeichnen. Sie war, äh ... ist sehr besorgt um die Umwelt und das Okavango-Delta, wo sie aufgewachsen ist und wo wir uns beide aufhielten.«

»Das weiss ich alles. Sie hat manchmal darüber gesprochen, aber ich dachte, es sei nur ein Vorwand. Aber was sagst du da? Oh mein Gott, was? Willst du sagen, sie ...«

Martin nickte und brachte sie zum Schweigen. »Ja, Emma, deine Mutter hat den Damm gesprengt. Sie wurde dafür bezahlt – wir beide wurden dafür bezahlt – aber sie hat den Auftrag angenommen, weil sie eines der wahren Paradiese Afrikas retten wollte. Ich wollte es dir nicht sagen, bevor ich mir nicht sicher war ... Aber wenn es ihr gut ginge, hätte ich inzwischen von ihr gehört. Sie war sehr mutig, Emma.«

Emma riss ihre Hand zurück. »Was sagst du da? Ist sie tot? Ist sie bei der Sprengung gestorben?« Das war zu viel, um es zu verstehen. Sie hatte ihre Probleme mit ihrer Mutter, konnte sich aber nicht vorstellen, dass sie nicht mehr da war, auch wenn ›da‹ am anderen Ende der Welt lag. »Nein.«

»Ich hätte schon längst von ihr hören müssen. Sie sollte mich gestern anrufen und dann war der Plan, dass sie nach Mombasa fliegt und uns trifft. Ich mache mir Sorgen, Emma. Ich vermute, ihr ist etwas Schreckliches zugestossen.«

»Nein!« Tränen stiegen ihr in die Augen und sie würgte aus Atemnot. Sie fing an zu weinen und Martin legte seinen Arm um sie. Wenn sie an all die schrecklichen Dinge dachte, die sie in letzter Zeit zu ihrer Mutter gesagt hatte, fühlte sie sich noch miserabler. Sie drückte ihr Gesicht an Martins Brust und schluchzte und schluchzte.

»Vielleicht geht es ihr gut, Emma, aber ich muss dir einfach von meinen Befürchtungen erzählen. Ich muss ehrlich zu dir sein und möchte, dass du weisst, dass ich mich um dich kümmere, was auch immer passiert ist. Ich bin immer für dich da.«

Seine Worte klangen gedämpft und sie konnte sich nicht auf das konzentrieren, was er sagte. Sie spürte seinen Finger unter ihrem Kinn und er hob ihr Gesicht, obwohl ihr ganzer Körper von krampfhaften Schluchzern geschüttelt wurde. Er küsste sie auf die feuchte Wange und sie blinzelte. Sein Blick hatte nun einen komischen Ausdruck, als ob er an etwas Tiefes und Dunkles dachte. Emma schniefte und versuchte, tief Luft zu holen, um ihr Zittern in den Griff zu bekommen. Er beugte sich wieder näher zu ihr und küsste sie auf die Lippen. Sie spürte seine Zunge.

»Nein!«

»Emma ...«

Das fühlte sich alles plötzlich so falsch an. Emma wurde klar, dass er ihr absichtlich nichts vom Tod ihrer Mutter erzählt hatte, damit er sie weiter verführen konnte und sie sich jetzt einfach in seine tröstenden Arme fallen liess. Dieser Mistkerl. »Nein!« Sie legte ihre Hände auf seine Brust und stiess ihn weg. »Lass mich los! Das ist nicht richtig.«

»Emma, es ist schon gut. Ich weiss, wie du dich fühlst. Lass mich dich festhalten. Es wird dir gut gehen. Wir werden ...«

Sie riss sich von ihm los und ertrank in der Masse der Kissen. »Aus uns wird nichts.« Er streckte die Hand aus und griff nach ihrem Handgelenk. Es tat weh. »Verdammt, lass mich los!« Sie holte mit der anderen Hand aus und schlug ihm gegen die Brust, aber er liess weder los, noch lockerte er seinen Griff. »Lass los!«

Martin ging in die Knie und schaffte es, auch ihre zweite Hand zu packen. »Hör mir zu!« Sein Ton war jetzt nicht mehr sanft. »Du musst den Tatsachen ins Auge sehen. Deine Mutter ist tot, Emma. Sie hat mich in ihrem Testament zu deinem Vormund bestimmt.«

»Sie hat was? Lass mich los, sonst schreie ich.«

Er lächelte. »Schrei doch. Wir sind zu weit draussen, als dass es jemand hören könnte. Lass es einfach raus. Hör zu, ich weiss, dass du im Moment verletzt bist, aber ich werde mich um dich kümmern und wir werden gut miteinander zurechtkommen. Erinnere dich an die Dinge, über die wir online gechattet haben, Emma... Erinnere dich an die Dinge, über die wir gesprochen haben, an das, wovon du geträumt hast. Das kann jetzt alles Wirklichkeit werden, Emma, jetzt ...«

»Jetzt, wo meine Mutter tot ist? Du kranker, alter Perverser. Hast du sie umgebracht? Hast du sie getötet, damit du mich haben kannst?«

»Nein, natürlich nicht. Beruhige dich, Emma.«

Sie holte tief Luft, kniff die Augen zusammen und sah ihn zum ersten Mal so, wie er wirklich war. Sie war zu klug, um an Zufälle zu glauben – dass ihre Mutter genau in dem Moment starb, in dem Martin sie in Echtzeit in sein Leben aufnahm. Sie sah die Stunden im Internet als das, was sie waren, als das, wovor die Lehrer die Mädchen an der Schule so oft gewarnt hatten: Sie war von einem Mann angemacht worden, der nicht nur ihren Körper, sondern auch ihr Geld wollte. Wie hatte sie nur so leichtgläubig und dumm sein können? Sie zwang sich, darüber nachzudenken, was ihre Mutter in einer solchen Situation tun würde.

»Okay.« Sie holte noch einmal tief Luft. »Es geht mir jetzt gut, wirklich. Dränge mich nur nicht, in Ordnung? Das ist eine Menge zu verkraften.« Sie zwang ihren Körper, sich in den Kissen zu entspannen und als er ihre Handgelenke losliess, schlug sie mit der Faust nach ihm und kratzte ihm mit den Fingernägeln mit aller Kraft über die Wange, so dass es blutete.

Steele schrie vor Schmerz auf und Emma rollte sich unter ihm weg. Sie sprang auf und rannte barfuss über das Deck. Plötzlich spürte sie, wie seine Hand am Saum ihres Kleides zerrte und hörte, wie der Stoff zerriss. Emma erreichte das Kohlebecken, griff nach unten und riss die geschwärzte Teekanne von ihrem Ständer hoch. Sie ignorierte, dass der Griff auf ihrer Handfläche brannte, schleuderte die Kanne an ihrem Körper vorbei und schrie auf, als ein

Strahl kochenden Wassers über ihren nackten Oberschenkel schoss.

Der Schrei von Martin war jedoch weitaus grässlicher: Der Deckel des Kochtopfs sprang auf und eine Welle kochend heissen Wassers traf seine Brust und Arme und liess ihn einen tierischen Schmerzensschrei ausstossen. Er riss sich das Hemd vom Leib, liess sich zurück in die Kissen fallen und wand sich vor Schmerz. »Du Miststück!«

Emmas Kleid hing in Fetzen von ihrem Körper. Sie rannte zum Bug der Dhau, sprang hinauf und sah sich um. Steele kramte im hinteren Teil des Bootes in einer Tasche. Der offensichtliche Fluchtweg war, über Bord zu springen. Aber was, wenn sie erst einmal im Wasser war? Es waren keine anderen Schiffe in Sicht und an der Dhau kam sie kaum vorbei. Er konnte sie einkreisen, bis sie keine Kraft mehr hatte, über Wasser zu bleiben, sie erschiessen oder sie mit der Schiffsschraube rammen. An Bord konnte sie sich immer noch gegen ihn wehren und ihn verletzen, bevor er tat, was er ihr antun wollte, was immer das war. Ihre Mutter hätte nicht kampflos aufgegeben. Trotzdem schrie sie in die Nacht: »Hiiilfeee!«

Sonja hörte den Schrei als sie an der ersten der beiden Dhaus vorbeischoss, die sie auf dem rot-goldenen Wasser segeln sah. An Bord des Bootes waren ein Mann und eine Frau, die dem einsamen Kitesurfer zuwinkten. Sonja war sich ziemlich sicher, dass es nicht Martin und Emma sein konnten und als sie am hölzernen Segelboot vorbeibrauste und hinschaute, bestätigte sich, dass es sich um ein viel älteres Paar handelte.

Der Schrei war vom einzigen anderen Boot gekommen, das sich noch in Sichtweite befand. Sie senkte das Segel, um ihre Geschwindigkeit zu erhöhen.

Die Frau an Bord war auf den Bug geklettert und Sonja sah, dass zerfetzte Fetzen weissen Stoffs in der steifen Abendbrise flatterten. »Hiiilfeee!« schrie sie und Sonja wusste sofort, dass es ihre Tochter war.

Es blieb keine Zeit, einen Plan auszuhecken. Sie sah, dass ein weiterer Kopf auf dem Deck der Dhau auftauchte und erkannte Martin. Er griff nach Emma und sie schrie auf, als er sie am Knöchel packte und sie zu sich herabzog.

»Hiiilfeee!«

Der Schrei durchbohrte sie wie ein Geschoss und sie steuerte in einem Kamikaze-Kurs auf das Holzboot zu. Als sie nahe genug herankam, um die Gesichter der beiden klar erkennen zu können, sah sie, wie Martin sich umdrehte und sie anstarrte. »Ja, es stimmt«, sagte sie zu sich selbst, »ich bin es wirklich, du Bastard und ich bin gekommen, um dich zu holen.«

Sie sah, wie sich seine rechte Hand, in der er etwas festhielt, nach oben bewegte. Gleichzeitig verschwand Emma aus ihrem Blickfeld und schrie. Martin kämpfte ein paar Sekunden lang, um sie zu bändigen, aber als seine Hand wieder auftauchte, sah sie das verräterische gebogene Magazin einer AK-47. Sonja hörte das Knallen der Kugeln, die den Lauf verliessen und das Aufplatzen des Wassers irgendwo rechts von ihr. Die Männer der südafrikanischen Spezialeinheit waren Meisterschützen, die, um sich als gute Schützen zu qualifizieren, während ihrer Ausbildung Tausende von Schüssen abgefeuert hatten. Sonja war zweihundert Meter entfernt und kam schnell näher, wäre aber bald tot, wenn sie nicht schnell etwas unternahm.

Martin feuerte erneut und einer der beiden Schüsse zischte nahe genug vorbei, um ihr fast die Wange zu verbrennen. Sonja hob die Lenkung des Kitesurfers schnell über ihren Kopf bis kurz hinter die Zwölf-Uhr-Position und erhob sich in die Luft. Steele hob sein Gewehr, um ihrem Salto in der Luft zu folgen, aber seine nächste Salve segelte daneben. Sonja zog die Stange auf zwei Uhr nach unten und liess sich weit vor dem Boot auf die Wasseroberfläche fallen. Als sie wieder auf die Dhau zusteuerte, brachte ihn ihr plötzlicher Richtungswechsel noch weiter vom Ziel ab. Für einen Moment verschwand Martin aus ihrem Blickfeld und Sonja hörte ihn fluchen. Sie stellte sich vor, wie Emma mit ihm kämpfte und versuchte, ihn am Zielen zu hindern. *Gutes Mädchen*, dachte Sonja; *aber sei vorsichtig, mein Baby.*

Der hölzerne Rumpf raste mit beängstigender Geschwindigkeit auf Sonja zu. »Los Emma!«, schrie Sonja, »spring über Bord!«

Martin tauchte über dem Dollbord auf, das Gewehr an der Schulter. Sonja hob die Stange wieder an und stürzte sich in den dunkler werdenden Himmel. Dabei liess sie mit einer Hand los und griff nach ihrer Pistole. Sie blieb mit ihrem Gurtzeug und einem einhändigen Griff am Drachen befestigt und versuchte, auf Martin zu zielen. Sie hörte ein Platschen, als Emma über Bord sprang.

Steele feuerte drei Schüsse auf Automatik ab und Sonja spürte den Hammerschlag einer Kugel in ihrer linken Schulter und wurde gezwungen, die Stange vollständig loszulassen. Das Gurtzeug hielt sie dennoch, obwohl die Wucht des Treffers ihren Körper ins Trudeln brachte und das Brett sich von ihren Füssen löste und ins Meer platschte. Sonja schoss blindlings in Steeles Richtung. Das hölzerne Deck der Dhau lag schliesslich unter ihr und sie griff mit der linken Hand nach dem Auslöser des Notgeschirrs und zerrte daran. Sie schrie vor Schmerz von ihrer Schulterwunde. Während der Drache in den dunklen Himmel segelte, stürzte Sonja hart auf die drei Meter unter ihr liegenden verwitterten Bretter. Der Schlagbolzen von Steeles Waffe klickte in einer leeren Kammer und während einem Sprung zur Seite traf ihn eine von Sonjas Kugeln in den Oberschenkel. Er rollte sich hinter den Sandkasten des Kohlebeckens. Sonja zog sich aufs Deck hoch und leerte die letzten Patronen aus dem Magazin. Sie versuchte, in die linke Tasche ihrer Shorts zu greifen, konnte aber ihren Arm nicht mehr bewegen. Sie starrte auf das Blut, das aus ihrer Schulter floss und schüttelte wütend und unzufrieden den Kopf. Steele steckte seinen Kopf über den Rand der Kiste und sah ihre offene Pistole, aus deren Verschluss Rauch quoll. Sonja sank auf die Knie und legte die leere Waffe auf den Boden, so dass sie quer über ihren Körper nach der Tasche mit dem Ersatzmagazin greifen konnte. Steele stand auf und stürzte sich auf sie. Er kickte die Pistole über das Deck und knallte ihren Kopf auf die Bretter. Sonja stiess ihre Finger in die Wunde in Martins Bein und er rollte von ihr herunter. Sie kroch zu ihrer Pistole, aber Steele war schon wieder auf den Beinen. Ihre Finger erreichten beinahe den Lauf, als er plötzlich seinen Fuss auf ihr Handgelenk setzte.

Sonja brüllte vor Schmerz auf. Steele starrte sie mit grossen Augen an, rammte ein Ersatzmagazin in seine AK und drückte den Spannhebel zurück. »Hallo, Sonja.«

Sie riss ihre schmerzende Hand zurück und presste sie auf die Schusswunde in ihrer Schulter, während Martin die leere Pistole mit einem Tritt weiter aus ihrer Reichweite trat, so dass sie noch weiter über das Deck und zurück zum Sandkasten rutschte. Mit einer Hand löste er den Gürtel von seiner Leinenhose und ging ein paar Schritte zurück. »Keine Bewegung oder ich töte dich.«

»Du darfst ...«, keuchte Sonja, »...am besten sofort.«

Er schüttelte den Kopf, während er seinen Gürtel um den Oberschenkel wickelte, das Leder durch die Schnalle fädelte und ihn fest anzog. Sofort floss weniger Blut aus der Wunde. Gleichzeitig spürte Sonja, wie ihr eigenes Blut mit jedem Herzschlag aus ihrer Schulter strömte. »Ruf Emma zurück!«, wies Steele Sonja an.

»Nein.«

»Emma!« schrie Steele über das dunkler werdende Wasser. »Emma, komm zurück an Bord. Ich habe deine Mutter und wenn du nicht kommst, töte ich sie.«

»Schwimm, mein Mädchen!« schrie Sonja. »Hör nicht auf ihn!«

Steele lachte. »Ich habe davon geträumt, euch beide zu haben«, sagte er zu ihr und rief dann: »Ich zähle bis drei, Emma. Dann stirbt sie. Eins ..., zwei ...,«

Um das Wasser nicht so stark aufzuwirbeln, wie er es beim Kraulen tat, wechselte Sam zum Brustschwimmen. Die Brise, die Sonja angetrieben hatte, kräuselte die Meeresoberfläche und verdeckte sein Kielwasser noch mehr. An einem Seil, das an seinem Knöchel befestigt war, zog er eine Speerpistole hinter sich her.

Er war Sonja hinterhergelaufen, konnte aber, nachdem sie mit vorgehaltener Waffe ein Kiteboard gestohlen hatte, nichts mehr tun.

Der Schwarze, der die Vermietung am Strand betrieb, lief, sobald die verrückte weisse Frau auf dem Wasser war, voller Panik weg. Sam sah die Schwimmflossen und die Speerpistole eines Mannes neben dessen zusammengeklapptem Sonnenschirm und den Liegestühlen liegen und nahm sie kurzerhand.

Er hörte die Schüsse und sah das Mündungsfeuer auf der Dhau, die sich gegen den purpurnen Abendhimmel abzeichnete. Wenigstens wusste er, dass er zum richtigen Boot schwamm, aber es war verdammt weit vom Ufer entfernt. Er fragte sich, ob er dort noch jemanden antreffen würde.

»Geh zu deiner Mutter«, sagte Steele, als Emma sich über das Dollbord beugte. Ihr Gesicht war weiss vor Angst und ihre Zähne klapperten, als sie, eine Spur von Salzwasser hinter sich herziehend, zum Bug des Bootes ging.

»Mama!« Emma fiel auf die Knie und schlang die Arme um ihre Mutter, deren Gesicht in der Dunkelheit totenbleich schimmerte. Überall war Blut. »Mama... Es tut mir alles so leid.« Sie küsste ihre Mutter auf die Wange und Sonja vergrub ihr Gesicht in den Haaren ihrer Tochter. Ihre Lippen waren dicht an ihrem Ohr.

»Linke Tasche«, flüsterte Sonja.

Emma wandte das Gesicht von ihr ab, bemerkte aber den strengen Blick ihrer Mutter und sagte nichts. Emma sah wieder zu Steele. »Sie ist am Verbluten. Du musst mich ihr helfen lassen.«

Steele schüttelte den Kopf. »Ich bin auch verletzt, Emma. Kriech hier rüber wie ein braves kleines Mädchen und binde etwas von deinem hübschen Kleid um meinen Oberschenkel.«

»Nein.«

»Okay«, sagte Steele, hob das Gewehr an seine Schulter und zielte auf Sonja. »Eins ..., zwei ...,«

»Stopp!« Emma kroch auf Händen und Knien über das Deck zu ihm.

»Meine Güte«, sagte Steele, »das macht richtig Spass, nicht wahr, Mädels?«

»Du Mistkerl«, gab Sonja zurück.

»Zu wahr, fürchte ich.« Steele blickte auf Emma hinunter, die eben einen Streifen Stoff von ihrem nassen, fleckigen Kleid riss. »Braves Mädchen.«

»Und was jetzt, Martin?« fragte Sonja.

»Gute Frage. Ich wollte wirklich nicht, dass so etwas passiert, aber es war sehr schwierig, dich zu töten, Sonja. Um genau zu sein, unmöglich. Zu Beginn ist es dem simbabwischen CIO nicht gelungen, dich beim Überfall auf den Präsidentenkonvoi zu töten, doch ich war mir sicher, dass sie dich in Divundu erwischen würden. Danach musste ich lange darüber nachdenken, wie ich dich von den Sicherheitskräften des Staudamms vernichten lassen könnte.

»Du hast den Kapriviern falsche Panzerfäuste, Granaten und Mörserbomben geliefert. Warum hast du mich dann echten Sprengstoff zum Staudamm nehmen lassen?«, fragte Sonja. Steele beobachtete genau, wie Emma den provisorischen Verband um sein Bein wickelte.

»Aus zwei Gründen. Erstens war die Menge an Sprengstoff im Kicker und in den Sprengladungen so gering, dass du eine Fälschung hättest erkennen können und zweitens dachte ich, dass du, so wie du bist, Sonja, den Job einfach durchziehen und den Damm zerstören würdest. Dadurch erhielt ich von diesem widerwärtigen Idioten Bernard Trench immer noch einen netten Bonus bezahlt. Natürlich war mir bewusst, dass ich, wenn du es irgendwie schaffst, den Damm zu sprengen und am Leben zu bleiben, in eine knifflige Situation wie diese geraten würde.«

»Geht es dir nur um das Geld, Martin? Es geht ums Glücksspiel, nicht wahr?«

Er zuckte mit den Schultern. »Emma, geh zurück zu deiner Mutter und setz dich neben sie.« Während Emma zu Sonja kroch, wandte er seine Aufmerksamkeit wieder Sonja zu. »Ja und nein. Ich schulde einigen sehr bösen russischen Herren in London, die mich langsam umbringen werden, wenn ich sie nicht zahle, sehr viel Geld. Weisst du, ich habe dich damals eine Zeit lang wirklich geliebt, Sonja. Aber trotz meiner wiederholten Versuche, zu dir zurückzukommen, hast du mich immer zurückgewiesen. Also fing ich an, mir diese kleine Kopie von dir anzusehen, die zu einer Frau heranwuchs und die mittlerweile genauso schön ist, wie ihre Mutter. Ich wusste, dass ich, wenn ich dein Geld in die Finger bekäme, genug hätte, um alle meine Schulden zu begleichen. Mir bliebe zwar danach nicht mehr viel übrig, aber ich hätte eine schöne junge Frau, um meinen finanziellen und emotionalen Schmerz zu lindern.«

Emma schob sich neben Sonja und legte den Arm um sie.

»Deshalb wolltest du den Vaterschaftstest, stimmt's?«, fragte Sonja. »Du kranker Mistkerl.«

»Krank? Nein, überhaupt nicht. Das war ja gerade der Sinn des Tests.«

Emma schaute ihn und dann ihre Mutter an. »Was für ein Vaterschaftstest?«

Steele runzelte übertrieben die Stirn. »Tut mir leid, Emma, deine Mutter und ich haben vergessen, es dir zu sagen. Ich weiss nicht, ob du dich daran erinnerst, dass deine Mutter einmal einen Abstrich von deinem Mund gemacht hat, als du eine Zahnspange hattest, aber wir haben ein kleines Experiment mit dir gemacht. Ich habe mich immer gefragt, ob ich dein Vater bin, aber es stellte sich heraus, dass dein Vater ein zwielichtiger IRA-Terrorist war, der dabei half, einen Bus voller Schulkinder in die Luft zu jagen. Ich wette, darüber bist du jetzt erleichtert, was?«

»Was?« Emma sah die beiden verwirrt an.

»Ja, und als ich wusste, dass du nicht mein kleiner Bastard bist, Emma, dachte ich, es wäre in Ordnung, dich besser kennen zu lernen. Ich möchte nicht, dass jemand denkt, ich wäre zum Inzest fähig.« Steele schauderte. »Igitt. Ich doch nicht.«

»Dann musst du uns jetzt beide töten«, sagte Emma. »Und du hast recht. Es ist mir egal, wer mein Vater war, solange du es nicht bist.«

»Emma«, sagte Sonja. »Stachle ihn nicht an.«

»Ja, Emma«, nickte Steele. »Hör auf deine Mutter. Also, Sonja, was sollen wir tun? Hast du eine Idee?«

»Du kannst unser ganzes Geld haben«, sagte Sonja. »Ohne Bedingungen, nur im Tausch gegen unsere Leben. Wir gehen irgendwohin nach Übersee und überlassen es dir, deine Schulden zu bezahlen und zu tun, was du willst.«

Steele lachte laut auf. »Das ist ein guter Witz, Sonn. Du wärst schon hinter mir her, bevor ich es überhaupt zu Ende gezählt hätte. Du bist zu gut darin, Leute umzubringen. Ja, Emma, das ist der eigentliche Beruf deiner Mutter. Sie ist eine sehr gute Mörderin. Nein, ich fürchte, das kommt nicht in Frage.«

Sonja verengte ihre Augen. »Martin, wenn ich nicht medizinisch versorgt werde, bin ich in einer halben Stunde tot und du folgst mir wenig später ins Jenseits.« Sie sah zuerst Emma, dann Steele an. »Hört mir beide zu. Martin, ich biete dir mein Leben im Tausch gegen das von Emma.«

»Nein!«, schrie Emma.

»Pst«, sagte Sonja. »Martin, du kannst uns beide töten, aber wenn du das tust, ist mein Geld so gebunden, dass du nie darauf zugreifen kannst. Emma, wenn ich sterbe, geht das Geld technisch gesehen an dich, aber diese Kreatur hier ist dein gesetzlicher Vormund. Tut mir leid, Schatz. Das ist die schlechteste Entscheidung, die ich in meinem ganzen Leben getroffen habe und ich verdiene es, dafür zu bezahlen.«

»Nein, Mama!«

»Pst. Ich möchte, dass du mit ihm gehst, Emma. Er soll unser Geld nehmen und seine Schulden abbezahlen. Martin, wenn du noch einen Funken Ehre in dir hast, gibst du Emma, was übrig ist und lässt sie gehen. Aber ich bezweifle, dass du das willst.«

»Mama!« Emma weinte. »Zwing mich nicht, so einen Deal zu machen. Ich könnte nicht mit mir selbst leben.«

Sonja sah Steele an, der nur nickte. Sie griff nach Emma und drückte sie fest an sich. Emma fing wieder an zu weinen und ihre Tränen tropften auf das Gesicht und den Hals ihrer Mutter. Sonja bewegte sich so, dass Emma mit dem Rücken zu Martin stand und ihm die Sicht auf sie versperrte.

»Genug. Mach keine Dummheiten, Sonja. Ich beobachte dich.«

Sonja nickte und schob Emma sanft weg, zurück aufs Deck. Sie hob ihre blutige rechte Hand wieder auf die Wunde an ihrer Schulter, schaffte es, aufzustehen, begann aber zu schwanken. Emma stand auf und legte einen Arm um ihre Taille, aber Sonja schüttelte den Kopf. »Setz dich hin, mein Liebes.«

Sonja machte einen Schritt auf Steele zu, der die AK-47 an seine Schulter hob. »Nicht zu nah. Ich will nicht mit Blut verdreckt werden.«

Emma heulte auf und sank auf den Boden. Tränen kullerten ihr über das Gesicht und sie zitterte am ganzen Körper. »Nein, Mama! Bitte nicht. Ich flehe dich an, Mama. Das ist alles meine Schuld, weil ich mich von ihm manipulieren liess. Ich hätte es besser wissen müssen. Lass ihn das nicht tun.«

Sonja sah zu Emma hinunter. »Wir haben nur einander, Emma. Das ist alles, was ich dir geben kann.«

»Es reicht!«, krächzte Steele.

Sonja starrte ihn an. »Du Mistkerl. Tu es. Jetzt!«

Steele blickte nach unten, als wolle er den Mut aufbringen, zu tun, was sie von ihm verlangte. In diesem Moment bemerkte er das Rinnsal, das vom Achterdeck herunterlief. Er drehte sich langsam um.

SAM LAG auf dem Deck und blickte zu Steeles Rücken hinauf. Er hatte die Speerpistole bereit und war sicher, dass Sonja ihn gesehen hatte, bevor sie einen Schritt auf Steele zuging. Er vermutete, dass sie mit ihm sprach, als sie »Tu es. Jetzt!« sagte.

Er krümmte seinen Finger um den Auslöser und drückte ab. Gerade als Steele sich umdrehte, flog der Speer aus dem Abschussgerät. Sam hatte auf den Rücken gezielt, wo er Steeles Herz vermutete – falls dieses Tier eins hatte –, aber durch Steeles Drehung bewegte sich sein Oberkörper weg und der Speer durchbohrte seinen linken Oberarm.

Steele brüllte, schlug um sich und hob erneut seine Waffe. Sam sah, wie Sonja auf den Engländer zustürmte und befürchtete, Steele drehe sich noch um und ziele mit der AK-47 auf sie. Sam zog an der

Nylonschnur, an der der Speer befestigt war, nach hinten. Steele schrie erneut auf vor Schmerz und verlor das Gleichgewicht. Im Stürzen drückte er ungewollt ab und feuerte eine wilde Salve ab. Einige der Kugeln flogen in die Luft, zwei andere schlugen zwischen Sonja und Emma in den Boden.

Sonja stürzte sich auf Steele, der in die Knie gegangen war. Er schwang das leere Gewehr nach oben und von seinem Körper weg und erwischte Sonja mit dem Lauf unter dem Kinn. Ihr Kopf wurde nach hinten geschleudert und sie fiel bewusstlos zu Boden. Emma schrie und warf sich, den Kopf in die Hände gestützt, neben ihre Mutter.

Sam stürzte sich auf Steele und warf ihn aufs Deck. Er schnappte sich das Gewehr und knallte es gegen die Planken, wobei er so lange auf Steeles Finger schlug, bis dieser losliess. Steele holte zu einem heftigen Schlag aus, der den Amerikaner direkt am Kinn traf und benommen zur Seite rollen liess. Steele wuchtete sich auf die Knie, griff quer über seinen Körper und packte die Speerspitze. Er biss die Zähne zusammen, stiess vor lauter Schmerz und Wut einen Kriegsschrei aus und zog den Speer heraus. Er drehte den Metallschaft um, stand auf und trat Sam bösartig in die Rippen. Sam drehte sich und versuchte, wegzurollen, aber bevor er sich befreien konnte ,setzte sich Steele rittlings auf ihn. Steele hob den Speer hoch, zielte auf Sams Auge und bereitete sich auf den tödlichen Stich vor.

Emma sah den Kampf wie in Zeitlupe. Martin brüllte wie ein verwundetes Tier, als er den Speer, der das Nylonseil wie eine riesige Nähnadel mit sich zog, durch seinen Arm zerrte.

Sie sah die Wut in seinem Gesicht und schliesslich den mörderischen, blutrünstigen Blick. Sonja hatte sich bewusst zwischen Emma und Martin geschoben, um Emma die Möglichkeit zu geben, das Metallmagazin mit den Patronen aus ihrer Hosentasche zu fischen. Nun schlossen sich Emmas Finger um das Magazin.

Ihre Mutter war bewusstlos – vielleicht sogar schon tot – und Sam Chapman, ein Mann, den Emma bisher nur im Fernsehen gesehen hatte, lag festgeklemmt auf dem Rücken. Der verrückte Steele war im Begriff, ihn zu töten, was das Ende von ihnen allen bedeutete. Emma war wie versteinert. Sie hätte sich am liebsten zu einer Kugel zusammengerollt und geweint, doch dann sah sie zum reglosen, blutüberströmten Körper ihrer Mutter. Ihre Mutter war bereit, für sie zu sterben.

Emma sah die leere Pistole ihrer Mutter, die Martin weggekickt hatte, auf dem Boden des Sandkastens, in dem der Holzkohlegrill stand, liegen. Sie erhob sich, als stünde sie in den Startlöchern der Schulleichtathletikbahn. Sie war nicht die schnellste Läuferin, aber eine der Lehrerinnen hatte gesagt, sie käme gut aus den Blöcken und habe gute Reflexe. Ihre Zehen krallten sich in die grobe Maserung des Holzbodens und sie stürzte sich nach vorn.

Steele muss die plötzliche Bewegung aus dem Augenwinkel heraus wahrgenommen haben, denn er drehte sich um, als er den Speer über seinen Kopf hob. Er hielt inne, warf den Kopf zurück und lachte. »Lauf, kleine Emma! Ich werde noch viel Zeit für dich haben!«

Sie liess sich neben dem Feuerkasten aufs Deck fallen und sah, wie er den Speer wieder in die Höhe hob. In einem vergeblichen Versuch, den tödlichen Schlag abzuwehren, hob Sam die Hand.

Emma hatte noch nie in ihrem Leben eine Waffe abgefeuert, aber sobald sie die Pistole in die Hand nahm, fühlte sie sich seltsam vertraut an. Sie kannte Jungs, die Computerspiele spielten und hatte genug Filme gesehen, um die Grundlagen zu kennen. Aber da war noch etwas anderes. Als sie das kastenförmige Magazin in den Kolben schob, musste sie zufällig oder instinktiv etwas angestossen oder gedrückt haben, denn der obere Teil flog nach vorne und sie wusste in diesem Moment, dass sie bereit war.

Als Steeles Arm nach unten flog, zielte Emma und als die Spitze des Speers nur noch wenige Zentimeter von Sams Kopf entfernt war, drückte sie ab.

36

Sonja öffnete die Augen, aber das Weiss blendete sie vorübergehend. Sie blinzelte und zuckte zusammen, als sie sich bewegte und den Schmerz in ihrer Schulter spürte. Dann roch sie Blumen.

»Komm, ich helfe dir, dich aufzusetzen«, schlug Sam vor.

Er stand neben ihrem Bett und sie schaute ihn an. Bruchstücke eines Traums schossen ihr durch den Kopf. Martins Leiche, blinkende blaue Lichter, Emma, die mit einer Pistole in der Hand auf dem Deck des Bootes kauerte, das Geräusch von Schüssen und der Gedanke, sie sei tot.

Sam beugte sich über sie. Sie spürte seine starken Arme um sich, die sie über die weissen, nach Stärke riechende Laken zu sich zogen. Der Geruch erinnerte sie an die Armee. »Wo ...?«

»Du bist im Krankenhaus, in Mombasa.«

»Äh. Okay.« Sonja schloss die Augen und wurde plötzlich von einer schwindelerregenden Panikattacke geschüttelt. »Emma?«

Die Tür zum Privatzimmer sprang auf und Emma kam hereingestürmt. Sie trug ein grünes T-Shirt und khakifarbene Shorts. »Mama?«

Emma umarmte und küsste sie und Sonja ignorierte den

Schmerz, legte ihren gesunden Arm um ihr Mädchen und drückte ihre Tochter fest an sich, als wolle sie sie nie mehr loslassen. Emma fing an zu weinen und auch Sonja kullerten Tränen über die Wangen. Emma blieb auf dem Bett sitzen und Sonja schaute zu Sam hinüber und hielt ihm ihre Hand hin. Er nahm sie. »Was ist mit Steele passiert?«

»Emma hat uns beiden das Leben gerettet, Sonja«, sagte Sam. »Ein Fischer hörte die Schüsse, kam zu uns und wies uns den Weg zum Krankenhaus hier auf der Hauptinsel. Wir hatten weder ein Funkgerät noch ein Telefon oder sonst etwas, also haben Emma und ich den Motor angelassen und sind direkt hierhergekommen. Du hast viel Blut verloren und brauchtest ein paar Transfusionen. Wir waren krank vor Angst.«

»Und Steele?« wiederholte Sonja.

Sam sah Emma an, die nickte und sah Sonja dann wieder in die Augen. »Wir haben seine Leiche über Bord geworfen und dafür gesorgt, dass sie nicht an die Oberfläche steigen kann«.

Sonja drückte seine Hand. »Gute Arbeit, ihr beiden.«

»Der Kaprivi-Streifen war heute Morgen in den Nachrichten«, sagte Sam. »Die namibische Regierung hat zugestimmt, sich in Johannesburg mit der Vereinigten Demokratischen Partei, die von den Vereinten Nationen unterstützt wird, zu Gesprächen zusammenzusetzen. Sie erörtern Pläne für mehr Autonomie und vielleicht sogar ein zukünftiges Referendum. Teile des Okavango-Deltas sind überflutet, aber die örtlichen Umweltschützer sagen, die Schäden seien nicht schlimmer als bei sehr starken Regenfällen. Wie durch ein Wunder wurde durch das Wasser, das aus dem Damm strömte, niemand verletzt oder getötet. Es gab ein schönes Video, in dem zu sehen war, wie das Wasser einen trockenen Kanal hinunterlief, aus dem Elefanten es tranken und über sich sprühten.«

Sonja blinzelte, als sie an ihren Vater, an Miriam und den kleinen Frederick dachte. Sie hoffte, dass sie in Sicherheit waren. Sonja wandte sich an Emma. »Es tut mir so leid, mein Mädchen, dass ich dir das alles angetan habe. Es tut mir so leid, dass du so schreckliche

Dinge sehen musstest und es tut mir leid, dass ich eine so schlechte Mutter war.« Sie hustete.

»Ist schon gut, Mama.« Emma legte ihren Kopf neben Sonjas auf das Kissen und küsste sie auf die Wange. »Es tut mir leid, dass ich in letzter Zeit so ein Miststück zu dir war und dass ich diesen Mann an mich herangelassen habe. Ich komme mir wie eine Närrin vor. Aber eines ist sicher: Ich fasse solange ich lebe nie wieder eine Waffe an.«

Sonja zerrte an Sams Hand, um ihn näher zu sich und Emma zu ziehen. »Ich auch nicht.«

Emma erhob sich vom Bett. »Ich wollte mir gerade etwas zu trinken holen, als du aufgewacht bist. Möchtest du auch etwas aus dem Laden? Und was ist mit dir, Sam?«

»Mir geht's gut«, sagte Sam.

»Ich brauche auch nichts«, sagte Sonja. »Danke, dass du fragst, Liebes.«

Sie gab ihrer Tochter einen Kuss und Emma ging rückwärts zur Zimmertür. Sonja lächelte, als sie die Tür mit ihrem Hintern aufstiess und auf den Korridor hinausging.

Sonja küsste Sam auf die Lippen, dann sagte sie: »Wir sind nicht sicher, bis wir in einem Flugzeug sitzen. Es ist viel passiert und es brodelt noch einiges.«

»Ich glaube, wir schaffen es«, sagte Sam und setzte sich neben sie aufs Bett. »Chipchase hat im Krankenhaus angerufen und ich habe mit ihm gesprochen. Irgendwie wusste er, dass du hier bist. Er sagt, seine Leute hier in Mombasa hätten sich um die Leiche des Mannes, den du im Schlauchboot getötet hast, gekümmert und die Sicherheitsleute, die du in Steeles Haus verprügelt hast, seien entschädigt worden. Der Typ mit der Kugel im Bein ist in einer Privatklinik und überlegt, wie er das Geld, das er erhalten hat, ausgeben kann.«

Sonja runzelte die Stirn. »Ich hätte die beiden umbringen sollen. Ich fühle mich nicht sicher, bis wir aus Kenia raus sind. Ich nehme nicht an, dass du eine Waffe hast?«

Sam blickte an die Decke, ohne das Versprechen zu erwähnen, das Sonja ihrer Tochter gerade gegeben hatte. »Ich bin froh, wenn ich zur Normalität des Fernsehens zurückkehren kann.« Er ging zu einem Holzschrank in der Ecke des Zimmers, öffnete ihn und holte Martin Steeles grüne Armeetasche heraus. Er hievte sie aufs Bett und öffnete den Reissverschluss. Es befanden sich eine AK-47, zwei Ersatzmagazine mit Munition und ein paar Handgranaten darin.

»Gut«, sagte Sonja. »Ich fühle mich schon besser.«

Sam seufzte. »Du wirst Amerika lieben.«

IM KORRIDOR HIELT Emma inne und griff sich an den Rücken, um T-Shirt herunter zu ziehen, so dass ihre Pistole bestimmt nicht zu sehen war.

DANKSAGUNG

Obwohl dieses Buch ein Werk der Phantasie ist, beruhen einige der darin enthaltenen Themen und Geschehnisse auf Tatsachen.

Vor einigen Jahren unterbreiteten die namibische und die angolanische Regierung den Vorschlag, den Fluss Okavango dort zu stauen, wo sich mein fiktives Bauwerk befindet. Der Damm sollte die örtlichen Gemeinden mit Strom aus Wasserkraft versorgen. Das Projekt stiess sowohl bei Umweltgruppierungen wie auch bei der botswanischen Regierung auf heftigen Widerstand und wurde daraufhin auf Eis gelegt.

Es gibt eine Vereinigte Demokratische Partei, die eine grössere Autonomie für die Kaprivi-Region unterstützt. Es gab (und gibt, soweit ich weiss, immer noch) eine Kaprivi-Befreiungsarmee, deren bewaffnete Mitglieder 1999 die Polizeistation in Katima Mulilo angriffen. Der kurze bewaffnete Aufstand wurde von den namibischen Sicherheitskräften niedergeschlagen und eine Reihe von Personen wurde festgenommen. Seitdem herrscht in der Region Frieden.

Mehrere tausend Lozi leben im selbstgewählten Exil in Botswana. Ein Gespräch mit einem Lozi-Mann vor dem Spar-Supermarkt in Maun (wo meine fiktive Sonja den ebenso der Fantasie entsprungenen Gideon Sitali trifft), lieferte eine Menge Inspiration für den Teil meiner Geschichte, in dem es um die CLA geht.

Abgesehen davon war es nie meine Absicht, die Sache der Menschen in der Kaprivi-Region, die ein autonomes Heimatland anstreben, zu unterstützen oder die Idee zu fördern. Namibia ist ein atemberaubendes Land und eine der sichersten und freundlichsten afrikanischen Nationen, die ich je besucht habe. Ich hoffe sehr, dass hier nie wieder Krieg ausbricht.

Es gibt ein Xakanaxa-Camp und ich hatte das grosse Vergnügen, mit freundlicher Genehmigung von Wayne Hamilton von der Africa Safari Co in Sydney und Steve Ellis von Personal Africa in Südafrika während der Recherchen zu diesem Buch dort zu übernachten. Mehrere andere Orte im Delta gibt es tatsächlich, darunter Drotsky's und Ngepi Camp am Okavango in Botswana beziehungsweise Namibia. Vielen Dank auch an Mack Air, die Nicola und mich ins Moremi-Wildreservat hinein und herausgeflogen hat. Es gibt so viele schöne Orte in diesem Teil Afrikas, dass es mir unmöglich ist, sie alle in ein Buch zu packen. Ich hoffe aber, dass ich den echten Orten, die ich erwähnt habe, gerecht geworden bin.

Mehrere grosszügige Menschen haben gutes Geld für wohltätige Zwecke gezahlt, damit ihre Namen (oder die ihrer Freunde und Verwandten) für Figuren in diesem Buch verwendet werden. Ich möchte mich öffentlich bei allen bedanken, die bei Auktionen zur Unterstützung der Painted Dog Conservation Inc. mitgeboten haben, einer in Australien ansässigen Wohltätigkeitsorganisation, die sich für die Erforschung und Erhaltung des gefährdeten Afrikanischen Wildhundes einsetzt; bei der SAVE Foundation (NSW), die sich für die Umsiedlung von Spitzmaulnashörnern aus Südafrika ins Okavango-Delta und andere Projekte zur Erhaltung der Nashörner einsetzt und bei The Grey Man, einer australischen Organisation, die Kinderprostituierte aus der Hölle in südostasiatischen Ländern rettet. Ich hoffe, Sydney Chipchase, Stirling Smith, Cheryl-Ann Smith (geborene Daffen), John Lemon und John Little haben Spass an ihren erfundenen Alter Egos.

Mein Dank gilt auch folgenden Freunden, die mir bei den Recherchen geholfen haben: Dem ehemaligen Armee-Ingenieur John Roberts für seine Ratschläge zum Bauen und Sprengen; Neil Johns für seine Tipps zum Reiten und zur Pflege von Pferden im afrikanischen Busch; Are Berentsen aus Fort Colins, Colorado, der tatsächlich Kojoten in freier Wildbahn studierte.

Für Sachinformationen über das Okavango-Delta verweise ich auf das ausgezeichnete Buch von Karen Ross: Okavango, Jewel of the Kalahari (Struik, 2003).

Mehrere Personen haben das Manuskript des Buches The Delta gelesen und wertvolle Rückmeldungen gegeben. Der namibische Journalist Desiewaar N. Heita überprüfte meine Hinweise auf die politische, kulturelle und ökologische Situation seines Landes und der südafrikanische ›Löwenflüsterer‹ und Filmemacher Kevin Richardson, dessen Biografie ›Part of the Pride‹ ich mitverfasst habe, überprüfte meine Szenen im Zusammenhang mit dem Drehen von Tierdokumentationen. Wie immer haben meine Frau Nicola, meine Mutter Kathy und meine Schwiegermutter Sheila als meine unbezahlten Lektoren fantastische Arbeit geleistet.

Nach sieben Büchern bin ich meinen Freunden bei Pan Macmillan Australia dankbarer denn je, dass sie mir weiterhin das Leben ermöglichen, von dem ich immer geträumt habe. Danke, Verlagsleiterin Cate Paterson (wie immer an erster Stelle), Verleger James Fraser (nicht zuletzt dafür, dass er mich in Mombasa herumgeführt hat), Senior Editor Emma Rafferty, Copy Editor Julia Stiles und Publizistin Louise Cornegé. Ich liebe euch alle.

Und zu guter Letzt möchte ich mich natürlich herzlich bei Ihnen bedanken.

Für die deutsche Übersetzung bedanke ich mich herzlich bei meiner Übersetzerin Maya von Dach. Ausserdem haben verschiedene Korrekturlesende ihre Dienste kostenlos zur Verfügung gestellt. Herzlichen Dank Luzia Wyss-Gassner, Bea Häfliger, Andreas Gisler und Manfred Suter für eure wertvolle Arbeit. Damit kann auch bei Okavango ein Anteil jedes verkauften Buchs an die grossartige südafrikanische Artenschutzorganisation WildlifeACT übergeben werden.

www.tonypark.net

Auf der Website von Tony Park finden Sie Informationen über aktuelle und künftige deutsche Übersetzungen seiner Bücher.